MANDY BAGGOT

Winterzauber in Notting Hill

GOLDMANN
Lesen erleben

Buch

Isla Winters lebt schon immer in Notting Hill. Seit ihre Eltern bei einem tragischen Autounfall starben, der ihre jüngere Schwester Hannah an den Rollstuhl fesselte, wohnen die Winters-Schwestern gemeinsam im elterlichen Haus. Sie und die gesamte, wundervolle Nachbarschaft halten zusammen wie eine große Familie, vor allem zu Weihnachten, wenn die bunten Häuser des Viertels in warmem Licht erstrahlen und köstliche Düfte vom Portobello-Markt herüberwehen. Umso schockierter sind sie, als sie von den Plänen der Immobilienfirma erfahren, bei der Isla arbeitet. Zum Glück wird gerade Isla damit beauftragt, Chase Bryan, dem neuen CEO aus New York und frisch geschiedenen Vater zweier Töchter im Teenageralter, bei seinem Londonbesuch jeden Wunsch von den Lippen abzulesen …

Autorin

Mandy Baggot ist preisgekrönte Autorin romantischer Frauenunterhaltung. Sie hat eine Schwäche für Kartoffelpüree und Weißwein, für Countrymusic, Reisen und Handtaschen – und natürlich für Weihnachten. Die Autorin lebt mit ihrem Ehemann, ihren beiden Töchtern und den Katzen Springsteen und Kravitz in der Nähe von Salisbury.

Mandy Baggot im Goldmann Verlag:

Winterzauber in Manhattan. Roman
Winterzauber in Paris. Roman

(auch als E-Book erhältlich)

Mandy Baggot

Winterzauber in Notting Hill

Roman

Aus dem Englischen
von Ulrike Laszlo

GOLDMANN

Die englische Originalausgabe erschien 2017 unter dem Titel »One Christmas Kiss in Notting Hill« bei Ebury Press, an imprint of Ebury Publishing, London.

Dieses Buch ist auch als E-Book erhältlich.

MIX
Papier aus verantwortungsvollen Quellen
FSC® C014496

Verlagsgruppe Random House FSC® N001967

2. Auflage
Deutsche Erstveröffentlichung November 2018

Umschlaggestaltung: UNO Werbeagentur, München
Umschlagmotiv: FinePic®, München
GettyImages / Vetta
Redaktion: Babette Leckebusch
MR · Herstellung: kw
Satz: Buch-Werkstatt GmbH, Bad Aibling
Druck und Bindung: GGP Media GmbH, Pößneck
Printed in Germany
ISBN: 978-3-442-48837-7
www.goldmann-verlag.de

Besuchen Sie den Goldmann Verlag im Netz

KAPITEL
EINS

Beaumont Square, Notting Hill, London

RUMMS! PENG! WUMMS!

Isla Winters riss die Augen auf und strich sich die vom Schlaf zerzausten rotbraunen Locken aus dem Gesicht. Es war noch dunkel, durch die Vorhänge schimmerte kein Licht … und vom Erdgeschoss drangen Geräusche an ihr Ohr. Schlurfende Schritte, eine Schublade wurde aufgezogen und dann … War das die Kühlschranktür, die zugeschlagen wurde? Wie spät war es? Welcher Tag? Sie öffnete die Augen noch weiter, in der Hoffnung, dadurch auch besser hören zu können. Aus ihrem Haar rieselte Glitzerstaub und fiel auf ihr Gesicht, auf das Kissen und das Betttuch … Das kam davon, wenn man Weihnachtskarten selbst bastelte.

Sie schwang die Beine aus dem Bett und griff nach dem langen kirschroten Pullover, den sie am Abend zuvor auf den Stuhl neben ihrer Frisierkommode geworfen hatte. Es war eiskalt, und sie zitterte, während sie den Wollpulli über ihr Nachthemd zog. Sie rief sich ins Gedächtnis, dass sie den Winter eigentlich mochte. Es war eine fröhliche Jahreszeit mit Schnee (na ja, manchmal), in der es in den Läden festlich verpackte Schokolade und neue Geschenkideen gab, die niemandem hätten einfallen dürfen. Es war die Zeit der Feste, in der alles funkelte und glitzerte. Aber ihr gefiel diese Zeit besser, wenn die Zentralheizung bereits lief, sie warm angezogen war und zwei Macchiato getrunken hatte. Sie warf einen Blick auf den Wecker auf ihrem Nachttisch: fünf Uhr. Um diese Zeit war Hannah niemals wach.

Im Erdgeschoss zog jemand eindeutig Schubladen auf. Aber sie würde nicht in Panik ausbrechen. Es musste Hannah sein, oder? Allerdings hatte sie den Treppenlift ihrer Schwester nicht gehört. Und den hörte sie sonst immer. Manchmal wachte sie sogar auf, weil sie glaubte, ihn zu hören. Ihr Unterbewusstsein war bis jetzt noch nicht davon überzeugt, sich nicht ständig überfürsorglich zu verhalten.

Isla schlich auf den Flur, trippelte elegant wie eine Balletttänzerin auf Zehenspitzen und so leise wie nur möglich auf dem eiskalten Holzboden zu Hannahs Zimmer und schob vorsichtig die Tür auf. Sie öffnete sich nur einen Spalt – nicht weit genug, um zu sehen, ob jemand im Bett lag. Also drückte Isla sie ein Stück weiter auf, und die Türangeln gaben ein Quietschen von sich, das an eine Hyäne im Maul eines Löwen denken ließ.

»Was ist passiert? Isla?«

Hannah versuchte, sich kerzengerade aufzusetzen. Sie brauchte drei oder vier Anläufe und verfing sich dabei mit den Armen in der Lichterkette und den Weihnachtsfähnchen, die über ihrem Bett hingen. Als sie es endlich geschafft hatte, stand Isla bereits vor ihr und legte die Finger auf die Lippen.

»Psst!«

Hannah blinzelte und lächelte sie verschlafen an. Ihr kurz geschnittenes hellbraunes Haar sah genauso aus wie beim Zubettgehen. »Ist bereits Weihnachten? War der Weihnachtsmann schon da?« Diesen Scherz machte sie seit Mitte November.

»Nein«, erwiderte Isla. »Aber irgendjemand ist im Erdgeschoss.«

»Was?« Hannahs Stimme klang jetzt klarer. »Jemand ist unten? Wie spät ist es?«

»Fünf Uhr.« Isla griff nach dem Telefon auf dem Nachttisch ihrer Schwester und fegte in ihrer Hast einige Loom-Bänder und Glaskugeln auf den Boden. »Ich rufe die Polizei.«

»Warte.« Hannah streckte den Arm aus und hielt Islas Hand fest. »Tu das nicht.«

»Hannah! Jemand ist in unserer Küche!«

»Ich weiß«, erwiderte Hannah. »Aber Mrs Edwards schläft in letzter Zeit sehr schlecht, und das bedeutet, dass sie die Polizei sehen wird, wenn sie kommt. Und als das letzte Mal die Polizei hier auftauchte, war es wegen *Mr* Edwards … du weißt schon … als sie glaubten, er sei unter verdächtigen Umständen ums Leben gekommen.« Hannah verdrehte die Augen. »Mit dem Stößel im Mörser.«

»Hannah, im Augenblick ist mir Mrs Edwards' Gemütsverfassung nicht so wichtig. Hast du mir nicht zugehört? In unserer Küche ist jemand!«

»Okay.« Hannah atmete tief durch. »Gib mir eine Sekunde Zeit, um in den Rollstuhl zu kommen. Oder hilf mir auf den Boden, damit ich zum Treppenlift kriechen kann. Das geht schneller und ist viel leiser.« Sie schniefte. »Wir hätten doch wieder diese alten, laut klingenden Christbaumglocken von Mum und Dad über alle Türen hängen sollen. Sie sind besser als jede Alarmanlage.«

»Dieses Gebimmel weckt uns jedes Jahr bei dem geringsten Luftzug auf. Und außerdem weißt du genau, dass ich es nicht mag, wenn du über den Boden rutschst.«

»Pah!« Hannah tat das mit einer Handbewegung ab.

»Wir leben im einundzwanzigsten Jahrhundert, also komm runter von diesem ›Menschen, die nicht laufen können, tun mir so leid‹-Getue.« Sie grinste. »Tatsächlich ist das Kriechen erstaunlich befreiend. Man entwickelt eine tiefe Empathie für Schnecken, und vor Kurzem habe ich ein kleines schwarzes Top unter meinem Bett gefunden, von dem ich gedacht habe, ich hätte es bei Creepy Neil's liegen lassen.«

Ein Krachen ließ sie beide aufhorchen. Nun kam allmählich doch Panik auf. Isla sah sich rasch nach einem Gegenstand um, mit dem sie sich gegen den Einbrecher zur Wehr setzen konnte. Sie ließ das Telefon fallen und griff nach einer Hugh-Grant-Keramikfigur, die eine von Hannahs Stammkunden im Blumenladen ihr geschenkt hatte. Sie war etwa dreißig Zentimeter hoch und hart wie Ziegelstein – und mit Hugh Grants Nase konnte sie, falls nötig, jemandem ein Auge ausstechen.

»Was hast du mit Hugh vor?«, rief Hannah.

»Ich hoffe, dass ich damit den Eindringling verschrecken kann.«

»Die Figur ist sehr gelungen, also mach dich bitte nicht über Valeries künstlerische Fähigkeiten lustig. Sie wartet außerdem immer noch auf einen Termin für die Karpaltunneloperation.« Hannah schob sich an den Bettrand und setzte eine mitleidheischende Miene auf. »Hilf mir auf den Boden, damit ich kriechen kann.«

»Nein.« Isla wandte sich zur Tür. »Du bleibst im Bett. Und wenn ich dir nicht innerhalb der nächsten fünf Minuten sage, dass alles in Ordnung ist, rufst du die Polizei, auch wenn sich Mrs Edwards dann aufregt. Hast du mich verstanden?«

Hannah nickte. »Verstanden. Isla?«

»Ja?«

»Sei vorsichtig. Ich weiß nicht, was ich ohne dich tun würde … Hugh.« Sie hielt sich die geblümte Bettdecke vors Gesicht, um ihr Kichern zu ersticken.

Isla ging kopfschüttelnd zurück in den Flur. Manchmal fragte sie sich, ob bei dem Unfall nicht nur Hannahs Wirbelsäule verletzt worden war. Die Vorstellung, dass jemand in ihr Haus eingedrungen war, schien sie in keiner Weise zu beunruhigen. Okay, wer immer es auch war, er ging nicht gerade wie ein Ninja vor, also war es wohl auch kein Serienmörder. Aber sie machte sich Sorgen, dass sich der vermeintliche Dieb mit ihrem MacBook aus dem Staub machen könnte, bevor sie unten angekommen war. Oder dass ein Überraschungsteam vom Fernsehen ihre Küche rotbraun gestrichen hatte.

Isla hielt den Atem an und tappte vorsichtig barfuß auf dem Läufer mit dem orientalischen Muster die Treppe hinunter. Sie achtete darauf, nicht auf die knarrende siebte Stufe von oben zu treten, und lauschte aufmerksam, von wo die Geräusche kamen. Geschirr klirrte, Besteck klapperte. Und war das die Kaffeemaschine? Wer brach denn in ein Haus ein und machte sich dann einen Espresso?

Vor jemandem, der ihre Krups zu schätzen wusste, hatte Isla schon ein bisschen weniger Angst, aber trotzdem umklammerte sie die schwere Hugh-Grant-Figur mit den Fingern der linken Hand und schlich sich langsam über den Flur zur im hinteren Teil des Hauses gelegenen Küche.

An der Tür blieb sie stehen und spähte in die Dunkelheit. Das einzige Licht kam von der blau leuchtenden Einfassung der Kaffeemaschine. Da war tatsächlich jemand in der Küche. Jemand, der eine Kappe und einen dicken Mantel trug. Was sollte sie jetzt tun? Ihn ansprechen? Hugh Grant sprechen lassen? Sie könnte auch das Licht anknipsen.

Wenn sie vorsichtig die rechte Hand ausstreckte, konnte sie den Lichtschalter an der Wand neben der Küchentür erreichen. Mit der Tonfigur in der hocherhobenen linken Hand schob sie sich Zentimeter für Zentimeter voran und tastete mit der anderen Hand nach dem Schalter.

Als die Deckenstrahler grell aufleuchteten, stürmte Isla, von einem Adrenalinschub getrieben, in die Küche und zückte die Hugh-Grant-Figur wie ein Schwert.

»Ha!«

»Hilfe! Nicht schießen, nicht schießen! Ich bin's! Ich bin's nur!«

Islas Puls raste wie bei Mo Farah auf der Zielgeraden. Sie blieb stehen und starrte verblüfft auf Raj, den Postboten Anfang zwanzig, der seine Hände vors Gesicht geschlagen hatte. Er stieß mit dem Ellbogen an die Tür des Küchenschranks, und zwei Weihnachtskarten, die Isla am Tag zuvor dort angebracht hatte, fielen auf die Arbeitsplatte.

»Raj!«, rief Isla. »Was tust du denn hier?« Sie stellte die Hugh-Grant-Figur ab und presste eine Hand auf die Brust, um ihr wild schlagendes Herz zu beruhigen.

»Ich wollte mir nur eine Tasse Kaffee machen … nur Kaffee«, stammelte er, heftig atmend. »Hannah hat gesagt, das wäre in Ordnung. Sie hat mir einen Schlüssel gegeben.«

Isla lehnte sich gegen die Arbeitsplatte. Ihre Schwester hatte dem Postboten einen Hausschlüssel gegeben … und ihr kein Wort davon gesagt. Sie schüttelte den Kopf. Das war typisch Hannah.

»Sie hat es dir wohl nicht gesagt«, mutmaßte Raj und hob die Hände. »Es tut mir leid, ich habe mich letzte Woche über den schlechten Kaffee im Verteilerzentrum beschwert und darüber, dass ich jetzt im Dezember noch früher anfangen muss – all die Karten und Päckchen, die der

Paketdienst Yodel nicht für Amazon übernehmen kann, verstehst du? Und Hannah sagte, wenn ich Zeit hätte und in der Nähe wäre, dann könnte ich einfach reinkommen und mir einen Kaffee kochen, bevor ich mich an die Arbeit mache.«

So war Hannah. Obwohl eigentlich sie diejenige war, die alle beschützen wollten, hatte sie eine ausgeprägte Neigung, andere unter ihre Fittiche zu nehmen. Manchmal war das sehr liebenswert, aber hin und wieder auch ärgerlich. So wie jetzt, wenn der Postbote eine Menge Schneematsch in die Küche getragen und über den gesamten Fußboden verteilt und sie aufgeweckt hatte.

»Ich gehe jetzt«, verkündete Raj, machte einen Schritt rückwärts zur Tür und zog sich dabei seine Kappe tiefer ins Gesicht. »Ich kann mir auch in dem neuen Café einen Kaffee holen. Einen marokkanischen mit Orangenblüten … Der ist echt gut, Mann.«

»Raj …«, begann Isla. Sie kam sich ein wenig gemein vor.

»Schon okay, alles in Ordnung.« Raj hielt den Blick auf die Tonfigur gerichtet und wich mit erhobenen Händen weiter zurück.

»Raj! Geh nicht weg!« Hannahs Stimme drang lautstark nach unten. »Ich komme!«

»Ich sollte wirklich lieber gehen«, sagte Raj zu Isla.

»Nein«, seufzte sie. »Schon gut.« Wenn sie ihn jetzt gehen ließ, würde sie sich das ewig von Hannah vorwerfen lassen müssen. Sie hörte das Surren des Treppenlifts, was bedeutete, dass ihre Schwester auf dem Treppenabsatz dorthin gekrochen war, sich in den Sitz gehievt hatte und nun auf dem Weg nach unten war.

»Ich gieße noch ein bisschen Wasser in die Kaffeemaschine, okay?«, schlug Isla vor.

KAPITEL ZWEI

»Die werden nicht lang hierbleiben.«

»Glaubst du? Aber sie sind erst seit einem Monat hier. Ich habe es noch nicht einmal geschafft, sie zum Abendessen einzuladen.«

»Die Nudeln würde ich mir sparen, Hannah. Aber du gehst immer aufs Ganze, richtig?«

»Aufs Ganze? Du meinst, ich lege mich mit allen an?«

»Du verstehst mich schon richtig.«

Isla zog im Wohnzimmer ihre Schuhe an und beobachtete dabei Raj und ihre Schwester, die es sich auf der gemütlichen Fensterbank bequem gemacht hatten. Das Erkerfenster bot einen guten Blick auf den Beaumont Square, ihr kleiner Bereich von Notting Hill. Und die weiche pflaumenblaue Auflage mit den flauschigen, perlfarbenen Kissen war der einzige Ort, den Hannah gern gegen ihren Rollstuhl eintauschte, um sich zu entspannen. Im Augenblick hielten die beiden den Blick auf die Hausnummer elf gerichtet, wo vor Kurzem neue Nachbarn – ein Pärchen Anfang dreißig – eingezogen waren. So viel dazu, dass Raj seine Runde früh hatte beginnen wollen. Es war bereits halb acht, und er hatte schon drei Tassen Kaffee getrunken.

»Was glaubst du, was er beruflich macht?«, fragte Hannah und nippte an ihrer Kaffeetasse.

»Er arbeitet bestimmt bei einer Versicherung«, erwiderte Raj.

»Woher willst du das wissen?« Hannah kicherte.

»Das sieht man an dem komischen Dreiteiler.«

»Hannah«, mahnte Isla. »Musst du nicht zur Arbeit?«

»Ja, ja, gleich.«

Isla warf wieder einen Blick auf ihre Armbanduhr. Sieben Uhr vierunddreißig. Sie musste bald los, wenn sie rechtzeitig bei Breekers ankommen und nicht in der U-Bahn im täglichen Verkehrschaos stecken bleiben wollte. Außerdem befand sich auf dem Weg zur Bahn ein kleiner Laden, der im Schaufenster einen wunderschönen Christbaum mit glitzernden weißen Federn ausgestellt hatte. Sie hatten im Haus bisher kaum Weihnachtsdekoration angebracht und auch noch keinen Weihnachtsbaum besorgt. Dieser war zwar künstlich, aber sie fand ihn schön, und sie war sich sicher, dass er auch Hannah gefallen würde. Isla wollte ihn sich jetzt gleich noch einmal anschauen, dann vielleicht am Abend eine Anzahlung hinterlegen und ihn am Wochenende abholen. Es mochte klischeehaft klingen, aber die Winters-Schwestern liebten diese Zeit des Jahres!

»Han, ich muss gleich los«, sagte Isla. »Um neun habe ich einen Termin mit einem Kunden, und den Rest des Tages bin ich mit der Organisation der großen Feier beschäftigt.«

Das erregte Hannahs Interesse, und sie wandte sich rasch zu ihr um. »Kannst du mir schon das Thema der Party verraten?«

Isla lächelte. »Nein, du weißt doch, dass das immer bis eine Woche vorher streng geheim ist.«

Natürlich wusste Hannah das, aber es hielt sie nicht davon ab, jedes Jahr weitere Fragen zu stellen, um an Insider-Informationen über die von Breekers Construction ausgerichtete Weihnachtsfeier in London heranzukommen.

»James Bond?«, riet Hannah.

»Das hatten wir vor zwei Jahren schon.«

»Titanic?«

»Nein.« Aber das war keine schlechte Idee fürs nächste Jahr. Sie könnten einen Veranstaltungsraum zum Deck des angeschlagenen Schiffs umgestalten. Vor Islas geistigem Auge entstand das Bild einer riesigen, mit Eistrümmern bedeckten Kommandobrücke, wo man Fotos schießen und zeitgenössische Kleidung vorführen konnte. Mit Sicherheit eine gute Idee für eines der Moodboards, die sie für Pinterest entwarf.

Hannah wandte sich an Raj. »Wie war gleich noch der Name der Gang, von der du vor Kurzem gesprochen hast?«

»FX Crew? Oder die Needle Boys?«

Isla schloss die Augen, und das Wohnzimmer verwandelte sich in den Clubraum von *Sons of Anarchy.* Jeden Augenblick würde Raj ihr mehr darüber erzählen, aber »jemanden kaltmachen« hatte nicht unbedingt etwas mit der Titanic zu tun.

»Han … wenn du Hilfe brauchst, dann …«

»Ich brauche keine Hilfe«, erwiderte Hannah leichthin.

»Aber du musst dich für die Arbeit zurechtmachen, und …«

»Ronnie Kray ist ja bei mir.« Hannah schlug mit der Faust auf die Armlehne ihres Rollstuhls.

»So nennst du das Ding?« Raj grinste breit. »Cool.«

»Ich weiß«, begann Isla. »Aber …«

»Raj kann mir in den Stuhl und in den Treppenlift helfen. Den Rest schaffe ich auf dem Boden.«

»Han, du musst dich auch noch anziehen.«

»Hör endlich auf!«, rief Hannah. »Ich schaff das schon! Ich kann das! Du musst nicht ständig auf mich aufpassen!«

Isla schluckte bei dem verzweifelten Klang von Hannahs Stimme.

»Ähm, ich gehe jetzt besser.« Raj stand auf und suchte nach einem Platz, wo er seine Kaffeetasse hinstellen konnte. »Die vielen Briefe und Weihnachtskarten liefern sich nicht von selbst aus.«

»Du musst noch nicht gehen«, sagte Hannah und unterdrückte ihren verletzten Stolz.

»Wir sehen uns später, ihr Süßen.« Raj grinste Hannah an. »Vielleicht schaue ich sogar kurz im Blumenladen vorbei.«

»Bis dann, Raj«, sagte Isla, als der Postbote zur Tür ging. »Tut mir leid wegen des Missverständnisses … und wegen Hugh Grant.«

»Schon in Ordnung.« Raj hob seine Kappe kurz an. »Alles okay.«

Nachdem Raj die Küche verlassen hatte, herrschte eisiges Schweigen, bis die Haustür ins Schloss fiel. Isla wusste, was ihr jetzt bevorstand.

»Warum tust du das?«, brüllte Hannah. »Ständig tust du das, verdammter Mist!«

»Es tut mir leid«, begann Isla. »Ich … ich muss jetzt zur Arbeit, aber ich wollte dich wissen lassen, dass ich noch genügend Zeit habe, um dir zu helfen … falls du Hilfe brauchst.«

»Wenn ich deine Hilfe brauche, lasse ich dich es wissen«, erwiderte Hannah scharf. »Meine Stimme hat unter dem Unfall nicht gelitten.«

Isla schluckte. Selbst fünf Jahre nach dem Unfall wurde es nicht leichter. Sie hatten bei dem Autounfall ihre Eltern verloren, aber dass Hannah seitdem nicht mehr laufen konnte, war fast noch schlimmer. Isla war damals zwanzig gewesen und hatte geplant, von zu Hause auszuziehen und ihr eigenes Leben zu beginnen, und dann waren ihre Pläne plötzlich auf den Kopf gestellt worden. Mit einem Mal war sie verantwortlich für eine Fünfzehnjährige, die versuchte, mit ihrer Lähmung zurechtzukommen. Und trotzdem blieb ihre lebenslustige Schwester genauso, wie sie vorher gewesen war, nur dass Spitzentanz oder Inlineskating für sie nicht mehr infrage kamen.

»Nun, wir sollten darüber reden, wem du unseren Hausschlüssel gibst.« Isla wechselte rasch das Thema.

»Raj ist mein Freund.«

»Freunde bekommen nicht automatisch einen Schlüssel für die Vordertür.«

»Es war der Schlüssel für die Hintertür.«

Isla schüttelte den Kopf und seufzte.

»Was?« Hannah neigte den Kopf zur Seite. »Wunderst du dich immer noch darüber, wie nervtötend ich sein kann, obwohl ich meine Beine nicht mehr bewegen kann?«

»Han, hör auf damit«, bat Isla. »Ich versuche doch nur … alles richtig zu machen.«

Hannah schniefte und wandte sich wieder zum Fenster, ein sicheres Zeichen dafür, dass sie emotional aufgewühlt war. Isla schwankte, ob sie einfach ihre Tasche nehmen und rasch zur Arbeit flüchten oder zu ihrer Schwester hinübergehen sollte, um die Sache zu klären.

»Hannah …«

»Was hältst du von dem Pärchen im Haus Nummer elf?«, unterbrach Hannah sie.

»Keine Ahnung.« Isla ging zu Hannah hinüber, stellte sich neben sie – allerdings nicht zu nahe – und schaute auf die stille, noch winterlich dunkle Straße hinaus. »Ich glaube, ich bin ihnen nur einmal kurz begegnet.«

»Sie haben eine Katze«, fuhr Hannah fort. »Na ja, sie hatten eine. Als sie einzogen, haben sie sie in einem Korb mitgebracht, der aussah wie einer der Geschenkkörbe von Fortnum & Mason. Sie trug ein pinkfarbenes Halsband mit Glitzersternchen. Seitdem habe ich sie aber nicht mehr gesehen.«

»Vielleicht bleibt sie immer im Haus«, meinte Isla.

»Willst du damit sagen, so wie ich?«

Isla lächelte ihre Schwester an. »Hannah Winters, du bist viel öfter unterwegs als ich!«

»Immer mit einer Begleitperson, falls ich aus meinem Ronnie falle oder allein mitten ins Verkehrsgewühl fahre und dann als Ursache eines Staus in den Radionachrichten von Capital FM erwähnt werde.«

Das war ein Punkt, über den sie sich häufig stritten. Isla war immer unbehaglich zumute, wenn Hannah ganz allein loszog. Sie wusste, dass ihre Schwester großen Wert auf ihre Unabhängigkeit legte und diese brauchte, aber sie war so verletzlich. Vor Sonnenaufgang oder nach Sonnenuntergang war keine junge Frau sicher, aber wenn sie noch dazu in einem Rollstuhl saß und sich nicht wehren konnte … da konnte alles Mögliche passieren.

Sie tätschelte Hannahs Schulter. »Komm, wir gehen nach oben, damit du fertig bist, wenn Poppy kommt.«

»Manchmal frage ich mich wirklich, was genau du bei Breekers machst«, meinte Hannah, während sie sich von ihrer Schwester in den Rollstuhl helfen ließ. »Denn deine Ausweichmanöver in Gesprächen kommen wirklich immer auf den Punkt genau.«

»Auf den Punkt genau? Sind sie nicht eher der absolute Hammer?« Isla imitierte mit verstellter Stimme Rajs Möchtegerngangster-Ausdrucksweise.

»Sprich nie wieder so«, protestierte Hannah und versuchte, ein Lachen zu unterdrücken. »Du hörst dich an wie Keith Lemon, der versucht, Snoop Dogg nachzumachen.«

»Bereit?« Isla beugte sich vor, um ihre Schwester hochzuheben.

»Wenn es sein muss«, erwiderte Hannah seufzend.

»Cool.« Isla grinste.

»Hör endlich auf damit!«

KAPITEL DREI

The Royale, Hyde Park, London

Chase Bryan stieg aus dem schwarzen Taxi und verspürte sofort das Bedürfnis, auf seine Hände zu hauchen. Meine Güte, war das kalt. So kalt wie in New York, obwohl der Wetterbericht versprochen hatte, dass die Temperaturen in London bei ihrer Ankunft über dem Gefrierpunkt liegen würden. Er fuhr sich mit der Hand durch seinen hellbraunen Haarschopf und schaute sich um. Nun waren sie hier. In London, am Hyde Park.

In vielerlei Hinsicht glich der Hyde Park dem Central Park in New York – eine weite, jetzt schneebedeckte Grünfläche mitten in der grauen Stadt. Aber er war doch ganz anders – eben richtig britisch. Hübscher angelegt. Mit breiten, geschwungenen Pfaden und von Bäumen bestandenen Wegen und Bänken am Ufer des Serpentine. Als er das letzte Mal hier gewesen war, waren Boote auf dem See getrieben, die Besucher hatten auf dem Gras oder in gestreiften Liegestühlen den Sonnenschein genossen und gepicknickt, während Pferde vorbeigetrottet waren. Auch jetzt, mit einer leichten Schneeschicht bedeckt, war der Park wunderschön; Jogger und Pendler liefen an dem Löwen und dem Einhorn am Queen Elizabeth Gate vorbei.

Chase warf einen Blick zurück auf das Hotel, vor dem er stand. Die hell erleuchtete Fassade des Gebäudes stammte entweder noch original aus dem neunzehnten Jahrhundert oder war einfach schon ziemlich heruntergekommen. Ein bisschen wie er selbst – sehr müde. Er schob es auf den anstrengenden Flug vom John-F.-Kennedy-Flughafen hierher, dass er schlecht gelaunt war, und diese verflixte Kälte machte es auch nicht besser.

»Ich sterbe, Daddy ... ich sterbe!«

Chase drehte sich zum Taxi um und reichte seiner neun Jahre alten Tochter Maddie die Hand. Ihre Finger fühlten sich an wie Eis, als er ihr aus dem Wagen auf den Gehsteig half.

»In Taxis in London ist es kalt«, stellte Maddie zähneklappernd fest. »In England ist es kalt.«

Er schob ihr lächelnd eine hellbraune Haarsträhne aus dem Gesicht, die sich aus ihrer regenbogenfarbenen Spange gelöst hatte. »Hey, was ist aus meiner New Yorkerin geworden? Bei uns zu Hause sind die Winter noch kälter als hier.«

Maddie rümpfte die Nase. »Bin ich denn noch eine New Yorkerin?«, fragte sie.

»Wer behauptet etwas anderes?«

»Na ja, zumindest wohnen wir jetzt nicht mehr in New York.«

Der Einwand kam von seiner ältesten Tochter. Die dreizehnjährige Brooke stieg mit der für Teenager typischen Lässigkeit aus dem Wagen, mit der sie ihre Unsicherheit überspielte und vorgab, schon viel älter zu sein, als sie war. Ihre braunen Locken fielen ihr auf die Schultern, das gestern aufgetragene Make-up hatte den Flug einigermaßen überstanden, und sie hatte rasch noch ein wenig Lipgloss aufgetragen. Sie sah genauso aus wie ihre Mutter.

»Hat Mom gesagt, dass ihr jetzt keine New Yorkerinnen mehr seid?«, wollte Chase wissen und bedauerte seine Bemerkung sofort. Die Scheidung war vorüber, und nun sollte es keinen Streit mehr geben. Sie hatten sich versprochen, ihren Kindern bessere Eltern zu sein. Allerdings musste sich Leanna nicht wie er um ein milliardenschweres Unternehmen kümmern, das ihn beinahe rund um die Uhr beschäftigte. Stattdessen lebte sie nun mit Colt in einem neuen Haus in Montgomery. *Dieser … Kerl!* Zorn und Verbitterung schwappten in ihm hoch, bevor er es verhindern konnte.

»Es ist immer alles Moms Schuld, richtig?« Brooke schüttelte ihr Haar nach links und nach rechts und rückte es dann zurecht, bevor sie ihr iPhone zückte, um ein Selfie zu machen.

»Ich weiß nicht, ob ich lieber eine Montgomery-in wäre«, meinte Maddie. »Das klingt irgendwie komisch.«

»Weil es komisch ist«, erwiderte Brooke.

»Ich möchte eben, dass alles wieder so ist wie früher.«

»Das kannst du vergessen«, sagte Brooke kalt.

»Das reicht jetzt«, mischte Chase sich ein.

»Ich will nicht in London bleiben«, beklagte sich Brooke. »Warum mussten wir mit dir kommen?«

Der Taxifahrer stellte ihr Gepäck auf den Gehsteig, und es schien noch kälter zu werden. Der Verkehr rauschte an ihnen vorbei. Es gab zwar keine gelben Taxis wie in New York, und es wurde auch nicht so häufig gehupt wie in Manhattan, aber auch hier waren viele Fahrzeuge unterwegs, darunter auch die in London berühmten roten Doppeldeckerbusse. Und man sah, dass die Weihnachtszeit angebrochen war. Die Geschäftshäuser waren mit glitzernden Tannenbäumen geschmückt, und überall hingen bunte Leuchttafeln mit der Aufschrift »Hört die Engel singen« und »Fröhliche Weihnachten«.

»Das weißt du doch«, erwiderte Chase seufzend. »Aus zwei Gründen. Mom muss sich nach der Operation um eure Oma kümmern, und …«

»Ich verstehe nicht, warum Großvater das nicht tun kann«, unterbrach Brooke ihn.

»Weil Opa ein kaputtes Bein hat«, erinnerte Maddie ihre Schwester. »Vom Krieg.«

»Wie konnte ich das vergessen? Er redet ja ständig nur über Vietnam«, schnaubte Brooke. Sie hob mit einer Hand ihren Rucksack und mit der anderen ihren Koffer auf. »Ich hoffe nur, dass wir ein großes Zimmer haben. Und einen ausgezeichneten Zimmerservice.«

»Brooke, warte«, sagte Chase, während der Teenager sich bereits auf den Weg zum Hoteleingang machte. Es gab noch einen zweiten Grund, warum sie hier waren – er *wollte* sie bei sich haben. Es war schon so lange her, dass er genügend Zeit für sie gehabt hatte. Sein Job bestimmte seit einiger Zeit sein ganzes Leben, und dagegen hatte er nichts tun können. Aber nun wollte er von Neuem beginnen. Ein weiterer Anfang. Er hatte schon so oft von vorn beginnen müssen, dass er sich fragte, wie häufig er wohl noch auf die Rückstelltaste würde drücken dürfen. Er presste die Fingernägel in seine Handfläche. Er war immer noch da. Es ging ihm gut. Sein Leben war okay. Seine Kinder verbrachten die Ferien bei ihm, und sobald er das neue Projekt ins Rollen gebracht hatte, würde er sich nur noch ihnen widmen. Im Grunde genommen hatte alles, was er jemals getan hatte, jede Entscheidung, die er getroffen hatte, ihrem Schutz dienen sollen.

»Mom sagt, wir sollen sie lieber in Ruhe lassen, wenn sie so ist«, erklärte Maddie, immer noch zähneklappernd.

»Wenn sie wie ist?«, fragte Chase. »So wie sie jeden Tag ist?«

Maddie zuckte die Schultern. »Soll ich meinen Koffer tragen, Daddy?«

»Nein, mein Schätzchen, er ist zu schwer für dich … aber vielen Dank.« Er streckte die Arme aus, zog Maddies Mantel an beiden Enden zusammen und schloss die Druckknöpfe. »Du gehst mit deiner Schwester ins Hotel, ich bezahle den Taxifahrer und bringe unser Gepäck mit.«

»Okay, Daddy.« Maddie machte sich auf den Weg. Er sah ihr kurz nach und richtete dann den Blick auf das Hotel auf der anderen Straßenseite. Im Gegensatz zum Royale, wo er ihre Zimmer gebucht hatte, wirkte es modern, und seine glatte schwarze Fassade versuchte einen luxuriösen Eindruck zu vermitteln. Aber irgendetwas daran gefiel ihm nicht. Außerdem war es sehr klein. Es bestärkte ihn nur darin, dass seine Vision, die er an Breekers verkauft hatte, die richtige war, um die Firma nach vorne zu bringen und in ein neues, aufregendes Segment vorzustoßen. Es würde ein Neubeginn für die Firma und eine dringend erforderliche Ablenkung für ihn sein. Sobald er erst einmal den versäumten Schlaf nachgeholt hatte.

KAPITEL VIER

Notting Hill, London

»Siehst du«, begann Hannah, während sie die Räder ihres Ronnie Kray vorwärtsschob, »das ist ein klassisches Beispiel für jemanden, der zwar seine beiden Beine benutzen kann, aber trotzdem nicht mit dem Leben in London zurechtkommt.«

Sie bezog sich auf Poppy vom Gemeindezentrum, die heute nicht erschienen war, um Hannah zur Arbeit zu begleiten. Hannah traf sich in der Gruppe Lebenshilfe an ein paar Abenden in der Woche im Gemeindezentrum mit Freunden, die ähnliche Herausforderungen zu meistern hatten wie sie. Das Gebäude war ziemlich heruntergekommen, und dort gab es immer noch die Originalausgabe von Trivial Pursuit mit mittlerweile abgegriffenen Spielkarten und Twister (was ziemlich ironisch war, weil die meisten der Besucher im Rollstuhl saßen), und die Musik kam von einem CD-Kassettenrekorder. Als Hannah mit fünfzehn, voll Zorn über ihren Zustand, zum ersten Mal dort gewesen war, hatte sie alles furchtbar gefunden, aber Gabby – ein sehr lautes, aber unglaublich lustiges Mädchen mit einer Spina bifida – hatte Hannah unmissverständlich gefragt, ob sie sich zu gut für diese Gruppe halte, und irgendwie hatte sich daraus eine Freundschaft zwischen den beiden entwickelt.

Isla bezahlte Poppy dafür, dass sie Hannah die paar Straßen weiter zu ihrem Arbeitsplatz, dem Blumenladen Portobello Flowers, brachte. An diesem Morgen hatte Poppy jedoch angerufen und erzählt, dass eine Gasleitung in ihrer Straße geplatzt sei, doch als sie sich dann näher über die Reparaturarbeiten und intelligente Zähler ausließ, kam Isla der Verdacht, dass sie ihr etwas von der Website der britischen Gasgesellschaft vorlas, während sie noch im Bett lag und gemütlich frühstückte.

»Du musst mich nicht die gesamte Strecke begleiten«, fuhr Hannah fort.

»Schon in Ordnung«, erwiderte Isla. »Der Laden liegt sowieso fast auf meinem Weg.« Sie warf einen Blick auf ihre Armbanduhr – wenn sie vor neun im Büro sein wollte, musste sie sich beeilen.

»Halt!«, rief Hannah und bremste die Räder ab.

»Was ist los?« Isla rutschte beinahe mit einem Bein auf dem Schneematsch aus.

»Dort drüben.«

Hannah deutete auf die Bänke, die sich gegenüber der schwarzen Gitterstäbe vor dem Park befanden. Auf einer hatte sich ein Pärchen niedergelassen, das nur Augen füreinander hatte. Um sie herum tobte das Leben – Fahrradfahrer kurvten um parkende Wagen, Jogger wichen Briefkästen aus, Fußgänger hielten ihr Handy ans Ohr gepresst und trugen Aktenkoffer oder Einkaufstaschen mit sich. Hundebesitzer führten ihre Lieblinge Gassi –, aber das nahmen die beiden alles nicht wahr. Und dann geschah es. Isla konnte nicht beurteilen, wer sich zuerst vorgebeugt hatte, doch plötzlich waren sie eins, und ihre Lippen trafen sich zu einem filmreifen Kuss.

»Das ist das erste Pärchen in dieser Jahreszeit«, sagte Hannah seufzend. »Streich den Tag im Adventskalender an und iss das Stück Schokolade.«

»Oh, Han«, sagte Isla. »Das muss aufhören.«

»Ach ja? Soll ich das auch auf die Liste der Dinge setzen, die ich nicht tun kann?« Hannah schob ihren Rollstuhl wieder an. »Ich kann doch auch nichts dafür, dass alle Leute um mich herum ein besseres Liebesleben haben als ich … nein, *überhaupt* ein Liebesleben.« Sie schniefte. »Abgesehen von dir.«

»Das wird sich schon alles ergeben, wenn die Zeit dafür reif ist, Han.«

»Das sagt die Frau, die jeden Mann haben könnte, wenn sie nur wollte.«

»Warum sagst du das?« Isla hatte seit einem Jahr keine Verabredung mehr gehabt. Ihr letztes Date hatte Hannah für sie arrangiert. Er hieß Ptolemy, und eigentlich hatte Hannah ihn toll gefunden. Aber sie hatte gedacht, dass er sich nicht für sie interessierte, weil sie im Rollstuhl saß. Und so war es auch gewesen. Und das lag nicht an der bezaubernden Hannah, sondern daran, dass er offensichtlich ein oberflächlicher Hohlkopf ohne Persönlichkeit war, der ihre Schwester gar nicht verdient hatte.

»Weil es wahr ist.«

»Meine letzte Verabredung hatte ich mit Ptolemy.«

»Das stimmt nicht.«

»Doch, Han.«

»Meine Güte, tatsächlich?«

»Ja! Und ich habe mich nur deinetwegen mit ihm getroffen.«

»Er war wohl ein ziemlicher Loser.«

»Allerdings.«

Hannah holperte über die Bordsteinkante und rollte rasch über die Kreuzung zu der nächsten abgeflachten Stelle des Bürgersteigs. »Aber es ist doch nicht zu viel verlangt, oder? Ein filmreifer, perfekter Kuss in Notting Hill. Nur einer. So wie in der Szene, in der Julia Roberts Hugh Grant zum ersten Mal küsst.« Hannah seufzte und riss dann die Augen weit auf. »Vielleicht könnte ich jemanden dafür bezahlen … jemanden, der so richtig heiß ist … so wie …«

»Gerard Butler?«

»Ihh! Stehst du etwa immer noch auf ältere Schauspieler?«

»Dann vielleicht Danny Dyer?«

»Danny Dyer gefällt mir, aber er ist auch schon vierzig! Komm schon, Isla, wir brauchen einen geeigneten Mann in den Zwanzigern!«

»Taylor Lautner.«

»Zu große Zähne.«

»Liam Hemsworth.«

»Chris ist heißer.«

»Du bist ziemlich wählerisch, aber das ist gar nicht schlecht.« Isla wich einem Lieferanten mit einem großen Karton in den Händen aus. »Aber du weißt doch genauso gut wie ich, dass es kein perfekter Kuss in Notting Hill wäre, wenn du dafür bezahlen oder dir irgendeinen Fremden aussuchen würdest. Es wäre lediglich ein peinlicher Kuss in Notting Hill, und das wünscht sich niemand.« Sie legte ihrer Schwester eine Hand auf die Schulter. »Perfekt ist ein Kuss nur, wenn ihn sich zwei Menschen, die einander zugetan sind, in einem besonderen Moment geben.« Sie schluckte. Wie kam sie denn jetzt darauf? Schließlich war nicht sie diejenige, die von einem filmreifen Kuss träumte …

»Wahrscheinlich sollte ich mir das einfach abschminken«, sagte Hannah mürrisch. Sie schob ihren Rollstuhl mit Absicht über einen leeren Plastikbecher.

»Han, was ist los mit dir? Es ist Dezember, unser Lieblingsmonat, die Jahreszeit, in der wir uns richtig wohlfühlen. Weihnachten steht vor der Tür, und wir haben einiges zu tun. Du bist im Blumenladen beschäftigt, die Weihnachtsfeier im Gemeindezentrum steht bevor und natürlich die bei Breekers. Außerdem wollen wir zur Wein- und Käseverkostung am Beaumont Square …«

»Ich mag Raj.«

Isla schluckte, schüttelte den Kopf und hoffte, die Worte ihrer Schwester wären vielleicht im Lärm des vorbeifahrenden Müllwagens untergegangen oder von ihm erfasst und in einer anderen Form wieder ausgespuckt worden. Plötzlich sehnte sie sich nach einem weiteren Koffeinschub – möglichst in Form eines dreifachen Espressos.

»Und schon herrscht wieder Schweigen.« Hannah schob ihren Rollstuhl noch schneller voran.

»Nein«, erwiderte Isla rasch. »Kein Schweigen. Nur …« Was tat sie da? Wollte sie das nun aufarbeiten? Das klang viel zu negativ. »Du magst Raj also.« Toll, nun hatte sie den Satz einfach nur wiederholt.

»Was ist daran so komisch?«, wollte Hannah wissen.

»Nichts. Das wollte ich damit nicht sagen.« Oder doch? »Wann … wann hast du denn bemerkt, dass du ihn magst?«

Hannah zuckte die Schultern. »Er ist witzig. Er bringt mich zum Lachen. Und er sieht gut aus.«

Isla sah, dass sich die Wangen ihrer Schwester leicht röteten. Hannah mochte Raj tatsächlich, zweifellos. Das war bisher noch nie der Fall gewesen. Und wenn doch, hatte sie Isla nichts davon erzählt.

»Findest du auch, dass er gut aussieht?« Hannah hielt ihren Rollstuhl an.

»Na ja …« Was sollte sie jetzt sagen? »Er hat hübsche Augen.«

»Ich weiß«, sagte Hannah verträumt. »So dunkel und geheimnisvoll.«

Isla hatte sich Rajs Augen noch nie genauer angesehen. Sein Gesicht war fast immer zur Hälfte von seiner Kappe bedeckt. Er roch gut, aber war das alles, was ihr zu ihm einfiel? Nein, das auf keinen Fall!

»Du kannst jetzt gehen.« Hannah schwang Ronnie so herum, dass er vor der Rampe stand, die in den Blumenladen führte.

Isla ignorierte die geringschätzige Bemerkung und atmete stattdessen tief den berauschenden Duft der blühenden Blumen in den Kübeln auf dem Gehsteig ein. Weiße Lilien, pralle gelbe Rosen und köstlich duftende rote, pinkfarbene und violette Freesien quollen aus einem zinnernen Pflanzenkübel. Nelken in zarten Pastellfarben, helle Gerberas und winzige Kiefernzapfen warteten in Weihnachtspapier eingewickelt auf Käufer.

»Sie sind herrlich«, sagte Isla und sog noch einmal den Duft der Blumen ein. »Vielleicht sollte ich ein paar für mein Büro mitnehmen.«

»Du musst in diesem Laden keine Blumen kaufen, nur weil ich hier arbeite«, erwiderte Hannah, wie sie es jedes Mal tat, wenn Isla davon sprach. »Hol dir ein paar billige aus dem Supermarkt.«

»Mir gefallen Claudias Blumen«, verteidigte Isla sich. »Und sie halten auch länger.«

Hannah hatte bereits die halbe Strecke der Rampe zurückgelegt. Ihre Schwester war sicher an ihrem Arbeitsplatz gelandet, und nun musste Isla rasch zur U-Bahn laufen und hoffen, dass es keine Verspätungen gab. Um den Weihnachtsbaum aus weißen Federn würde sie sich auf dem Heimweg kümmern müssen.

»Bis heute Abend«, rief sie Hannah zu. »Es gibt Lasagne.«

»Vielleicht können wir das Pärchen aus Nummer elf einladen«, rief Hannah zurück. »Falls Raj sich nicht getäuscht hat und sie sich ständig streiten, könnte ihnen ein Abendessen mit neuen Freunden guttun.«

Isla lächelte. »Wir können ja hinübergehen und uns vorstellen.«

»Bis später«, sagte Hannah, als Claudia ihr die Tür öffnete.

»Mach's gut.«

KAPITEL FÜNF

Breekers London, Canary Wharf

Zehn Minuten nach neun! Isla war zu spät dran, und in der U-Bahn war sie gegen Leute gepresst worden, denen sie sich normalerweise, wenn sie es sich hätte aussuchen können, nicht einmal auf eine Entfernung von hundert Metern genähert hätte. Trotz des Winds, den man eher in der Arktis vermutet hätte, schwitzte sie, und ihr Haar brauchte ganz dringend einen guten Friseur. Sie schob sich durch die Glastüren von Breekers London und hastete zum Lift, während sie in Gedanken die wichtigsten Punkte des Ridgepoint-Hospital-Projekts durchging, über das sie bereits um neun Uhr hätte sprechen sollen. Es handelte sich um ein großes Projekt und war ihr ebenso wichtig wie ihr allererster Kunde, den sie betreut hatte. Dieser erste Erfolg hatte ihr bei Breekers den Weg nach oben geebnet. In wenigen Jahren war sie von der persönlichen Assistentin zur Bereichsleiterin aufgestiegen. Sie hatte bereits einiges erreicht, seit sie noch eine verzweifelte, aber hoffnungsvolle Zwanzigjährige gewesen war, frisch vom College und dazu noch mit der Betreuung ihrer Schwester befasst. *9.13 Uhr.*

»Guten Morgen, Isla.«

»Guten Morgen, Denise«, grüßte sie die freundliche Rezeptionistin und holte tief Luft. »Robert Dunbar ist wohl nicht zu spät dran, oder? Anscheinend gibt es in der Stadt irgendein Problem mit den Gasleitungen.« Poppy hatte sie diese Ausrede keine Sekunde lang geglaubt, aber es war einen Versuch wert.

»Robert ist bereits seit acht Uhr hier.« Denise schob ihre Brille zurecht.

»Das war ja klar«, murmelte Isla. Nach Robert konnte man die Uhr am Big Ben stellen. Sie überlegte, ob sie die Treppe hinauflaufen sollte, anstatt den Aufzug zu nehmen. Oh, da stand ja ein Weihnachtsbaum. Wann war der wohl aufgestellt worden? Sie hielt kurz inne. Er war wunderschön und *echt.* Sie atmete tief den Duft nach Fichtennadeln und Holz ein, und ihr Puls wurde sofort langsamer, beinahe so, als hätte sie ein Beruhigungsmittel gegen die Hektik in der Stadt zu sich genommen.

»*Er* kommt heute«, verkündete Denise. Den letzten Teil des Satzes flüsterte sie so leise, als würde sie ihr ein Staatsgeheimnis verraten, das irgendetwas mit dem Papst zu tun hatte.

»Er?«, fragte Isla interessiert und wandte sich von dem Christbaum ab. »Der Weihnachtsmann? Oder Richard Branson schon wieder?«

»Er ist berühmt-berüchtigter als diese beiden«, erwiderte Denise.

»Batman?«

Denise beugte sich über die glänzende Granitplatte am Empfang. »Chase Bryan.«

Musste sie auf Anhieb wissen, wer das war? Wäre Denise nicht schon Anfang fünfzig, hätte sie vermutet, dass es sich um einen der heißen Schauspieler um die zwanzig handelte, über die Hannah so gern redete. Möglich war es trotzdem. Hatte Denise nicht im letzten Jahr monatelang von Zac Efron geschwärmt?

»Ähm … kommt er aus La La Land?« *9.17 Uhr.*

»Fast.« Denise machte eine kurze Pause. »Aus New York.«

Isla zerbrach sich den Kopf nach einem passenden Filmtitel. »Hm … Sully aus *US-Airways-Flug 1549*?«

»Er ist Ihr Boss. Und meiner auch. Und praktisch der Boss der ganzen Welt.«

»Ich dachte, das sei Stephen Hawking.«

»Chase Bryan ist der neue Geschäftsführer von Breekers International.«

Was? Seit wann gab es in der Firma einen neuen Geschäftsführer? War das denn nicht immer noch »Big« Bill Wartner? Big Bill mit seinem dichten, gemütlichen Bart, dem breiten Lächeln, bei dem man seine perlweißen Zähne sah, dem grau melierten Haar, das ein wenig an Zuckerwatte erinnerte. Er sprach so, als wäre er gerade einem Western entsprungen, und sie hatte sich immer vorgestellt, dass er an einem Freitag, wo alle in Freizeitkleidung kamen, mit einer Lederweste und Chaps erscheinen würde. War er in den Ruhestand gegangen?

Aber anstatt sich nach Big Bill zu erkundigen, sprudelte Isla vor anderen Fragen über. Was? Warum? Würde er zur Weihnachtsparty kommen? Hatte sie in seinen Augen vielleicht in diesem Jahr zu viel Geld für Lebensmittel ausgegeben? Sollte sie den Hummer lieber kurzfristig gegen Krabben eintauschen? Es war verdächtig, dass sie von der Cateringfirma nichts mehr darüber gehört hatte. Vielleicht sollte sie ihnen gleich eine weitere E-Mail schicken …

»Ich dachte, Sie hätten es gewusst. Schließlich gehören Sie ja zur oberen Liga«, begann Denise. »Niemand, mit dem ich darüber geredet habe, scheint zu wissen, warum er hierherkommt. Ich habe auch erst heute Morgen von Liz aus dem vierten Stock davon erfahren ... und dann haben wir diese E-Mail bekommen.«

Hatte Denise etwas von der oberen Liga gesagt? Gehörte sie tatsächlich dazu? Wenn sie Roberts Job hätte, wäre sie dort wohl angekommen, aber sie wusste auch, wie viele Stunden er arbeitete, und sie musste sich immerhin noch um Hannah kümmern.

»Dann hat man es Ihnen also nicht gesagt ... vor der E-Mail?«, fuhr Denise fort.

Isla warf wieder einen Blick auf ihre Armbanduhr. »Ich weiß nur, dass ich viel zu spät dran bin und anscheinend dringend meine E-Mails lesen sollte«, sagte Isla und wollte sich auf den Weg machen.

»Oh«, sagte Denise. *»Merkwürdig.«*

Sie blieb abrupt stehen und drehte sich wieder um. Irgendetwas an Denise' Stimme kam ihr seltsam vor. »Denise, was genau hätte ich wissen sollen, bevor ich diese E-Mail lese?«

»Nun, ich bin überrascht, dass Sie das noch nicht wissen.« *9.20 Uhr.*

»Denise!«, rief Isla. »Was sollte ich wissen?«

»Na ja ...« Denise atmete tief durch. »Sie sind seine persönliche Assistentin. Die Ansprechperson für alle.«

Was? Was hatte sie gerade gesagt? Isla schluckte. »Seine was?«

»Wie es heißt, sollen alle Nachrichten oder Anrufe für den Geschäftsführer während seines Aufenthalts über Sie laufen.«

Was? Sie sollte die Sekretärin für jemanden spielen, von dem sie nicht einmal wusste, dass er zur Firma gehörte? Wie konnte das passieren? Denise hatte gerade gesagt, sie gehöre der oberen Liga an. Warum betreute ihn nicht eine der tatsächlichen persönlichen Assistentinnen? Und sollte jemand, der einen neuen Job bekam, nicht persönlich darüber informiert werden, bevor es die gesamte Firma wusste? Sie war sprachlos. Und was genau sollte sie für ihn tun? Protokoll führen, tippen und seine Telefonate entgegennehmen?

»Ich muss nach oben«, erklärte Isla mit einem weiteren Blick auf ihre Uhr. *9.22 Uhr.* Mit einem Mal hatte sie ein flaues Gefühl im Magen, und der Christbaum roch ein bisschen zu stark nach Olbas Öl.

»Sie wissen also auch nicht, wann genau Chase Bryan eintreffen wird?«, fragte Denise. »Wenn er erst am Nachmittag kommt, könnte ich in der Mittagspause noch rasch zum Friseur gehen.«

Isla schloss kurz die Augen, bevor sie zum Aufzug ging. Noch vor zehn Minuten hatte sie nichts von der Existenz dieses Mannes gewusst. Und nun schien er sie für den gesamten Dezember in Beschlag zu nehmen.

KAPITEL SECHS

The Royale, Hyde Park

Chase fühlte sich, als hätte ihn ein wütender Konkurrent – oder seine Exfrau – mit einem Allradwagen überfahren und dann auch noch den Rückwärtsgang eingelegt. Und dann dieser Lärm! Ein Surren und Piepsen und ein weiteres Geräusch, das klang, als würde Adam Levine versuchen, einen hohen Ton zu treffen. Er hob den Kopf vom Kissen – er fühlte sich an, als hätte ihn jemand durch einen riesigen Marshmallow ersetzt.

»Maddie, du machst das nicht richtig.«

»Ich drücke auf den Knopf, so fest ich nur kann.«

»Aber so geht das nicht. Lass mich das machen.«

»Das ist nicht fair. Ich will selbst spielen.«

»Aber du kannst es nicht.«

»Kann ich doch.«

»Maddie, gib's einfach auf.«

»Nein! Gib mir den Controller zurück!«

Die Zankerei wirkte wie ein Eimer kaltes Wasser auf seinem Gesicht. Chase warf die Bettdecke zurück, griff nach seinem T-Shirt und zog es sich über den Kopf, bevor er zur Tür ihrer Suite ging.

»Gibt ihn mir zurück!«, kreischte Maddie. »Wenn du ihn kaputt machst, kriegen wir Ärger!«

»Wenn er kaputt ist, sage ich, dass es deine Schuld war«, erwiderte Brooke.

»Hey!«, mischte Chase sich ein. Er hatte genug gehört, ging zu seinen Töchtern hinüber und musterte sie. Beide waren beim Klang seiner Stimme verstummt. Brooke hielt einen Xbox-Controller in der rechten Hand und versuchte mit der linken, Maddie abzuwehren. Maddie wirkte blass, erschöpft und den Tränen nahe. Das Piepsen kam vom Fernseher, wo computeranimierte Autos und schlumpfähnliche Wesen über den Bildschirm hüpften.

»Was ist hier los?«, wollte er wissen.

Die beiden sagten kein Wort und rührten sich nicht von der Stelle.

Er seufzte. »Ich dachte, wir wollten ein wenig Schlaf nachholen.«

Brooke ließ Maddies Hand los, verschränkte die Arme vor der Brust und schob eigensinnig das Kinn vor.

»Es ist zu hell draußen«, beklagte sich Maddie. »Es ist Tag.«

»Das weiß ich, und wir alle versuchen, mit der Zeitumstellung fertigzuwerden, aber wir sind auch alle hundemüde.«

»Ich bin nicht müde«, verkündete Brooke.

»Ich auch nicht«, schloss Maddie sich ihr an.

Offensichtlich fühlte nur er sich so, als hätte man ihm während des Flugs sämtliche Organe entnommen und an falscher Stelle wieder eingepflanzt.

»Okay, also was sollen wir jetzt tun?« Er ging zu dem bodentiefen Fenster hinüber. Auf den geschäftigen Straßen spielte sich das hektische Alltagsleben ab, aber trotzdem spürte er eine gewisse Gelassenheit, die er im Gewühl von Manhattan nie empfunden hatte. Dort unten liefen einige Leute mit dampfenden Kaffeebechern vorbei. Er hätte jetzt alles für einen Latte macchiato caramel gegeben.

»Wir könnten zu McDonalds gehen«, schlug Maddie vor.

»Machst du Witze?« Chase sah sie entsetzt an.

»Ich mag McDonalds«, entgegnete Maddie.

»Die Burger sind furchtbar. Einfach widerlich«, erklärte Brooke.

»Wir sind nicht den weiten Weg hierhergekommen, um den gleichen Mist zu essen wie zu Hause«, sagte er. Gegen einen kurzen Besuch bei Starbucks hätte er allerdings nichts einzuwenden gehabt. Aber da ging es ja nur um Kaffee, und Kaffeegenuss folgte anderen Regeln.

»Daddy!«, empörte sich Maddie. »Du hast MIST gesagt!«

Brooke kicherte. Zum ersten Mal, seit sie den Flughafen in New York verlassen hatten, zeigte sich so etwas wie ein Lächeln auf ihrem Gesicht.

»Tut mir leid, Maddie.« Er räusperte sich. »Wenn ihr Hunger habt, sollten wir vielleicht etwas Britisches essen.«

»Was isst man denn hier so?«, fragte Maddie.

»Ich weiß, dass man hier viel Tee trinkt«, warf Brooke ein. »Tyler hat einen Cousin, der in einem Ort namens Leighton Buzzard wohnt.«

»Süßen Tee? So wie Oma ihn macht?«, fragte Maddie.

»Nein, er ist nicht süß, und man gibt Milch dazu«, antwortete Chase.

»Können wir ihn probieren?«

»Natürlich.« Chase' Gedanken kreisten immer noch um Milchschaum und Arabica-Kaffee. »Ich werde mich jetzt anziehen, und dann fahren wir in die Stadt und trinken Tee.«

»Cool«, sagte Maddie begeistert.

»Können wir irgendwohin gehen, wo es Wi-Fi gibt?«, fragte Brooke seufzend.

»Klar«, versicherte Chase. »Ich bin in einer Minute fertig.«

Die Controller für die Spielkonsole landeten auf der Couch. Maddie sauste in ihr Schlafzimmer, und Brooke zog wieder einen Schmollmund und ließ sich auf das Sofa fallen. Chase ging in sein Zimmer zurück, schloss die Tür hinter sich und lehnte sich mit seinem ganzen Gewicht gegen den Türrahmen. Er schloss die Augen. Was ihm zu schaffen machte, war nicht nur Erschöpfung oder Jetlag – er hatte Angst. Er brauchte diesen Job mehr als etwas anderes je zuvor, aber vielleicht war er der Sache nicht gewachsen. Wie sollte man seine Vision plausibel machen und alle Fragen beantworten können, wenn man ausgebrannt war? Aber ein Zurück an diesen dunklen Ort gab es nicht mehr – nicht noch einmal. Jetzt gab es nur eine Lösung: Er musste alles versuchen, so wie er es seit dem Tag tat, an dem Leanna ihm gesagt hatte, dass sie ihn verlassen würde. Er würde sich anstrengen, sein Bestes geben und den Schein aufrechterhalten. Nur tat er das schon so lange …

»Das ist eine einmalige Gelegenheit«, flüsterte er sich selbst zu. »Vermassle sie nicht.« Er öffnete die Augen und blinzelte in den Spiegel über dem Bett. »Es gibt keine schlechten Entscheidungen«, sagte er laut. »Eine Entscheidung ist nur dann schlecht, wenn du dir den Erfolg entgehen lässt.« Er atmete tief aus und konzentrierte sich auf sein Inneres: »B-D-Z. Bestimme deine Zukunft.«

KAPITEL SIEBEN

Breekers London, Canary Wharf

»Also stell dir diese Szene vor.«

Islas Kollege Aaron fuhr mit den Händen durch die Luft, als wollte er einen Regenbogen beschreiben, und kam näher an ihren Schreibtisch heran.

»Und schon bin ich in diesem Countryclub in Soho gelandet. Frag mich nicht, warum. Und dann … Scheibenhonig. Da kommt plötzlich dieser unglaublich heiße Typ, mit dem ich schon den ganzen Abend an der Bar Blickkontakt hatte, zu mir rüber … Und er trägt eine unglaublich enge Jeans – und ich meine damit richtig eng –, und da ich schon mehr Flaschen Sol getrunken habe, als das ganze Land Mexiko in einem Monat produziert, halte ich mich natürlich für den größten Glückspilz auf Erden …« Er legte eine dramatische Pause ein. »Und nun rate mal, was dann passiert?«

Aaron roch immer noch nach den vielen Flaschen von diesem Bier und nicht nach dem Scheibenhonig, den er immer erwähnte, wenn er das Wort »Scheiße« nicht sagen wollte. Isla lehnte sich in ihrem Stuhl zurück, um ihn besser anschauen zu können und um seiner Fahne zu entkommen.

»Ich habe keine Ahnung«, erwiderte sie. »Aber ich hoffe, er behielt die enge Jeans an, zumindest bis ihr aus dem Club in ein Hotel gegangen seid.«

»Er küsst wie ein Mädchen!«, rief Aaron, als hätte Mr Enge Jeans einen Massenmord begangen.

»Oh.«

»Oh?« Aaron setzte sich auf ihren Schreibtisch und sah sie entsetzt an. »Der Typ ist schwul! Schwuler als schwul. Schwuler als Ian McKellen … und mit Sicherheit heißer. Ein bisschen wie Matt Bomer, wenn ich ihn mit jemandem vergleichen müsste, und …« Er seufzte. »Und ich habe wirklich gedacht, da könnte etwas draus werden, aber …«

»Aaron, hat die Geschichte noch eine Pointe?«, fragte Isla. »Oder können wir ein anderes Mal darüber reden? Vielleicht in einer Bar, wenn ich nicht gerade versuche herauszufinden, warum ich anscheinend nicht genügend Blini für die Weihnachtsfeier bestellt habe oder warum die Caterer nicht auf meine E-Mails antworten.« Dass sie anscheinend auf das Sekretärinnenniveau herabgestuft worden war, ignorierte sie einfach. Sie hatte wichtigere Dinge zu erledigen … und Blini waren sehr wichtig, wenn es bereits Dezember war!

Aaron stand auf und stieß mit seinem dunklen Schopf gegen einen der glitzernden Pompons, die wohl weihnachtliche Stimmung verbreiten sollten. Ethel, die Reinigungskraft, hatte sie gebastelt und wahllos an der Decke befestigt. Er trat einen Schritt zurück und knöpfte sein Jackett zu. Offensichtlich war er ein wenig verstimmt, und Isla tat es sofort leid, dass sie ihm nicht richtig zugehört hatte. Die Geschichte von dem schwulen Kerl, der angeblich wie ein Mädchen küsste, war für Aaron anscheinend mehr als nur eine Anekdote, über die sie sich noch in den folgenden Jahren amüsieren würden.

»Schon verstanden«, sagte er. »Du bist ja jetzt die persönliche Assistentin. Die Ansprechperson. Superwichtig und total beschäftigt.«

Persönliche Assistentin und Ansprechperson. Der Ausdruck brachte sie jetzt schon zur Weißglut.

»Das ist nicht meine neue Jobbeschreibung«, sagte sie rasch. Obwohl das theoretisch so war seit diesem Morgen, als sie zu spät, benommen und verwirrt in das Meeting gestolpert war, bei dem es eigentlich um die Entwicklung des neuen Krankenhauses hatte gehen sollen. Stattdessen wurde ihr mitgeteilt, dass sie die Kontaktperson für alle Belange von Chase Bryan sein würde, solange er sich in der Stadt aufhielt. Und entweder wusste tatsächlich niemand, wie lange das sein würde, oder sie waren alle extrem zugeknöpft, was diese Sache anging. Sie hatte rasch vorgeschlagen, dass jemand aus der Verwaltung diesen Job übernehmen könnte, aber Robert hatte sie so angesehen, als hätte sie die Aufgabe einem Affen übertragen wollen, der nicht einmal eine Banane schälen konnte. Isla hatte die Schreibkräfte und Assistentinnen immer für recht kompetent gehalten, aber als sie den Mund geöffnet hatte, um sich dazu zu äußern, hatte sich das Gespräch bereits um den nächsten Punkt gedreht, und sie hatte erkannt, dass sie im Moment keine andere Wahl hatte. Sie klammerte sich an den Begriff »im Moment«. Wenn sich nach ein paar Stunden oder vielleicht einem Tag alles ein wenig beruhigt hatte, würde es sicher eine andere Lösung geben.

»Er soll verdammt gut aussehen«, sagte Aaron ein wenig besänftigt.

»Schwul?«, fragte Isla.

»Leider nicht. Zumindest wenn man Denise' Schwulenradar aus der Ferne glauben kann. Sie hat ihn zwar noch nicht gesehen, glaubt aber an ihre Hellsicht. Er ist geschieden und hat zwei Kinder. Wollte einmal Astronaut werden, ist aber dann beim Eishockey gelandet, also stelle ich ihn mir in einer engen Hose vor, in der sein Hintern aussieht wie zwei Köpfe von Harry Hill.« Aaron stieß einen Seufzer aus wie ein Mime in *Othello.* »Danach wurde er Businesscoach.«

Ach herrje. Businesscoaches und Lebensberater. Solche Leute konnte sie nicht ausstehen. In ihren Augen verdienten sie eine Menge Geld, indem sie das Ego anderer Leute steigerten und ein paar altbekannte Lebensweisheiten zum Besten gaben. ***Glaube an dich selbst. Nimm dein Schicksal in die Hand. Alles ist möglich.*** Chase schien ganz anders zu sein als der verlässliche Wirtschaftsführer Big Bill. Hatte er überhaupt Erfahrung im Baugewerbe oder in der Industrie im weitesten Sinn? Sie musste sich sein Foto im Internet anschauen. Rasch legte sie die Finger auf die Tastatur.

»Ich habe mir die Website schon angesehen. Noch kein Foto«, erklärte Aaron. »Nur eines dieser grässlichen grauen Felder mit dem Vermerk ›Erscheint demnächst‹. Da sollten sich wirklich die Jungs von der Technik mal drum kümmern.«

Sie würde ihn später googeln. Irgendwo im Internet musste es doch ein Foto von ihm geben. Man wurde nicht CEO eines weltweiten Unternehmens ohne Vorgeschichte.

»Und wann kommt er nun?«, wollte Aaron wissen.

»Ich habe keine Ahnung.« Islas Gedanken drehten sich vielmehr um die bevorstehende Weihnachtsfeier als um diesen Babysitterjob, der sie wahrscheinlich in ihrem Lieblingsmonat des Jahres eine Menge Zeit kosten würde. Sie hatte gehofft, der Dezember würde verlaufen wie immer – mit Rückblicken auf das in diesem Jahr Erreichte, einigen

Feiern mit all den Kunden, denen sie hatte helfen können, mit süßem Gebäck, Prosecco und Musik von Michael Bublé. Obwohl sie noch viel Arbeit mit der Kundenbetreuung hatte, war der Dezember etwas Besonderes. Und kein Monat, in dem sie die persönliche Assistentin spielen wollte. Sie spürte, wie sich ihre Schultern verspannten. Wahrscheinlich würde sie vorarbeiten müssen und einige Unterlagen für die Organisation der Feier mit nach Hause nehmen. Vielleicht konnte Hannah ihr bei einigen Sachen helfen, für die sie ihr das Thema nicht verraten musste. Allerdings war Isla noch nie gut darin gewesen, Aufgaben zu delegieren.

»Ich beneide dich nicht«, stellte Aaron fest. »Dieses Krankenhausprojekt ist schon ohne den Besuch von Mr USA ein ziemlich heißes Eisen.« Er streckte die Arme über den Kopf und verfing sich mit seiner Armbanduhr in einem der von der Decke baumelnden Pompons. »Und dann ist da ja auch die Weihnachtsfeier, mit der du dich … Hilfe! Mach mich los von diesem Ding!«

Aaron ruderte mit den Armen wie ein großer Vogel, der mit den Flügeln schlug, um vom Boden abzuheben. Isla stand auf, um den Wollfaden zu lösen und ihn zu befreien. Dann ließ sie die Hände sinken und stampfte mit den Füßen auf.

»Ich kann mir nicht helfen, ich bin einfach sauer!« Sie wusste, dass sie sich anhörte wie ein kleines Kind, aber das war ihr gleichgültig. Schließlich hörte nur Aaron zu, und sie musste ihrem Ärger einfach Luft machen.

»Warum muss ausgerechnet ich mich um ihn kümmern? Selbst Denise hat gesagt, dass ich der oberen Liga angehöre, und ich habe im Dezember wirklich schon genug zu tun.« Sie wollte sich mit all den hübschen, glitzernden, funkelnden Dingen beschäftigen, die ihr so viel Spaß machten. »Robert weiß das.«

»Vielleicht war es nicht seine Entscheidung«, meinte Aaron und warf ihr einen besorgten Blick zu.

»Nun, wer sollte das denn sonst beschlossen haben? Und warum habe ich nicht früher erfahren, dass er jetzt kommt?«

»Das habe ich mich bei einem meiner Exfreunde auch gefragt.«

Isla schloss die Augen und atmete tief durch. Hier ging es nicht nur um Chase Bryan, sondern auch um Hannah … Die plötzlich festgestellt hatte, dass sie Raj *mochte*. Sie wusste, dass sie sich keine Sorgen machen sollte. Und dass sie sich ihrer sehr lebenstüchtigen Schwester gegenüber nicht so gluckenhaft verhalten sollte, aber …

»Möglicherweise hat er darum gebeten, die heißeste persönliche Assistentin in diesem Laden zugeteilt zu bekommen.« Aaron hob einen Finger, als hätte er soeben eine Theorie aufgestellt, die auch von Einstein hätte kommen können. »Vielleicht hat er auf der Website dein Foto gesehen? Das ist doch immer noch das, wo du aussiehst wie Drew Barrymore mit rotbraunem Haar?«

»Lächerlich«, schnaubte Isla. »Und ich muss es ja auch nicht machen, oder?« Ihre Schultern entspannten sich, als sie die Möglichkeit, sich vor dieser neuen Verantwortung zu drücken, in Betracht zog. »Ich sage einfach, dass ich dafür keine Zeit habe.« Sie nickte bekräftigend. »Ich habe tatsächlich keine Zeit. Am Freitag gehe ich zur Weihnachtsfeier der Matthews Corporation, und dann steht noch das große Meeting bei Cleggs an … und um die Blini muss ich mich auch noch kümmern.« Das hatte sich jetzt so angehört, als wäre das Problem mit den Appetithäppchen gleichzusetzen mit der Armut auf der Welt. Aber die Belegschaft konnte durchaus übellaunig werden, wenn sie Hunger hatte.

»Nun … an deiner Stelle wäre ich vorsichtig«, meinte Aaron.

Isla bemerkte den warnenden Unterton in seiner Stimme. Was wollte er ihr damit sagen? »Vorsichtig?«

»Erinnerst du dich noch an Karen Kinsey?«

Karen Kinsey hatte die Firma im letzten Jahr verlassen. Soweit Isla wusste, sollte sie in einer anderen Niederlassung arbeiten.

»Wir haben alle angenommen, dass sie zu Breekers in Frankfurt gegangen sei, richtig?«

»Und? Stimmt das nicht?«, fragte Isla und schluckte.

»Nun ja …« Aaron warf einen Blick über die Schulter, als befürchte er, in ein Verhörzimmer geschleppt zu werden. »Sie arbeitet jetzt bei M & S Simply Food in Waterloo.«

»Nein!«, rief Isla. Karen Kinsey hatte viel mehr Erfahrung gehabt als sie und war eigentlich die ideale Kandidatin für die Stelle als Roberts rechte Hand gewesen. »Aber … warum hat man sie gefeuert?«

»Man hat sie nicht gefeuert, Schätzchen, dafür sind sie viel zu clever. Sagen wir mal, man hat sich darauf geeinigt, getrennte Wege zu gehen.« Wieder sah er sich rasch um. »Es heißt, sie habe eine Abfindung bekommen.«

»Aber warum?«

»Ich weiß nicht, ob es der Wahrheit entspricht, aber es heißt, sie habe für einen Kunden, den Robert ihr zugeteilt hatte, nicht arbeiten wollen. Aus irgendwelchen ethischen oder moralischen Gründen. Vielleicht wollten sie auch nur die Ziegel aus dem falschen Schiefer hergestellt haben. Wie auch immer, ich weiß nur, dass sie sich widersetzt hat, und das hat dazu geführt, dass man sie …« Er warf noch einmal einen Blick über die Schulter. »Dass man sie von ihren Pflichten befreit hat. Und nun stapelt sie Sushi und Erbsen mit Wasabi für die Pendler in Regale.«

»Du rätst mir also, es zu tun«, schloss Isla daraus. »Seine persönliche Assistentin zu werden.«

»Ich möchte dich nicht Tag für Tag mit rohen Lebensmitteln hantieren sehen.«

»Und wahrscheinlich ist es ja auch nicht für lange. Höchstens für eine Woche, oder?«

»Und er könnte ein heißer Typ sein«, fügte Aaron hinzu.

»Und er ist kein Postbote mit geheimnisvollen Augen«, murmelte Isla.

»Was?«, fragte Aaron. »Das klingt interessant. Gegen einen Mann in kurzen Hosen habe ich nichts einzuwenden. Sie tragen bei jedem Wetter Shorts, richtig?«

»Vergiss das bitte, ich habe nur laut gedacht.«

Aaron schüttelte den Kopf. »*Thinking out loud* – wie in dem Song von Ed Sheeran.« Er richtete sich auf und atmete tief ein. »Den Mann würde ich auch gern näher kennenlernen. Gitarristen können hervorragend mit ihren Fingern umgehen.«

KAPITEL ACHT

Westbourne Grove, Notting Hill

Das war es also. Chase war an dem Ort angekommen, wo sich einiges verändern sollte. Er schaute sich um und betrachtete die Häuser, die Läden der Einzelhändler und die kleinen Parks. Viele der Gebäude wirkten so heruntergekommen, wie er sich fühlte. Diese Gegend brauchte wirklich dringend eine Verjüngung. Aus Geschichte hatte er sich nie viel gemacht. Was manche als wertvolle Antiquität betrachteten, war für andere nur alter Schrott. Die Pläne waren noch nicht abgeschlossen. Das war nur eines von drei vorgeschlagenen Grundstücken, aber es war dasjenige, auf das er es abgesehen hatte. Es erschien ihm am vielversprechendsten. Und wenn hier Breekers erstes First-Class-Hotel mit einem Vergnügungspark stand, würden alle darüber reden … und hier absteigen wollen.

Er warf einen Blick auf das Sugar High auf der gegenüberliegenden Straßenseite, ein mokkabraun gestrichenes Café, in dem er Maddie und Brooke zurückgelassen hatte. Es wirkte ein wenig kitschig mit den beiden geschmückten Tannenbäumen am Eingang und den silbernen Lamettaschnüren und goldfarbenen Weihnachtskugeln an der Innenseite der Fenster. Die Mädchen waren von der Auswahl der Kuchen begeistert gewesen und hatten sich heiße Schokolade und zwei dieser großen, übermäßig mit Zuckerguss verzierten Cupcakes bestellt, denen er gar nichts abgewinnen konnte. Mittags hatten sie englische Pasteten mit Kartoffelbrei, Gemüse und Soße gegessen und viel Tee dazu getrunken – er hatte einen einfachen, recht geschmacklosen Milchkaffee gewählt –, und schließlich schien Brookes schlechte Laune wegen des Aufenthalts in London zu verfliegen.

Sein Handy in der Hosentasche vibrierte. Eine weitere SMS, und er konnte sich vorstellen, von wem sie kam. *Leanna.* Seit ihrer Ankunft in London hatte er bereits fünf Nachrichten von ihr bekommen. *Sorg dafür, dass Maddie eine Mütze aufsetzt, falls es kalt ist. Bei Brooke kannst du es auch versuchen – viel Glück.* Gefolgt von: *Seid ihr schon gelandet? Ruf mich an.* Und dann: *Warum rufst du mich nicht an. Tu das nicht, Chase. Wir haben uns versprochen, uns wie vernünftige Erwachsene zu verhalten, und ich halte mein Versprechen.* Und schließlich: *Colt sagt, dass du gegen die gerichtliche Vereinbarung verstößt, wenn du während dieser Reise keinen Kontakt zu mir hältst.*

Colt. Er knirschte unwillkürlich mit den Zähnen. Das verdammte Problem war dieser Colt. Er hätte ihm schon längst einen Tritt in den Hintern verpassen sollen. Der Kerl hatte sein ganzes Leben über den Haufen geworfen und ihm alles weggenommen … bis auf die neue Herausforderung bei Breekers. Das war seine Chance, sich zu beweisen. Er würde seinen Kindern zeigen, dass ein Junge, der einmal davon geträumt hatte, zum Mond zu fliegen, alles Mögliche erreichen konnte, gleichgültig, welche Hürden es zu überwinden galt. Dass der Verzicht auf einen großen Traum nicht hieß, alles aufzugeben, sondern nur bedeutete, einen neuen Weg einzuschlagen. Er schluckte. Galt das auch noch, obwohl sich der Weg mit seiner Familie so entwickelt hatte? Man musste immer wieder von vorne beginnen. Glaubte er an dieses Mantra? Er musste daran glauben – eine andere Lösung gab es nicht. »B-D-Z. Bestimme deine Zukunft«, sagte er sich laut vor.

KAPITEL NEUN

Sugar High, Westbourne Grove, Notting Hill

»Oh! Wie sehr habe ich mich darauf gefreut!«

Hannah hatte soeben von dem Muffin abgebissen, den Vicky, die Besitzerin des Cafés, Weihnachtsgewürzkuchen nannte, und ihr Ausruf war so laut, dass Mrs Smiths kleiner brauner Terrier Rolo zu bellen begann.

Isla war auch begeistert. Sie hatte das Mittagessen ausgelassen und stattdessen versucht, die Angelegenheit mit den fehlenden Blini aufzuklären – immer noch keine Antwort von der Cateringfirma – und sich mit den Einzelheiten zu dem »heißen« Projekt Ridgepoint Hospital zu befassen. Die Pläne mussten bald eingereicht werden, wenn das Gebäude zum ursprünglich geplanten Termin fertig werden sollte. Nun war es schon fast sechs Uhr, und sie hatte ihr Vorhaben, den Christbaum aus Federn zu kaufen, verschoben und stattdessen beschlossen, mit ihrer Schwester in dieses Café zu gehen.

»Was ist da drin?«, fragte Hannah, den Mund voller Krümel.

»Oh, Hannah, Sie wissen doch, dass ich Ihnen das nicht verraten darf«, erwiderte Vicky. Die Frau Anfang vierzig schob sich mit einem Tablett mit Getränken und Kuchenstückchen zwischen den Tischen hindurch. »Mir ist zu Ohren gekommen, dass das neue Café – Sie wissen schon, der Laden, wo sie alles mit Orangenblüten verfeinern – Spione ausgeschickt hat, um die Rezepte von Sugar High auszukundschaften.«

»Ich würde niemals etwas verraten«, erklärte Hannah, bevor sie wieder in den Muffin biss. »Und ich bin auch keine Spionin«, fügte sie hinzu. »Im Rollstuhl kann man nur schlecht inkognito unterwegs sein.«

»Oh, da wäre ich mir nicht so sicher«, meinte Vicky. »Man sollte besonders auf diejenigen achten, die einem sofort ins Auge fallen.« Sie beugte sich beim Vorübergehen zu ihnen vor. »Ich habe Rolo in Verdacht.«

Hannah lachte laut, und der kleine Hund bellte wieder. »Soll ich ihm ein Stück von meinem Muffin geben?«

»Nein!«, erwiderte Isla rasch. »Hast du vergessen, was Mrs Smith letzte Woche gesagt hat? Er muss eine spezielle Diät einhalten, weil er zu viele chinesische Hähnchenbällchen gefressen und Problem mit der Bauchspeicheldrüse bekommen hat.«

»Ich kann mir nicht vorstellen, dass man zu viele Hähnchenbällchen essen kann. Du etwa?«

»Das war keine Einladung zu einem Wettessen, also komm bloß nicht auf dumme Gedanken.« Isla tupfte sich die Lippen mit einer Serviette ab.

»Also«, begann Hannah leise und beugte sich über den Tisch. »Wer ist die Fremde?«

Isla wusste sofort, wen ihre Schwester meinte. Sie kamen so oft ins Sugar High, dass sie beinahe alle Stammkunden kannten. Und heute saß ein braunhaariges Mädchen im Teenageralter am Fenster.

»Eine Touristin«, mutmaßte Isla. »Eine Austauschschülerin. Vielleicht aus Polen.« Das Mädchen hielt ein iPhone in der Hand und formte lautlos mit den Lippen Worte, während sie aus dem Fenster schaute.

»Allein?«, zweifelte Hannah. »Sie sieht noch nicht alt genug aus, um ohne Begleitung unterwegs zu sein.«

Isla schüttelte den Kopf. »Und das von dem Mädchen, das mit sechs Jahren unbedingt allein zum Briefkasten am anderen Ende der Straße gehen wollte.«

»Ich war eben schon sehr reif für mein Alter.«

»Und sehr eigensinnig.«

»Du sagst das so, als sei das etwas Schlechtes.« Sie grinste. »In meinem Lebenslauf habe ich das als eine meiner positiven Eigenschaften aufgeführt. Zwei Teller und zwei Tassen. Aha, also wartet sie auf jemanden.«

Hannah hatte recht. Und nun sah das Mädchen sehnsüchtig aus dem Fenster. Vielleicht erwartete sie ihre Mutter oder Großmutter …

»Und? Laden wir nun das Pärchen aus Nummer elf zum Abendessen ein?«, fragte Hannah und nippte an ihrer heißen Schokolade.

Isla hatte im Büro so viel um die Ohren gehabt, dass sie das ganz vergessen hatte. Sie sah Hannah an. »Na ja …«

»Isla! Du warst damit einverstanden!«

»Ja schon, aber vielleicht an einem anderen Abend. Ich habe wirklich viel zu tun, und …« Sie hatte eigentlich vorgehabt, sich ein heißes Bad zu gönnen, ein paar nach Zimt und Apfel duftende Kerzen anzuzünden, sich ein Glas Prosecco einzuschenken und die Gedanken an den morgigen Tag bei Breekers zu verdrängen. Außerdem musste sie allmählich die gebackenen Speisen vorbereiten, die sie für Weihnachten einfrieren wollte. Ihre Mum hatte immer Würstchen in Mürbeteig und herrlich gefüllte, mit kleinen Stechpalmenblättern verzierte Pasteten gemacht.

»Läuft die Planung für die Weihnachtsfeier gut?«

»Mmm«, erwiderte Isla mit vollem Mund. Sie wollte sich

nicht festlegen, solange nicht alles unter Dach und Fach war. Und die Neuigkeiten über Karen Kinseys jetzige Stellung hatten sie den ganzen Tag über verfolgt.

»Das klingt nicht sehr überzeugend«, stellte Hannah fest. »Sag bloß nicht, man hat dir die Shrimps vom Budget gestrichen.«

Isla schluckte. Sie befürchtete beinahe immer noch, dass Chase Bryan nur hierherkam, um das Budget für die Festlichkeiten mit ihr zu besprechen. Aber auch in ihrer neuen Aufgabe als seine persönliche Assistentin musste sie ihm ja nicht jedes kleinste Detail weitergeben. Sicher war er viel zu wichtig, um sich für das Catering zu interessieren.

Das Glöckchen über der Ladentür bimmelte, und Isla schaute von ihrem Teller auf.

»Heiliger Bimbam!« Hannah fiel der Rest ihres Muffins aus den Fingern.

Isla musste nicht nachfragen, warum Hannah buchstäblich die Spucke im Mund zusammenlief. Das hatte nichts mit den Zutaten in Vickys Weihnachtsmuffin zu tun, sondern lag allein an dem Mann, der soeben das Café betreten hatte.

Groß, gut gebaut, sportlich. Hellbraunes Haar, gut frisiert, aber trotzdem ein wenig zerzaust, Bartstoppeln am Kinn. Er trug eine sehr gut sitzende Jeans und ein T-Shirt mit der Aufschrift *New York Jets*, darüber einen braunen Lederblouson, der sicher nicht warm genug für die derzeitige Temperatur war, aber an ihm perfekt aussah.

»Ein Tourist«, erklärte Isla spontan. Anscheinend schien für sie im Moment fast jeder in London ein Tourist zu sein.

»Ein verdammt heißer Tourist«, merkte Hannah viel zu laut an.

»Han!«, zischte Isla.

»Was? Schau ihn dir doch an!«

Isla konnte nicht leugnen, dass er sehr gut aussah, aber er schien auf das junge Mädchen zuzusteuern und aktivierte damit ihren Gefahrensinn. Hatte sich das Mädchen vielleicht über das Internet mit ihm verabredet? Möglicherweise pflegte er seit Monaten mit ihr Kontakt, hatte vorgegeben, Justin Bieber zu mögen und in der 7. Klasse zu sein …

»Das ist er«, hauchte Hannah. »Genau einen solchen Mann möchte ich küssen.«

»Was?« Isla war entsetzt. »Nein! Nein, weil … Du hast doch gesagt, dass dir Raj gefällt.«

»Ich weiß.« Hannah seufzte. »Aber …«

»Aber du hast dich sofort nach ihm umgedreht.« Isla versuchte, ihre Schwester zu tadeln und gleichzeitig zu beobachten, was an dem Tisch am Fenster vor sich ging. Das Mädchen lächelte den Mann an. Sie wartete beinahe darauf, dass er ein Päckchen Süßigkeiten aus der Tasche zog.

»Und du starrst immer noch zu ihm hinüber«, konterte Hannah.

Ja, natürlich. Weil sie ihn für einen Pädophilen hielt, der sich ein unschuldiges Mädchen schnappen wollte. Ein Mädchen, das sich wahrscheinlich nur einen Kuss wie in einem Disneyfilm von ihm wünschte.

Der Mann legte dem jungen Mädchen eine Hand auf die Schulter, drückte ihm einen Kuss auf den Scheitel und legte einen Arm um sie. Also gut, das war's …

KAPITEL ZEHN

»Sie sollten jetzt besser gehen. Sofort.«

Chase fragte sich, ob diese Anweisung ihm galt. Die Frauenstimme klang wütend. Als er sich umdrehte, stand sie direkt hinter ihm. Das rotbraune Haar fiel ihr bis auf die Schultern, und ihre großen blauen Augen funkelten, hatten aber leider einen zornigen Ausdruck.

»Wie bitte?« Er zerbrach sich den Kopf, womit er wohl gegen die englischen Anstandsregeln verstoßen hatte, um sie so zu erzürnen.

»Ich weiß genau, was Sie vorhaben«, fauchte sie. »Entweder gehen Sie jetzt sofort, oder ich lasse Sie festnehmen.«

»Was?« Wer war diese Frau? Bei seinem letzten Besuch in London war er keinem weiblichen Sheriff begegnet. Er verschränkte die Arme vor der Brust und ließ sich nicht einschüchtern.

»Hannah«, sagte die Frau und warf einen raschen Blick nach links, bevor sie sich wieder ihm zuwandte. »Du musst die Polizei rufen.«

»Was soll ich tun?«

Die Angesprochene saß drei Tische weiter in einem Rollstuhl.

»Ma'am, ich glaube es handelt sich hier um ein Missverständnis«, begann er.

»Nennen Sie mich nicht Ma'am«, herrschte Isla ihn an. »Ich bin kein unschuldiger, naiver Teenager, der auf Ihr

Geschwätz über Shawn Mendes und ... *Pretty Little Liars* hereinfällt.«

»Ach ja? Mir hat diese Serie gefallen«, erwiderte er.

»Oh, ich kann mir vorstellen, dass Sie das allen verletzlichen Kindern erzählen, an die Sie sich in sozialen Medien heranmachen!«, stieß sie hervor.

»Was?« Nun wurde er selbst allmählich wütend. Was sollte das?

»Hannah, hast du bei der Polizei angerufen?«, fragte die Frau laut.

»Ähm ... war das dein Ernst?«

»Hören Sie«, begann er wieder. »Ich weiß nicht, was Sie mir vorwerfen, aber ich ...«

»Daddy«, unterbrach Maddie ihn, als sie an den Tisch zurückkam. »Stecken wir in Schwierigkeiten?«

Daddy.

Als Isla sich umdrehte, stand ein noch jüngeres blondes Mädchen vor ihr. Es rieb sich die Hände und sah den Mann mit großen Augen verwirrt an.

O Gott. Sie wünschte sich verzweifelt, dass der Fußboden von Vickys Café sich in klebrigen Plumpudding verwandeln würde, damit sie darin versinken und inmitten der mit Brandy getränkten Rosinen verschwinden konnte. Was hatte sie nur angestellt?

»Nein, Schätzchen, es ist alles in Ordnung«, beruhigte der Amerikaner das kleine Mädchen, das sich rasch an den Tisch setzte. »Das stimmt doch, oder?«, wandte er sich an Isla.

Ihre Wangen waren heißer als bei dem großen Feuer am Abend des Guy Fawkes Day im letzten Monat, wo sie und Hannah geglaubt hatten, jede Minute zu schmelzen. Warum hatte sie ihn sofort für einen Perversen gehalten und nicht daran gedacht, dass er der Vater sein könnte?

»Nein … ja … es tut mir leid … ich dachte …« Sie wusste nicht, was sie sagen sollte. Dass sie ihn, ohne darüber nachzudenken, für einen Mann wie Jimmy Savile gehalten hatte? Wahrscheinlich wusste er nicht einmal, wer Jimmy Savile war. Glücklicherweise.

»Ich habe alles aufgenommen«, verkündete das ältere Mädchen. »Mit dem Titel ›Total verrückte Frau in London‹ könnte das Video bei YouTube ein Renner werden.«

»Das wirst du sofort wieder löschen, Brooke«, befahl der Mann.

»Das kostet dich aber etwas«, erwiderte Brooke. »Oder vielleicht auch sie.«

Meine Güte, nun wurde sie von einem Mädchen geschröpft, das sie vor einem Kinderschänder hatte beschützen wollen.

»Sie wird nichts darüber ins Netz stellen«, erklärte der Mann ernst. »Und jetzt, wo ich verstehe, was Sie vermutet haben, muss ich mich bei Ihnen dafür bedanken, dass Sie auf meine Tochter aufpassen wollten.«

Sie schüttelte wieder den Kopf und hoffte, dass ihre Wangen nicht immer noch so aussahen, als könnte sie damit den Weihnachtstruthahn braten. »Nein, ich muss mich entschuldigen. Dafür, dass ich Sie beschuldigt und das Schlimmste angenommen habe.« Sie schluckte und räusperte sich. »Es tut mir sehr leid. Was müssen Sie jetzt für einen Eindruck von uns Briten haben?« Sie versuchte, humorvoll zu klingen, und hoffte, dass ihn das beeindruckte und er diesen Vorfall rasch vergaß.

»Ich halte die Briten für großartig«, erwiderte er. »Sie sind selbstbewusst und haben trotzdem kein Problem damit, sich zu entschuldigen, wenn es angebracht ist.«

Wow, eine tolle Antwort. Und sie musste Hannah erzählen, dass er, aus der Nähe betrachtet, wunderschöne braune Augen hatte.

Sie lächelte. »Wir kochen auch guten Tee und kennen über einhundert verschiedene Möglichkeiten, einen Schirm zu benutzen.«

Das Mädchen, das er Maddie genannt hatte, kicherte. »Wir haben zu Mittag jede Menge englischen Tee getrunken. Und Pasteten gegessen.«

»Dann bist du ja fast schon eine richtige Engländerin«, meinte Isla. »Hören Sie, ich bedauere dieses Missverständnis wirklich sehr …«, wandte sie sich dann wieder an den Mann.

»Ach, vergessen Sie das einfach.« Er lächelte. »Wie schon gesagt – Sie haben nur versucht, meiner Tochter beizustehen, und das weiß ich zu schätzen. Und ich bin froh, dass Sie keinen Schirm zum Einsatz gebracht haben, denn da hätte ich es wahrscheinlich mit der Angst zu tun bekommen.« Er streckte ihr seine Hand entgegen. »Chase Bryan. Freut mich, Sie kennenzulernen.«

Jetzt begann Islas Gesicht zu leuchten wie alle Weihnachtsbäume in der Oxford Street gleichzeitig. Sie musste hier weg. Sofort. Auch wenn es unhöflich war.

»Ganz meinerseits.« Sie schüttelte ihm die Hand, während sich ihr Magen zusammenkrampfte.

Was hatte sie nur getan? Sie hatte den Geschäftsführer von Breekers International beschuldigt, ein Lustmolch zu sein. Und morgen würde er herausfinden, wer sie war. Seine dumme persönliche Assistentin. Während sie sich, weitere Entschuldigungen murmelnd, zurückzog, überlegte sie, ob Karen Kinsey ihr in Waterloo einen Job beschaffen konnte.

KAPITEL ELF

Beaumont Square, Notting Hill

»Langsamer, Isla! Ich habe nur einen Witz gemacht, als ich sagte, ich wolle mich für die Paralympics anmelden.« Hannah schob schwer atmend ihren Ronnie Kray über die Straße. »Und nach einem Weihnachtsmuffin bin ich ein bisschen schwach auf der Brust.«

Warum hatte das passieren müssen? Warum war ausgerechnet der Manager der Firma, dessen rechte Hand sie werden sollte, im Sugar High aufgetaucht? Das war nicht fair! Warum schien dieser Dezember plötzlich mit einem Fluch belegt zu sein? Sie verlangsamte ihren Schritt, damit ihre Schwester sie einholen konnte.

»Ich weiß, was los ist«, erklärte Hannah im Brustton der Überzeugung. »Dir hat er auch gefallen, habe ich recht?«

»Was?« Sie schüttelte den Kopf. »Wer?«, fügte sie dann hinzu.

»Der Mann, den du beschuldigt hast, pädophil zu sein. Du weißt schon, der echt heiße Typ, der aussieht wie eine Mischung aus Ryan Phillippe und Charlie Hunnam … Wow, kannst du dir eine solche Kreuzung vorstellen?«

»Wir sollten bei den Nachbarn in Haus Nummer elf klopfen und fragen, ob sie mit uns Lasagne essen wollen.« Isla wechselte rasch das Thema. Ihre Schwester brauchte nicht zu wissen, wie peinlich ihr diese Sache tatsächlich war.

»Hauptsache, du vergisst nicht, dass ich ihn zuerst entdeckt habe.« Hannah rollte geschickt über die Bordsteinkante. »Und mein Arbeitsplatz liegt näher am Sugar High als deiner. Vielleicht gönne ich mir dort ab sofort jeden Tag einen Weihnachtsmuffin. Und beobachte ihn …«

»Er hat zwei Kinder«, rief Isla ihr ins Gedächtnis.

»Und?«

»Wir gehen zum Haus Nummer elf.« Isla schob das schwarze schmiedeeiserne Tor zu den kleinen, mit Rindenmulch begrenzten Grünflächen in der Mitte des Platzes auf. Die beiden Bänke – eine an jedem Ende – waren früheren Anwohnern gewidmet, die »diesen Ort geliebt hatten«, und der Rosenbusch war für den verstorbenen Mr Edwards gepflanzt worden. Das war der Treffpunkt für alle örtlichen Aktivitäten – die wöchentliche Chorprobe, Camping im Sommer und andere den Jahreszeiten entsprechende Veranstaltungen am Beaumont Square wie der Wein-und-Käse-Abend in der Weihnachtszeit. Diese Gegend von London wies keinerlei Ähnlichkeit mit der hektischen City auf, die so war, wie man sich London vorstellte. Hier sah es eher aus wie in Stars Hollow aus der Serie *Gilmore Girls*, und genau deshalb gefiel Isla dieses Viertel. Sie beteiligte sich nicht so oft wie Hannah an den gemeinschaftlichen Aktivitäten, aber schließlich wohnten sie auch in erster Linie wegen Hannah hier. Hannah fühlte sich hier zu Hause – das traf auf sie beide zu –, und wenn man seine Eltern verloren hatte, klammerte man sich umso mehr an eine vertraute Umgebung.

»Ich habe ihn zuerst gesehen«, wiederholte Hannah, während sie den Park durchquerten, um auf die andere Seite des Platzes zu gelangen. »Also habe ich die erste Wahl.«

Isla hätte ihr beinahe vorgeschlagen, sich lieber ernste

Gedanken wegen Raj zu machen, als von Chase Bryan zu schwärmen. Sie beschloss, keinen der beiden zu erwähnen, und atmete tief durch, als sie vor der Treppe zum Haus Nummer elf angelangt waren. »Wie war gleich noch der Name?«

»Er hat gesagt, sein Name sei Chase.« Hannah schloss die Augen. »Chase ist ein sehr sexy Name, findest du nicht? Man denkt dabei sofort an … schnelle Bewegungen und schweres Atmen …«

»Ich meinte das Paar in Nummer elf«, unterbrach Isla sie.

»Oh. Ich habe keine Ahnung«, erwiderte Hannah. »Das Anklopfen wirst wohl du übernehmen müssen.«

Hannah bezog sich auf die zehn Stufen, die zur Haustür führten. Alle Häuser an diesem Platz waren mit einer solchen Treppe ausgestattet, mit Ausnahme des Hauses, in dem sie wohnten. Nach dem Unfall hatten sie die Stufen durch eine Rampe ersetzt – eine der ersten Änderungen, die sie vorgenommen hatten.

Isla ging hinauf zur Haustür. Durch die Milchglasscheibe schimmerte Licht, hoffentlich ein Zeichen dafür, dass jemand zu Hause war. Über dem Türklopfer hing eine mit roten Beeren verzierte Weihnachtsgirlande. Isla griff nach dem Messingring und schlug damit leicht gegen die Tür. Sie warf einen kurzen Blick zurück zu Hannah, die auf dem Gehsteig auf ihre Hände pustete. Es war kalt, und nach dem leichten Schneetreiben der letzten Woche war nun richtiger Schneefall vorhergesagt worden. Sie liebte Schnee, aber im Augenblick schien das, was ihr sonst am Monat Dezember so sehr gefiel, aus dem Gleichgewicht. Alles, was üblicherweise Routine war, hing nun in der Luft wie der Schlitten des Weihnachtsmanns.

Die Tür öffnete sich bei vorgelegter Kette einen Spalt breit, und ein Auge unter einer blonden Haarsträhne wurde sichtbar.

»Hallo«, grüßte Isla. »Ich bin Isla, und dort unten sitzt meine Schwester Hannah. Wir …«

Die Frau stieß einen rauen, frustrierten Seufzer aus. »Um welche Wohltätigkeitsorganisation handelt es sich?«

»Oh … Oh, nein, wir sind nicht …«, begann Isla.

»Natürlich nicht«, erwiderte die Frau scharf. »Das sagen sie zu Beginn alle. Und dann soll ich einen Dauerauftrag unterschreiben, damit mir jeden Monat ein bestimmter Betrag vom Konto abgebucht werden kann.«

»Nein, ganz ehrlich, wir wohnen hier am Platz und …«, versuchte Isla es noch einmal.

»Ach, jetzt kommt die Nachbarschaftsmasche!« Die Frau, deren Gesicht immer noch zur Hälfte hinter dem blauen Türrahmen verborgen war, lachte. »Tja, damit haben Sie kein Glück. Wir sind erst eingezogen und werden nur ein paar Wochen bleiben.«

»Das spielt keine Rolle. Wir könnten trotzdem …«

»Es spielt also keine Rolle, ob ich hier wohne?« Die Frau lachte wieder. »Hauptsache, Sie haben meine Kontoverbindung, richtig?«

Isla reichte es allmählich. »Ihre Bankverbindung interessiert mich nicht«, rief sie. »Wir wohnen auf der anderen Seite des Platzes und wollten Sie und Ihren Mann zum Abendessen einladen.« Sie seufzte. »Aber ehrlich gesagt bin ich mir jetzt nicht mehr sicher, ob ich diese Einladung aufrechterhalten möchte.« Sie warf einen Blick über die Schulter nach unten zu Hannah, die sie gespannt beobachtete. Eigentlich tat sie das nur für ihre Schwester. Ihr war immer daran gelegen, Freundschaften zu knüpfen und dafür zu sorgen, dass sich jeder am Beaumont Square wohlfühlte.

Die Kette wurde entfernt, und dann tauchte die Frau auf und schaute sie ein wenig zerknirscht an.

»Es tut mir leid …«, sagte sie. »Dort, wo wir bisher wohnten, klingelten ständig Vertreter an der Tür.« Sie lächelte und trat einen Schritt vor. »Vom Luftrettungsdienst bis zu den Zeugen Jehovas war alles dabei. Und man kann schließlich nicht allen etwas spenden.«

»Ich verstehe«, erwiderte Isla ein wenig steif. »Ich bin Isla.«

»Verity.« Die Frau streckte ihr die Hand entgegen.

»Und ich bin Hannah!« Hannah legte beide Hände an den Mund, um sich besser verständlich zu machen.

»Freut mich, Sie beide kennenzulernen«, sagte Verity. »Und es tut mir leid, dass ich so … zurückhaltend war. Das klingt zumindest besser als unhöflich.«

»Kein Problem«, versicherte Isla. »Mögen Sie und Ihr Mann … Wie heißt er?«

»John.«

»Mögen Sie Lasagne? Wir machen immer viel zu viel davon, und dann versuchen wir, alles allein aufzuessen, und …«

»Und das geht auf die Hüften«, ergänzte Hannah. »Also helfen Sie uns beim Aufessen!«

»Nichts lieber als das«, erwiderte Verity. »Aber John und ich gehen heute Abend aus. In einer halben Stunde.«

»Wie schade«, meinte Isla. »Vielleicht ein anderes Mal? Nächste Woche?« Sie deutete über die Straße. »Wir wohnen dort drüben im Haus Nummer sechzehn.«

»Ich werfe einen Blick in meinen Terminkalender, und dann vereinbaren wir etwas. Ganz sicher.« Sie nickte bekräftigend.

»Okay. Hat mich gefreut, Sie kennenzulernen«, erwiderte Isla.

»Ganz meinerseits.«

Isla ging die Treppe nach unten. Als sie sich noch einmal umdrehte, um Verity zum Abschied zuzuwinken, war die Frau bereits wieder im Haus verschwunden und hatte die Tür geschlossen.

»Und, wie ist sie so?«, wollte Hannah wissen.

»Ich weiß nicht so recht«, erwiderte Isla.

»Glaubst du, dass sie uns nächste Woche besuchen und mit uns essen?«

»Keine Ahnung.« Isla seufzte. »Manche Leute bleiben eben lieber für sich, Han.«

»Nicht am Beaumont Square.«

»Komm.« Isla legte die Hände auf die Griffe an Hannahs Rollstuhl. »Wir machen uns jetzt eine Lasagne und versuchen, sie ganz aufzuessen. Meine Hüften vertragen noch einen letzten Angriff, bevor ich mich an Weihnachten in mein Partykleid zwänge.«

KAPITEL ZWÖLF

The Royale, Hyde Park

Der Bourbon in Chase' Hand wäre ihm beinahe aus den Fingern geglitten, als ihm die Augen zufielen. Rasch riss er sich zusammen und stellte das Glas auf den Tisch im großen Schlafzimmer der Suite. Die Stühle waren so unbequem, dass es ihm ein Rätsel war, wie er auch nur für eine Sekunde hatte einnicken können. Aber wahrscheinlich machte sich jetzt bereits der Jetlag bemerkbar – ebenso wie bei Maddie. Seine jüngste Tochter hatte vom Zimmerservice gelieferte Spaghetti mit Fleischbällchen gegessen und ein Glas Milch getrunken, und dann waren ihre Lider immer schwerer geworden, bis er sie schließlich ins Bett gebracht hatte. Brooke hatte ihre Schwester als Trantüte bezeichnet und verkündet, dass sie die ganze Nacht aufbleiben würde. Bevor ihm die Augen zugefallen waren, hatte Brooke noch mit Ohrstöpseln auf dem Sofa im Wohnzimmer gesessen – gleichzeitig mit der ganzen Welt und doch mit niemandem verbunden.

Chase nützte die Zeit, solange Brooke beschäftigt war, um die Pläne durchzugehen, bevor er am nächsten Morgen ins Büro musste. Er wollte sichergehen, dass er alles genau im Kopf hatte, wenn er vor dem Londoner Team stand. Er musste für alle Fragen sofort Antworten und Lösungen bereithalten. Aus diesem Grund hatte man ihm das Projekt übertragen – es barg ein gewaltiges Konfliktpotenzial in sich. Und genau deshalb hatte er diesen Auftrag auch angenommen. Dafür war er geschult. Er bewältigte seine eigenen Konflikte, indem er sich um die anderer Menschen kümmerte. Deswegen hatte Breekers ihn angeheuert. Er half Unternehmen dabei, ihre Komfortzone zu verlassen und Risiken einzugehen. Er brachte ihnen bei, sich ohne Kompass auf den Minenfeldern der Geschäftswelt zu bewegen. Dabei ging es darum, genügend Selbstvertrauen zu entwickeln, um sich in eine neue Richtung zu begeben und dabei auch ungewöhnliche, manchmal unbequeme Pfade zu betreten.

Er strich mit beiden Händen die Karten und Graphiken glatt und blinzelte kräftig, um seine trockenen Augen zu befeuchten. Er könnte die einfachste Lösung vorschlagen, nämlich die Nutzung des großen Landstücks nördlich von London, das beinahe so eben war wie ein Pooltisch, oder sogar die Parzelle im Süden, die zwar kleiner, aber leichter zu bebauen war. Stattdessen hatte er sich für die größte Herausforderung entschieden. Wenn man etwas in dieser Größenordnung erschaffen wollte, etwas, was die gesamte Branche verblüffen sollte, musste man aufs Ganze gehen. Breekers wollte einen Kurswechsel, und das Augenmerk lag auf mehr als nur dem Bausektor. Und wenn man weltweit erfolgreich sein wollte, durfte man keine Kompromisse eingehen.

Der Schlüssel zu diesem Durchbruch war die richtige Örtlichkeit, davon war er überzeugt. Und er würde alle Hebel in Bewegung setzen, um sein Ziel zu erreichen. Wenn er seine Vision in der britischen Zentrale vorgestellt hatte, würde er die Sache weiter in Gang bringen und sich mit dem Leiter der Bauaufsichtsbehörde von Kensington und Chelsea treffen. Rod Striker trank gern Whiskey und spielte mit Leidenschaft Golf. Seine Frau hieß Shirley, und er hatte zwei Söhne (Benjamin und Jeremy), die jetzt schon aussahen wie eine lebende Warnung vor zu viel Genuss von Fastfood. Wie bei den meisten Männern, die er im Geschäftsleben kennengelernt hatte, standen auch bei Rod Geld und Macht an allererster Stelle. Geld war kein Problem, und was die Macht anbelangte – sie war an Bedingungen geknüpft, doch die Einzelheiten dazu hatte er noch nicht in allen Details ausgearbeitet. Aber auch dafür würde sich eine Lösung finden. Versagen war keine Option.

Sein Handy klingelte, und ein Blick auf das Display verriet ihm, dass Leannas Mutter anrief. Er schluckte und überlegte, ob er den Anruf annehmen oder warten sollte, bis die Mailbox ansprang. Warum rief ihn Fay an? Eigentlich sollte sie sich von ihrer Operation erholen. Oder war vielleicht etwas mit Ralph passiert? Oder mit Leanna?

Beunruhigt nahm er das Telefon in die Hand und drückte auf die Taste.

»Chase Bryan«, meldete er sich gewohnheitsmäßig.

Auf der anderen Seite der Leitung atmete jemand geräuschvoll aus. »Du hast also Mutters Telefonnummer gesehen und beschlossen, dich zu melden.«

Leanna. Er hatte sich von ihr mit einem simplen Trick überlisten lassen. Das nagte an seinem Ego. Und das, wo er sich gerade in Gedanken als großer Geschäftsmann gesehen hatte.

Seine Frau auf der anderen Seite des großen Teichs atmete noch einmal laut aus. »Was ist los mit dir, Chase?«

Ihm wurde plötzlich bewusst, dass er außer seinem Namen noch nichts gesagt hatte. Anscheinend hatte das ausgereicht, um sie wütend zu machen.

»Hier ist es schon spät«, erklärte er. »Falls du mit den Mädchen sprechen wolltest – sie sind leider schon im Bett.«

Er hatte nicht so schroff klingen wollen. Schließlich hatten sie vereinbart, sich wie vernünftige Erwachsene zu benehmen.

»Ach ja? Tatsächlich?«

»Was soll das heißen?«

»Die Mädchen sind im Bett?«

»Ja«, antwortete er ein wenig verunsichert. »Es ist schon nach elf.«

»Brooke hat vor drei Minuten eine Nachricht auf Instagram gepostet«, ließ Leanna ihn wissen. »Ein Video, in dem man sie ein ganzes Päckchen Salz essen sieht.«

Er horchte auf. »Was?« Chase ging rasch durch sein Zimmer und betrat durch die Doppeltüren den Wohnbereich. Seine älteste Tochter saß nicht mehr auf dem Sofa, wo sie sich eben mit mürrischem Gesichtsausdruck niedergelassen hatte. Er hatte sie vernachlässigt, und nun hatte sie etwas sehr Dummes getan, etwas Gefährliches, und es war seine Schuld.

»Du weißt, wie schlecht Salz für den Körper ist, oder? An einer solchen Dosis kann man sogar sterben, Chase.«

Er hörte seiner Exfrau kaum zu und konzentrierte seine noch verbliebene Energie darauf, Brooke in dieser offensichtlich viel zu großen Suite zu finden. Rasch rannte er in das Schlafzimmer, das die Schwestern sich teilten. Maddie schlief mit offenem Mund auf dem Bett und hielt einen Zipfel der Bettdecke zwischen den Fingern. Brooke lag angezogen und mit Ohrstöpseln daneben und starrte an die Decke. Zumindest war sie nicht bewusstlos.

»Es geht ihr gut«, zischte Chase ins Telefon. »Ich muss

jetzt aufhören, damit ich ihr sagen kann, wie gefährlich Salz ist.«

»Warte! Ich bin noch nicht fertig!«, kreischte Leanna. »Wir müssen uns unterhalten!«

Er warf das Telefon auf den Frisiertisch neben der Tür und marschierte zum Bett seiner älteren Tochter. Nachdem er ohne Erfolg mit einer Hand vor ihrem Gesicht durch die Luft gewedelt hatte, zupfte er sie am Ärmel ihres T-Shirts.

»Was zum Teufel soll das?« Brooke riss sich die Ohrstöpsel heraus, zog die Beine an den Körper und legte die Arme um ihre Knie, als wollte sie sich so klein wie möglich machen.

»Das könnte ich dich auch fragen«, fauchte Chase. »Gib mir dein Handy.«

»Was? Auf keinen Fall.«

»Los, her damit, Brooke.«

»Nein! Es gehört mir, also kannst du es mir nicht wegnehmen.«

»Da ich es dir gekauft habe und die Gebühren dafür bezahle, ist es rechtlich gesehen meins.«

»Auf keinen Fall«, wiederholte Brooke ihr Mantra und versuchte, das Telefon hinter ihrem Rücken zu verstecken.

Aber diese Taktik funktionierte nicht. Sie war störrisch und hormongesteuert – er wusste sicher nicht alles, was er darüber wissen sollte, aber er war der Meinung, dass er diese Sache geschäftsmäßig angehen musste. Es ging darum, das Richtige zu sagen, wenn er sein Ziel erreichen wollte. Er setzte sich auf die Bettkante.

»Waffenstillstand?«, bot er ihr leise an.

»Wie soll das denn gehen?« Brooke hob ihre dunkel

nachgezeichneten Augenbrauen. »Es gibt keinen Waffenstillstand, wenn der Streit soeben erst begonnen hat.«

»Streiten wir uns denn?« Er zwinkerte, um seine trockenen, vom Schlafmangel schmerzenden Augen zu befeuchten.

Sie schnalzte missbilligend mit der Zunge, schüttelte den Kopf und richtete den Blick auf die gemusterte Tapete, als sei sie interessanter als er. Desinteresse war in seinen Augen immerhin besser als Fauchen und Kratzen.

»Hör zu, Brooke, ich glaube zwar nicht, was ich gerade gehört habe, aber deine Mom macht sich Sorgen.« Er atmete tief durch. »Hast du tatsächlich soeben ein Päckchen Salz gegessen und davon ein Video bei Instagram eingestellt?«

Er hatte es falsch formuliert. Ganz anders, als er es geplant hatte. Es hatte sich so angehört, als würden nur Spinner an Salz lecken. Er hätte sich viel verständnisvoller ausdrücken müssen. Wenn er jetzt nicht schnell reagierte, war womöglich alles verloren.

»Ich meine … Wenn du das getan hast, ist das okay, aber du solltest wissen, dass Salz nicht gut für dich ist, Schätzchen.«

»Was soll das? Bist du jetzt mein Ernährungsberater?«

»Brooke …«

»Um Himmels willen, das war ein winziges Päckchen. Da gab es das neue Hashtag *#Verrückte Sachen essen*, und da wollte ich einfach einen Beitrag posten.« Sie seufzte. »Kein Grund für Mom, gleich auszuflippen und dich deshalb anzurufen.«

»Dann ist also alles in Ordnung?«, fragte Chase.

»Ich möchte nicht hier sein, aber das weißt du ja schon.«

Ja, das hatte Brooke bereits an dem Tag deutlich zum

Ausdruck gebracht, an dem Leanna verkündet hatte, dass sie sich um Fay kümmern müsse.

»Ich weiß, hier ist es nicht wie zu Hause …« Er hielt inne. Das Heim seiner Töchter war auf den Kopf gestellt worden. Sie waren nicht mehr in New York, hatten die Schule wechseln, beinahe ans andere Ende des Landes ziehen und ihre Freunde verlassen müssen. Im Moment wussten sie gar nicht mehr, wo sie zu Hause waren. »Ich weiß, es ist alles anders als früher … Aber jetzt sind wir in London.« Er stupste mit dem Ellbogen gegen Brookes Knie. »London ist cool, oder? Lass mich nachdenken … Wer lebt hier, den du gut findest?« Er zerbrach sich den Kopf und versuchte, sich daran zu erinnern, wer in den Augen seiner Tochter hier richtig toll war. »Ich weiß. Kate Middleton … Sie hat eine super Frisur, richtig?«

»Das einzig Coole, was dir einfällt, ist eine Prinzessin?« Sie schüttelte den Kopf. »Ich bin nicht Maddie.«

»Der FC Chelsea. Coole Jungs.«

»Keine Jungs, bitte.«

»Wow, Brooke, verwandelst du dich vor meinen Augen jetzt in einen typischen Teenager?«

»Nein!«

»Na, dann sag doch«, forderte er sie freundlich auf. »Was ist in London derzeit angesagt?«

Sie zuckte die Schultern. »Keine Ahnung.«

Er seufzte. »Schau, ich weiß, dass du deine Ferien lieber anders verbracht hättest, aber nun sind wir hier. Ich freue mich sehr, dass ihr bei mir seid. Wir sollten das Beste daraus machen und …«

»Und nichts tun, weswegen Mom sich in die Hose macht?«

Er öffnete den Mund, um sie wegen ihrer Ausdrucksweise zu tadeln, ließ es aber dann bleiben. »Sie liebt dich und Maddie, und ihr seid jetzt auf der anderen Seite des Ozeans. Sie macht sich Sorgen und … Aber ich wollte eigentlich etwas anderes sagen: Wir drei müssen jetzt zusammenhalten.«

»Wie eine glückliche Familie«, schnaubte Brooke.

»Ja, das könnten wir sein.«

»Aber du musst arbeiten.«

Ja, das musste er. Den Großteil ihres Aufenthalts. Aber das lag in der Natur der Sache. Vor allem wenn Brooke ihr iPhone und alle die Abonnements für Netflix, Spotify und zahlreiche andere Anbieter behalten wollte. Ganz zu schweigen von dem neuen Haus in Montgomery.

»Ja, das stimmt«, gab er zu. »Aber jemand wird mir helfen, solange wir hier sind. Vielleicht sogar ein ganzes Team. Und diesen Leuten könnt ihr dann genau sagen, wohin ihr gehen und was ihr unternehmen wollt. Sie werden euch überallhin bringen.«

Brooke streckte die Hand nach ihren Kopfhörern aus. »Großartig.«

»Komm schon, Brooke, das gilt ja nicht für die gesamte Zeit. Morgen Abend werde ich mit euch in ein tolles Lokal zum Essen gehen, versprochen.«

Seine Zeit war abgelaufen. Brooke hatte sich die Stöpsel in die Ohren gesteckt und richtete den Blick wieder an die Decke. Wenn seine Pläne auf den Weg gebracht waren und er den Fuß ein wenig vom Gas nehmen konnte, würde er alles wiedergutmachen. Er stand auf, nahm sein Telefon vom Frisiertisch und warf einen Blick auf das Display. Fünf Anrufe vom Anschluss von Leannas Mutter, zwei von Leannas eigenem Handy. Nun, auch sie würde warten müssen.

KAPITEL DREIZEHN

Beaumont Square, Notting Hill

»Isla! Isla, wach auf!«

Isla schlug die Augen auf und schoss im Bett nach oben. Offensichtlich drohte Gefahr. »Hannah?« Sie blinzelte in das Halbdunkel und versuchte, ihre Schwester auszumachen.

»Ich bin hier unten«, schnaufte Hannah und streckte eine Hand aus, um sich an der Bettkante nach oben zu ziehen.

»Du bist wieder herumgekrochen! Du musst endlich damit aufhören!«

»Ähm, wie du inzwischen wissen dürftest, kann ich nicht laufen. Und Ronnie steht unten. Wir haben gestern Abend vergessen, ihn mit nach oben zu nehmen.«

Es klingelte an der Tür. Dreimal hintereinander.

»Und deshalb bin ich hier«, fügte Hannah hinzu. »Es ist jemand an der Tür.« Sie zog sich mühsam mit den Armen auf Islas Bett.

»Komm.« Isla sprang auf, um ihr zu helfen.

»Das schaffe ich schon«, wehrte Hannah sie ab. »Geh und schau nach, wer unten ist.«

»Wie spät ist es?«, fragte Isla.

»Noch nicht Weihnachten«, erwiderte Hannah. »Und zu kalt, um schon aus den Federn zu sein.« Sie zog Islas Bettdecke hoch.

Isla warf einen Blick auf ihren Wecker. Fünf Uhr! Durfte sie denn keine Nacht mehr durchschlafen? In den wenigen Stunden Schlaf, die ihr vergönnt gewesen waren, hatte sie immer wieder Albträume von Chase Bryan und der peinlichen Begegnung gehabt, die ihr noch bevorstand. *So, Mr Bryan, darf ich Ihnen Ihre persönliche Assistentin für die Dauer Ihres Aufenthalts vorstellen. Sie ist sehr kompetent und … hat Sie vor Ihren Töchtern beschuldigt, ein Kinderschänder zu sein.*

»Bleib hier«, befahl sie. »Du bewegst dich nicht aus diesem Bett, bis ich wieder nach oben komme.«

»Verstanden«, antwortete Hannah. »Keine Bewegung, bis du mit dem Sondereinsatzkommando anrückst.«

Isla zog rasch einen Pullover über und rannte die Treppe hinunter. Die letzte Stufe übersprang sie, denn es klingelte schon wieder. Irgendwie klang es zögerlich, aber zugleich dringend.

»Ich komme schon!« Isla versuchte, die Sicherheitskette zu lösen. Um diese Uhrzeit hatte sie zwei linke Hände, und um die Kette hatte sich goldfarbenes Lametta gewickelt, das ganz sicher am Abend zuvor noch nicht dort gewesen war. Endlich gelang es ihr, die Tür einen Spalt zu öffnen.

»Haben wir dich aufgeweckt?«

Vor ihr stand Raj mit einer Frau an seiner Seite. War das Mrs Edwards? Mit einer Katze auf dem Arm? Isla zwinkerte ein paarmal und versuchte verzweifelt, besser sehen zu können.

»Raj.« Sie entriegelte die Kette und zog die Tür weiter auf.

»Ich wollte nicht noch einmal den Schlüssel benutzen, weil ich dich gestern so erschreckt habe, aber Mrs E … Sie hat sich ausgesperrt, und ich dachte, wir könnten hier auf den Schlüsseldienst warten und eine Tasse Tee trinken.«

Als er den Atem ausstieß, bildete sich in der kalten Morgenluft eine kleine Wolke vor seinem Mund. »Ich friere mir hier die Eier ab, und Mrs E ...« Raj senkte die Stimme. »Die alte Dame hat unter meiner Jacke nur ein dünnes Nachthemd an.«

Jetzt bemerkte Isla, dass Raj nur das zu seiner Postuniform gehörende Polohemd trug – und glücklicherweise eine lange und keine kurze Hose. Seine dicke Uniformjacke hatte er Mrs Edwards gegeben. Sie sah ein wenig blass aus, ihr sonst so gepflegtes graues Haar war zerzaust, und mit ihren knotigen Händen hielt sie eine Katze so fest, als hinge ihr Leben davon ab.

»Kommt schnell rein!«, forderte Isla sie auf. Sie wusste sehr gut, dass man ältere Menschen auf keinen Fall großer Hitze oder Kälte aussetzen sollte. Hitze konnte zu einer Ohnmacht führen, und Kälte barg die Gefahr einer Lungenentzündung ... und das bereits nach wenigen Minuten.

»Muss ich das Sondereinsatzkommando rufen?«, rief Hannah von oben.

Isla legte Raj eine Hand auf den Arm und zuckte zurück, weil er sich eiskalt anfühlte. »Bring Mrs Edwards ins Wohnzimmer und stell den Wasserkessel auf den Herd. Ich schalte die Heizung an und hole Hannah.«

»Prima«, erwiderte Raj zähneklappernd.

Isla zog Hannahs flauschige violette Fleecejacke von einem der Holzhaken an der Wand. »Und zieh das an, damit du keine Unterkühlung bekommst.«

»Glaubst du, sie wird allmählich ein bisschen verrückt?«, flüsterte Hannah, während sie die Zuckerdose zwischen ihr Bein und die Lehne des Rollstuhls schob, um sie ins Wohnzimmer zu transportieren.

»Keine Ahnung«, erwiderte Isla. »Du kennst sie besser als ich. Wie war sie denn früher?« Sie hielt kurz inne. »Ich meine, bevor ihr Mann gestorben ist.«

»Glücklicher«, meinte Hannah. »Und sie ist nicht um fünf Uhr morgens mit einer fremden Katze auf dem Arm bei den Nachbarn aufgetaucht.«

»Was? Gehört ihr die Katze nicht?«

»Nein, das ist die Katze, die in einer Art Weihnachtskorb im Haus Nummer elf angeliefert wurde. Wahrscheinlich gehört sie Verity und John.«

»Wahrscheinlich?«

»Na ja, ich bin mir ziemlich sicher, dass Mrs Edwards keine Katze hat.«

»Ziemlich sicher?« Isla goss heißes Wasser in die bunt getupfte Teekanne, die Hannah ihr letztes Weihnachten geschenkt hatte. »Vielleicht hat sie sich eine zugelegt. Nach dem Tod ihres Mannes.«

»Nein.« Raj tauchte an der Küchentür auf. »Sie hat keine Katze. Früher hatte sie einen Hund. Er konnte mich nicht leiden. Es war so ein kleiner Kläffer, der überall Haufen hinterlassen hat, die aussahen wie Rosinenbrötchen.«

»Ähm … ich verstehe.« Isla setzte den Deckel auf die Teekanne und reichte Hannah das Milchkännchen.

Eigentlich war es nicht nötig, solche Sachen mit Hannahs Rollstuhl zu transportieren – Isla hätte sie ebenso gut auf einem Tablett ins Wohnzimmer tragen können. Aber sie wusste, dass Hannah ihr gern half, und sie nahm an, dass ihre dickköpfige Schwester, die sich ein Stück Unabhängigkeit bewahren wollte, auch deshalb einen elektrischen Rollstuhl ablehnte. Als sie ihr den Vorschlag gemacht hatte, war Hannah entrüstet gewesen – für sie hatte sich das so angehört, als würde sie mit einem solchen motorisierten Stuhl über Nacht 150 Kilo zunehmen und eine Leidenschaft für Kentucky Fried Chicken entwickeln. Also hatte Isla das Thema nie wieder zur Sprache gebracht.

»Das ist die Katze von Nummer elf, richtig?«, fragte Hannah und rollte zu Raj hinüber.

»Keine Ahnung. Ich liefere dort nur die Post ab und verschwinde dann gleich wieder. Sie streiten sich ständig über irgendwelche Unterlagen und Termine.« Er schnaubte. »Wenn ich ihre Katze wäre, würde ich auch abhauen und lieber bei Mrs Edwards wohnen.«

»Hier«, Hannah reichte Raj die Teekanne. »Wir werden ihr jetzt einen heißen Tee bringen.« Sie warf Isla einen Blick zu. »Im Schrank ist eine Dose Thunfisch. Die Katze hat sicher Hunger.«

Isla schaute wieder auf die Uhr. 5.40. Natürlich wollte sie sich darum kümmern, dass es ihrer Nachbarin gut ging, aber sie durfte heute auf keinen Fall zu spät kommen.

»Haben Sie sie gesehen?«, fragte Mrs Edwards, während sie lautstark ihren Tee schlürfte. Die Hand, in der sie die Tasse hielt, zitterte ein wenig.

»Wen, Mrs E?« Hannah streichelte die Katze, die nach einer großzügigen Portion Thunfisch auf dem Schoß der alten Dame eingeschlafen war.

»Die Leute mit den Messstangen und den Kameras.«

»Die Touristen?«, fragte Raj. »Ich glaube, das sind keine Messstangen, sondern Selfiesticks, Mrs E. Man hält sie hoch in die Luft, um die ganze Familie mit aufs Bild zu bekommen.« Er streckte den Arm aus und führte die Bewegung vor.

»Nein«, entgegnete Mrs Edwards aufgeregt. »Nicht die Japaner. Hier, auf unserem Platz, nicht in Pearl Harbor.«

Isla tauschte einen Blick mit Hannah. Das klang mehr nach Demenz als nach einer von Trauer hervorgerufenen Depression. Vielleicht sollten sie sich mit Mrs Edwards' Familie in Verbindung setzen. Hatte sie überhaupt noch Angehörige?

»Im Haus Nummer elf«, stieß Mrs Edwards hervor. »Die Spione.«

»Spione?« Raj rutschte auf dem Sessel nach vorne und zupfte an den Ärmeln von Hannahs Fleecejacke, die ihm nur bis über die Ellbogen reichten. »Wie beim MI5?«

»Ich weiß nicht, was sie vorhaben«, wisperte Mrs Edwards. »Aber ich traue ihnen nicht. Falls sie überhaupt zu zweit sind. Bisher habe ich nur eine Frau gesehen.«

»Oh, Mrs Edwards, ich habe Verity gestern Abend kennengelernt«, begann Isla und stellte ihre Tasse auf dem Couchtisch ab. »Sie war ein wenig zurückhaltend, als Hannah und ich sie zum Abendessen eingeladen haben, aber sie hat uns erzählt, dass sie in ihrem früheren Heim ständig von Vertretern belästigt wurde.«

Mrs Edwards schnalzte mit der Zunge. »Und das haben Sie ihr geglaubt?«

Isla warf einen Blick zu Hannah hinüber. Sie hing an Mrs Edwards' Lippen, riss die großen dunklen Augen auf und lauschte so gespannt, als wäre das der Anfang einer Detektivgeschichte mit Poirot.

»Sie bekommen eine Menge brauner Kuverts«, warf Raj ein.

»Wirklich?«, fragte Hannah.

»Irgendetwas stimmt da nicht«, fuhr Mrs Edwards fort und nickte so heftig, dass ein wenig Tee auf die Untertasse schwappte. »Und den Mann habe ich noch nie gesehen.«

Isla schluckte. Stimmte das tatsächlich? Sie räusperte sich. »Sein Name ist John.«

»Haben Sie ihn denn gesehen?«, fragte Mrs Edwards überrascht.

»Nein, aber …« Isla wandte sich an Raj. »Du hast ihn doch schon gesehen, oder?«

»Nein«, erwiderte Raj. »Noch nie.«

»Aber du hast sie miteinander streiten gehört.«

»Das ist richtig.«

»Das ist der älteste Trick der Welt«, meinte Hannah. »Denk mal an *Kevin – Allein zu Haus*. Kevin hat mit der Aufnahme eines Fernsehstücks alle an der Nase herumgeführt.«

»Warte mal, das ist doch verrückt«, sagte Isla. »Nur weil sie …«

»Sie wollten nicht zum Abendessen kommen«, fiel Hannah ihr ins Wort und begann, ihre Argumente an den Fingern abzuzählen. »Eine Aufnahme, die einen Streit vortäuscht. Kein Hauch von Weihnachten an den Fenstern …«

»An der Tür hängt eine Girlande«, merkte Isla an.

»Sie haben Messstangen«, betonte Mrs Edwards.

»Und eine Katze, die sie offensichtlich nicht genug lieben.«

»Das ist doch lächerlich«, sagte Isla. »Sie sind neu hier am Platz und wahrscheinlich sehr nette Menschen, und ihr tut so, als … als handle es sich um die Hauptfiguren aus *Die Bourne Identität*.«

Sie warf einen Blick auf ihre Armbanduhr. Kurz nach sechs. Sie musste duschen und sich etwas Besonderes zum Anziehen heraussuchen. Am besten einen ihrer guten, teuren Hosenanzüge. Vielleicht den, von dem Hannah immer sagte, dass sie darin so aussah, als würde sie nicht davor zurückschrecken, jemandem einen Tritt in den Hintern zu verpassen. Und sie musste auch noch Hannah helfen, sich zurechtzumachen, bevor Poppy kam.

»Ich traue ihnen nicht über den Weg«, verkündete Mrs Edwards. »Fremde. Neuankömmlinge. Alles ändert sich.«

»Ich weiß«, seufzte Hannah. »Mir gefallen Veränderungen auch nicht, Mrs E, aber manchmal muss man einfach mit dem Strom schwimmen.« Sie tätschelte der Frau die Hand. »Die Dinge verändern sich eben, ob uns das gefällt oder nicht.«

Isla hatte plötzlich einen Kloß im Hals. Ihre Schwester hatte mit ihren zwanzig Jahren schon einige Veränderungen hinnehmen müssen. Sie lächelte Mrs Edwards und Hannah an. »Ich werde mal beim Schlüsseldienst nachfragen, ob wir Sie bald nach Hause bringen können. Dann fühlen Sie sich bestimmt gleich wieder besser.«

»Ja, bitte.« Mrs Edwards rutschte auf ihrem Stuhl hin und her und schaute zum Erkerfenster hinaus. »Denn von hier aus hat man keine so gute Aussicht, und ich möchte nichts versäumen.«

»Keine Sorge, Mrs E, ich werde Sie über alles auf dem Laufenden halten«, versprach Raj. »Wir tauschen Informationen aus wie Ninjas.«

Isla ging zum Telefon. Sobald sie ihre Nachbarin gut untergebracht und Hannah geholfen hatte, konnte sie sich auf die peinliche Situation vorbereiten, die sie im Büro erwarten würde.

KAPITEL VIERZEHN

Auf dem Weg zum Canary Wharf

»Und das verstehst du darunter, eine schöne Zeit zu verbringen?«

Es schneite. Dicke weiße Flocken wirbelten durch die Luft und legten sich auf die ganze Stadt. Chase fror entsetzlich, und Brooke verbreitete, seit sie die Augen aufgeschlagen hatte, schlechte Laune. Er blieb stehen und drehte sich zu seiner Tochter um. Um diese Uhrzeit wimmelte es in London von Pendlern, die mit Kaffeebechern in den behandschuhten Händen und Laptoptaschen über den Schultern die Straßen entlanghasteten. Zu ihrer Linken schallte die Melodie von »Silver Bells« aus einem Laden, in dem Weihnachtspapier aller Art, Schleifen und Tüten mit dem Bild vom Weihnachtsmann verkauft wurden. Fröhliche Klänge und glitzernde, schimmernde Waren, die nicht zur Stimmung in der Bryan-Familie passten.

»Nun sei doch nicht so«, sagte Chase.

»Wie denn?«, fragte Brooke herausfordernd.

»Daddy, schau dir diesen Schneemann an!« Maddie zupfte ihn am Ärmel.

Brooke seufzte. »Werd endlich erwachsen! Das ist kein Schneemann. Das ist nur ein Mann in einem doofen Kostüm.«

»Hey! Das reicht jetzt!«, wies Chase seine ältere Tochter zurecht.

»Warum?«, entgegnete Brooke. »Weil du jetzt zur Arbeit musst? Ich kann es kaum erwarten, mir acht oder neun Stunden stinklangweiliges Gelaber über irgendwelche Häuser anzuhören.«

»Soll das heißen, dass du vorhast, heute tatsächlich irgendwann deine Ohrstöpsel rauszunehmen?«, fauchte er zurück.

»Nicht wenn es den ganzen Tag nur um Beton und Stahl geht.«

»Hört auf damit!«, rief Maddie. »Ich hasse es, wenn ihr euch streitet.«

Er schaute seine jüngere Tochter an und fragte sich, was zum Teufel er hier eigentlich machte. Ihre Augen waren müde und feucht von Tränen, und er stritt sich mitten auf der Straße. Er hatte gewusst, dass es nicht einfach werden würde. Mit einem Teenager Kompromisse zu schließen war eigentlich ein Ding der Unmöglichkeit, aber er versuchte es trotzdem.

»Hör zu, ich weiß, dass die Situation nicht ideal ist …«, begann er in ruhigem Tonfall.

Mit dieser Bemerkung erntete er ein verächtliches Schnauben, bei dem Brooke ihr Haar zurückwarf.

»Aber ich verspreche, Hand aufs Herz …« Er bekräftigte seine Worte mit der entsprechenden Geste. »Heute Abend gehen wir aus, an einen besonderen Ort …«

»Schauen wir uns eine Show an?«

Maddies Augen leuchteten auf, als wären soeben ein Dutzend Engel aus dem Himmel herabgeschwebt.

»Na ja, ich …« Chase hatte eigentlich nur an ein Abendessen in einem schicken Restaurant gedacht. Möglichst früh, denn ab morgen wartete viel Arbeit auf ihn.

»Oh, Daddy, das West End ist wie der Broadway. Ellie hat sich dort im letzten Sommer mit ihrer Tante und ihrem Onkel *Charlie und die Schokoladenfabrik* angesehen! Vielleicht können wir uns das auch anschauen!« Maddie klatschte in die behandschuhten Hände und wirbelte im Kreis herum, sodass ihr braunes Haar unter ihrer Mütze hervorsprang und einige Schneeflocken einfing.

»Ich …« Er konnte ihr keine Show versprechen. Er wusste nicht einmal, ob man für eine Vorstellung am selben Tag Karten kaufen konnte. »Ich werde es versuchen.«

»Ja!«, jubelte Maddie, so als hätte er ihr es bereits fest zugesagt.

»Okay. Also …« Er wandte sich an Brooke. »Alles wieder gut? Oder können wir zumindest ein Stück weitergehen, bevor uns der falsche Schneemann überfällt?«

Sie verweigerte zwar den Blickkontakt, machte aber keine bissigen Bemerkungen mehr. Das wertete er als Fortschritt.

»Oh, Daddy, schau mal! So viele tolle Lichter!« Maddie deutete auf die mit funkelnden Christbäumen und Posaunenengeln geschmückten Gebäude vor ihnen. »Mir gefällt London. Hier glitzert alles so schön.«

Er griff lächelnd nach Maddies Hand. Um sie herum herrschte überall Weihnachtsstimmung, aber in seiner Familie musste noch einiges Eis zum Schmelzen gebracht werden.

KAPITEL
FÜNFZEHN

Breekers London, Canary Wharf

Wieder Signalstörungen an der U-Bahn-Linie Central Line! Kann leider nicht kommen, um Hannah zur Arbeit zu bringen. Tut mir leid! Poppy x

Poppys SMS war eingetroffen, als Isla gerade versucht hatte, das Mädchen anzurufen und nachzufragen, wo sie blieb. Aber Isla geriet nicht in Panik, obwohl ihr bewusst war, dass sie kein zweites Mal in dieser Woche zu spät kommen durfte. Rasch stürzte sie sich wie eine fröhliche Mary Poppins unter dem Einfluss von Red Bull auf ihre Aufgaben. Sie half Hannah beim Anziehen, packte ihre Tasche und hängte sie an Ronnies Griff, trug ein wenig Make-up auf und zog eine Strumpfhose ohne Laufmaschen unter ihren Hosenanzug, der hoffentlich Chase Bryan das verrückte Treffen vom Vortag vergessen ließ. Dann schob sie Hannah im Eiltempo zur Arbeit, rannte zur U-Bahn und lief am Ausgang die unzähligen Stufen hinauf.

Und nun war sie hier. Schnee und der eisige Wind hatten ihre Wangen gerötet und ihr das rotbraune Haar an den Kopf geklebt. Sie hatte noch genau elf Minuten Zeit, um sich abzukühlen, zu beruhigen und mental auf das Treffen vorzubereiten. Sie atmete tief ein und nahm den Geruch nach Pfefferminz, Tannenbäumen und Geschäftsleuten wahr, während sie die Eingangstür aufschob.

»Da ist sie ja!«

Aaron stand am Empfang, als hätte er bereits auf sie gewartet. Isla warf noch einmal einen Blick auf ihre Armbanduhr. Das Ding funktionierte doch, oder? Sie war zu früh hier.

»Hallo«, grüßte sie zögernd und betrat den Eingangsbereich.

Denise beugte sich über den Rezeptionstisch. Sie war zurechtgemacht, als wolle sie an der Wahl zur Miss World teilnehmen oder als würde sie bei Debenhams in der Kosmetikabteilung arbeiten. Selbst der funkelnde Christbaum verblasste neben ihr.

»Er ist da!«, flüsterte Aaron ebenso atemlos wie an dem Tag, an dem der neue Postjunge seinen Dienst angetreten hatte – ein junger, knackiger Mann, der eine gewisse Ähnlichkeit mit Brandon Flowers hatte. »Chase Bryan.«

»Er ist hinreißend«, fügte Denise hinzu. »Er sieht unglaublich gut aus.« Sie legte eine Hand an die Brust und atmete rief ein. »Wenn ich noch jünger wäre und mir Kinder wünschte, müssten sie von ihm sein … Ich hätte sogar nichts dagegen, seine Kinder zu adoptieren, denn sie sind auch ganz entzückend.«

Oh, nein! Das machte die Sache noch schlimmer! Seine Töchter waren hier. Die Mädchen, die ihre Blamage im Sugar High mitbekommen hatten.

»Scheibenhonig. Hast du heute kein Make-up aufgetragen?«

Aaron betrachtete sie prüfend, als hätte sie über Nacht Krähenfüße bekommen.

»Was ist los mit euch beiden?«, fragte Isla. »Habt ihr nichts zu tun?« Sie beschloss, dieses verrückte Getue um den Neuling aus New York, der offensichtlich den liebenswerten Big Bill verdrängt hatte, zu ignorieren. Sie musste sich um das Krankenhausprojekt kümmern und die Vorbereitungen für die Weihnachtsfeier zum Abschluss bringen. Allerdings klang das Wort »Abschluss« ein wenig zu ambitioniert. Egal, sie würde sich schon behaupten. Sie würde jetzt an ihren Schreibtisch gehen, sich einen Überblick verschaffen und dann die Sache angehen. Es klang eigentlich ganz einfach, aber bei dem Gedanken daran, dass sie gleich dem Mann gegenübertreten musste, vor dem sie sich so sehr blamiert hatte, wurden ihr die Knie weich.

Aaron folgte ihr zu den Aufzügen. »Er trägt einen maßgeschneiderten Anzug, und der sitzt wirklich ausgezeichnet.« Er atmete tief ein. »Oberschenkel wie zwei große Schinkenstücke und ein Po wie …«

Sie war sich nicht sicher, ob sie einen weiteren Vergleich ertragen würde. »Aaron, wo ist Mr Bryan jetzt?«, unterbrach sie ihn und drückte auf den Aufzugknopf.

»Robert hat ihn in unsere Abteilung gebracht. Und ihn so fürstlich behandelt, als wäre er Richard Branson.«

Isla schüttelte den Kopf. »Er hat aber hoffentlich nicht diesen grässlichen roten Teppich ausgerollt.«

Aaron lachte. »Nein, Schätzchen, Gott sei Dank nicht.« Er betrachtete sein Spiegelbild in der Stahltür des Lifts und rückte seine Krawatte zurecht. »Aber sie schüttelten sich die Hand, klopften sich gegenseitig auf den Rücken und tauschten die in der Branche üblichen Floskeln aus. Du weißt schon: *Wir ziehen alle an einem Strang, denken alle kreativ, sind auf gleicher Wellenlänge, setzen auf Teamwork und geben unser Bestes.* Wobei Letzteres mein persönliches Lieblingsmotto ist.«

Isla verdrehte die Augen. Big Bill war nie zu Besuch im Londoner Büro gewesen, und es betrübte sie, dass er zu keiner Zeit diese Vorzugsbehandlung bekommen hatte. Als sich die Türen öffneten, wappnete sie sich für die bevorstehende Begegnung. Ein paar Dinge durfte sie nicht vergessen, wenn sie Chase Bryan gegenübertrat. Erstens, sie brauchte diesen Job. Zweitens, seine ältere Tochter besaß ein Video, das sie am Abend zuvor nur allzu gern auf YouTube hochgeladen hätte. Und da darauf einiges los war – da flogen Haare, es wurde mit dem Finger gezeigt und laut geschrien –, hatte es großes Potenzial, sich schneller zu verbreiten als die beste Amateurversion von *Juju On That Beat*.

KAPITEL SECHZEHN

Der Jetlag schlug mit voller Wucht zu. In diesem Moment. Zum ungünstigsten Zeitpunkt, gerade als all diese Leute – Chase schätzte ihre Zahl auf sechzehn – auf ihn einredeten. Und die Stühle im Sitzungsraum gehörten zu den unbequemsten, auf denen er je gesessen hatte. Schlimmer als der Stuhl in seiner Suite.

Während einer der Mitarbeiter Dias von bereits abgeschlossenen Projekten der Londoner Filiale zeigte, warf er einen Blick auf seine Töchter. Sie hatten sich in eine Ecke neben der Heizung zurückgezogen. Maddie hatte ihre Handschuhe und ihre Mütze zum Trocknen auf den Heizkörper gelegt, saß mit geschlossenen Augen und offenem Mund auf einem Stuhl und schien eingeschlafen zu sein. Brooke telefonierte und starrte dabei auf die Leinwand. Als sie seinen Blick bemerkte, erwiderte sie ihn mit geballter Verachtung.

»Wir können Ihnen gar nicht sagen, wie sehr wir uns über Ihren Besuch freuen, und sind gespannt darauf, alles über das neue Projekt zu hören, an dem wir gemeinsam arbeiten werden.«

Alle am Tisch applaudierten, und Chase wusste nicht so recht, wie er darauf reagieren sollte. Auf dieser Seite des Atlantiks lief offensichtlich alles ein wenig anders ab. Er lächelte und versuchte, sich natürlich zu geben. Natürlich lag ihm viel an dem Bau des Superhotels, aber sein Körper befand sich immer noch im Jumbo-Jet, und in seinem Kopf überschlugen sich die Gedanken über die Mädchen, seine Exfrau und Colt …

Dieser Name machte ihn wütend, und er stand rasch auf. Es gab nur einen Weg nach vorn: Er musste sich in die Sache hineinstürzen und das Heft in die Hand nehmen. Und er durfte nicht zurückschauen.

»Danke«, begann er, nachdem der Applaus verebbt war. »Vielen Dank für diesen wunderbaren Empfang.« Er lächelte. »Ich hoffe, mein amerikanisches Englisch ist einigermaßen verständlich.« Das amüsierte Gelächter zeigte ihm, dass er den richtigen Ton getroffen hatte. »Ich möchte Ihnen heute die neuen Pläne von Breekers International vorstellen, und da Sie sicher schon sehr gespannt darauf sind …« Er zupfte seinen Hemdkragen zurecht. »Ich will Sie nicht länger auf die Folter spannen …« Rasch warf er einen Blick auf seine Armbanduhr und überlegte, wo er die Kinder unterbringen sollte. »Wie wäre es mit heute Nachmittag? Sagen wir um zwei Uhr?«

Zustimmendes Gemurmel war zu hören, und der Mann, der ihm in der Lobby ewig lang die Hand geschüttelt hatte und hier der Verantwortliche zu sein schien – er hätte im Flugzeug seine Personalakte gründlicher lesen sollen –, stand auf.

»Ausgezeichnet, Mr Bryan. Also dann um zwei Uhr.«

»Bitte nennen Sie mich Chase.«

»Sehr wohl, Sir«, erwiderte der Mann. »Und nun würde ich Sie gern der Dame vorstellen, die während Ihres Aufenthalts Ihre persönliche Assistentin sein wird. Sie ist eine unserer besten Mitarbeiterinnen – sie hat sich in der Firma nach oben gearbeitet und ist nun für Mitarbeiterführung, Problemlösungen und besondere Projekte zuständig …«

»Könnte ich den Raum eine Weile für mich allein haben?«, unterbrach Chase ihn. »Den Raum?« Der Mann sah ihn verwirrt an.

»Nur für einen Moment ...« Chase senkte die Stimme. »Für ein Gespräch mit meinen Töchtern.«

»Aber natürlich! Verzeihung.« Er zog sich zurück und verneigte sich dabei leicht, als gehörte Chase einer königlichen Familie aus Saudi-Arabien an.

Sobald sich die Tür hinter ihm geschlossen hatte, wandte sich Chase seinen Töchtern zu. Maddie war eindeutig eingeschlafen, und Brooke hatte einen ihrer Füße, die in mit Schnallen verzierten Stiefeln steckten, gegen das Fensterbrett gestützt und starrte nach draußen. Er ging zu ihnen hinüber und betrachtete die Londoner Skyline. Die Bürohochhäuser im Schneetreiben glichen denen in Manhattan, nur waren sie viel kleiner. Die Architektur des Chrysler Buildings und Empire State Buildings hatte mit Sicherheit einen besonderen Symbolcharakter, aber Londons Shard und Gherkin hatten ihren eigenen einzigartigen Charme. Und zwischen den Hochhäusern und modernen Gebäuden fand man viele sehr alte, historische Häuser. Das musste er bei diesem Hotel berücksichtigen. Er wollte eine Kombination aus Zeitgemäßem und Historischem erschaffen; es sollte ein einzigartiges, unverwechselbares Flaggschiff werden.

»Können wir jetzt von hier verschwinden?«

Brookes Frage versetzte ihn zurück in den Konferenzraum. »Schätzchen, ich muss den ganzen Tag hierbleiben, das weißt du doch.«

»Und was sollen wir tun? Hier herumsitzen wie Idioten?«

Die Zeiten, in denen sie sich mit ein paar Buntstiften und

Papier zufriedengegeben hatten, waren schon lange vorbei. Und ihm fiel keine Lösung ein. Warum hatte er nicht daran gedacht, ein Kindermädchen anzuheuern? Das war's. Er würde sich online eine Agentur suchen und jemanden kommen lassen. Sie oder er konnte mit seinen Töchtern irgendetwas besichtigen.

»Nein«, erwiderte er. »Ich kümmere mich darum.« Er zog sein Telefon aus der Tasche und schaute sich bei Google um.

»Suchst du jemanden, den du dafür bezahlst, dass er auf uns aufpasst?« Brooke nahm ihren Fuß vom Fensterbrett, stieß damit gegen Maddies Stuhl und riss sie unsanft aus dem Schlaf.

Es klopfte an der Tür.

Isla konnte sich keine noch peinlichere Situation vorstellen. Das war sogar schlimmer als damals, als sie sich in einem der vielen kleinen Schmuckläden in der Portobello Road einen antiken Ring an den Finger gesteckt und nicht mehr herunterbekommen hatte. Sie war elf Jahre alt gewesen, und ihre Mutter hatte sie vorher ermahnt, nichts anzufassen.

Durch die nur an manchen Stellen opake Glastür des Konferenzraums sah sie Chase Bryan und seine beiden Töchter auf der gegenüberliegenden Seite, und ihr Magen krampfte sich so stark zusammen, als müsste er ein besonders scharfes Jalfrezi verdauen. Gleich würde es passieren. Er würde feststellen, dass es sich bei seiner Assistentin um die Frau handelte, die ihn wüst beschimpft hatte. Dann würde er eine kompetentere Mitarbeiterin anfordern, Robert alles erzählen, was sich in dem Café abgespielt hatte, und man würde sie feuern. Und bei ihrem nächsten Job würde sie den ganzen Tag am Bahnhof Waterloo auf die Tafeln mit den Ankunfts- und Abfahrtszeiten starren …

Als Robert die Tür aufstieß, dachte sie an den weißen fedrigen, unverschämt teuren Christbaum aus dem Schaufenster, den sie Hannah unbedingt hatte kaufen wollen. Sie musste dringend wieder so realistisch werden, wie sie üblicherweise war, denn wenn sie unkonzentriert war und sich ablenken ließ, passierten ihr schlimme Dinge – sie hatte den Firmenchef aufs Gröbste beleidigt.

»Mr Bryan … Chase«, begann Robert, als er den Raum betrat. »Das ist Isla Winters.«

Isla schlurfte hinter Robert her, benutzte ihn wie einen menschlichen Schild und wartete auf den großen Knall. Sie hielt den Atem an … Warum sagte er nichts? Wie ein Emu reckte sie den Hals und lugte über Roberts rechte Schulter. Chase Bryan hielt den Blick fest auf sein Handy gerichtet.

»Mr Bryan?«, versuchte Robert es erneut.

Chase schaute auf, und Isla zog den Hals ein – dieses Mal eher wir ein gelenkiger Schwan – und verschwand rasch wieder hinter ihrem Chef.

»Ich möchte Ihnen Isla Winters vorstellen«, fuhr Robert fort. »Sie wird Ihnen während Ihres Aufenthalts in London zur Verfügung stehen.«

Sie konnte sich nicht länger verstecken. Jetzt musste sie ihm gegenübertreten – und das möglichst mit erhobenem Haupt.

Isla tauchte so schwungvoll hinter Robert auf, als würde sie Rumba tanzen. »Guten Morgen, Mr Bryan.«

Was war denn hier los? Das war die Frau aus dem Café, die ihm am Tag zuvor die Polizei auf den Hals hatte hetzen wollen. Die Frau mit dem rotbraunen Haar, die jetzt einen schicken Hosenanzug trug, der ihre Figur sehr gut zur Geltung brachte. Ihm fehlten die Worte. Meine Güte, was war nur auf diesem Flug mit ihm geschehen? Er konnte sich kaum mehr konzentrieren und orientieren und hatte anscheinend seine Fähigkeit, jede Situation zu meistern, verloren.

»Hey«, begrüßte er sie. *Hey?* Er befand sich doch nicht mehr im Eisstadion! »Guten Morgen, Mrs …«

»Miss«, korrigierte sie ihn. »Miss Winters. Isla.«

»Chase.« Er streckte ihr die Hand entgegen. »Aber das wissen Sie ja schon.«

Er beobachtete, wie sich ihre Wangen röteten und sich gegen ihre Haarfarbe abhoben. Und jetzt, wo sie mit normaler Stimme sprach und ihn nicht mehr anbrüllte, hatte sie einen wunderbaren Akzent.

»Gut, dann werde ich Sie jetzt allein lassen, damit Sie sich kennenlernen können.« Der Mann, an dessen Namen er sich nicht erinnern konnte, ging zur Tür. »Und lassen Sie es mich wissen, wenn Sie etwas brauchen. Was auch immer.«

»Das werde ich.« Chase winkte ihm zu.

Die Tür schloss sich, und nun waren sie allein, mit Ausnahme der beiden Mädchen, die von der Ecke aus zu ihnen herüberstarrten.

Er sah Isla offen an. »Wie ich bereits weiß, liegt Ihnen das Wohlergehen meiner Töchter sehr am Herzen. Was halten Sie davon, etwas mehr Zeit mit ihnen zu verbringen?«

KAPITEL SIEBZEHN

Er wollte sie als Kindermädchen einspannen. Das hätte Isla sich gleich denken können, als sie erfahren hatte, dass ihn seine beiden Töchter begleiteten. Sie war eine Frau und seine persönliche Assistentin für alle Belange während seines Aufenthalts in England. Offensichtlich war das alles, wozu er sie für fähig hielt. Während er die Projekte, für die man ihn hierhergeschickt hatte, betreute, sollte sie ihm lediglich dabei helfen, seine Kinder zu bespaßen.

»Ich finde, wir sollten noch einmal von vorne beginnen.« Isla legte ihren ledernen Ordner auf den Konferenztisch.

»Wie meinen Sie das?«

Sie atmete tief durch. »Ich verstehe, dass Sie gestern keinen guten Eindruck von mir gewonnen haben. Ich möchte, dass Sie wissen, wie leid mir das alles tut. Ich bedauere mein Verhalten, meine Schlussfolgerung und jede mögliche Schmähung Ihrer Person.«

»Daddy? Welche Blähung?«, fragte Maddie.

Isla schlug entsetzt eine Hand vor den Mund. Das hatte sie doch nicht gesagt, oder doch? Mist! War denn alles, was mit diesem Amerikaner zu tun hatte, zum Scheitern verurteilt?

»Miss Winters hat ›Schmähung‹ gesagt«, erklärte Chase seiner Tochter. »Das heißt, dass man Sachen über jemanden sagt, die nicht der Wahrheit entsprechen und damit seinen Ruf ruiniert.«

Ja, da hatte er recht. Und genau das hatte sie getan. Vielleicht sollte sie sich, ohne zu klagen, um seine Kinder kümmern und froh sein, dass er sie überhaupt noch in der Firma haben wollte … zumindest im Moment.

»So wie die Leute in den Nachrichten gesagt haben, dass Donald Trump gern allen Frauen zwischen die Beine …«

»So ungefähr«, unterbrach Chase sie rasch und räusperte sich. »Es ist einfach nicht nett, solche Dinge über andere Menschen zu sagen.«

»Außer wenn die Gerüchte der Wahrheit entsprechen und man sie zu seinem Vorteil nutzen kann«, warf Isla ein. »Das könnte darüber entscheiden, ob man ein Geschäft abschließen kann oder es an einen Konkurrenten verliert.«

So, nun hatte sie ihm gezeigt, dass sie noch mehr konnte, als auf Kinder aufzupassen. Als er sich ihr zuwandte und sie mit diesen unglaublichen schokoladenbraunen Augen musterte, bereute sie ihren Wortschwall sofort wieder. Sie durfte nicht vergessen, dass er der Geschäftsführer der Firma war, auch wenn es sie ärgerte, dass er so kurz vor Weihnachten ihre Pläne durcheinanderbrachte. Wenn sie sich bei jemandem lieb Kind machen musste, dann bei ihm, und der Anfang war nicht gerade gut gelaufen.

»An welchen Projekten arbeiten Sie im Moment?«, fragte er.

»Bla, bla, bla«, warf Brooke ein. »Gleich wird sich das Gespräch um Mörtel und Stahlträger drehen.« Sie legte beide Füße auf das Fensterbrett.

»Das Ridgepoint Hospital im Norden von London«, begann Isla. »Ein Einkaufszentrum, das wir vorläufig Sovereign Gate nennen. Es soll auf einem Gelände entstehen, wo Gebäude aus den Siebzigerjahren abgerissen werden. Und natürlich die Weihnachtsfeier von Breekers London.«

»Okay.« Chase nickte. »Und was genau sind Ihre Aufgaben dabei?« Er zog einen Stuhl heran, und sie wollte schon hinübergehen. Doch dann hielt sie sich bewusst zurück. Er versuchte, sie dazu zu bewegen, sich zu setzen. Das machten solche Leute ständig – sie trafen Entscheidungen und vermittelten dir den Eindruck, dass du selbst sie getroffen hättest.

»Ich glaube, Robert hat es Ihnen vorher bereits gesagt.« Wahrscheinlich hatte er nicht richtig zugehört, weil er mit seinem Handy beschäftigt gewesen war. Aber diesen Gedanken würde sie lieber nicht laut aussprechen.

»Er sagte etwas über Mitarbeiterführung und Problemlösungen.« Chase lehnte sich gegen den Tisch, sodass seine Anzughose an den Oberschenkeln spannte. Verflixter Aaron und seine Bemerkung über große Schinkenstücke. Sie sahen tatsächlich außerordentlich muskulös aus.

»Genau das mache ich«, erwiderte Isla.

»Dann sind Sie also Sekretärin.« Er atmete tief aus.

Offensichtlich wollte er sie auf die Probe stellen. Obwohl ihr Blut fast bis zur Temperatur einer guten Suppe hochkochte, lächelte sie ihn weiter an. Sie brauchte den Job, um ihre Rechnungen zu bezahlen und Weihnachten zu finanzieren … den wunderschönen Baum, die Backzutaten, die Geschenke für alle, die Hannah in der Gruppe Lebenshilfe geholfen hatten.

»Das war nur Spaß.« Chase schlug die Hände zusammen. »Gegen den Beruf einer Sekretärin ist nichts einzuwenden. Und wo wären wir ohne Kopierer?«

Sie lächelte immer noch und wünschte sich insgeheim, sie könnte ihm einen Schlag auf diese vollen, attraktiven Lippen verpassen. »Oh, dann wären wir wohl in den Achtzigern stecken geblieben.«

»Treffer!«

Um seine Lippen spielte kaum merklich ein Lächeln, und seine Augen wirkten wärmer. Ihre Schwester durfte ihn auf keinen Fall wiedersehen. Das war nicht der richtige Mann, mit dem Hannah den perfekten Kuss in Notting Hill erleben sollte. Dieser Kerl war ein Schuft.

»Ich bin immer noch hier«, verkündete Brooke. »Und mir ist immer noch langweilig.«

»Okay.« Chase rutschte vom Tisch. »Dann verschwinden wir jetzt.«

»Wirklich?« Maddie sprang von ihrem Stuhl und holte ihre Handschuhe und ihre Mütze.

»Gehen wir in einen anderen Konferenzraum?«, fragte Brooke. »In dem es genauso langweilig ist wie hier?«

»Nein«, erwiderte Chase. »Miss Winters wird uns ein wenig herumführen.« Er streckte die Arme über den Kopf und gähnte. »Ich möchte gern ein Gespür für einige Orte entwickeln.«

»Und Kuchen!«, rief Maddie aufgeregt. »Wir brauchen mehr Kuchen.«

»Ich … ich kann nicht von hier weg«, erklärte Isla. Sie hatte eine Menge Arbeit zu erledigen. Eigentlich hatte sie damit gerechnet, dass er sie mit einigen Aufgaben betrauen würde – Telefonate, E-Mails. Das würde sie alles rasch erledigen und nebenher ein Auge auf seine Kinder werfen, falls das zu ihren Aufgaben gehören sollte. Und dann wollte sie sich wieder ihren eigenen Projekten widmen, die sie begonnen hatte und auch beenden würde. Aus der wunderbaren Feier würde nichts werden, wenn sie sich nicht ausreichend darum kümmerte.

»Aber natürlich«, entgegnete Chase. »Der Mann – wie war gleich sein Name?«

»Robert.«

»Robert hat gesagt, Sie stünden zu meiner Verfügung.«

»Damit meinte er mit Sicherheit geschäftliche Aufgaben, und keinen … Kuchen. Auch wenn das sehr verlockend klingt.« Sie warf einen Blick auf Maddies erwartungsvolles Gesicht.

»Sagen Sie noch einmal ›verlockend‹«, bat Chase.

Ihr britisch steifes Auftreten geriet ins Wanken. »Das ist doch lächerlich.«

»Wir lieben diesen britischen Akzent«, erklärte Maddie. »Fröhliche Ferien«, sagte sie mit britischer Betonung.

»Ich könnte Sie auch Mary nennen«, warf Chase mit einer perfekten Imitation von Dick van Dykes Stimme ein.

Isla wusste nicht, ob sie weinen oder lachen sollte. Es gab kein Entrinnen. Je eher sie mit ihnen das Haus verließ, umso schneller würde sie wieder hier sein. Als sie seine Töchter beobachtete – Maddie zog ihre feuchten Handschuhe zurecht, und Brooke schnitt vor den langen Fenstern eine Grimasse und betrachtete dabei ihr Spiegelbild –, wurde ihr klar, dass sie das Problem mit den Blini heute nicht mehr lösen würde. Ihre Weihnachtsvorbereitungen waren ebenso schnell unterbrochen worden wie der Betrieb der Central Line während der Hauptverkehrszeit.

KAPITEL ACHTZEHN

Portobello Market, Notting Hill

Als sie das Gewirr der kleinen, betriebsamen Straßen mit den Marktständen erreicht hatten, begann es heftig zu schneien. Es war zwar kein richtiger Schneesturm, aber der Wind war so eisig, dass Brooke – die Einzige, die keinen Mantel trug – sich unwillkürlich krümmte.

Isla öffnete den Mund, um vorzuschlagen, einen Mantel für sie zu kaufen, doch in dem Moment hörte sie Chase' Stimme.

»Wo ist dein Mantel, Brooke?«

»Sie hat keinen«, warf Maddie ein.

»Was?«, rief Chase.

»Ich meine, sie hat einen. Mommy hat ihr bei Saks einen gekauft. Er ist blau und …«

»Halt den Mund!«, zischte Brooke.

»Sie zieht ihn nicht an«, fuhr Maddie unbeirrt fort. »Wie immer.«

»Halt endlich die Klappe, du Rotznase!«, fauchte Brooke.

Meine Güte! Selbst als Hannah mit fünfzehn gerade ihre Eltern und die Beweglichkeit ihrer Beine verloren hatte, hatte sie nie Geräusche wie eine wütende giftige Kobra ausgestoßen. Und wie würde der CEO von Breekers mit dieser Anarchie in den eigenen Rängen umgehen? Isla bekam umgehend die Antwort auf ihre Frage: Chase zog sein

Telefon heraus und starrte darauf, als würde es ihm die Lösung aller Probleme bieten. Und Aaron hatte ihn als heißen Branchenkönig bezeichnet!

»Das ist der Portobello Market.« Isla hob die Stimme, um sich in dem Lärm verständlich zu machen. Sie räusperte sich. Eigentlich sollte sie einen Regenschirm und ein Klemmbrett bei sich haben, so wie die zahlreichen Reiseführer in London. »Er ist einer der berühmtesten und beliebtesten Märkte in ganz London und bestand früher einmal aus einem einzigen, gewundenen Landpfad, der Green Lane hieß.«

Sie warf einen Blick auf das kunstvoll verzierte Schild neben der Nummer 177, auf dem in blassblauen, roten und goldfarbenen Buchstaben geschrieben stand: »Der weltberühmte Portobello Markt«. In diesem Haus wurde allerhand Tand verkauft – Magnethalter mit Bildern von örtlichen Sehenswürdigkeiten, alte Drucke von berühmten Plakaten wie denen vom Moulin Rouge oder dem von J. Howard Miller aus der Kriegszeit, auf dem eine Frau mit einem rot-weiß getupften Kopftuch unter dem Slogan »Wir schaffen es« abgebildet war, sowie Gemälde von Charlie Chaplin. An etlichen Haken hingen Ledertaschen und Schilder mit der Aufschrift »Werke von Banksy hier entlang«. Ein kleines Stück weiter die Straße hinunter befanden sich die Marktstände, die Leute aus der ganzen Welt anzogen.

»Ein Landpfad?«, fragte Maddie. »Mitten in der Stadt?«

»Na ja, früher war überall Land«, sagte Isla, während Maddie und sie nebeneinander weitergingen und sich Schneeflocken auf ihr Haar senkten. Sie seufzte. »Bis die Leute anfingen zu bauen.«

»So wie die Firma, für die Daddy und Sie arbeiten«, meinte Maddie.

»Ja, Schätzchen«, bestätigte Chase und steckte sein Telefon ein. »Und jetzt brauchen die Menschen Infrastruktur mehr als je zuvor. Häuser, Geschäfte, Industrie ... darum dreht sich die Welt.«

Oh, da hatte wohl jemand den Leitfaden der Gesellschaft gründlich studiert. Isla konnte sich an die dicke Akte noch erinnern – soweit man eine PDF-Datei dick nennen konnte –, die sie per E-Mail nach Vertragsabschluss erhalten hatte. Selbst als Anfängerin hatte man von ihr erwartet, sich in Bezug auf die Vision und die Leitsprüche der Gesellschaft immer auf dem neuesten Stand zu halten. Aber obwohl sie ihren Job beherrschte, bereitete ihr das Baugeschäft wesentlich weniger Freude als ein Spaziergang in diesem Teil von London. Dieses Viertel war etwas ganz Besonderes. Natürlich konnte sie sich in ihrem Beruf auch begeistern, wenn es darum ging, einen neuen Kunden zu gewinnen oder eine schwierige Planungssituation zu bewältigen, aber dahinter steckte dann ganz einfach persönliche Motivation. Sie machte ihren Job sehr gern, weil er ihr Spaß machte und sie gut darin war, aber der Zementpreis oder der Krümmungsgrad einer Glasscheibe versetzte sie nicht in Freudentaumel. Bei Chase Bryan war das offensichtlich anders. Wahrscheinlich hatte ihn der Vorstand wegen seiner großartigen Ausführungen über Schlackenbetonblöcke eingestellt – und Big Bill gefeuert. Allmählich hatte sie das Gefühl, in Bill einen alten Freund verloren zu haben, mit dem sie mehr Kontakt hätte halten sollen ...

»Nun, hier in Notting Hill ist alles ein wenig anders«, erklärte sie den Kindern. Sie wich einem mit Christbaumkugeln jonglierenden Straßenkünstler auf einem Einrad aus. »Wonach riecht es hier? Was meint ihr?« Sie blieb stehen, schloss die Augen und spürte den Luftstrom, ausgelöst von Passanten, die ihrem Ziel entgegenstrebten.

»Nach Langeweile«, erwiderte Brooke sofort. »Nach unglaublicher Langeweile. Bis heute war mir nicht bewusst, dass man sie riechen kann.«

Isla öffnete die Augen wieder und bemerkte, dass das Mädchen zitterte. Ihr Kapuzenpullover war feucht, und das Haar hing ihr in zwei tropfenden Strähnen auf die Brust. Wie hatte ihr Vater sie bei Minustemperaturen nur ohne Mantel losziehen lassen können?

»Ich rieche …«, begann Maddie. »Ich rieche Zucker und Karamell … und Lebkuchen und … Bäume.«

»Ja, ich auch«, sagte Isla. »Und Schokolade … aus dem kleinen blauen Laden dort drüben.« Sie deutete hinüber. »Und deshalb ist Notting Hill einer der interessantesten Orte in London.« Isla atmete tief ein und betrachtete die Reihe der skurrilen bunten Geschäfte entlang der Straße. »Weil man nie genau weiß, was man finden wird.«

»Daddy, können wir bitte in dem kleinen blauen Laden Schokolade kaufen?« Sie zupfte Chase am Ärmel.

»Klar«, erwiderte er. »Ich muss nur noch rasch telefonieren.« Er griff in seine Tasche.

»Daddy!«, rief Maddie enttäuscht.

»Gib mir ein paar Dollar, dann gehe ich mit ihr dorthin«, sagte Brooke seufzend.

Isla spürte, dass Brookes Hilfsbereitschaft daher rührte, dass sie kurz der Kälte entkommen wollte. »Pfund«, sagte sie lächelnd. »Ihr seid in England.«

»Sind fünfzig genug?« Chase holte einen Schein aus seiner Geldbörse.

»Meine Güte!«, entfuhr es Isla. Sie hatte keine Fünfzig-Pfund-Note mehr gesehen, seit sie nach dem Tod ihrer Eltern unter deren Bett eine Schuhschachtel mit Geldscheinen gefunden hatte. »Haben Sie es nicht etwas kleiner?«

Brooke nahm ihrem Vater den Geldschein aus der Hand, griff nach Maddies Arm und schob sie zu dem Laden hinüber, bevor irgendjemand noch etwas sagen konnte.

»Kinder.« Chase presste sein Telefon ans Ohr.

»Es tut mir leid. Ich möchte nicht unhöflich sein«, sagte Isla. »Aber warum genau soll ich Sie hier in Notting Hill herumführen?«

In der U-Bahn hatte sie einige berühmte Sehenswürdigkeiten Londons vorgeschlagen, für die die Kinder sich vielleicht interessieren könnten – den Buckingham Palast, das Parlamentsgebäude, das Riesenrad London Eye –, aber Chase hatte darauf bestanden hierherzukommen, ganz in die Nähe von ihrem Haus.

»Damit wir uns diese lustigen kleinen Geschäfte anschauen können.« Er grinste.

War das sarkastisch gemeint? Wenn er nicht der Chef des Unternehmens wäre, hätte er sich jetzt auf eine passende Erwiderung gefasst machen können.

»Gefallen sie Ihnen nicht?«, fragte sie stattdessen. »Hierher kommen Tausende Touristen aus aller Welt, nur um sich diese Gegend und vor allem diesen Markt anzuschauen.«

Sie liebte diesen Market. Hannah liebte ihn auch. Heute, an einem Wochentag, war es hier nicht ganz so voll, und es ging nicht so verrückt zu wie an einem Samstag, wo alle im Kaufrausch waren. Aber es gab trotzdem für jeden etwas zu sehen. Von Obst und Gemüse – traditionelle Pastinaken und Kohlrüben, aber auch Pak Choi und Choi Sum – über Antiquitäten – Teller, Toby-Krüge, Golduhren und Ringe mit so großen Edelsteinen, dass man darauf beinahe einen kleinen Imbiss hätte servieren können – bis zu Kleidung – alles von schicken Vintage-Modellen aus den Sechzigern bis zu billigen Kopien von allem, was Kylie Jenner derzeit trug. Und nicht zu vergessen die Weihnachtsbuden, wo man Duftkerzen, gebrannte Mandeln, exotische Gewürze und handgefertigte Weihnachtskrippen kaufen konnte. Außerdem alle möglichen Geschenke wir Seidenschals, Wollmützen und Stofftiere wie kleine Meerschweinchen. Obwohl die Meerschweinchen bei näherer Betrachtung ein wenig gruselig aussahen.

»Ich habe nicht gesagt, dass mir der Markt nicht gefällt, aber die Geschäfte …« Chase nahm das Telefon vom Ohr.

»Die Läden«, verbesserte Isla ihn.

»Muss ich denn immer betonen, dass sie alteingesessen sind?«

»Sie könnten sie ›historisch‹ nennen«, meinte sie.

Er lächelte und ließ den Blick dorthin schweifen, wo Brooke und Maddie soeben den Schokoladenladen betraten. »Um ehrlich zu sein«, begann er. »Hier sieht es so aus, als wäre die Zeit um 1950 herum stehen geblieben.«

Isla fühlte sich plötzlich wie eine Löwenmutter, der man soeben gesagt hatte, dass ihr Erstgeborenes übergewichtig und zu langsam zum Jagen sei. Rasch unterdrückte sie das Bedürfnis, ihn anzufauchen. Er war der Boss, auch wenn er sich allmählich als richtige Nervensäge entpuppte. Sie hatte weder Zeit noch Lust für eine Sightseeing-Tour, wenn er an den Sehenswürdigkeiten gar kein Interesse zeigte. Und sein Anzug verdrehte ihr wirklich nicht den Kopf, auch wenn Aaron recht hatte: Er saß wirklich ausgezeichnet.

»Sie sagen das so, als sei das etwas Schlechtes«, erwiderte sie.

»Ist das denn nicht so?« Chase sah ihr direkt in die Augen.

»Ich finde nicht. Nicht nur London, sondern die ganze Welt wäre ziemlich langweilig, wenn alles gleich aussähe.« Sie streckte die Arme aus. »Stellen Sie sich vor, auf dieser Straße würde es nur Bauten aus glattem Stahl und Wolkenkratzer wie am Canary Wharf geben. Und keine ›lustigen kleinen Geschäfte‹ oder Marktstände.«

Bei diesen Worten beschleunigte sich Chase' Pulsschlag ein wenig. In den letzten sechs Monaten hatte er über nichts anderes nachgedacht – abgesehen von der Scheidungsangelegenheit. Aber nicht auf die Weise, auf die Isla darüber dachte. Er setzte auf glänzenden Stahl. Das musste er. Dieses Projekt war seine Chance. Er wusste nicht, was er tun sollte, wenn es nicht klappte.

»Sie arbeiten für eine internationale Baugesellschaft«, stellte er fest.

»Das ist richtig.«

»Also verbringen Sie Ihr ganzes Leben mit Sanierungen.«

»Mein ganzes Leben«, wiederholte Isla.

Meine Güte, bei ihr hörte sich das viel dramatischer an, als er es gemeint hatte.

»Und dabei kümmern Sie sich um Problemlösungen?« Er räusperte sich. »Und um Mitarbeiterführung, richtig?«

»Ja. Probleme zu lösen und Falten auszubügeln liegt mir mehr, als neue Vorschläge zu machen.«

Das ging ihm auch so. Gut. Sehr gut. Es war ihm gelungen, jemanden zu finden, der ihm dabei helfen würde, Breekers London für die Pläne der amerikanischen Niederlassung mit an Bord zu holen. Er rechnete mit Überraschung, leichtem Zögern und geringem Zweifel, aber das war nicht ungewöhnlich. Es handelte sich um ein brandneues Projekt. Unerprobt. Ungetestet. Aber große Dinge ließen sich nicht ohne ein gewisses Risiko bewerkstelligen.

»Natürlich kenne ich mich auch mit Plänen und Entwürfen aus«, fügte sie hinzu. »Ich habe fast in allen Abteilungen gearbeitet.«

»Dann kennen Sie praktisch jeden Mitarbeiter?«, fragte er.

»Die meisten.«

»Und alle ihre Angewohnheiten … und Geheimnisse?«

»Sie meinen ihre Eigenarten?«

»Nett ausgedrückt.« Er lächelte. »Sie sind mir in Gedanken weit voraus, Miss Winters.«

»Ich hoffe, Sie erwarten nicht von mir, eine Art Spionin zu spielen. Dabei wäre mir sehr unwohl zumute.«

Sie warf ihm einen prüfenden Blick aus ihren großen blauen Augen zu und strich sich mit den Händen den Schnee von ihrem tizianroten Haar. Ihr Atem bildete in der eiskalten Luft eine Wolke vor ihrem Mund.

»Und ich wurde bei Breekers auch nicht für Spionage geschult, obwohl ich in jeder Abteilung gearbeitet habe«, fügte sie hinzu.

»Tatsächlich?«, fragte er. »In New York wird das bereits am ersten Tag behandelt.«

Wie er vermutet hatte, dauerte es eine Sekunde, bis sie begriff, dass er einen Scherz gemacht hatte. Er sah, dass sich ihre Wangen tiefrot färbten.

»Daddy!«

Maddie sprang auf und ab und bemühte sich, dabei einen riesigen, in Folie gewickelten Weihnachtsmann festzuhalten; er war fast so groß wie sie. Brookes Grinsen verriet Chase, dass er von dem Geldschein, den er ihr gegeben hatte, kein Wechselgeld zurückbekommen würde.

»Meine Güte!«, rief er. »Ist der aus Schokolade? Wenn sie das alles isst, wird ihr übel werden.«

»Ich sage Ihnen das nur ungern, Mr Bryan, aber schon die Hälfte wird dafür ausreichen. Bei uns in Notting Hill ist nichts hohl, verstehen Sie?« Isla lächelte. »Und das gilt auch für diesen Schokoweihnachtsmann.« Sie atmete tief ein. »Er ist massiv, durch und durch.«

Chase richtete den Blick auf Maddie, die voll Vorfreude an dem Einwickelpapier zerrte.

KAPITEL NEUNZEHN

Breekers London, Canary Wharf

»Meine Damen und Herren, neun Minuten noch. Ich wiederhole, neun Minuten.« Aaron knabberte an seinen Fingernägeln, während er vor Islas Schreibtisch hin und her ging. Diese schreckliche Angewohnheit hatte er angenommen, als er vor sechs Monaten zu rauchen aufgehört hatte. Isla hatte ihm elektronische Zigaretten als Alternative vorgeschlagen, denn sie hatte Aaron immer um seine bis dahin perfekt manikürten Nägel beneidet. Er war auch sehr stolz darauf gewesen, aber er konnte sich nicht damit anfreunden, Nikotin durch eine noch nicht ausreichend getestete, vielleicht höchst giftige Flüssigkeit zu ersetzen. Und Aaron hatte gesagt, dass Mr Wong vom Chinarestaurant um die Ecke mehr Kartuschen davon am Tag verbrauchte, als er Portionen von Chopsuey servierte.

»Isla.« Aaron nahm ihren Hefter in die Hand. »Noch neun Minuten.«

»Ich habe es gehört«, erwiderte Isla, ohne den Blick vom Monitor abzuwenden. Wie sie vom Bauingenieur erfahren hatte, war bei den Plänen für das Krankenhaus ein statisches Problem aufgetaucht. Seine E-Mail hatte sie erreicht, als sie vor dreißig Minuten an ihren Schreibtisch zurückgekehrt war und sich die Schokoladenreste von dem Weihnachtsmann von den Fingern gewischt hatte. Maddie war kurz nach dem Verzehr des Kopfes übel geworden, und Isla hatte den kopflosen Schokoweihnachtsmann auf der Rückfahrt in der U-Bahn auf ihrem Schoß transportiert.

»Scheibenhonig, warum bereitest du dich dann nicht vor?«, fragte Aaron. »Trägst ein bisschen sexy Lipgloss auf und bringst dein tolles Haar in Form?«

Sie ließ sich nicht ablenken und rief auf ihrem Computer die letzten Pläne auf. »Weil ich nicht für die Rolle in einem Film vorspreche.«

Aaron schob seinen Hintern auf ihren Schreibtisch und kaute weiter an den Nägeln. »Wo war er mit dir?«

Wo steckten nur diese Pläne? In dem Ordner, in dem sie sein sollten, waren sie nicht zu finden. Sie öffnete eine andere Datei und hoffte, dass Aaron sie für die noch verbleibenden acht Minuten in Ruhe lassen würde.

»Alle im Büro beneiden dich, ist dir das bewusst?« Er rückte ein Stück näher. »Die Frauen und die schwulen Männer.«

Es hatte keinen Sinn. Sie fand nicht, was sie suchte, und Aaron machte keine Anstalten, sich zu verkrümeln. »Wenn du es wirklich wissen willst: Ich habe *ihm* und seinen Kindern den Portobello Market gezeigt.«

Aaron begann zu husten, als hätte er ein besonders spitzes Stück seines Daumennagels verschluckt, das sich nun in seine Lunge gebohrt hatte.

»Entschuldigung.« Er rang nach Luft. »Ich habe doch tatsächlich verstanden, dass du den CEO von Breekers International zu einem Markt gebracht hast.«

»Zu einem weltberühmten Markt«, erwiderte Isla. »Genau das habe ich getan.«

»Aber warum, Isla!«, kreischte Aaron. »Schau ihn dir doch an! Verdammt, schau ihn dir genau an!«

Er deutete mit einer Kopfbewegung auf den Konferenzraum, den man von Islas Schreibtisch aus sehen konnte. Chase beugte sich am Tisch über einige Papiere und tippte etwas in den Computer. Ja, er war attraktiv. Groß und breitschultrig. Hannah hatte recht. Er hätte ein gutes Model abgegeben. Aber er störte nun einmal ihre sorgfältig geschmiedeten Pläne für den Dezember.

»Der Typ ist purer Luxus, Isla. Durch und durch.« Aaron seufzte. »Ich wäre mit ihm den Shard hinaufgefahren.« Er stieß noch einmal den Atem aus. »Hätte ihn im 32. Stockwerk ins Oblix geführt und mit ihm dort fürstlich gespeist.«

»Seine Kinder waren dabei«, rief Isla ihm ins Gedächtnis. »Außerdem hat er mich ausdrücklich darum gebeten, ihn in diese besondere Gegend von London zu bringen.«

Aaron sah aus, als hätte er außer seinen Fingernägeln auch noch einen Golfball verschluckt. »Tatsächlich?« Er schüttelte den Kopf.

Isla nickte und schob ihren Stuhl vom Schreibtisch zurück. Wo war ihre Ledermappe mit ihrem iPad? Vielleicht musste sie während der Besprechung Notizen machen. Dafür waren persönliche Assistentinnen da, oder nicht? »Wie du inzwischen wissen solltest, halte ich es für das schönste Viertel in London, und ich wohne dort.«

»Antiquitäten!«, rief Aaron. »Natürlich! Darum geht es.« Er glättete seine Krawatte. »Männer wie er sammeln Antiquitäten als Geldanlage.« Er seufzte und schaute zu den Fenstern des Konferenzraums hinüber. »Ich hätte gern selbst ein halbes Dutzend Banksys.«

»Wie viele Minuten noch?« Isla stand auf und öffnete eine der Schreibtischschubladen.

Aaron warf einen Blick auf seine Armbanduhr. »Noch sieben, nein, warte, noch sechs Minuten und neunundfünfzig Sekunden … achtundfünfzig … siebenund…«

»Gut«, unterbrach Isla ihn. »Dann habe ich noch Zeit für einen Kaffee.« Sie wandte sich zum Gehen.

»Nein!« Aaron rutschte von ihrem Schreibtisch. »So viel Zeit bleibt nicht. Außerdem willst du doch nicht, dass dein Atem bei dem Meeting nach Espresso riecht, oder?«

Isla blieb stehen. »Zumindest rieche ich nicht nach mexikanischem Bier.«

»Ich etwa?« Aaron legte eine Hand vor den Mund, hauchte hinein und sog dann die Luft durch die Nase ein.

»Heute nicht«, erwiderte sie. »Und ich brauche kein Pfefferminzbonbon oder irgendwelche Haarpflegemittel.«

Irgendetwas an Aarons Blick kam ihr merkwürdig vor. Sie sah ihm prüfend in die Augen, wie sie das bei skrupellosen Stadträten tat, bis sie …

»Also gut! Es war Denise' Idee«, stieß Aaron hervor.

»Was war Denise' Idee?«

»Na ja, dass du Chase Bryans persönliche Assistentin wirst und so. Denise war der Meinung, dass er sich ohnehin nicht für sie interessieren würde, außer wenn er auf Frauen steht, die aus der Ära stammen, in der der Mini Cooper gerade auf den Markt gekommen war, und auch wenn ihr dieser Gedanke nicht gefiel …«

»Du schwafelst dummes Zeug, Aaron. Ich glaube, ich brauche jetzt zwei Tassen Kaffee.«

»Es wird Zeit, dass du wieder aufs Pferd steigst«, entfuhr es ihm.

»Was?«

»Das ist nicht böse gemeint, aber Denise und ich sind uns nicht sicher, was aus dem letzten Pferd geworden ist.« Er schluckte. »Oder ob es überhaupt eines gegeben hat.«

Sie versuchte, sich nicht anmerken zu lassen, wie unangenehm ihr dieses Thema war. Im Gegensatz zu Aaron sprach sie im Büro nicht über ihr Liebesleben, und das wusste er genau. Außerdem hatte sie immer sehr viel zu tun, und … und sie hatte Hannah.

»Ich kann es nicht fassen, dass du über mein …« Sie senkte die Stimme zu einem Flüstern. »Dass du mit Denise über meinen Mangel an … Pferden sprichst. Du weißt doch, dass sie bei Breekers die schlimmste Klatschbase ist.«

Aaron hob den Zeigefinger. »Sie ist aber auch sehr mitfühlend und liebevoll – wenn auch ein bisschen mannstoll.«

»Und sie backt dir Kuchen.«

Er nickte. »Das stimmt. Warte mal, wir haben gerade über dich und deine Hengste geredet und nicht über mich und Schokoladenkuchen mit Walnüssen.«

Isla lächelte. »Ich brauche keinen Hengst.«

»Wir alle brauchen einen Hengst, Schätzchen.«

»Ich nicht«, erwiderte Isla. »Ich habe viel zu viel zu tun. Außerdem bin ich mit meinem Leben absolut zufrieden und ganz sicher nicht an meinem Boss aus den Vereinigten Staaten interessiert.«

»Aber diese Oberschenkel …« Aaron seufzte. »Und diese Augen …«

»Noch fünf Minuten«, stellte Isla fest. »Du solltest dich beeilen, damit ich meinen Kaffee noch rechtzeitig bekomme.«

KAPITEL ZWANZIG

Chase war nervös. Das war verrückt. In New York hatte er in den letzten sechs Monaten im Handumdrehen einige Verträge über mehrere Millionen Dollar abgeschlossen, und nun war er wegen eines Meetings in einem Konferenzraum aufgeregt, der gerade einmal halb so groß war wie sein Büro. Aber warum? Die Leute hier würden sich doch sicher freuen, dass Breekers International London als Standort für das neue Superhotel ausgewählt hatte, oder etwa nicht? Obwohl es sich um ein Gemeinschaftsprojekt handelte, würde das Londoner Büro dabei viel Verantwortung übernehmen. Das Projekt war bahnbrechend. Ein speziell gebautes Dorf inmitten des Londoner Zentrums, in dem anspruchsvolle Reisende alles finden würden, was ihr Herz begehrte … So war es schon besser. Er musste sich einfach an das Skript halten, das er geschrieben hatte. Mit Sicherheit würde es Fragen geben, aber keine, auf die er nicht vorbereitet war. Eine ausreichende Vorbereitung bewahrte vor schlechten Leistungen. Er fühlte sich wieder stark. Und so würde es auch bleiben.

»B-D-Z. Bestimme deine Zukunft«, flüsterte er sich selbst zu.

Sein Handy auf dem Tisch leuchtete auf, und Maddies fröhliches Gesicht erschien auf dem Bildschirm. Auf dem schulterlangen braunen Haar saß eine Prinzessinnenkrone. Er warf einen Blick auf seine Armbanduhr. In ein paar Minuten würde er den Machern vom Londoner Büro gegenüberstehen, und dafür brauchte er seine volle Konzentration. Gab es vielleicht ein Problem mit der Rezeptionistin, bei der er die Kinder gelassen hatte, bis die angeheuerte Betreuerin kam?

»Maddie?«, meldete er sich.

»Nein«, erwiderte Brooke scharf. »Die andere Tochter. Die coolere von beiden, die nicht ständig grinst und viel schönere Haare hat.«

»Brooke, ich bin im Augenblick sehr beschäftigt.«

»Ja, ich weiß, wie an jedem verdammten Tag.«

»Hör zu, ich muss jetzt wirklich los.« Er atmete tief durch und versuchte, das flaue Gefühl in seinem Magen zu unterdrücken, das sich immer weiter ausdehnte. »Ich muss gleich in ein sehr wichtiges Meeting, und …«

»Das Mädchen, das du für uns angeheuert hast, kommt nicht.«

Mist. Das hatte ihm gerade noch gefehlt. Er dachte kurz nach. Brooke hatte sich auf Maddies Telefon gemeldet, nicht über den Anschluss der Rezeptionistin, die wahrscheinlich den Anruf von der Agentur entgegengenommen hatte.

»Meinst du das ernst, Brooke?«, fragte er.

»Was?«

»Ist das nicht wieder einer deiner Streiche? Hast du mit deiner Webcam einen furchtbar lustigen Sketch unter dem Motto ›Wie lege ich meinen Dad rein?‹ gedreht, den du gleich ins Netz stellen wirst?«

»Du glaubst mir also nicht?«

Brookes Stimme klang wütend und verletzt. Er rief sich rasch ins Gedächtnis, dass sie sehr empfindlich war – das galt auch für seine andere Tochter – und er sie entsprechend vorsichtig behandeln musste.

»Ich habe nur …«

»Was? Hast du gedacht, ich würde dich anrufen und dir etwas vorlügen?« Ihr Tonfall war jetzt geradezu gehässig. »Maddie übergibt sich übrigens immer noch. Ich habe sie zwar gewarnt, aber sie hat trotzdem das Stück von der Schulter bis zum Gürtel des Weihnachtsmanns aufgefuttert.«

Chase schloss die Augen. Jeden Moment würde sich die Tür öffnen, und ein Dutzend Projektmitarbeiter würden hereinkommen und umwerfende Neuigkeiten erwarten. Würde er sie überzeugen können? Als er noch sein eigenes Geschäft hatte, war es ihm nicht schwergefallen, andere zu begeistern. Zu einer Zeit, in der sein ganzes Leben wesentlich weniger kompliziert gewesen war. Als er glücklich verheiratet war – oder das zumindest geglaubt hatte. Sein Blick wanderte zum Fenster des Konferenzraums und zu Islas rotbraunem Schopf. Sie stand an ihrem Schreibtisch und nippte an einer Tasse. In der anderen Hand hielt sie die Untertasse. Sehr britisch und irgendwie … erotisch. Er schluckte und konzentrierte sich rasch wieder auf das Gespräch mit seiner Tochter.

»Könnt ihr noch kurz bei der Rezeptionistin bleiben?«, fragte er. »Ist das okay?«

»Sie trägt viel zu viel Make-up, und ich glaube, ihre Augenbrauen sind nicht echt.«

Er drehte sich wieder zur Tür um. Am Eingang versammelten sich nun die Mitarbeiter. »Brooke, wenn du noch eine Stunde durchhältst, darfst du dir etwas wünschen. Versprochen.«

»Ein neues iPhone?«

Meine Güte. Nach all den Jahren machte er immer noch so vieles falsch. Wenn man Kindern den kleinen Finger reichte, wollten sie immer sofort die ganze Hand. Was sollte er dazu sagen? Er saß in der Klemme. »Vergiss nicht, Weihnachten steht vor der Tür«, erwiderte er schließlich, beendete das Gespräch und schob das Telefon zurück in die Tasche, bevor das Team von Breekers London den Raum betrat.

KAPITEL EINUNDZWANZIG

»Vielen Dank, dass Sie sich so kurzfristig Zeit genommen haben. Ich weiß, wie beschäftigt Sie alle sind.«

Isla lehnte sich auf ihrem Stuhl zurück, bereit, Chase in Aktion zu erleben. Während der vier Minuten, die es gedauert hatte, den Kaffee zu machen, hatte Aaron ihr erzählt, dass Chase eine Art Phänomen sei, was Motivationsreden betraf. Schlimm genug, dass er einer dieser Businesscoaches war! *Von Großem träumen! Aufrecht gehen!* Sie war schon immer der Meinung, dass man solche Phrasen erfunden hatte, um Menschen auf dem absteigenden Ast ein wenig Trost zu spenden. Seit Hannahs Unfall glaubte sie eher daran, dass man die Ärmel hochkrempeln, ruhig bleiben und weitermachen sollte. Alles andere konnte man ohnehin nicht kontrollieren. Und sie war sich nicht sicher, wie Chase' Hintergrund und seine Philosophie in einem Bauunternehmen funktionieren würden.

»Ich nehme an, Sie wundern sich alle, warum der CEO von Breekers den Dezember hier in London verbringt«, fuhr Chase fort.

Alle Zuhörer waren mucksmäuschenstill, sogar Robert, der dafür bekannt war, dass er sich ständig räusperte.

»Nun …« Chase atmete tief ein. »Ich möchte Sie bitten, für einen Moment die Augen zu schließen.«

Oh, nein. Das klappte vielleicht in Amerika, wo man an jeder Straßenecke mit etwas Ungewöhnlichem oder Wundervollem rechnete, aber die Briten waren da ganz anders. Falls er vorhatte, zu Sprechchören mit Selbstbestätigungsparolen aufzurufen, würde die Situation gleich sehr peinlich werden. Sie würde ihre Augen jedenfalls nicht schließen, denn sie war der Meinung, dass jeder, der einen dazu aufforderte, etwas Unangebrachtes vorhatte oder die Handtasche klauen wollte.

»Na los, Leute«, forderte Chase alle auf. »Arbeiten Sie mit dem verrückten Amerikaner.«

Nein, sie würde ihre Augen nicht schließen. Isla sah zu Chase hinüber. Er hatte die Augen fest geschlossen und streckte die Arme mit den Handflächen nach oben aus. Robert hatte nur ein Auge zugekniffen, bei dem anderen war er wohl noch unentschlossen. Warum war ihr bis jetzt noch nicht aufgefallen, dass er eine schreckliche rot-grün-weiß gestreifte Weihnachtskrawatte mit Abbildungen von Zuckerstangen trug? Sie richtete ihren Blick wieder auf Chase.

»Lassen Sie es nicht darauf ankommen, dass ich Sie hypnotisiere.« Sein Tonfall klang ein wenig düster, aber auch scherzhaft.

Hypnotiseure konnte sie ebenfalls nicht leiden. Noch mehr leeres Geschwafel, um verletzliche Menschen auszunutzen.

»Miss Winters«, sprach Chase sie an. »Sie müssen jetzt die Augen schließen.«

Isla schaute sich rasch um und stellte fest, dass alle anderen tatsächlich die Augen geschlossen hatten. Sie hatte keine andere Wahl, aber sie hielt die ganze Sache immer noch für Kokolores, und Briten mochten keine Tricks, außer wenn dabei ein Feuer entfacht wurde oder dressierte Hunde tanzten. So wie der kleine Hund Pudsey, der inzwischen verstorbene Star vieler Talentshows.

»Okay, und nun möchte ich, dass sie sich Luxus vorstellen …«, sagte Chase.

Warum flüsterte er plötzlich? Isla beugte sich unwillkürlich leicht nach vorne. Hatte er »Luxus« gesagt? Wie sollte man sich Luxus vorstellen? Und hatte Aaron nicht vorher dieses Wort im Zusammenhang mit Chase verwendet?

»Entspannen Sie sich … Denken Sie darüber nach, was dieses Wort für Sie bedeutet.«

Er sprach jetzt sehr langsam. Diesen Trick kannte sie. Aus einer Folge der Fernsehsendung *Royal Variety Performance*. Hannah hatte sie mit Begeisterung verfolgt, weil *The Vamps* darin aufgetreten waren. Und nun sollte sie sich dazu bringen lassen, sich müde und gelöst zu fühlen.

»Bedeutet es … Macht?«

Ha! Nur ein Mann konnte Luxus damit verbinden. Und sie war immer noch nicht müde.

»Bedeutet es … Geld?«

Meine Güte, nun sprach der Geschäftsführer aus ihm. Und ihr fielen die Augen immer noch nicht zu. Sie unterdrückte ein Gähnen.

»Oder bedeutet es … Qualität? Wertvollen Raum … wichtige Zeit … Qualität der Arbeit?«

Ein kleines Nickerchen konnte eigentlich nicht schaden. Für den Fall, dass Raj sie weiterhin jeden Tag aufwecken würde, noch bevor die Milch geliefert wurde.

»Und nun …«, flüsterte Chase. »Machen Sie die Augen auf!«

Den letzten Satz brüllte er so laut, dass die Kugeln an dem Christbaum in der Ecke wackelten und zwei Spielzeugsoldaten von einem Zweig rutschten und auf den Teppich fielen. Isla schreckte hoch.

»Das fühlt sich gut an, oder?« Chase nickte seinem Publikum zu.

Es fühlte sich ganz und gar nicht gut an. Alle schauten sich an, als wären sie Überlebende eines Monsuns, verwirrt und möglicherweise reif für eine Therapie.

»Erinnern Sie sich daran, wie Sie sich bei dem Gedanken an Luxus und Qualität gefühlt haben?«, wollte Chase wissen.

Nein. Isla erinnerte sich nur daran, dass sie dazu verführt worden war, sich in Sicherheit zu wiegen, ihre Augen geschlossen hatte und dann, früher als ihr lieb war, lautstark wieder aufgeweckt worden war.

»Wertvolle Zeit, sinnvoll genutzter Platz, erstklassiges Design.« Er drückte auf die Fernbedienung in seiner Hand, und auf der Leinwand vor ihnen erschien das Breekers-Logo. »Meine Damen und Herren, ich möchte Ihnen die neue Vision von Breekers vorstellen.« Er klickte noch einmal. »Breekers London. Ein Superhotel und ein Vergnügungspark mitten im Zentrum der Hauptstadt.«

Isla wurde übel, und ihre Augen schmerzten, als sie auf die Leinwand starrte. Das Modell des riesigen Hotels aus schwarzem Glas und Chrom sah aus wie ein Furcht einflößendes Gebäude, in dem Darth Vader sich wohlfühlen würde.

»Was soll denn das sein?« Es dauerte eine Sekunde, bis sie begriff, dass sie laut gedacht hatte.

»Das ist Breekers' neuer Geschäftszweig.« Er lächelte. Zweig? Das sah eher aus wie ein Baum. Wie ein riesiger Mammutbaum.

»Hotelkomplexe«, fügte Chase hinzu.

Sie glaubte, plötzlich in einem Paralleluniversum gelandet zu sein. Gleich würde sie sich in *Wayward Pines* wiederfinden und wissen, dass sie einen Albtraum hatte. Sie schüttelte den Kopf und blinzelte zweimal, aber das Darth-Vader-Monstrum verschwand nicht.

»Hotelkomplexe«, wiederholte sie. Am Konferenztisch erhob sich Gemurmel. Aaron wirkte ebenfalls perplex, aber er saß so weit von ihr entfernt, dass sie nicht sehen konnte, ob seine Miene Entsetzen oder Bewunderung widerspiegelte. Er mochte Hotels. Aber … Breekers war ein Bauunternehmen. Für wen sollten sie dieses gigantische Gebäude errichten? Das mussten sie unbedingt wissen. Ging es um eine neue Firma oder um einen bestehenden Kunden? Wer würde einen solch grotesken Bau in Auftrag geben? Sie öffnete den Mund …

»Ich weiß, was Sie jetzt denken«, kam Chase ihr zuvor. »Breekers ist eine internationale Baufirma. Wir helfen beim Design und bauen Gebäude, bevor wir uns dem nächsten Projekt widmen. Nun, dieses Mal wollen wir ein Hotel bauen und es dann auch führen. Es soll eine Mischung werden – aus dem, was wir bereits hervorragend können, und dem, was wir bald außerordentlich gut machen wollen.«

Wollte Breekers versuchen, mit dem Hilton und dem Holiday Inn zu konkurrieren? Wie hatte sich das alles entwickeln können, ohne dass jemand etwas davon gewusst hatte?

»Breekers London wird das *erste* Superhotel mit Vergnügungspark sein, aber wenn wir damit Erfolg haben, wird es das bald in jeder Großstadt der Welt geben.« Chase begann, Broschüren auszuteilen. »Der anspruchsvolle Reisende wird im Freizeitpark alles finden, was er braucht. Von modernen Fitnessräumen bis zu Personal, das seinen Hund ausführt, seine Schuhe putzt, seine Golfschläger poliert und auch mitten in der Nacht sein Lieblingsessen besorgt …«

»Wie viele Zimmer?«, wollte Robert wissen.

»Dreitausend.«

Alle atmeten hörbar ein.

Chase' Handflächen waren feucht, als er die letzten Broschüren verteilte. Die Mitarbeiter des Londoner Büros hatten nicht ganz so reagiert, wie er es sich erhofft hatte. Nicht zu vergleichen mit der Resonanz in New York. Dort hatte man sich abgeklatscht und gegenseitig auf den Rücken geklopft, und alle hatten gesagt, dass das genau das Richtige sei, um die Gewinne der Firma zu steigern und neue Energien freizusetzen. Isla starrte mit offenem Mund auf die Leinwand, als seine Diashow weitere Einblicke in das geplante Dorf gab. Warum sahen sie alle nicht das, was er sah? Tausende neue Jobs. Ein visionäres Flaggschiff für die Firma, auf das man stolz sein konnte.

»Ist das ein Zirkuszelt?«, fragte Isla.

Sie hatte den Kopf nach links geneigt und betrachtete die Panoramaaufnahme auf der Leinwand.

»Ja«, bestätigte Chase. »Das Superhotel wird einen eigenen Zirkus und einen Zoo haben, ebenso wie drei Nachtclubs, zwei Kasinos und eine Ladenpassage, wo alle wichtigen Labels vertreten sein werden.«

Die Aufregung legte sich ein wenig. Sobald er das Wort »Zoo« ausgesprochen hatte, richteten sich alle Augen auf ihn, und im Raum wurde es spürbar kälter. Hatte jemand ein Fenster geöffnet? Er warf einen Blick auf das Schneetreiben vor den Fensterscheiben. Nein, der kalte Luftzug kam nicht von draußen. Dagegen musste er rasch etwas unternehmen. Theoretisch beherrschte er so etwas sehr gut.

»Ich spüre ein wenig Zurückhaltung und Widerstand aufkommen, und das nehme ich ernst«, begann Chase. »Das ist ein brandneues Projekt, das stark von Breekers traditionellem Programm abweicht. Wir haben uns jedoch sehr viele Gedanken zur Umsetzung gemacht.« Er sprach ruhig und bedächtig. »Die Planungsphase begann bereits vor …« Er hielt inne. Welcher Zeitraum würde den Briten ein Gefühl der Sicherheit vermitteln? »Vor etwa achtzehn Monaten.« Eigentlich waren es erst gute vier Monate, aber das mussten sie nicht erfahren. Er hatte schließlich »etwa« gesagt, das schloss einiges ein.

»Verzeihung«, warf Isla ein. »Aber wäre ein solches Projekt nicht eher für Amerika geeignet? Vielleicht für Las Vegas?«

Er sah sie direkt an. »Miss Winters, waren Sie schon einmal in Las Vegas?«

Chase kannte die Antwort bereits. An der Art, wie sie über den Portobello Market und über Notting Hill im Allgemeinen gesprochen hatte, war ihm sofort klar geworden, dass sie ihre vertraute Umgebung nur ungern verließ.

»Ja, natürlich«, erwiderte Isla. »Dort findet man an jeder Ecke solche Gebäude. Laute, protzige Riesenkomplexe wie das Hotel, von dem Sie soeben gesprochen haben.«

Wow. Er war überrascht und fragte sich, wo in Amerika sie wohl sonst noch gewesen war. In New York? Was hielt sie von dem Viertel, in dem er sich hauptsächlich aufhielt? Von den schicken, zeitgemäßen Lokalen, in denen man sich nie an das Lieblingsessen eines Gastes erinnerte, selbst wenn er es jede Woche bestellte? Dort konnte man anonym leben, und das gefiel ihm. Im Gegensatz zu Notting Hill erinnerte nichts an einen luftigen Cupcake mit einer Extraportion Streusel. Alles war zweckgebunden, und niemand stellte Fragen.

»Ich glaube, Sie meinten nicht ›protzig‹, Isla«, warf Robert ein.

Chase spürte, dass sich die Stimmung veränderte. Robert hatte anscheinend begriffen, wer hier das Sagen hatte, und dass es nicht mehr um Entscheidungsfindung ging – das Projekt stand kurz vor der Verwirklichung.

»Doch«, entgegnete Isla.

»Vielleicht eine reflexartige Reaktion?« Robert nickte Isla zu, als wollte er ihr eine versteckte Botschaft übermitteln.

»Hier darf jeder seine Meinung kundtun«, warf Chase rasch ein und lächelte Isla an. »Aber wir hoffen, in ein paar Monaten mit dem Bau beginnen zu können.«

Wieder erhob sich Gemurmel.

»Das ist eine aufregende Zeit für Breekers und für Sie alle hier in London. Ihnen wird unser erstes Superhotel gehören«, erklärte Chase.

Islas Gesichtsausdruck zeigte, dass sie etwas sagen wollte. Während alle anderen sich miteinander unterhielten und in den Broschüren blätterten, hob sie wie in der Schule die Hand.

»Ja, Miss Winters.«

»Und wo genau soll dieses Superhotel gebaut werden? Nur für den Fall, dass Sie über die Entwicklungen in London nicht auf dem neuesten Stand sind – Platz ist rar hier, und ich bin mir nicht sicher, ob es in der Stadt irgendwo einen Ort gibt, der groß genug für all das ist.«

Ah, der Standort. Darüber wollte er noch nicht allzu viel verraten. Das hatte er sich bis nach seinen Gesprächen mit Rod Striker aufheben wollen. In ein paar Tagen hoffte er die Vereinbarung geschlossen zu haben, die er anstrebte.

Isla musterte ihn und wartete wie offensichtlich einige andere an dem Tisch auf seine Antwort.

Plötzlich ertönte ein schriller Heulton. Unwillkürlich legte er seine Hände über die Ohren, während alle anderen aufsprangen und zur Tür liefen.

»Was ist los?«, rief er Isla zu.

»Das ist der Feueralarm«, erwiderte sie. »Folgen Sie mir.«

KAPITEL ZWEIUNDZWANZIG

»Ich muss meine Töchter suchen«, erklärte Chase, während die gesamte Belegschaft zu den Notausgängen strömte.

»Wo sind sie?«, fragte Isla. »Ich dachte, jemand würde sich nachmittags um sie kümmern.«

»Das hat nicht geklappt. Ich habe sie an der Rezeption gelassen. Bei … bei der Frau dort.«

»Bei welcher Frau?«

»Das weiß ich nicht.«

»Sie wissen es nicht?«

»Na ja, doch. Sie trägt ziemlich viel Make-up und hat … falsche Augenbrauen.«

Isla sah ihm seine Verlegenheit an. Offensichtlich war er in der Betreuung seiner Kinder noch nicht sehr geübt. Wie lange lag die Scheidung wohl zurück? Sie nahm an, dass seine Töchter nicht ständig bei ihm wohnten, und falls doch, befand er sich wohl noch mitten im Lernprozess.

»Ihr Name ist Denise«, informierte sie ihn. »Und sie kennt sich mit den Maßnahmen in einem Brandfall sehr gut aus. Sie wird Ihre Kinder sicher nach draußen bringen.«

»Okay.« Chase nickte.

Er wirkte besorgt. Ganz anders als der übereifrige CEO, der im Konferenzraum alle vom Bau eines Mammutkomplexes mit Vergnügungspark hatte überzeugen wollen.

»Falscher Alarm.« Aaron tauchte neben ihnen auf, als sie zu den Türen zum Treppenhaus liefen. »Hallo, Mr Bryan. Es freut mich, Sie kennenzulernen. Mein Name ist Aaron Kincaid.«

»Aaron, wir flüchten gerade aus einem brennenden Gebäude«, erklärte Isla.

»Ich habe doch gesagt, dass es sich um einen falschen Alarm handelt.« Aaron lächelte Chase an und trat ein wenig zu nahe an ihn heran. »Denise hat mich auf meinem Handy angerufen. Natürlich halten wir uns trotzdem alle ans Protokoll. Wir laufen nach draußen und warten, bis die Männer mit den großen Schläuchen Entwarnung geben.«

»Puh, da bin ich ja erleichtert!« Isla atmete tief durch, fragte sich aber, woher Denise so genau wusste, dass es sich um falschen Alarm handelte.

»Ein wunderbares Hotel!«, fuhr Aaron fort, sobald er sich Chase' Aufmerksamkeit sicher sein konnte. »Ich meine natürlich das *Superhotel.*«

»Danke«, erwiderte Chase. »Es freut mich, dass es Ihnen gefällt.«

»Mir gefällt es nicht«, platzte Isla heraus. *Mist.* Sie hatte das nicht laut sagen wollen. Sie durfte nicht vergessen, dass dieser Mann der Geschäftsführer der Firma war – sie wollte nicht nächste Woche um diese Zeit bei M & S in der Lebensmittelabteilung arbeiten. »Ich wollte damit nur sagen, dass es … ziemlich groß ist und … nicht so recht zu Londons einzigartigem … Charakter passt.«

»Sie hassen es«, stellte Chase fest. »Schon gut, das habe ich bereits im Konferenzraum deutlich gespürt.«

Isla schob die Tür zur Hintertreppe auf und atmete tief durch. Man würde sie feuern, der Weihnachtsbaum mit den

Federn würde nie Hannah gehören, und wenn sie keinen ähnlich gut bezahlten Job fand, würden sie umziehen müssen. In ein kleineres Haus … in Crawley.

»Ich weiß einfach noch nicht genug darüber, das ist alles. Und ich glaube, wir waren ausnahmslos ein wenig schockiert darüber, dass Breekers sich von der Baubranche ins Hotelgeschäft wagen will.«

»Der Sprung ist nicht so groß, wie Sie denken«, meinte Chase.

»Da bin ich ganz Ihrer Meinung«, stimmte Aaron zu und bemühte sich, mit Isla Schritt zu halten. »Ich halte es für eine sehr kluge Entscheidung.«

»Wir bauen diese Hotels für andere große Ketten und ermöglichen es ihnen dann, Millionen Dollar mit einem Produkt zu verdienen, das wir letztendlich entworfen und geschaffen haben.«

»Schon, aber diese Ketten führen seit Jahrzehnten sehr erfolgreich Hotels. Und Sie planen, in Konkurrenz zu unseren besten Kunden zu treten«, wandte Isla ein.

»Haben Sie etwa Angst vor ein bisschen Konkurrenz, Miss Winters?«, fragte Chase.

Isla musste ihn nicht anschauen, um zu wissen, wie seine Augen und sein Mund jetzt aussahen. Sie wusste, dass sein zimtfarbener Blick auf sie gerichtet war und dass seine Lippen sich zu einem amüsierten Lächeln verzogen. Rasch hastete sie die nächste Treppe hinunter. Das war nervtötend, aber auch sehr sexy. Hatte sie sich das soeben tatsächlich gedacht?

»Ich befürchte, dass dieses Superhotel den Profit aus all den anderen sehr erfolgreichen globalen Projekten, an denen die Firma seit fünfundzwanzig Jahren arbeitet, verringern wird. Und während Breekers sich um Schuhreinigung,

Hausmeisterdienste und Trimm-dich-Pfade kümmert, wird Blox Limited uns den Löwenanteil an den Bauaufträgen wegschnappen.« Sie holte Luft. »Und wenn das Superhotel gar nicht so super ist …«

Sie war scharfsinnig, aber das hatte Chase auch nicht bezweifelt. Er hatte sich bereits über sie informiert, denn er hatte mehr über seine persönliche Assistentin wissen wollen, die Maddies Hand gehalten und ihr mit einem feuchten Tuch die Lippen abgewischt hatte, nachdem sie zu viel von dem Schokoladenweihnachtsmann gefuttert hatte. Isla Winters war an den meisten der gewinnbringenden Projekte von Breekers London beteiligt gewesen. Und wenn man den Berichten der Kunden glauben durfte, war sie bei allen hoch angesehen. Er nahm an, dass ihr der Killerinstinkt fehlte, den er von einigen seiner Mitarbeiterinnen in New York kannte, aber bei manchen Aufgaben war eine sanftere Vorgehensweise nötig, und wahrscheinlich war das Miss Winters' Stärke. Vielleicht wickelte sie die Leute zuerst mit ihrem Lächeln ein und versetzte ihnen dann einen Schlag, wenn sie es am wenigsten erwarteten. Er fand diese Vorstellung auf seltsame Weise faszinierend.

»Glauben Sie mir«, sagte Chase mit den Lippen nah an ihrem Ohr und den rotbraunen Locken. »Es wird besser als super.«

Ein eisiger Windstoß trieb ihm Schneeflocken ins Gesicht, als sie auf die Straße traten. Himmel, war das kalt! Und er hatte seine Jacke im Konferenzraum gelassen.

»Daddy!«

Er hörte Maddies Stimme, konnte seine Tochter aber nicht sehen. Sein Puls beschleunigte sich, während er in der Menschenmenge nach ihr Ausschau hielt. Wo war sie? Ging es ihr gut? War das wirklich falscher Alarm? Warum war Brooke nicht bei ihr?

»Dort drüben ist sie!« Isla hob die Stimme, um sich unter den vielen Menschen verständlich zu machen, die darüber stöhnten, in der Kälte stehen zu müssen.

»Wo?«

Isla deutete mit dem Finger auf sie. Seine jüngere Tochter hüpfte so heftig auf und ab, dass ihre Haare unter der Mütze hervorrutschten und mit Schneeflocken bedeckt wurden. Neben ihr stand die Rezeptionistin, aber von Brooke war keine Spur zu sehen.

»Hey.« Chase nahm Maddie in die Arme, und sie schmiegte sich an ihn. »Hattest du Angst, Schätzchen?«

Maddie sah zu ihm hoch und schüttelte den Kopf. »Nein.«

»Das ist gut.« Chase rückte ihre Mütze zurecht und versuchte, sie mit seinem Körper vor dem eisigen Wind zu schützen.

»Wir glauben, dass kein Feuer ausgebrochen ist«, erklärte Isla. »Also gibt es keinen Grund zur Sorge. Wir müssen uns nur warm halten.« Sie stupste Aaron an. »Hast du etwas Süßes dabei?«

Aaron schüttelte verwirrt den Kopf. »Nein.«

»Aaron, ich weiß, dass du immer ein Päckchen Fruchtgummi bei dir hast, um nicht an den Nägeln zu kauen«, erwiderte Isla.

»Schon gut«, sagte Chase. »Nach der Geschichte mit dem Schokoladenweihnachtsmann hat Maddie mit Sicherheit noch genügend Zucker im Körper.«

Aaron kramte in seiner Hosentasche und zog eine Rolle Fruchtbonbons hervor. »Ein Bonbon?« Er bot sie Isla an und zog sie dann wieder ein Stück zurück. »Oder lieber ein Pony?«

»Ein Pony?«, rief Maddie aufgeregt. »Gibt es Ponys bei Breekers London?«

Chase beobachtete, wie die beiden einen Blick tauschten.

Isla wäre Aaron wegen dieser auf Pferde bezogenen Anspielung am liebsten an die Gurgel gesprungen. Das einzige Pferd, an dem sie im Augenblick interessiert war, war der Wäscheständer, den sie und Hannah scherzhaft so nannten, weil er sich ebenso schwer beladen ließ. Er stand in ihrem Schlafzimmer, und sie hoffte, dass die Wäsche darauf noch vor dem Wochenende trocknete. Im Winter wäre ein Wäschetrockner wirklich angebracht. Vielleicht sollten sie sich einen Trockner als Weihnachtsgeschenk leisten, wenn sie ein günstiges Angebot fanden.

Und dann erregte etwas ihre Aufmerksamkeit und lenkte sie von ihren Gedanken an warme Kleidung ab. Auf der anderen Straßenseite war ein perfektes Paar in einen Kuss versunken. Die beiden standen neben dem U-Bahnhof Canary Wharf unter den schneebeladenen Zweigen eines Baums und schienen die hektisch aus dem Hochhaus hastenden Angestellten nicht zu bemerken. Sie seufzte. Das musste sie Hannah erzählen … oder vielleicht lieber doch nicht. Möglicherweise war es besser, der Liebe, die in der Weihnachtszeit anscheinend überall in der Luft lag, nicht zu viel Beachtung zu schenken.

»Nimm diesen dummen Mann nicht ernst, Maddie«, sagte sie rasch. »Das ist mein Freund Aaron, und anscheinend ist er im Moment ein wenig pferdenärrisch.«

»Ich bin nur verrückt nach Hengsten«, erklärte Aaron, »möglichst mexikanischer oder kubanischer Abstammung.«

»So genau wollten wir das gar nicht wissen«, zischte Isla ihm zu. Eine solche Unterhaltung führte man nicht vor seinem Boss und dessen kleiner Tochter.

Maddie sah ihren Vater an. »Du darfst Brooke nicht böse sein, Daddy.«

»Warum sollte ich ihr böse sein?« Chase hielt kurz inne. »Was hat sie schon wieder angestellt?«

»Denise hat Brooke keine YouTube-Videos auf ihrem Computer anschauen lassen, und deshalb war ihr langweilig«, berichtete Maddie. »Dann wollten wir die Girlanden am Christbaum anders hinhängen, aber das wollte Denise auch nicht, und dann …«

»Was dann?«, wollte Chase wissen.

»Ich glaube nicht, dass Brooke den Feueralarm auslösen wollte, aber …«

Chase wurde blass, als ihm dämmerte, dass seine Tochter diesen Tumult verursacht hatte.

»Sie wollte nur prüfen, wie fest dieses Glas wirklich ist, und dann … dann ist es zerbrochen, und die Sirene ging los.«

»Wo ist sie?«, fragte Chase. Sein Gesicht bekam wieder Farbe. Viel Farbe.

»Ich befürchte, sie ist beim Sicherheitsdienst«, erklärte Denise. Sie hatte heute wirklich zu viel Eyeliner und Rouge aufgetragen.

Isla beobachtete den CEO von Breekers. Er biss sich auf die Unterlippe und versuchte offensichtlich, sich zusammenzureißen. Unwillkürlich fragte sie sich, ob es ihm wohl schwerer fiel, mit seiner widerspenstigen Tochter fertigzuwerden, als eine weltweit tätige Firma zu führen.

»Zeigen Sie mir, wo ich sie finden kann«, befahl Chase. »Miss Winters, Sie kommen mit mir.«

»Ach ja?«

»Natürlich.« Aaron gab ihr einen Schubs, formte mit den Lippen das Wort »Pony« und ließ seine Hüften kreisen, als würde er zum Soundtrack von *Magic Mike* tanzen.

Isla ging zu Chase hinüber, und sie folgten Denise. In diesem Moment tauchte der erste Feuerwehrwagen auf.

KAPITEL DREIUNDZWANZIG

»Darf ich Ihnen eine Frage stellen?«

Isla ging diese spezielle Frage bereits seit dreißig Minuten durch den Kopf. In der vergangenen Stunde hatte sie Chase im Konferenzraum die Kontaktdaten von allen Leuten gegeben, mit denen er sich wegen des Superhotels in Verbindung setzen wollte. Sie hasste diesen Namen. Er erinnerte sie an diesen lächerlichen Computer aus der Fernsehshow *Ant and Dec's Saturday Night Takeaway*. Sie würde jetzt viel lieber aus dem Fenster auf die wunderschönen festlichen Londoner Straßen schauen und sich Ideen für die Dekoration der Weihnachtsfeier bei Breekers notieren. Sie brauchte etwas Klassisches, Traditionelles, Gemütliches … warme, schimmernde Beleuchtung und ein wenig silbernen Glanz …

»Sie heben aber jetzt nicht wieder den Arm wie vorher?«

Isla richtete ihre Aufmerksamkeit erneut auf Chase und bemerkte, dass er nicht einmal den Blick von seinem Laptop abgewendet hatte. Sie sah zur anderen Seite des Raums hinüber, wo Brooke, immer noch schmollend, und Maddie vor der großen Leinwand saßen, Kopfhörer trugen und sich die Komödie *Buddy – Der Weihnachtself* anschauten.

»Also, wie lautet die Frage?« Chase drehte sich zu ihr um. Sie schluckte. Selbst auf die Gefahr hin, an Weihnachten arbeitslos zu sein – sie musste es einfach wissen.

»Warum London?«

»Für das Superhotel?«, fragte er.

Wie sie diesen Namen hasste. Superhotel. Eigentlich war das nicht einmal ein richtiges Wort. Sie nickte. »Warum nicht New York? Oder Tokio? In Tokio würde es bestimmt gut ankommen.«

»Waren Sie dort auch schon? Wie in Las Vegas?«, erkundigte sich Chase.

Sie schüttelte den Kopf. Sie war auch noch nicht in Las Vegas gewesen. In dem Meeting hatte sie spontan geschwindelt. Aber sie hatte schon viele Bilder gesehen, die für sich sprachen und mehr zeigten als etliche Elvis-Darsteller.

»Nein, aber dort liebt man alles, was groß ist. Ich glaube, das wäre die richtige Stadt für Ihren Zirkus und den Zoo und …«

»Und den Neun-Loch-Golfplatz?«

»Einen Golfplatz wird es auch geben?«

Er nickte. »Wir haben auch an einen Wasserpark gedacht, aber dafür ist das Klima hier nicht geeignet, also haben wir uns für eine Kombination aus Eishalle, Bowlingbahn und Kino entschlossen.«

»Tatsächlich?« Je mehr sie über dieses Projekt erfuhr, umso mehr Angst jagte es ihr ein. Das war nicht nur ein riesiges Hotel, sondern eine ganze Stadt. Wo in London gab es dafür genügend Platz? Erst vor wenigen Jahren war der Olympiapark gebaut worden.

»Haben Sie die Broschüre nicht gelesen?«

Nein, hatte sie nicht. Er hatte sie auf Trab gehalten, und außerdem war sie sich nicht sicher, ob sie das alles sehen wollte. Vielleicht konnte sie sich aus dem Projekt ganz zurückziehen, wenn Chase nach Amerika zurückgekehrt war. Aaron würde sich mit Freuden darauf stürzen. Und sie würde sich wieder den Kunden widmen können, für die sie gern arbeitete, und ihnen bei dem Bau von Gebäuden helfen, die nicht aussahen, als würden dort demnächst Aliens einziehen. Und da war auch noch die Weihnachtsfeier, die praktisch vor der Tür stand.

Sie räusperte sich. »Wir sprechen nun schon seit einer Weile über die Planung und die Komitees, und …«

»Sie hassen es, richtig?«, unterbrach Chase sie und klappte den Deckel seines Laptops zu. »Darf ich fragen, warum?«

Sie wurde nervös, als er ihr seine ungeteilte Aufmerksamkeit schenkte und sich in seinem Stuhl so herumdrehte, dass seine muskulösen Schenkel unter dem Schreibtisch hervorkamen.

»Das habe ich Ihnen bereits gesagt. Ich bezweifle, dass ein so riesiges Gebäude zu London passt.«

Er nickte, ohne den Blick von ihr abzuwenden. »Okay, warum denken Sie nicht einmal darüber nach, ob London zu etwas so Großem passt?«

Sie hätte beinahe laut gelacht. »Ich möchte nicht unhöflich sein – Sie sind schließlich der CEO –, aber eine Frage mit einer Gegenfrage zu beantworten hat bei mir noch nie funktioniert. Das gilt auch für den Fall, dass jemand versucht, mir meine Sätze im Munde herumzudrehen, um sie für eigene Zwecke passender zu machen.«

Chase lächelte. »Okay, Miss Winters. Zur Kenntnis genommen.«

Er hatte wieder den britischen Akzent imitiert, und auch wenn sie das herablassend und nicht witzig fand, klang es doch ein wenig sexy. Meine Güte, warum hatte sie solche Gedanken? Jetzt war es so weit – sie wurde allmählich wie ihre Schwester. Wenn sie in der Weihnachtszeit noch einmal sah, wie sich ein Pärchen küsste, war es sicher um sie geschehen. Sie würde noch vor Heiligabend zum Soundtrack von *The Snowman* eine ganze Packung Taschentücher verbrauchen.

»Also«, fuhr sie rasch fort. »Bekomme ich eine Antwort? Warum London?«

Er lehnte sich auf seinem Stuhl zurück, hob die Arme über den Kopf und streckte sich, sodass sein Hemd sich über seine starke Brust spannte.

»Nun, was Sie über Tokio gesagt haben, ist durchaus richtig. Ein Superdorf würde funktionieren, aber nur weil es dort schon Wohnstätten mit Freizeitparks gibt …«

»Eine Wohnstätte mit Freizeitpark?« So würde das Hotel bezeichnet werden? Wie um alles in der Welt sollte man das beim Vermarkten nennen? Das klang ja beinahe klinisch.

»Hier in London wird es ein Zeichen setzen«, fuhr Chase fort. »Es wird etwas ganz Neues sein. Und größer als alles in Shanghai und den Vereinigten Staaten. Es wird hervorstechen.«

»Wie ein bunter Hund.«

»Was?«

»Na ja, wie etwas, was überhaupt nicht in die Umgebung passt.«

»Wie der Shard?«, fragte Chase. »Größer als alles ringsumher.« Er lächelte wieder. »Außergewöhnlich.«

Wie ärgerlich! Punkt für ihn. Den Shard hatte sie auch entschieden abgelehnt, bis sie sich mit der Zeit an den Anblick gewöhnte und alle von dem herrlichen Ausblick schwärmen hörte. Das hatte sie schließlich selbst sehen wollen. Es war nicht ganz leicht gewesen, mit Hannah im Lift nach oben zu fahren, aber die Aussicht von dort oben war es wert gewesen. Sie hatte bereits in Erwägung gezogen, in der Weihnachtszeit noch einmal hinaufzufahren. Mit den festlichen Lichtern überall in der Stadt und ein wenig Schnee auf den Dächern würde London sicher einen bezaubernden Anblick bieten – wie immer im Winter.

»Sie und alle anderen von Breekers London müssen den Entscheidungsmachern in New York einfach vertrauen«, meinte Chase. »Und mir auch.«

»Wir haben nicht viel mit dem New Yorker Büro zu tun«, erwiderte Isla. »Und Sie kennen wir noch nicht sehr gut.« Ihre Gedanken wanderten zu Big Bill. Eigentlich hatte sie ihn auch nicht wirklich gekannt.

»Ich hoffe, das wird sich bald ändern.« Chase schenkte ihr ein strahlendes Lächeln.

»Nun, ich glaube, Sie haben die Leute ein wenig erschreckt.« Sehr gut, Isla. Wirf dem CEO nur weiter unverblümte Bemerkungen an den Kopf. Sie konnte beinahe schon die Uniform von Marks & Spencer auf ihren Schultern spüren.

»Erschreckt?«

Er wirkte verblüfft, also musste sie ihm das erläutern.

»Bitte verzeihen Sie mir meine Offenheit, aber … Sie sind gerade mal einen Tag hier und erklären dem Team, dass Breekers demnächst Hotels führen wird. Das allein ist bereits eine schockierende Nachricht«, sagte sie. »Und dann überraschen Sie sie damit, dass dieses Büro verantwortlich für den Bau eines riesigen Freizeitparks mit … mit …«

»… Wohnstätten«, ergänzte Chase.

»Richtig. Dass sie dafür verantwortlich sein werden. Und sie wissen nicht, was sie davon halten sollen.« Sie seufzte und schob sich das Haar aus der Stirn. »Diese Leute sind im Baugewerbe erfahren; mit einem großen Gebäude haben sie keine Probleme. Aber nun geht es plötzlich auch um Einkaufszentren und Kasinos, und sie fragen sich, wie sie das alles bewerkstelligen sollen.«

Punkt für Isla. Er hatte das Team überrollt wie eine Dampfwalze in Höchstgeschwindigkeit und damit gerechnet, dass man überrascht sein und ein wenig zögern würde. Doch er hatte nicht berücksichtigt, was das für die Gesamtsituation bedeuten würde. Man würde seine Aufgaben ganz neu definieren müssen. In absehbarer Zukunft würde sich im Londoner Büro nahezu alles um dieses Projekt drehen. Es musste Erfolg haben, also würden alle daran mitarbeiten müssen, und zwar mit ungeteilter Aufmerksamkeit.

»Sie haben recht.« Er nickte.

»Ja, habe ich«, erwiderte sie überzeugt.

»Ich bin direkt vom Flugzeug hier hereingepoltert wie der bescheuerte Ami, für den alle mich halten.«

»Na ja …«

Anscheinend beendete sie den Satz absichtlich nicht, und er lächelte. Bei ihr würde er seinen Willen nicht einfach durchsetzen können, ohne sich ihren Fragen zu stellen. Auch dem Büro in New York würde so eine Mitarbeiterin guttun. Dort schienen die meisten Leute es für ausreichend zu halten, nicht aufzufallen und sich enthusiastisch zu geben – aus Überzeugung oder auch nicht. Islas Ansichten über das Projekt waren interessant und erfrischend … auch wenn er auf lange Sicht gesehen trotzdem seine Pläne verwirklichen würde. Ihre Neugier könnte ihm helfen, einige Schwachstellen zu beheben. Sie könnte wie ein Navigationssystem für ihn arbeiten und ihm verlässlich den richtigen Weg weisen, während er einige Möglichkeiten abseits der üblichen Routen erforschte.

»Gehen wir heute Abend essen«, schlug er vor.

»Abendessen?« Isla rückte auf ihrem Stuhl hin und her und schob ihn ein Stück zurück.

»Ja. Ich habe den Mädchen versprochen, sie auszuführen. Sie könnten uns ein nettes Lokal zeigen und uns Gesellschaft leisten.« Er könnte jetzt wirklich ein kühles Bier vertragen. Vielleicht in einem warmen, gemütlichen englischen Restaurant mit Kaminfeuer. Er war in den Ferien. Sozusagen. Etwas Nettes, Kitschiges statt einer kühlen, zeitgemäßen Umgebung wäre nicht schlecht. Eine kleine Auszeit.

»Ich kann nicht«, erklärte Isla. »Ich muss gleich los, um meine Schwester abzuholen.«

»Ihre Schwester?«

»Ja, Hannah. Wir wohnen zusammen. Sie haben Sie bereits kennengelernt. Im Café Sugar High, wo ich ... wo wir uns zum ersten Mal gesehen haben.« Sie hüstelte.

Das Mädchen in dem Rollstuhl. Das war also ihre Schwester.

Isla packte ihren Laptop und ihr iPad ein. Es war ein langer Tag gewesen. Ein sehr langer Tag. Und im Traum würden ihr sicher Schuhputzer in bunt gestreiften Schürzen, Löwenbändiger und ein Rouletterad erscheinen. Sie wollte jetzt nur noch nach Hause gehen und Hannah von diesem schrecklichen Superhotel mit Vergnügungspark – einer Wohnstätte mit was auch immer – berichten. Aber eigentlich durfte sie das nicht, oder? Die Sache war streng vertraulich.

»Sie könnte uns begleiten«, schlug Chase vor.

»Nein danke ... aber ich ...« Hannah würde vor Begeisterung übersprudeln, und das war nicht immer gut. Sie fragte sich ohnehin, wen sie auf der Weihnachtsfeier neben sie setzen sollte. Letztes Jahr hatte Hannah mit dem Verlobten von Laura aus der Buchhaltung einen Tequila nach dem anderen gekippt.

»Aber?«, fragte Chase nach.

»Wir haben für heute Abend schon eine Lasagne vorbereitet, also ...«

»Oh, ich liebe Lasagne.« Chase rieb sich die Augen. »In New York gibt es ein Restaurant, in dem die beste Lasagne der Welt serviert wird.«

Sie schluckte. Was sollte sie jetzt tun? Sie hatte seine Einladung zum Abendessen abgelehnt und ausgeplaudert, dass sie und Hannah sich sein Lieblingsessen schmecken lassen würden. Peinlich.

»Genießen Sie jedes kleine, mit Béchamelsoße bedeckte Stück davon.«

Mist! Sie hasste ihr Gewissen – und noch dazu sollte man zu dieser Jahreszeit allen Menschen Gutes tun. Ihr blieb also nichts anderes übrig.

»Sie könnten zu uns kommen und uns helfen, sie aufzuessen ...« Hatte sich diese Einladung sehr hölzern und unaufrichtig angehört? Vielleicht war es gut so. Er würde sicher ablehnen. Oder glauben, dass sie ihn zu einer Verabredung eingeladen hatte! Ihre Wangen röteten sich, und sie fügte rasch hinzu: »Ich meine natürlich Sie und Ihre Töchter!« Sie verdrehte die Augen.

»Hey, als ich sagte, dass ich Lasagne liebe, wollte ich mich nicht aufdrängen ... Ich meine, zum Essen bei Ihnen.«

Jetzt war *er* anscheinend peinlich berührt. Sie war einen

Schritt zu weit gegangen. Was hatte sie sich nur dabei gedacht, ihn zum Abendessen einzuladen? Sie hasste es, seine persönliche Assistentin zu spielen. Sie konnte dieses Superhotel nicht ausstehen. Und sie brauchte ihre Zeit, um sich mit der Planung der Weihnachtsfeier zu beschäftigen.

»Sie ist wahrscheinlich nicht so gut wie die Lasagne, die in New York serviert wird, aber …«, sagte sie schnell.

»Nun, wenn Sie sicher sind, dass das kein Problem ist.« Er lächelte. »Meine Töchter sind auch verrückt nach Lasagne.«

Nein, sicher war sie nicht. Aber sie hatte ihn eingeladen, und nun gab es kein Zurück mehr. Und ihre Schwester würde den derzeit Auserwählten für den Weihnachtskuss in Notting Hill bei sich zu Hause begrüßen können. Zumindest hatten sie zwei Kinder als Aufpasser dabei. Vielleicht konnte sie herausfinden, wo Raj wohnte, und ihn ebenfalls einladen.

»Ja«, sagte sie leise. »Ganz sicher.«

»Großartig.« Chase klappte seinen Laptop zu.

»Sind Sie fertig?«, erkundigte sie sich.

»Sie müssen Ihre Schwester abholen, richtig?« Chase stand auf.

Ja, er hatte recht. Aber zuerst würde sie Hannah anrufen und ihr mitteilen, dass sie Gäste zum Abendessen hatten. Ihre Schwester würde das entweder ganz toll oder furchtbar finden, und entsetzlicherweise würde das davon abhängen, wie viele Blumensträuße sie heute verkauft hatte.

KAPITEL VIERUNDZWANZIG

Beaumont Square, Notting Hill

»Habt ihr Haustiere? Maddie, ich könnte mir vorstellen, dass du Hunde magst, und Brooke, du siehst aus, als würdest du …«, begann Hannah.

»Sie möchte gern aussehen wie Bella Thorne, aber Mom erlaubt ihr nicht, ihr Haar rot zu färben.«

»Halt den Mund, Rotznase!«, fauchte Brooke.

Isla schloss die Augen und versuchte, sich auf die hervorragende Lasagne zu konzentrieren und nicht auf die Zankerei an der behelfsmäßigen Tafel zu achten. Sie hatten den Kaffeetisch, gestützt auf einige Bücher, und einen Sessel neben ihren kleinen Esstisch gestellt. Hannah hatte den verlängerten Tisch mit glitzernden Tannenzapfen und roten Kerzen geschmückt und bei Spotify eine Auswahl von modernen Weihnachtsliedern gewählt. Im Augenblick rappte Justin Bieber *Little Drummer Boy.* Sie war sich nicht sicher, ob das gut ankam.

Maddie saß auf dem Hocker, der sonst vor Islas Frisierkommode stand, und Chase hatte den Bürostuhl bekommen. Normalerweise hatten sie nur dann mehr als zwei Gäste zum Essen, wenn das gemeinsame Dinner vom Beaumont Square bei ihnen im Haus stattfand. Jeder Besucher bereitete ein Gericht vor und brachte es in das Haus des jeweiligen Gastgebers des Abends, und dann wurde alles gemeinsam verspeist.

»Brooke, benimm dich. Wir sind zu Gast hier, also zeig bitte ein wenig Respekt«, befahl Chase.

Maddie schnitt Grimassen in Brookes Richtung und streckte ihr die Zunge raus.

»Das gilt auch für dich, Maddie«, schalt Chase und wandte sich an Isla. »Ich entschuldige mich für meine Töchter. Anscheinend haben sie ihre Manieren vergessen.«

»Schon in Ordnung«, sagte Hannah. »Sie sollten mich und Isla sehen, wenn wir in Fahrt sind.« Sie schob sich eine Gabel Lasagne in den Mund und richtete sich wieder an Maddie. »Also, hast du einen Hund?«

»Nein. Wir hatten eine Katze, aber wir mussten sie den Nachbarn geben, als wir aus New York weggezogen sind.«

»Du wohnst nicht mehr in New York?«, fragte Hannah.

»Nein«, warf Chase ein. »Ich lebe noch in New York, aber die Mädchen wohnen bei meiner Frau – meiner Exfrau – in Montgomery, Alabama … in der Nähe ihrer Eltern.«

»Ist das weit weg?«, erkundigte sich Hannah.

»Ja«, antwortete Brooke. »Ungefähr auf der anderen Seite des verdammten Lands.«

»Sicher habt ihr dort eine coole neue Schule und neue Freunde«, sagte Hannah rasch.

»Hannah«, mahnte Isla.

Hannah grinste. »Kein Problem, das könnt ihr mir später erzählen, wenn euer Dad nicht zuhört«, flüsterte sie.

»Die Lasagne ist wirklich ausgezeichnet«, sagte Chase an Isla gerichtet.

Islas Wangen röteten sich bei diesem Kompliment. Sie wusste, dass sie sie nicht so perfekt machte wie ihre Mutter, aber allein der Versuch schien eine therapeutische Wirkung zu haben.

»Danke.«

»Mir schmeckt das Knoblauchbrot auch sehr gut.« Maddie kaute geräuschvoll an einem Bissen.

»Es überrascht mich, dass du nach dem Schokoladenweihnachtsmann überhaupt noch etwas essen kannst«, meinte Isla.

»Welcher Weihnachtsmann?«, erkundigte sich Hannah.

»Maddie hat in dem kleinen blauen Laden einen dieser riesigen Schokoladenweihnachtsmänner gekauft.«

»Machst du Witze?«, rief Hannah. »Aber du hast ihn doch nicht ganz aufgegessen, oder?«

»Glücklicherweise nicht«, erwiderte Isla.

»Mir ist schlecht geworden«, gab Maddie zu.

»Darüber sollten wir nicht beim Abendessen sprechen«, mahnte Chase.

»Und was hast du dir gekauft, Brooke?«, fragte Hannah.

Isla hob den Kopf. Brooke hatte ihr Essen kaum angerührt und sah so aus, als würde sie im Augenblick alles andere lieber tun, als in Notting Hill Lasagne zu essen.

»Ich habe kein Geld«, erwiderte Brooke. »Und Dad hat mir mein Telefon weggenommen.« Sie warf Chase einen bösen Blick zu.

»Sie hat im Büro den Feueralarm ausgelöst«, erklärte Chase.

»Tatsächlich?«, rief Hannah. »Cool! Ich wette, da haben einige steife Schlipsträger mit ihren Laptops und den Tassen mit dem selbst gebrühten Kaffee in der Hand auf der Straße gefroren und geflucht.«

Isla öffnete den Mund, um ihre Schwester zurechtzuweisen, doch dann sah sie, dass Brooke grinste. »Was war bei dir heute los?«, fragte sie stattdessen.

»Ach, nicht viel. Du weißt schon, ein paar Gestecke für Beerdigungen und ein paar Ehemänner, die irgendetwas angestellt hatten und glaubten, mit einem Blumenstrauß alles wieder in Ordnung bringen zu können. Und eine Kundin, die den Blumenschmuck für eine Hochzeit in Auftrag gegeben hat. Das war sehr schön.«

»Hannah arbeitet in einem Blumenladen«, erklärte Isla den Gästen.

»Das kannst du?«, fragte Maddie. »Obwohl du im Rollstuhl sitzt?«

»Maddie!« Chase warf seine Gabel auf den Teller.

Hannah lachte. »Natürlich. Ich kann Blumen verkaufen, obwohl ich im Rollstuhl sitze.« Sie senkte die Stimme zu einem Flüstern. »Manchmal, wenn es keiner sieht, stelle ich die Vasen mit den Rosen so auf, dass ich einen Slalom fahren kann.« Sie zwinkerte Maddie zu. »Meine Bestzeit liegt bei elf Sekunden. Das heißt, ich muss um sechs Kübel herumfahren und am anderen Ende des Ladens die Paradiesvogelblumen berühren.« Sie kicherte. »Da fahre ich dann aber manchmal nur auf einem Reifen.«

Isla war entsetzt. »Das ist doch nicht dein Ernst!«

Hannah zuckte die Schultern. »Sie macht sich so große Sorgen um mich, als wäre sie meine *Mom.*«

Brooke und Maddie lachten bei ihrem Versuch, das Wort amerikanisch auszusprechen.

»Möchten Sie noch ein Bier?«, fragte Isla Chase. Während sie Hannah abgeholt hatte, hatte er einen Sechserpack Bier, von dem sie noch nie etwas gehört hatte, und zwei Flaschen Wein besorgt. Der Wein, ein lieblicher, aber trotzdem würziger Merlot, passte ausgezeichnet zu der Lasagne. Sie trank bereits das zweite Glas und fühlte sich ein wenig schwindlig.

»Ja«, erwiderte Chase. »Aber ich hole es mir gern selbst, wenn Sie mir sagen, wo ich es finde.« Er stand auf.

»Kann ich noch eine Cola haben, Dad?«, fragte Maddie.

»Ich auch«, murmelte Brooke, nahm endlich eine Gabel in die Hand und machte sich über das Essen auf ihrem Teller her.

»Es ist gleich hinter … Ich komme mit.« Isla erhob sich ebenfalls. In der Küche sah es schrecklich aus. Wenn sie als Erste dort eintraf, konnte sie schnell ein paar Geschirrtücher über das volle Spülbecken und den Abfalleimer mit dem offenen Deckel werfen.

Chase folgte ihr aus dem Zimmer durch den Gang und in die Küche. Das Haus war entzückend. Traditionell, ein wenig ungewöhnlich und sehr, sehr britisch. Ein richtiges Zuhause mit vielen Kissen und Polstersesseln und Notizzetteln an Pinnwänden. Er hatte beinahe schon vergessen, wie so etwas aussah. Seit er allein lebte, hatte er nur noch seinen elektronischen Kalender. Vor seinem Auszug hatte er in seiner Aktentasche oft Zeichnungen von Maddie gefunden, manchmal auch einen Schuh von Barbie und einmal sogar Ken und einen pinkfarbenen Jeep. Auch wenn er sich jeden Tag vorsagte, dass er dieses Chaos nicht vermisste, und immer, bevor er sich auf den Weg ins Büro machte, sein Mantra zur Selbstbestätigung wiederholte, entsprach das nicht der Wahrheit.

»Wie soll es morgen bei Breekers weitergehen?« Isla holte eine Flasche Bier aus dem Kühlschrank und griff nach dem Flaschenöffner.

»Macht es Ihnen etwas aus, wenn wir nicht über die Arbeit sprechen?« Chase lehnte sich gegen die Arbeitsplatte.

Isla öffnete die Flasche, und der Korken flog auf ein Tuch in der Spüle, unter dem sich offensichtlich etliche Töpfe und Pfannen befanden.

»Oh.« Sie schien überrascht zu sein.

Er grinste. »Sie haben anscheinend angenommen, dass ich niemals abschalte.« Und tatsächlich war es früher einmal so gewesen. Aber er hatte nicht vergessen, was passiert war, weil nichts anderes in seinem Leben Platz gehabt hatte. Er hatte seine Frau verloren und beinahe auch sich selbst. So etwas wollte er nie wieder erleben. Außerdem war das Projekt Superhotel streng geheim. Er wollte auf keinen Fall, dass Brooke etwas darüber in den sozialen Medien postete. Früher oder später würde er ihr das Telefon zurückgeben müssen. Viel länger würde er diese schmollende Miene und das pausenlose tiefe Seufzen nicht ertragen können, vor allem da ihm der Jetlag immer noch zu schaffen machte.

»Nun, normalerweise beurteile ich Menschen nicht vorschnell, aber …«

Er lachte. »Miss Winters, das klang beinahe glaubwürdig. Aber nur beinahe.«

Sie reichte ihm die Bierflasche und wirkte ein wenig zerknirscht. Das sah süß aus … und sexy. Meine Güte, wie lange hatte er nicht einmal mehr bemerkt, wenn eine Frau süß und sexy aussah? Manchmal war das der Grund für das Scheitern einer Ehe, aber in seinem Fall hatte es dafür wohl gar keine Gelegenheit gegeben.

»Nun ja, ich habe Sie zum Abendessen eingeladen, und ich hoffe, dass mir das auf beruflicher Ebene nicht angekreidet wird … aber ich habe ein Problem mit der Aufgabe als Ihre persönliche Assistentin.«

»Tatsächlich?«, fragte er interessiert.

»In der Weihnachtszeit gibt es bei Breekers London immer sehr viel zu tun. Ich treffe mich mit Kunden …«

»Sie meinen, Sie gehen auf Weihnachtsfeiern«, unterbrach Chase sie.

»Manchmal trifft man sich auch am Abend bei einem Glas Wein, aber …«

»Also feiern Sie Partys.«

»Es geht um mehr als das.« Sie wirkte ein wenig nervös. »Ich muss mich auch noch um das Ridgepoint Hospital kümmern, und das Projekt befindet sich in einer schwierigen Phase, und ich …«

»Sie haben also keine Zeit für mich, Miss Winters?«, fragte Chase. »Wollen Sie das damit sagen?«

»Nein … ich …«

»Sie haben keine Zeit für den CEO von Breekers International?«

»*So* habe ich das nicht gesagt.«

»Hey, ich weiß alles über Multitasking. Schließlich bin ich hier mit zwei Kindern und habe niemanden, der sich um sie kümmert.«

»Dann verstehen Sie mein Dilemma?«

Er beobachtete, wie sie sich Wein nachschenkte.

»Absolut.« Er nickte. »Deshalb werden wir beide unsere Aufgaben delegieren.«

»Ach ja?«

»Natürlich. Ich werde jemanden suchen, der sich ab morgen um meine Kinder kümmert, und Sie werden Ihr Krankenhausprojekt an den jungen Mann weitergeben, den ich heute kennengelernt habe. Wie war sein Name? Aaron?«

Chase hatte Aarons Namen falsch ausgesprochen, aber sie war im Augenblick nicht in der Stimmung, ihn zu verbessern. Sie wollte dieses Projekt nicht abgeben. Es hatte sie Monate gekostet, eine gute Beziehung zu der zuständigen Abteilung des staatlichen Gesundheitsdienstes NHS aufzubauen. Sie war stolz auf ihre persönlichen Dienstleistungen. Dadurch erhielt sie Empfehlungen und wurde entsprechend von neuen Kunden angefordert. Sie würde ihm sofort sagen, dass es so nicht ging.

»Sie müssen mir bei der Arbeit am Superhotelprojekt helfen«, fuhr Chase fort. »Ich habe nur wenige Wochen Zeit dafür, also brauche ich die beste Mitarbeiterin von Breekers London, und ich habe gehört, das sind Sie.«

Das hatte er gehört? Beinahe hätte sie sich aufgeplustert wie ein für Weihnachten gemästeter Truthahn, der die Federn aufstellte und den Kehllappen schüttelte. Doch dann kam sie wieder zu sich. Er verstand sich hervorragend darauf, andere dazu zu bringen, das zu tun, was er von ihnen wollte. Schließlich war er Businesscoach. Er wollte ihr lediglich schmeicheln.

»Sie haben Aaron erwähnt«, begann Isla und trank einen Schluck Wein. »Er ist auch sehr gut. Und ihm gefällt dieses Konzept von Wohnen, Freizeit und Unterhaltung.«

»Ich möchte aber Sie haben«, betonte Chase.

Hatte er seine Stimme mit Absicht provokativ klingen lassen? Falls ja, hatte das seine Wirkung nicht verfehlt, und das fand sie schrecklich. Und dann auch noch diese dunklen Wimpern, die seine tiefbraunen Augen umgaben …

»Ich weiß, dass Sie noch nicht hundertprozentig davon überzeugt sind, aber das werde ich noch ändern.« Chase trank einen großen Schluck Bier. »Und, wie schon gesagt, ich möchte Sie mit an Bord haben. Sie sind hier bei allen sehr beliebt.« Er lächelte. »Und in der harten und verrückten Welt des Baugewerbes bedeutet das sehr viel.«

Bei dieser Bemerkung straffte sie unwillkürlich den Rücken. »Sie mögen mich, weil ich meinen Job gut mache und ehrlich mit ihnen bin. Nicht weil ich ein Kleid und hochhackige Schuhe trage und mich darauf verstehe, eine Party zu veranstalten«, erwiderte sie kühl.

»Ich habe nichts anderes vermutet.«

Sie musste sich beruhigen und logisch denken. Vielleicht konnte sie doch etwas zu diesem Projekt beitragen. Wenn sie mit ihm daran arbeitete, gelang es ihr möglicherweise sogar, es etwas zu verkleinern. Sie könnte versuchen, ihn davon zu überzeugen, dass Breekers seinen ersten Vorstoß in das Hotelgeschäft mit ganz kleinen Schritten beginnen und nicht wie ein Dinosaurier lostrampeln sollte.

»Also, was sagen Sie? Bevor wir dann endlich aufhören, über den Job zu sprechen.« Er sah sie forschend an. »Arbeiten wir zusammen?«

Sie schluckte. Hatte sie denn eine Wahl? Wahrscheinlich nicht, wenn sie ihren Job behalten wollte. Aber zumindest hatte sie ihre Bedenken geäußert, und er schien zu begreifen, dass sie ein wenig mehr war als eine Sekretärin oder ein Kindermädchen.

»Okay.« Isla wandte sich zum Gehen.

»Okay? Wir sind uns also einig?« Chase folgte ihr.

»Ich werde morgen mit Aaron darüber sprechen, ob er einen Teil des Krankenhausprojekts übernehmen kann.«

»Sehr gut.« Chase klopfte ihr auf die Schulter. »Ehrlich gesagt fällt es mir auch schwer, Aufgaben zu delegieren. Es ist immer wieder ein Lernprozess.«

Sein Daumen und sein Zeigefinger streiften ihr Schlüsselbein, und sie stellte fest, dass sie zum ersten Mal seit der schrecklichen Situation mit Ptolemy von einem Mann berührt wurde. Vielleicht brauchte sie wirklich ein Pferd … oder zumindest die vernachlässigte Katze von dem Pärchen im Haus Nummer elf.

KAPITEL FÜNFUNDZWANZIG

Maddie legte eine Spielkarte auf den Tisch. »Blitz!«

»Karotte!«, rief Hannah.

»Eiswürfel!« Eine weitere Karte landete auf dem Tisch.

»Fragezeichen!«

»Spinne!« Chase legte seine Karte auf den Stapel auf dem Kaffeetisch und zeigte damit, dass es seine letzte war.

»Oh, Daddy!«, quiekte Maddie. »Wie kannst du bei deinem ersten Versuch gleich gewinnen?«

»Ich kann kaum glauben, dass Sie noch nie Dobble gespielt haben«, meinte Hannah und griff nach dem Kartenstapel.

»Ziemlich lahmes Spiel«, verkündete Brooke.

Isla grinste. Brooke hatte sofort mitgespielt, als sie gesehen hatte, wie viel Spaß die anderen dabei hatten, und hatte sogar einige Runden gewonnen.

Es war ein fröhlicher Abend gewesen. Sie waren eine bunte Mischung, vereint durch Lasagne und Rotwein – von dem Isla nun schon vier Gläser getrunken hatte –, ein süchtig machendes Kartenspiel und ein Superhotel. Und alle hatten sich entspannt. Chase hatte Wort gehalten und nicht mehr von der Arbeit gesprochen, und Hannah und Maddie hatten sich in einem schwindelerregenden Tempo miteinander unterhalten, und Brooke hatte ab und zu eine Bemerkung fallen lassen oder die Augen verdreht, aber ohne streitlustig zu sein.

Chase warf einen Blick auf seine Armbanduhr und stand auf. »Wir sollten jetzt gehen.«

»Oooch!«, jammerte Maddie. »Nur noch ein Spiel!«

»Es ist schon spät«, erwiderte Chase. »Eure Mom hat schon ein paarmal angerufen. Wir sollten uns über Face-Time bei ihr melden, bevor ihr ins Bett geht.«

»Oje«, stöhnte Brooke. Sie stand auf und warf das Haar in den Nacken. »Sie wird sich sicher über einen meiner Twitter-Posts aufregen. Ich wette, sie hat mein Telefon angezapft.«

»Was hast du auf Twitter gepostet?«, fragte Chase beunruhigt. Er klopfte auf seine Hosentasche. »Hast du dir dein Telefon zurückgeholt?« Er sah seine Tochter streng an. »Brooke.«

»Es hatte nichts mit Salz zu tun«, erklärte Brooke.

»Du kannst den Tweet immer noch löschen«, schlug Hannah vor. »Selbst wenn sie ihn schon gesehen hat, ist es vielleicht besser, wenn er nicht mehr da ist.«

»Glaub mir, meine Mom hat sicher einen Screenshot davon gemacht«, sagte Brooke zu Hannah.

Isla erhob sich und reichte Maddie ihren Mantel, Handschuhe und Schal. »Hier bitte. Ich glaube, es ist alles einigermaßen trocken geworden, bevor du wieder in den Schnee hinausmusst.«

»Danke.« Maddie nahm ihre Sachen entgegen. »Und vielen Dank auch für das Abendessen. Es war toll.«

»Wow, das ist aber ein schönes Kompliment.«

»Maddie wollte damit sicher sagen, dass es fantastisch geschmeckt hat«, warf Chase lächelnd ein.

»Sie beherrschen den britischen Akzent wirklich sehr gut«, meinte Hannah und rollte zu Chase hinüber. »Das sollten Sie irgendwie nützen.«

»Bitte ermutige ihn nicht«, bat Brooke.

»Wir sehen uns dann morgen, Miss Winters«, sagte Chase. »Vielen Dank für das Essen. Es war tatsächlich toll.«

Isla ging den Gang entlang und öffnete die Haustür. Der Schnee fiel sanft auf die Dächer und die Grünflächen auf dem Platz und bedeckte sie mit einer zarten weißen Schicht. Trotz der Lichter der Stadt hoben sich die Sterne am klaren Himmel gut sichtbar ab.

»Wenn Sie nach links abbiegen, erreichen Sie nach etwa fünf Minuten die U-Bahn-Station«, erklärte Isla.

»Schon gut«, erwiderte Chase. »Ich habe ein Taxi bestellt.«

»Ah, okay. Nun, dann bis morgen.«

»Tschüss!« Maddie winkte mit einer behandschuhten Hand und ging die Rampe hinunter.

»Bis dann.« Brooke scharrte mit ihren Stiefeln im Schnee.

»Ach, da wäre noch etwas.« Chase blieb stehen und drehte sich noch einmal zu Isla um. »Gibt es einen Dresscode für die morgige Feier bei Matthews?«

Die Party bei Matthews. Woher wusste er davon? Sie war verblüfft.

»Smoking? Geschäftsanzug? Oder festliche Kleidung?«, fragte Chase.

»Ich … ähm … Sie kommen zu dieser Party?«

Er lächelte. »Ich bin eingeladen worden. Für manche Leute ist es eine große Sache, dass der CEO von Breekers in der Stadt ist.«

»Ja, natürlich«, erwiderte Isla rasch.

»Also, was soll ich anziehen?«

»Einen Abendanzug.«

»Gut, das lässt sich einrichten.« Er winkte. »Bis morgen.«

Isla sah ihnen kurz nach, ging dann ins Haus zurück und schloss die Tür. Als sie sich umdrehte, wäre sie beinahe mit Hannah zusammengestoßen.

»Verdammt, ist der Typ heiß!«, bemerkte Hannah. »Richtig heiß!«

»Hannah! Er ist mein Boss, der Chef der gesamten Firma und …« Sie befürchtete, dass Hannah so laut gesprochen hatte, dass Chase und seine Töchter sie gehört haben könnten.

»Ich wäre so gern die Scheibe Knoblauchbrot gewesen, bei der er sich so genüsslich die Lippen geleckt hat.« Hannah sah sie mit zusammengekniffenen Augen an. »Hast du ihn absichtlich so weit von mir weggesetzt? Damit ich nicht ›versehentlich‹ mit einem Rad gegen sein Bein stoßen konnte?«

»Mach dich nicht lächerlich.«

»Er ist also auf dem Markt? Er hat seine Exfrau erwähnt. Glaubst du, das war Absicht? Kam es nur mir so vor, oder hat er das Wort ›Ex‹ besonders betont?«

»Hannah, ich habe gedacht, du seist bis über beide Ohren in Raj verliebt.«

»Bin ich auch … war ich … zumindest habe ich das gedacht.«

»Und was ist jetzt anders?« Isla drehte den Rollstuhl um und wollte ihn zurück ins Wohnzimmer schieben.

»Lass das! Ich kann allein fahren!«

»Tut mir leid.« Isla trat einen Schritt zurück.

Hannah seufzte und schob sich den Gang entlang. »Raj war heute nicht hier. Ich dachte, er würde mich besuchen, weil er sich üblicherweise vom Feinkostladen gegenüber ein Hühnchensandwich holt und dann aus Versehen etwas mitbekommt, was er dann mir bringt – ein Stück Schokoladenkuchen zum Beispiel.«

»Oh. Nun, vielleicht hatte er heute keine Zeit dafür. Jetzt vor Weihnachten muss er sicher mehr ausliefern als sonst. Er hat gesagt, dass er heute Vormittag sehr beschäftigt sei.« Der Morgen schien schon eine Ewigkeit zurückzuliegen.

»Oder vielleicht bleiben wir auch für immer nur gute Freunde.«

»Das kannst du doch gar nicht wissen.«

»Wir kennen uns jetzt schon seit zehn Monaten, und er hat noch keinen Annäherungsversuch gemacht oder mich gefragt, ob ich mit ihm ausgehe.« Hannah stieß mit der Hand die Wohnzimmertür auf und rollte weiter.

»Na ja, er ist vielleicht zu schüchtern.«

»Schüchtern? Raj?«, rief Hannah. »Immerhin hat er kein Problem damit, in den frühen Morgenstunden in unser Haus zu kommen.«

»Da hast du allerdings recht«, erwiderte Isla. »Es gibt jedoch eine Möglichkeit, wie du herausfinden kannst, ob er interessiert ist oder nicht.« Eigentlich wusste sie nicht, warum sie diesen Vorschlag machte, da sie sich nicht sicher war, ob sie eine Beziehung ihrer Schwester befürworten würde.

»Soll ich mir die Kleider vom Leib reißen und abwarten, wie er reagiert?«, fragte Hannah. »Ich bin nicht sicher, ob das funktionieren wird, denn bei der Unterhose brauche ich Hilfe.«

»Ich wollte vorschlagen, dass du ihn bittest, mit dir auszugehen.«

»*Sehr* romantisch.«

»Hannah, wir leben im einundzwanzigsten Jahrhundert, und du bist eine moderne Frau.«

»Und ich habe keine Probleme damit, im Restaurant die Rechnung zu teilen, schwere Blumenkübel zu schleppen oder anderen Türen aufzuhalten – vorausgesetzt, Ronnie macht dabei mit.« Sie klopfte gegen den Rahmen ihres Rollstuhls. »Aber wenn es um Romantik geht, dann …«

Isla beobachtete, wie sich die Augen ihrer Schwester verschleierten – so wie sonst, wenn sie sich einen emotionalen Film anschaute, bei dem der Held am Ende seine Angebetete in die Arme nahm. Kitschig, aber Balsam für die Seele, vor allem wenn man dabei Chips und Schokolade futterte.

»Ich möchte, dass der Mann den ersten Schritt macht«, erklärte Hannah. »Das sollte kein Wortspiel sein.«

»Ich weiß.« Isla seufzte. »Und du hättest es wirklich verdient. Aber …«

»Aber?«

»Das Leben ist eben nicht so wie im Kino.«

»Es sollte verdammt noch mal aber so sein.« Hannah wirbelte mit ihrem Rollstuhl herum. »Und warum haben wir noch keinen Christbaum? Wir haben sonst immer vor der zweiten Dezemberwoche einen Weihnachtsbaum.«

»Ich weiß, aber ich hatte so viel zu tun, und …«

»Ich gehe ins Bett«, verkündete Hannah. »Und träume von Männern, die sich nicht davor fürchten, ein Mädchen um ein Date zu bitten.« Sie schob sich rasch durch das Zimmer in den Gang.

Isla wartete. Es gab immer noch einige Dinge, die Hannah tat, ohne vorher darüber nachzudenken. Und sie hielt es für besser, sie nicht aufzuhalten, sondern zu warten, bis sie es selbst bemerkte. Damit sie sich ihren Stolz bewahren konnte.

»Isla!«, rief Hannah.

»Ja?«

»Hilfst du mir in den Treppenlift, damit ich nach oben ins Bett kann?«

»Ich komm schon.«

KAPITEL SECHSUNDZWANZIG

Federn schwebten auf Isla herab wie warme Schneeflocken, und sie tanzte in einem Kleid, das viel zu teuer aussah, um ihr zu gehören. Es war silberfarben und mit winzigen Perlmuttperlen bestickt. Und die Musik kam … von einer Michael-Bublé-Coverband? Chase tauchte aus einer Nebelwolke auf und lächelte sie an, während »Holly Jolly Christmas« erklang. Und was hörte sie noch? Schweres Atmen und … Schnurren …

»Ich habe den Mann gesehen.«

Isla wurde von einer Stimme direkt neben ihrem Ohr aus dem Traum gerissen. Sie fuhr hoch, riss die Augen auf und hielt sich in Panik an ihrer Bettdecke fest. Rasch pustete sie sich eine Haarsträhne von den Lippen und setzte zu einem Hilfeschrei an, doch dann sah sie, wer neben ihrem Bett stand.

»Mrs Edwards? Was tun Sie hier?«

Mrs Edwards ließ sich auf das Bett fallen und setzte die Katze von ihrem Arm auf den Schoß. »Ich habe den Mann gesehen.«

»Welchen Mann?«, rief Isla. »Einen Mann im Haus?«

»Ja«, erwiderte die alte Dame. »Aber nicht diesen Mann.«

»Mrs Edwards, ist ein Mann in meinem Haus?« Isla schlug die Bettdecke zurück tastete nach dem Schalter ihrer Nachttischlampe. Der Wecker zeigte fünf Uhr an. Ständig wurde sie um diese Uhrzeit von den Nachbarn geweckt – das musste aufhören.

»Ja, meine Liebe. Er kocht Kaffee.« Mrs Edwards streichelte die Katze und sah dabei ein wenig so aus wie einer der Bösewichte aus einem James-Bond-Film. »Aber er ist nicht der Mann, vor dem wir uns in Acht nehmen müssen.«

Raj. Sicher war es Raj, der unten Kaffee kochte.

»Isla«, ertönte Hannahs verschlafene Stimme. »Muss ich das Sondereinsatzkommando rufen?«

»Mrs Edwards.« Isla stand auf und griff nach ihrem Pullover, um ihn über das T-Shirt mit der Aufschrift »Umhülle mich mit Weihnachten« zu ziehen. »Ist Raj unten?« Sie sah ihre Nachbarin an. »Der Postbote.«

»Ja, meine Liebe, aber das habe ich Ihnen doch gerade schon gesagt.« Mrs Edwards schüttelte den Kopf, als hätte Isla Probleme, der Unterhaltung zu folgen.

Die Katze sprang von Mrs Edwards' Schoß und strich um Islas Beine. Als Isla einen Blick auf den rötlichen Schwanz warf, bemerkte sie, dass Mrs Edwards ihre Hausschuhe trug.

»Ich habe den anderen Mann gesehen.« Mrs Edwards stand auf, streckte die Hände aus und zupfte die viel zu langen Ärmel von Islas Pullover zurecht.

»Gehen wir nach unten«, schlug Isla vor. »Ich mache Ihnen eine Tasse Kaffee. Oder vielleicht Kamillentee.« Sie legte Mrs Edwards die Hand auf die Schulter. »Haben Sie sich wieder ausgesperrt?«

»Nein«, erwiderte die alte Dame ein wenig ungehalten. »Ich habe mich auch gestern nicht ausgesperrt. Das habe ich Raj doch gesagt.« Sie schnalzte missbilligend mit der Zunge. »Ich bin hinausgegangen, um Purdy zu holen, und dann ist die Tür hinter mir zugefallen.«

»Purdy?«

»Meine Katze«, erklärte Mrs Edwards. »Diese Katze hier. Haben Sie ein Problem mit den Augen, meine Liebe?«

»Glaubt ihr, sie ist richtig krank?«

Raj schlürfte seinen Kaffee und richtete den Blick aus seinen dunklen Augen zuerst auf Hannah und dann auf Isla. Die drei saßen im Wohnzimmer und unterhielten sich im Flüsterton, während sie beobachteten, wie Mrs Edwards den Vorhang am Erkerfenster zurückzog.

»Ich hoffe nicht«, erwiderte Hannah prompt.

»Aber es wäre möglich«, gab Isla zu bedenken. »Und ich glaube nicht, dass einer von uns in der Lage ist, entsprechende Hilfe zu leisten.«

»Das verstehe ich nicht«, sagte Raj.

»Isla ist der Meinung, dass wir Mrs Edwards' Arzt kontaktieren sollten«, erklärte Hannah.

»Mann, ich hasse Ärzte.« Raj atmete tief ein und brachte damit zum Ausdruck, dass er sich lieber dem zornigen Schäferhund von Nummer vierzehn stellen würde, als eine Arztpraxis zu betreten. »Wenn du zu einem Arzt gehst, fehlt dir nichts, und wenn du aus der Praxis rauskommst, hast du nur noch ein paar Monate zu leben. Das ist doch schrecklich.«

»Schauen Sie! Da!«, rief Mrs Edwards und starrte aus dem Fenster. »Da ist der Mann!«

Raj und Isla sprangen auf, und Hannah rollte hinter ihnen her zum Fenster hinüber, um zu sehen, auf wen die alte Dame deutete.

»Er verlässt das Haus im Halbdunkel«, flüsterte Mrs Edwards. »Und bildet sich ein, dass ihn dann niemand sieht.

Aber ich habe ihn gestern Nacht schon beobachtet. Er hat sich mit einer Gruppe fremder Männer mit Hüten unterhalten, und jetzt schleicht er sich im Schnee mit seiner Tasche voller Geheimnisse davon.«

Isla kniff die Augen zusammen und zog den Vorhang noch ein Stück weiter auf. Eine Gestalt verließ das Haus Nummer elf – ein dunkelhaariger Mann in einem Geschäftsanzug mit einer Aktentasche. Im Schneetreiben war sein Gesicht kaum zu erkennen; Isla sah nur, dass er eine Brille trug. Im Schein der an der schmiedeeisernen Einzäunung des Parks befestigten Lichterketten beobachtete sie ihn, bis er in der Ferne verschwand.

»Könnte das Veritys Mann John sein?«, fragte Isla.

»Wer weiß schon, wer das ist?«, erwiderte Mrs Edwards. »Aber ich spüre, dass hier etwas nicht stimmt.«

»Sie spüren es?«, fragte Hannah nach. »Sie meinen, Sie haben so etwas wie den sechsten Sinn? Irgendetwas an ihm verursacht Ihnen Unbehagen, aber Sie können nicht genau sagen, was es ist?«

»Ja, meine Liebe«, bestätigte Mrs Edwards. »Genauso ist es.«

»Glauben Sie, dass es in dem Haus spukt?«, wollte Raj wissen.

»Okay, genug geredet über den sechsten Sinn und Gespenster«, warf Isla ein. »Ich sehe lediglich einen Mann, der vielleicht ein wenig früher auf den Beinen ist als die meisten am Beaumont Square, aber zur Arbeit geht wie unzählige andere Menschen in dieser Stadt.«

»Mit einer Aktentasche voller Geheimnisse?« Hannah deutete mit einer Kopfbewegung auf Mrs Edwards.

»Das ist nur eine Vermutung. Nun kommt schon – es ist Zeit, dass wir uns alle wieder unseren Aufgaben widmen.«

Isla zupfte Raj am Ärmel seines Mantels. »Du musst ins Sortierzentrum, und Sie, Mrs Edwards, sollten nach Hause gehen und sich wieder ins Bett legen.«

»Ins Bett?«, fragte Mrs Edwards. »Es ist früh am Morgen, nicht Nacht, meine Liebe.«

»Kommen Sie, Mrs E, ich bringe Sie und Purdy nach Hause«, bot Raj ihr an. »Wie wäre es mit ein bisschen Challenge TV? Sie sehen doch so gern die Sendung *Supermarket Sweep*.«

»Kommst du heute zufällig bei mir vorbei?« Hannah drehte sich mit ihrem Stuhl zu Raj um.

Isla tat so, als würde sie nicht zuhören, und nahm die Katze auf den Arm, die begeistert versuchte, sich die Weihnachtskarten vom Sims des viktorianischen, mit Tannenzapfen und silber-rot-grün gestreiften Schleifen geschmückten Kamins zu angeln.

»Bei dir?«

»Du weißt schon – im Blumenladen«, fuhr Hannah fort. »Vielleicht gehst du ja zum Sandwichladen?«

»Zu Goodfillers?«, fragte Raj.

Hannah nickte, und Isla wünschte sich, sie würde sich etwas klarer ausdrücken. Allerdings gehörte sie selbst auch nicht zu den Frauen, die einen Mann ohne Umschweife einluden oder sich immer gleich direkt ausdrückten. Die Männer, die ihr gefielen, schienen sich nie in ihrem Orbit zu befinden. Sie vergrub das Gesicht im Fell der Katze, als ihr plötzlich der Traum von Chase und der Michael-Bublé-Band wieder einfiel.

»Ich weiß es noch nicht«, erwiderte Raj. »Wahrscheinlich muss ich heute ohne Pause durcharbeiten.«

»Oh, ich verstehe«, sagte Hannah.

»Vielleicht morgen«, warf Isla ein.

»Morgen?«, fragte Raj.

»Vielleicht bist du morgen in der Nähe des Blumenladens.«

»Isla«, zischte Hannah.

»Ich habe gehört, der Sandwichladen soll sehr gut sein«, fügte sie hastig hinzu. »Ich möchte ihn demnächst selbst mal ausprobieren.« Sie musste sich endlich abgewöhnen, sich immer einzumischen.

»Ja, er ist wirklich gut«, bestätigte Raj. »Ich mag vor allem die Sandwiches mit Hühnchen.«

Isla spürte den brennenden Blick ihrer Schwester im Rücken, als sie zur Haustür ging.

KAPITEL SIEBENUNDZWANZIG

The Royale, Hyde Park

Musik. Laute Musik. Sie holte Chase in die Realität zurück. Instinktiv griff er nach seinem Telefon auf dem Nachttisch, in dem Glauben, dass er diese dröhnenden Basstöne als Alarm eingestellt hatte. Er rieb sich die trockenen Augen und drückte auf die Entsperrtaste, aber der Lärm hörte nicht auf. Schließlich wurde ihm klar, dass die Musik aus dem Wohnbereich kam. Nach den sechs Bier am Abend zuvor wünschte er sich nichts sehnlicher, als sie sofort abzustellen.

»Hey! Hey! Was ist da los?« Er stolperte in das Zimmer.

Brooke, die Verursacherin des Lärms, nahm die Fernbedienung des Fernsehers in die Hand und stellte die Musik noch lauter.

»Gib her!« Chase griff nach der Fernbedienung und drehte den Ton rasch leiser. »Was zum Teufel machst du da, Brooke? Du weckst noch das ganze Hotel auf.«

»Na ja, du hast mich danach gefragt«, erwiderte Brooke lässig.

»Was?«

»Du hast mich gefragt, wen in London ich cool finde«, erinnerte Brooke ihren Dad. »*Er* ist cool.« Sie deutete auf den Bildschirm.

Verflixt, das war eine gute Gelegenheit. Sie verriet ihm, was ihr gefiel, was ihr wichtig war, und er war nicht darauf vorbereitet. Warum hatte er am Abend zuvor sechs Bier getrunken? Ihm war übel. Er verdrängte das Gefühl und setzte sich auf die Sofakante.

»Er ist also cool.« Er nickte im Takt zur Musik. Zumindest hoffte er, dass er im Takt war. »Hat er einen Namen?«

»Rag'n'Bone Man«, antwortete Brooke.

»Wow … Das ist wirklich sein Name?«

»Na und?« Brooke stemmte die Hände in die Hüften.

»Sehr … britisch.«

»Und cool«, sagte Brooke. »Können wir in eines seiner Konzerte gehen, während wir in London sind?«

»Oh, Brooke, ich weiß nicht. Ich meine …«

Sofort setzte sie wieder eine düstere Miene auf. Es war eine ständige Gratwanderung. Er wollte seine Kinder nicht zu sehr verwöhnen, aber er wollte auch, dass sie diese Reise genossen. Das hatten sie verdient. Trotz aller technischen Spielereien und Klamotten, auf die Leanna bestand, war das Leben in letzter Zeit nicht leicht für sie gewesen.

»Es war mir schon klar, dass es dich überhaupt nicht interessiert.« Brooke ließ sich auf das Sofa fallen.

»Brooke, komm schon. Natürlich interessiert mich das. Schließlich habe ich dich danach gefragt, oder?«

Brooke trug bereits wieder ihre Ohrstecker, und ihre Körpersprache verriet, wie enttäuscht sie war.

»Daddy!«, rief Maddie aus dem anderen Zimmer. »Daddy! Ich habe einen Ausschlag!«

Würde er in London denn nie ein paar Minuten Ruhe finden?

»Ich komme!« Chase nahm rasch ein Hemd vom Stuhl und zog es sich über. Er hoffte nur, dass sich seine persönliche Assistentin nicht nur sehr gut mit der Planung vor Ort auskannte, sondern auch wusste, was man tat, wenn ein Kind Ausschlag hatte.

KAPITEL ACHTUNDZWANZIG

Notting Hill

»Ich werde Poppy feuern!«, verkündete Isla und stapfte vor Hannah her durch den frisch gefallenen Schnee. »Verbessere mich, wenn ich mich irre, aber ich glaube, sie ist seit zehn Tagen nicht mehr erschienen.«

»Zehn Tage stimmt nicht«, keuchte Hannah. Ihr Atem bildete kleine Wölkchen in der eiskalten Luft, während sie auf dem Weg zum Blumenladen versuchte, ihre Schwester einzuholen.

»Und dann ihre heutige Entschuldigung!«, fuhr Isla fort. »ITV drehe angeblich gerade einen Beitrag für die Sendung *The Morning* in ihrer Straße, und deswegen könne sie nicht da entlanggehen, ohne die Moderatorin Alison Hammond zu stören!«

Isla ging etwas langsamer und warf einen Blick zurück zu ihrer Schwester. Offensichtlich dachte sie über das nach, was Isla gesagt hatte. »Oh, Hannah, bitte!«

»So unwahrscheinlich ist das gar nicht«, meinte Hannah. »Und du bist nur so miesepetrig, weil Mrs E dich mit ihrem Kätzchen geweckt hat.«

»Han, das behältst du aber bitte für dich.«

Hannah lachte kurz auf. »Nein, ich lache nicht. Ich bin immer noch böse auf dich.«

Isla blieb abrupt vor dem Laden mit dem fedrigen Christbaum im Schaufenster stehen. Er war wirklich wunderschön. Mittlerweile war er mit verspiegelten Christbaumkugeln und schwarzem und regenbogenfarbenem Lametta geschmückt. Sie wollte nicht, dass Hannah ihn sah – es sollte eine Überraschung werden. Rasch packte sie Ronnies Griffe und drehte den Rollstuhl zur Seite, sodass sie beinahe mit einem als Weihnachtsmann verkleideten Zeitungsverkäufer zusammengestoßen wäre.

»Vorsicht! Jetzt wäre ich fast auf dem Schoß des Weihnachtsmanns gelandet!« Hannah hielt sich an den Seiten ihres Rollstuhls fest. »Und *ich* bin doch diejenige, die sauer ist!«

»Warum eigentlich?« Isla ging in gemäßigtem Tempo weiter.

»Als ob du das nicht wüsstest.«

»Ich weiß es wirklich nicht.«

»Raj und Goodfillers?«

»Ist das eine Bollywoodversion von dem Film mit Robert de Niro?«

»Kein Kommentar.«

Isla seufzte. Natürlich wusste sie, worüber ihre Schwester sprach. Nachdem Mrs Edwards und Raj gegangen waren, hatte sie versucht, davon abzulenken, indem sie noch mehr Kaffee kochte und beim Packen von Hannahs Tasche ständig plauderte.

»Es tut mir leid, dass ich mich eingemischt habe«, sagte sie schnell.

»Könntest du das wiederholen? Etwas langsamer, bitte«, erwiderte Hannah. »Und mit ein wenig mehr Gefühl. Zum Schluss könntest du hinzufügen, dass du mir versprichst, dich nie wieder einzumischen.«

»Ich wollte dir nur helfen«, verteidigte sich Isla. »Damit du ihn nicht bitten musstest, dich auszuführen.«

»Weil es cooler ist, wenn meine Schwester ein Date für mich organisiert?«

Isla warf einen Blick auf ihre Armbanduhr. Sie musste Aaron genaue Anweisungen über das Krankenhausprojekt geben, bevor sie es ihm übertrug … zumindest teilweise.

»Und jetzt hörst du mir nicht einmal zu!«, beklagte sich Hannah. Sie schob ihren Rollstuhl schneller voran und wirbelte mit den Rädern den Schnee auf.

»Doch, ich höre dir zu! Hannah, warte!«

Islas Telefon klingelte. Sie versuchte, im Laufen den Reißverschluss ihrer Tasche aufzuziehen und es herauszuholen. Kurz vor der Kreuzung gelang es ihr, den Anruf entgegenzunehmen. Sie hielt sich das andere Ohr zu, um den Straßenlärm und die Stimmen der Schulkinder auszublenden, die an der Ecke »Good King Wenceslas« sangen. Sie schienen alle zu frieren, und ein paar in der vordersten Reihe hatten blaue Lippen. Aber es war trotzdem herzerwärmend. Sie liebte Weihnachtslieder, und wenn sie nicht ihrer Schwester hätte hinterherlaufen müssen, wäre sie stehen geblieben, um zuzuhören.

»Hallo, Isla Winters.«

»Chase Bryan«, kam die förmliche Antwort. »Tut mir leid … hier ist Chase. Ich sitze in der Klemme.«

»Oh, das klingt … nicht gut.« Sie sah, dass Hannah vor ihr die Straße überqueren wollte – sie musste sie einholen. So wie ihre Schwester mit ihrem Rollstuhl umging, bestand die Gefahr, dass sie einen Fußgänger umfuhr oder an der Stoßstange eines Geländewagens landete. Sie schaute nach links und nach rechts, um sich durch den Verkehr zu schlängeln.

»Sie hat kein Fieber, aber überall am Bauch Flecken.«

»Flecken? Tut mir leid, ich verstehe nicht, was Sie meinen.« Und sie hatte Hannah immer noch nicht eingeholt. Vor ihr lag die große Kreuzung, an der vier Straßen aufeinandertrafen. Hannah durfte sie auf keinen Fall allein überqueren. Niemals.

»Maddie hat einen Ausschlag«, erklärte Chase.

»Oh! Oh, nein!« Jetzt konzentrierte sie sich auf das Telefonat. »Haben Sie schon ein Glas dagegen gepresst?«

»Was?«

»Und die Temperatur?«

»Die Temperatur? Ich habe die Heizung niedrig eingestellt. Ich schätze, sie liegt bei etwa 19 Grad.«

»*Ihre* Temperatur.«

»Sie hat kein Fieber«, erwiderte Chase. »Und auch keine Untertemperatur.«

»Das ist gut«, stellte sie fest. »Nehmen Sie ein Trinkglas und drücken es gegen ihren Bauch.«

»Wozu soll das gut sein?«

»Hoffentlich verschwinden dann die Flecken.«

»Und das ist alles?«, fragte Chase. »Das scheint ein britisches Wundermittel gegen Ausschlag zu sein. Wenn es funktioniert, bin ich platt.«

»Es ist kein Heilmittel. Wenn Sie das Glas wegnehmen, tauchen die Flecken wieder auf. Wenn sie jedoch nicht verschwinden, während Sie das Glas auf ihren Bauch pressen, sollten Sie sie ins Krankenhaus bringen.«

»Ich hole sofort ein Glas.«

»Rufen Sie mich zurück …«

»Können Sie dranbleiben?«

Isla hielt Ausschau nach Hannah. Sie konnte sie nirgendwo entdecken. Vor ihr tauchten immer mehr Pendler auf, Autos hupten, und ein roter Doppeldeckerbus brauste vorbei. Sie musste sich beeilen. Rasch hastete sie weiter und drückte dabei den Ellbogen an den Körper und das Telefon ans Ohr.

»Ich bin noch da«, verkündete sie.

Keine Antwort.

»Chase?«

Von ihrer Schwester war immer noch keine Spur zu sehen. Als sie die Bordsteinkante erreicht hatte und sich gerade in den Verkehr stürzen wollte, packte sie jemand am Arm und schob sie gegen den Pfeiler, an dem man den Knopf für die Fußgängerampel drücken konnte.

»Hannah!«, rief sie. »Ich habe mir solche Sorgen gemacht. Ich dachte …«

»Ich wäre auch allein auf die andere Straßenseite gekommen«, erklärte Hannah. »Aber mir war klar, dass dir das nicht gefallen hätte.« Sie wirkte ein wenig schuldbewusst, und Isla hätte sie am liebsten auf der Stelle in den Arm genommen.

»Die Flecken verschwinden, Miss Winters«, ertönte Chase' Stimme am Telefon.

Isla stieß einen weiteren Seufzer der Erleichterung aus und verdrehte die Augen. »Gut. Dann handelt es sich wahrscheinlich um eine allergische Reaktion.« Sie atmete tief die kalte Luft ein, in der sich der Schnee allmählich in Regen verwandelte. »Sagen Sie ihr, dass es an der Schokolade liegen könnte.«

»Gute Idee«, erwiderte er. »Und was soll ich jetzt tun?«

»Ich besorge auf dem Weg zum Büro eine Salbe.«

»Vielen Dank, Miss Winters.«

Isla legte auf und schob das Telefon zurück in ihre Tasche.

»Das war Chase, richtig?« Hannah rollte zurück zur Bordsteinkante.

»Maddie hat einen Ausschlag«, ließ Isla sie wissen.

»Hmm. Und du hast rote Wangen, und ich glaube nicht, dass das von der kalten Luft kommt. Oder davon, dass du deine Schwester quer durch London verfolgt hast.«

»Was?« Instinktiv hob sie die Hand und legte die kalten Finger an ihre Wange.

»Ich glaube, dass ich nicht die Einzige bin, die für ihn schwärmt«, meinte Hannah.

»So ein Unsinn!«

»Wenn du ihm das so sagst – wie Kate Winslet –, wird er dich sofort heiraten wollen.« Hannah kicherte. »Los jetzt, sonst komme ich zu spät zur Arbeit.« Sie rollte los und hielt dann wieder an. »O ja, Karma, das brauche ich jetzt.«

Isla folgte dem Blick ihrer Schwester und sah zwei sehr attraktive Männer, die sich leidenschaftlich umarmten. Der eine hatte die Hand bereits an der Haltestange des Busses, und sie machten den Eindruck, als müssten sie sich für immer voneinander verabschieden.

»Noch ein perfekter Weihnachtskuss in Notting Hill, mit dem ich nichts zu tun habe«, seufzte Hannah.

»Es ist noch nicht Weihnachten«, sagte Isla leise. »Du hast noch Zeit.« Sie lächelte. »Komm, wenn wir uns beeilen, können wir noch einen Espresso trinken, bevor ich bei Boots eine Salbe gegen den Ausschlag besorgen muss.«

KAPITEL NEUNUNDZWANZIG

Breekers London, Canary Wharf

»Du siehst aus wie eine Figur aus *Doctor Who*«, bemerkte Brooke.

Sie befanden sich in einem Konferenzraum, den Chase zu seinem Büro bestimmt hatte, und Isla trug eine Salbe auf Maddies Hals und Oberkörper auf. Die Flecken sahen aus wie ein Hitzeausschlag, und Isla fragte sich, wie hoch Amerikaner wohl die Heizung im Hotel drehen mussten, um sich in England wohlzufühlen.

»Was ist *Doctor Who*?«, wollte Maddie wissen.

»Das ist eine der bekanntesten britischen Fernsehserien«, erklärte Isla. »Die Hauptrolle spielt ein Doktor, der Zeitreisen unternimmt, um die Welt vor Außerirdischen und gruselig aussehenden Robotern, genannt Daleks, zu beschützen. Der neueste Doktor ist eine Frau, und aus irgendeinem Grund hat das für ziemlichen Wirbel gesorgt.«

»Und du siehst aus wie einer dieser Aliens«, stellte Brooke fest. »Ich habe drei Fotos gemacht und sie über Snapchat an alle meine Freunde geschickt.«

»Brooke!«

»Halt still, Maddie. Ich bin gleich fertig.« Isla verteilte die Salbe auf ihrer Haut.

»Das stinkt.«

»Wie die vollen Windeln eines Babys«, fügte Brooke hinzu.

»Hör auf damit!«

»Wenn ihr euch heute Vormittag gut benehmt, wird euer Dad sicher am Nachmittag etwas mit euch unternehmen.« Isla schraubte den Deckel auf den Salbentopf. Das hoffte sie zumindest. Obwohl sie sich damit einverstanden erklärt hatte, einige ihrer Aufgaben abzutreten, musste sie sich um die Weihnachtsfeier kümmern. Ein paar Stunden freie Zeit, um in Ruhe Prosecco bestellen und eine endgültige Entscheidung über die Appetithäppchen treffen zu können, für den Fall, dass sie die von ihr bevorzugten Blini nicht bekommen würde. Sie dachte an gebratenen Truthahn mit Cranberrys auf Spießchen und Plumpudding mit Brandysoße in einer Art essbaren Waffel. Bisher hatte sie noch keine Antwort bekommen und erreichte lediglich den Anrufbeantworter.

»Wollen wir wetten?« Brooke seufzte. »Er denkt doch immer nur an seine Arbeit.« Sie legte ein Bein samt Stiefel auf einen der Stühle. »Er arbeitet Tag und Nacht, sogar in den verdammten Ferien.«

»Seit Ende des Sommers haben wir Daddy nicht mehr gesehen. Bis jetzt.«

»Was?«, rief Isla. Sie hatte kein Recht, darüber schockiert zu sein. Es stand ihr nicht zu, sich eine Meinung darüber zu bilden. Schließlich war das seine Sache und nicht ihre.

»Er wohnt in New York«, erklärte Brooke. »Und wir nicht.«

»Das ist mir klar, aber …«

»Mommy möchte, dass wir bei ihr und Colt wohnen«, fügte Maddie hinzu.

Wer war Colt? Der Freund ihrer Mutter? Es war ganz normal, dass sie das interessierte, oder? Vielleicht hatte auch Chase eine neue Partnerin. Warum nicht? Wie lange waren sie wohl schon getrennt?

»Das ist schon okay«, fuhr Maddie fort. »Aber Daddy fehlt mir.«

»Und ich kann Colt nicht leiden«, verriet Brooke.

Die Tür ging auf, und Chase kam herein, gefolgt von Melanie, Islas Sekretärin, die ein Tablett mit Getränken brachte. Chase sprach in sein Telefon.

»Das weiß ich zu schätzen, Rod. Mir ist klar, dass Sie sehr beschäftigt sind …«, sagte Chase. »Natürlich. So machen wir das. Bis dann.«

Melanie stellte die Getränke ab und verließ den Raum.

Chase legte sein Telefon auf den Tisch und schlug die Hände zusammen. »Gute Neuigkeiten, Miss Winters. Das war Rod Striker. Er hat sich mit einem informellen Gespräch über das Superhotel einverstanden erklärt. Morgen bei Matthews' Party.«

Warum hatte er sich für diesen Scharlatan entschieden? Rod Striker war einer der unausstehlichsten Männer in der Branche. Und sie konnte sich nicht erinnern, ihn auf die Liste der Personen gesetzt zu haben, die Chase während seines Aufenthalts kontaktieren sollte. Sie öffnete den Mund, um ihm das zu sagen, überlegte es sich dann aber anders. Sie warf einen Blick auf seine beiden Töchter. Die eine trug Ohrstöpsel und schaute mürrisch drein, und die andere erinnerte mit der weißen Salbe an einen Geist an Halloween. Sie mussten raus aus diesem stickigen Büro.

»Hören Sie, Chase …«

»Ich habe mir gedacht, wir könnten uns heute Morgen die Pläne des Gebäudes anschauen. Ich möchte gern Ihre Einschätzung hören, ob wir so weit die britischen Vorschriften einhalten. Die Pläne müssen perfekt sein, wenn wir sie vorlegen. Es darf keinen Grund für eine Ablehnung geben.«

»Okay.« Isla nickte zustimmend. »Aber vielleicht können wir das außerhalb des Büros erledigen.«

»Außerhalb des Büros?«

Sie deutete mit dem Kopf nach links. Maddie wirkte verloren; sie spielte mit den Fingern ihrer Handschuhe und starrte aus dem Fenster auf den fallenden Schnee. Brooke bewegte den Kopf zu einem Song, von dem Isla nahezu den Text verstehen konnte.

»Ich nehme an, die Agentur hat wegen Maddies Ausschlag kein Kindermädchen für sie geschickt, und Brooke sollte auch nicht sich selbst überlassen bleiben.«

In Wahrheit hatte die Agentur Chase mitgeteilt, dass sie sich leider nicht um seine Kinder kümmern konnten, weil jemand krank geworden sei, und das mitten im Dezember. Sie hatten das Wort Dezember so ausgesprochen, als sei es lächerlich, in diesem Monat überhaupt irgendeine Dienstleistung zu erwarten, geschweige denn eine gute.

»Die beiden müssen hier raus«, fuhr Isla fort. »Sie sind den ganzen Tag in diesem Büro eingesperrt, und das, obwohl es in London so viel zu erforschen gibt. Ihnen fällt hier sicher bald die Decke auf den Kopf.« Sie seufzte. »Und bald ist Weihnachten. Überall funkelnde, glitzernde Lichter, alles ist mit Flitter verziert, man singt Weihnachtslieder und isst Weihnachtsgebäck.«

Ach herrje, er versuchte, so gut wie möglich zu vergessen, dass Weihnachten vor der Tür stand. Er hatte noch keine Ahnung, wo er das Fest verbringen würde. Eigentlich war er davon ausgegangen, dass die Kinder bei Leanna sein würden und dass er … was? Allein sein würde? Mit

Brooke und Maddie Kontakt über FaceTime aufnehmen und so tun würde, als sei alles in Ordnung? Und nun war Colt an seine Stelle getreten – er lebte das Leben, für das Chase hart gearbeitet hatte und für das er in gewisser Weise immer noch kämpfte.

»Vor uns liegt eine Menge Arbeit«, rief er ihr ins Gedächtnis. »Das ist der einzige Grund, warum ich in England bin.«

»Ich weiß, aber …« Sie schluckte, und er merkte, dass sie ihre Worte mäßigen wollte. Er war ihr Boss, also konnte sie ihm nicht ins Gesicht sagen, was sie eigentlich dachte. Daran war er gewöhnt. In New York war das an der Tagesordnung. Aber bei ihr wollte er das nicht, auch wenn er sie erst seit einem Tag kannte. Er fand ihre Ehrlichkeit liebenswert, und anscheinend war sie auch nötig, um ihm bei der reibungslosen Bewältigung dieser Aufgabe zu helfen.

»Schmieren Sie mir bloß keinen Honig ums Maul«, unterbrach er sie. »Das ist nicht der Grund, warum ich Sie bei diesem Projekt an meiner Seite haben will.«

Sie warf ihr rotbraunes Haar über die Schulter, sah ihm in die Augen und holte tief Luft. »Okay, dann sprechen wir im Tower of London über die Pläne.«

»Im Tower of London?«

»Die Mädchen können sich die Kronjuwelen anschauen, eine Führung mit den Yeoman Warders machen und ein bisschen frische Luft schnappen, während wir auf dem Rundgang die Pläne besprechen. Maddie wird begeistert sein.« Sie lächelte. »Anschließend könnten wir zu Madame Tussauds gehen. Ich bin sicher, dort wird Brooke alle berühmten Persönlichkeiten sehen, die sie kennt und mag.«

»Rag'n'Bone Man?«, fragte Chase.

»Was?«

Er winkte ab. »Ich bin mir nicht sicher, ob es ihn wirklich gibt.«

»Es tut mir leid, falls ich jetzt eine Grenze überschritten habe, aber …«

»Darum habe ich Sie doch gebeten«, erwiderte Chase. »Und ich möchte das noch einmal klarstellen – Offenheit ist mir sehr wichtig.«

»Die gezeichneten Pläne können wir wahrscheinlich nicht mitnehmen, aber unsere iPads oder Laptops. Damit lässt sich auch arbeiten.«

Sie hatte recht. Seine Kinder, seine wunderschönen Töchter, waren hier mit ihm in London, und er vernachlässigte sie. Nicht weil er das wollte, sondern weil er dazu gezwungen war. Aus geschäftlichen Gründen – und ein wenig auch, um seinen Verstand nicht zu verlieren. Aber das hatten sie nicht verdient. Sie hatten nichts falsch gemacht. Die Scheidung war eine Sache zwischen ihm und Leanna.

»So können wir es machen«, antwortete Chase.

»Ja?«

»Ja. Gehen wir!« Er lächelte. »Mädchen!«, rief er. »Los, wir schauen uns jetzt die Klunker der Queen an!«

KAPITEL DREISSIG

Der Tower of London

»Wow!«, stieß Maddie hervor.

Das rief sie nun schon zum dritten Mal. Das erste Mal war es ihre Reaktion auf ein Rennboot gewesen, das über die eisige Themse geflitzt war, das zweite Mal hatte ihr der Anblick der vielen großen schwarzen Pferde vor dem London Underwriting Centre den Ausruf entlockt, und nun bewunderte sie den Tower of London.

Er sah majestätisch aus. Eine riesige, Unheil verkündende Mauer umgab vier hohe Türme mit kuppelförmigen Dächern, und an jeder Turmspitze wehte die königliche Fahne. Das gesamte Bauwerk war mit Schnee bedeckt und erinnerte ein wenig an Hogwarts. Obwohl noch ein paar eisige Schneeflocken vom Himmel rieselten, schien die Sonne und erwärmte die Luft, sodass man auf Mütze und Handschuhe verzichten konnte. Isla ging voran durch den Eingang und erinnerte sich dabei an das erste Mal, als sie mit Hannah hier gewesen war. Sie war sieben und Hannah erst zwei Jahre alt gewesen, und sie hatten sich an den Händen gehalten und die Raben aufgescheucht. Damals hatten die Bäume geblüht, und sie hatten ein Picknick gemacht und schottische Eier und selbst gebackenen Schokoladenkuchen gegessen. Einen Moment lang wurde sie von der Erinnerung an ihre Eltern und an Hannah vor ihrer Zeit im Rollstuhl überwältigt. Wie anders wäre das Leben jetzt, wenn dieser Unfall nicht passiert wäre.

»Und hier wohnt die Königin?«, wollte Maddie wissen.

»Sie wohnt im Buckingham-Palast, du Dummkopf«, wies Brooke sie zurecht.

»Hey!«, rief Chase. »Hast du schon vergessen, was ich dir über anständiges Benehmen gesagt habe?«

»O ja«, warf Isla ein. »Wenn ihr euch hier danebenbenehmt, sperren euch die Beefeater in den White Tower.«

Maddie schaute nach oben zu den Türmen. »Beefeater?«, fragte sie atemlos.

»Ist das die Bezeichnung für die Wachen?«, fragte Brooke.

»Ja«, bestätigte Isla. »Anscheinend werden sie so genannt, weil sie bis zum neunzehnten Jahrhundert teilweise mit Rindfleisch, also ›beef‹, vom König für ihre Dienste bezahlt wurden.«

»Das ist ein Witz, oder?«, meinte Chase. »Das ist doch nur eine britische Geschichte, die den dummen amerikanischen Touristen erzählt wird.«

Sie schüttelte lachend den Kopf. »Nein, so steht es im Reiseführer.«

»Einen solchen Reiseführer brauche ich unbedingt, Miss Winters.« Er schnalzte mit der Zunge. »Sie haben mir doch versprochen, ehrlich zu sein. Für wie leichtgläubig halten Sie mich eigentlich?« Er schüttelte den Kopf.

»Aber es ist wahr! Ganz ehrlich!«

»Kommt, Mädchen, dieser Reiseführerin können wir nicht vertrauen.« Er nahm Maddies Arm. »Wir suchen uns jetzt einen richtigen Yeoman, der uns herumführt.«

»Notausgänge«, flüsterte Isla Chase zu. In einer Hand hielt sie ihr iPad, mit der anderen wischte sie über den Bildschirm.

»Im Moment sind sechs Fluchtwege vorgesehen.«

»Das sollten Sie noch einmal überdenken.« Isla vergrößerte die Ansicht der schematischen Darstellung. »Und alle Türen sollten mindestens eintausendundfünfzig Millimeter breit sein, bei einer Kapazität von mehr als zweihundertzwanzig sollte man pro Person fünf Millimeter mehr berücksichtigen.«

»Psst!«

Das scharfe Zischen kam von Brooke. Sie wurden von einem echten Yeoman durch den Tower geführt. Maddie hatte zu Beginn der Tour ein wenig Angst vor dem großen Mann gehabt, aber jetzt lauschte sie gespannt auf jedes seiner Worte, als er die Einkerkerungen, Exekutionen und Foltermethoden beschrieb, die im Laufe der Jahre in diesem Monument durchgeführt worden waren. Hätte man einen Film daraus gemacht, wäre er sicher erst ab zwölf Jahren freigegeben worden.

»Tut mir leid«, flüsterte Isla. »Aber das geht mir schon seit Ihrer gestrigen Präsentation durch den Kopf. So viele Räume. Und so viele Menschen. Da wird man sehr genau auf die Notausgänge achten müssen.« Sie holte tief Luft. »Und nach dem, was im Grenfell Tower geschehen ist, sollte Breekers die beste Sprinkleranlage einbauen, die es gibt.«

»Das ist mir klar«, erwiderte Chase. »Bei einem so großen Gebäude stehen die Sicherheitsmaßnahmen immer im Vordergrund.«

Sie war froh, dass sie zumindest in diesem Punkt einer Meinung waren.

»Hat er gerade gesagt, wie viele Menschen hier enthauptet wurden?« Chase hatte anscheinend gerade dem Fremdenführer zugehört.

»Ich bin nicht sicher«, gestand Isla. Und sie hatte Chase beschuldigt, nur an seine Arbeit zu denken – sie war mindestens genauso schlimm wie er. Und mit diesem Ausflug hatte sie lediglich seine Kinder ein wenig unterhalten wollen. Vielleicht konnte sie wegen der Weihnachtsfeier rasch einen Blick auf die Website der Cateringfirma werfen, solange er beschäftigt war. Und nachschauen, ob es eine zweite Telefonnummer gab. Vielleicht hätte sie dieselbe Firma wie im Vorjahr beauftragen sollen, aber ihr hatte die verheißungsvolle Website besser gefallen … Außerdem war diese Firma ein wenig günstiger, und das bedeutete, dass sie mehr Geld für Requisiten übrig hatte, und bei dem Motto in diesem Jahr war das sehr wichtig.

»Das ist alles sehr interessant, Miss Winters«, sagte Chase. »Brooke hat sogar ihre Ohrstöpsel rausgenommen.«

Sie schaute auf. Das war ihr vorher schon aufgefallen. Als sie um das Schloss herumgegangen waren, hatte Brooke ihre kleine Schwester tatsächlich auf einige Dinge aufmerksam gemacht, damit sie nichts übersah.

Plötzlich ertönte ein lauter Knall, und Maddie zuckte zusammen, als der Yeoman einen Stab auf den gefliesten Boden stieß. Isla zog das Mädchen unwillkürlich an sich, klemmte ihr iPad unter einen Arm und legte den anderen beschützend um Maddies Schultern. Alle anderen Teilnehmer des Rundgangs klatschten Beifall.

»Das war toll.« Maddies Lippen bebten. »Gruselig, aber toll.«

Chase sah seinen Töchtern nach, als sie zu der Juwelenausstellung liefen. Sie redeten sogar miteinander. Keine Zankerei, sondern ein nettes Geplauder darüber, was sie soeben alles gesehen hatten. Das war eine willkommene Abwechslung, und ihm war eigentlich nicht klar, warum er seine englische Assistentin dazu gebraucht hatte, um ihm etwas vor Augen zu führen, was so offensichtlich war.

Die Juwelen waren atemberaubend. Diamanten so groß wie Walnüsse – Rubine, Smaragde, Saphire –, der Fantasie waren keine Grenzen gesetzt.

»Wow!«, rief Maddie. »Der dort drüben ist riesig!«

»Ah!« Isla lief rasch weiter. »Sie haben die Imperial State Crown, eine der Königskronen, entdeckt.«

»Miss Winters, wissen Sie alles, was es über diesen Ort zu wissen gibt?«, fragte Chase und bemühte sich, mit ihr Schritt zu halten.

»Nein, nicht alles«, erwiderte Isla. »Ich war erst ein paarmal hier.«

»Wie oft?«, wollte er wissen. »Ich war schon etliche Male auf der Freiheitsstatue, aber ich weiß trotzdem keine genauen Daten und Zahlen darüber.«

»Mir gefällt es hier«, gestand sie.

»Wegen der Diamanten?«

»Nein, wegen der Geschichte.« Sie atmete tief aus. »Durch seine Geschichte ist London so einzigartig. Die vielen Dinge, die hier vor Hunderten und Tausenden Jahren geschehen sind, die Menschen, die auf diesen Pfaden gewandelt sind, dieselben Bauwerke gesehen haben …«

»Natürlich ist Geschichte wichtig«, meinte Chase. »Aber wir schreiben sie doch jeden Tag neu.«

»Nun ja, schon … aber warum besuchen uns Millionen Amerikaner jedes Jahr?« Sie wartete nicht auf seine Antwort. »Wir haben hier etwas, was es bei euch nicht gibt.«

»Originelle kleine Häuschen, Fisch und Chips und Teekannen?«, neckte er sie mit hervorragendem britischem Akzent.

»Relikte«, erklärte Isla. »Historische Denkmäler und einzigartige Geschehnisse.«

»Und wenn Breekers das Superhotel eröffnet, werden die Besucher das Beste von beiden Welten erleben. Sie werden in einem modernen Freizeitpark wohnen, die alten Sehenswürdigkeiten bestaunen und wissen, dass anschließend ein kostenloser Zugang zu einem schnellen Internet und ein weiches Federbett auf sie warten.«

»Kein Wunder, dass Sie CEO geworden sind.« Sie schüttelte lächelnd den Kopf. »Sie haben wirklich auf alles eine Antwort.«

Diese Bemerkung traf ihn sehr. Aber nur weil sie der Wahrheit entsprach. Genau darum ging es bei seinem Job. Er musste sich und die Firma aus einer Ecke herausmanövrieren und immer Argumente bereithaben. Das war derzeit sein einziges Talent, aber es hatte ihm bereits in vieler Hinsicht geholfen. Nur als Isla ihn nach dem Ort für das geplante Hotel gefragt hatte, war er um Worte verlegen gewesen. Nachdem er am Abend zuvor herausgefunden hatte, wo sie und ihre Schwester wohnten, machte er sich Gedanken über den Plan, es in Notting Hill zu bauen. Er musste so schnell wie möglich noch einmal einen Blick auf den Stadtplan werfen, denn als er über den Beaumont Square gegangen war, um auf das Taxi zu warten, hatte er auf einem Straßenschild den Namen Hogarth Lane gelesen … und er war sich ziemlich sicher, dass er diesen Namen kannte.

KAPITEL EINUNDDREISSIG

Madame Tussauds

»Maddie, schau! Da ist die Königin! Mach schnell eine Verbeugung.«

Brooke lachte, als ihre Schwester auf sie zulief und mit offenem Mund die Wachsfigur vor ihnen bestaunte.

»Wie aus dem Leben gegriffen«, meinte Chase, als er sich mit Isla sich zu den Kindern gesellt hatte. Die Figur von Elizabeth II. trug ein Kleid aus weißer und silberfarbener Spitze und eine hellblaue Schärpe über der Schulter.

»An diesem Kleid befinden sich dreiundfünfzigtausend Glasperlen«, erklärte Isla.

»Tatsächlich? Woher wissen Sie all das, Miss Winters?«, fragte Chase.

Sie wedelte mit dem Reiseführer. »Steht alles hier drin«, erwiderte sie lächelnd. »Ich habe schon immer lieber nach Notausgängen gesucht, als nur ein Swarovski-Girl zu sein.«

»Aber Sie mögen Details«, stellte er fest, während sie zu Prinz Philip hinübergingen. »Und Details sind wichtig.«

Ja, da hatte er recht. Obwohl sie bei Breekers hauptsächlich für die Finanzierung zuständig war, genoss sie die Planung, die Organisation und die Feinabstimmungen. Das war schon immer ihr Fachgebiet gewesen. Bei ihren Projekten achtete sie auf alle Einzelheiten. Viele Katastrophen konnten im Vorfeld verhindert werden. Mit Hannah verhielt es sich ähnlich. Sie war immer auf alles vorbereitet. Wie eine ausgezeichnete Pfadfinderin.

»Als diese Pläne entworfen wurden – und damit meine ich die ersten künstlerischen Darstellungen, nicht die detaillierten Zeichnungen, die uns jetzt vorliegen –, hat niemand die Notausgänge berücksichtigt.«

»Und mir sind sie sofort durch den Kopf gegangen«, erwiderte sie. »Wahrscheinlich halten Sie mich jetzt für ziemlich fantasielos. Vor allem weil das Kasino und das Cordon-bleu-Restaurant keine Begeisterung bei mir hervorgerufen haben.«

»Nicht fantasielos«, meinte er. »Aber wohl eher praktisch veranlagt.«

»Ich bin mir nicht sicher, ob das besser ist.«

»Betrachten Sie es als Kompliment, Miss Winters.«

Isla schaute ihm in die traumhaften Augen, und ihre Wangen wurden so heiß wie die einer von Madame Tussauds' Wachsfiguren neben einem Holzofen. Daran war nur Hannah schuld, weil sie am Morgen diese Bemerkungen über Schwärmereien gemacht hatte.

»Daddy!«, rief Maddie. »Mach ein Foto von mir und Prinz Harry!«

Chase ging zu Maddie hinüber, die sich neben der Figur des jungen Prinzen im Tarnanzug der Army in Positur gestellt hatte. »Okay, schenk mir ein Lächeln und sag: ›Lass uns bald zum Mittagessen gehen.‹«

Maddie tat, wie ihr befohlen.

»Lahm«, murmelte Brooke kopfschüttelnd.

Nachdem Chase das Foto geschossen hatte, wandte er

sich an seine ältere Tochter. »Soll ich dich auch fotografieren, Brooke? Vielleicht auf Will.i.ams Schoß auf einem der Stühle von *The Voice*?«

Brooke schüttelte den Kopf.

»Oder mit Adele?«, fragte Chase.

»Können wir jetzt etwas essen?« Brooke steckte ihre Ohrstöpsel wieder ein.

Chase drehte sich zu Isla um. »Miss Winters, wo kann man hier gut essen?«

»Nun ja …«, begann Isla.

»Können wir wieder zu dem Kuchenladen gehen? Ich möchte noch einmal diesen Weihnachtskuchen essen. Und dazu eine heiße Schokolade trinken.«

»Kuchenladen?«, fragte Chase.

»In Notting Hill«, erklärte Maddie. »Sugar … irgendetwas.«

»Sugar High«, ergänzte Isla. »Das Café liegt nur ein paar Straßen von meinem Haus entfernt.«

»Sie haben wirklich Glück, dass Sie so nahe an einem Ort wohnen, wo es so guten Kuchen gibt.« Maddie fuhr sich mit der Zunge über die Lippen.

Chase' Magen krampfte sich zusammen, und das lag nicht am Hunger. Er wusste zwar die genauen Koordinaten für die voraussichtliche Lage des Superhotels nicht auswendig, aber die Straße, in der das Sugar High lag, gehörte auf jeden Fall zu dem Gebiet, das abgerissen werden sollte. Das war der Grund gewesen, warum er am ersten Tag nach Notting Hill gewollt hatte. Er hatte sich die Gegend anschauen wollen, die für das Projekt vorgesehen war. Und er wollte auf keinen Fall Emotionen in seine Pläne einfließen lassen. Seine Kinder aßen gern Kuchen? Den konnte man auch anderswo kaufen.

»Sicher gibt es auch hier in der Nähe ein Café«, meinte er. »Miss Winters …«

»Wir könnten zu Selfridges gehen. Dort bekommt man einen sehr guten Nachmittagstee, und …«, begann Isla.

»Ich möchte aber viel lieber ins Sugar High, Daddy.« Maddie zupfte Chase am Arm.

Das war lächerlich. Natürlich konnten sie dorthin gehen. Warum nicht? Wenn er zu sentimental wurde, schadete das seiner Konzentration. Das musste an der Weihnachtszeit liegen. Überall hing Lametta – sogar an den Figuren von Michael Jackson und Benedict Cumberbatch –, und neben Rafael Nadal stand ein Christbaum mit silbernen Lichtern und goldenen Kugeln. Es sprach nichts dagegen, einige Eindrücke in London zu sammeln, vor allem weil die Gegend nächstes Jahr um diese Zeit ganz anders aussehen würde. Man erlebte schöne Zeiten, bevor man etwas Neues begann – genau so, wie er es Isla geschildert hatte.

»Na klar«, antwortete er. »Wir können ins Sugar High gehen.« B-D-Z. Bestimme deine Zukunft. Jetzt zählte nur, dass dieses Projekt ein Erfolg wurde. Es würde ihm und seinen Kindern ein neues Leben ermöglichen und Leanna und Colt zeigen, dass sie ihn zwar sehr verletzt, aber nicht vernichtet hatten. Dass er immer noch stark war und das auch bleiben würde.

Er schenkte Isla ein Lächeln. »Gehen wir.«

KAPITEL ZWEIUNDDREISSIG

Notting Hill

Als Isla den Stadtteil, in dem sie aufgewachsen war, nun durch Maddies Augen sah, wuchs er ihr noch mehr ans Herz. An der U-Bahn-Haltestelle hatte sie sie bewusst in Richtung Süden geführt, denn sie war sicher, dass der Neunjährigen dieser Weg zur Portobello Road gefallen würde.

»Oh, Brooke, ich wollte schon immer ein pinkfarbenes Haus haben! Sieh nur!«

Maddie schaute sich begeistert die in allen nur erdenklichen Farben gestrichenen Häuser an. Hellrote, kanariengelbe und tiefblaue Gebäude schmiegten sich aneinander; die Ziegeldächer waren mit einer dicken weißen Schneeschicht bedeckt. An den Türen hingen Stechpalmenkränze, hinter den Erkerfenstern flackerten elektrische Kerzen, und an den Regenrinnen hingen bunte Lichterketten. Sie und Hannah würden sich dieses Jahr mit ihrer Dekoration besondere Mühe geben müssen.

»Es überrascht mich, dass man die Häuser so bunt streichen darf«, merkte Chase an. »Gibt es in England keine städtischen Verordnungen, die bestimmen, dass alles der Umgebung angepasst sein muss?«

»Das sagt der Mann, der in London ein Superhotel bauen möchte.«

Isla wusste, dass es Chase hier nicht gefiel. In dieser Gegend gab es keine nüchternen Linien und keine Konstruktionen aus Chrom wie in seinen Plänen. In diesem Viertel war alles anders, unkonventionell, und an jeder Ecke entdeckte man eine neue Szenerie.

»Hier passt durchaus alles zur Umgebung«, fuhr sie fort. »Wenn nur eine Person ihr Haus bunt gestrichen und alle anderen weiße Häuser hätten, aber so …«

Sie musste den Satz nicht beenden. Nachdem sie tief durchgeatmet hatte, stapfte sie weiter durch den Schnee zur Portobello Road.

»Gehen wir wieder zum Markt?«, wollte Maddie wissen und hakte sich bei Isla unter. »Der Markt hat mir gefallen. Sogar die Hamster aus Stoff mit den Glupschaugen fand ich süß.« Sie senkte die Stimme. »Ich habe mir überlegt, ob ich Brooke einen zu Weihnachten schenken soll.«

»Das waren Meerschweinchen«, flüsterte Isla ihr zu. »Sie sehen so ähnlich aus wie Hamster, aber sie sind größer und haben keinen Schwanz.«

»Ich habe noch nie ein echtes gesehen.«

»Ich hatte eines, als ich noch klein war. Es hieß Fudge«, erzählte Isla ihr.

»Und was ist aus ihm geworden?«

»Oh, es ist gestorben.«

»Wie traurig!«, rief Maddie und fuhr sich mit der freien Hand über die Flecken auf ihrem Gesicht.

»Nein, es war schon fünf Jahre alt. Und das ist ziemlich alt für ein Meerschweinchen.«

»Oh, mein Gott.« Brooke riss sich die Stöpsel aus den Ohren. »Riecht es hier etwa nach asiatischem Essen?«

»Asiatisch, griechisch, spanisch, portugiesisch – hier gibt es alles.«

»Maddie, wenn wir asiatisches Essen haben könnten,

sollten wir auf Muffins verzichten«, erklärte Brooke. »Wie lange ist es her, dass wir asiatisch gegessen haben?«

»Ich kann mich nicht mehr daran erinnern.« Maddie lief vor Vorfreude bereits die Spucke im Mund zusammen.

»Fünfzig Meter von hier gibt es ein kleines Lokal. Es heißt Diwali und wird von meinen Freunden Geeta und Iqbal geführt. Dort gibt es ein ausgezeichnetes *Laal Maas.*«

»Was ist das?«, fragte Maddie.

»Ein rotes Lammcurry«, erklärte Isla. »Ziemlich scharf.«

»Das will ich haben«, sagte Maddie. »Können wir dorthin gehen, Daddy?«

»Ich weiß nicht so recht – ich hatte mich jetzt schon auf Kuchen eingestellt«, erwiderte Chase.

»Dad!«, rief Brooke. »Du liebst asiatische Küche! Du und Mom seid an jedem eurer Hochzeitstage in ein asiatisches Lokal gegangen.«

Plötzlich wurde es ganz still; nur der Verkehrslärm war noch zu hören. Brookes Wangen röteten sich, und sie hob eine Hand zum Mund und begann, an ihren Fingernägeln zu kauen.

»Ich mag asiatisches Essen wirklich gern«, sagte Chase rasch. »Und dafür braucht man doch keine besondere Gelegenheit. Es ist beinahe Weihnachten, und ich bin am Verhungern.«

Maddie jubelte, ließ Islas Arm los und rannte zu ihrer Schwester. Sie zog sie hinein in den geschäftigen Strom von Käufern, Pendlern und Touristen, die das verrückte Wetter aus Sonnenschein und Schneeschauern genossen.

»Ich bitte um Entschuldigung«, sagte Isla und passte sich Chase' Schritt an, während sie den Kindern nachgingen.

»Sie entschuldigen sich dafür, dass Sie meinen Kindern

eine Freude machen, indem Sie mit uns in einem bunten Haus indisch essen?«

Sie lächelte bei seinem Versuch, einen Witz darüber zu machen. »Nein, ich meinte, dass ich sie mit meiner Begeisterung für Notting Hill angesteckt habe. Die Atmosphäre hier wirkt auf viele Menschen so.«

»Wahrscheinlich haben sie deshalb auch den Film hier gedreht«, meinte Chase.

»Und der Film ist der Grund, warum Hugh Grant jeden Abend am Bett meiner Schwester steht.«

»Er wohnt tatsächlich hier?«, fragte Chase verblüfft.

Isla schüttelte lachend den Kopf. »Nicht der echte Hugh Grant. Hannahs Hugh ist dreißig Zentimeter groß und aus massivem Gips. Manchmal trägt sie ihn in ihrer Handtasche bei sich, und man sollte die Kraft nicht unterschätzen, die viele Querschnittsgelähmte im Oberkörper haben.«

»Ich weiß nicht, wie Sie das schaffen, Miss Winters«, sagte Chase.

»Was meinen Sie damit?«, fragte Isla.

Herrje, er war ein Idiot. Das war völlig falsch angekommen, und er hatte keine Ahnung, wie er das richtigstellen sollte.

»Ich wollte nur sagen … Hannah sitzt im Rollstuhl, und … ich kann wohl kaum ermessen, wie schwierig das ist.«

»Schwierig für mich?«, fragte Isla. »Na ja, sie ist eine dickköpfige Nervensäge und besteht immer noch darauf, sich ständig *Big Brother* anzuschauen.« Sie seufzte. »Aber natürlich ist es nicht leicht für sie, dass sie nicht mehr laufen kann.«

Chase nickte. »Ja, das verstehe ich … ich meine, ich kann mich natürlich nicht in ihre Lage versetzen, aber …« Und wieder hatte er sich dumm ausgedrückt. »Wie ist es passiert?«

»Ein Autounfall«, erwiderte Isla rasch. »Unsere Eltern starben dabei, und Hannah … kann nun nicht mehr laufen.«

»Ich hätte Sie nicht danach fragen sollen.«

Sie zuckte die Schultern, als würde es ihr nichts ausmachen, aber sein Bauchgefühl sagte ihm, dass er irgendetwas tun sollte. Er zog die Hände aus den Hosentaschen.

»Es hätte schlimmer kommen können.« Isla zwang sich zu einem Lächeln. »Und auch wenn sie manchmal ziemlich nervt, besorgt sie uns bei jedem Konzert die besten Plätze.«

Er schluckte und zog rasch seine Hand wieder zurück, bevor sie bemerkte, dass er sie nach ihr ausgestreckt hatte.

»Das war ein Witz«, fügte Isla hinzu. »Hannah liebt Witze über Rollstuhlfahrer.« Sie atmete tief durch. »Und das ist wirklich erstaunlich. Meine Schwester ist zwar manchmal frustriert oder böse auf andere – im Augenblick auf den Postboten –, aber sie verschwendet nie ihre Zeit mit Selbstmitleid. Und das bewundere ich sehr.« Sie lächelte wieder. »Ich bewundere *sie.*«

Chase beobachtete, wie sich Trauer, Nachdenklichkeit und Freude hintereinander auf ihrer Miene abzeichneten wie ein Schnelldurchlauf der Jahreszeiten. Seine persönliche Assistentin sah nicht nur sehr gut aus, sondern sie war auch intuitiv. Gleich würden sie alle gemeinsam asiatisch essen, und er würde sein Versprechen, das er Breekers gegeben hatte, einhalten. Plötzlich, hier in London, kam ihm sein Leben besser vor als die ganze letzte Zeit.

»Ich glaube, ich werde dieses rote Lammcurry probieren«, sagte Chase. »Und Sie können mir erzählen, wer heute Abend auf die Weihnachtsfeier bei Matthews kommen wird.«

»Okay«, stimmte Isla zu. »Vom Diwali aus können Sie sogar den Veranstaltungsort sehen.«

»Tatsächlich? Man kann von hier aus bis zum Canary Wharf sehen?« Das konnte er kaum glauben.

»Nein.« Isla lachte. »Die Feier findet nicht in der City statt, sondern im Electric Cinema.«

»Wo?«

»Das ist ein Kino. Hier in Notting Hill. Sogar in dieser Straße.«

Er zwang sich zu einem Lächeln. Natürlich. Im Augenblick schien Notting Hill das Epizentrum von allem zu sein.

KAPITEL DREIUNDDREISSIG

Diwali

Sie brach zwar ihre Regel, niemals zum Mittagessen Alkohol zu trinken, aber da sie das mit dem CEO der Firma tat, fühlte sich das gar nicht so schlecht an. Und außerdem war Dezember, und in diesem Monat galten andere Regeln. Geetas hausgemachter süßer, mit Gewürzen angereicherter Apfelwein schmeckte hervorragend, und in dem warmen, gemütlichen Raum mit den burgunderrot und schokoladenbraun gestrichenen Wänden kam sie sich eher vor wie im sommerlichen Mumbai als im winterlichen England. Das Lokal war nicht weihnachtlich geschmückt, aber wie jedes Jahr hatte Geeta indische Girlanden und pinkfarbene Wimpelketten mit goldenen Quasten an der Decke und an den Fensterrahmen aufgehängt.

Nach Papadams, Gemüsekroketten und köstlichem Lamm hatten Maddie und Brooke erklärt, zu satt für eine Nachspeise zu sein, doch jetzt löffelten sie Kulfis mit Schokoladengeschmack.

Chase lehnte sich auf seinem Stuhl zurück. »Miss Winters, das war das beste Essen, das ich jemals probiert habe.«

»Viel besser als Kuchen«, fügte Maddie hinzu und beschmierte sich ihre Nase versehentlich mit Eiscreme.

»Meine Güte, besser als Kuchen?« Isla lächelte. »Das kann ich kaum glauben.«

»Kommen Sie oft hierher?«, fragte Chase und nippte an seinem Wein.

»Ungefähr alle zwei Wochen«, erwiderte Isla. »Hannah liebt Balti mit Pilzen. Wenn wir es uns leisten könnten, würde sie es wahrscheinlich jeden Tag essen.«

Du lieber Himmel, der Wein lockerte ihr die Zunge. Hatte sich das gerade so angehört, als wollte sie um eine Gehaltserhöhung bitten? Das konnte natürlich nicht schaden, aber unverblümte Hinweise in eine Unterhaltung einzustreuen war eigentlich eher Aarons als ihre Art. »Und außerdem soll man nicht jeden Tag indisch essen«, fügte sie hastig hinzu. »Wegen der Gewürze und des Ghee.«

Er lächelte sie an. »Ghee muss man einfach mögen.«

»Wie ist das asiatische Essen in Amerika?«

»Ganz anders als hier«, räumte Chase ein. »Außer in dem kleinen Lokal, in dem wir uns früher hauptsächlich etwas zum Mitnehmen gekauft haben. Es lag in Brooklyn und wurde von einem indischen Ehepaar geführt, das aussieht, als wäre es bereits hundert Jahre alt …«

»Die Papadams waren so knusprig, dass sie im Mund knackten«, warf Maddie ein.

»Und das Naan-Brot war fantastisch«, fügte Brooke hinzu.

»Was ist geschehen?«, wollte Isla wissen. »Wurde der Laden geschlossen?«

»Was?«

»Sie sagten, dass Sie früher dort oft etwas zum Mitnehmen gekauft hätten«, sagte Isla. »Gibt es das Lokal nicht mehr?«

Ja, das hatte Chase tatsächlich gesagt, und seiner scharfsinnigen Assistentin war das nicht entgangen. Was sollte er nun tun? Sie mit irgendeiner Bemerkung abspeisen, wie er es sonst tat, wenn ihm jemand eine persönliche Frage stellte? Oder ihr die Wahrheit sagen? Sie war sehr offen gewesen, als er sich nach Hannahs Unfall erkundigt hatte. Eigentlich war sie immer sehr offen …

»Ich … wir …«, begann er.

In diesem Moment klingelte sein Handy, und Leannas Gesicht tauchte für alle sichtbar auf dem Bildschirm auf.

»Das ist Mommy!«, jubelte Maddie begeistert.

Chase sah Brooke an. »Bevor ich abnehme, möchte ich wissen, ob du irgendetwas Unangemessenes bei Instagram gepostet hast.«

»Ach, für dich steht es also von vornherein fest, dass ich etwas angestellt habe!«, rief Brooke.

»Nein, aber ich …«

»Ich habe mir den ganzen Tag mit euch alles über das Verrätertor und den Bloody Tower angehört und ein Foto von mir mit King Kong machen lassen! Wann hätte ich da Zeit gehabt, etwas auf Instagram zu posten?«

»Hat es Ihnen geschmeckt?« Die nette kleine Asiatin, die ihnen das leckere Essen serviert hatte, stand vor ihrem Tisch. Und Chase' Telefon klingelte immer noch.

»Ja, danke, Geeta, es war ausgezeichnet wie immer«, antwortete Isla. »Wie geht es Iqbal? Seit er nur noch in der Küche arbeitet, bekommen wir ihn kaum mehr zu Gesicht.«

»Was soll ich sagen?«, erwiderte die Frau. »Die Zeiten sind hart. An den Wochentagen können wir uns keine zusätzliche Hilfe mehr leisten.«

Eine interessante Unterhaltung. Das Lokal war entzückend, aber offensichtlich hatten die Besitzer Schwierigkeiten, sich über Wasser zu halten … Breekers hatte vor, den Anwohnern eine nicht unerhebliche Summe anzubieten, wenn sie das Gelände verließen. Geld war immer willkommen, und er war sicher, dass sie eine solche Zahlung als neue Chance ansehen würden. Eine Möglichkeit, um sich woanders niederzulassen. Diesen Selbstständigen, die hier ungewöhnliche Wege eingeschlagen hatten und sich von der Masse abhoben, ging es vielleicht gar nicht so gut. Wenn es ihm gelang, diese Gegend zu dem Standort für das Superhotel zu machen, war das für einige Geschäftsbesitzer, die um ihre Existenz kämpften, wahrscheinlich sogar eine große Erleichterung. Auch wenn hier alles gemütlich und ausgefallen wirkte, hatten viele das Wesentliche nicht begriffen; sie hatten zu sehr auf Kitsch gesetzt und dabei die Rentabilität aus den Augen verloren. Und wenn man mit seinem Geschäft nicht genug Profit machte und kein ausreichendes Einkommen hatte, warum sollte man dann weiter daran festhalten? Es war an der Zeit, neue Geschichte zu schreiben. So wie sie es besprochen hatten.

»Willst du Mommys Anruf nicht annehmen?«, fragte Maddie.

»Doch, natürlich.« Chase stand auf und entfernte sich ein paar Schritte vom Tisch, bevor er sich meldete. »Hey.«

»Hey. Ich habe heute schon sechsmal versucht, dich zu erreichen. Wir haben vereinbart, dass du dich regelmäßig melden würdest, Chase. Das war die Voraussetzung für unser Abkommen. Und die Bedingung, dass du die Mädchen mit nach London nehmen durftest.«

»Ich habe nicht mitbekommen, dass du versucht hast, mich anzurufen.« Er hatte schon eine Weile keinen Blick mehr auf sein Telefon geworfen. Seit sie das Büro verlassen hatten. »Wir waren …«

»Du musst mir nicht sagen, wo ihr wart. Das weiß ich bereits.« Sie holte tief Luft. »Brooke hat gestern Abend Folgendes getwittert: *So verdammt langweilig. Kennst du ein Büro in London, kennst du alle.*«

Chase schloss die Augen.

»Du arbeitest Tag und Nacht, richtig?«, rief Leanna. »Das sind keine Ferien für die Kinder. Du bist nur mit irgendeinem Projekt beschäftigt und vernachlässigst sie.« Sie schnaubte wütend. »Du weißt doch, was passiert, wenn du nur Zeit für deinen Job hast, Chase.«

Er schob die Tür nach draußen auf, um frische Luft zu schnappen. Die Temperatur lag unter null, und es schneite heftiger als bei ihrem Ausflug zum Tower. Er wusste, was er zu tun hatte – er hatte sich monatelang neu orientiert und sogar das Buch *Männer sind vom Mars, Frauen von der Venus* gelesen. Das Buch hatte ihm die Augen geöffnet, aber selbst die aufschlussreichen Ansichten darüber, warum Männer und Frauen sich so verhielten, wie sie es taten, hatten seine Ehe nicht retten können. Und daran gab er weder sich selbst noch Leanna die Schuld. Für ihn war Colt der Schuldige. Er war immer da gewesen, wenn auch im Hintergrund, wie ein übler Geruch.

Aber jetzt schluckte er seine Emotionen zu diesem heiklen Thema hinunter. Er würde sich Leannas Bedenken anhören, sie nicht kritisieren, ihr nicht widersprechen und ihre Probleme ernst nehmen. Denn sie hatte in gewisser Weise recht, ob ihm das gefiel oder nicht, und er musste sie nun beruhigen.

Jamaikanische Klänge ertönten, und der Duft nach deftig gewürztem gegrilltem Hühnchen zog von einem Imbisswagen herüber, vor dem sich eine lange Schlange gebildet hatte. Zu seiner Linken spielte eine Blaskapelle »We Three

Kings«, dirigiert von einem Mann mit einer Weihnachtsmütze auf dem Kopf und einem Taktstock in der Hand. Es war eine verrückte Mischung von Sinnesreizen, die aber alle irgendwie zusammenpassten.

»Chase! Wo sind Brooke und Maddie jetzt?«, fragte Leanna scharf.

»Leanna, ich verstehe dich sehr gut«, erklärte er und dachte zurück an diese Sitzung, die ihm dabei geholfen hatte, einen neuen Weg einzuschlagen. *Du bist unbesiegbar. Aber du bist nur ein Mensch. Und Menschen haben die Fähigkeit, sich zu bessern. Du kannst dich ändern. Alles ist möglich, du musst es nur richtig angehen. Bestimme deine Zukunft.*

»Ach ja?« Sie schien davon nicht überzeugt zu sein.

»Natürlich«, erwiderte er. »Du hast das Gefühl, dass dich ein ganzer Ozean von deinen Kindern trennt.«

»Das liegt daran, dass im Moment tatsächlich ein Ozean zwischen uns liegt!«

»Aber du kannst sie jederzeit am Telefon erreichen.«

»Ja, wenn sie sich melden!«

»Leanna, den Mädchen geht es gut«, versicherte Chase ihr. »Und mir auch.« Er atmete tief durch. »Wir waren heute unterwegs.«

»Unterwegs?«

»Ja. Wir haben den Tower of London besichtigt. Sie haben alles über Mord und Verrat in der Monarchie erfahren und sich die Kronjuwelen angesehen – diese riesigen Edelsteine an den Kronen und Zeptern, größer als alles, was man bei Tiffany kaufen kann. Und dann waren wir bei Madame Tussauds.« Er lachte. »Maddie hat sich neben Prinz Harry und One Direction in Pose gestellt.«

»Ach ja?« Leannas Stimme klang ein wenig sanfter. »Das hätte ich gern gesehen.«

»Ich schicke dir ein paar Fotos«, versprach Chase. Er stampfte auf den Boden, um sich den Schnee von den Schuhen zu klopfen. »Wie geht es deiner Mutter?«

»Ganz gut«, antwortete Leanna. »Den Umständen entsprechend.«

»Und deinem Dad?«

»Dad ist … na ja, du kennst ihn ja. Deprimiert. Er glaubt, das Leben sei sinnlos geworden. Und niemand kann es ihm recht machen.«

»Lass ihn nicht allein«, meinte Chase. »Er wird sich schon wieder beruhigen.«

Leanna seufzte. »So ist er schon seit fast vierzig Jahren …«

»Menschen können sich ändern, Leanna«, sagte er. »Auch wenn es manchmal etwas länger dauert.«

»So wie bei dir?«, fragte sie.

»Genau.«

»Vielleicht hast du mehr mit meinem Dad gemeinsam, als ich dachte«, meinte Leanna.

»Möglicherweise. Hör zu, ich muss jetzt aufhören. Maddie und Brooke schlingen asiatisches Essen in sich hinein, als gäbe es kein Morgen.«

»Ihr esst in einem asiatischen Lokal?« Klang ihre Stimme ein wenig wehmütig?

»Ja. Isla hat uns in ein entzückendes kleines indisches Restaurant gebracht, in dem überall bunte Tücher hängen und Miniaturen vom Taj Mahal stehen. Das Lammgericht war ausgezeichnet.« Er ließ seinen Blick schweifen. »Und im Augenblick stehe ich vor dem Lokal im Schneetreiben. Es duftet nach jamaikanischem Hühnchen, Orangen und starkem Kaffee … London ist eine verrückte Stadt. Und im Dezember ist hier alles hell erleuchtet – alle Gebäude, das Riesenrad, der Picadilly Circus …« Er hielt inne. Nun wurde er zu emotional. Das war ein Rückschritt, den er nicht haben wollte.

»Chase«, unterbrach Leanna ihn.

»Ja?«

»Wer ist Isla?«

KAPITEL VIERUNDDREISSIG

Beaumont Square, Notting Hill

»Und du kommst zurecht? Ganz sicher?« Isla wusste nicht, wie oft sie ihrer Schwester diese Frage schon gestellt hatte. Hannah war schon beim ersten Mal ungehalten gewesen und hatte ein Plüschrentier nach ihr geworfen.

»Erinnerst du dich an die Sendung in Kanal 5 mit dem Titel *Frauen, die töten?*«

»Ja.«

»Ich spiele mit dem Gedanken, mich für die nächste Folge zu melden, wenn du mir diese Frage noch einmal stellst.« Hannah hob den schwarzen Plastikbeutel auf ihrem Schoß an. »Ich muss den Weihnachtsschmuck sortieren und aufhängen, und …«

»Aber du versuchst nicht, ihn irgendwo weit oben anzubringen, okay?«, mahnte Isla. »Und versprich mir, nicht auf dem Boden herumzukriechen, Hannah.« Sie drehte sich von dem Spiegel über dem Kamin weg und wandte sich zu ihrer Schwester um.

»Engel Gabrielle«, sagte Hannah ernst zu der Puppe in ihrer Hand, deren schiefer Kopf mit dem blonden Haar jedes Jahr wackliger wurde. »Bitte bete für mich. Und bete auch für meine Schwester, die offensichtlich glaubt, eine durchaus fähige Frau einen Abend allein zu lassen sei eine Katastrophe.«

»Soll ich Poppy anrufen?«, fragte Isla.

Hannah lachte. »Du hast sie also doch noch nicht gefeuert? Ich wusste, dass du kurz vor Weihnachten nicht so gemein sein würdest.«

»Soll ich sie anrufen?«

»Sie wird nicht kommen«, erklärte Hannah. »Sie hat mir vorher eine SMS geschrieben – sie hat gerade mit dem Boxset von *Games of Thrones* angefangen.«

»Hat sie die Serie heute Morgen schon geschaut, als sie mir diese Ausrede von *The Morning* vorgesetzt hat?«

»Keine Ahnung«, erwiderte Hannah. »Aber sie kann mich morgen nicht zur Arbeit begleiten, weil ihre Großmutter einen Termin im Krankenhaus hat.«

»Schon wieder?«

»Sie ist eben eine gute Enkelin«, meinte Hannah.

Isla seufzte und stellte sich vor ihre Schwester. »Wie sehe ich aus?«

»Oh.« Hannahs Miene passte zu ihrem Tonfall.

»Das war nicht die Reaktion, auf die ich gehofft habe«, sagte Isla. »Ich gehe zu Colin Matthews' großer Weihnachtsfeier. Das ist eine meiner Lieblingspartys in dieser Jahreszeit, und sie findet im Electric Cinema statt«, rief Isla ihrer Schwester ins Gedächtnis. Sie strich mit den Händen über das elegante enge schwarze Kleid, das sie in den letzten fünf Jahren schon zu verschiedenen Anlässen getragen hatte. Es wurde Zeit, dass sie mal wieder zu H&M ging. Als sie das letzte Mal dort war, hatte sie nur ein paar festliche Accessoires gekauft.

»Ich weiß.« Hannah rollte ein Stück nach vorne. »Und ich beneide dich, aber …«

»Aber?«

»Na ja, ich weiß, dass Colin Matthews ein Kunde ist und

so, aber dieses Kleid sieht nicht nach einer großen Weihnachtsfeier aus.«

»Wonach dann?«

»Es sieht so aus, als ob du zur Arbeit gehen würdest«, stellte Hannah fest. »Nichts für ungut.«

Die letzte Bemerkung war eindeutig ironisch gemeint. Isla warf einen Blick auf ihre Armbanduhr. In zwanzig Minuten würde Chase sie abholen. Sie hatte ihm versichert, dass das nicht nötig sei – sie konnte schließlich auch zu Fuß gehen –, aber er hatte zuerst Denise überredet, auf Brooke und Maddie aufzupassen, und dann einen Firmenwagen mit Fahrer organisiert.

»Also gut, was soll ich anziehen?«, fragte Isla. »Vergiss nicht, dass ich bereits frisiert bin und außerdem keine große Auswahl in meinem Kleiderschrank habe.«

Hannah hüstelte, deutete mit einer Kopfbewegung zur Wohnzimmertür und lenkte Islas Aufmerksamkeit auf den marineblauen Kleidersack, der dort hing. Ihr erster Gedanke war, warum sie ihn nicht schon vorher bemerkt hatte. Und ihr zweiter, wie ihre Schwester sich verrenkt haben musste, um ihn an den Türrahmen zu hängen.

»Ich weiß, was du denkst«, sagte Hannah rasch. »Ich habe den Sack nicht dorthin gehängt. Claudia hat mir geholfen, während du im Bad warst.«

Isla ging vorsichtig zur Tür. »Und was ist da drin?«

»Etwas, was ich zur Weihnachtsfeier bei Breekers tragen wollte. Claudia half mir, es anzuprobieren, aber es sah an mir nicht gut aus.« Sie schniefte. »Außerdem kenne ich ja das Motto der Feier immer noch nicht, also ist es vielleicht gar nicht passend … Jetzt mach den Sack endlich auf!«

Isla nahm den Bügel vom Türrahmen, zog den Reißverschluss des Kleidersacks auf und warf einen Blick hinein. Sie erkannte sofort, was es war.

»Mums Lieblingskleid«, hauchte sie.

»Kannst du dich noch daran erinnern, wie sie es zu *Das Phantom der Oper* getragen hat? Und Dad hat sogar Hemd und Krawatte angezogen. Ich finde, sie sah so aus wie eine dieser wunderschönen Schauspielerinnen aus den alten Kinofilmen – wie Deanna Durbin, die ebenfalls rotbraunes Haar hatte.«

Isla berührte die schwarzen Pailletten, die auf dem jadegrünen Kleid kleine Rosen bildeten. Das war das einzige Kleidungsstück ihrer Mutter, das sie behalten hatten. Sie hatten es nicht über sich gebracht, es mit dem Rest der Sachen einer Wohltätigkeitsorganisation zu spenden, denn für beide waren damit viele wunderbare Erinnerungen verbunden. Familienfeiern. Partys. Ein Ausflug zum West End anlässlich eines Hochzeitstags.

»Das kann ich nicht tragen«, erklärte Isla, während sie ihre Gefühle überwältigten. »Es ist zu kostbar. Wenn mir nun etwas von dem Spanferkel darauffällt?«

»Es gibt Spanferkel? Nun bin ich wirklich neidisch!«

Isla konnte den Blick nicht von dem wunderschönen Kleid abwenden. Sie wusste, dass es nicht aus einer teuren Boutique stammte – vielleicht hatte es vor ihrer Mutter sogar schon eine andere Besitzerin gehabt –, aber es war eine unschätzbare Erinnerung an einen großartigen Menschen. Liebevoll, freundlich, jemand, der immer ein offenes Ohr gehabt hatte und bei dem man sich jederzeit hatte anlehnen und ausweinen können …

»Was glaubst du, würde Mum darüber denken, dass wir ihr Lieblingskleid aufbewahrt haben, aber es immer unter Verschluss halten?« Hannah riss sie aus ihrem Tagtraum.

Sie setzte zu einer Antwort an, aber Hannah war noch nicht fertig.

»Ich sage dir, was sie davon halten würde. Sie würde es verschwenderisch finden, die Pailletten in einem muffigen Schrank aufzubewahren, wo sie nicht schimmern können. Und wenn du dich nun mit Spanferkel bekleckerst? Dann lassen wir das Kleid eben reinigen. Schweinefleisch macht keine Flecken, die sich nicht entfernen ließen. Und Claudia erzählt mir ständig, welche Wunder man heutzutage mit Flüssigwaschmittel vollbringen kann. Und sie ist Mutter von Söhnen, die Rugby spielen.«

»Okay, okay.« Isla gab nach. »Ich ziehe mich um.« Sie lief zur Tür. Viel Zeit blieb ihr nicht mehr.

»Warte!«, rief Hannah.

Isla blieb stehen und drehte sich zu ihrer Schwester um.

»Ich habe nachgedacht …« Hannah seufzte. »Eigentlich habe ich ja meinen Anspruch auf den heißen New Yorker angemeldet, aber wenn dir danach ist, dir einen Christmas Cracker mit ihm zu teilen, dann möchte ich dir nicht im Weg stehen.«

Isla spürte, wie sie von den Zehenspitzen bis hinauf zu den Haarwurzeln knallrot wurde – zumindest fühlte sie sich so. Das kam davon, wenn man zur Mittagszeit zu viel Wein trank. Sie hatte es nicht gewagt, ihrer Schwester von der Sightseeing-Tour und dem Besuch ihres indischen Lieblingslokals zu erzählen. Aber sie würde es wiedergutmachen. Am Wochenende würden sie zu Diwali gehen und so viel essen, bis sie sich nicht mehr rühren konnten.

»Und ich bin mir ziemlich sicher, dass du ihm gefällst«, fügte Hannah hinzu.

»Was?«, rief Isla. »Mach dich nicht lächerlich.«

»Was ist denn daran lächerlich? Er ist Single, du bist

Single. Ihr interessiert euch beide für die Architektur von Wohnhäusern, Krankenhäusern und Hotels.«

»Er ist der Geschäftsführer der Firma«, betonte Isla.

»Heiß *und* mächtig«, sagte Hannah.

Und er war witzig, dachte Isla bei sich. Witzig und intelligent, aber auch entmutigend und rechthaberisch. Ein Schauer überlief sie, als sie an seine mokkabraunen Augen dachte, und sie rief sich rasch ins Gedächtnis, dass er ein monströses Gebäude errichten wollte.

»Er muss sich um Brooke und Maddie kümmern, und ich bin nicht auf der Suche nach einem Mann«, erklärte Isla steif. Das Kleid über ihrem Arm schien immer schwerer zu werden.

»Ach Isla, jetzt, wo ich weiß, dass Ptolemy tatsächlich dein letztes Date war, habe ich schreckliche Schuldgefühle. Du musst endlich wieder …«

»Sag bitte jetzt nicht, ich muss wieder aufs Pferd steigen«, unterbrach Isla sie.

»Ich wollte sagen, du musst endlich wieder einmal ausgehen.«

»Warte mal«, sagte Isla. »Gestern Abend hattest du noch vor, Chase zum Star in deinem Szenario von einem perfekten Kuss in Notting Hill zu machen. Was ist geschehen?«

Sie musterte ihre Schwester, die plötzlich ihre ganze Aufmerksamkeit auf den Weihnachtschmuck auf ihrem Schoß richtete.

»Hannah«, sagte Isla leise.

Hannah schaute auf. Ihre Wangen waren leicht gerötet, und über ihr Gesicht huschte ein Lächeln. »Na ja«, begann sie. »Ich habe mich zwar gestern geärgert, dass du Raj gegenüber das Goodfillers erwähnt hast, aber …«

Isla erwiderte ihr Lächeln und wartete gespannt, was Hannah ihr erzählen würde.

»Heute hat er mich besucht«, sprudelte Hannah hervor. »Und das, obwohl er gar nicht im Feinkostladen war. Er meinte, er sei gerade vorbeigekommen … und er hat mir eine ganze Schachtel Weihnachtsgebäck mitgebracht!«

Die Augen ihrer Schwester funkelten so begeistert, als hätte Raj ihr mit den Kronjuwelen vergleichbare, riesige Rubine geschenkt.

»Er sagte, im Briefzentrum wären sie wütend auf ihn, aber da er wisse, wie sehr ich dieses Gebäck mag, habe er es mir schnell vorbeigebracht …«

Isla freute sich über Hannahs Glück. Und sie war nicht weiter beunruhigt. Trotz seiner lockeren Ausdrucksweise war Raj nett und freundlich; er hatte eine feste Anstellung und lebte bei seiner Großmutter. Das allein war schon ein Grund, sich keine großen Sorgen zu machen.

»Und er sagte, er würde vielleicht …«, fuhr Hannah fort, hielt aber dann abrupt inne. »Du musst mir versprechen, dich nicht aufzuregen oder dir Sorgen zu machen.«

Sofort krampfte sich Islas Magen zusammen, und sie wartete nervös auf das, was sie gleich erfahren würde.

»Isla!«, rief Hannah. »Versprich es mir!«

Isla hüstelte. »Mmm.«

»War das ein Versprechen?«

»Mehr bekommst du von mir im Moment nicht zu hören.« Sie warf einen Blick auf die Wanduhr über dem Fernseher. Ihr blieben nur noch zehn Minuten, um sich umzuziehen!

»Raj wird heute Abend wahrscheinlich vorbeikommen«, stieß Hannah hervor. »Er hat *Logan* auf DVD.«

Isla wurde sofort übel. So viel dazu, dass sie ihre Schwester heute Abend sich selbst überließ. In den Klauen eines Mannes. Wer konnte schon wissen, was da alles passieren würde? Sie atmete tief durch und versuchte, sich ihre Gedanken nicht anmerken zu lassen. Sie durfte nicht vergessen, dass Hannah bereits zwanzig Jahre alt war. Und ihr Rollstuhl änderte nichts daran, dass auch sie in diesem Alter auf der Suche nach Liebe war. Es hätte schlimmer sein können – immerhin wollten sie sich *Logan* anschauen, und nicht *Fifty Shades of Grey – Gefährliche Liebe.*

»Okay.« Isla musste sich dazu zwingen, das Wort auszusprechen.

»Okay?«, fragte Hannah nach.

Isla nickte rasch. »Aber vergiss nicht«, fügte sie an der Tür hinzu. »Wenn er irgendetwas tut, was dir nicht gefällt, und damit meine ich wirklich alles …«

»Ja?«

»Dann werde ich die nächste Kandidatin bei *Frauen, die töten.*«

Hannah grinste. »Okay. Und jetzt beeil dich und zieh dich schnell um.«

KAPITEL
FÜNFUNDDREISSIG

The Royale, Hyde Park

Chase schob sich eine Tablette in den Mund und schluckte sie hinunter. Colt hatte ihm eine SMS geschickt. Persönlich. *Wir müssen reden*, hatte er geschrieben. Das wollte er nicht. Warum sollte er sich mit einem Mann unterhalten, der jetzt rund um die Uhr seine Frau und seine Kinder bei sich hatte? Ihre Beziehung war in dem Moment vorbei gewesen, in dem Colt beschlossen hatte, sich wieder in ihr Leben zu drängen und alles zu zerstören, was Chase so mühevoll aufgebaut hatte. Colt war schuld daran, dass er von der höchsten Klippe gestürzt war, die er jemals erklommen hatte. Der Mann war schon immer der Grund dafür gewesen, wenn plötzlich alles schieflief. Und Chase war nicht bereit, solche Gefühle wieder in sich aufsteigen zu lassen. Wahrscheinlich galt das für immer. Er wusste, dass seine Ehe gescheitert war. Sie war von Anfang an mit einem Risiko behaftet gewesen, aber das wollte er sich nicht mehr unter die Nase reiben lassen. Und Colt musste das akzeptieren. Was geschehen war, war geschehen, und er ging vor allem deshalb weiter vorwärts, um sich von Colt so weit wie möglich zu entfernen.

»Daddy! Du siehst heiß aus!«, rief Maddie. Sie rannte in sein Schlafzimmer und musterte ihn gründlich von oben bis unten.

Der Portier hatte ihm einen Smoking besorgt, der wie

angegossen saß. Er sah aus wie ein Mann, der bereit für einen Geschäftsabschluss war, und genau diesen Eindruck wollte er bei Rod Striker machen. Er wollte ihm auf den Zahn fühlen, wie die Aussichten standen, dass Breekers' neues Projekt auf seinem Grundbesitz in London verwirklicht werden konnte.

»Du kannst ihm doch nicht sagen, dass er heiß aussieht«, empörte sich Brooke. »Er ist dein Dad!«

»Wie wäre es mit ›großartig‹?«, schlug Chase vor.

»Großartig«, wiederholte Maddie mit britischem Akzent.

»Wann kommt die Frau mit den falschen Augenbrauen?«, erkundigte sich Brooke. Sie gähnte und streckte sich und hätte sich dabei beinahe die Stöpsel aus den Ohren gezogen.

»Sie muss jeden Moment hier sein«, erwiderte Chase mit einem Blick auf seine Armbanduhr. »Und, Brooke, kein Feueralarm oder andere Katastrophen. Keine vorlauten Bemerkungen Denise gegenüber und keine Postings in den sozialen Medien, die deine Mutter in Angst und Schrecken versetzen könnten.«

»Meine Güte!«, rief Brooke. »Was zum Teufel darf ich denn überhaupt noch tun?«

»Wir könnten uns *Elena von Avalor* auf dem Disney-Channel anschauen«, schlug Maddie vor.

»Das ist nur etwas für kleine Kinder«, maulte Brooke.

»Wie wäre es mit einem Kinofilm?« Chase ging in den Wohnbereich und suchte nach seiner Brieftasche.

»Saw?«, fragte Brooke.

»Auf keinen Fall«, erwiderte Chase.

»You're Next?«

»Nur jugendfreie Filme.«

»Ach, komm schon! Wenigstens solche ab dreizehn Jahren.«

»Brooke, deine Schwester ist erst neun«, erinnerte er sie und legte seine Armbanduhr an.

»Sie ist schon sehr reif für ihr Alter.«

»Ich bin mir nicht sicher, ob ich schon reif genug bin, um mir anzuschauen, wie jemand mit einer Stichsäge angegriffen wird.«

»Mit einer Stichsäge?« Maddie wirkte verwirrt. »Was ist das denn?«

»Wenn wir uns den Film anschauen, dann weißt du es.« Brooke beugte sich zu ihrer Schwester vor.

»Hör auf damit!« Chase packte Brooke am Arm. »Wir brauchen einen Kompromiss.«

»Ich höre.« Brooke löste sich von ihm und verschränkte die Arme vor der Brust.

»Keinen Film, der nicht für Kinder unter zwölf Jahren zugelassen ist. Das ist mein letztes Wort.« Er hoffte nur, dass sich die Alterseinstufung nicht geändert hatte, seit er zum letzten Mal einen solchen Film gesehen hatte.

»Colt hat mich sogar einen Film anschauen lassen, der erst ab siebzehn zugelassen war«, platzte Brooke heraus.

»Was?« Chase' Magen krampfte sich vor Zorn zusammen.

»Devon hat bei uns übernachtet, und wir durften uns *Freitag der 13.* anschauen.«

Er würde Leanna anrufen, sobald er das Hotelzimmer verlassen hatte. Wie hatte Colt sich nur so dumm verhalten können? Chase wusste die Antwort bereits: weil er dumm *war*! Dafür gab es etliche Beweise.

»Die Musik war laut und gruselig«, sagte Maddie und verzog das Gesicht. »Ich musste meine Kopfhörer aufsetzen, damit ich sie nicht mehr hörte.«

Meine Güte, das war kaum zu ertragen. »Nur Filme, die auch für Kinder unter zwölf geeignet sind«, befahl er. »Denise wird darauf achten.«

Brooke grinste. »Wenn sie nicht mit Chloroform betäubt ist.«

»Das ist nicht witzig.« Er hob mahnend den Zeigefinger. »Ich weiß, es gefällt euch nicht, dass ich ausgehe und euch nicht mitnehmen kann, aber …«

»Es ist beruflich, das wissen wir, Daddy.« Maddie seufzte tief.

»Und ich tue das für euch.« Chase warf Brooke einen Blick zu. »Damit ich euch alle diese Geräte von Apple und die modernen Stiefel kaufen kann.« Er drehte sich zu Maddie um und fuhr ihr übers Haar. »Und diese niedlichen Regenbogenschleifen.« Sie kicherte.

Es klopfte an der Tür, und Chase warf einen Blick auf seine Armbanduhr. Mist, der Wagen wartete sicher schon. Er würde zu spät zu Isla kommen.

»Das ist sicher Denise«, sagte er und ging rasch zur Tür.

»Dann bereite ich mal die Narkose vor«, murmelte Brooke.

Chase öffnete die Tür und schluckte. Denise trug ein enges rotes Kleid, das nichts von ihren Kurven verbarg, und einen farblich passenden Lippenstift. Ihre Füße steckten in hochhackigen Schuhen, und Chase ging sofort der Gedanke durch den Kopf, dass sie damit im Fall einer Überschwemmung, eines Feuers oder einer anderen Katastrophe wohl kaum aus dem Hotel laufen konnte. Beinahe hätte er seine Bedenken geäußert, doch dann sagte er nur: »Bitte kommen Sie herein.«

»Sie sehen großartig aus!« Denise fuhr mit ihren manikürten Fingernägeln über das Revers seines Smokings.

»Sie aber auch«, erwiderte er und trat einen Schritt zurück.

»Isla kann sich wirklich glücklich schätzen«, sagte Denise und hob spielerisch den Zeigefinger. »Ein Date in der Weihnachtszeit mit dem attraktiven Boss aus New York.«

»Ist das ein Date, Daddy?« Maddie sah ihn mit großen Augen an.

»Nein«, antwortete Chase rasch. »Das ist kein Date, sondern ein Geschäftsessen; das habe ich euch doch schon erklärt.«

»Isla ist sehr hübsch«, meinte Maddie.

Ja, da stimmte er ihr voll und ganz zu. Das rotbraune Haar und die blauen Augen bildeten einen reizvollen Kontrast … und sie brachte ihn zum Lachen. Es war schon lange her, dass das jemandem gelungen war. Ihm wurde klar, dass er seiner jüngeren Tochter noch nicht geantwortet hatte. Rasch setzte er zu einer Erwiderung an.

»Und sie mag Gebäude genauso gern wie du«, kam Maddie ihm zuvor. »Und asiatisches Essen und Kuchen und …«

»Und sie fährt mit der U-Bahn, ohne auf die Schilder schauen zu müssen«, fügte Brooke hinzu. »Das ist cool.«

Das stimmte tatsächlich. Obwohl er seit Jahren in New York mit der U-Bahn fuhr, musste er sich immer noch vergewissern, ob er auf dem richtigen Bahnsteig stand und in die richtige Richtung fuhr. Isla hatte sich so mühelos von einem Zug zum anderen bewegt, als wäre das die einfachste Sache der Welt. Eigentlich bewegte sie sich immer so, als wäre das Leben ganz einfach, aber er wusste, dass das mit einer Schwester im Rollstuhl nicht der Fall war. Irgendwie gelang ihr alles besser als ihm.

Maddie zupfte ihn am Ärmel und zog ihn zu sich herunter. »Es könnte ein Date sein, Daddy«, flüsterte sie. »Mommy hat jetzt Colt, dann kannst du auch Isla haben.«

Er lächelte seine neunjährige Tochter an. »Machst du Witze, Schätzchen? Wann sollte ich denn Zeit für ein Date haben? Ich arbeite sehr viel, und jede freie Sekunde möchte ich mit euch verbringen.«

Chase streckte die Hände aus und kitzelte sie am Bauch, bis sie kreischte und um Gnade flehte. Er richtete sich wieder auf und zog seine Ärmel zurecht. »Außerdem hat Miss Winters sicher einen Freund.«

»Nein, hat sie nicht.« Denise machte einen Schritt nach vorne, wobei ihr die große rote Lackledertasche von der Schulter rutschte. Ein Lockenstab, Slipeinlagen und ein Schlüsselbund mit einem abgegriffenen Teddybären als Anhänger fielen auf den Teppich. »Entschuldigung.« Sie bückte sich, um die Sachen wieder einzusammeln. »Isla ist Single. Das war sie schon, als Andy Murray Wimbledon gewonnen hat.« Denise seufzte. »So ein nettes Mädchen. Intelligent, freundlich, keine Klatschtante …«

Sie war also Single. Aber was sollte das ändern? Sie war eine Kollegin, die er bei Laune halten musste und der er nicht verraten durfte, dass Notting Hill der geplante Ort für sein Projekt war, das war alles. Und er hatte sich immer noch nicht die Pläne von Beaumont Square genau angesehen …

»Also gut, ich gehe jetzt zum Wagen.« Er drückte Maddie einen Kuss auf den Scheitel. »Benehmt euch anständig.« Brooke hatte wieder die Stöpsel im Ohr und bewegte den Kopf im Rhythmus irgendeines Songs, den sie sich anhörte. Von ihr war keine Reaktion mehr zu erwarten. Er wandte sich an Denise. »Falls es irgendein Problem gibt, rufen Sie mich bitte an. Ich komme dann sofort zurück.«

Denise schüttelte den Kopf. »Wird schon alles gut gehen«, erklärte sie. »Ich habe mir auf dem Weg von der Lobby hierher genau gemerkt, wo sich die Feuerlöscher und Löschdecken befinden.«

Er zwang sich zu einem Lächeln, und Denise lachte laut. »Machen Sie sich keine Sorgen, Mr Bryan. Ich habe genügend Snacks und spannende Filme in meiner Handtasche, um selbst die widerspenstigsten Kinder bei Laune zu halten. Machen Sie sich einen schönen Abend … mit Isla.«

Sie zwinkerte ihm zu, und er hastete aus der Suite. Ihm blieb nicht einmal mehr genug Zeit, um sich Sorgen darüber zu machen, ob sich auch die Filme über Freddy Krueger in ihrer Handtasche befanden.

KAPITEL SECHSUNDDREISSIG

Beaumont Square, Notting Hill

Isla schob die Vorhänge zur Seite und schaute hinaus. Weiße Flocken wirbelten vor der Fensterscheibe durch die Luft und erschwerten ihr den Blick auf die Straße. Chase war bereits überfällig, das bedeutete, dass sie zu spät zur Party kommen würden. Sie kam nicht gern zu spät zu Partys. Sie war lieber früh da, schaute sich an, wer es vor ihr geschafft hatte, und suchte sich dann einen Platz mit guter Sicht auf den Eingang, um die weiteren Gäste begutachten zu können. Wenn man zu spät kam, waren alle anderen im Vorteil.

»Er wird sicher gleich kommen«, meinte Hannah. Sie saß am Kamin und versuchte, ein ziemlich hässliches hölzernes Schaukelpferd an einer selbst gebastelten Weihnachtskette zu befestigen.

»Das hoffe ich«, erwiderte Isla.

»Mir wäre es lieber, du wärst schon weg, wenn Raj kommt.«

»Warum?« Isla wandte sich vom Fenster ab. »Ich dachte, ihr wolltet euch nur einen Film anschauen.«

»Schon, aber … ich … ich wollte alles allein machen. Ihm die Tür öffnen, ihn hereinbitten und die Flasche Limonade und die Gläser holen, die ich bereits auf ein Tablett gestellt habe.«

»Limonade?« Isla grinste.

»Was ist daran lustig? Raj trinkt keinen Alkohol, das weißt du doch.«

Es klingelte an der Tür, und Isla zuckte unwillkürlich zusammen. Sie hatte kein Auto vorfahren sehen. Rasch schaute sie noch einmal auf die Straße. Nichts.

»Ist das Raj?«, fragte Hannah aufgeregt. »Ist mein Haar in Ordnung?«

»Du siehst wunderbar aus«, versicherte Isla ihr. Sie hatte Hannah geholfen, ein offensichtlich neues mitternachtsblaues Top anzuziehen. Wenn Claudia den Drang verspürte, zu TK Maxx zu gehen, schloss sie schon mal für kurze Zeit den Laden.

»Sag nichts«, bat Hannah und rollte zur Tür. »Doch, sag, dass du schon auf dem Sprung bist. Aber frag ihn bloß nicht, wie sein Tag war oder wie es seiner Oma geht, denn das sind meine beiden Aufhänger für unsere Unterhaltung.«

»Okay.« Isla wartete, bis Hannah Ronnie durch den Türrahmen geschoben hatte, und warf dann rasch einen Blick auf ihr Handy. Sie hatte eine Nachricht erhalten. *Bin auf dem Weg, Miss Winters.* Darunter befand sich ein Emoji in Form einer Schneeflocke. Zumindest hatte er ihre Verabredung nicht vergessen.

Sie hörte eine Stimme, die allerdings viel höher war als Rajs Bariton. Eine Stimme, die sie kannte. Isla ging in den Flur.

»Mrs Edwards«, begrüßte sie ihre Nachbarin. »Ist alles in Ordnung?«

»Nein, meine Liebe«, erwiderte Mrs Edwards. Zu ihren Füßen saß Purdy mit einer Leine um den Hals. Isla warf Hannah einen Blick zu.

»Sie war bei Verity von Nummer elf am Platz«, erklärte Hannah.

»Und was war daran ungewöhnlich?«

»Sie trug einen gelben Hut, hatte einen Computer bei sich und war dabei, etwas auszumessen.«

Isla schüttelte den Kopf. Warum sprach Mrs Edwards immer davon, dass jemand etwas ausmessen würde? Vielleicht hatte sie sich zu oft die Fernsehsendung *Homes Under the Hammer* angesehen? Wurden da nicht Häuser vor der Versteigerung genau vermessen?

»Nun, vielleicht ist Gelb in der Weihnachtszeit die angesagte Farbe für Hüte«, meinte sie.

Mrs Edwards schaute Isla an, als hätte sie sich bei dem Fernsehquiz *Mastermind* Minuspunkte eingehandelt. »Es war kein normaler Hut, meine Liebe«, sagte sie streng. »Es war eine Kopfbedeckung, wie Sie sie auf diesem Foto auf dem Kaminsims tragen.« Sie holte tief Luft. »Ein Schutzhelm.«

Tatsächlich? Nun, es war schon ein wenig merkwürdig, dass Verity einen Schutzhelm trug – sie selbst tat das auch nur, wenn sie es auf einer Baustelle tun musste. Das Foto, das Mrs Edwards erwähnt hatte, war bei einem Treffen mit Lord Sugar entstanden. Hannah hatte es rahmen lassen und auf die Rückseite *Der Lehrling* geschrieben.

»Ich glaube, sie wollen den Boden aufgraben«, meinte Mrs Edwards. »Fürs Fernsehen.« Sie schloss die Augen, als wollte sie sich an etwas erinnern. »Wie heißt die Sendung mit dem ungepflegten rothaarigen Mann, der immer einen grünen Filzhut trägt?«

»Time Team«, sagte Hannah. »Ich mag diese Sendung. Wäre die Ausgrabung von Schätzen ein Thema im Geschichtsunterricht gewesen, hätte ich sicher besser abgeschnitten.« Sie streichelte Purdy, die sich auf ihrem Schoß niedergelassen hatte.

»Mein Tommy liebte diese Sendung. Sie erinnerte ihn an seine Zeit als Museumskurator.« Sie seufzte. »An manchen Abenden ist sein Fisch kalt geworden, weil er sich nur für die Neandertaler interessierte.«

»Haben Sie sie gefragt, was sie vorhat, Mrs E?«

»Natürlich«, erwiderte Mrs Edwards. »Sie ist um den Rosenbusch herumgeschlichen, den ich nach Tommys Tod gepflanzt habe.« Der alten Dame stiegen Tränen in die Augen.

»Und? Was hat sie gesagt?«, wollte Hannah wissen.

»Sie sagte, ich solle mich um meinen eigenen Kram kümmern und … und dass ich zu gegebener Zeit von entsprechenden Stellen mehr erfahren würde.« Mrs Edwards schüttelte den Kopf. »Eine solche Heimlichtuerei ist nicht in Ordnung.«

»Sie hat gesagt, Sie sollten sich um Ihren eigenen Kram kümmern?«, rief Hannah entsetzt. »Am Beaumont Square? Wie kann sie es wagen?« Hannah rollte zur offenen Haustür. »Ich werde ihr einen Besuch abstatten.«

»Hannah, warte!« Isla legte ihrer Schwester eine Hand auf die Schulter und hielt sie zurück. »Tu das nicht. Nicht jetzt.« In Gedanken fügte sie hinzu: Nicht jetzt, wo ich im Begriff bin, auszugehen und dich allein zu lassen.

»Ich wollte sie hier willkommen heißen. Und sie zu einer Lasagne nach Mutters Spezialrezept einladen. Und nun sagen sie Mrs E, sie solle sich um ihren eigenen Kram kümmern!«

»Regen Sie sich nicht auf, meine Liebe.« Mrs Edwards seufzte. »Ich habe selbst in den guten alten Zeiten schon Schlimmeres erlebt. Ich wollte einfach nur wissen, was da vor sich geht.«

Normalerweise hätten Isla und Hannah jetzt einen Blick

getauscht und gegrinst, aber Hannah war drauf und dran, kampfeslustig über die Straße zu rollen, und Isla hatte nur eines im Sinn: sie aufzuhalten, bevor Chase auftauchte.

»Ich werde herausfinden, was da los ist«, sagte sie rasch.

»Tatsächlich?« Mrs Edwards schien begeistert.

Konnte sie das denn? Warum hatte sie das gesagt? Hannah sah sie skeptisch an. Isla musste sie beide beruhigen, damit sie Colin Matthews' Party genießen konnte, ohne sich Sorgen machen zu müssen, dass Hannah sich mit ihrer neuen Nachbarin anlegte oder dass Mrs Edwards sich auf die Suche nach mittelalterlichen Münzen machte.

»Ja«, erklärte Isla, während ein schwarzer Mercedes vor dem Haus anhielt. »Ich werde morgen hinübergehen und der Sache auf den Grund gehen, versprochen.« Sie lächelte beide an und holte rasch ihre Handtasche von dem Tischchen im Flur. »Viel Spaß bei dem Film, Hannah, und stell nichts auf den Herd, wenn du schon müde bist. Bis später.« Sie winkte ihrer Schwester zu. Vorsichtig schob sie sich an Purdy vorbei, damit die Katze mit ihren Krallen ihre erst zweimal getragene, hauchdünne Strumpfhose nicht erwischte, und lief die schneebedeckte Rampe hinunter. Sie schickte ein Stoßgebet an Engel Gabrielle, dass Colin heute Abend den Gästen seinen selbst gemachten Glühwein servierte, denn sie brauchte jetzt dringend einen großen Krug davon.

KAPITEL SIEBENUNDDREISSIG

Electric Cinema, Portobello Road, Notting Hill

Seine persönliche Assistentin sah umwerfend aus. Sie trug ein wunderschönes grün-schwarzes Kleid, und als sie sich neben ihn auf den Rücksitz geschoben hatte, hatte sie ausgesehen wie ein Model, bereit für ihren Auftritt auf dem Laufsteg. Nur noch schöner. Nichts an ihr wirkte übertrieben, alles war natürlich und … perfekt. Sie war nur dezent geschminkt, und ihr Haar war nicht mit Haarspray verkleistert. Ihre rotbraunen Locken fielen ihr weich auf die Schultern, und die Schneeflocken darauf glitzerten wie winzige Diamanten. Einen Moment lang hatten ihm die Worte gefehlt. Sein gut erprobtes sicheres Auftreten war wie weggeblasen, als sie ihn lächelnd darauf hinwies, dass er zu spät komme und sie sich nun beeilen müssten. Und das mit diesem britischen Akzent.

Und dann folgte eine Lektion in allem, was man über Notting Hill wissen musste. Sie wies ihn auf den Buchladen hin, in dem ein Film gedreht worden war. Und auf Mo's Restaurant, wo es eine Vielfalt an Gerichten gab, die in den Achtzigerjahren in England beliebt gewesen waren – Fondue und Fleischbällchen sowie Spezialitäten aus dem amerikanischen Süden wie Brathühnchen, Wels und Maisbrei. Isla erzählte ihm, dass ihren Eltern alles in diesem Restaurant gefallen habe – der Holzboden, die roten Wände und die Porträts von Mos Großeltern an den Toilettentüren.

Hannah war fest davon überzeugt gewesen, dass sich die Augen auf den Bildern bewegten. Isla hatte dort immer Hähnchenschenkel und riesige Früchteeisbecher gegessen.

Bei jeder ihrer Anekdoten von diesem Stadtviertel hatte er herzhaft gelacht. Aber ihm wurde mehr und mehr bewusst, dass er mit seinen Plänen das alles vernichten würde. Sentimentalität konnte er sich jedoch nicht leisten. Also war er rasch zu seinem üblichen Geschäftsgebaren zurückgekehrt, hatte das Thema gewechselt und sich während der restlichen Fahrt mit ihr über ihre weiteren Projekte bei Breekers unterhalten, bis der Wagen schließlich anhielt.

»Hier sind wir.« Isla streckte die Hand nach dem Türgriff aus.

»Hey.« Chase beugte sich vor und legte seine Hand auf ihre. »Der Fahrer wird dafür bezahlt, dass er Ihnen die Tür öffnet.« Er lächelte, als er ihren Gesichtsausdruck sah. »Sagen Sie nicht, dass Sie noch nie in einem von Breekers' Geschäftswagen gefahren sind.«

»Nun ja … ich lebe in London«, erklärte sie. »Normalerweise bin ich mit der U-Bahn unterwegs. Und das gefällt mir.«

Er schüttelte den Kopf. »Sie sind ein Rätsel für mich, Miss Winters.«

»Das fasse ich ebenso als Kompliment auf wie die Bemerkung, dass ich praktisch veranlagt sei«, erwiderte sie.

Seine Hand lag immer noch auf ihrer, und er hatte plötzlich das Gefühl, sich entschuldigen zu müssen. »Tut mir leid, ich sollte …« Wo blieb denn nur der Fahrer?

»Essen und Trinken werden in dem Imbiss neben dem Kino serviert«, informierte Isla ihn und griff mit beiden Händen nach ihrer Clutch.

»In einem Imbiss?«, fragte Chase. »Gibt es also Hot Dogs und Pommes frites? Oder vielleicht sogar Maisbrei? Als Sie den vorher erwähnten, habe ich sofort Hunger bekommen.«

Isla schüttelte den Kopf. »Nein, es gibt Spanferkel und ein paar für Weihnachten typische Sachen.« Sie lächelte. »Ich hoffe, Colin hat wieder seinen hausgemachten Glühwein mitgebracht. Er ist ausgezeichnet.«

Ihm lief ein Schauer über den Rücken, als sie das Wort »ausgezeichnet« in ihrem wunderbaren britischen Akzent aussprach. Das war Maddies Schuld – sie hatte von einem Date gesprochen. Er straffte den Rücken. Sobald er sich in die Herrentoilette zurückziehen konnte, würde er Colt eine Nachricht schicken. Wenn er reden wollte, dann konnte er sich gleich dazu äußern, was ihm einfiel, Brooke einen Film für Erwachsene anschauen zu lassen.

Die Autotür flog auf, und ein Schwall eisiger Luft wehte herein. Isla atmete hörbar ein und nahm die Hand des Fahrers, um sich aus dem Wagen helfen zu lassen. Chase folgte ihr. Auf dem verschneiten Gehsteig richtete er sich auf und betrachtete das Gebäude vor ihnen.

Über dem gewölbten Eingang des weißen Hauses leuchtete in roten Buchstaben der Schriftzug *Electric Cinema.* An den Flügeltüren hingen Stechpalmenkränze und ein altmodisches Filmplakat mit der Aufschrift »Weihnachtsfeier der Matthews Corporation«.

»Wunderschön, finden Sie nicht?«, sagte Isla. Sie sah sich das Haus so genau an, als hätte sie es nicht schon unzählige Male gesehen.

»Sehr … beeindruckend«, erwiderte Chase und stellte betroffen fest, dass sich das aus seinem Mund wie ein unanständiges Wort angehört hatte.

»Und hier ist der Imbiss«, erklärte Isla. »Gleich nebenan.«

Er folgte ihrem Blick. Das Gebäude hatte eine mit dunklem Holz eingerahmte Glasfassade. Er nahm an, dass auf dem schwarz-weiß gefliesten Boden davor bei warmem Wetter Tische und Stühle standen. Jetzt befanden sich dort Christbäume in Terracottakübeln, geschmückt mit goldenen Lichterketten, die zu dem strahlenden Glanz im Inneren passten. Es war mit nichts vergleichbar, was er aus New York kannte.

Er bemerkte, dass Isla zitterte, und sah, dass sie keinen Mantel, sondern nur einen hauchdünnen Schal um die Schultern trug.

»Gehen wir hinein«, sagte er und trat einen Schritt auf sie zu. »Stellen Sie mich allen vor.«

KAPITEL ACHTUNDDREISSIG

»Isla! Du siehst großartig aus, mein Schatz! Einfach großartig!«

Colin Matthews riss sie in seine Arme, hob sie hoch, wirbelte sie herum und drückte sie so fest an sich, dass ihr beinahe die Luft wegblieb. Als der Mann mit dem grau melierten Haar sie endlich wieder losließ, hatte sie einen Moment lang Schwierigkeiten, das Gleichgewicht wiederzufinden. Rasch stützte sie sich mit einer Hand auf den Holztisch zu ihrer Rechten, der mit Köstlichkeiten wie Truthahn im Teigmantel, Pasteten mit Cranberrys, Pastrami, Zwiebelspießchen mit Salbei und große Terrinen mit Leberpastete beladen war. Ein schwerer Duft nach Zimt, Orangen und süßem Gebäck hing in der Luft.

»Hallo, Colin«, begrüßte Isla ihn. »Wie geht es dir?«

»Besser als mittelprächtig, meine Liebe. Und dir?«

»Sehr gut«, erwiderte Isla. »Dieses Jahr hast du dich selbst übertroffen.« Sie fuhr mit der Hand durch die Luft. Normalerweise erinnerten die Holztische und die nackten Ziegelwände an ein Loft in Manhattan, aber nun waren weiße Strahler an der Holzdecke angebracht, echte Tannenbäume, geschmückt mit silberfarbenen Kugeln, umrahmten den Raum, und auf jedem der Tische funkelte ein einzelner beleuchteter Stern.

»David ist der Meinung, ich hätte mich zu sehr an *Der König von Narnia* orientiert.« Colin lachte. »Aber ich habe ihm gesagt, dass man nie zu viel Glitter und Pelz haben kann. Hast du Lady Sylvie Lau gesehen?« Er legte einen Arm um Isla und drehte sie so herum, dass ihr Blick in dem vollen Raum auf die exzentrische örtliche Berühmtheit gerichtet war.

»Meine Güte!«, entfuhr es Isla, als sie den bodenlangen Pelzmantel im Leopardenmuster und die glitzernde Tiara auf der Hochfrisur der Frau betrachtete.

»David glaubt, das ist das Fell eines Jaguars«, flüsterte Colin.

»Ich hoffe sehr, dass er sich irrt«, erwiderte Isla.

Ein unüberhörbares Räuspern riss sie aus ihren Gedanken. Chase stand neben ihr – und sie hatte ihn noch nicht vorgestellt. So konnte sie ihren Boss wohl kaum mit ihren sozialen Fähigkeiten beeindrucken.

»Oh, Colin, ich möchte dir den CEO von Breekers International vorstellen. Das ist Chase …«, begann sie.

»Chase Bryan!« Colin streckte die Hand aus. »Ich weiß sehr gut, wer Sie sind. Ich habe einige Ihrer Motivationsvideos bei YouTube gesehen. Sehr inspirierend.«

»Ich bin sprachlos.« Chase schien tatsächlich überrascht zu sein. »Danke.«

»Ich glaube, die Leute bei Breekers haben endlich kapiert, dass es, obwohl sie mit Ziegeln und Mörtel arbeiten, hauptsächlich auf ihr Personal ankommt.« Er schüttelte Chase kräftig die Hand. »Die Möglichkeit zur persönlichen Weiterentwicklung für alle.« Er wandte sich an Isla. »Habe ich nicht recht?«

Isla nickte lächelnd. »Ja.« Sie drehte sich zu Chase um. »Colins Wohltätigkeitsfonds unterstützt bezahlbares Wohnen. Breekers hat für ihn einen neuen Wohnblock im East End gebaut«, berichtete Isla.

»Und ohne diese wunderbare Frau wäre mir das nicht gelungen.« Colin legte den Arm um Islas Schultern und drückte sie an sich. »Da gab es einiges, was der Architekt nicht berücksichtigt hatte, aber dieser jungen Dame ist nichts entgangen.«

»Nun, das ist mein Job«, meinte Isla.

»Und du machst ihn großartig«, sagte Colin. »Oh, bitte entschuldigt mich. David winkt mich zu sich, als würde einer der Mitglieder von *Village People* eine Fahne schwenken.« Er deutete auf die Servierplatten auf den Holztischen. »Bitte bedient euch. Nach diesen Weihnachtsköstlichkeiten wartet ein Spanferkel auf uns.« Er wandte sich zum Gehen, drehte sich aber rasch noch einmal um. »Oh, ich habe für euch eines unserer wunderbaren Doppelbetten in der ersten Reihe reserviert.« Er grinste. »Heute Abend machen wir es uns bei einem Klassiker gemütlich: *Ist das Leben nicht schön?*«

Ist das Leben nicht schön? Isla liebte diesen Film. Aber hatte er Doppelbett gesagt? Diese langen, breiten Liegen mit vielen Kissen boten mehr als genügend Platz für zwei Personen, aber trotzdem … Sie würde sich neben ihrem Boss ausstrecken müssen …

Sie öffnete den Mund, um Colin zurückzurufen, aber er schlängelte sich bereits durch die Menge zu seinem wartenden Partner.

»So, so, ein Doppelbett«, sagte Chase und nahm sich eines der Spießchen.

»So, so, Motivationsvideos«, entgegnete Isla.

»Darüber erzähle ich Ihnen gern etwas«, erklärte Chase. »Aber zuerst brauchen wir beide einen Drink. Wo ist dieser Glühwein, von dem Sie gesprochen haben?«

»Und nun zu den Videos«, sagte Isla.

Chase nippte an dem köstlichen alkoholischen Getränk, das Colin Matthews immer zu Weihnachten herstellte. Der Geschmack der Früchte und Gewürze breitete sich auf seiner Zunge aus und wärmte zuerst seine Kehle und dann seinen Magen. Es schmeckte ausgezeichnet.

»Möchten Sie wirklich etwas darüber hören?«

»Natürlich. Wenn Colin sie sich angeschaut hat – und er ist ein sehr beschäftigter Mann –, dann müssen sie gut sein.«

»Da bin ich mir nicht so sicher.« Warum hatte er das gesagt? Welcher Motivationsredner äußerte sich nicht selbstsicher über seine Fähigkeiten?

»Geht es dabei auch darum, die Augen zu schließen, tief durchzuatmen und sich einen schönen Ort vorzustellen? So wie Sie uns das im Konferenzraum von Breekers empfohlen haben?«, fragte sie.

»Autsch.« Er setzte eine angemessen gekränkte Miene auf. »Das hat Ihnen also auch nicht gefallen.«

»Ich bin mir nicht sicher, ob man sich persönlich weiterentwickelt, wenn man sich sagen lässt, wie man sich zu fühlen hat.«

Oh, das war neu. Natürlich hatte fast jeder gewisse Zweifel daran, dass es möglich war, seine innewohnende Art, zu denken und Probleme zu lösen, zu ändern, aber üblicherweise konnte er seine Zuhörer leicht davon überzeugen. Und er hatte eine Antwort parat.

»Es geht eigentlich eher darum, einen Versuch zu machen, sich selbst gegenüber ehrlich zu sein.« Sie schwieg, also fuhr er fort. »Wird die Welt untergehen, wenn ich diese oder jene Entscheidung treffe? Wenn Sie sich nicht im Besitz des Atomkoffers befinden, ist die Antwort wahrscheinlich immer Nein.«

»Das können Sie auf einzelne Menschen bezogen nicht wissen«, konterte Isla.

»Richtig«, gab er zu. »Und die Videos sollen eine breite Masse ansprechen. Aber unabhängig von der Art des Geschäfts sind die Hürden immer die gleichen.«

»Aber die Menschen unterscheiden sich voneinander«, sagte Isla.

Er beobachtete, wie sie einen großen Schluck trank, die vollen Lippen am Glasrand, und dabei die blauen Augen auf ihn richtete. Diese Unterhaltung war schön, aber gleichzeitig auch ein wenig unangenehm. Normalerweise hatte er kein Problem damit, wenn seine Anschauungen infrage gestellt wurden, aber Colts Nachricht hatte ihm heute einen Schlag gegen sein Selbstbewusstsein versetzt, und er hatte das Gefühl, dass im Moment alle nur auf seinen Zusammenbruch warteten.

»Wie sind Sie dazu gekommen?«, erkundigte sich Isla und stellte ihr Glas ab. »Aaron hat mir erzählt, Sie wollten ursprünglich Astronaut werden.«

Sein Magen zog sich zusammen, und er atmete tief durch. Danach hatte ihn schon lange niemand mehr gefragt, aber es tat immer noch so weh wie an dem Tag, an dem er seinen Traum aufgegeben hatte. »Da hat sich wohl jemand bei Google schlaugemacht.« Er nickte. »Ja, das ist richtig.«

»Aber nun sind Sie hier«, stellte sie fest. »Und nicht im Weltall unterwegs.«

»Gut beobachtet, Miss Winters«, spöttelte er.

»Haben Sie den Fliehkrafttest nicht bestanden?«, fragte Isla.

Er lächelte. »Mein Körper hat mich in entscheidenden Situationen noch nie im Stich gelassen.«

Chase hatte bewusst ausweichend und ein wenig provokativ geantwortet, um die Unterhaltung dahin zurückzuführen, wo er sie haben wollte. Er sah, dass ihre Wangen sich röteten, und fuhr rasch fort: »Die New York Rangers haben mir ein Angebot gemacht, das ich nicht abschlagen konnte. Aber nach einer gewissen Anzahl von Spielen, in denen man verprügelt wird, spürt man die Auswirkungen.« Er hob eine Hand und zog den Hemdkragen und die Krawatte ein Stück zur Seite. An seinem Hals wurde eine dünne, fünf Zentimeter lange Narbe sichtbar. »Schlittschuhkufen sind ziemlich scharf.«

»Wow«, stieß Isla hervor.

»Es wurde Zeit für eine neue Herausforderung.« Die wenigen Jahre dazwischen ließ er unwillkürlich aus.

»Aber Sie hatten eine eigene Firma für Businesscoaching. Warum sind Sie dann ins Baugewerbe eingestiegen?«

Er lächelte sie an, während um sie herum die festliche Musik lauter wurde. »Warum nicht?«

Sie schüttelte amüsiert den Kopf. »Sie beantworten schon wieder eine Frage mit einer Gegenfrage, Mr Bryan.«

Er wollte gerade etwas erwidern, als eine Glocke läutete und die Musik und die angeregten Gespräche übertönte.

»Das Spanferkel ist fertig! Ihr müsst euch dafür nicht in einer ordentlichen Reihe anstellen, meine Lieben! Unterhaltet euch weiter, seid fröhlich und lasst es euch schmecken … Freundliches Drängeln ist erwünscht! In sechzig Minuten, also um neun Uhr, beginnt der Spielfilm.«

Chase sah Isla an. »Ich würde Ihnen ja gern meine ganze Lebensgeschichte erzählen, aber sie würde Sie sicher nur langweilen. Wie wäre es, wenn wir uns auf die Suche nach Rod Striker machen und Sie mich ihm vorstellen?«

Sie lächelte. »Natürlich.«

KAPITEL NEUNUNDDREISSIG

Isla nahm sich vor, das zweite Glas Glühwein etwas langsamer zu trinken. Schon nach den ersten drei Schlucken hatte sie ihren Boss ausgefragt. *Nicht im Weltall unterwegs.* Was hatte sie sich dabei nur gedacht? Hannah wäre vor Scham in den Erdboden versunken, wenn sie das gehört hätte. Natürlich konnte sie ihre Unbeherrschtheit damit entschuldigen, dass sie kurz zuvor von dem Doppelbett erfahren hatte – das hatte sie aus der Fassung gebracht. Okay, sie würde sich also den Film anschauen, aber wie würde sie sich positionieren müssen, um die Leinwand sehen zu können? Sie schauderte und trank rasch einen winzigen Schluck Glühwein.

Chase und Rod Striker wirkten bereits wie gute alte Freunde. Als Isla sie einander vorgestellt hatte, hatte Rod ihr bei einem Handkuss praktisch alle Finger abgeleckt, und sie hatte sich rasch mit der Ausrede entschuldigt, einen anderen Gast begrüßen zu müssen. Sie konnte den Stadtrat nicht ausstehen. Er gehörte zu den Typen, von denen sie in ihrer Zeit bei Breekers schon sehr viele kennengelernt hatte. Es gab noch einige wenige Menschen mit unerschütterlichen Moralbegriffen, aber im Stadtplanungsamt waren sie nur noch äußerst dünn gesät. Und sie wünschte sich, Chase würde sich mit einer der Personen von ihrer Liste unterhalten als ausgerechnet mit diesem gewissenlosen Geschäftemacher.

Rod lachte schallend über etwas, was Chase gesagt hatte,

und sein großes rundes Gesicht, das sie an einen Wasserball erinnerte, wurde immer röter. War Chase Bryan etwa auch so wie diese skrupellosen Stadträte? Sie war sich noch nicht sicher. Er hatte dieses übersteigerte, noch nicht ausgereifte Projekt auf den Tisch gebracht, aber würde er auch dafür sorgen, dass es ordnungsgemäß umgesetzt wurde? So wie es sich gehörte? Oder würde er unter der Hand den Entscheidungsträgern die Taschen füllen? Sie würde gern glauben, dass er ehrlich mit ihr gesprochen hatte – dass ihm die Notausgänge und Feuerschutzmaßnahmen ebenso am Herzen lagen wie seine Kinder –, aber er war Geschäftsmann, und dass er unbedingt Rod Striker hatte kennenlernen wollen, machte sie ein wenig misstrauisch. Sie ging davon aus, dass der Norden von London der Ort für das Projekt sein sollte, und wenn das stimmte, müsste er statt mit Rod Striker eigentlich mit Vincent Fallon darüber reden. Und Vincent achtete immer genau auf die Vorschriften.

Von seinen undurchsichtigen Beweggründen abgesehen musste man dem CEO von Breekers zugestehen, dass er im Smoking eine sehr gute Figur machte. Sie beobachtete ihn, wie er sich, ein Stück Pastete in der Hand, angeregt unterhielt. Das Jackett war leicht geöffnet, das strahlend weiße Hemd saß an den entscheidenden Stellen perfekt, und der glänzende Kummerbund betonte seinen offensichtlich sportlichen Körper. Sie seufzte. Wenn er nur ein Gast wäre – vielleicht einer von Davids Schauspielerfreunden –, wäre sie dann an ihm interessiert? Würde sie sich darauf freuen, gleich mit ihm diesen Film auf einem Bett anzuschauen? Würde ihr von köstlicher Leberpastete gefüllter Magen beim Gedanken daran ein wenig prickeln? Vielleicht wäre sie einer offenen Unterhaltung und einem kleinen Flirt mit ihm nicht abgeneigt, aber er war nun mal ihr Boss. *Spiel-*

te das eine Rolle? Hannahs Stimme klang in ihren Ohren, als würde sie wie ein kleines Teufelchen auf ihrer Schulter sitzen. Natürlich spielte es eine Rolle. *Aber warum? In etwa einer Woche würde er wieder nach New York zurückkehren.* Oberflächliche Beziehungen lagen ihr nicht. *Du unternimmst nie etwas. Genieße dein Leben ein wenig.* Sie trank einen großen Schluck Glühwein und ging rasch durch den Raum zu einem Bankdirektor hinüber, den sie gut kannte.

»Ich habe zwei Gründe, warum ich mich heute Abend mit Ihnen unterhalten wollte, Rod«, begann Chase, nahm ein Glas mit dampfendem Glühwein von einem der Kellner entgegen und reichte es dem Stadtrat.

»Sie machen mich neugierig.« Rod kaute geräuschvoll auf einem Stück Pastete. »Sprechen Sie weiter.«

Chase senkte die Stimme. »Nun, man hat mir erzählt, dass Sie die beste Kontaktperson für mich sind.«

Rod nahm das Kompliment entgegen und sah aus, als würde er gerade das Sahnehäubchen von einem Pudding schlecken.

»Aber diese Sache muss unter uns bleiben. Absolut geheim, bis alles unter Dach und Fach und die Firma bereit ist, alles preiszugeben.«

Rod legte einen Finger an seine Nase. »Chase, ich wäre nicht da, wo ich heute bin, wenn ich kein Geheimnis für mich behalten könnte.«

»Das habe ich mir schon gedacht.« Chase lächelte. Er hegte die Hoffnung, dass der Stadtrat alles tun würde, um den Superkomplex in seinem Bereich bauen zu lassen, sobald er von Breekers' Plänen erfahren würde – und davon, was ihm das persönlich einbrachte.

»Ich kann Ihnen nur versichern, wie großartig es ist, dass

Breekers diesen Bau durchführen möchte«, betonte Chase, während die Gäste mit Brötchen und Häppchen von dem Spanferkel an ihnen vorbeigingen.

»Dafür seid ihr Jungs doch da.« Rod lachte leise und wischte sich den Mund am Ärmel seines Jacketts ab.

»Es ist ein großes Projekt«, erklärte Chase.

Rod beugte sich zu ihm vor. »Wie groß?«

»Wir brauchen etwa 240 Hektar dafür.«

Dem Stadtrat quollen beinahe die Augen aus dem Kopf, und er begann zu husten. Chase nahm seinen Arm, führte ihm das Glas Glühwein an den Mund und wartete, bis er einen großen Schluck getrunken hatte. Die Einzelheiten musste der Mann heute Abend noch nicht erfahren. Chase hatte nur den Grundstock legen wollen.

»In meinem Bereich?«, fragte Rod. »Das ist unmöglich.«

Chase schüttelte den Kopf. »Rod, Sie sind doch Geschäftsmann. Das Wort ›unmöglich‹ darf es in Ihrer Welt nicht geben.«

»Sagen Sie das den anderen Mitgliedern des Planungskomitees und all den Umweltaktivisten.« Er seufzte. »Wenn Sie hier den falschen Grashalm ausrupfen, müssen Sie Strafe zahlen und ein neues Fußballfeld anpflanzen.«

»Wenn sich dieses Projekt verwirklichen lässt, erwartet den Mann, der es möglich macht, ein großes Dankeschön«, erklärte Chase und achtete dabei auf seinen Tonfall.

Der Stadtrat schenkte ihm nun seine ungeteilte Aufmerksamkeit. In seinen Augen war nicht mehr das Wort »unmöglich« zu lesen; stattdessen schienen sie zu fragen: »Wie viel?« Chase schmiedete das Eisen, solange es noch heiß war.

»Ich bin sicher, Jeremy und Ben wären begeistert, wenn ihr Vater sie in einem Ferrari zur Schule fahren würde.«

Rod keuchte. Ein Stück Gebäck fiel ihm aus der einen Hand, während er mit der anderen sein Glas umklammerte.

»Wie wäre es mit einem Treffen nächste Woche?«, schlug Chase vor. »Damit wir uns über die Details unterhalten können.« Er wartete nicht auf Rods Antwort, sondern verabschiedete sich mit einem Nicken und ging durch die Menge Richtung Kinosaal. Was immer er von Rod Striker verlangen würde, würde er bekommen, da war er sich sicher.

»Meine Sekretärin wird einen Termin mit Ihnen vereinbaren«, rief Rod ihm nach.

Das war's. Chase hob die Hand, ohne sich noch einmal umzuschauen. B-D-Z. Bestimme deine Zukunft.

KAPITEL VIERZIG

Isla seufzte vor Vergnügen, als sie den Blick über den Kinosaal schweifen ließ. Das Electric Cinema war einfach wunderschön. Von der runden Decke und den Bemalungen, die an die Zeiten Edwards VII. erinnerten, bis zu den roten Ledersesseln mit den Fußbänkchen und Beistelltischen mit den schimmernden Lampen. Hier war keine Weihnachtsdekoration nötig – der Saal strömte bereits eine gemütliche, winterliche Atmosphäre aus, und nun füllte er sich mit fröhlichen Männern und Frauen, die von Colin Matthews' Gastfreundschaft begeistert und vom Glühwein ein wenig beschwipst waren.

»Ist es schlimm, wenn ich mir heimlich wünsche, wir könnten einen Film wie *Gravity* sehen?«

Chase' Stimme war so nah an ihrem Ohr, dass ihr unwillkürlich ein Schauer über den Rücken lief und sie die Finger fester um das Glas in ihrer Hand schloss. Sie wandte sich ihm zu. »Sehnen Sie sich immer noch nach einem Leben in einer Rakete?«

Er grinste. »Nein, aber ich habe eine Schwäche für Sandra Bullock.«

Isla erwiderte sein Lächeln. »Ich auch«, flüsterte sie.

»Da ist der Puck wohl direkt im Netz gelandet, Miss Winters.«

Sie ging voran zum vorderen Teil des Saals, wo das Logo des Electric Cinema auf der riesigen Leinwand erschien, und wartete, bis die anderen ihre Plätze einnahmen. »Der Ausdruck stammt wohl vom Eishockey. Leider bin ich mit diesem Sport nicht vertraut.«

»Das dachte ich mir schon«, erwiderte Chase. »Ihr Briten fahrt eher auf Kicken ab.«

»Sie meinen sicher Fußball«, sagte Isla.

»Ja. Und Tennis wird bei euch immer auf Rasen gespielt.«

»Das ist die einzig richtige Art, Tennis zu spielen.«

»Ich muss sagen, dass das eine der verrücktesten Weihnachtsfeiern ist, die ich jemals erlebt habe«, meinte Chase.

»Tatsächlich?«, fragte sie erstaunt. »Ich kann mir nicht vorstellen, dass es in New York nicht ebenso verrückt zugeht.«

»Waren Sie schon einmal in New York?«

»Nein«, gab sie zu.

»Nun, New York ist nicht Las Vegas.«

Sie zuckte zusammen. Warum hatte sie nur gelogen? Sie würde sich einen Überblick über die Hotels in Nevada verschaffen müssen, um in der Unterhaltung ein paar Namen fallen lassen zu können … oder ihre Lüge zugeben müssen. Und ihm eingestehen, dass sie mit ihren fünfundzwanzig Jahren noch nicht viel herumgekommen war.

»Aber New York ist eine coole Stadt«, fügte Chase hinzu. »Und es ist … mein Zuhause.«

Sie warf ihm einen Blick zu, als sie das leichte Zögern bei seinem letzten Satz wahrnahm.

»Und das scheint unser Platz zu sein.« Chase deutete auf ein riesiges rotes Bettsofa aus Baumwollsamt.

Isla schluckte. Trotz seiner Größe wirkte es irgendwie … intim. Polster trennten die Betten voneinander, und überall lagen weiche Kissen und … waren das tatsächlich Kaschmirdecken?

»Das ist herrlich!« Chase sah sich alles genau an. »Wir können mit allen Verbindung aufnehmen, die auf beiden Seiten neben uns Platz nehmen. Wer wird das wohl sein? Ich hoffe, es sind Leute aus dem Unterhaltungsbereich, die als Markenbotschafter für unser Projekt fungieren könnten«, fügte er im Flüsterton hinzu.

»Markenbotschafter«, wiederholte Isla. »Glauben Sie nicht, dass das ein wenig verfrüht ist? Ich meine, es liegt noch viel Arbeit vor uns, und …«

»Positives Denken, Miss Winters. Vielleicht sollten Sie sich einige meiner Motivationsvideos anschauen.« Chase warf sich auf die Liege, schob sich nach oben zu den Kissen und machte es sich dort bequem. Isla befürchtete, die Pailletten am Kleid ihrer Mutter zu beschädigen, und fragte sich außerdem, ob das riesige Sofa sich nicht viel zu klein anfühlen würde, sobald sie zu zweit darauflagen.

»Kommen Sie hierher.« Chase klopfte auf die Stelle neben sich.

Fast alle anderen Gäste, die sie kannte, saßen auf anständigen Stühlen. Sie beobachtete neidvoll, wie sie ihre Gläser auf den Beistelltischen mit den Lampen abstellten.

»Sind diese Sofas in einem Kino auch etwas Neues für Sie?«, fragte er viel zu laut. »Ist das etwa ein Ort in London, von dem Sie nicht die gesamte Geschichte wissen?«

Sie kniete sich auf das Bett und robbte nach oben zum Kopfteil. »O nein«, erwiderte sie atemlos und setzte sich auf. »Ich kann Ihnen durchaus etwas darüber erzählen.« Sie versuchte, sich in eine elegante Position zu bringen, rutschte aber mit dem Ellbogen auf dem Polster ab und landete näher auf Chase' Seite des Betts als gewollt, während sie versuchte, ihren Drink nicht zu verschütten. »Man nimmt an, dass das Kino am Weihnachtsabend 1910 eröffnet wurde.«

»Das nimmt man an?« Chase reichte ihr ein Kissen.

»Damals waren die Aufzeichnungen noch lückenhaft«, erwiderte Isla. »Aber ich weiß, welcher Film hier zuerst gezeigt wurde: *Heinrich VIII.*«

»Wow«, sagte Chase. »Sie kennen sich wirklich gut aus.«

Sie musterte ihn verstohlen. Er hatte ein Bein über das andere geschlagen, die Hände hinter dem Kopf verschränkt und sich bequem an die Kissen am Kopfende gelehnt. Als er ihren Blick bemerkte, lächelte er.

»Sollten wir nicht die Schuhe ausziehen?«, fragte er.

»Was? Unsere Schuhe?«

»Ja. Dieser Samtbezug und die Decken sehen recht teuer aus.« Er zog bereits ein Bein an, um sich die Schnürsenkel aufzubinden. »Außerdem habe ich diese Schuhe zusammen mit dem Smoking geliehen, und sie drücken. Bei den englischen Größen kenne ich mich nicht so gut aus.«

Wollte er tatsächlich seine Schuhe ausziehen? Und warum war das ein Problem für sie? Schließlich lagen sie auf einem Bett, also ergab das durchaus Sinn.

»Gibt es ein Problem, Miss Winters?«

»Nein, ich wollte nur …«

»Verstoßen wir etwa gegen die Kleiderordnung?«, fragte er, während er den zweiten Schuh abstreifte.

»Wahrscheinlich schon.«

»Aber in wenigen Sekunden geht das Licht aus«, flüsterte er. »Und niemand wird es sehen.«

Er grinste sie spitzbübisch an, und sie erwiderte unwillkürlich sein Lächeln. Dieses ganze Szenario war ziemlich lächerlich.

»Kommen Sie, Miss Winters, ziehen Sie Ihre Schuhe aus.«

Er hatte recht: Wenn sie mit den Absätzen an der Kaschmirdecke hängen blieb, würde sie sie ersetzen müssen, und das konnte sie sich nicht leisten. Sie beugte sich vor, öffnete die Riemchen und streifte ihre Schuhe von den Füßen.

»Geben Sie sie mir.« Chase nahm sie ihr aus der Hand.

»Was haben Sie damit vor?« Isla sah ihn aus großen Augen an.

»Haben Sie bei Ihrer Google-Suche nicht gelesen, dass ich ein sehr guter Basketballspieler war?«

Er schleuderte einen ihrer Schuhe über die gesamte Länge des Betts, sodass er vor dem Fußende auf dem Boden landete. Zur Erheiterung der Pärchen links und rechts neben ihnen wiederholte er das mit dem zweiten Schuh, bevor seine Schuhe hinterherflogen.

»So.« Er ließ sich auf die Kissen zurücksinken. »Kommt hier jemand mit Popcorn vorbei?«

KAPITEL
EINUNDVIERZIG

»Wo haben Sie außer in London sonst noch gelebt?«

Chase sah sich gern Filme an, aber zwei Stunden lang still zu sitzen und dabei nicht zu reden war nicht seine Stärke. Damit hatte er bereits in seiner Highschoolzeit ein paar Freundinnen vergrault, und danach hatte er nie mehr einen Kinobesuch für ein Date vorgeschlagen. Sein letzter Film war *Ich – Einfach unverbesserlich* 2 gewesen; er hatte ihn mit Brooke und Maddie in einer Kindervorstellung angeschaut, wo man beinahe dazu ermutigt wurde, sich miteinander zu unterhalten. Ihm hatte das besser gefallen als seinen Töchtern, die ihn immer wieder ermahnt hatten, leise zu sein.

»Psst!« Islas Blick war auf die Leinwand gerichtet.

Chase hatte diesen Film vor Jahren bereits einmal gesehen, satt vom Weihnachtsessen. Die Mädchen hatten Süßigkeiten genascht, und Leanna hatte ihre Tränen mit Kleenex aus einer Schachtel auf dem Tisch getrocknet.

»Haben Sie den Film noch nicht gesehen?«, fuhr Chase fort.

Isla wandte sich ihm zu, ihre Gesichtszüge waren in der Dunkelheit nur schemenhaft zu erkennen. »Natürlich. Das ist ein Klassiker.«

»Dann können wir uns doch unterhalten.«

»Wir befinden uns in einem Kino«, flüsterte Isla. »Alle wollen sich den Film ansehen.«

»Nein, das stimmt nicht«, entgegnete er. »Sie betrinken

sich alle mit Glühwein, und ich bin mir sicher, dass das Pärchen in der Reihe hinter uns herumknutscht.«

»Was?« Isla setzte sich abrupt auf und schaute sich um.

Er grinste. »Hey, das war nur ein Scherz. Aber ich wollte wirklich wissen, wie Sie darauf reagieren würden.«

Sie wirkte brüskiert. Auf diese Weise würde er keine Unterhaltung zustande bringen. Er rückte ein wenig näher an sie heran. »Also gut, ich gebe es zu – diese Kinosache ist einfach nichts für mich.«

»Kinosache?«

»Still sitzen. Ruhig sein.«

»Das ist ein Lichtspielhaus.«

»Was?«

»So hat man es früher genannt.«

»Schon wieder so ein alter britischer Ausdruck?«

Sie grinste unwillkürlich, und er sah, dass sie Mühe hatte, ein Lachen zu unterdrücken.

»Machen Sie sich ruhig über unser Kulturerbe auf dieser Seite des Atlantiks lustig – ich weiß, dass das auf einen tief sitzenden Neid zurückzuführen ist.«

»Nun kommen Sie schon, Isla«, forderte er sie auf. »Unterhalten Sie sich mit mir. Erzählen Sie mir, wo Sie bisher gewohnt haben. Ich kaufe Ihnen die DVD von dem Film, dann können Sie ihn sich an den Weihnachtsfeiertagen anschauen, sooft Sie wollen.«

Sie atmete tief durch, drehte sich ein wenig zur Seite und zog ein Kissen unter ihr Gesicht, um es sich bequemer zu machen.

»London.«

»Ja.« Er wartete darauf, dass sie fortfuhr.

»Das war's. Nur London«, erklärte sie.

»Okay. Und in welchen Gegenden?«

»In diesem Viertel«, antwortete sie. »In Notting Hill.«

Er setzte zu der Frage an, in welchen anderen Stadtteilen sie bereits gewohnt hatte, als er begriff, dass es sich nur um Notting Hill handelte. »Okay, das klingt gut.«

»Damit fällt diese Unterhaltung wohl kürzer aus, als Sie sich das vorgestellt haben.«

»Nein … ich habe nur gedacht, dass …«

»Und wie sieht es bei Ihnen aus?«, fragte Isla. »Wo haben Sie gelebt?« Sie lächelte. »Oder dauert die Aufzählung vielleicht noch an, wenn der Film schon vorbei ist?«

Er erwiderte ihr Lächeln. »New York.«

»Offensichtlich.«

»Oregon.«

»Und wahrscheinlich auch in Kalifornien.«

»Dort habe ich einmal die Frühlingsferien verbracht.«

»Und wo haben Sie sich am wohlsten gefühlt?«, wollte Isla wissen.

Tja, wo? Eigentlich hatte er sich überall wohlgefühlt, außer in Illinois. Dort hatte nur Chaos geherrscht.

»Es war überall anders.« Damit hatte er sich gut herausgewunden. Immerhin hatte er diese Unterhaltung begonnen. Wenn sie jetzt unangenehm wurde, hatte er das nur sich selbst zuzuschreiben.

»Aber in New York fühlen Sie sich zu Hause«, stellte Isla fest.

War das der Fall? Früher war es einmal so gewesen. Als er, Leanna, Brooke und Maddie eine – wie er geglaubt hatte – starke und unzertrennbare Familie gewesen waren. Jetzt blieb er eigentlich nur deshalb in New York, weil er nicht wusste, was er sonst hätte tun sollen. Schließlich musste er für alle sorgen, und dort konnte er sich Hilfe holen, wenn es nötig war.

»Ja«, antwortete er. »Ja, das stimmt.« Er lächelte. »Und Sie haben mir die schönsten Orte *Ihres* Zuhauses gezeigt.«

»Nicht alle«, erwiderte Isla. »Es gibt noch viel mehr großartige Plätze – wir haben nur einen Bruchteil gesehen.«

Er schluckte. »Aber haben Sie nie daran gedacht, woanders hinzuziehen? Um andere schöne Orte zu entdecken?«

»Das habe ich einmal versucht«, sagte Isla.

Ihre Stimme klang gedämpft, und sie starrte eine Weile auf die Leinwand, bevor sie sich ihm wieder zuwandte. »Ich wollte eine Zahnbürste, eine Haarbürste, zwei T-Shirts, Shorts und ein Mückenspray in meinen Rucksack packen und nach Guatemala fliegen.«

»Um das alte Reich der Inka zu erforschen?«

»Ich hatte kein bestimmtes Ziel.« Sie seufzte. »Ich wollte einfach nur sehen, was es auf der Welt sonst noch so alles gibt.«

»Und was ist dann passiert?«

»Ein Lastwagen hat auf der Autobahn meine Eltern getötet.«

Der Ausdruck auf ihrem Gesicht jagte ihm einen eisigen Schauer über den Rücken. So großer Schmerz, so große Verzweiflung und so viel Kraft, um durchzuhalten. In diesem Moment fühlte er sich wie der kleinste, unbedeutendste Mistkerl auf dem ganzen Planeten. Und irgendetwas in ihm veränderte sich. Er wollte ihre Hand halten, irgendetwas tun, damit sie sich besser fühlte, wenn auch nur für einen Augenblick.

Ihre Hand mit den farblos lackierten Fingernägeln lag auf dem samtenen Bezug. Langsam schob er seine Finger zu ihr hinüber …

»Es tut mir leid.« Sie hob die Hand, um sich das Haar

aus dem Gesicht zu streichen. »Das liegt an dem Film. Er macht mich immer so sentimental. Offensichtlich sogar dann, wenn ich mich nur halb darauf konzentriere.« Sie lächelte und rückte ein Stück von ihm weg. »Also bin ich nicht nach Guatemala gefahren. Die Inkas mussten auf mich verzichten, dafür hat Breekers mich bekommen.«

Die Möglichkeit für einen körperlichen Kontakt war verstrichen. »Und das war ein Gewinn, Miss Winters«, sagte er.

»Darf ich Sie etwas fragen, Chase?«

»Natürlich. Nur zu.«

»Wer ist Colt?«

Aus ihrem Mund den Namen des Mannes zu hören, den er gleichzeitig liebte und hasste, traf ihn mit voller Wucht, und ihm war klar, dass er das nicht vor ihr verbergen konnte. Er wendete alle Techniken an, die er gelernt und gelehrt hatte, um vernünftig und nüchtern mit der Situation umzugehen. Er atmete tief durch, fuhr mit der Zunge an der Innenseite seiner Lippen entlang und nahm sich einen Moment Zeit. Isla beobachtete ihn und wartete auf eine Antwort, um die er nicht herumkommen würde.

»Wer ist Colt?« Schon wieder hatte er eine Frage mit einer Gegenfrage beantwortet. Er räusperte sich und wartete, bis sich die anfängliche Angst und sein Zorn gelegt hatten. »Colt ist …« Er hatte es fast geschafft. B-D-Z. B-D-Z. »Colt ist mein Bruder.«

KAPITEL ZWEIUNDVIERZIG

Colt war sein Bruder. Obwohl sie sich danach darüber unterhalten hatten, mit wem Chase nach dem Film noch gern sprechen wollte, ging Isla diese Neuigkeit nicht aus dem Kopf. Wahrscheinlich hatte sie Brooke und Maddie falsch verstanden.

Chase' Exfrau konnte doch unmöglich mit seinem Bruder zusammen sein. Oder doch?

»Wir sehen uns dann bei der Weihnachtsfeier von Breekers. Wir freuen uns schon sehr darauf – Isla schmeißt immer großartige Partys.«

Isla schenkte im Foyer des Kinos Jennifer White von der Enterprise Group ein Lächeln. Ein unangenehmes Gefühl beschlich sie bei dem Gedanken an die Weihnachtsfeier – sie war sich ziemlich sicher, dass das Cateringunternehmen ganz bewusst nicht auf ihre Kontaktversuche reagierte. »Danke, Jennifer. Bis bald.«

»Es hat mich gefreut, Sie kennenzulernen.« Chase schüttelte Jennifer White die Hand.

»Ganz meinerseits. Leider wartet mein Wagen. Bis dann.« Jennifer winkte und machte sich auf den Weg zur Tür.

»Eine nette Frau«, bemerkte Chase.

»Ja, sie ist sehr nett und eine *sehr* gute Geschäftsfrau.«

»Mit Betonung auf dem Wort ›sehr‹?«

»Sie würde Sie zum Frühstück verspeisen.«

»Oh, ich verstehe.« Er warf einen Blick auf seine Armbanduhr. »Unser Wagen wird in ein paar Minuten hier sein.«

»Wenn es Ihnen nichts ausmacht, würde ich lieber zu Fuß gehen.« Isla schlang den Schal um ihre Schultern.

»Gute Idee«, meinte Chase. »Gehen wir?«

Er bot ihr seinen Arm an wie ein Kinoheld aus einem alten Schwarz-Weiß-Film, und sie lächelte unwillkürlich.

»Sie übernehmen die Führung, Miss Winters. Zeigen Sie mir mehr von Ihrem Viertel.«

Sie hakte sich bei ihm unter, und sie folgten den anderen Gästen, die sich auf den Heimweg machten oder noch ein anderes Lokal besuchen wollten.

Es war eiskalt, und obwohl sie die frische Luft genoss und sich auf den Spaziergang freute, wünschte sie sich, sie hätte einen Mantel angezogen. Sie klammerte sich fester an Chase' Arm und versuchte, ihr Zittern zu unterdrücken.

»Ich weiß, was Sie jetzt denken«, begann Chase, während sie die Portobello Road entlangschlenderten, vorbei an den Bistros mit schimmernder Inneneinrichtung, vor denen der Duft nach rotem Wein, Knoblauch und süßen Nachspeisen in der Luft hing. Die vielen unterschiedlichen Läden waren jetzt alle geschlossen; die Jalousien waren herabgezogen, und die pastellfarben gestrichenen Häuser wirkten gegen den Nachthimmel wie bunte Kuchenstückchen.

»Dass ich mir wünsche, ich hätte einen Mantel mitgenommen?«, erwiderte Isla zähneklappernd.

»Hey, ist Ihnen so kalt?« Chase zog rasch sein Jackett aus und reichte es ihr. »Hier. Ziehen Sie das an.«

»Danke, aber das kann ich nicht annehmen. Es ist eiskalt, und Sie sind dann nur im Hemd …«

»Ich wäre ein ziemlicher Dreckskerl, wenn ich zulassen würde, dass Sie sich in eine Eisskulptur verwandeln. Kommen Sie.« Er legte ihr die Jacke über die Schultern. »Keine Widerrede.« Er grinste. »Das ist ein Befehl vom Hauptbüro.«

Sie gehorchte lächelnd und schlüpfte in sein Jackett.

»Besser?«, fragte er, nachdem sie es zugeknöpft hatte.

»Und was ist mit Ihnen?« Es schneite zwar nur leicht, aber ununterbrochen, und sein Hemd würde schon bald vollkommen durchnässt sein. Vielleicht hätten sie doch auf den Wagen warten sollen …

»Mir geht es gut, ehrlich.« Er bot ihr wieder seinen Arm an. »Wenn man einige Jahre auf einem Eishockeyfeld verbracht hat, sind ein paar Schneeflocken kein Thema.«

»Da haben Sie wohl recht.«

»So, dieses Problem ist gelöst«, fuhr Chase fort. »Und nun überlegen Sie, wie es sein kann, dass mein Bruder mit meiner Frau zusammenlebt, richtig?«

»Ich … na ja … eigentlich geht mich das nichts an.«

»Ich weiß«, erwiderte er. »Aber ich würde es Ihnen gern erzählen, auch wenn das ein wenig merkwürdig erscheint.«

Chase war ein wenig übel, und er hatte Angst, fühlte sich aber gleichzeitig auch beflügelt. Würde er es schaffen, mit einem anderen Menschen als seinem Arzt darüber zu sprechen? Das wäre ein großer Schritt vorwärts. Damit stünde er kurz davor, die Sache endgültig abzuschließen.

»Vielleicht lieber doch nicht. Meine Güte, es tut mir leid«, sagte Chase. Er blieb stehen und legte die Hände an den Kopf. »Das war nicht vereinbart, als Sie sich bereit erklärten, heute mit mir zu dieser Weihnachtsfeier zu gehen.«

»Feste Richtlinien für diesen Abend gab es meiner Meinung nach nicht.«

Islas Stimme klang zwar geschäftsmäßig, aber ihre Miene war offen und ehrlich. Sie wollte ihn nicht unter Druck setzen. Nun musste er den ersten Schritt wagen …

»Illinois«, begann er seufzend. »Ich habe Illinois gehasst.« Er ging langsam weiter.

»Ich kenne nur Chicago«, gestand Isla und hielt sich an seinem Arm fest, während sie um ein paar Matschpfützen herumging.

»Dort haben wir gewohnt. Und ich habe zwölf schreckliche Monate lang eine Highschool besucht, wo fast jeder im Unterricht eine Waffe bei sich hatte.« Kämpfe mit den Sportskanonen der Schule waren eine Sache gewesen, sich mit bewaffneten Jungs anzulegen eine ganz andere. »Aber Colt fühlte sich dort wie im Paradies. Er ist zwei Jahre älter als ich und war natürlich viel cooler. Alle hielten ihn für eine Art Gott.« Er seufzte wieder.

»Warum sind Sie nach Chicago gezogen?«, fragte Isla.

»Mein Dad arbeitete für eine Ladenkette namens So-Market, und immer wenn sie neue Filialen in einer Stadt eröffneten, musste er für sechs Monate oder sogar ein Jahr dorthin ziehen und sich um die Einrichtung kümmern.« Als er noch zu jung gewesen war, um sich darüber Gedanken zu machen, hatten ihm die ständigen Umzüge sogar gefallen, aber als er dann die Highschool besuchte, war es ihm von Mal zu Mal immer schwerer gefallen, von Neuem zu beginnen, das Lernpensum zu bewältigen und neue Freunde zu finden.

»Colt lernte Leanna kennen, und ich arbeitete neun Monate mit aller Kraft daran, meine Noten zu verbessern, um Astronaut werden zu können.«

»Colt lernte Leanna kennen?«, fragte Isla.

»Ja, sie war damals in meinen Bruder verliebt.« Er atmete tief aus. »So wie jetzt auch.«

»Das verstehe ich nicht.«

»Eine ziemlich verkorkste Situation, richtig?«

»Ich würde nicht sagen, dass ...«

»Oh, ich schon«, erwiderte Chase. »Ganz eindeutig.« Würde er es ihr sagen? Wenn, dann musste es schnell gehen. Nur die Wahrheit, ohne Emotionen. So als würde er sich ein Pflaster von der Haut reißen.

»Nun ... als Colt die Schule beendet hatte, landete er wegen eines bewaffneten Raubüberfalls im Gefängnis«, erklärte er rasch.

Er hörte, wie Isla tief Luft holte. Ja, das war schockierend. Er war jedes Mal wieder entsetzt, wenn er daran dachte. Seine Eltern hatten sich davon niemals erholt und litten immer noch unter diesem Stigma.

»Und nun ist er wieder zurück«, fuhr Chase fort. »Und macht da weiter, wo er aufgehört hat. Als hätte sich nichts geändert.«

KAPITEL DREIUNDVIERZIG

Isla wusste nicht, was sie sagen sollte. Was konnte man dazu sagen? Sie wollte ihm hundert Fragen stellen, aber eigentlich keine aussprechen. Vielleicht war es für ihn jetzt besser, wenn sie nur schweigend zuhörte.

»Meine Güte, was rede ich da? Was war nur in diesem heißen Wein?«, fragte Chase.

»Glühwein«, verbesserte Isla ihn.

»Er hat mich vergiftet«, behauptete Chase. »Wahrscheinlich bekomme ich einen Ausschlag wie Maddie.«

»Weil Sie die Wahrheit gesagt haben?«, fragte Isla.

Er blieb stehen und sah sie an. »Ja.«

»Vor Ehrlichkeit sollten Sie keine Angst haben«, meinte Isla. »Sie haben mir gesagt, dass Ihnen Aufrichtigkeit wichtig ist, und … das Leben ist keine perfekte, schimmernde Kugel, nicht einmal an Weihnachten.«

»Und das sagen gerade Sie? Wo sie doch Weihnachten und die Sterne lieben. Und außerdem großartige Referenzen haben, und …«

»Und ein Foto mit Lord Sugar auf meinem Kaminsims.«

»Ich habe keine Ahnung, wer das ist«, gestand er.

»Ich wollte damit nur sagen, dass es nichts hilft, nicht ehrlich zu sein … Wenn man versucht, Dinge zu verbergen, auch vor sich selbst, lösen sie sich deshalb nicht in Luft auf. Die Wahrheit bleibt trotzdem bestehen. Die gute und die schlechte Wahrheit.«

»Ich weiß.«

»Das Leben ist nicht perfekt, aber es gehört uns. Ich finde, wir müssen einfach das Beste daraus machen«, fuhr Isla fort. »Und es ist wunderschön und funkelnd, auch wenn es manchmal hart ist.«

In diesem Augenblick war Isla für Chase die schönste Frau, die er jemals gesehen und gesprochen hatte. Wenn die Welt jetzt unterginge, gäbe es zwei Dinge, die er bedauern würde: dass er seine Töchter nicht oft genug in den Arm genommen hatte … und dass er Isla nicht geküsst hatte. War er zu einem nächsten Schritt bereit? Bereit dafür, wieder etwas für jemanden zu empfinden? Oder überwältigten ihn nur seine momentanen Gefühle?

»Ich möchte Ihnen gern etwas zeigen, Mr Bryan.«

»Die einhundertste Art, wie man einen Regenschirm benützt?«, fragte Chase und fasste sich ein wenig. »Im Moment wäre das sicher hilfreich.«

»Und ich dachte, ein wenig Schnee sei für Sie kein Problem«, erwiderte sie lächelnd und ging voran.

Nach etwa achthundert Metern standen sie vor einem hässlichen Gebäude, das mit unleserlichen Graffiti beschmiert war. Trotz des schneebedeckten Dachs machte es den Eindruck, als würde sich niemand, der bei klarem Verstand war, dort hineinwagen.

»Erinnert Sie das an Chicago?«, fragte Isla.

»Was ist das? Und was zum Teufel ist hier passiert? Ist der Besitzer gestorben?«, wollte Chase wissen.

»Nein.« Sie seufzte. »Das ist das Haus der Lebenshilfe des Gemeindezentrums. Dort trifft sich Hannah mit anderen Rollstuhlfahrern.«

»Tatsächlich?«

»Ja. Das ist eine kleine Ecke in Notting Hill, die anscheinend bei den meisten Leuten in Vergessenheit geraten ist – bis auf die Projektentwickler, die es abreißen und hier ein Gebäude mit Luxusapartments bauen wollten.« Sie schaute ihn an. »Ich weiß, was Sie jetzt denken.«

»Was?«

»Sie überlegen, ob das nicht etwas für Breekers wäre. Man könnte etwas Besseres daraus machen.«

»Nein, ich …«, begann Chase.

»Ich wünschte, jemand würde etwas Besseres daraus machen, aber seinen Zweck erhalten.« Sie atmete tief ein. »Hannah behauptet, sie käme nur ungern hierher, weil sich hier nur Menschen mit Behinderung treffen, aber ich weiß, dass das nicht wahr ist. Als sie sich nach ihrem Unfall an den Gedanken gewöhnen musste, dass Ronnie nun für immer ihr Begleiter sein würde, fand sie hier einen sicheren Ort, an dem sie Fragen stellen konnte und Antworten von Menschen bekam, die das alles schon durchgemacht hatten.«

Er betrachtete das Haus genauer. Die Regenrinne hing herunter, das Schutzglas an der Eingangstür hatte einen Sprung, und er verspürte plötzlich den Wunsch, alles sofort reparieren zu lassen. Aber er wusste, dass diese Straße ohne Zweifel in dem für das Superhotel vorgesehenen Bereich lag. Je mehr Zeit er in diesem Stadtteil von London verbrachte, umso stärker wurde ihm bewusst, was seine Pläne nach sich ziehen würden. Isla liebte dieses Viertel. Sie lebte hier mit ihrer Schwester, die auf den Rollstuhl angewiesen war. Sie hatten noch nie an einem anderen Ort gewohnt – das war ihre Komfortzone. Und er plante, sie zu zerstören.

»Das ist noch nicht alles, was ich Ihnen zeigen wollte«,

sagte Isla. Sie drehte sich um und deutete auf einen eingezäunten Platz auf der anderen Straßenseite. »Erinnern Sie sich an die Szene aus dem Film *Notting Hill*, in der Will und Anna in einen Privatpark einbrechen?«

»Das war ein Spaß«, erwiderte er in seiner besten Hugh-Grant-Imitation.

»Sehr gut, Mr Bryan.«

»Ist das der Park?«, fragte er.

»Nein«, antwortete Isla. »Dieser ist noch besser. Und ich habe einen Schlüssel.«

KAPITEL VIERUNDVIERZIG

Larkspur Gardens, Notting Hill

Isla war sich nicht sicher, warum sie Chase das Gemeindezentrum und den Park hatte zeigen wollen, aber irgendetwas an ihm war anders, seit er ihr von seinem Bruder erzählt hatte. Er wirkte verletzlich. Und offen. Er hatte ihr gegen seinen Willen gezeigt, dass hinter dem Motivationsredner und CEO von Breekers noch ein anderer Mensch steckte. Und sie achtete immer darauf, was sich hinter dem vordergründigen Verhalten einer Person verbarg. Chase war in Wirklichkeit viel interessanter als das, was Aaron ihr über ihn erzählt hatte.

Sie steckte den Schlüssel ihrer Großmutter in das Schloss und hoffte und bangte, wie jedes Mal, wenn sie mit Hannah hierherkam, dass er sich drehen ließ. Als sie ein Klicken hörte, atmete sie erleichtert auf.

»Brechen wir hier ein?«, fragte Chase, mit den Lippen nahe an ihrem Ohr.

Sie drehte sich lächelnd zu ihm um. »Wenn man einen Schlüssel besitzt, kann man wohl kaum von Einbruch sprechen.«

»Also gut, Miss Winters, dann lassen Sie es mich anders formulieren.« Er räusperte sich. »Dürfen Sie im Besitz dieses Schlüssels sein?«

»Manchmal sollte man nicht zu viele Fragen stellen.«

Er hob abwehrend die Hände.

Sie schob das Tor auf und holte tief Luft. Der Park war bereits weihnachtlich geschmückt worden. Die uralte Fichte, von der man von draußen nur die Spitze sah, war mit glitzernden goldenen Laternen behangen, und zwischen den Zweigen funkelten kleine rote und grüne Lichter. Auf dem Gras und den schmalen Wegen durch den Park lag Schnee, und die nackten Bäume waren mit Raureif überzogen. Ihr Blick glitt zu dem kleinen Brunnen mit dem Frosch, aus dessen Maul normalerweise Wasser spritzte. Er war beleuchtet, aber die Fontäne war versiegt.

»Wo sind wir hier?«, fragte Chase. »Es sieht aus wie das vergessene Land.«

»Ach ja?« Isla stellte sich vor den Frosch. »Oder sieht es aus wie etwas aus einer einfacheren Zeit, an die sich jeder gern erinnert?« Sie rieb mit den Fingern über das Maul des Frosches.

»Soll das Glück bringen?«, wollte Chase wissen und trat neben sie.

»Nein. Eigentlich sollte Wasser hervorsprudeln, aber wahrscheinlich ist die Öffnung eingefroren.« Sie fuhr weiter mit den Fingern darüber, bis sie sich taub anfühlten.

»Lassen Sie es mich mal versuchen.«

Sie ging einen Schritt zurück und sah zu, wie Chase seine Lippen auf die des Frosches legte, beinahe so, als würde er ihn wiederbeleben wollen. Dann sprang er zurück, als hätte er einen Stromschlag bekommen, und sofort begann Wasser in den gefrorenen Teich darunter zu fließen.

»Meine Güte, ist das kalt.« Chase rieb sich die Lippen.

»Sie sind verrückt«, sagte Isla. »Sie hätten mit dem Mund hängen bleiben können.«

»Aber der Frosch funktioniert wieder.« Chase deutete

auf den Wasserstrahl. »Ich hatte das Gefühl, dass Sie sich das wünschten.«

»Das stimmt«, bestätigte sie. Sie schaute hinüber zu der Bank, von der aus man einen guten Blick auf den gesamten Park hatte. Es war die Bank ihrer Großmutter. Sie trug eine Plakette mit der Aufschrift *Edith Rose Winters. Für immer ein Kuss im Wind.*

»Möchten Sie sich setzen?«, fragte Chase.

»Es ist eiskalt«, erklärte Isla. Sie musterte ihn. Sein Hemd war bereits feucht vom Schnee. Sie wollte nicht, dass er gleich so aussehen würde wie Jack Dawson im Meer nach dem Untergang der Titanic.

Bevor sie noch etwas sagen konnte, war er schon zu der Bank gegangen und wischte den Schnee vom Holz.

»Bitte sehr.« Chase breitete die Arme aus. »Eine kaum noch nasse Bank, um den Ausblick zu genießen.«

»Sie sind wirklich verrückt.« Isla lächelte breit.

»Das habe ich schon öfter gehört«, erwiderte er grinsend. »Kommen Sie, wir setzen uns auf das Jackett und teilen uns Ihren Poncho.«

»Poncho?« Isla kicherte. »Wir sind doch nicht in einem Western. Und dieser Schal ist ein klassisches Kleidungsstück.«

»Solange er uns wärmt, ist es mir egal, wie alt er bereits ist«, meinte er zähneklappernd.

Sie zog sein Jackett aus, legte es auf die Bank, setzte sich darauf und breitete ihren Schal aus. Nachdem er sich neben ihr niedergelassen hatte, rückte sie ein Stück näher an ihn heran, sodass er einen Zipfel des Schals in seine klammen Finger nehmen und über seine Schultern ziehen konnte.

»Das ist also ein besonderer Ort für Sie?«, fragte er. Seine Stimme klang wegen der Kälte ein wenig abgehackt.

»Wir sitzen auf der Bank meiner Großmutter«, erklärte Isla und deutete mit einer Kopfbewegung auf das Schild.

»Edith Rose Winters. Für immer ein Kuss im Wind«, las Chase laut vor.

Isla lächelte. »Das war ihr Lieblingsspruch. Immer wenn Hannah und ich Angst hatten oder uns wegen irgendeiner Kleinigkeit aufregten, sagte sie: ›Ach, macht euch keine Sorgen, es gibt immer einen Kuss im Wind.‹« Sie lächelte. »Wir haben das damals nicht verstanden, aber jetzt tröstet es mich zu glauben, dass sie immer noch hier ist, wie meine Mutter und mein Vater auch. Wie Küsse im Wind.«

»Das ist wunderschön«, sagte er leise.

»Sie hat in dem Haus dort drüben gewohnt.« Isla deutete auf ein dreistöckiges Reihenhaus, vor dem eine Katze saß und sich die Pfoten leckte. »Deshalb habe ich einen Schlüssel zu diesem Park.« Sie seufzte. »Sie starb, als ich fünfzehn war. Es war nicht schlimm und recht unspektakulär – sie ist einfach eingeschlafen und nicht mehr aufgewacht.«

»Das ist keine schlechte Art zu sterben«, meinte Chase.

»Und viel besser, als zu erfrieren«, bemerkte Isla. Ihre Zähne schlugen hörbar aufeinander.

»Sterben Sie jetzt bloß keinen Kältetod«, warnte er sie. »Wahrscheinlich würde ich meinen Job verlieren, wenn ich schuld am Tod meiner persönlichen Assistentin wäre.«

Sie lachte. »Das nenne ich wahres Mitgefühl.«

»Kommen Sie her«, forderte Chase sie auf. »Heute Nacht werden wir beide nicht sterben.«

Er legte einen Arm um ihre Schultern und zog sie an sich. Ihr Magen begann sofort hin und her zu schlingern wie ein Autoscooter, der auf den unvermeidlichen Aufprall wartete.

»Wenn ich nur gewusst hätte, dass es im Winter in England ebenso kalt ist wie in New York«, meinte Chase. »Dann wäre ich besser darauf vorbereitet gewesen.«

»Ich liebe den Himmel in dieser Jahreszeit.« Isla atmete tief ein und wurde sich immer stärker seines muskulösen Körpers so dicht neben ihrem bewusst. »In einer klaren Nacht wie heute hat man sogar mitten in der Großstadt das Gefühl, alles sehen zu können. Alles dort draußen, verstehen Sie?«

Sie wandte den Blick ab von dem funkelnden Christbaum und dem Frosch, dessen Wasserfontäne langsam wieder einfror, und schaute zum Nachthimmel hinauf.

Plötzlich spürte sie, dass Chase zitterte. »Sie frieren«, stellte sie fest. »Gehen wir zur U-Bahn oder lassen den Wagen kommen.«

»Nein«, flüsterte Chase. »Das möchte ich nicht.«

Irgendetwas an seiner Stimme ließ Isla aufhorchen, und sie musterte ihn aufmerksam. Seine karamellfarbenen Augen waren auf ihre gerichtet. Sie hielt den Atem an und versuchte, die Funken, die wie ein Feuerwerk in ihrem Inneren explodierten, zu unterdrücken. Dieser Mann, ihr Boss, löste etwas in ihr aus, und das konnte sie nicht verleugnen.

»Nein?«, brachte sie mühsam hervor.

»Nein«, wiederholte er leise. »Denn wenn wir jetzt gehen, kann ich mir die Sterne nicht anschauen.«

Ihr Herzschlag beschleunigte sich, und sie konnte sich nicht mehr bewegen. Sie sahen sich an, während es immer heftiger schneite. Isla spürte die Kälte nicht. Sie fühlte nur die Wärme, die sein Körper ausstrahlte – er war so nah an ihrem, aber noch nicht nah genug.

Chase wünschte sich nichts mehr, als ihre Lippen zu küssen. Er konnte den Blick nicht von ihren Augen abwenden, aber je länger er sie ansah, umso mehr drohten ihn seine Gefühle zu überwältigen. Dann könnte er die Kontrolle verlieren, und das wäre nicht gut.

Er streckte zitternd die Hand aus und fuhr langsam mit den Fingern über ihr Kinn nach oben, bis er mit dem Daumen ihre Wange erreicht hatte. Als er sah, wie sie bei seiner Berührung langsam die Augen schloss, wurde ihm klar, wie viel ihm dieser Moment bedeutete.

»Isla«, flüsterte er.

Als sie ihren Namen hörte, öffnete sie die Augen wieder, und er rückte vorsichtig ein kleines Stück näher an sie heran, um ihr seine Absicht zu zeigen. Auf keinen Fall wollte er jetzt einen Fehler machen.

Er drehte ihr Gesicht ganz langsam und sanft zu sich, sodass sie die Möglichkeit hatte, ihm auszuweichen. Sein Unterbewusstsein signalisierte ihm, dass sie das wahrscheinlich tun würde. Und tatsächlich bewegte sie sich, und gerade als er sich enttäuscht zurückziehen wollte, legte sie eine Hand an seinen Nacken und zog ihn zu sich heran.

Er küsste sie, und sie erwiderte seinen Kuss, zuerst ohne Hast, sanft, wunderschön und zart und dann inniger und leidenschaftlicher – einen solchen Kuss hatte er seit langer Zeit mit niemandem mehr getauscht. Er fühlte sich gut an. *Sie* fühlte sich gut an …

Sie löste sich von ihm, und als sie zurückwich, fiel ihr der Schal von den Schultern. »Es tut mir leid«, hauchte sie.

»Nein, Isla«, erwiderte er leise. »Das darf dir nicht leidtun. Du darfst alles empfinden, was du möchtest, aber bitte bereue es nicht.« Er griff nach ihrer Hand. »Mir tut es nicht leid.«

»Ich weiß nicht, was über mich gekommen ist«, fuhr sie

fort. »Kann ich es auf Colins Glühwein schieben?« Sie ließ seine Hand los, griff nach ihrem Schal und stand auf.

»Isla …« Er versuchte, sie zu beruhigen. Sie erinnerte ihn an ein Reh im Licht der Scheinwerfer eines Wagens – angstvoll geweitete Augen und zitternde Beine. Das war die Reaktion auf seinen Kuss. Nun, das war ein wenig verletzend. Nein, tatsächlich tat ihm das sehr weh.

»Wir hätten das nicht tun sollen«, stellte sie zähneklappernd fest.

»Warum nicht?«, wollte Chase wissen.

»Weil …« Anscheinend hatte sie keine Antwort darauf.

»Weil?«, fragte er nach und erhob sich ebenfalls.

»Weil … du mein Boss bist und wir uns eigentlich noch beruflich auf einer Weihnachtsfeier befinden sollten, und …«

»Okay«, unterbrach Chase sie. »Ich verstehe, was du meinst.« Er seufzte. »Schon okay.«

»Ja?«

»Natürlich. Kein Problem. Vergessen wir einfach, was geschehen ist.«

Chase sah ihr direkt in die Augen. Er hoffte, dass sie ihre Meinung ändern würde, einen Schritt auf ihn zu machen und ihn noch einmal küssen würde. Stattdessen nickte sie. »Wir sollten jetzt besser gehen.«

KAPITEL FÜNFUNDVIERZIG

Beaumont Square, Notting Hill

Auf der Heimfahrt im Wagen hatte Chase sich sehr höflich verhalten, und Isla hatte sich seinem Ton angepasst – und jede Sekunde darunter gelitten. Sie konnten nicht einfach so tun, als hätte es den Kuss nicht gegeben, denn er hatte alles verändert. Wie sollte sie jetzt mit ihm zusammenarbeiten? Was hatte sie sich nur dabei gedacht? Sie war schon wie Hannah, in deren Kopf sich ständig Kussszenen aus Filmen abspielten. Sie hatte sich unter dem Einfluss von Alkohol in einen Traum geflüchtet, in dem man impulsiv handelte. Das war das Verhalten von Teenagern, aber nicht von einer fünfundzwanzigjährigen Frau, die Verantwortung zu tragen hatte und ihren Job brauchte.

Nun stand sie vor ihrer Haustür, schloss die Augen und dachte daran, wie sich der Kuss angefühlt hatte. Es war ein ganz besonderer Moment gewesen, der alles enthalten hatte. Leidenschaft, Zärtlichkeit, Begierde … Ihr Magen zog sich bei dem Gedanken daran schon wieder zusammen. Der Kuss hatte nach Beeren, Schnee und Mitternacht geschmeckt. Sie öffnete bedachtsam die Augen und wartete, bis sich ihre Erinnerung daran langsam verflüchtigte. Mit ihrem Date mit Ptolemy war das überhaupt nicht zu vergleichen. Aber das hier brachte so viele Komplikationen mit sich, die sie in ihrem Leben nicht brauchen konnte. Und Hannah ebenso wenig.

»Isla, bist du das? Dann komm bitte schnell rein. Ich kann Hugh Grant nicht länger hochhalten! Und wenn du nicht Isla bist, komm nicht rein! Denn dann wartet eine dreißig Zentimeter große Keramikfigur auf dich!«

Sie kam sehr spät – Hannah musste nach oben ins Bett gebracht werden. Daran hätte sie eher denken sollen, anstatt in Erinnerungen an ihre Großmutter zu schwelgen und einen Amerikaner auf einer Parkbank zu küssen. Rasch steckte sie den Schlüssel ins Schloss und sperrte die Tür auf.

»Ich bin es«, rief sie ihrer Schwester zu. Als sie den Kopf durch den Türspalt schob, sah sie Hannah im Flur, die Hugh-Grant-Statue hoch in die Luft gestreckt.

»Was hast du da draußen gemacht?«, fragte Hannah und ließ Hugh sinken. »Das Licht ist schon vor einer Ewigkeit angegangen.«

»Ich habe nur …« Was sollte sie jetzt antworten? Sie konnte doch nicht sagen, dass sie den besten Kuss aller Zeiten Millisekunde für Millisekunde noch einmal hatte Revue passieren lassen.

»Meine Güte!« Hannah stellte Hugh auf das Tischchen im Flur. »Du hast mit jemandem geknutscht, richtig?« Ihre Augen weiteten sich. »Doch nicht etwa mit … Chase Bryan?«

»Nein!«, widersprach Isla rasch. »Natürlich nicht. Ich habe nur … ich hatte einen Stein im Schuh, und … den musste ich rausholen.«

»Na klar!«, erwiderte Hannah. »Nun, jetzt bist du wieder hier, und du musst dir sofort etwas anschauen.« Sie rollte zum Wohnzimmer zurück.

»Ich finde, wir sollten gleich ins Bett gehen«, meinte Isla. »Es ist schon spät, und …«

»Isla. Wie läuft's?«

Raj tauchte an der Wohnzimmertür auf. Ohne seine Postuniform wirkte er ganz anders. Er trug nagelneue weiße Sportschuhe, eine enge Jeans und ein hellgelbes Poloshirt und sah tatsächlich richtig gut darin aus. Einen Moment lang war sie sprachlos. »Hallo, Raj. Du bist ja noch hier«, sagte sie schließlich.

»Natürlich ist er noch hier«, warf Hannah ein. »Wir müssen dir erzählen, was wir während deiner Abwesenheit herausgefunden haben.« Sie warf Raj einen Blick zu. »Würdest du uns Kaffee kochen, dann fange ich mit der Geschichte schon mal an«, schlug Hannah ihm vor. »Keine Sorge, den Teil mit dem Einbruch überlasse ich dir.«

Isla schluckte. Was hatte ihre Schwester soeben gesagt? »Hannah, was hast du angestellt?«

Hannah grinste. »Nun, deine heldenhafte Schwester – damit meine ich mich – hat wahrscheinlich Notting Hill gerettet.«

KAPITEL SECHSUNDVIERZIG

The Royale, Hyde Park

»Vielen Dank, dass Sie auf die Mädchen aufgepasst haben, Denise«, sagte Chase. »Ich weiß das wirklich zu schätzen.«

Er war müde und hatte keine Lust mehr auf ein Gespräch. Er wollte sich nur noch einen Bourbon einschenken, ihn langsam trinken und sich dabei jede aufregende Sekunde des Kusses noch einmal ins Gedächtnis rufen. Isla mochte bedauern, was geschehen war, aber er würde so schnell keinen einzigen Moment davon vergessen. Sie hatte nach Zuckerglasur, Eis und … Weihnachten geduftet, und ihre süßen Lippen hatten sich zuerst ganz sanft auf seine gelegt, waren dann aber fordernder geworden, bis ihre Zungen sich berührt hatten. Er schloss die Augen, bis …

»Geht es Ihnen gut, Mr Bryan?«, erkundigte sich Denise.

Er kam rasch wieder zu sich. »Ja … tut mir leid, es ist schon spät. Ich sollte Sie jetzt gehen lassen.«

Denise schlang ihre Tasche über die Schulter und ging zur Tür. »Wir haben uns etwas beim Zimmerservice bestellt. Makkaroni mit Käse und ein paar Burger. Ich hoffe, das ist in Ordnung.«

Er nickte. »Natürlich.«

»Brooke wollte unbedingt noch etwas Salz haben, also …«

Chase riss die Augen auf. »Sie haben ihr doch nicht etwa …«

»Ich habe ihr erlaubt, ein Stück Käsekuchen und Popcorn zu bestellen, und dann hat sie noch ein halbes Bein von dem riesigen Weihnachtsmann gegessen.«

Er seufzte. »Ich frage mich, ob dieses Ding jemals verschwinden wird.«

»Ich habe ein ganzes Bein verspeist«, erklärte Denise. »Er kann jetzt zumindest nicht mehr stehen.«

»Vielen Dank«, sagte Chase.

»Bis morgen bei der Arbeit.« Denise öffnete die Tür der Suite.

»Gute Nacht, Denise.« Chase drückte ihr eine Fünfzig-Pfund-Note in die Hand. »Und nochmals danke.«

»Oh, ich danke Ihnen, Mr Bryan.« Sie warf einen kurzen Blick auf den Geldschein. »Jederzeit wieder.«

Er schloss die Tür, lehnte sich dagegen, machte die Augen wieder zu und dachte an Isla. Auf der Fahrt zu ihrem Haus hatte sie kaum ein Wort gesprochen. Sie hatte die Knie zusammengepresst, sich gegen die Tür gelehnt und aus dem Fenster in die Dunkelheit gestarrt. Er hatte darüber sprechen, eine Unterhaltung darüber in Gang bringen wollen, aber stattdessen hatte er dann gesagt: »Ich brauche einen Termin mit Rod Striker.« Und sie hatte geantwortet: »Ich werde ihn gleich morgen früh anrufen.«

»Daddy.« Maddies Stimme bewegte ihn dazu, die Augen wieder aufzuschlagen. Seine Tochter stand schlaftrunken vor ihm. Ihr Schlafanzug war zu lang und bedeckte ihre Füße.

»Schätzchen, warum bist du denn noch wach? Juckt dein Ausschlag?« Er ging zu ihr hinüber und zauste ihr das Haar.

»Nein, meine Nase ist verstopft.« Sie schniefte geräuschvoll.

»Soll ich dir ein Taschentuch holen?«

»Kann ich ein Glas Milch haben?«

»Natürlich«, antwortete er. »Du gehst jetzt zurück ins Bett, und ich rufe den Zimmerservice an.« Er legte den Arm um sie und schob sie sanft zurück zum Schlafzimmer.

Er öffnete die Tür und sah, dass Brooke schlief. Sie trug keine Ohrstöpsel, war frisch frisiert und atmete tief. Wenn sie ständig alle bissig anfuhr, sah sie ganz anders aus. Jetzt wirkte sie viel jünger. Und ganz unschuldig.

Er schlug Maddies Decke zurück, und als sie ins Bett geschlüpft war, strich er ihr mit der Hand übers Haar und bedeutete ihr, sich hinzulegen.

»Hattet ihr eine schöne Zeit mit Denise?«

»Wir haben uns *Ratatouille* angeschaut«, erzählte Maddie. »Und dann noch einen Weihnachtsfilm mit Arnold Schwarzenegger.« Sie verdrehte die Augen. »Ich glaube, Denise findet ihn ganz toll.«

Chase grinste. »Wahrscheinlich wegen seiner Muskeln.« Er stellte sich in Pose und spannte die Armmuskeln an.

»Hast du einen schönen Abend mit Isla gehabt?«, fragte Maddie.

»Ja«, erwiderte er leise. »Einen sehr schönen Abend.«

»Hatte sie ein hübsches Kleid an?«, fuhr Maddie fort.

»Ja, ein sehr schönes Kleid.«

»Hat es gefunkelt?«

Das hatte es tatsächlich, aber das Funkeln war vom Glanz ihrer Augen überstrahlt worden. Er lächelte seine Tochter an. »Du bleibst schön liegen, und ich bestelle dir ein Glas Milch.«

»Ich mag Isla«, erklärte Maddie und kuschelte sich ins Bett. »Sie ist sehr hübsch und klug und lustig.«

Ja, das war seine persönliche Assistentin tatsächlich – und noch mehr. Sie war sehr sexy und eigensinnig und hatte meistens recht. Und sie war ein guter Mensch. Ein sehr guter Mensch. Neben ihr kam er sich vor wie der personifizierte Teufel. Und genau deshalb sollte er diesen Kuss vergessen. Schließlich war er hier, um das Stadtviertel zu zerstören, das ein Teil von ihr war. Meine Güte, würde er das wirklich tun? Er schüttelte den Kopf. Aber es war der richtige Ort für das Superhotel. Er hatte sich alles gründlich angesehen, und auch der Vorstand war dafür. Eigentlich war es die Entscheidung der Vorstandsmitglieder, nicht seine. Und er musste tun, was gut für die Firma war, richtig? Er hatte den Job soeben erst angetreten, und es war enorm wichtig für ihn, dass alles gut lief. Er setzte sich zu seiner Tochter aufs Bett.

»Findest du auch, dass Isla lustig ist, Daddy?«, wollte Maddie wissen und blinzelte müde.

»Ja, Schätzchen, sie ist sehr lustig.«

»Und hübsch«, fuhr Maddie fort.

»Ja, auch hübsch.«

»Und sie mag dich.«

Er schluckte. »Glaubst du das?«

»Oh, ja!« Maddie grinste. »Sie macht genau das, was Brooke immer macht, wenn sie will, dass ein Junge auf sie aufmerksam wird.«

»Und was ist das?« Er wollte unbedingt wissen, was seine Teenagertochter anstellte, um das Interesse von Jungen auf sich zu ziehen. Wenn er solche Verhaltensweisen entdeckte, würde er das sofort unterbinden.

»Sie wirft ihnen einen Blick zu.« Maddie sah ihm in die Augen. »Und dann schaut sie weg.« Sie senkte die Augenlider und starrte auf die Bettdecke. »Und dann schaut sie sie wieder an.« Maddie schenkte ihm einen Blick, der ihn sehr berührte, aber auch beunruhigte.

»Wow«, sagte Chase. »Das macht Brooke, wenn sie einen Jungen für sich interessieren will?«

»Und Isla tut das auch«, erwiderte Maddie. »Sie hat es in der U-Bahn gemacht, nachdem sie mir die Schokolade vom Gesicht gewischt hatte.«

»Wahrscheinlich hat sie mir nur einen bösen Blick zugeworfen«, meinte Chase seufzend. Und nach dem heutigen Abend würde alles noch delikater werden.

»Aber sie hatte heute ein Date mit dir«, erinnerte ihn Maddie.

»Nein, du kleine Kupplerin, ich habe dir doch gesagt, dass das nur ein geschäftliches Treffen war.« Er stand auf und strich ihr wieder übers Haar. »Ich besorge dir jetzt die Milch. Mach deine Augen zu.«

»Daddy?«, sagte sie leise.

»Ja?«

»Wenn ich einschlafe, trinkst du dann meine Milch?« Maddie fielen bereits die Augen zu.

»Na klar«, erwiderte er lächelnd.

»Versprochen?«

»Versprochen, Schätzchen.«

Er lauschte auf ihren ruhigen Atem und wusste, dass sie eingeschlafen sein würde, noch bevor er die Milch bestellen konnte. Rasch schloss er die Schlafzimmertür und atmete tief durch. Und nun einen Bourbon.

KAPITEL SIEBENUNDVIERZIG

Beaumont Square, Notting Hill

Hannah war in das Haus Nummer elf *eingebrochen*! Islas an den Rollstuhl gefesselte Schwester hatte ein Verbrechen begangen. Und es handelte sich nicht um unangemessenes Verhalten im Straßenverkehr – das passierte Isla mindestens zweimal am Tag, einmal während des Staus am Morgen und einmal bei der Fahrt nach Hause. Hannah hatte sich des Einbruchs und Hausfriedensbruchs schuldig gemacht … und des Diebstahls.

Isla starrte immer noch fassungslos auf das auf dem Kaffeetisch ausgebreitete Stück Papier – sie konnte es einfach nicht begreifen. Das durfte nicht wahr sein. Allerdings würde es einiges erklären.

»Nun, was sagst du dazu?«, fragte Hannah.

»Mir fehlen die Worte«, erwiderte Isla, ohne den Blick vom Tisch abzuwenden.

Hannah rückte sich in ihrem Rollstuhl zurecht und beugte sich vor. »Das ist doch das Breekers-Logo, richtig?«

»Ja«, erwiderte Isla.

»Und das ein großer Plan von Notting Hill und Umgebung.«

Sie schluckte. »Stimmt.«

»Und auf der anderen Zeichnung ist der Plan eines lächerlich großen Hotels.«

Das war tatsächlich der Plan, den sie sich gemeinsam mit

Chase angesehen hatte. Der Golfplatz mit neun Löchern, die Eissporthalle und der Zirkus …

»Man muss kein Einstein sein, um zwei und zwei zusammenzuzählen, oder?«, kreischte Hannah. »Also sag es mir: Will Breekers unser Stadtviertel abreißen und dieses Ding darauf bauen?«

»Ich weiß es nicht«, erwiderte Isla. Was hätte sie sonst auch sagen sollen? Von Notting Hill wusste sie wirklich nichts, und außerdem war sie vertraglich verpflichtet, Stillschweigen zu bewahren.

»Isla! Du arbeitest bei dieser Firma!«, rief Hannah.

»Hannah, vielleicht arbeitet Isla aber nicht in dieser Abteilung.«

Raj hatte sich endlich zu Wort gemeldet, und Isla war ihm beinahe dankbar dafür. Vielleicht konnte sie es dabei belassen, bis sie mehr herausgefunden hatte. Bis sie sich Chase morgen vorgeknöpft und ihn dazu gezwungen hatte, ihr zu sagen, was hier vor sich ging. Konnte sie ihn an der Gurgel packen, oder würde sie dann schon bald Wasabi-Erbsen verkaufen müssen?

»Blödsinn«, schnaubte Hannah. »Isla arbeitet in genau dieser Abteilung. Und jetzt wissen wir, warum der große Boss der Firma hier ist. Er schmiedet Pläne, alles hier zu zerstören.« Sie drehte sich zu Raj um. »Dürfen sie das überhaupt tun? Ich meine, hier gibt es Hunderte historische Dinge … und den Markt und das Ladbroke Estate. Meine Güte, das Viertel war Schauplatz eines Films!«

»Keine Ahnung«, erwiderte Raj.

»Und unser Haus«, fuhr Hannah fort. »Unser Haus steht an dieser roten Linie! Auf dem eingezeichneten Gebiet!«

Islas Gedanken überschlugen sich. Sie versuchte, Antworten zu finden, und während sie hoffte, dass sich das alles auf eine vernünftige Weise erklären ließ, gingen ihr ständig ganz andere Bilder durch den Kopf: sie und Chase im Schnee auf der Bank ihrer Großmutter, wie sie sich küssten, als würden sie gleich übereinander herfallen.

»Isla!«, rief Hannah.

»Tut mir leid.« Sie streckte die Hand aus und zog die Karte ein Stück näher zu sich heran.

»Unser Haus liegt auf diesem Plan«, fuhr Hannah fort. »Der ganze Beaumont Square wird vielleicht in einen Haufen Schutt verwandelt, und dann baut man hier eines dieser Gebäude, wie man sie von Donald Trump kennt! Und warum sind Verity und John im Besitz dieser Unterlagen?«

Das war eine sehr gute Frage – vielleicht sollte sie sich darauf konzentrieren, bis sie sich wieder gefangen und den Sinn der Sache verstanden hatte.

»Ich kann es nicht fassen, dass du in ein Haus eingebrochen bist, Hannah«, sagte sie.

»Genau genommen war ich das«, warf Raj ein.

»Und eigentlich sind wir nicht eingebrochen«, fügte Hannah hinzu. »Wir glaubten, ein Baby schreien zu hören.«

Isla schüttelte den Kopf. Ihre Schwester hatte eindeutig zu viele Folgen der Fernsehserie *Line of Duty* gesehen.

»Wir dachten, es könnte in Gefahr sein, also mussten wir …«, begann Hannah.

»Ihr musstet was?«

»Mrs Edwards war sehr aufgebracht, nachdem du gegangen warst. Wir konnten nicht einfach untätig hier herumsitzen.«

»Und das Baby hat geschrien«, fügte Raj hinzu.

»Werden Verity und John die Polizei informieren? Und muss ich ein eingeschlagenes Fenster ersetzen?« Isla konzentrierte sich auf *dieses* Verbrechen und nicht auf dasjenige, das die Pläne auf dem Tisch vor ihr ankündigten.

»Nein, ich habe einen Schlüssel«, erwiderte Raj.

»Einen Schlüssel?«, fragte Isla. »Zum Haus Nummer elf? Bist du dort auch zum Kaffee eingeladen? Oder besitzt jeder Postbeamte einen Schlüssel für alle Häuser?«

»Es handelt sich um einen Dietrich. Du weißt schon, dieser Schlüssel, den Schlüsseldienste haben.«

»Und Einbrecher.« Isla legte eine Hand an die Brust. »Einbrecher haben auch solche Schlüssel.«

»Ich habe ihn mir geborgt. Von einem Kumpel.«

Isla wusste nicht, was sie darauf sagen sollte.

»Wir sind also in das Haus gegangen und haben das hier gefunden. Auf dem Esstisch. Alle diese Pläne und Fotos und Dokumente …« Hannahs Stimme klang jetzt sehr bewegt. »Hast du davon gewusst, Isla? Hast du es gewusst und es mir verschwiegen?«

Sie schüttelte heftig den Kopf. »Nein!«

»Aber du wirst etwas dagegen unternehmen, oder? Das darf einfach nicht passieren. Wir dürfen das nicht zulassen! Sie können so etwas nicht entscheiden, ohne dass es Anhörungen und Besprechungen gibt. Das liegt doch im öffentlichen Interesse, richtig?«

»Richtig«, stimmte Isla ihr zu. Sie erinnerte sich an das angeregte Gespräch, das Chase mit Rod Striker geführt hatte. Deshalb war er so erpicht darauf gewesen, genau diesen Stadtrat kennenzulernen! Weil Notting Hill das ausgewählte Gebiet war … und sie hatte ihm beinahe jede Straße des Viertels gezeigt.

»Und der Stadtrat tagt oft«, fügte Raj hinzu. »Da, wo ich wohne, finden ständig Treffen statt.«

»Aber es geht nicht um deine Nachbarschaft«, sagte

Hannah traurig. »Sondern um meine.« Sie seufzte. »Unfassbar, dass wir John und Verity zum Abendessen eingeladen haben.«

Und Chase auch, dachte Isla. Ihn hatten sie auch eingeladen, und er war die treibende Kraft hinter diesem unheilvollen Projekt. Er hatte gewusst, dass Notting Hill das Viertel war, in dem dieses Monstrum gebaut werden sollte, und er hatte sie mit seinem sexy Akzent und seinem höflichen Verhalten um den Finger gewickelt – er hatte ihr sein Jackett gegeben, den Schnee von der Bank gewischt ...

»Und John arbeitet offensichtlich auch nicht bei einer Versicherung«, fügte Raj hinzu.

Das war wirklich merkwürdig. Warum ausgerechnet John und Verity? Und warum um alles in der Welt waren sie im Besitz von den angeblich streng geheimen Plänen der Firma?

»Ich werde der Sache auf den Grund gehen«, verkündete Isla. »Und das sollten wir schnell wieder zurückbringen.« Sie begann, die Karte und die Pläne zusammenzufalten.

»Zurückbringen?«, stieß Hannah hervor.

Raj wirkte besorgt. »Ich glaube nicht, dass wir das tun sollten.«

»Wir können diese Unterlagen nicht behalten«, stellte Isla fest. »Sie gehören uns nicht.«

»Das ist Beweismaterial«, erklärte Hannah. »Dafür, dass alles, was Mrs Edwards gesagt hat, der Wahrheit entspricht. Beweise dafür, dass hier etwas Merkwürdiges vor sich geht ... und es ist kein Beitrag für die Sendung *Time Team.*« Sie atmete hörbar ein und aus. »Und wenn wir ihnen die Unterlagen zurückgeben, wie sollen wir dann erklären, wie wir sie in die Hände bekommen haben? Sollen wir sagen, dass wir ein Baby schreien hörten, die Tür mit dem Dietrich eines Bandenmitglieds öffneten und feststellten, dass kein Baby im Haus war? Und dann brachte der Schneesturm plötzlich einen Windstoß mit sich, der uns die Dokumente vor die Füße wehte?«

»Das ist keine schlechte Idee«, meinte Raj.

»Es ist eine schreckliche Idee, Raj.«

Isla sah, wie beunruhigt Hannah war, und das war, wie immer, ihre Priorität. Sie musste ihre eigenen Befürchtungen verdrängen und ihrer Schwester glaubhaft versichern, dass alles gut werden würde. Selbst wenn sie jetzt noch keine schlüssigen Antworten hatte, würde Isla sie sich besorgen. Ganz sicher. Innerlich kochte sie, und am liebsten hätte sie laut geschrien, aber sie gab sich nach außen hin ganz gelassen, um Hannah nicht zu beunruhigen.

»Mach dir keine Sorgen, Hannah«, sagte sie ruhig. »Da ich noch nichts davon erfahren habe, kann die Planung noch nicht sehr weit fortgeschritten sein.« Sie zwang sich zu einem Lächeln. »Und wenn Verity und John für Breekers arbeiten würden, müsste ich das wohl wissen, oder?«

»Genau das habe ich auch gesagt«, warf Raj stolz ein.

»Aber …«, begann Hannah.

»Ich halte es für wahrscheinlich, dass Breekers mit ein paar Ideen spielt – so etwas ist an der Tagesordnung. Vielleicht handelt es sich sogar um einen alten Plan, der ›versehentlich‹ in die Hände eines Konkurrenten gelangt ist.« Das klang gut und war sogar in gewisser Weise plausibel.

»Glaubst du das wirklich?«, fragte Hannah.

»Es wäre möglich.« Sie biss sich auf die Zunge. »Und falls nicht … nun, schon bald ist Weihnachten, und in der Weihnachtszeit werden kaum Entscheidungen umgesetzt.«

»Aber du hältst es für einen alten Plan?«, hakte Hannah nach.

Ihr Gewissen erlaubte es ihr nicht, unverfroren zu lügen. Sollten sich ihre schlimmsten Befürchtungen bewahrheiten, würde Hannah ihr das nie verzeihen.

»Zumindest sieht es danach aus.« Isla gähnte und warf einen Blick auf ihre Armbanduhr. »Meine Güte, ist es schon so spät?« Sie stand auf und hoffte, dass Raj den Wink mit dem Zaunpfahl verstehen würde.

»Dann sollte ich wohl jetzt gehen.« Raj erhob sich ebenfalls.

»Ich bringe dich hinaus«, sagte Isla, vielleicht ein wenig zu eifrig.

»Das mache *ich*«, warf Hannah ein. »Er ist schließlich mein Gast.« Sie rollte rasch vorwärts.

»Natürlich«, erwiderte Isla. »Gute Nacht, Raj.«

»Nacht, Isla.«

Isla lächelte tapfer, bis die beiden das Zimmer verlassen hatten. Dann ließ sie sich auf das Sofa sinken und fragte sich, wer in diesem Universum sie so sehr hasste, dass er ihr eine Weihnachtsromanze vor die Nase hielt, sie ihr dann wieder wegnahm und vor ihren Augen wie ein Stück Papier zerknüllte und es unter seinen Füßen zerstampfte.

KAPITEL ACHTUNDVIERZIG

Canary Wharf

Du wirst doch Fragen stellen, oder? Gleich wenn du im Büro ankommst. Kannst du jemandem eine E-Mail schicken? Oder Chase anrufen? Ich meine, er hat mit uns Lasagne gegessen, während er geplant hat, unser Haus abzureißen!

Das hatte sich Isla von Hannah anhören müssen, während sie im Haus herumgelaufen war und gehofft hatte, dass Poppy nicht wieder absagen würde. Doch Poppy war tatsächlich aufgetaucht … ohne ein Wort über den Krankenhausaufenthalt ihrer Großmutter zu verlieren, aber leicht hinkend. Eine Beinverletzung ließ nichts Gutes hoffen, was die nächsten Tage betraf.

Natürlich war Isla all das auch durch den Kopf gegangen. Und Panik und Vernunft hatten sich so rasch abgewechselt, wie der Winterwind an diesem Morgen seine Richtung änderte. Die Vorstellung, dass zwei Personen, die am Beaumont Square direkt gegenüber wohnten, für Breekers arbeiteten und sie nichts davon wusste, war absurd. Wenn man nicht an all die Dramen in Fernsehserien glaubte, war das recht unrealistisch. Also blieb nur die Möglichkeit, dass sie für einen Konkurrenten arbeiteten. Die Vorstellung gefiel ihr allerdings auch nicht, denn das würde bedeuten, dass jemand bei Breekers Informationen und Pläne weitergab. Wie auch immer – es gab nur eine Schlussfolgerung: Notting Hill war der Ort, an dem das Superdorf gebaut werden sollte, und Chase hatte ihr das verschwiegen. Hatte er tatsächlich geplant, sie irgendwie mit an Bord zu holen? Waren sein Geständnis über seine Ehe und seinen Bruder und der Kuss nur ein Mittel gewesen, den Schlag etwas abzuschwächen? Glaubte er tatsächlich, dass sie jemals die Zerstörung dieses wertvollen Viertels in London unterstützen würde?

Sie warf von der gegenüberliegenden Straßenseite einen Blick auf das Breekers-Gebäude. Es schneite wieder stärker, und in den Gestank der Abgase mischte sich der Duft von Immergrün, das an der Ecke verkauft wurde. An der Fassade des Kaufhauses nebenan schwebten zwei glitzernde Engel mit Posaunen. Islas Weihnachtsstimmung war mit einem Mal verflogen, und das gefiel ihr gar nicht. Normalerweise würde sie jetzt die für die Jahreszeit typischen Bilder, Geräusche und Gerüche genießen – Blaskapellen und Chöre, die mit weihnachtlicher Straßenmusik Geld für wohltätige Zwecke sammelten, Kastanien, die über Metallfässern geröstet wurden, kleine Kostproben von traditionellen Gerichten, die auf der Straße angeboten wurden, um die Passanten in die Restaurants zu locken. Aber nun bereitete ihr das alles keine Freude mehr, und das war Chase' Schuld. Was hatte sie sich letzte Nacht nur dabei gedacht, ihn zu küssen? Bei der Erinnerung daran lief ihr ein Schauer über den Rücken. Auch wenn sie den Kuss sofort bereut und sich dafür auf typisch englische Art entschuldigt hatte, so hatte sie doch gehofft, ihn in Gedanken noch einmal erleben zu können – vielleicht an den Weihnachtsfeiertagen mit einer Schachtel Pralinen auf dem Schoß vor dem Fernseher, während *Leben und sterben lassen* lief. Doch nun lag ein Schatten auf dem Erlebnis. Sie würde sich nur noch daran erinnern, dass sie jemanden geküsst hatte, der sie von Anfang an belogen hatte.

»Kommst du, oder gehst du schon wieder? Ah, du schaust dir wohl die Weihnachtengel an und überlegst, ob du so etwas als Dekoration bei unserer Feier verwenden könntest, richtig?«

Aaron stand plötzlich neben ihr und stupste sie am Arm. Und erinnerte sie an noch etwas, was dieses Jahr nicht so reibungslos wie sonst über die Bühne ging – die Planung der Weihnachtsfeier. Der Höhepunkt ihres Jahres, bei dem sie sonst immer aufblühte, war im Augenblick das Letzte, womit sie sich beschäftigen wollte.

»Nein«, erwiderte sie knapp. Sie ging zum Randstein und wartete auf eine Lücke im Verkehr, um die Straße überqueren zu können.

»Warte doch. Was ist los? Du warst doch gestern Abend auf Colin Matthews' Party, und ich weiß, wie sehr es dir dort immer gefällt.« Aaron griff nach ihrem Arm.

»Ja, ich war dort«, antwortete Isla. »Und es war sehr schön.« Sie konnte sich hauptsächlich daran erinnern, dass sie im Kino auf dem Doppelbett gelegen und in diese haselnussbraunen Augen geschaut hatte. Die Augen des Lügners und Verräters. Sie musste sich wieder unter Kontrolle bringen, bevor Aaron noch mehr Fragen stellte. »Hast du dich in das Ridgepoint-Projekt schon eingearbeitet?«

»Scheibenhonig, das sind sechs Aktenordner, die ich durchsehen muss, Isla.« Aaron hob eine Hand zum Mund und knabberte an den Fingernägeln.

»Acht«, sagte Isla und trat auf die Straße. »Es sind acht Ordner.«

»Ich habe nur sechs.«

»Was hast du mit den anderen beiden gemacht?«

»Nichts. Ich … Was ist denn los, Isla?«

Sie hatte die andere Straßenseite erreicht, aber Aaron schien keine Ruhe zu geben. Und sie stand kurz davor, entweder heiße Tränen zu vergießen oder Gift und Galle zu spucken. Sie setzte zu einer Antwort an, ohne zu wissen, was dabei herauskommen würde.

»Ich …«

»Ja?«

»Ich kann es dir nicht sagen«, stieß sie rasch hervor.

»Irgendetwas ist auf der Party passiert, richtig?«, mutmaßte Aaron. Er riss die Augen auf, öffnete den Mund und hob die Hände ans Gesicht. »Etwas zwischen dir und Mr USA.«

»Natürlich nicht«, fauchte Isla ein wenig zu schnell.

»Das glaube ich dir nicht. Diesen Gesichtsausdruck kenne ich«, entgegnete Aaron. »Nach einem extrem produktiven Abend in der G-A-Y Bar sehe ich auch so aus.«

Isla schob die Tür des Bürogebäudes auf und betrat die Lobby. Sie musste Aaron loswerden. Am besten holte sie sich Hilfe. Sie ging rasch zu Denise am Empfang hinüber.

»Also, was war los?« Aaron lief hinter ihr her. »Ich bin sicher, du willst es mir erzählen.«

»Guten Morgen, Denise«, sagte sie lächelnd. »Aaron möchte gern alle Einzelheiten über Mr Bryans Hotelsuite wissen.« Sie schob den Schulterriemen ihrer Handtasche zurecht. »Wie groß ist das Bett? Und die Minibar? Was kann man sich vom Zimmerservice bringen lassen?«

»Ich …« Aaron starrte Isla verblüfft an.

»Also gut«, begann Denise. »Die Suite ist einfach ein Traum.«

Isla hastete zu den Aufzügen, bevor Aaron noch etwas sagen konnte.

KAPITEL NEUNUNDVIERZIG

»Gib ihn mir zurück, Brooke!«

»Erst wenn du dich bei mir entschuldigt hast.«

»Wofür?«

»Dafür, dass du auf meine Stiefel getreten bist!«

»Daddy, sie hat mir Cubby weggenommen!«

»Bla, bla, bla.«

»Daddy!«

Ein Blick auf die Karte von Notting Hill bestätigte seine schlimmsten Befürchtungen: Beaumont Square und Islas Haus lagen innerhalb des rot umrandeten Gebiets. Er hatte sich eingeredet, dass nichts ihn von seiner Entscheidung abbringen würde, gleichgültig worum es sich handeln mochte. Hier ging es nur ums Geschäft. Ihm war klar gewesen, dass er bei einigen auf Ablehnung und Unbehagen stoßen würde. Daraus durfte er sich nicht allzu viel machen. Aber nun beschlich ihn ein sehr unangenehmes Gefühl.

»Daddy, sie erwürgt ihn!«

»Das ist ein Teddybär, du Dummkopf! Einen Teddybären kann man nicht erwürgen.«

»Hör damit auf!«

»Entschuldige dich!«, befahl Brooke.

»Es reicht!«, brüllte Chase. »Haltet endlich den Mund!« Er sprang von seinem Stuhl am Konferenztisch auf und fegte dabei zwei Kugelschreiber auf den Boden. Ihm war übel, er war aufgewühlt und hatte das Gefühl, die Kontrolle zu verlieren. Das verhieß nichts Gutes. Er ging zum Fenster, starrte auf die Straße und versuchte, ruhig zu atmen. Es schneite heftig, und der Verkehr floss nur langsam. Die Passanten kämpften sich mit gesenktem Kopf im Wind voran. War Isla ebenfalls draußen unterwegs, ihr rotes Haar so zerzaust wie gestern Abend, als er sich danach gesehnt hatte, seine Finger darin zu vergraben …?

»Tut mir leid, Daddy.«

Maddies süße Stimme riss ihn abrupt aus seinen Gedanken. Was hatte er nur getan? Er hatte seine Töchter angeschrien. Wieder die Geduld verloren. Rasch drehte er sich zu seinen Kindern um.

»Nein«, sagte er leise. »Mir tut es leid. Entschuldigt bitte.« Er ging zu ihnen hinüber, zauste Maddies Haar und schaute Brooke an. Brooke hielt immer noch Maddies Teddybären in der Hand und setzte eine finstere Miene auf.

»Geht es um deinen Job, Daddy?«, fragte Maddie. »Ist er so schwierig wie mein Matheunterricht?« Sie schob ihre kleine Hand in seine.

Er schüttelte den Kopf. »Ich bin mir nicht sicher, ob es etwas gibt, was schwieriger ist als Matheunterricht.«

»Aber du bist doch gut in Mathe«, meinte Maddie.

»Das ist schon lange her«, erwiderte Chase.

»Das ist keine Entschuldigung dafür, deinen Ärger an uns auszulassen«, warf Brooke schroff ein.

»Das stimmt«, gab Chase zu. »Und dass jemand auf deine Stiefel getreten ist, ist auch keine Entschuldigung dafür, einen Teddybären zu kidnappen.«

»Es tut mir leid, dass ich auf deine Stiefel gestiegen bin«, sagte Maddie leise.

»Dieses Ding muss dringend gewaschen werden. Es

stinkt nach jedem Tag von Maddies neun Lebensjahren.« Brooke warf ihrer Schwester den Teddybären zu.

»Können wir zum Mittagessen ins Sugar High gehen, Daddy?«, fragte Maddie.

»Wir haben doch gerade erst gefrühstückt.« Brooke steckte sich ihre Stöpsel in die Ohren.

»Ich weiß es nicht«, erwiderte Chase. Er konnte an nichts anderes als an den Plan auf dem Tisch denken. Irgendetwas musste er tun, aber was? Sollte er dem Vorstand vorschlagen, das Gebiet zu verkleinern? Wenige Hundert Meter würden genügen, um Islas und Hannahs Zuhause zu retten. Nein, er durfte sich nicht von seinen Gefühlen leiten lassen. Damit würde er alles ins Lächerliche ziehen, was er in seinen Motivationsvideos verkündete. Entscheidungen sollten mit dem Kopf und nicht mit dem Herzen getroffen werden. Emotionale Reaktionen führten zu nichts Gutem. Nur mit sorgfältigen Überlegungen kam man ans Ziel. Ihm war bewusst, dass er Isla die Wahrheit sagen musste, bevor sie sie von jemand anderem erfuhr.

Isla stand vor der Tür, in der Nähe, aber nicht nahe genug, um gesehen zu werden. Chase befand sich bereits im Konferenzraum; vor ihm auf dem Tisch lagen einige Pläne. Waren das die Karten, die er ihr nicht gezeigt hatte? Die Pläne, die Hannah und Raj aus dem Haus ihrer Nachbarn gestohlen hatten? Wenn sie jetzt den Raum betrat, würde er dann wie in einer schlechten Komödie zusammenzucken und versuchen, sie rasch zu verstecken? Und warum beschleunigte sich ihr Pulsschlag bei seinem Anblick? Warum konnte sie sich immer noch genau daran erinnern, wie sich sein Körper neben ihrem angefühlt hatte? Wut – das war die einzige Erklärung dafür. Sie war wirklich wütend auf ihn und bereit, ihm die Hölle heißzumachen. Allerdings waren Brooke und Maddie bei ihm … und Ethel hatte anscheinend noch mehr glitzernde Pompons aus Wolle an die Decke gehängt. Konnte man in einem weihnachtlich dekorierten Raum zornig sein? Es gab nur eine Möglichkeit, das herauszufinden.

Sie schob die Tür auf.

»Isla!« Maddie begrüßte sie als Erste, und sie schenkte dem Mädchen ein Lächeln, bevor sie den Blick auf Chase richtete. Sie erwartete, dass er rasch die Papiere zusammenschob, in die er vertieft gewesen war. Aber vielleicht waren das auch nur Attrappen, und die echten Unterlagen befanden sich in seinem Hotelzimmer. Oder der Plan von Verity und John in ihrer Handtasche war die einzige Ausfertigung. Er steckte die Hände in die Hosentaschen und blieb dann unbeweglich stehen.

»Guten Morgen«, sagte sie schroff.

»Hey«, erwiderte Chase. »Möchtest du Kaffee? Ich wollte gerade welchen kommen lassen.«

»Nein danke.«

»Englischen Tee?«

»Ich möchte nichts trinken. Aber ich möchte wissen, wo dieses Superdorf gebaut werden soll.« Das war unverblümt und direkt. »Und zwar sofort«, fügte sie hinzu. Nun konnte sie seine Reaktion beobachten. Wie würde sich Mr Motivator jetzt herausreden?

»Kinder, würdet ihr Isla und mich für einen Moment allein lassen?«

Er hatte den Blick nicht nach links gewandt. Sie hatte auf dem Weg in der U-Bahn nach »Wie erkennt man einen Lügner« gegoogelt und gelesen, dass ein Blick nach links ein untrügliches Zeichen für eine Lüge war.

»Dürfen wir uns Kaffee holen?«, fragte Brooke. »Mit so viel Zucker, wie wir wollen?«

»Vielleicht solltet ihr lieber Süßstoff nehmen«, schlug Isla vor. Sie schluckte. Jemand, der vorhatte, die Hölle loszutreten, sollte sich keine Sorgen über den Zuckerkonsum von jungen Mädchen machen. Sie musste sich wirklich zusammenreißen.

»Macht ihr wieder ein Date aus?«, fragte Maddie lächelnd.

Isla biss sich auf die Zunge. Sie war fest entschlossen, sich nicht beschwichtigen zu lassen. Und deshalb würde sie jetzt nicht mehr an den Kuss im Schnee denken. In diesem Augenblick verachtete sie Chase. Er hatte sie angelogen. Er hatte sie hinters Licht geführt – so wie es diese aalglatten Motivationsredner und Hypnotiseure taten.

»Ich habe dir doch gesagt, dass wir gestern kein Date hatten, Schätzchen«, erwiderte Chase. »Das war ein rein geschäftliches Treffen.«

Na prima! Sie hatte ihm Hannahs heruntergekommenes Gemeindezentrum und Larkspur Gardens gezeigt und ihm ihr Herz und ihre Seele geöffnet, und Chase betrachtete das als normalen Arbeitstag.

»Komm, Maddie«, forderte Brooke ihre Schwester auf. »Ich zeige dir, wie man einen richtig süßen Milchkaffee macht.«

»Cool.« Maddie drückte ihren Teddybären an sich und folgte Brooke.

Isla biss sich auf die Unterlippe. Sobald die beiden die Tür hinter sich geschlossen hatten, würde sie loslegen …

Chase begann bereits zu reden, als die Tür noch nicht ins Schloss gefallen war. »Der Vorstand hat sich einen Ort für das Superhotel und das Dorf ausgesucht, den wir alle für am besten geeignet halten, und er ist …«

»Glaub ja nicht, du könntest mich anlügen«, fuhr Isla ihn an. »Mach dir nicht die Mühe, mir weiszumachen, der Ort läge am Rand von Haringey oder Feltham, denn …«

»Es ist Notting Hill«, unterbrach Chase sie. Und dann schien es ihm zu dämmern. »Du hast es bereits gewusst, richtig?«, flüsterte er und ließ die Schultern sinken. »Woher?«

»Dann stimmt es also?« Ihre Stimme brach, und sie hielt sich rasch an der Rückenlehne eines Stuhls fest. »Du bist hierhergekommen, um diese furchtbare Idee in die Tat umzusetzen, und zwar mitten in einer der schönsten Gemeinden dieser Stadt. Ein Viertel, das ich dir jeden Tag ans Herz gelegt habe, seit du hier bist.«

»Isla.« Chase zog die Hände aus den Hosentaschen und machte einen Schritt auf sie zu.

»Wie konntest du das tun? Wie konntest du Kuchen im Sugar High essen? Dich von mir zu Diwali und zum Portobello Market bringen lassen? Wie konntest du dich in mein Haus zum Abendessen einladen lassen, während du die ganze Zeit geplant hast, alles zu zerstören?«

»So war es nicht, Isla.«

»Nein?«, rief sie. »Wie war es dann? Hast du dir überlegt, wie viel Abfindung Breekers den Anwohnern zahlen muss, während du dir Geetas Curry hast schmecken lassen?«

Er schüttelte den Kopf.

»Wann wolltest du mich fragen, was im Augenblick der übliche Preis für ein Haus in dieser Gegend ist, einschließlich eines Nostalgiezuschlags?« Sie schnaubte laut. »Hast du überprüft, ob Hannahs und mein Haus im Löwengehege liegt?«

»Isla, bitte lass mich etwas dazu sagen.«

»Warum?«, stieß sie hervor. »Weil du der große Boss bist und ich tun muss, was du sagst, wenn ich meinen Job behalten will?« Sie atmete tief durch. »Nun, Mr Bryan, dann möchte ich dich daran erinnern, dass du angeblich meine Meinung und meine Ehrlichkeit zu schätzen weißt. Ich bin ehrlich.« Sie deutete mit dem Zeigefinger auf ihn. »Ich werde dich das nicht tun lassen. Ich werde Breekers das nicht tun lassen. Du wirst auf keinen Fall eine Baugenehmigung für Notting Hill bekommen, auch wenn du Rod Striker noch so viel Schmiergeld in die Hand drückst. Und solltest du wie durch ein böses Weihnachtswunder diese Genehmigung doch erhalten, werde ich mich selbst vor den Bulldozer werfen.«

Ihr wurde schlecht. Die Anspannung war so groß, dass sie befürchtete, sich jeden Moment übergeben zu müssen. Sie wollte schreien und weinen, sich auf ihn stürzen und ihm mit den Fäusten gegen die Brust schlagen … Und er stand einfach ruhig da und wirkte gelassen und vollkommen emotionslos.

»Meine wunderbare Schwester, deren Leben durch einen Autounfall total aus der Bahn geworfen wurde, hat nun panische Angst davor, umziehen zu müssen. Davor, dass alles, was sie liebt – ihr Job, unser Platz, das bescheidene kleine Gemeindezentrum, unsere Freunde, die Läden und Restaurants –, zerstört wird. Und die Firma, für die ich arbeite, ist dafür verantwortlich.«

»Ich verstehe, wie du dich fühlst«, sagte Chase.

»Das sagen die Leute nur, wenn sie keinen verdammten Schimmer davon haben, wie man sich fühlt!«, schrie sie ihn an. »Du hast gewusst, wie ich über Notting Hill denke. Ich habe dir alles gezeigt, woran mein Herz hängt. Ich habe dich zu Larkspur Gardens gebracht, ich habe …«

»Du hast mich geküsst, wie mich noch nie jemand zuvor geküsst hat«, unterbrach er sie heftig.

Chase konnte nicht anders. Er hörte sich ihre Anschuldigungen an, die er mehr als verdient hatte, aber er konnte nur an diesen Moment in dem kleinen Park denken. An diesen verrückten Brunnen mit dem Frosch und daran, dass er selten so gefroren hatte, ihm gleichzeitig aber im Inneren so heiß gewesen war wie nie zuvor. Seine Gefühle hatten ihn überwältigt, und er würde diesen Augenblick um nichts auf der Welt missen wollen.

»Hör auf!«, rief Isla. »Sprich nicht davon! Du hast mich angelogen.«

»Das stimmt nicht«, verteidigte Chase sich. »Du hast gewusst, dass ich mich mit Rod Striker treffen wollte.«

»Ich dachte, du wolltest ihn kennenlernen, weil er viele Kontakte hat.« Sie schüttelte den Kopf. »War ich nur eine Witzfigur für dich? Die naive kleine persönliche Assistentin, die keine Ahnung von deinen Plänen hatte?« Sie schluckte. »Nur eine dumme Sekretärin, die du täuschen konntest?«

»Ich hatte vor, dir zu sagen, dass …«

»Dann sag es mir jetzt. Erklär mir, warum meine neuen Nachbarn von gegenüber diesen Plan in ihrem Haus hatten.«

Er sah zu, wie sie eine Karte aus ihrer Handtasche zog und sie vor ihn auf den Tisch warf.

»Was?« Er hatte keine Ahnung, wovon sie sprach.

»Verity und John. Ihren Nachnamen kenne ich nicht. Ich weiß nicht einmal, ob das ihre richtigen Namen sind, aber sie arbeiten für dich oder für einen unserer Konkurrenten. Wie auch immer, sie kennen alle Details, das ganze Drum und Dran.« Sie verschränkte die Arme vor der Brust. »Also, worum geht es hier?«

Er hatte noch nie etwas von diesen Leuten gehört. Sie arbeiteten nicht für ihn. Und wenn ein Konkurrent von den Plänen wusste, war das eine Katastrophe. Angst durchfuhr ihn und breitete sich in seinem ganzen Körper aus. »Ganz ehrlich, ich habe keine Ahnung.«

»Ehrlich?«, fragte sie höhnisch. »Weißt du denn überhaupt, was dieses Wort bedeutet?«

»Isla, das ist nicht fair.«

»Fair? Du wagst es, das Wort fair in den Mund zu nehmen?«

»Das ist eine Geschäftsentscheidung«, rief Chase ihr ins Gedächtnis. Meine Güte, allmählich hasste er sich selbst ein wenig. »Wir brauchen den besten Standort für das Hotel. Er muss zentral gelegen und genau richtig dafür sein, damit wir das Projekt erfolgreich umsetzen können.« Und er war auf diesen Erfolg angewiesen. In erster Linie, um wieder etwas für die Ausbildung seiner Töchter ansparen zu können. Eine Scheidung war nicht billig.

»Verschone mich mit diesem geschäftlichen Blabla«, entgegnete Isla. »Ich bin ein Mensch. Und Notting Hill ist nicht nur ein Standort. Es ist ein Drehkreuz, eine lebendige Gemeinde mit so vielen Eigenheiten, wie man sie nirgendwo anders findet. Solche Orte sollten gehegt und gepflegt werden … und beschützt. Und nicht eingetauscht werden gegen Chrom und Glas und Schuhputzer und Golfplätze … und einen *Cirque du Soleil.*«

»Isla, ich stecke in einer Zwickmühle«, sagte Chase zögernd. Vielleicht sollte er ihr alles erzählen – die ganze Wahrheit. Schließlich hatte er sie auch darum gebeten, ehrlich zu sein, und sie war darauf eingegangen. Er hatte sich ihr gegenüber ein wenig geöffnet, was Colt anbelangte, ihr aber noch nicht alles erzählt. Vielleicht würde sie ihn besser verstehen, wenn sie die ganze Geschichte kannte. Wenn sie begriff, was er durchgemacht hatte, und begriff, dass er immer noch versuchte, sich einen Weg zu erkämpfen, der ihn vom Abgrund wegführte. Er atmete tief durch. Nein, das wäre selbstsüchtig. Hier ging es nicht um ihn, sondern nur um sie.

»Und was ist mit mir?« Ihre Stimme klang brüchig, und er sah, dass ihr Tränen in die Augen stiegen. »Wie soll ich Hannah beibringen, dass es tatsächlich wahr ist? Dass die Firma, für die ich arbeite, ihre Welt zerstören will? Wie kann ich ihr begreiflich machen, dass ich dabei mitmachen muss, wenn ich weiterhin meine Rechnungen bezahlen will?«

»Isla.« Er streckte die Hand nach ihr aus, um Kontakt zu ihr aufzunehmen. Aber wie sollte er sie trösten? In diesem Moment gab es nichts, was er ihr anbieten konnte.

Sie wich zurück. »Ich kann heute nicht mit dir arbeiten«, erklärte sie. »Ehrlich gesagt weiß ich nicht, wie ich jemals wieder für dich oder diese Firma arbeiten soll.« Sie holte hörbar Luft. »Du solltest dich also besser mit Aaron in Verbindung setzen.«

»Isla, bitte.«

Sie schüttelte den Kopf. »Es tut mir leid, aber dazu gibt es absolut nichts mehr zu sagen.«

KAPITEL FÜNFZIG

Portobello Road, Notting Hill

Isla war gegangen. Sie hatte noch nie in ihrem Leben einfach ihren Arbeitsplatz verlassen. Tatsächlich war sie bekannt dafür, dass sie oft noch im Büro war, wenn der Sicherheitsdienst seine Nachtschicht bereits begonnen hatte. Doch jetzt schwänzte sie den Dienst, war unerlaubt abwesend. Sie saß auf einer Bank in der Portobello Road, hatte sich die Kapuze ihres Mantels tief ins Gesicht gezogen und hielt einen Weihnachtsmuffin vom Sugar High in der Hand. Und sie saugte jede Einzelheit in sich auf, als könnte alles verschwinden, wenn sie kurz die Augen schloss.

Sie beobachtete, wie die Menschen ihrer Arbeit nachgingen – an einem Tag wie an jedem anderen in der Vorweihnachtszeit. Nur für sie war das kein gewöhnlicher Tag. Alles hatte sich geändert, seit sie diese Karte mit der dicken roten Linie gesehen hatte, die alles zerstören würde. Und was konnte sie dagegen unternehmen? Konnte hier überhaupt jemand etwas dagegen tun?

Ein paar Meter von ihr entfernt lud ein Paketbote einen großen Karton von seinem Lieferwagen, und als er ihn hochhob, fielen etliche Rentiere in den Schnee. Ihre Nasen leuchteten auf, und ihre Geweihe bewegten sich zur Melodie von »Jingle Bell Rock«, während er sie rasch wieder einsammelte. Sie wollte aufstehen, um ihm zu helfen, blieb aber dann doch sitzen. Was hatte das alles noch für einen Sinn? Wenn Chase seinen Plan durchsetzte, würde es in ein paar Monaten den Laden, den er belieferte, nicht mehr geben. Und all die anderen Läden, die Bistros und sogar der witzige alte Tauschladen in der Pembridge Road, bei dem sie gern hin und wieder herumstöberte, würden dann verschwinden.

Sie schauderte, biss in den Weihnachtsmuffin und genoss den Geschmack nach Beeren, Zimt und dicker Vanillesoße auf ihrer Zunge.

Auch wenn sie Chase gegenüber Wörter wie »historisch« und »ungewöhnlich« verwendet hatte, war sie nicht naiv. Sie wusste genau, was geschehen würde, wenn diese Pläne in die Tat umgesetzt wurden. In der Vergangenheit hatte sie schon mehrmals bei solchen Vorhaben mitgearbeitet. Natürlich hatte sie es noch nie mit einem Projekt zu tun gehabt, das die Zerstörung eines Viertels wie Notting Hill beinhaltet hatte, aber es waren Häuser aufgekauft worden, um Platz für Straßen, Einkaufszentren und Parkplätze zu schaffen. Machte sie das zu einer Vertreterin des Sankt-Florian-Prinzips? War es in Ordnung, bei solchen Projekten mitzuarbeiten, solange sie selbst nicht davon betroffen war? An anderen Orten waren ebenfalls Menschen zu Hause. Doch da war sie nicht auf die Barrikaden gegangen und hatte moralische Bedenken geäußert. Und sie hatte auch mitbekommen, dass bei Breekers einige Kunden für die Umsetzung ihrer Pläne unter dem Tisch einige Geldscheine weitergereicht hatten. Jeder wusste, dass das allgemein üblich war – es gehörte einfach dazu. Die Regeln wurden zurechtgebogen, wenn nicht gar gebrochen. Und Rod Strikers Methoden waren so schräg wie einer von Uri Gellers verbogenen Löffeln.

Was verletzte sie also daran so sehr? Die Tatsache, dass

sie für eine Firma arbeitete, die eine Art Atlantic City in ihrem Viertel errichten wollte? Oder doch eher, dass sie Chase Gefühle entgegenbrachte, die sie schon seit langer Zeit für niemanden mehr empfunden hatte, und er sie hinters Licht geführt hatte? Das schmerzte sie sehr. Obwohl er ihr Boss war, hatte sie geglaubt, ihn persönlich kennengelernt zu haben. Er war humorvoll und faszinierend und manchmal auch unverschämt und unausstehlich ... Und das hatte sie sehr sexy gefunden. Aber anscheinend hatte das alles zu seiner Strategie gehört. Sie schüttelte den Kopf, und Schneeflocken rieselten von ihrer Kapuze, während sie wieder von dem Muffin abbiss. Was hatte er wohl geglaubt, wie lange er den Standort des Hotels vor ihr verheimlichen konnte? Und was hatte er sich gedacht, wie sie reagieren würde, wenn alles ans Tageslicht kam? Vielleicht hatte er sie auch im Ungewissen lassen wollen, bis er wieder zurück in den Vereinigten Staaten war. Wenn er sich nicht mehr persönlich mit ihr auseinandersetzen musste. Wenn sie alles vorbereitet hatte und er sich wie eine Schlange hatte einschleichen können. Aber ihn als giftiges Reptil zu sehen bereitete ihr aus mehreren Gründen Schwierigkeiten. Zunächst hatte sie erlebt, wie er mit seinen Kindern umging. Er liebte sie abgöttisch. Auch wenn er damit zu kämpfen hatte, Beruf und Kinderbetreuung unter einen Hut zu bekommen, gab es keinen Zweifel daran, dass ihm seine Töchter sehr am Herzen lagen. Und außerdem hatte er einem Keramikfrosch wieder Leben eingehaucht, nur weil er wollte, dass sie im Park ihrer Großmutter die Fontäne sehen konnte. Wer riskierte schon gefrorene, aufgerissene Lippen für so etwas? Er hatte keinen Gewinn davon gehabt – er hatte ihr damit nicht schmeicheln oder ihr Informationen entlocken wollen. Er hatte es einfach getan, weil er es hatte tun wollen. Um ihr eine Freude zu bereiten … und dann hatte er sie geküsst.

Sie schloss die Augen, und der Duft nach süßem Zimt und Zedernholz stieg ihr in die Nase, gemischt mit eisiger Luft und frischem Schnee. Sein Mund war leidenschaftlich und zugleich vertrauenerweckend gewesen. Beinahe so, als wolle er sie mit seinen Lippen fragen, ob das für sie in Ordnung sei, und dann auf ihre Reaktion warten. Und es war für sie in Ordnung gewesen. *Mehr* als das. Dieser Moment hatte sie so berührt, wie schon lange nichts mehr in ihrem Leben sie berührt hatte. Es war der perfekte Kuss in Notting Hill gewesen …

Sie öffnete die Augen wieder, und ihr Blick fiel auf einen Budenbesitzer, der die Passanten dazu aufforderte, seine Würstchen und die mit Fenchelsamen bestreuten Brötchen zu kosten, und ihr war trauriger zumute als seit langer Zeit. Wenn sie sich widersetzte, würde sie die Firma vielleicht verlassen und sich schon bald mit Quinoa und Sushi bei M & S Foods anfreunden müssen. Wie würde ihr Leben ohne ihren Job bei Breekers weitergehen? Sie konnte sich nichts anderes vorstellen, und sie hatte all ihre Kraft investiert, um dort die Karriereleiter nach oben zu klettern. Sie war nun schon seit geraumer Zeit die verlässliche, gut organisierte Geldverdienerin in der Familie. Sie atmete tief ein und betrachtete die Touristen, die ihre Kameras auf die Galerien, Schmuckläden und Boutiquen mit den hellblauen, grauen, minzgrünen und pinkfarbenen Fassaden richteten. Weiter unten an der Straße lag Alice's Portobello in grellem Rot und Gold und erinnerte an Aladins magische Höhle. Davor waren Stände aufgebaut, an denen ein Sammelsurium an einzelnen Teetassen, Tennisschlägern aus Holz und Blechblasinstrumenten angeboten wurde. Sogar ein schwarz-weißes Plastikschwein stand auf der sauber gefegten Straße. Hier war nichts Elegantes, übertrieben Feines oder Futuristisches zu finden. Alles war rustikal und kurios … Den Laden gab es schließlich bereits seit 1887. Es war einfach nicht richtig. Sie seufzte. Was sollte sie nur tun? Und ihre größte Angst war, was sie ohne dieses Stadtviertel tun sollte. Was war sie ohne Notting Hill?

KAPITEL EINUNDFÜNFZIG

Breekers London, Canary Wharf

»Oh, Scheibenhonig!«

Aarons Ausruf klang wie ein Quieken, als Chase ihm die Karte mit dem geplanten Ort für die Superhotelanlage zeigte.

»Möchten Sie ein Glas Wasser?«, fragte Chase.

»Nein … ich …« Aaron hob den Blick von dem Plan und sah ihn an. »Vielleicht einen Espresso. Einen dreifachen.«

»Nur zu«, erwiderte Chase. »Einen Schluck Bourbon dazu?«

»Gibt es hier so etwas?«

Chase nickte und seufzte dann tief. Aaron war vor ein paar Tagen ganz begeistert von der Idee gewesen, und nun diese Reaktion. Was war nur los mit Notting Hill? Alle taten so, als handle es sich um heiliges Land.

»Tut mir leid, Mr Bryan … Chase, aber nun verstehe ich, warum Isla einige Schwierigkeiten damit hat.« Aaron schluckte heftig. »Ich meine … es geht um *Notting Hill.*«

Es klang, als sei Notting Hill mit Bethlehem oder Graceland vergleichbar. Das verhieß nichts Gutes. Eigentlich sollte er wütend und frustriert sein, dass niemand das Projekt befürwortete, aber er war nur angewidert. Von sich selbst. Er konnte sich gut vorstellen, wie Isla sich jetzt fühlte. Er hatte sie bewusst im Unklaren gelassen, während er sich mit ihr das Stadtviertel angesehen hatte – genauso wie sie gesagt hatte. Aber das war noch nicht alles. Irgendwann waren die klaren Linien vor seinen Augen verschwommen, und nun hatte er Schwierigkeiten, sich auf etwas festzulegen. Er schien die Kontrolle zu verlieren, und wenn er nicht aufpasste, würden Emotionen von ihm Besitz ergreifen und die Oberhand gewinnen. Vielleicht sollte er seine Pläne für den Rest des Tages ändern und versuchen herauszufinden, wer diese Verity und dieser John waren und warum zum Teufel sie Beekers' geheime Pläne besaßen. Alles war besser, als ständig daran denken zu müssen, wie sehr er die Frau verletzt hatte, die er am Abend zuvor im Arm gehalten hatte.

»Aaron«, begann Chase. »Können Sie mir einen Gefallen tun?«

»Selbstverständlich. Das ist schließlich meine Aufgabe, jetzt, wo Isla nicht da ist.« Aaron zog die Augenbrauen hoch. »Wird sie zurückkommen?«

»Natürlich.« Hatte das überzeugend geklungen? Er war sich nicht sicher.

»Heute noch?«, wollte Aaron wissen.

Chase ignorierte die Frage. »Bitte stellen Sie sich einen Moment lang vor, dass es bei dem Plan nicht um Notting Hill geht.«

»Ist das denn so?«

»Sie sollen es sich nur vorstellen.«

»Nun, wenn es nicht um Notting Hill geht, dann …«

»Nehmen wir einmal an, wir planen den Bau am Rand von Haringey.«

»Oh, ja!« Aaron schien begeistert. »Das wäre ein viel besserer Ort für ein Superdorf.« Er hob den Zeigefinger. »Dort gäbe es auch keine Parkplatzprobleme. Und die leitenden Angestellten würden mit dem Auto und nicht mit der U-Bahn kommen.«

Chase schloss die Augen und schüttelte den Kopf. Was war nur mit dieser Firma in London los? Er war immer der Meinung gewesen, dass Briten stets alle Regeln befolgten und sich gern anpassten, aber in diesem Büro schien genau das Gegenteil der Fall zu sein.

»Hat es Ihnen im Electric Cinema gefallen?«, erkundigte sich Aaron und ließ sich mit dem Hintern auf der Tischkante nieder, als hätte er vor, es sich dort für eine Weile gemütlich zu machen. »Als ich das letzte Mal dort war, hatte ich einen Platz auf einem dieser fantastischen riesigen Betten.« Seine Augen verschleierten sich. »Sein Name war Justin, und er sah aus wie Will Lexington in *Nashville*.«

Chase schluckte. Ja, er hatte jede Minute auf diesem Bett genossen. Das grün-schwarze Kleid, das Islas Kurven betonte, ihr rotbraunes Haar auf den tiefroten Samtkissen, ihre Gespräche über die Orte, an denen er gewohnt hatte, und über den einen Ort, an dem sie schon immer lebte …

»Es war nicht schlecht«, erwiderte er kurz angebunden. »Es gab einen alten Weihnachtsfilm, und alle waren ein bisschen betrunken.« Er rückte seine Krawatte zurecht. »Und ich habe Rod Striker kennengelernt.«

»Oje, diesen Spitzbuben.« Aaron verdrehte die Augen zur Decke, von der die glitzernden Pompons baumelten. »Von allem, womit er zu tun hat, ist nichts Gutes zu erwarten.«

»Aber er leitet die Planung in diesem Gebiet, richtig?«

»O ja, und er tut manches, um so viel wie möglich in die eigene Tasche zu wirtschaften«, erklärte Aaron. »Isla meidet ihn, wo sie nur kann.«

»Und wie stellt sie das an, wenn es um ein Projekt in seinem Gebiet geht?«, fragte Chase interessiert.

»Das müssen Sie sie selbst fragen.« Aaron stand endlich

auf. »Also gut.« Er richtete den Blick wieder auf den Plan. »Nehmen wir an, es handle sich hier um Haringey. Was soll ich für Sie tun?«

Tja, was sollte Aaron tun? Er hatte keine Ahnung. Ihm war nur klar, dass er Isla finden musste.

Die Tür zum Konferenzraum flog auf, und Maddie lief auf ihn zu. Ihr Gesicht war gerötet, tränenüberströmt und mit weißem Milchschaum bedeckt. »Daddy! Brooke hat die Kaffeemaschine in die Luft gejagt!« Sie schluchzte und versuchte, ihre Tränen zurückzuhalten. »Und dann hat sie es auf Instagram gepostet und dazugeschrieben, dass ich aussehe wie der Weihnachtsmann, nur mit einem dickeren Bauch.« Sie schniefte. »Und dann hat Mommy sich gemeldet, und sie ist sehr wütend!«

»Meine Güte«, bemerkte Aaron. »Offensichtlich hattet ihr einen aufregenden Nachmittag.« Er legte Chase eine Hand auf die Schulter. »Ich hole uns einen Espresso. Dreifach?«

Chase seufzte tief. »Für mich einen vierfachen.«

KAPITEL ZWEIUNDFÜNFZIG

Portobello Flowers, Portobello Road, Notting Hill

Heute standen keine Blumenkübel vor der Ladentür, sondern winzige Fichten. Einige waren ungeschmückt und trugen nur den Schnee der letzten Stunden auf ihren immergrünen Zweigen, andere waren mit knallroten, dunkelgrünen und silberfarbenen Kugeln behängt. Isla blieb vor der Glastür stehen und beobachtete ihre Schwester bei der Arbeit.

Hannah zog Blumen aus verschiedenen Kübeln und stellte sie zu einem Strauß zusammen, als wäre das die leichteste Aufgabe der Welt. Isla wusste jedoch aus eigener Erfahrung, wie schwierig das war, denn sie selbst hatte kein Talent dafür. Hannah hatte schon immer einen guten Blick für Farben gehabt, deshalb kümmerte sie sich auch um die Dekoration in ihrem Haus. Dem Instinkt folgend oder vielleicht auch weil sie es im Blumenladen gelernt hatte, konnte sie aus ein paar violetten und purpurfarbenen Blüten, einigen Goldfäden und ein wenig Schleierkraut im Nu ein wunderschönes Gesteck basteln.

Isla seufzte und sah noch eine Weile zu, wie Hannah Blumen auswählte, sie zusammensteckte, kurz überlegte und nach einem weiteren Stängel griff. Das war eine Aufgabe, die sie perfekt erledigte und bei der ihre Behinderung keine Rolle spielte. Selbst Claudia gab zu, dass sie diese Kunst beherrschte wie sonst niemand.

Sie schob die Tür auf, und das Glöckchen über dem Rahmen klingelte und kündete ihre Ankunft an. Sofort stieg ihr der Duft der Blumen in die Nase. Große samtige Rosen, blühendes Heidekraut und gelber, sternförmiger Winterjasmin. Es roch auch nach Weihnachten – nach den Kiefernzapfen und Holzscheiten, die Hannah mit einem Glitzerspray verziert hatte.

Hannah hob den Blick und schaute sie entsetzt an. »Oh, Mist, was machst du denn hier?«

»Das ist nicht die netteste Begrüßung, an die ich mich erinnern kann.«

Hannah legte die Blumen auf die Theke, packte Ronnies Räder und rollte ein wenig zögernd und mit einer Miene wie eine Schachgroßmeisterin kurz vor dem Schachmatt auf sie zu. »Du hast im Büro etwas herausgefunden, richtig? Und deshalb bist du gekommen … Obwohl du eigentlich in der Arbeit sein solltest.«

Als Isla die Tür des Blumenladens aufgestoßen hatte, war sie bereit gewesen, Hannah die Wahrheit über das Breekers-Projekt zu erzählen – Geheimhaltung hin oder her – und ihr zu versichern, dass sie es irgendwie schaffen würden, was immer auch passieren mochte. Doch jetzt, als sie Hannahs aschfahles Gesicht und den besorgten Blick in ihren Augen sah, fiel ihr Entschluss in sich zusammen wie ein wackliges Kartenhaus aus Weihnachtskarten.

»Nein«, widersprach sie und schluckte alle Zweifel rasch hinunter.

Hannah schwieg und rollte langsam weiter auf sie zu, Zentimeter für Zentimeter, und sah sie dabei forschend an. »Warum bist du nicht in der Arbeit, Isla?«

Warum bist du nicht in der Arbeit? Warum nicht? Denk nach, Isla. Lass dir etwas einfallen. »Oh, Chase hat mich losgeschickt, um Kuchen für Brooke und Maddie vom Sugar High zu holen.« Sie verdrehte die Augen. »Diese Mädchen sind ganz verrückt danach.«

Hannah wirkte nicht überzeugt, und das Einwickelpapier des Muffins schien ihr ein Loch in die Manteltasche zu brennen.

»Aber du bist zuerst hierhergekommen?« Hannah rollte immer noch auf sie zu.

Isla nickte. »Ich darf doch wohl rasch bei meiner Schwester vorbeischauen, wenn ich in der Gegend bin ... Außerdem wollte ich fragen, ob du und Claudia ein Stück Kuchen wollt.«

»Claudia ist nicht da«, erklärte Hannah. »Sie muss heute Nachmittag einige Lieferungen erledigen.«

»Was?«, rief Isla. »Du bist ganz allein im Laden?«

»Ja, und für alles verantwortlich.«

»Aber, Han ...«

»Fang gar nicht erst damit an! Ich war auf dem Klo, bevor sie gegangen ist, und unter der Theke liegt ein Baseballschläger, für den Fall, dass eine Bande von Blumenräubern hereinstürmt.«

»Räuber haben es wohl weniger auf die Blumen als auf das Geld in der Kasse abgesehen, Hannah.«

»Ich bin nicht dumm ... und ich komme gut zurecht. Ich war schon oft allein im Laden«, gab sie zu.

Isla schluckte. Natürlich. Warum auch nicht? Hannah hatte es ihr nur nicht erzählt, weil sie wusste, dass sie sich dann Sorgen machen würde.

»Aber lassen wir das«, fuhr Hannah fort. »Hast du mit Chase über die Karte von Notting Hill und die Pläne für den gigantischen Hotelkomplex gesprochen?«

Was sollte sie nun antworten? Die Sache quälte sie sehr,

aber sie konnte im Augenblick nicht mit Hannah darüber reden. Sie konnte ihr nicht sagen, dass Breekers tatsächlich Notting Hill für dieses Projekt vorgesehen hatte. Sie hegte immer noch die Hoffnung, dass es Rod Striker nicht gelingen würde, eine Genehmigung für dieses groteske Unternehmen zu bekommen, und dass sich alles in Wohlgefallen auflösen würde … Möglicherweise wurde ein anderer Ort ausgewählt, weit weg von hier, vielleicht in Essex.

»Oh, ja.« Isla fuhr mit der Hand durch die Luft, als sei die Sache nicht der Rede wert. »Chase hat gelacht.«

»Er hat gelacht«, wiederholte Hannah, ohne eine Miene zu verziehen.

»Ja.« Warum hatte sie das gesagt? »Es ist ja auch wirklich lächerlich, oder? Wer will schon Notting Hill zerstören, um so etwas … so etwas …«

»Um so etwas Riesiges und Hässliches zu bauen?«

»Genau. Ein Ungetüm aus Glas und Stahl«, stimmte Isla ihr zu.

»Dann ist die Karte also eine Fälschung?«

Isla nickte. »Ja.«

»Wer hat sie gezeichnet?«

»Was?«

»Von wem stammt diese Fälschung?«

Isla wurde übel. Die Vanillecreme, die vor einer halben Stunde so süß und tröstlich gewesen war, schien sich in ihrem Magen zusammenzuklumpen. »Breekers«, brachte sie mühsam hervor. »Um die Konkurrenz in die Irre zu führen und von dem tatsächlichen Projekt abzulenken.«

»Und was ist das?«, fragte Hannah.

»Was?«

»Das tatsächliche Projekt.«

Hannah ließ einfach nicht locker. Weil sie nicht so dumm

war wie Isla. »Das darf ich dir nicht sagen.« Sie legte einen Finger an die Nase. »Streng geheim.«

Und dann geschah etwas Wunderbares. Etwas Wunderbares, aber gleichzeitig Beunruhigendes. Hannah schien sich zu entspannen, als fiele ihr eine schwere Last von den Schultern. Sie seufzte tief, nahm die Hände von den Rädern des Rollstuhls und legte sie in den Schoß. »Gott sei Dank! Ich konnte den ganzen Vormittag an nichts anderes denken, und ich konnte es Claudia nicht sagen.« Sie seufzte noch einmal. »Sie fragte mich immer wieder, was los sei, und wollte mich nicht allein lassen, um die Bestellungen auszuliefern, aber ich drohte damit, ihr über die Zehen zu rollen, also ist sie schließlich gegangen, aber … Oh, Isla, bist du nicht erleichtert?«

Nein, das war sie nicht, denn sie hatte gelogen. Und wenn Hannah das herausfand, würde sie ihr nie wieder vertrauen. Sie nickte und zwang sich zu einem Lächeln. »Natürlich. Nicht dass ich jemals daran gezweifelt hätte. Ich meine, ein Superdorf? Hier? Pah!«

»Und wer sind Verity und John? Wir sollten sie nicht zum Abendessen einladen. Ich möchte nicht, dass sie mein Wasserglas mitgehen lassen, um meine Fingerabdrücke zu haben, oder so etwas.«

Isla zuckte die Schultern. »Das weiß ich noch nicht. Vielleicht Konkurrenten, denen man falsche Informationen zugespielt hat.« Sie lächelte. »Und natürlich werden wir sie nicht zum Essen einladen. Ich möchte nicht, dass sie versuchen, etwas aus mir herauszubekommen, und außerdem haben sie Mums vorzügliche Béchamelsoße nicht verdient.«

»Oh, Isla, ich bin so froh«, fuhr Hannah fort. »Ich habe schon befürchtet, wir müssten es heute Abend bei unserer

Wein- und Käseverkostung allen erzählen und eine Demo zur Rettung unseres Viertels organisieren.«

Der Wein-und-Käse-Abend! War das heute? Sie musste sich endlich wieder konzentrieren. Alles, worum sie sich sonst in dieser Jahreszeit so gern gekümmert und was sie mit Freude organisiert hatte, war von Chase' Ankunft überschattet worden. Es war ihre Aufgabe, Wein und Käse zu kaufen. Hannah durfte nicht erfahren, dass sie es vergessen hatte.

»Also, was gibt es dieses Jahr? Einen dunklen, geheimnisvollen Merlot? Mit einem in der Höhle gereiften Cheddar?«, fragte Hannah.

»Ich glaube, ich habe einen Shiraz gekauft.« Sie legte die Hand an die Stirn und gab vor, sich nicht genau erinnern zu können.

Hannah lächelte. »Deine Gedanken drehen sich hauptsächlich um die Breekers-Weihnachtsfeier, ich weiß. Kannst du mir das Motto immer noch nicht verraten?«

Sie schüttelte den Kopf. Wer weiß, ob sie überhaupt Essen dafür bekommen würde. »Du kennst die Regeln. Erst eine Woche vor der Feier, bis dahin bleibt es eine Überraschung.« Wenn das Catering und die Dekoration wegfielen, wären sicher alle überrascht. Vielleicht konnte sie einfach so tun, als sei das minimalistischer Schick. Sie lächelte. »Ich sollte lieber zurückgehen.«

»Zur Arbeit?, fragte Hannah. »Du hast doch gesagt, du wolltest zum Sugar High.«

Mist. Die wichtigste Regel beim Lügen lautete, sich seine Lügen zu merken. »Ja, auf meinem Weg.«

»Ich hätte gern einen Weihnachtsmuffin. Nein, warte, lieber ein Stück Karottenkuchen.« Hannahs Wangen röteten sich leicht. »Raj kommt heute Abend mit, und ich möchte etwas Enganliegendes anziehen.«

Isla musterte ihre Schwester. Ihre Augen funkelten, sie hatte ihren Job gut im Griff, freute sich auf einen Abend mit einem Mann, den sie mochte, wartete auf Weihnachten und sehnte sich nach einem Kuss in Notting Hill. Vielleicht war die Situation doch nicht ganz hoffnungslos. Möglicherweise hatte die Firma Isla noch nicht besiegt. Sie musste die Kontrolle wiedererlangen – über ihre Projekte, über die Weihnachtsfeier und über ihr Zuhause. Sie war von Natur aus eine Überlebenskünstlerin – ebenso wie ihre Schwester. Es wurde Zeit, den Kampf wieder aufzunehmen.

»Ich schlage vor, dass wir dieses Jahr einen australischen Käse kaufen.« Sie lächelte Hannah an. »Hat Mr Edwards nicht letztes Jahr eine Sorte mitgebracht, die sich *Holy Goat*, also heilige Ziege, nannte?«

»Ja!« Hannah hob die Hände an ihre Wangen. »Glaubst du nicht, es könnte noch zu früh sein, Mrs Edwards daran zu erinnern?«

»Also gut, dann kein australischer Käse. Wie wäre es mit mexikanischem?«

»Perfekt«, meinte Hannah.

Isla lächelte. Ihr war es egal, woher der Käse kam – nur aus Amerika durfte er nicht sein. »Okay.« Sie wandte sich zum Gehen. »Ich bringe dir gleich den Karottenkuchen.«

»Kommt Chase auch zum Wein-und-Käse-Abend?«

Isla blieb abrupt stehen und drehte sich wieder um, fest entschlossen, sich nichts anmerken zu lassen. »Nein«, antwortete sie. »Er hat viel zu tun … und außerdem muss er sich um die Mädchen kümmern.«

»Sie könnten doch mitkommen«, sagte Hannah. »Es würde ihnen sicher gefallen. Geeta und Iqbal bringen Zwiebel-Bhajis und Kichererbsen-Dal mit, und Mrs Edwards macht immer dieses scharfe Chutney zum Käse.«

»Ich muss los.« Isla warf einen Blick auf ihre Armbanduhr.

»Frag ihn doch«, sagte Hannah. »Er ist so heiß, und du bist … Single.«

»Danke!«

»Wenn ihr euch außerhalb des Büros trefft … Ihr könntet ganz entspannt etwas von dem mexikanischen Käse essen, ein paar Gläser Shiraz trinken, und wer weiß?« Hannah lachte. »Außerdem ist bald Weihnachten, und Notting Hill wird nicht von Bulldozern überrollt. Das Leben ist schön.«

Isla nickte pflichtschuldig. Was ihre Schwester gesagt hatte, stimmte nur in einem Punkt: Weihnachten kam unaufhaltsam auf sie zu.

»Wir werden sehen«, sagte sie, wie früher, als Hannah fünfzehn war. »Und jetzt besorge ich dir den Karottenkuchen.«

»Ich habe meine Meinung geändert«, verkündete Hannah. »Bring mir lieber einen Weihnachtsmuffin. Falls mein Top zu eng sitzt, lege ich einfach meine Handtasche auf den Schoß.«

»Also gut, ein Weihnachtsmuffin für dich.«

Isla trat aus dem Laden hinaus auf die Portobello Road, atmete tief die kalte Luft ein und hoffte, dass die Weihnachtsengel ihr nicht wegen ihrer Lügen ihre goldenen Trompeten auf den Kopf schmettern würden.

KAPITEL DREIUNDFÜNFZIG

Westminster Bridge

»Wohnen dort alle Politiker, Daddy?«

Maddies Stimme riss Chase aus seinen Gedanken. Er hatte vor einer Stunde mit Breekers New York telefoniert, und was er zu hören bekommen hatte, hatte ihn aus dem Büro an die frische Luft getrieben.

»Dort wohnt niemand, du Dummkopf«, fuhr Brooke ihre Schwester an.

»Aber es heißt doch *Houses of Parliament*«, betonte Maddie.

Chase blieb auf der schneebedeckten Brücke stehen und betrachtete das Gebäude. Das gotische Bauwerk am Ufer der Themse, das das britische Parlament beherbergte, hob sich mit seinen kunstvollen Türmen und der schlanken, zarten Fassade beeindruckend gegen den bewölkten Himmel ab. Es war ein echtes Wahrzeichen dieser Stadt. So wie Notting Hill, fuhr es ihm unwillkürlich durch den Kopf. Das hatte er selbst feststellen können.

»Was du nicht sagst!«, erwiderte Brooke. »Das bedeutet doch nicht, dass dort jemand wohnt!«

»Hey!« Chase kehrte rasch in die Gegenwart zurück. »Sprich nicht so mit deiner Schwester.«

»Ach, komm schon«, sagte Brooke. »Sie hat gedacht, Theresa Mays Bett steht dort drin. Das ist doch witzig.«

Chase legte einen Arm um Maddies Schultern und drehte sie so, dass sie auf das Gebäude schauen konnte. »Schau mal, wie groß der Wecker der Premierministerin neben ihrem Bett ist.«

Maddie kicherte. »Das ist doch Big Ben.«

»Das stimmt«, erwiderte Chase. »Aber weißt du auch, dass das eigentlich nicht der Name der Uhr ist?«

»Tatsächlich?«

Er nickte. »Big Ben heißt die Glocke.«

Aus dem Augenwinkel sah er, dass Brooke ihn interessiert anschaute. Er wünschte, er könnte ihr noch mehr erzählen. Wo war Isla? Jetzt bräuchte er ihr Wissen über London. Wahrscheinlich verfluchte sie ihn gerade wütend.

»Das London Eye braucht einen besseren Namen«, meinte Brooke und richtete den Blick zurück über den Fluss.

»Oh ja, können wir uns einen ausdenken?« Maddie hüpfte aufgeregt auf und ab. »Seit wann gibt es das London Eye, Daddy?«

»Das weiß ich nicht.«

»Isla weiß es bestimmt. Können wir sie anrufen und sie fragen?«, bat Maddie.

Er schüttelte den Kopf. »Nein«, antwortete er schroff.

»Warum nicht?«, erkundigte sich Brooke.

»Sie hat sehr viel zu tun und …«

»Und sie ist stinksauer auf dich wegen irgendetwas?«, unterbrach Brooke ihn.

»Brooke!«

»Na ja, es stimmt doch, oder? Deshalb wolltest du auch mit ihr allein sein, als wir uns Kaffee geholt haben.«

»Wir haben gesehen, wie sie weggegangen ist, Daddy«, verriet Maddie ihm. »Und es sah so aus, als würde sie weinen.«

Er atmete tief aus. Bei den Worten seiner jüngeren Tochter zog sich ihm der Magen zusammen. Er hatte sie verletzt und zum Weinen gebracht. Was war er nur für ein Mensch? Und warum machte ihn das so betroffen?

»Warum hat sie geweint, Daddy?«, wollte Maddie wissen.

»Weil …« Er wusste nicht, was er sagen sollte. Das war etwas, in das er seine Töchter nicht hineinziehen wollte. Er wollte sie in gar nichts hineinziehen. *Aber er hatte einen Frosch geküsst.* Er schluckte. Er war nur für ein paar Wochen hier. Wenn er seine Aufgabe erledigt hatte, würden sie zurück nach Amerika fliegen. Alles andere könnte er von dort aus über Skype und per E-Mails erledigen. Das Team in London sollte ihn auf dem Laufenden halten. Er könnte wieder in sein Penthouse zurückkehren, und Isla und Hannah würden eine neue Unterkunft finden. So liefen die Dinge eben. Sie kannten sich erst seit ein paar Tagen – nicht lange genug, um mit irgendwelchen Auswirkungen rechnen zu müssen. Sein Bauchgefühl sagte ihm allerdings etwas anderes.

Er ging in die Hocke, sodass sein Gesicht auf gleicher Höhe mit Maddies war. »Das Geschäftsleben ist manchmal hart, Schätzchen. Und ab und zu muss dein Daddy Entscheidungen treffen, die nicht allen Leuten gefallen.«

»Welche Entscheidung hat Isla zum Weinen gebracht?«, fragte Maddie und blinzelte.

»Ja«, warf Brooke ein. »Die Antwort auf diese Frage würde mich auch interessieren.«

»Es ist nichts, worüber ihr euch Sorgen machen müsst.« Chase streckte die Hand aus und strich Maddie übers Haar.

»Bringst du das wieder in Ordnung, Daddy? Damit sie nicht mehr traurig ist?«

»Ich bin nicht sicher, ob ich das kann«, gab er zu.

»Aber in deinen Videos sagst du etwas anderes«, erwiderte Maddie hartnäckig. »Du erzählst den Leuten, dass nichts wirklich kaputt ist, sondern nur vorübergehend nicht funktioniert.«

Meine Güte, seine jüngste Tochter hatte sich einige seiner Mantras gemerkt. Wie war es nur dazu gekommen? Und warum jagte ihm das ein wenig Angst ein? Er glaubte doch immer noch daran, richtig? An das, was ihn gerettet hatte? An diesen neuen Weg, der in so vieler Hinsicht eine Erlösung gewesen war … Bis Colt wieder in ihr Leben getreten war. Dann hatte es sich nicht mehr angefühlt wie eine vorübergehende Krise. Er war am Boden zerstört gewesen.

Er nickte rasch. »Das ist richtig.«

»Dann kannst du Isla wieder glücklich machen«, erklärte Maddie, und es klang beinahe wie ein Befehl. »Und sie kann uns noch mehr von London zeigen.« Sie hielt kurz inne. »Ich möchte die Downing Street und die St. Paul's Cathedral sehen.«

»Das hört sich so an, als hätten wir noch einiges zu besichtigen.« Chase nahm ihre Hand in seine.

»Und was ist mit meinen Wünschen?«, fragte Brooke.

»Ich konnte noch keine Tickets für ein Konzert von Skin'n'Bone auftreiben.«

»Er heißt Rag'n'Bone Man«, rief Brooke entsetzt.

»Tut mir leid«, sagte Chase. »Aber ich kümmere mich darum, und wir werden sicher etwas Cooles finden, was wir unternehmen können.« Er stupste Brooke an. »Was meinst du?«

»Mir egal«, erwiderte Brooke mürrisch.

»Daddy! Können wir das London Eye Eisrad nennen?«, fragte Maddie.

»Was? Wie langweilig«, stieß Brooke hervor.

»Rad, weil es so aussieht, und Eis, weil es hier so kalt ist«, fuhr Maddie unbeirrt fort.

»Es ist wirklich kalt.« Chase drückte ihre Hand. »Wie wäre es mit einer heißen Schokolade?«

Maddie jubelte, und Brooke verzog bei dem Vorschlag zumindest nicht das Gesicht. Chase brauchte noch ein paar Minuten, bevor er ins Büro zurückkehrte, um die Nachricht zu verdauen, dass Breekers tatsächlich einige Leute damit beauftragt hatte, die möglichen Standorte unter die Lupe zu nehmen. Was Isla ihm vorgeworfen hatte, entsprach also der Wahrheit. Nur hatte er nichts davon gewusst. Sie hatten es ihm erst vor einer Stunde gesagt, und zwar nur, weil er konkret nachgefragt hatte. Was sagte das über ihr Vertrauen zu ihm aus? Das Hotel war *sein* Baby. Die Firma hatte keinerlei solche Pläne gehabt, bis er das Projekt vorgeschlagen hatte.

»Tschüss, Eisrad!« Maddie hob die Hand und winkte.

»Total langweilig«, wiederholte Brooke.

KAPITEL VIERUNDFÜNFZIG

Beaumont Square, Notting Hill

Isla musste ruhig bleiben und weitermachen. Das war die übliche Art und Weise von Londonern, mit einer Krise umzugehen. Der Wein-und-Käse-Abend am Beaumont Square war einer von Hannahs Höhepunkten des Jahres, und Isla würde dafür sorgen, dass es ein schönes Ereignis wurde. Sie trug Stiefel gegen die Kälte zu ihrem kleinen schwarzen Kleid und bereitete in der Küche eine bunte Mischung aus Köstlichkeiten vor.

»Das kannst du alles mir aufladen.« Hannah streckte die Arme aus. »Ich kann das Tablett mit dem Käse nehmen. Übrigens habe ich die letzte Flasche von Omas Schlehenschnaps in meine Tasche gesteckt, als du nicht hingeschaut hast. Ich musste mich ein bisschen strecken, aber es hat geklappt.«

Ihre Großmutter. Deren Bank in Larkspur Gardens, zu der sie Chase gebracht hatte. Das durfte sie Hannah nicht erzählen. Wie hatte sie sich nur so irren können? Warum hatte sie ihm etwas so Intimes anvertraut? »Han, die Flasche stand ganz hinten auf der Arbeitsplatte.«

Hannah winkte ab. »Gib mir die Sachen«, forderte sie Isla noch einmal auf. »Ich hoffe, wir müssen uns nicht wie im letzten Jahr eine Rede von Martin Ayres anhören.«

Isla grinste. »Er hält sehr gern Ansprachen.«

»Kannst du dich noch an das Jahr erinnern, in dem er

›Twelve Days of Christmas‹ gesungen hat, und zwar mit einem religiösen Text?«

»Sieben Sakramente, richtig?«

»Und die Heiligen Drei Könige, zwei Testamente und ein …«

»… Jesuskind im Stroh«, beendeten die beiden Frauen gemeinsam die Zeile und brachen in Gelächter aus.

»Hier die Käseplatte.« Isla reichte Hannah das sorgfältig mit Frischhaltefolie verpackte Holzbrett.

»Käse.« Hannah nahm das Brett entgegen.

»Eingelegte Zwiebeln. Kannst du sie irgendwo auf Ronnie platzieren?« Sie hob das Glas. »Wenn nicht, kann ich sie in meine Tasche tun.«

»Gib sie mir.« Hannah stellte das Brett auf ihren Schoß. »Der einzige Vorteil eines Rollstuhls ist die Möglichkeit, ihn so vollzupacken wie eine Reisetasche.« Sie schob das Glas mit den Zwiebeln an die Seite des Rollstuhls.

»Ziegenkäse und Rote-Bete-Chips«, fuhr Isla fort.

»Großartig!«

»Ich habe auch noch Cranberrychips und karamellisierte Zwiebeln.«

»Ich liebe diese verschiedenen Chips. Zur Party im Gemeindezentrum werde ich auch welche mitnehmen.«

»Triffst du dich mit Raj auf dem Platz?«, fragte Isla, während sie sich ihre Einkaufstasche über den Arm hängte.

»Oh, wir haben uns nur locker verabredet«, erwiderte Hannah, aber ihre Stimme ließ auf etwas anderes schließen. Sie rückte in ihrem Rollstuhl hin und her, damit sie ihr pinkfarbenes Top nach unten ziehen konnte. Es hatte lange Ärmel, und die linke Brusttasche war mit zwei glitzernden Kirschen verziert. Isla hatte ihrer Schwester geholfen, den engen Rock, eine Strumpfhose und Stiefel anzuziehen.

Das Oberteil war allerdings neu – wahrscheinlich stammte es von einem Einkaufsbummel mit Claudia.

»Dein Top gefällt mir sehr gut.«

»Ja? Ist es nicht zu übertrieben?«, fragte Hannah.

»Han, wir gehen zum Wein-und-Käse-Abend am Beaumont Square. Wie könnte es da übertrieben sein? Mrs Edwards kommt üblicherweise in einem Kleid, das an einen Ballsaal aus den 1930ern erinnert.«

»So sehe ich aber nicht aus, oder?«, fragte Hannah beunruhigt.

»Nein, natürlich nicht! Du siehst … bezaubernd aus.« Isla wurde plötzlich von Gefühlen überwältigt, und das lag nicht nur daran, dass ihre Schwester sich bemühte, einem Mann zu gefallen, und von Tag zu Tag immer selbstständiger zu werden schien. Es lag auch an Breekers' Plan, ins Hotelgeschäft einzusteigen, an dem Projekt, das ein Desaster ankündigte … und an Chase. Monatelang hatte sie niemanden kennengelernt – allerdings war sie auch nicht wirklich auf der Suche gewesen –, und nun hatte sich dieser sexy interessante Mann nur wenige Tage nach ihrer ersten Begegnung in einen Feind verwandelt.

»Hast du den hinreißenden Chase eingeladen?«, fragte Hannah, als hätte sie Islas Gedanken gelesen.

Sie schüttelte den Kopf. »Ich glaube, er ist beschäftigt.«

»Das glaubst du? Oder hast du ihn gar nicht gefragt?«, wollte Hannah wissen.

Sie schluckte. »Ich habe ihn nicht gefragt.«

»Aber warum nicht?« Hannah runzelte die Stirn. »Ich habe dir doch gesagt, dass ich ihn nicht mehr auf dem Radar habe. Und ich habe dir auch gesagt, dass du schon viel zu lange kein Date mehr hattest und dass ich der Meinung bin, dass er dich mag. Wo liegt also das Problem?«

Wo sollte sie anfangen? Dafür gab es mehr Gründe als Wege, einen Schirm zu benutzen. »Nun, er ist mein Boss und …« Sie warf einen Blick auf ihre Armbanduhr. »Meine Güte, ist es schon so spät? Wir sollten schnell auf den Platz gehen, sonst versäumen wir noch den Baileys zur Begrüßung.« Isla ging zur Tür, in einer Hand ihre Tasche und in der anderen eine Flasche Shiraz.

»Das war dein bisher schlechtester Versuch, das Thema zu wechseln«, stöhnte Hannah. »Und damit bringst du mich nicht von meiner Frage ab. Ich habe zwar entschieden, dass er nicht der Richtige für *meinen* Weihnachtskuss in Notting Hill ist, aber er sieht so gut aus – besser als sonst irgendjemand hier in der Gegend. Er übertrifft sogar den Fensterputzer, den wir angestarrt haben.« Sie rollte hinter Isla her. »Und er scheint nett zu sein – ein Gentleman. Beim Abendessen hat er immer wieder Getränke nachgeschenkt, er hat Maddie die Lasagnesoße vom Mund gewischt, er hat …«

Isla hatte genug gehört. »Er wohnt in New York, er ist frisch geschieden, und seine Exfrau lebt mit seinem Bruder zusammen.« Die letzte Bemerkung hatte sie nicht machen wollen. Sie wünschte, sie könnte sie zurücknehmen. Chase mochte einen zerstörerischen Plan haben, aber sie hatte gespürt, dass es ihn große Überwindung gekostet hatte, ihr das zu erzählen, und möglicherweise war es nicht allgemein bekannt.

»Tatsächlich?«, rief Hannah. »Das wäre eine Geschichte für Jerry Springer.«

»Du siehst also, es ist besser, wenn wir Wein und Käse ohne ihn genießen.« Isla grinste. »Von dem Holy Goat gebe ich ohnehin nur ungern etwas ab.«

»Das geht mir auch so«, stimmte Hannah ihr zu.

KAPITEL FÜNFUNDFÜNFZIG

Seit dem Nachmittag schneite es nicht mehr, und die Mitglieder des Beaumont-Square-Komitees hatten wie üblich Heizstrahler und Holzöfen unter die Pergolen gestellt. Isla fand, dass der Platz so schön aussah wie jedes Jahr um diese Jahreszeit.

An den Tapeziertischen mit den Köstlichkeiten hatten sich bereits einige Anwohner versammelt. Unter ihren Mänteln trugen sie schicke Kleidung. Es war Tradition, sich wie für eine Cocktailparty zu kleiden und darüber arktiktaugliche Sachen zu ziehen.

»Mrs Webley hat sich an dem Stand mit den kostenlosen Baileys breitgemacht«, murmelte Hannah. »Da haben wir keine Chance.«

»Komm.« Isla legte die Hände auf die Griffe des Rollstuhls, schob ihn über die Bordsteinkante und bog dann in den Garten ein. »Wir drängen uns vor und holen uns unsere Drinks.«

Der Beaumont Square sah sehr weihnachtlich aus. An den Eisenstäben des Zauns hingen bunte Lichterketten, und unter der größten Fichte war die Weihnachtskrippe aus Fiberglas aufgebaut; leider fehlte dem Jesuskind das linke Auge. Hier hingen noch mehr Lichter und Weihnachtsfähnchen an Metallschnüren. Das alles stammte aus den 1980ern und war bei Woolworth gekauft worden. Es wirkte ein wenig seltsam und altmodisch, aber auf eine bezaubernde Art, und Isla wurde bei diesem Anblick immer warm ums Herz.

Die kahlen Bäume waren mit tropfenförmigen regenbogenfarbenen Lämpchen geschmückt, und aus einem kleinen Verstärker auf dem Weg ertönten Songs von Frank Sinatra und Dean Martin. Die Musik war unter Berücksichtigung des Durchschnittsalters der Anwohner in den umliegenden Häusern ausgewählt worden. Das war ebenfalls etwas Besonderes am Beaumont Square – hier wohnten die Leute lange Zeit. Diese Häuser waren nicht von jungen Berufstätigen aufgekauft worden, die lieber ins schicke Kensington zogen. Die meisten Anwohner hatten hier für immer ein Zuhause gefunden. Die nostalgische Musik hatte Isla bei der Suche nach einem Motto für die diesjährige Weihnachtsfeier von Breekers inspiriert, und als sie nun die Zimtplätzchen, den Schnittlauchkäse und die vielen schwer identifizierbaren eingelegten Delikatessen in den alten Marmeladengläsern betrachtete, wurde ihr klar, dass sie ihren Kollegen für die harte Arbeit in diesem Jahr eine schöne Party schuldete. Was immer auch aus diesem monströsen Projekt werden würde, sie würde sich nicht davon abhalten lassen. Vielleicht war es ihre letzte Aufgabe in dieser Firma. Sie schluckte. Es fiel ihr schwer, sich das vorzustellen.

»Guten Abend, Mrs Webley«, grüßte Hannah ihre Nachbarin. Isla lächelte in sich hinein, als ihre Schwester Ronnie so nah wie möglich neben die Vizevorsitzende des Komitees manövrierte, ohne dabei über ihre recht poppigen orangefarbenen Stiefel zu fahren. Die Frau Anfang sechzig hatte ihr brünettes Haar gründlich mit Haarspray fixiert und trug wie immer ihren leuchtend pinkfarbenen Lippenstift.

»Guten Abend, Hannah«, rief Mrs Webley laut und senkte dann die Stimme. »Guten Abend, Isla.« Offensichtlich glaubte sie, dass Hannah auch schlecht hörte, nur weil sie im Rollstuhl saß.

»Er ist bereits sehr gut«, bemerkte Hannah und sog tief die eiskalte Luft ein. »Rieche ich da etwa Mr Webleys preisgekrönte Würstchen?«

»Meine Güte, ja!« Mrs Webley platzte fast vor Stolz. »Auf dem Grill liegen Würstchen aus Schweinefleisch, Wildfleisch mit Muskat und eine neue Variante aus Hühnerfleisch mit Artischocken, die er im Herbst auf einigen Märkten ausprobiert hat.« Sie hatte den Satz so laut gebrüllt, als würde sie mit einem Megafon an der Speakers' Corner im Hyde Park stehen.

»Hühnchen mit Artischocken? Das klingt …«, begann Hannah.

»… köstlich«, warf Isla schnell ein. »Einfach köstlich.« Sie war nicht sicher, was ihre Schwester hatte sagen wollen.

»Ist das der kostenlose Baileys?« Hannah deutete auf die großen Flaschen und die kleinen Plastikbecher.

»Ja. Möchten Sie einen?«

»Bitte.« Hannah griff nach einem Becher, aber Mrs Webley nahm ihn ihr rasch aus der Hand.

»Lassen Sie mich einschenken. Wir wollen doch nichts verschütten, oder?«

Isla ging einen Schritt auf Hannah zu und legte ihr eine Hand aufs Knie; sie wusste, wie dieser Kommentar bei ihr angekommen war. »Sollen wir unser eingelegtes Gemüse und den Schlehenschnaps an die anderen Tische bringen?«

»Ja«, erwiderte Hannah leichthin. »Ich bin sicher, dass ich das ohne Unfall schaffen werde.«

Isla nahm die beiden Becher mit Baileys von Mrs Webley entgegen und schenkte ihr ein Lächeln. »Mrs Webley glaubt, alle Leute, die im Rollstuhl sitzen, sind so wie Clara aus *Heidi*«, flüsterte sie Hannah zu.

»Was war denn mit Clara nicht in Ordnung?«, fragte Hannah entrüstet. »Sie war ziemlich klug. Ich mochte sie lieber als Heidi, sogar bevor ich in diesen Schlamassel geraten bin.«

»Aber damals haben die Leute geglaubt …« Sie schluckte. »Sie haben geglaubt, dass jemand der im Rollstuhl sitzt, gar nichts allein tun kann.«

»Ich könnte jeden Tag Würstchen grillen – genauso gut wie ihr Mann.«

»Du weißt das, und ich weiß es auch, aber sie würde es nicht einmal glauben, wenn du es ihr vorführen würdest«, sagte Isla. »Das ist eine Frage der Denkweise.«

»Tja, dann sollte sie ihre Denkweise dringend ändern.« Hannah nippte an ihrem Baileys.

»Da hast du recht«, meinte Isla. »Aber eigentlich magst du doch gar keine Veränderungen, Hannah.« Sie lächelte.

Hannah warf ihr einen aufsässigen Blick zu und erinnerte Isla plötzlich an Brooke. Chase' ältere Tochter verhielt sich tatsächlich so, wie Hannah sich als Teenager oft gebärdet hatte. Nun dachte sie schon wieder an Chase und seine Familie …

»*Ich* bin allerdings nicht diejenige, die sich ändern muss«, stellte Hannah fest. »Und in diesem Top sehe ich großartig aus, egal, was Mrs Webley denkt«, fügte sie hinzu. »Ich wette, sie denkt sogar viel zu laut.«

Isla prostete ihrer Schwester zu. »Ich bin ganz deiner Meinung.« Sie trank einen Schluck von dem cremigen Likör, der bei ihr immer so weihnachtliche Gefühle hervorrief.

»Oh, mein Gott!«, rief Hannah. Ein paar Tropfen Baileys liefen ihr aus dem Mund, und sie beugte sich rasch vor, um zu vermeiden, dass ihr Top Flecken bekam. Rasch wischte sie sich mit der Hand über die Lippen.

»Was ist los?«

»Raj!« Hannah drückte Isla ihren Becher in die Hand. »Er darf mich nicht so sehen. Alle geheimen Zutaten dieses Likörs sind über meinem Gesicht verteilt.«

Isla stellte sich instinktiv so vor Hannah, dass sie sie abschirmte, während ihre Schwester sich unbeholfen umdrehte, um nach ihrer am Rollstuhl befestigten Tasche zu greifen.

»Brauchst du ein Feuchttuch?«, fragte Isla. »In deiner Tasche sind welche.«

»Das weiß ich!«, rief Hannah. »Ich komme mir vor, wie ein großes dickes Baby, weil ich sie immer mit mir herumtrage.«

»Du bist zwar kein Baby mehr, aber du bist beim Essen und Trinken extrem ungeschickt«, erwiderte Isla. »Vor allem bei Flüssigkeiten.«

»Vielen Dank, jetzt fühle ich mich schon viel besser«, knurrte Hannah und kramte ein Päckchen Feuchttücher hervor. »Schau nicht *mich* an, sondern ihn! Sag mir, ob er zu uns herüberkommt. Und was er anhat.«

Isla richtete den Blick auf den auf herbe Art gutaussehenden jungen Asiaten, der neben Mrs Edwards' Rosenbusch stand. Hatte er etwa Blumen in der Hand? Isla schluckte. Das war romantisch. Es war so ... *wie einem Frosch Leben einzuhauchen.* Ihr lief ein Schauer über den Rücken.

»Isla! Was trägt er?«

»Ordentliche Kleidung, soweit ich das sehen kann«, erwiderte Isla.

»Aber keine Jeans, oder?«, erkundigte sich Hannah. »Ich habe ihm gesagt, dass man sich für diese Veranstaltung ein bisschen schick machen sollte und er, auch wenn es noch so kalt ist, auf einen Pullover verzichten muss.«

»Eine dunkle Hose und passende Schuhe«, berichtete Isla, als Raj sie bemerkte und ihr zuwinkte. »Er kommt jetzt zu uns herüber.«

»Ah! Noch nicht! Noch nicht!«, kreischte Hannah. »Schau mich mal an. Habe ich noch braune Flecken am Kinn?«

Isla drehte sich um und musterte ihre Schwester. Hannah strahlte. Ihr Gesicht war sauber und vor jugendlicher Aufregung leicht gerötet. Ihre Augen funkelten, weil sie einen Abend an einem ihrer Lieblingsorte mit jemandem verbringen würde, den sie sehr mochte. In Isla stieg Stolz auf ihre Schwester hoch, vermischt mit ein wenig Sorge. »Du siehst großartig aus«, flüsterte sie ihr zu.

»Hallo, ihr beiden«, begrüßte Raj sie.

»Hallo, Raj.« Isla wandte sich ihm zu.

»Hallo«, erwiderte Hannah betont cool.

»Die sind für dich.« Raj reichte ihr einen Blumenstrauß. »Sie sind nicht von deinem Laden, denn dann hättest du sie ja vorher schon gesehen und …« Er drückte sie ihr rasch in die Hand.

Isla sah, dass Hannahs Gesicht vor Freude aufleuchtete. »Danke, Raj. Sie sind wunderschön.«

»Ich weiß nicht, wie sie heißen, aber sie haben mir gefallen.« Er fuhr sich mit der Hand durchs Haar. »Du kennst sie sicher alle.«

»Ja, natürlich.« Hannah errötete wieder.

»Sieht richtig nett aus hier«, sagte er. »Die vielen Lichter und die Burger … und das ganze Zeug, von dem ich nicht genau weiß, was es ist.«

»Oh ja, davon gibt es heute Abend einiges«, erklärte Hannah.

»Möchtest du etwas Wein und Käse?«, fragte Isla. »Soll ich euch beiden einen Teller holen?«

»Wie wäre es mit einem Artischocken-Würstchen?« Hannah lächelte ihn an. »Sie sind nicht aus Schweine-, sondern aus Hähnchenfleisch.«

»Sind sie halal?«, erkundigte sich Raj.

»Das können wir herausfinden«, erwiderte Hannah.

Isla trat einen Schritt zurück, um die beiden nicht zu stören. Sie hatte ihre Schwester schon lange nicht mehr so glücklich gesehen. Aber als sie den Blick über den festlich erleuchteten Park schweifen ließ, fiel ihr sofort wieder ein, in welcher Gefahr Notting Hill schwebte, und ihr wurde bewusst, dass sie ihr geliebtes Zuhause schon bald verlieren könnten. Und dann entdeckte sie jemanden, mit dem sie nicht gerechnet hatte. Chase.

KAPITEL SECHSUNDFÜNFZIG

Als Maddie im Hotel gebettelt und gesagt hatte, wie sehr sie sich bereits auf einen Abend mit viel Käse freute, war ihm die Idee gar nicht so schlecht vorgekommen. Doch jetzt, wo er wieder an diesem zuckersüßen, gemütlichen Ort war, überfielen ihn große Zweifel. Außerdem hatte er eine weitere Nachricht von Colt erhalten. *Komm schon, das ist doch albern. Wir müssen miteinander reden.* Er hatte sie ebenso wie die vorherige ignoriert.

»Dieser Platz ist wunderschön!« Maddie drehte sich mit ausgestreckten Armen im Kreis, sodass ihr Haar flog. »Er ist so hübsch und so britisch, und ich mag diesen Geruch nach Käse!« Sie leckte sich die Lippen und sah Chase an. »Warum gibt es bei uns zu Hause keinen so leckeren Käse? Und keine Wein-und-Käse-Abende?«

»Bei uns gibt es Makkaroni mit Käse, und das isst du sehr gern«, erwiderte Chase.

»Aber es ist nicht so wie hier, glitzernd und funkelnd und … so weihnachtlich.« Maddie atmete tief ein und schaute beim Ausatmen hinauf in den dunklen Himmel.

»Meine Güte, halt doch endlich mal den Mund. Du hörst dich an wie in einem Werbespot für Hallmark-Filme«, fauchte Brooke. »Werden sie wirklich? Oder nicht? Wird der verletzte Hund sterben? Wird die sterbende Großmutter ihre Geheimnisse mit ins Grab nehmen?«

Chase warf Brooke einen Blick zu. »Ich wusste gar nicht, dass du dir so oft Hallmark-Filme anschaust.«

Brooke legte die Finger an ihre Ohrstöpsel. »Ich höre gar nicht zu.«

»Schau, Daddy.« Maddie hakte sich bei ihm unter. »Da ist Isla.«

Er hatte gewusst, dass sie hier sein würde, deshalb waren sie schließlich gekommen. Als er jedoch jetzt Maddie ihren Namen aussprechen hörte, zog sich sein Magen zusammen. Er drehte sich um, und da war sie.

Sie trug kniehohe schwarze Stiefel, einen schwarzen Rock oder ein Kleid, das nur ein Stück unter dem hellroten Mantel hervorlugte. Die Farbe brachte ihr schönes rotbraunes Haar noch besser zur Geltung. Er atmete tief durch. Sie löste starke Gefühle in ihm aus, daran bestand kein Zweifel, und das machte ihm Angst. Er brachte Probleme in ihr Leben und wusste nicht, wie er das ändern sollte. Außerdem hatte er seit dem Scheitern seiner Ehe bewusst keine Dates mehr gehabt. Er hatte zu viele Narben davongetragen – in der Liebe und im Leben. Noch wusste er nicht, wie er alles wieder in den Griff bekommen sollte. Der Augenblick mit Isla auf der Bank ihrer Großmutter war etwas ganz Besonderes gewesen. Endlich hatte er wieder an etwas anderes denken können als an Krisen und Katastrophen. Er hatte er selbst sein und einfach den Moment genießen können. Mit ihr.

»Wollen wir ihr nicht Hallo sagen?«, fragte Maddie und zupfte ihn am Ärmel.

»Oder ist sie so sauer auf dich, dass sie kein Wort mehr mit dir spricht?«, warf Brooke ein.

Chase wandte sich an seine ältere Tochter. »Ich dachte, du hörst gar nicht zu.«

»Ich meine ja nur«, erwiderte Brooke mürrisch.

Er würde das schaffen. Schließlich war er Businesscoach. Er musste nur die Wogen wieder glätten. Und den ersten Schritt machen.

Isla wurde übel. Was machte Chase hier? Mit Maddie und Brooke? Woher wusste er von dem Wein-und-Käse-Abend? Ihr Blick fiel auf Hannah und Raj. Sie lachten fröhlich, während Hannah die Namen sämtlicher Blumen in ihrem Strauß aufzählte. Hatte ihre Schwester etwas damit zu tun?

Sie sah sich rasch nach einem geeigneten Versteck um. Mrs Edwards war eingetroffen, an ihrer Seite Purdy an einer Leine. Sie trug ein Kleid, das wie ein altes Chanel-Modell aussah, rauchte eine Zigarette in einer elfenbeinfarbenen Spitze und blies Kringel in die Luft, während Mrs Webley ihr eine genau bemessene Menge Baileys einschenkte. Anscheinend gingen die Vorräte zur Neige.

An einem Tisch richteten Geeta und Iqbal gerade ihre asiatischen Speisen an. Iqbal schob alle Teller, die Geeta auf die Tischplatte stellte, in die richtige Position. Sie könnte ihnen dabei helfen. Doch als sie einen Blick zurück auf Chase und die Kinder warf, kamen sie bereits auf sie zu. Es gab kein Entrinnen mehr.

»Hi, Isla.« Maddie rannte zu ihr und begrüßte sie so heftig, dass sie beinahe ins Taumeln geriet. Sie lächelte sie an, umarmte sie und strich ihr über den Kopf.

»Hallo, Maddie.« Sie sah Brooke und Chase an. »Was macht ihr denn hier?«

»Wir wollten sehen, wie dein Wein-und-Käse-Abend läuft«, erklärte Maddie.

»Nun, das ist nicht mein Abend, sondern …«, begann

Isla und versuchte, nicht in diese wunderschönen Augen zu schauen. »Er wird von allen gemeinsam veranstaltet und ist nur für die Anwohner des Platzes gedacht.«

»Oh!«, rief Maddie. Sie presste eine Hand auf den Mund und wirkte sehr enttäuscht. »Dann dürfen wir nicht bleiben?«

»Nein, so habe ich das nicht gemeint«, sagte Isla rasch. »Ihr seid natürlich herzlich willkommen.«

»Dürfen wir auch Käse essen?«, fragte Maddie.

»Und Wein trinken?«, fügte Brooke hinzu. »Aaron hat gesagt, hier gebe es eine Menge Wein.«

Aaron. Das hätte sie sich denken können. Sie hatte große Lust, aus diesem Hengst einen Wallach zu machen.

»Warum holt ihr euch nicht schon ein wenig Käse?«, schlug Chase vor. »Ich komme gleich nach.«

Maddie packte Chase am Arm. »Vergiss nicht, dich zu entschuldigen.«

»Schon gut.«

Die Situation war ihr sehr peinlich, aber Isla glaubte Chase an seiner Körpersprache anzusehen, dass er ebenso empfand. Nachdem die Mädchen gegangen waren, starrte sie scheinbar sehr interessiert auf ihre Stiefelspitzen.

»Nun, dann beginne ich am besten mit Maddies Vorschlag«, sagte Chase. »Es tut mir leid, Isla.«

Isla versuchte, sich zusammenzureißen, denn ihr war klar, dass sie ihn früher oder später würde ansehen müssen. Sie hob den Kopf. »Was tut dir leid? Bei unserem letzten Gespräch warst du der Meinung, nichts falsch gemacht zu haben.«

»Ich habe dich verletzt, das weiß ich«, sagte Chase. »Und das tut mir leid.«

Für etwas anderes konnte er sich nicht entschuldigen, denn es handelte sich um einen Geschäftsvorgang, um mehr nicht. Sein Herz hing nicht so sehr an diesem Londoner Viertel wie ihres. Und deswegen hatte sie im Augenblick Schwierigkeiten mit ihrem Job. Sie war nie von einem Konkurrenten verdrängt worden, und auch wenn sie auf dem Weg nach oben hatte kämpfen müssen, hatte sie sich dabei immer professionell und vernünftig verhalten. Aber diese Sache ging ihr zu nahe …

»Ich entschuldige mich dafür, dass ich das Büro verlassen habe. Ich werde mich mit der Personalabteilung in Verbindung setzen und mich darum kümmern, dass meine Gehaltsabrechnung entsprechend angepasst wird.«

»Das ist nicht nötig«, meinte Chase. »Wir brauchen alle hin und wieder eine Auszeit.«

»Aber ich würde mich nicht gut dabei fühlen.«

»Und ich werde mich nicht gut fühlen, bis wir noch einmal über alles gesprochen haben«, erwiderte er. »Offen und ehrlich«, fügte er mit britischem Akzent hinzu. »So wie gestern Abend.«

Gestern Abend. Diese beiden Wörter brachten die wunderbaren Erinnerungen zurück und schienen alles andere für einen Moment in den Hintergrund zu rücken. Seine Lippen auf ihren, die Wärme, die sie auf der verschneiten Parkbank mit ihm empfunden hatte. Sie wusste nicht, was sie sagen sollte. Was gab es noch zu sagen?

»Ich habe heute mit New York gesprochen, und sie haben mir gesagt, dass sie tatsächlich vor ein paar Wochen hier in London jemanden angestellt haben«, begann Chase. »In Notting Hill und in der Nähe der anderen beiden infrage kommenden Standorte.«

»Angestellt«, wiederholte Isla. Das konnte doch nicht wahr sein, oder? Dann arbeiteten Verity und John für Breekers!

»Ja«, bestätigte er. »Für mich war das auch ein Schock. Ich hatte keine Ahnung, das musst du mir glauben.«

»Aber … du bist doch der CEO.«

Er nickte. »Stimmt. Stell dir das vor!«

»Dann sind Verity und John, die hier an den Platz gezogen sind, tatsächlich im Auftrag von Breekers hier.« Sie schüttelte den Kopf. Alles, was Mrs Edwards über Vermessungen und Herumspionieren erzählt hatte, entsprach der Wahrheit. Die alte Dame wurde nicht senil – sie war aufgeweckter als alle anderen hier.

»Ja. Und ebenso Richard in Essex und Ffion im Norden von London.«

»Und du hast es nicht gewusst«, fuhr Isla fort.

»Nein«, versicherte Chase. »Das schwöre ich. Ich bin nach London gekommen, um das Projekt vorzustellen, um mich zu vergewissern, dass der Ort der richtige ist, und um alles in die Wege zu leiten.«

»Du wolltest dich vergewissern, dass der Ort der richtige ist? Und … fühlst du dich darin bestätigt?«, wollte Isla wissen.

»Nein, Isla, das tue ich nicht.«

»Warum nicht?«

»Weil ich das Gefühl habe, dass sich jetzt die ganze Welt gegen mich verschworen hat.«

»Wow, das muss sehr schwer für jemanden sein, der so viel von persönlicher Weiterentwicklung hält und ständig Reden darüber schwingt.«

»Ja, das ist es, Isla.«

»Buhuu.«

Am liebsten hätte sie sich Lametta in den Mund gestopft und ihre Lippen zugenäht. Wie konnte sie nur so etwas sagen? *Buhuu!*

»Bitte lass mich ausreden.« Er steckte die Hände in die Taschen seiner Lederjacke. »Ich bin heute Abend aus zwei Gründen hierhergekommen. Erstens wollte ich dir sagen, dass es mir leidtut, dass ich dir nicht gleich den bevorzugten Ort für das Superdorf verraten habe. Ich hätte es dir in dem Moment sagen sollen, in dem mir klar wurde, wie viel dir diese Gegend bedeutet.«

Sie schniefte. »Und zweitens?«

»Ich möchte dich bitten, am Montag wieder zur Arbeit zu kommen.«

»Damit ich dir helfen kann, die richtige Abrissbirne auszusuchen?«

»Nein«, erwiderte Chase leise. »Ich würde gerne mit dir zu den beiden anderen Standorten fahren und dort die beiden weiteren Angestellten treffen.« Er seufzte. »Ich weiß nicht, ob das die richtige geschäftliche Entscheidung ist, aber es wäre dumm, mir nicht alles genau anzuschauen. Ich möchte mich direkt vor Ort näher informieren.« Er sah sie an. »Vielleicht finden wir ein paar gute Argumente, um den Vorstand von seiner Entscheidung für Notting Hill abzubringen.«

Hoffnung stieg in ihr auf und flog hoch in die Luft wie ein funkelndes Glühwürmchen. »Wirklich?«

»Ich kann dir nichts versprechen. Ich habe zwar diesen Titel aus den drei großen Buchstaben und eine gute Position im Vorstand, aber ich bin nicht der alleinige Entscheider.«

»Aber sie schätzen deine Meinung, sonst hätten sie dir nach Big Bill diesen Job nicht gegeben und dich nach London geschickt.«

»Das hoffe ich.« Er lächelte. »Zumindest möchte ich das gern glauben.« Er schüttelte den Kopf. »Big Bill? Warum habe ich keinen coolen Spitznamen?«

Isla erwiderte sein Lächeln. »Ich würde mir sehr gern die anderen möglichen Standorte anschauen.« Sie versuchte, sich die Freude nicht anmerken zu lassen, die sie bei dem Gedanken daran empfand, dass es vielleicht doch eine Rettung für Notting Hill geben würde. »Und ich verspreche, dass ich mich professionell benehmen werde. Und falls wir zu dem Schluss kommen, dass keiner der beiden Orte der richtige für das Superdorf ist, dann …«

»Was dann?« Chase hob gespannt und ein wenig argwöhnisch die Augenbrauen.

»Dann habe ich immer noch die Möglichkeit, mich vor die Bulldozer zu werfen«, antwortete sie lächelnd.

»Ich hoffe, dass es nicht dazu kommen wird.« Er sah ihr in die Augen.

Sie schluckte. Bing Crosbys Stimme wehte durch die Nacht, sie hörte das Knallen von Korken und die Stimmen der Leute, die sich bei Käse und köstlich duftenden Würstchen unterhielten … Und sie stand wieder allein mit Chase in der Kälte und spürte, wie eine nie gekannte Wärme in ihr aufstieg. Sie räusperte sich verlegen. »Möchtest du etwas Käse?« Das hörte sich ziemlich dumm an, und ihre Wangen wurden so heiß, dass Mr Webley darauf wahrscheinlich seine Wildfleischwürstchen mit Muskat hätte grillen können.

»Sehr gern«, erwiderte er. »Und ich würde auch gern Verity und John, Breekers' Mitarbeiter, kennenlernen. Es interessiert mich, was sie über die Gegend herausgefunden haben.«

»Ich bin mir nicht sicher, ob sie kommen«, meinte Isla. »Zumindest habe ich gelernt, dass man niemandem trauen kann, der eine Einladung zu einer Lasagne ausschlägt.«

»Absolut richtig, Miss Winters. Das beweist Urteilsvermögen.«

KAPITEL SIEBENUNDFÜNFZIG

»Guten Abend, mein Name ist Gladys Edwards.«

Mrs Edwards streckte Chase ihre Hand entgegen, die in einem seidenen Handschuh steckte, und sah dabei aus wie eine Komparsin aus der Serie *Mr Selfridge.* Maddie und Brooke kosteten auf der anderen Seite des Platzes von allen Speisen, und Raj sah Hannah beim Nippen am Schlehengin zu.

»Guten Abend«, erwiderte Chase.

Mrs Edwards atmete hörbar ein. »Sie sehen aus wie ein GI.«

»Nun ja, vielleicht ein wenig, aber …«

»Mrs Edwards, das ist Mr Bryan«, stellte Isla ihn vor. »Chase Bryan. Er kommt aus New York.«

»Dan Reed«, sagte Mrs Edwards und fuhr mit der Zigarettenspitze durch die Luft, während sie mit der anderen Hand Purdys Leine festhielt. »Das war der Name meines GI. Oh, er war ein toller Kerl. Tiefschwarzes Haar und diese Uniform … diese Uniform hatte schon etwas. Wir tanzten die ganze Nacht zur Musik von Glenn Miller.« Sie hielt inne und schaute zwischen Chase und Isla hin und her. »Ist das Ihr Freund?«

»Nein«, antwortete sie rasch. »Chase ist mein …«

»Ich bin ein Kollege, Ma'am«, unterbrach Chase sie. »Ich bin für ein paar Wochen hier, um mit Isla zusammenzuarbeiten.«

»Ich verstehe«, sagte Mrs Edwards. »Ich verstehe.«

Isla wusste nicht, was ihre Nachbarin zu verstehen glaubte, aber sie wollte auf keinen Fall, dass die alte Dame falsche Schlüsse zog. Auch wenn sie sich bei Verity und John nicht getäuscht hatte, musste man bei ihr hin und wieder mit merkwürdigen Bemerkungen rechnen.

Mrs Edwards beugte sich ein wenig zu weit zu Chase vor. »Sie ist Single und hat schon lange kein Date mehr gehabt. Ihre letzte Verabredung hatte sie vor sechs Monaten mit einem ziemlich unangemessen gekleideten jungen Mann. Er hatte einen komischen Namen und lispelte.«

»Okay, ich glaube, wir sollten uns jetzt um Hannah kümmern.« Isla griff nach Chase' Arm.

»Oh, ich würde mich sehr gern noch ein wenig mit Mrs Edwards unterhalten«, sagte Chase.

»Bitte nennen Sie mich Gladys.« Mrs Edwards klimperte mit ihren falschen, etwas schief sitzenden Wimpern.«

»Meine Güte, Hannah könnte aus ihrem Rollstuhl fallen. Wir sollten jetzt wirklich zu ihr gehen … sofort.« Isla zupfte Chase am Ärmel und zog ihn von ihrer Nachbarin weg.

»Es war nett, mit Ihnen zu sprechen.« Chase winkte der Dame mit den grauen Haaren zu.

Isla schloss kurz die Augen und schwankte leicht. Sie wusste die enge Gemeinschaft meist zu schätzen, außer wenn jemand alles über ihr Leben ausplauderte.

»Dir ist klar, dass ich jetzt den Namen des Mannes wissen will, oder?«

Isla hörte am Ton seiner Stimme, dass er grinste. »Den verrate ich dir niemals.«

»Und ich möchte auch wissen, auf welche Weise seine Kleidung ›unangemessen‹ war.«

»Ich glaube, er trug ein Eishockeytrikot.«

»Sehr gut, Miss Winters. Der Punkt geht an dich.« Er nickte. »Okay, solange du dich an meinem Arm festhältst, werde ich dich nicht weiter ausfragen.«

Isla kam zu sich und zog rasch die Hand zurück. Tatsächlich hatte sie sich bei ihm untergehakt, als wäre das die natürlichste Sache der Welt. So wie am vergangenen Abend, als sie durch Kensington spaziert waren.

»Tut mir leid, ich war ...«

»Du wolltest nur nicht, dass ich dich nach dem Namen deines letzten Dates frage.«

Chase bemerkte, wie ihr Gesicht purpurrot anlief und mit ihrem rotbraunen Haar geradezu einen beißenden Kontrast bildete. Er war erleichtert, dass sie wieder so locker miteinander reden konnten. Aber er hatte keine Ahnung, ob der Ort für das Superhotel tatsächlich verlegt werden konnte. Er war sich nicht einmal sicher, ob er das wirklich wollte, aber ihm war bewusst, dass er etwas unternehmen, auch anderen Möglichkeiten eine Chance geben musste. Er hatte sich in seinem Leben schon viel zu oft überrumpeln lassen. Vielleicht verhielt es sich bei diesem Hotel auch so. Wenn man nicht über den Tellerrand hinausschaute, konnte man weder Erfolg noch Harmonie erwarten. Er selbst war der lebende Beweis dafür.

»Auf geht's, Miss Winters, du weißt doch inzwischen alles über mein verkorkstes Leben.«

»Ja, aber ich ... Zu diesem Thema gibt es nichts mehr zu sagen.« Sie räusperte sich auf ihre sehr britische und liebenswerte Weise. »Hannah scheint wirklich sehr gut mit Raj zu harmonieren.«

Chase blieb vor dem Lautsprecher stehen, aus dem jetzt Nat King Coles Stimme ertönte. »Ein hübsches Paar.«

»Nein, sie sind kein Paar … noch nicht.«

»Nein?«

»Nun ja, Hannah hat Bedenken, weil sie im Rollstuhl sitzt. Obwohl sie normalerweise sehr selbstbewusst ist, hat sie Probleme, was Jungs betrifft.« Sie hielt kurz inne. »Ich meine natürlich Männer.«

»Hat er ihr Blumen mitgebracht?«, fragte Chase mit einem Blick auf den Strauß auf Hannahs Schoß.

»Ja.«

»Dann braucht sie sich keine Sorgen zu machen«, versicherte er ihr. »Und auch seine Körpersprache verheißt nur Gutes.«

Isla wandte sich ihm zu, und er schenkte ihr ein Lächeln.

»Ich nehme an, darin bist du auch Experte«, bemerkte sie.

»Nun, das gehört zu dem Konzept der persönlichen Weiterentwicklung.«

Sie nickte. »Dann weißt du sicher auch, dass jemand, der dir eine Lüge auftischt, dabei meist nach links schaut.«

Er sah sie an und achtete darauf, dass sein Blick nicht abschweifte. »Das weiß ich«, bestätigte er. »Allerdings gibt es auch erlernbare Techniken, um das zu vermeiden.«

»Tatsächlich? Verflixt.«

»Aber du brauchst ein solches Training sicher nicht. Du hast mir versprochen, immer ehrlich zu sein, richtig?«

»Richtig«, erwiderte sie.

»Dann werde ich dich jetzt auf die Probe stellen«, verkündete Chase.

»Ich weiß nicht, ob mir diese Idee gefällt.« Isla lachte nervös.

»Vor welcher Frage hast du denn Angst?«

Plötzlich konnte Isla ihre blöden Augen nicht mehr auf einen bestimmten Punkt richten – ihr Blick wanderte unwillkürlich über den ganzen Platz. Warum hatte sie nur von dieser Lügensache angefangen?

»Vor keiner«, antwortete sie rasch und versuchte, den Blick auf ihn zu heften. Jetzt kämen ein paar Augentropfen recht.

»Also, ich möchte gern wissen …«, begann Chase.

Es gelang ihr, ihm in die Augen zu schauen … und sie waren sehr verführerisch. Sie brauchte dringend eine Unterbrechung. Vielleicht kam Mrs Edwards zu ihnen herüber.

»Hast du noch jemanden in Larkspur Gardens geküsst?«

Islas Kehle war mit einem Mal so trocken, als hätte jemand sie gezwungen, eine ganze Packung Cracker zu essen. In der Wüste.

»Nun … ich … das war keine Frage, wie ich sie erwartet habe«, stammelte sie.

»Nein?«

»Nein. Ich habe geglaubt, du würdest mich etwas über meinen Job bei Breekers fragen oder wann endlich die vielen Marmeladengläser aufgemacht werden, damit wir noch vor dem Ende des Wein-und-Käse-Abends all diese merkwürdigen Sachen probieren können.«

»Isla«, sagte Chase leise.

»Ja?«

»Du hast meine Frage noch nicht beantwortet.«

»Nein.«

»Nein?«, fragte er. »Bezog sich das darauf, dass du meine Frage noch nicht beantwortet hast, oder auf …«

»Ich habe keinen anderen Mann in Larkspur Gardens geküsst.«

Plötzlich fiel ihr ein, dass es darum ging zu testen, ob bei einer Lüge der Blick nach links wanderte. Sie hatte nicht gelogen. Das war nicht nötig gewesen. Sie hatte noch nie jemanden auf einem Platz geküsst. Auch nicht am Beaumont Square. Ihre wenigen Dates hatten alle in einer Pizzeria oder einem Theater stattgefunden.

»Okay«, erwiderte Chase.

»Okay?« Islas Herz schlug schneller, als sie anstatt in seine Augen auf seine vollen Lippen starrte. Und auf sein festes Kinn mit dem leichten Anflug von Bartstoppeln.

»Wir können jetzt einige dieser Gläser aufmachen«, erklärte er.

»Und was ist mit *meiner* Frage?«

»Was meinst du damit?«

»Habe ich kein Recht auf eine Frage?« Isla schluckte mühsam ihre Nervosität hinunter.

Er breitete lächelnd die Arme aus. »Klar, schieß los.«

Sie wusste genau, was sie ihn fragen wollte. »Glaubst du, dass wir eine Chance haben – wenn auch nur eine klitzekleine –, die Meinung des Vorstands über Notting Hill zu ändern?«

»Ja«, antwortete er, ohne zu zögern.

Isla nickte.

»Können wir jetzt ein paar dieser Marmeladengläser aufmachen?«

»Natürlich«, erwiderte sie lächelnd.

»Daddy!«, rief Maddie von der anderen Seite des Platzes. »Raj bringt mir bei, wie man rappt.«

»Meine Güte«, stieß Isla hervor. »Du solltest lieber schnell zu ihr gehen. Ich mag Raj sehr gern, aber seine Sprache ist manchmal recht ausdrucksstark.«

»Kommst du mit?«, fragte Chase.

»Ich muss noch mit Mrs Webley über die Vorbereitungen des Weihnachtsessens sprechen.«

»Kann ich dir noch einen Drink holen?«

»Nein danke«, erwiderte sie. »Ich bin gleich wieder bei dir.«

Er drehte sich um und ging zu seinen Kindern hinüber. Sobald er ihr den Rücken zugekehrt hatte, atmete Isla tief aus. Er hatte zwar ihre Frage mit Ja beantwortet, und sie war sich nicht sicher, welche Tricks und Techniken er beherrschte, aber seine Augen hatten sich leicht bewegt. Sein Blick war in Richtung Westen gewandert. Nach links.

KAPITEL ACHTUNDFÜNFZIG

Isla hatte drei saure Gurken, zwei eingelegte Birnenschnitze und eine japanische Rübe gegessen. Obwohl sie damit ihre fünf Portionen Obst und Gemüse am Tag beinahe abgedeckt hatte, befürchtete sie, durch Salz und Zucker das Gute wieder zunichtegemacht zu haben.

»Ihh! Pfui Teufel! Was zur Hölle ist dieses violette Ding?« Hannah streckte die Zunge aus dem Mund und schaute Isla um Hilfe flehend an.

»Ich habe keine Ahnung. Seit ich von dem orangefarbenen Zeug probiert habe, habe ich nichts mehr gegessen.« Sie war sich nicht sicher, was das gewesen war. Es hatte nach kandiertem Gelee geschmeckt, aber einen scheußlichen Nachgeschmack gehabt.

»Ist meine Zunge jetzt lila?«, wollte Hannah wissen. Sag es mir, bevor Raj von unserer Toilette zurückkommt.« Sie zeigte Isla ihre Zunge. »Sind das vielleicht Auberginen? Ihh, ich hasse Auberginen! Pfui Teufel!«

Isla reichte Hannah eine Serviette. Als sie aufschaute, sah sie ein Pärchen die Straße überqueren. Nein, sie würden doch nicht tatsächlich zu dem Fest kommen, oder?

»Han«, sagte Isla zu ihrer Schwester, die gerade etwas auf die Serviette spuckte. »Sind das Verity und John?«

»Was? Ah, dieses Zeug! Ich bekomme es einfach nicht aus meinem Mund! Ich glaube, ich brauche noch einen Baileys.«

Das Pärchen kam näher, und Isla erkannte tatsächlich Verity. Der Mann neben ihr war sicher ihr Ehemann John. Sie schluckte. Das waren also die Leute, die angeblich für Breekers arbeiteten. Sie waren in ein Haus am Beaumont Square gezogen, um herauszufinden, ob man in dieser Gegend einen riesigen Hotelkomplex bauen konnte. Und zwar im Geheimen. Und wenn sie Chase glauben konnte, sogar ohne das Wissen des CEO.

»Ja«, bestätigte Hannah schließlich. »Sie sind tatsächlich gekommen. Wie witzig! Und das alles wegen eines gefälschten Plans. Mir tun die beiden fast ein wenig leid.«

Isla schluckte. Hannah wusste nichts über die Situation. Wie sollte sie damit nun umgehen?

»Daddy, dieser Käse ist sooo gut!«

Chase musterte Maddie. Sie hatte ein Stück grünlichen Käse in der Hand, und ihre Lippen waren verschmiert. Das war einer der seltsamsten, aber auch schönsten Abende seit langer Zeit. Beinahe kam es ihm so vor wie die Rückkehr zu dem Leben, wie es einmal gewesen war. In seiner Kindheit hatten seine Eltern oft an irgendeinem See in irgendeiner Stadt, wo sie sich gerade aufhielten, Partys veranstaltet. Grillfeste mit neuen Freunden. Schwimmen im See, Fahrten auf einem Pick-up mit offener Heckklappe, laute Musik, Gelächter und Lampen wie diese, die hier im Park überall hingen. Ein solches Leben würde er sich für Brooke und Maddie wünschen. Glücklich, einfach, klar strukturiert und übersichtlich. In New York war das nicht möglich, in Montgomery jedoch schon. Nur dass sie dort, weit weg von ihm, ihr Leben ohne ihn führen würden.

»Die Drinks sind auch gut«, warf Brooke ein.

Er richtete den Blick auf seine ältere Tochter. Sie hatte

den ganzen Abend auf ihre Ohrstöpsel verzichtet. Und war das tatsächlich ein Lächeln auf ihrem Gesicht?

»Chase.«

Isla stand neben ihm und sah ihn beunruhigt an.

»Was ist los?«

»Verity und John sind hier«, berichtete sie. »Die Kollegen …« Sie senkte die Stimme. »Von denen wir nicht wussten, dass sie unsere Kollegen sind.«

»Großartig«, erwiderte er. »Komm, wir gehen zu ihnen.«

»Was? Nein ich kann nicht …«, begann Isla.

»Warum nicht? Wir wollen doch erfahren, was sie herausgefunden haben.«

Er sah, wie sie zu Hannah hinüberschaute, und wusste sofort, worum es ging. Ihre Schwester lag Isla sehr am Herzen – sie war außerordentlich wichtig in ihrem Leben. Auch wenn die Neuigkeiten über dieses Viertel ihr selbst eine Heidenangst eingejagt hatten, hatte sie in erster Linie daran gedacht, ihre Schwester zu schützen. Vor seinem Plan.

»Du hast Hannah nichts von Notting Hill gesagt, richtig?«

Sie nickte. »Ich habe es einfach nicht über mich gebracht.«

»Kein Problem«, meinte Chase. »Wir werden ganz diskret vorgehen.« Er wandte sich an seine Töchter. »Brooke, Maddie, ihr bleibt hier. Ich bin in einer New-York-Minute wieder da.«

»Dürfen wir noch etwas essen?« Maddie schob sich das restliche Stück Käse in den Mund.

»Aber nichts, was ihr nicht kennt«, warnte Chase. »Ich würde euch auf keinen Fall die orangefarbenen und violetten Dinger aus den Einmachgläsern empfehlen.«

Isla war unbehaglich zumute, wusste aber nicht so recht, weshalb. Warum sollte sie sich schlecht fühlen, wenn diese beiden in ihrem Viertel herumgeschnüffelt hatten?

»Stellst du mich ihnen vor?«, bat Chase.

Verity und John drückten sich neben Mrs Edwards' Rosenbusch herum. Beide waren völlig unpassend gekleidet; Verity trug abgewetzte Ugg-Boots und John eine Jeans. Anscheinend hatte ihnen niemand gesagt, dass man sich für den Wein-und-Käse-Abend etwas schicker anzog. Aber Isla würde mit dieser Situation schon fertigwerden – schließlich war sie ein Profi.

»Hallo, Verity«, rief sie, winkte und ging auf sie zu. »Wie schön, dass Sie kommen konnten.«

»Hallo«, erwiderte Verity. »Lucy, richtig?«

»Isla«, erwiderte sie und reichte dem dunkelhaarigen Mann die Hand. »Und Sie müssen John sein.«

»Hallo.« Der Mann schüttelte ihr die Hand.

»Ich habe soeben erfahren, dass wir für dieselbe Firma arbeiten. Ist das nicht aufregend?«, sagte Isla.

»Ach ja?«, erwiderte Verity. Wirkte sie beunruhigt? Isla beobachtete ihre Augenbewegungen.

»Ja, tatsächlich.« Chase streckte die Hand aus. »Mein Name ist Chase Bryan. Ich bin der CEO von Breekers International, und Isla ist meine geschätzte Kollegin.«

Das klang viel eher nach einer erstrebenswerten Position als nach persönlicher Assistentin. Isla lächelte die beiden an.

»Das ist ja kaum zu glauben«, sagte John und schüttelte Chase die Hand. »Es freut mich sehr, Sie kennenzulernen. Und das Projekt … die Idee ist einfach großartig.«

»Danke«, sagte Chase. »Nun, jetzt, da wir uns bekannt gemacht haben, hoffe ich, dass Sie mich auf den neuesten Stand Ihrer Ermittlungen bringen.«

»Ja, natürlich. Wir waren in dieser Woche häufig per Skype mit dem New Yorker Büro in Verbindung, bis dann bei uns eingebrochen wurde«, sagte Verity.

»Bei Ihnen wurde eingebrochen?«, fragte Chase.

Isla schluckte. Sie hatte Chase nicht genau erzählt, wie sie in den Besitz der Karte gekommen war, und ihr Bauchgefühl sagte ihr, dass jetzt nicht der richtige Zeitpunkt dafür war.

»Ja, jemand ist in unser Haus eingebrochen und hat Unterlagen gestohlen. Und vorher ist bereits unsere Katze verschwunden.«

Oh Gott! Dann gehörte Mrs Edwards' Katze doch ihnen. Und Purdy war heute Abend hier, an einer Leine und nur wenige schneebedeckte Büsche entfernt.

»Ihre Katze?«, erkundigte sich Chase.

»Sie ist sicher irgendwo in der Nähe«, warf Isla rasch ein. »In dieser Gemeinschaft sind alle sehr nett und freundlich.«

»Meine Güte.« Verity hob die Hand an den Mund. »Wie haben Sie diesen Plan aufgenommen? Für Sie ergibt sich daraus sicher ein kleiner Interessenkonflikt.«

Das war eine starke Untertreibung, aber das durfte sie sich nicht anmerken lassen. »Geschäft ist Geschäft«, erwiderte sie lächelnd.

»Und die Sache ist noch nicht endgültig beschlossen«, fügte Chase hinzu. »Es gibt noch zwei weitere Gegenden, die infrage kommen.«

»Tatsächlich?«, fragte John. »Ich hatte den Eindruck, dass wir die Entscheidung nur noch untermauern sollten.«

»Im Geschäftsleben läuft fast nie etwas ganz geradlinig ab«, meinte Chase. »Isla und ich wollen uns am Montagmorgen die anderen möglichen Standorte anschauen.«

»Der Norden der Stadt ist meiner Meinung nach reif für eine Erneuerung«, fügte Isla hinzu.

Chase schlug die Hände zusammen und atmete tief aus. »Erzählen Sie mir, was Sie herausgefunden haben.«

»Entschuldigen Sie mich bitte.« Verity ließ den Blick über die Lichterketten hinweg zu den Tapeziertischen schweifen, wo sich alle versammelt hatten. »Ich bin fest davon überzeugt, dass ich soeben meine Katze gesehen habe.«

Isla griff rasch nach Veritys Arm und führte sie von Mrs Edwards weg. »Sie müssen unbedingt eines von Mr Webleys Würstchen probieren, Verity. Um diese Jahreszeit sind sie immer das Gesprächsthema des Viertels.«

»John, wie lange arbeiten Sie schon für die Firma?«, fragte Chase.

Isla lächelte, während sie mit Verity zu einem der Tische mit den noch gefüllten Einmachgläsern ging. Ein so gut funktionierendes Zweierteam in der Firma gab ihr wieder ein wenig Hoffnung.

KAPITEL NEUNUNDFÜNFZIG

»Wir müssen die Katze wegbringen«, zischte Isla Hannah ins Ohr.

Sie hatte sich über dreißig Minuten lang angehört, wie Verity und John die Gegend ausspioniert hatten, alles in Erfahrung gebracht hatten, was es über die Läden und Privathäuser in Notting Hill zu wissen gab, und Marktforschung betrieben hatten, was Isla für reichlich übertrieben hielt. Jeder Bericht über einen Winkel in ihrer geliebten Nachbarschaft, den sie in Hinblick auf eine Erneuerung untersucht hatten, schmerzte Isla wie ein Hornissenstich. Aber sie war ganz ruhig geblieben, hatte sie fortfahren lassen und beobachtet, wie Chase das alles aufnahm. Insgeheim hatte sie gehofft, dass sich irgendetwas ergeben würde, worauf sie sich stürzen konnte, um zu beweisen, dass diese Gegend nicht die richtige für das Projekt war.

»Welche Katze?«, fragte Hannah.

»Mrs Edwards' Katze, die jedoch nicht ihre ist«, erwiderte Isla. »Sie gehört Verity und John.«

»Tatsächlich?« Hannah blieb der Mund offen stehen, sodass man ihre violette Zunge sah. »Ich habe wirklich gedacht, ich hätte mich getäuscht – ich hätte Mrs Edwards nie für eine Diebin gehalten.«

»Und sie hat noch nicht einmal einen Dietrich dafür gebraucht«, meinte Isla.

»Was?«

»Vergiss es. Wir müssen etwas unternehmen.« Isla legte die Hände auf Ronnies Griffe.

»Sie liebt diese Katze«, stellte Hannah fest. »Und Verity und John haben unsere Einladung zu einer Lasagne abgelehnt und spionieren für die Konkurrenz. Spricht Chase deswegen jetzt mit ihnen?«

»Hmm«, erwiderte Isla. Was hätte sie sonst sagen sollen?

»Und wie läuft es mit dem attraktiven CEO?«, fragte Hannah. »Ich habe beobachtet, dass euer kleines Tête-à-Tête gut zu laufen schien.«

»Und was ist mit dir und Raj?«, entgegnete Isla. »Hübsche Blumen.«

»Er ist gerade in unserem Haus, um sie ins Wasser zu stellen«, erklärte Hannah begeistert. »Sie sind wunderschön, findest du nicht?«

Sie hatte das Thema Chase erfolgreich abgeblockt. Nun musste sie sich darum kümmern, dass ihre Nachbarin nicht des Diebstahls der Katze bezichtigt wurde. Islas Blick wanderte von Mrs Edwards und Purdy zu Brooke und Maddie. Sie saßen auf der Edith Rose Winters gewidmeten Bank, und Brooke hatte stark gerötete Wangen. Maddie wirkte beunruhigt und wedelte aufgeregt mit ihren behandschuhten Händen vor dem Gesicht ihrer Schwester durch die Luft. Dann entdeckte Isla die leere Flasche auf dem Boden neben Brookes mit Schnallen verzierten Stiefeln. Sie wollte keine vorschnellen Schlüsse ziehen, befürchtete aber das Schlimmste und schob Hannah rasch zu den Mädchen hinüber.

»Was tust du denn?«, wollte Hannah wissen. »Ich dachte, wir müssten Purdy verstecken.« Sie legte die Hände auf die Räder des Rollstuhls, um wieder die Kontrolle über Ronnie zu übernehmen.

»Ich glaube, hier gibt es ein weit dringenderes Problem«, erklärte Isla und lief auf Chase' Töchter zu. »Hallo, ihr zwei. Wie gefällt euch der Abend?«

»Hey, Isla!«, lallte Brooke und versuchte aufzustehen. Sie war ein wenig unsicher auf den Beinen und grinste wie ein grusliger Clown. »Coole Party, cooles Essen und coole Drinks. Hast du gewusst, dass man Cranberrys in ein Glas tun und dann mit dem Löffel essen kann?«

»Scheiße«, entfuhr es Hannah. »Sie ist betrunken.«

»Ja.« Isla bückte sich und hob die Flasche auf, in der anscheinend hausgemachter Wein gewesen war.

Hannah versuchte einen Blick auf das Etikett zu werfen. »Steht da etwa ›Trink mich, Baby!‹ drauf?«

»Sieht fast so aus.« Isla wandte sich an Maddie. »Bitte lauf zu Mrs Webley …«

»Das ist die Frau mit der steifen Frisur und den orangefarbenen Schuhen«, warf Hannah ein.

»Bitte sie um ein Glas Wasser. Ein großes Glas oder eine Flasche, was sie gerade da hat.«

»Wer trinkt denn hier Wasser?«, fragte Brooke mit schleppender Stimme. »Wasser ist doof.« Sie schaute an sich herunter, hob die Hände und ließ sie auf ihren Schoß fallen, verdrehte die Augen und grinste.

»Ich habe nicht bemerkt, dass sie Wein trinkt, bis sie zu singen angefangen hat. Sie singt sonst nie laut, immer nur in Gedanken«, berichtete Maddie. Ihre Unterlippe begann zu zittern, während sie ihre Schwester beobachtete.

»Schon gut, Maddie.« Isla legte dem Mädchen den Arm um die Schulter und drückte es an sich.

»Wird sie sich wieder erholen?«, fragte Maddie.

»Aber ja, natürlich.«

»Iss das.« Hannah reichte Brooke ein Päckchen Chips,

das sie aus ihrer Tasche hervorgekramt hatte. Isla konnte sich nicht daran erinnern, es eingepackt zu haben.

»Was ist das?« Brooke starrte auf die Tüte, als hätte sie so etwas noch nie zuvor gesehen.

»Chips«, sagte Hannah.

»Meine Güte, Isla, sie ist wirklich sehr betrunken, wenn sie nicht einmal weiß, was Chips sind. Vielleicht sollten wir Chase holen und einen Notarzt rufen.«

»Kartoffelchips«, warf Maddie ein. »So nennen wir sie in Amerika.«

»Okay, Hannah, du begleitest Maddie zu Mrs Webley, um Wasser zu besorgen, und anschließend hole ich deinen Dad, Maddie«, erklärte Isla.

»Können wir andere Musik hören? Das klingt alles gleich und so altmodisch.« Brooke versuchte wieder aufzustehen.

»Du bleibst lieber sitzen.« Isla nahm neben Brooke Platz und griff nach ihrem Arm, während Maddie und Hannah sich auf den Weg durch den Park machten.

»Musik ist sehr wichtig für dich, richtig?«, begann Isla. Sie versuchte, Brooke für etwas zu interessieren und sie wach zu halten.

»Ja.« Brooke hickste.

»Wer ist dein Lieblingssänger?«

»Ich mag Bands«, sagte Brooke. »Laute Bands, die meine Mom hasst und bei denen Colt am liebsten Mitglied wäre.« Sie lachte und versuchte dann, Isla in die Augen zu schauen. »Ich hasse Colt. Ich hasse ihn wirklich.«

Isla schluckte. Diese beiden Mädchen hatten offensichtlich in ihrem kurzen Leben schon einige Turbulenzen durchmachen müssen.

»Ich hasse ihn für das, was er Mom und Dad angetan hat.« Man hörte ihrer Stimme an, wie stark ihre Emotionen waren. »Er hat Dad wieder krank gemacht, und ich weiß, dass Mom ihn bald bei uns einziehen lassen wird. Und dann sollen wir eine glückliche Familie spielen.« Sie wurde lauter. »Aber das will ich nicht!«

Isla drückte Brookes Arm. »Wir besorgen dir jetzt etwas Wasser und Kaffee und später, wenn du dich wieder besser fühlst, besprichst du das alles mit deinem Dad.« Sie wusste nicht, was sie tun sollte. Auf diesem Gebiet hatte sie keine Erfahrung. Und es gehörte auch nicht zum Aufgabengebiet einer persönlichen Assistentin.

»Dad ist in unserer Familie der Einzige, der normal redet«, fuhr Brooke fort. »Alle anderen schreien immer. Doch er verschließt sich oft und tut so, als sei alles in Ordnung. Aber das ist es nicht.«

»Ich …«

»Also setze ich meine Kopfhörer auf und höre mir die Musik von Bands an«, sagte Brooke traurig. Plötzlich schien sie einen Adrenalinschub zu haben und wechselte abrupt das Thema. »Magst du Rag'n'Bone Man?«

»Ja«, bestätigte Isla.

»Du hast keine Ahnung, wer das ist, oder?«

»Doch«, entgegnete Isla. »Hannah hört sich ständig ›Human‹ an.«

»Er ist cool, oder? Seine Stimme geht einem durch und durch, und ich mag diese Mischung aus Altem und Neuem«, sagte Brooke.

»Hast du Musik als Unterrichtsfach in der Schule?«, wollte Isla wissen.

»Schon, aber da geht es nur um tote Komponisten und Konzerte und langweiliges, altes Zeug, was niemanden interessiert.«

Hannah rollte auf sie zu. »Wasser. Und Kaffee kommt

auch gleich. Ich habe Raj auf dem Weg getroffen, und er kocht uns jetzt welchen in unserem Haus.«

Isla nickte Hannah zu. »Du und Maddie solltet euch im Haus ein wenig aufwärmen. Ich komme dann mit Brooke nach.« Sie reichte Brooke die Wasserflasche. »Trink das.«

Der Teenager nahm die Flasche mit zitternden Händen entgegen. »Wenn ich sie ganz austrinke, bekomme ich dann noch Wein?«

»Nein«, erwiderten Isla und Hannah wie aus einem Mund.

»Hey.« Plötzlich stand Chase neben der Bank.

»Oh, Daddy!« Maddie warf sich in seine Arme. »Brooke hat eine Flasche Wein getrunken, und ich habe große Angst gehabt.«

Isla sah, wie sich Besorgnis auf seinem Gesicht abzeichnete, während er Maddie tröstete. Sie stand rasch auf und legte ihm eine Hand auf die Schulter. »Es wird ihr schon bald wieder gut gehen. Wir lassen gerade Kaffee kochen.«

»Brooke?«, fragte Chase. Er schien die Situation noch nicht ganz begriffen zu haben.

»Hey, Dad!« Brooke winkte ihm mit einer unkontrollierten Handbewegung zu und deutete dann mit einem Finger auf ihn, als wollte sie ihn ermahnen. »Du solltest bei der Arbeit sein.« Kichernd begann sie zu singen und ahmte Rihannas Stimme nach. »Work, work, work, work, work …«

Isla warf einen Blick auf die entsetzte Miene ihres Chefs. »Sie ist bald wieder okay, und das ist doch das Wichtigste. Wir haben das alle schon hinter uns, und wir haben unsere Lektion gelernt …«

»Ja, das mag die typische britische Einstellung sein – ruhig bleiben und einfach weitermachen«, fauchte Chase gereizt. »Aber dir sitzt auch keine Exfrau im Nacken, die jeden deiner Schritte beobachtet und nur auf einen Grund wartet, dir das Umgangsrecht zu verweigern.«

»Ich …«, begann Isla, schloss aber dann wieder den Mund. Es gab nichts, was sie hätte sagen können, um die Situation für ihn erträglicher zu machen.

»Komm, Brooke. Wir fahren zurück ins Hotel.« Chase legte die Hand auf den Arm seiner Tochter und zog sie sanft von der Bank.

»Raj kocht gerade Kaffee«, sagte Hannah. »Ich bin sicher, wenn sie ein oder zwei Tassen getrunken hat, ersparen Sie sich einen unangenehmen Vorfall im Taxi.«

»Fahren wir zu McDonalds?« Brooke schwankte heftig. »Oder wie wäre es mit einer englischen Pastete? Ich habe einen Riesenhunger.«

»Hier.« Hannah kramte wieder in ihrer Handtasche. »Ich habe noch ein Wurstbrötchen.« Sie reichte es Brooke.

»Cool.« Der Teenager nahm das Brötchen so vorsichtig in die Hand, als würde es sich um ein Baby handeln.

»Ich werde Raj sagen, dass er keinen Kaffee kochen muss.« Hannah drehte ihren Rollstuhl, um sich auf den Weg zum Haus zu machen.

»Und ich muss dringend zu Mrs Edwards«, erklärte Isla und wandte sich ebenfalls zum Gehen.

»Warte, Isla.« Chase griff nach ihrem Arm. Er atmete tief aus und steckte ein wenig verlegen die Hände in die Jackentaschen. »Es tut mir leid …«, begann er. »Ich hätte dich nicht so anfahren dürfen. Ich habe nur …«

»Du hast dir Sorgen um Brooke gemacht«, sagte Isla. »Schon gut, das verstehe ich.«

Er lächelte. »Sie ist ziemlich schwierig.«

»Sie ist dreizehn«, erwiderte Isla. »Hannah hat mit dreizehn zwei Flaschen vom Schlehenschnaps unserer Großmutter getrunken und sich dann in die Aktentasche unseres Vaters übergeben.«

»Ach du lieber Himmel. Hast du irgendwelche Tipps für mich? Oder soll ich sie einfach ins Bett bringen und das Beste hoffen?«

»Pass auf, dass sie nicht hinfällt«, riet Isla ihm mit einem Blick auf Brooke, die sich an der Lehne der Bank festhielt. »Und sag ihr, dass du sie lieb hast, bevor sie einschläft.«

»Danke«, erwiderte er.

Sie schaute in seine kupferfarbenen Augen, aus den Lautsprechern erklang Dean Martins sanfte Stimme, und der Duft nach Kiefernnadeln, Glühwein und gut gewürztem Fleisch stieg Isla in die Nase. Zwischen ihnen vibrierte die Luft, beinahe so, als wäre sie elektrisch aufgeladen. Das war nicht zu leugnen, nur war es vollkommen unangebracht. Oder etwa nicht? Isla seufzte.

»Gut, wir sehen uns dann am Montagmorgen«, sagte Chase leise.

»Ja, am Montag.«

Er nahm ihre Hand, zog sie an seine Lippen und drückte einen Kuss darauf. In diesem Augenblick fühlte sie sich wie eine Gleitschirmfliegerin bei ihrem ersten Sprung von einer Felswand. Alle Erinnerungen an den Kuss am Abend zuvor stürmten wieder auf sie ein.

»Gute Nacht, Miss Winters«, flüsterte Chase.

»Gute Nacht.«

KAPITEL SECHZIG

Breekers London, Canary Wharf

»Guten Morgen, Aaron«, grüßte Isla ihren Kollegen am Montagmorgen. Ihr Wochenende war sehr schön gewesen. Sie und Hannah hatten endlich ihre restliche Weihnachtsdekoration angebracht. Nun standen auf dem Kaminsims verschiedene Duftkerzen – Marshmallow, Kürbis, Fichtennadel – und einige Rentierfiguren, an die Isla sich gar nicht mehr hatte erinnern können. Jeder Raum war mit buntem Lametta geschmückt, nur der Christbaum fehlte noch. Isla hatte beschlossen, am Nachmittag den Baum mit den weißen Federn zu kaufen.

»Ist es denn ein guter Morgen?«, fragte Aaron hinter seinem Schreibtisch. »Tatsächlich?« Er hob den Kopf, und Isla atmete hörbar aus. Unter seinen Augen lagen tiefe dunkle Ringe – er sah aus, als hätte er seit Wochen nicht mehr geschlafen.

»Was ist passiert? Du siehst schrecklich aus!«

»Oh, danke, jetzt geht es mir gleich viel besser«, erwiderte Aaron. »Um die Wahrheit zu sagen, Schätzchen, das ist alles deine Schuld.«

»Meine Schuld?« Isla stellte ihre Handtasche unter den Schreibtisch und sah Aaron fragend an.

»Hast du vielleicht vergessen, mir etwas zu sagen, als du mir das Ridgepoint-Krankenhaus-Projekt übergeben hast?«

Offensichtlich hatte sie irgendeine Information versehentlich nicht weitergeleitet, sonst würde Aaron sie jetzt nicht anschauen wie eine wütende Dragqueen, der man ihr Make-up gestohlen hatte.

»Ich bin nicht sicher«, erwiderte sie vorsichtig.

»Hilda Stewart vielleicht?«

»Oh.« Isla wusste sofort, was Aaron meinte.

»Oh? Ist das alles, was du dazu zu sagen hast?«, rief Aaron.

»Ich schulde dir etwas«, sagte Isla. »Ein mexikanisches Bier … und ein mexikanisches Essen. Wir legen einen Tag im Januar fest.«

»Hilda Stewart ist eine professionelle Sprecherin«, fuhr Aaron fort, als hätte er Islas Angebot nicht gehört.

»Nun, dann wäre sie wohl eher im Parlament als beim staatlichen Gesundheitsdienst zu finden.«

»Diese Frau hört einfach nicht auf«, klagte Aaron. »Nicht einmal, um Luft zu holen. Sie redet wie ein Maschinengewehr …« Er imitierte die entsprechenden Geräusche und zuckte dabei mit dem Kopf, als würde er *Battlefield 4* spielen. »Zuerst habe ich geglaubt, dass sie Holländisch spricht, aber als ich dann merkte, dass das doch Englisch war, war ich davon überzeugt, dass sie einen simbabwischen Akzent haben musste …«

»Aaron«, warf Isla ein.

»Unterbrich mich nicht! Das muss jetzt alles raus!«

»Nun, ich muss aber mit dir darüber reden, warum du Chase von dem Wein-und-Käse-Abend am Beaumont Square erzählt hast«, beharrte Isla.

»Oh.« Aarons Wut schien zu verfliegen.

»Also, was hast du dazu zu sagen?«

»Ich habe gedacht, das würde vielleicht die Situation etwas entschärfen«, erklärte Aaron. »Und ich möchte nicht, dass du am Bahnhof Waterloo arbeiten oder die Straßenzeitung *The Big Issue* verkaufen musst.«

»Aber du weißt, dass Breekers dieses Hotel in Notting Hill bauen will.« Isla seufzte und ließ sich auf ihren Stuhl fallen. Es fiel ihr schwer, das überhaupt laut auszusprechen.

»Ja«, bestätigte Aaron. »Ich habe mich weit aus dem Fenster gelehnt und Haringey vorgeschlagen. Da liegt dieses große Grundstück, das schon seit einer Weile leer steht. Ich bin mir ziemlich sicher, gehört zu haben, dass der Bauunternehmer Pleite gemacht hat.«

»Chase und ich werden uns heute die beiden anderen möglichen Standorte anschauen.«

»Dann bist du also wieder seine persönliche Assistentin?« Aaron grinste. »Wieder in den Sattel gestiegen, richtig?« Er zwinkerte ihr zu.

»Ich werde es nicht zulassen, dass meine Gefühle mein Urteilsvermögen in geschäftlichen Belangen beeinflussen. Und insgeheim hoffe ich, dass wir Breekers International davon überzeugen können, dass ein anderer Ort als Notting Hill geeigneter wäre.«

»Hältst du das für möglich?«

»Um diese Jahreszeit ist alles möglich. Bald ist Weihnachten.« Sie atmete tief durch, als ihr dabei das wichtigste gesellschaftliche Ereignis des Jahres einfiel, das sie immer noch nicht ganz unter Kontrolle hatte. »Aaron, könntest du etwas für mich erledigen, während ich unterwegs bin?« Sie zog ihr iPad aus der Tasche und drückte auf die Home-Taste.

»Bitte zwing mich nicht, heute mit Hilda Stewart zu sprechen. Wir haben für morgen einen Skype-Termin vereinbart.«

»Nein«, sagte Isla. »Könntest du bei der Cateringfirma wegen der Weihnachtsfeier anrufen?«

Aaron legte die Hände an die Wangen und war vor Überraschung ganz außer sich. »Nein! Du lässt mich tatsächlich bei der Organisation der Weihnachtsfeier mitmachen?« Er seufzte, als hätte er soeben die Hauptrolle in *Hairspray* bekommen. »Auf diese Chance warte ich schon seit Jahren.«

»Könntest du sie bitte fragen, ob sie meine E-Mail-Adresse haben, und ihnen meine Handynummer geben«, bat Isla ihn. »Ich habe es vor zwanzig Minuten versucht, aber offensichtlich ist es noch zu früh gewesen.« Zumindest hoffte sie das.

»Natürlich, aber nur unter einer Bedingung.« Aaron stand auf und stieß mit dem Kopf gegen einen von Ethels glitzernden Pompons.

»Was?«

»Verrate mir das Motto.«

»Kommt nicht infrage«, erklärte Isla bestimmt.

Chase schob die Tür von Breekers London auf und trat aus der Kälte in das Gebäude. Es schneite wieder. In der Nacht war es so eiskalt gewesen, dass alle Autos, Laternenpfähle und Briefkästen mit Reif überzogen waren. Maddie war den ganzen Weg von der U-Bahn hierher gehüpft, begeistert von allem Weihnachtlichen – von dem Orgelspieler, der *White Christmas* im Panflöten-Modus spielte, den blinkenden Weihnachtspuddings vor einem Haushaltswarengeschäft, dem Duft nach Karamell und gebutterten Bagels … Brooke hingegen litt noch unter den Nachwirkungen des Alkohols am Freitagabend. Chase hatte sich um sie gekümmert, ihr das Haar gehalten, als sie sich hatte übergeben müssen, ihr Wasser und Schmerztabletten gegeben und gewartet, bis sie endlich eingeschlafen war. Dann hatte er Leanna angerufen und ihr alles ganz offen und ehrlich erzählt. Sie hatte ihn so lange hysterisch angeschrien, bis er Kopfschmerzen bekommen hatte, aber gestern hatten sie eine zivilisierte Unterhaltung geführt, ohne sich gegenseitig die Schuld zu geben. Und er hatte Brooke die Leviten gelesen und sie vor den Gefahren des Alkohols gewarnt. Ihm war klar, dass das ein weiterer Versuch gewesen war, seine Aufmerksamkeit zu erlangen, und er nahm das als ernsthaftes Problem wahr. Er war nur im Augenblick nicht in der Lage, die nötigen Weichen zu stellen. Aus finanziellen Gründen und für sein Seelenheil musste er versuchen, beruflich wieder richtig Fuß zu fassen, und außerdem wollte er der gute Vater für seine Kinder sein, den sie verdient hatten. Das wollte er sogar mehr als alles andere, aber wenn er jetzt den Fuß vom Gas nahm …

»Daddy, ich schau mir den Weihnachtsbaum an.« Maddie sauste zu dem Baum in der Lobby und begrüßte ihn wie einen alten Freund. Sie roch an den Zweigen und befühlte einen kleinen rot-goldenen Stern.

»Mom hat mir schon wieder geschrieben«, maulte Brooke. »Sie will wissen, was ich gefrühstückt habe.« Sie schaute von ihrem Handy auf. »Soll ich zurückschreiben: Wodka?«

Chase nahm ihr das Telefon aus der Hand. »Willst du mich umbringen?«

»Was? Sie hat mich nach meinem Frühstück gefragt, das ist alles.«

»Dann schreib ihr die Wahrheit«, befahl Chase. »Oder du bist ganz schnell wieder zurück in Montgomery.«

»Warum?«, fauchte Brooke. »Hast du jetzt auch von mir die Nase voll?«

»Nein, Brooke.« Chase Stimme klang jetzt ruhiger. »Du bist meine Tochter, und ich liebe dich …«

»Aber? Jetzt kommt doch sicher ein Aber.«

»Ich mache mir Sorgen um dich«, erklärte Chase.

»Und wenn schon.«

»Und deine Mutter macht sich auch Sorgen.«

»Sie hat viel zu viel mit Colt zu tun, um sich über jemand anderen Gedanken zu machen.«

Was sollte er darauf erwidern? Der Erwachsene in ihm sollte Brooke versichern, dass das nicht stimmte. Und es entsprach tatsächlich nicht der Wahrheit. Leanna hatte ihre Kinder immer über alles andere gestellt. Was ihre Ehe betraf, war ihre Einstellung jedoch eine ganz andere gewesen.

»Eure Mom liebt dich und Maddie sehr, Brooke.«

»Wenn sie uns wirklich liebte, hätte sie uns nicht gezwungen, nach Montgomery zu ziehen.«

Darauf hatte er keine Antwort. Er wusste, wie schwer es Brooke gefallen war, New York zu verlassen. Ebenso schwer, wie es ihm gefallen war, seine Töchter gehen zu lassen. Eigentlich sollte er jetzt einen seiner fröhlichen und inspirierenden Sprüche anbringen. *Eine Veränderung ist niemals einfach, aber sie bietet immer neue Möglichkeiten.* Allerdings bezweifelte er, dass eine von Hormonschüben geplagte Dreizehnjährige so etwas hören wollte.

Er legte einen Arm um ihre Schultern. »Hör zu, ich muss am Vormittag für eine Weile weg. Ihr bekommt Zugang zum Internet und ein paar Filme, und ihr könnt Denise um alles bitten, was ihr haben wollt.« Chase hielt Brooke fest, als sie sich seiner Berührung entziehen wollte. »Etwas von Starbucks, Fastfood …«

»Ein Hoverboard?«, fragte Brooke.

»Nach dem Freitagabend solltest du es nicht übertreiben«, erwiderte Chase.

KAPITEL EINUNDSECHZIG

Enfield

Als Isla aus der Limousine stieg, versank sie mit den Stiefeln in einer Pampe aus Matsch und Schnee. Anscheinend hatte der Frost diesen Randbezirk von London in der Nacht nicht erreicht, oder alles war sehr schnell wieder aufgetaut.

»Meine Güte, das ist ja wie Treibsand!«, rief Chase. Seine Schuhe verschwanden beinahe ganz in dem braunen Schlamm.

»Ich nehme an, du hast keine Stiefel dabei«, sagte Isla.

»Richtig, Miss Winters. Ehrlich gesagt bin ich davon ausgegangen, dass ich meine Zeit hier hauptsächlich mit Meetings verbringen würde – und zwar im Büro.«

»Nun, so läuft das bei Breekers London nun mal nicht.« Isla atmete tief die frische Luft ein und schaute sich um. Das Gelände war nicht ganz eben, und das Grundstück lag an einer Steigung. Es bestand hauptsächlich aus Feldern und Ödland, und auf der linken Seite schloss sich ein Industriegebiet an. Im Augenblick war alles mit einer feinen weißen Schicht bedeckt, so als hätte jemand eine Tüte Puderzucker darübergestreut.

»Der Grund dafür, dass dieser Ort hier als nicht ideal angesehen wurde, war die Straße.« Chase stellte sich neben Isla und deutete auf die vielbefahrene Hauptverkehrsstraße, die ein paar Hundert Meter rechts an dem Grundstück vorbeiführte.

»Ja, Hauptstraßen verlegen wir hier in England üblicherweise nicht«, sagte Isla. »Wir bauen ständig neue, aber die bleiben dann auch dort, wo sie sind.«

»Hat das auch wieder etwas mit eurer Geschichte zu tun, die eine Ewigkeit zurückreicht?«, fragte Chase.

»Aus dir spricht wieder der Neid auf unser Erbe.«

»Nein, ich versuche nur, den Advocatus Diaboli zu spielen«, erwiderte Chase. »Wenn ich die Vorstandsmitglieder davon überzeugen will, einen anderen Standort zu wählen, muss ich gute Argumente vorbringen und Lösungen präsentieren können.«

»Und das willst du wirklich tun?«, fragte Isla. »Wirst du tatsächlich versuchen, den Vorstand umzustimmen?«

»Ich werde sicherstellen, dass andere Möglichkeiten nicht übersehen werden«, antwortete er. »Mehr kann ich dir nicht versprechen.«

Sie nickte. Das war ihr klar. Ihr lag sehr viel daran, Notting Hill zu retten, aber ihr war durchaus bewusst, dass die Meinung einer einzigen Mitarbeiterin, die zufällig in der Gegend wohnte, kein entscheidendes Kriterium für eine geschäftliche Entscheidung war.

»Der Industriepark müsste komplett weg«, meinte Chase.

»Nicht unbedingt.« Isla zog ihr iPad hervor und tippte auf den Bildschirm. »Wenn wir die Größe des Hotels etwas verringerten oder wenn …«

»Isla, es geht um ein Superhotel mit einem Superdorf. Wenn es sich gegen alle anderen Komplexe abheben soll, muss es groß sein.«

»Muss es denn wirklich auf diese Weise hervorstechen?«

»Es ist Breekers' neuer Geschäftszweig, also muss es Eindruck machen.«

»Aber das geht vielleicht auch auf eine andere Art«, sagte Isla.

»Wie meinst du das?«

»Nun, heißt es nicht immer, es komme nicht auf die Größe an?«

Selbst der beißende Wind konnte nicht verhindern, dass ihm plötzlich sehr warm wurde. Isla Winters. Obwohl er mit seinem neuen Job und seinem gescheiterten Privatleben alle Hände voll zu tun hatte, gelang es ihr immer wieder, seine brachliegende Lust anzustacheln.

»Wenn Breekers' neue Hotels sich eher wegen ihrer Liebe zum Detail, zum Kundenservice und den Gästen hervortun würden?«

Was? Meinte sie das ernst? Sie war nicht nur unzufrieden mit dem Standort, sondern wollte sogar das gesamte Konzept ändern?

»Isla …«

»Bitte lass mich ausreden.« Isla ging ein paar Schritte durch den Matsch und breitete die Arme aus. »Schau dir die Stadt an, Chase. All diese sich immer weiter ausbreitenden grauen Gebäude aus Chrom und Stahl … all die Objekte, an denen Breekers in den letzten Jahren gearbeitet hat.« Sie lächelte. »Ich habe am Wochenende darüber nachgedacht, wie wir der Stadt dafür etwas zurückgeben könnten.«

»Das verstehe ich nicht«, sagte er. Aber sie wirkte so begeistert und lebendig, dass allein ihr Anblick ihn fesselte, gleichgültig, was sie ihm sagen wollte.

»Wie wäre es, wenn Breekers Boutique-Hotels bauen würde?« Sie schob das iPad in ihre Tasche zurück.

Er schüttelte den Kopf. »Du weißt, dass ›boutique‹ nur ein anderes Wort für ›klein‹ ist?«

»Nun, in Großbritannien versteht man darunter ›exklusiv‹ und ›speziell‹.« Sie sah ihn an. »Ist es nicht genau das, was du dir von dem Hotel gewünscht hast?«

Wiederholte sie jetzt tatsächlich, was er bei seiner Ansprache gesagt hatte? Er steckte die Hände in die Taschen seiner Jacke, ohne den Blick von ihr abzuwenden.

»Meine Idee ist folgende: Breekers sucht sich einige passende Orte aus und eröffnet dort eine Reihe von kleineren Boutique-Hotels, die sich in die Umgebung einfügen und mit umweltfreundlichen Materialien gebaut werden.« Sie holte tief Luft. »Es sollte sich um Hotels zur Entspannung handeln ohne die Hektik von Zirkus oder Kasino. Ruhige, stressfreie Unterkünfte, in denen man sich erholen und die Seele baumeln lassen kann.« Sie schaute ihm in die Augen. »Ein kleines Paradies mitten in der Großstadt.«

Er wusste nicht, was er sagen sollte. Im Augenblick war er vollkommen überwältigt. Auf eine bestimmte Weise hatte sie ihn berührt, so sehr, wie ihn noch nie jemand berührt hatte. Beinahe so, als hätte sie Zugang zu seinem Innersten gefunden und seine Seele gestreichelt. Und er wünschte sich nichts mehr, als noch einmal seine Lippen auf ihre zu legen …

»Diese Idee gefällt dir nicht«, stellte Isla fest.

Er ging ein paar Schritte auf sie zu, ohne sich darum zu kümmern, dass seine Schuhe und sein Hosensaum mit Schlamm bespritzt wurden.

»Warum sagst du denn nichts?«, fragte Isla. »Feuerst du mich jetzt? Es war nur eine Idee, und ich weiß, dass du und der Vorstand wahrscheinlich …«

Er blieb direkt vor ihr stehen. Der Wind peitschte ihr das rotbraune Haar ums Gesicht, und ihre vollen Lippen zitterten leicht.

»Was hast du vor?«, wollte Isla wissen.

Chase brachte keine Antwort hervor – er musste einfach handeln, solange diese Mischung aus Adrenalin, Freude und Begierde durch seine Adern strömte. Er nahm ihr Gesicht in seine Hände, zog sie zu sich heran und legte seinen Mund auf ihren.

Isla zitterte am ganzen Körper, von ihren eiskalten Füßen bis zu den Haarspitzen, als Chase seine Lippen auf ihre drückte. Es war himmlisch und sexy, und sie wollte nicht, dass dieser Kuss jemals aufhörte. Sie schmiegte sich an ihn und stöhnte vor Vergnügen. Warum fielen sie sich trotz aller Meinungsverschiedenheiten immer wieder in die Arme?

»O Gott, halt, Isla.« Chase trat einen Schritt zurück. »Wir müssen aufhören.«

»Ja.« Sie wandte sich zum Gehen, doch er legte rasch einen Arm um sie und zog sie wieder an sich.

»Nein, nicht so«, sagte er. »Ich wollte mich nur ein wenig beruhigen, denn sonst könnte es passieren, dass ich dir gleich diesen sehr britischen und sehr sexy roten Mantel vom Leib reiße …« Er küsste sie wieder. »Und danach würde ich den Reißverschluss deines Hosenanzugs aufziehen und …«

»Und was würde dann geschehen?« Isla erwiderte seinen Kuss.

»Wir wären in Schwierigkeiten«, antwortete Chase. »In großen sogar.«

Sie würde sich jetzt gern fallen lassen, ebenso wie in der Abgeschiedenheit des Privatparks. Einfach diesen Moment der Schwäche und der Lust genießen und sich gehen lassen. Aber was würde danach geschehen? Die Konsequenzen holten einen immer ein.

»Chase«, hauchte Isla, wich ein Stück zurück und schaute in seine braunen Augen.

»Nein.« Er legte ihr sanft einen Finger auf die Lippen. »Lass mich zuerst etwas sagen.«

»Warum?« Isla blinzelte. Sein Finger auf ihren Lippen löste ein erneutes Prickeln in ihrem Körper aus.

»Weil ich nicht möchte, dass du mir sagst, du möchtest das ungeschehen machen«, erwiderte er leise.

Isla schluckte. Sie wollte es nicht ungeschehen machen. Obwohl dann einiges einfacher wäre. Er hatte alle Hände voll mit seiner Familie zu tun. Und sie hatte große Angst vor umwälzenden Veränderungen. Er war ein wunderbarer Mann, auf großartige Weise sehr kompliziert und einnehmend, aber er war auch die Ursache für ihre Schwierigkeiten.

»Ich möchte mit dir ausgehen«, flüsterte Chase und spielte mit ihrem Haar.

»Mit mir ausgehen?«, wiederholte Isla.

Er nickte. »Aber nicht um über den Bau von Hotels zu reden oder um unsere Geschäftskontakte auf Weihnachtsfeiern zu vertiefen. Nur wir beide«, sagte er.

»Nur wir beide?«

»Wer beantwortet hier Fragen mit Fragen?« Er lächelte.

»Tut mir leid.«

»Ich habe den Mädchen versprochen, heute Nachmittag etwas mit ihnen zu unternehmen, aber wie wäre es mit heute Abend? Falls du Zeit hast …«

»Heute Abend?« Das war schon in ein paar Stunden. Normalerweise brauchte sie eine Woche, um sich auf ein Date vorzubereiten. Sie hatte nichts Passendes anzuziehen – schließlich konnte sie nicht noch einmal das beste Kleid ihrer Mutter tragen.

»Wenn du schon etwas vorhast, können wir es natürlich auch auf ein andermal verschieben und …«, begann Chase.

Verdammt, warum zögerte sie? Wenn Hannah sie jetzt hören könnte, würde sie ihr ordentlich die Meinung sagen.

»Nein«, sagte Isla rasch. »Ich habe nichts vor.« Hatte sich das jetzt zu eifrig angehört? Sollte sie nicht so tun, als hätte sie einen vollen Terminkalender und außer den Weihnachtsfeiern noch viele andere interessante Dinge zu tun?

»Das freut mich«, erwiderte Chase. »Ich hole dich um halb acht ab.«

Sie nickte. »Okay.«

»Gut.« Er nahm seine Hand von ihrem Haar und strich ihr mit den Fingerspitzen über die ihre.

»Wir sollten ein paar Fotos machen, bevor wir uns mit Ffion treffen.« Isla zog ihr iPad aus der Tasche.

»Ja«, stimmte Chase ihr zu. »Und auf der Fahrt erzählst du mir mehr über die Idee von den Boutique-Hotels.«

Sie sah ihn an und hoffte, dass etwas, was sie gesagt hatte, bei ihm auf Anklang gestoßen war.

Er lächelte sie an. »Du bist gut, Miss Winters. Sehr gut sogar.«

KAPITEL ZWEIUNDSECHZIG

Lebenshilfe des Gemeindezentrums, Notting Hill

Vor dem Gemeindezentrum lagen ein paar zerbrochene Flaschen und Zigarettenstummel neben einer verdächtig aussehenden gelben Pfütze. Zwei Jugendliche auf Fahrrädern benützten den großen, rau verputzten Blumenkübel als Sprunghindernis; sie schlitterten über den schneebedeckten Beton und prallten beinahe mit jedem zusammen, der sich in ihre Nähe wagte. Wenn nur dieser kleine Teil des Viertels ebenso gepflegt werden würde wie der Rest. Isla wusste, dass es nicht genug Mittel dafür gab und dass die Angestellten des Gemeindezentrums und die freiwilligen Helfer sich auf das konzentrierten, was in dem Gebäude ablief, und nicht darauf, wie es davor aussah. Und das war tatsächlich am wichtigsten.

Sie warf den Jugendlichen einen vorwurfsvollen Blick zu, als einer von ihnen mit seinem Rad gegen eine blecherne Mülltonne krachte, die offensichtlich niemand benützte. Isla war hier, weil sie Hannah überraschen wollte – sie hatte vor, mit ihr zu dem Laden zu gehen, in dem der Christbaum mit den weißen Federn verkauft wurde. Es wurde bereits dunkel. Sie hatte den ganzen Nachmittag damit verbracht, Berichte über die Grundstücke in Enfield und Essex zu schreiben, und dabei versucht, ihre Vorfreude und ihre Bedenken wegen des bevorstehenden Dates mit Chase zu unterdrücken. Nun musste sie sich ablenken. Sie wollte sich keine Sorgen um die Zukunft machen, sondern mit ihrer Schwester etwas unternehmen, was ihnen in dieser Jahreszeit schon immer Spaß gemacht hatte. Sie wandte sich von der Eingangstür des Zentrums ab und schaute die Straße hinunter zum Haus ihrer Großmutter und zu dem wundervollen Garten. Noch war alles da.

»Hey! Verschwindet von hier!«

Isla drehte sich wieder um, als sie Hannahs Stimme hörte, und beobachtete, wie ihre Schwester über den Gehsteig zu den Teenagern rollte.

»Verpiss dich! Du bist nicht von der Polizei!«

Die Jugendlichen wirkten jetzt sehr aggressiv, und Isla ging rasch ein paar Schritte vor.

»Nein, ich bin nicht von der Polizei«, erwiderte Hannah und rollte weiter auf sie zu. »Aber meine Räder sind viel größer als eure, und ich kann sehr gut mit diesem Taser umgehen.«

Sie hob den Arm, und die zwei Jungs wichen zurück, als hätten sie einen Stromschlag bekommen.

»Hannah.« Isla ging zu ihr, nachdem die Teenager den Rückzug angetreten und die Straße hinaufgefahren waren.

»Meine Güte, was machst du hier? Zuerst tauchst du an meiner Arbeitsstelle auf und nun hier. Beschattest du mich etwa?«, fragte Hannah.

»Das ist doch nicht wirklich ein Taser, oder?«

Hannah lachte. »Natürlich nicht. Das ist ein alter Remington-Rasierer, der nur so aussieht. Poppys Dad hat ihn mir letztes Jahr gegeben. Sie hat auch einen.«

Isla schüttelte verblüfft den Kopf.

»Also, was tust du hier? Normalerweise treffen wir uns doch montags immer im High Sugar, und bis du auftauchst, habe ich meistens genug Zeit gehabt, um alles über Mrs

Smiths aktuellen Gesundheitszustand oder Rolos letzte Tierarztrechnung zu erfahren. Und ein Stück Käsekuchen zu essen.«

Isla lächelte. »Wir gehen zuerst zu Großmutters Bank und dann zum Einkaufen.«

»Hast du etwas zu essen mitgebracht? Ich bin am Verhungern«, sagte Hannah. »Margaret hat heute wieder gebacken – Zimtkekse –, aber ich glaube, sie hat Garam Masala statt Zimt verwendet.«

Isla öffnete ihre Handtasche und zog eine rosafarbene Tüte hervor. »Weihnachtsmuffins vom Sugar High.«

Hannah lächelte. »Dafür wird dir der Weihnachtsmann bestimmt etwas Schönes bringen.«

KAPITEL DREIUNDSECHZIG

Oxford Street

Die Weihnachtsdekoration in der Oxford Street übertraf bei Weitem alles, was Chase bisher in dieser Stadt gesehen hatte. Überall leuchteten neonblaue, grellweiße und goldfarbene Lämpchen. Orange- und silberfarbene Kugeln schienen ohne Befestigung über den vielen Passanten beim Einkaufsbummel, den Arbeitern und dem Verkehrsgewühl zu schweben. An den Läden hingen große goldfarben glitzernde Sterne, überall ertönten Weihnachtslieder, und der Duft nach Gebäck und Truthahnsandwiches, die ein Straßenverkäufer anbot, hing in der Luft.

Er hatte einen sehr schönen Nachmittag mit Brooke und Maddie verbracht. Sie waren im Wissenschaftsmuseum gewesen, wo sie alles erfahren hatten, was es über Roboter, Flugzeuge und das Weltall zu wissen gab. Brooke hatte sich besonders für das All interessiert. Vor allem als er wiedergegeben hatte, was er noch aus der Zeit wusste, in der er im Weltall seine berufliche Zukunft gesehen hatte. Sie brauchte solche Perspektiven, auf die sie sich konzentrieren konnte. Etwas, wofür sie sich begeistern konnte. Nach dieser Reise würde er ein ernstes Gespräch mit Leanna darüber führen. Schließlich wollten sie beide das Beste für Brooke und Maddie.

»Daddy.« Maddie drückte seine Hand. »Können wir Mommy in London ein Weihnachtsgeschenk kaufen?«

»Natürlich, Schätzchen«, erwiderte Chase. »Woran hast du gedacht?«

»Ihr würde sicher eine dieser kitschigen Taschen mit der Aufschrift ›I love London‹ gefallen«, meinte Brooke. Sie deutete auf einen Verkaufsstand vor ihnen.

Maddie lachte. »Das glaube ich auch.«

»Ich glaube mich daran zu erinnern, dass eure Mutter eine Vorliebe für teurere Sachen hat.«

Brooke schüttelte den Kopf. »Am liebsten mag sie violette Sachen.«

»Tatsächlich?«, fragte Chase.

»Ja«, bestätigte Maddie. »Colt hat auf einem Jahrmarkt einen Ring für sie gewonnen. Er ist zwar aus Plastik, aber sie liebt ihn und nimmt ihn niemals ab.«

»Halt den Mund, du Dummkopf!«, fuhr Brooke ihre Schwester an.

»Hey.« Chase wandte sich an Brooke. »Das ist schon okay.« Er seufzte. »Hört mal zu, ich weiß, wie merkwürdig es für euch ist, dass eure Mom jetzt mit eurem Onkel Colt zusammen ist … Für mich ist das auch komisch, aber …« Er atmete noch einmal tief ein und aus und versuchte, sich durch Sauerstoff zu stärken. »Es gibt nichts, worüber ihr nicht mit mir reden könnt, das sollt ihr wissen. Ich verpasse so vieles, wenn ich weit weg von euch in New York bin.« Er blieb stehen und sah die beiden nacheinander an. »Und ich möchte nichts versäumen.«

»Wir … wir wollen nicht, dass du dich einsam fühlst, Daddy«, sagte Maddie.

»Und ich hasse ihn«, fügte Brooke hinzu.

»Hass ist ein sehr starkes Wort, Brooke. Und er ist in erster Linie dein Onkel.« Er schluckte. »Also ein Blutsverwandter.«

»Aber ihr redet nicht miteinander«, stellte Maddie fest.

»Ja, ich weiß«, erwiderte Chase. »Aber ich hoffe, das wird nicht immer so bleiben.« Hoffte er das tatsächlich? Er hatte bisher alle Versöhnungsversuche seines Bruders ignoriert. Würde er irgendwann versuchen, wieder eine Brücke zu ihm zu schlagen?

»Bist du immer noch böse auf Mommy?«, fragte Maddie. Der beunruhigte Blick aus ihren großen Augen war kaum zu ertragen.

Er schüttelte den Kopf. »Nein, Schätzchen. Ich war nie wirklich böse auf eure Mutter. Zwischen uns hat es einfach nicht mehr funktioniert, und wenn es einmal so weit gekommen ist, wird man manchmal sehr traurig.« Er drückte ihre Hand. »Und als ich traurig war, bin ich krank geworden, und das war für alle sehr schwierig.« Er lächelte. »Aber jetzt geht es mir besser, und sobald wir einen Weg gefunden haben, wie wir uns öfter sehen können, werden wir alle wieder viel glücklicher sein, das verspreche ich euch.«

»Ich vermisse dich, Dad.«

Das hatte Brooke gesagt, und ihre vier Worte schienen ihm sein Herz zusammenzudrücken.

»Ich vermisse dich auch.« Als er seine Tochter anschaute, wurde ihm plötzlich klar, wie verzweifelt sie versuchte, tapfer zu sein, und wie groß ihr Zorn auf die ganze Welt war. Mit einem Mal stand nichts mehr zwischen ihnen. Sie war wieder sein kleines, verletzliches Mädchen. Er nahm sie in die Arme und zog sie fest an sich, ohne darauf Rücksicht zu nehmen, ob sie zurückweichen oder seine Liebesbezeugung abwehren wollte. Er wollte sie wissen lassen, dass sie geliebt wurde.

Als er spürte, wie sie sich mit beiden Händen an ihm festklammerte und wie ihr langes Haar seine Wange berührte, atmete er erleichtert auf, und irgendetwas in seinem Inneren begann zu glühen. Das Gefühl wurde mit jeder Sekunde stärker.

Schließlich ließ Brooke ihn los und setzte wieder die gelangweilte Miene auf, die er häufig bei Mädchen um die zwölf sah.

»Gehen wir jetzt einkaufen?«, fragte sie und strich ihr Haar zurück.

»Daddy, bekomme ich noch eine solche Haarschleife?«, fragte Maddie und griff nach ihrer regenbogenfarbenen Schleife auf dem Kopf.

»Ich bräuchte zuerst eure Hilfe, wenn das für euch in Ordnung ist«, sagte Chase.

»Wobei?«, erkundigte sich Brooke.

»Es geht um Kleidung«, gestand Chase.

»O Mann, du machst wohl Witze, oder?« Brooke lachte.

»Nein, ich meine es wirklich ernst«, erklärte Chase. »Ich gehe heute Abend aus.« Er schluckte. »Mit Isla.«

»Ist das wieder eine geschäftliche Besprechung?«, wollte Maddie wissen.

»Nein, es hat nichts mit der Arbeit zu tun.« Chase spürte vor Aufregung ein Kribbeln im Magen. »Es ist ein Date.«

Er sah seine Töchter an und wartete gespannt auf ihre Reaktion. Vielleicht war das zu viel für sie, aber er wollte ehrlich mit ihnen sein. In letzter Zeit hatten sie sich viel zu oft hitzige Auseinandersetzungen und Gerüchte anhören müssen.

»Oh, Daddy!«, rief Maddie. Sie klang so aufgeregt, als wäre schon Weihnachten. »Ich mag Isla sehr.«

»Ja, ich auch«, erwiderte Chase.

»Ich mag sie auch«, erklärte Brooke. »Sie ist ziemlich cool.«

»Und hübsch«, fügte Maddie hinzu. »Und klug. An dem Wein-und-Käse-Abend hat sie mir alles über die Wachablösung vor dem Buckingham-Palast erzählt. Können wir uns das bald einmal anschauen?«

»Natürlich«, sagte Chase. »Aber jetzt braucht euer Dad erst einmal Hilfe bei seiner Kleidung.« Er schaute Brooke an. »Ich möchte so heiß aussehen wie Rag'n'Bone Man.«

»Oh, Dad, nein, bitte lass das!« Brooke presste die Hände auf die Ohren.

»Wir werden bestimmt etwas Tolles finden.« Maddie hakte sich bei ihm unter. »Vielleicht etwas mit Streifen. Rot. Schließlich ist bald Weihnachten.«

»Rote Streifen?«, rief Brooke entsetzt. »Machst du Witze? Er will sicher noch ein zweites Date mit ihr haben, Maddie!« Sie griff nach seinem Arm und zog ihn ein kleines Stück von ihrer Schwester weg. »Ich denke da eher an eine graue Hose und ein blaues Hemd. Und vielleicht Hosenträger … Die sind zurzeit total in.«

Chase lächelte seine Töchter an. Solange sie so munter waren und sich so angeregt unterhielten, würde es ihn nicht einmal stören, wenn sie ihn anzogen wie Borat.

KAPITEL VIERUNDSECHZIG

Larkspur Gardens

»Hier kann ich sie immer noch spüren«, sagte Hannah und biss in ihren Weihnachtsmuffin.

Isla nickte. Sie wusste genau, was Hannah meinte. Als kleine Kinder hatten sie an diesem Platz herrliche Zeiten mit Edith verbracht und mit ihr ganz einfache, aber schöne Dinge unternommen. Sie hatten im Frühling das Unkraut in den Blumenbeeten gejätet, im Herbst verschiedene Arten von Blättern für Collagen gesammelt, die Edith dann in ihrer Küche aufgehängt hatte, im Sommer auf dem Gras ein Picknick veranstaltet und sich gegenseitig mit dem Wasser aus dem Froschbrunnen bespritzt. An diesem Abend war der Brunnen nicht vereist, und das Wasser sprudelte aus dem Froschmaul. Nach und nach gingen die Lämpchen der Weihnachtsbeleuchtung an.

»Ich weiß«, sagte Isla. »Aber es ist ein gutes Gefühl – sie hat sicher ihren Frieden gefunden.«

»Sie wäre begeistert von diesen Weihnachtsmuffins«, meinte Hannah und wischte sich mit dem Handrücken übers Gesicht.

Wenn sie ihrer Schwester alles erzählen wollte, war jetzt der richtige Zeitpunkt dafür. Und sie wollte es, denn eigentlich hatten sie nie Geheimnisse voreinander. Allerdings passierte normalerweise nicht viel Aufregendes in ihrem geordneten Leben.

»Ich habe Chase hierhergebracht.« Isla hielt den Atem an. Jetzt war es raus.

»Tatsächlich?«

Isla nickte und vermied es, den Frosch anzuschauen. »Und wir haben auf dieser Bank gesessen.«

»Aha«, sagte Hannah, als wüsste sie bereits, dass das noch nicht alles war.

»Wir haben uns geküsst«, verriet Isla ihr. Sie schloss die Augen, und alle Gefühle dieses Abends stiegen wieder in ihr auf. Und sie dachte daran, dass sie vorher in Enfield völlig die Kontrolle verloren hatte. Als sie Chase' Lippen auf ihren gespürt hatte, hatte sie sich an ihn gepresst … »Vorhin habe ich ihn noch einmal geküsst, und … wir haben heute Abend ein Date.«

Die letzten Worte hatten sie all ihre Kraft gekostet. Nun schaute sie Hannah an und wartete auf ihre Reaktion – Schock, Überraschung und vielleicht ein wenig Verärgerung, weil sie bisher nichts davon erfahren hatte. Doch stattdessen breitete sich ein strahlendes Lächeln auf dem Gesicht ihrer Schwester aus.

»Ich habe es gewusst!«, rief Hannah. »Mir war klar, dass er deinem rotbraunen Haar und diesem Hosenanzug nicht würde widerstehen können. Und dass du bei einem so heißen Typen schon bald in Flammen stehen würdest!«

»Na ja«, sagte Isla zögernd. »Ich weiß nicht so recht, was ich darauf sagen soll.« Eigentlich hoffte sie, dass es nicht nur an ihrem glänzenden Haar oder ihrem schicken Hosenanzug gelegen hatte. Aber spielte das überhaupt eine Rolle? Ein wenig Leidenschaft war zwar schön, aber mehr als ein vorweihnachtlicher Flirt kam wohl für sie beide nicht infrage.

»Meine Güte!«, rief Hannah. »Wie ist er denn? Küsst er

so fantastisch, wie seine Lippen aussehen? Es war doch ein Zungenkuss, oder?«

»Hannah!«

»Tut mir leid, aber … Wow, ich meine … er ist einfach perfekt für dich.«

»Perfekt für mich?«, fragte Isla. Wie konnte ihre Schwester das von jemandem behaupten, den sie kaum kannte?

»Ja! Er ist sehr attraktiv, wie wir schon festgestellt haben, aber er ist auch klug und witzig und trägt tolle Anzüge. Gut, er hat Kinder, das könnte ein wenig schwierig werden. Aber Maddie ist ein süßes Mädchen, und Brooke … sie erinnert mich ein bisschen an mich.«

Isla lächelte. »Das habe ich mir auch schon gedacht.«

»Ach ja?« Hannah steckte sich den letzten Bissen ihres Muffins in den Mund. »Ich bin mir nicht sicher, ob ich mich darüber freuen soll.«

»Also, was meinst du?«, fragte Isla. »Soll ich heute zu diesem Date gehen?«

»Ist das eine ernst gemeinte Frage? Natürlich gehst du zu diesem Date«, erwiderte Hannah. »Was sollte dich davon abhalten?«

»Da gibt es hundert Gründe.« Isla seufzte. »Er ist mein Boss. Er lebt in Amerika.« Sie schluckte. »Er ist mein Boss.«

»Ich möchte deine Rechenfähigkeiten nicht anzweifeln, aber das sind keine hundert Gründe«, erwiderte Hannah. »Gut, er ist dein Boss und lebt in Amerika, na und? Wie immer betrachtest du das große Ganze und vergisst dabei, dass du ein bisschen Spaß haben könntest, wenn du dir nicht wegen allem Sorgen machen würdest. Geh zu deiner Verabredung, Isla. Genieße den Abend, und küsse den tollen Chase, bis er keine Luft mehr bekommt.«

»Und du kommst heute Abend ohne mich zurecht?«, fragte Isla.

»Natürlich. Selbst wenn du nicht nach Hause kommst. Ich kann unten auf dem Sofa schlafen, oder …«

»Nein«, sagte Isla rasch. »Das wird nicht nötig sein.«

»Warum nicht?«, fragte Hannah. »Du hast ihn bereits zweimal geküsst. Der nächste Schritt wäre dann wohl, ein paar Kleidungsstücke abzulegen, oder?«

Islas Wangen begannen zu brennen. Bei dem Gedanken daran, Chase ohne Hemd oder sogar ohne Hose vor sich zu sehen, krampfte sich ihr Magen vor Aufregung, Verlangen und Nervosität zusammen.

»Trag deine beste Unterwäsche«, riet Hannah ihr. »Nicht diese Boxershorts, sondern den schwarzen Slip mit Spitze, den du mit der Hand wäschst.«

»Ich fühle mich in meiner Privatsphäre verletzt«, sagte Isla. »Woher weißt du, was ich mit der Hand wasche?«

»Zwischen Schwestern gibt es keine Geheimnisse, richtig?«

Nur das große über Breekers' Pläne in Notting Hill. Isla zwang sich zu einem Nicken. »Wie läuft es mit Raj?«

»Na ja, ich bin zu der Überzeugung gekommen, dass er wohl ein Mann ist, der nur langsam in Fahrt kommt.« Sie zerknüllte die Papiertüte in ihrer Hand. »Zuerst dachte ich, er wäre mit einer Adventskerze zu vergleichen, aber mittlerweile glaube ich eher, dass er so etwas ist wie diese großen Kerzen von Jo Malone, die erst nach Wochen ein paar Zentimeter heruntergebrannt sind.«

»Er hat dir wunderschöne Blumen mitgebracht«, rief Isla ihr ins Gedächtnis.

»Aber er hat keinen Versuch gemacht, mit mir zu knutschen.« Hannah schnalzte missbilligend mit der Zunge.

»Meine eigene Schwester hat mich beim Küssen in Notting Hill geschlagen!«

»Ich bin schließlich älter als du«, gab Isla zu bedenken. »Und wir stehen auch nicht miteinander im Wettbewerb.«

»Ich weiß.« Hannah seufzte. »Und ich habe schon das Gefühl, dass er mich mag. Vielleicht braucht er nur noch ein wenig Zeit, um … um sich ganz sicher zu sein, und dagegen ist nichts einzuwenden«, gab sie zu.

»Meine Güte, Hannah Winters, entdecke ich etwa einen Anflug von Geduld bei dir?«

»Verrate das bloß niemandem.«

Islas Telefon summte in ihrer Handtasche und kündigte eine neue SMS an.

»Oooh!«, rief Hannah. »Eine Nachricht von dem sexy Mann aus New York?«

Isla lächelte unwillkürlich, doch dann überlegte sie sofort, ob Chase ihr vielleicht sagen wollte, dass er es sich anders überlegt hatte oder dass es ein Problem mit einer seiner Töchter gab. Rasch kramte sie das Telefon aus ihrer Handtasche.

»Was schreibt er?«, wollte Hannah wissen. »Hat er Herzchen-Emojis darunter gesetzt?«

Isla schluckte, als sie die Nachricht las. Sie war nicht von Chase, sondern von Aaron.

Keine Antwort von der Cateringfirma, also bin ich zu ihrer Büroadresse gefahren. Es fällt mir schwer, dir das zu sagen, aber dort ist niemand mehr. Das Büro ist noch leerer als der Trophäenschrank der englischen Fußballmannschaft.

KAPITEL FÜNFUNDSECHZIG

Beaumont Square, Notting Hill

Die Breekers-Weihnachtsparty war im Eimer. In all den Jahren, in denen Isla für die Organisation verantwortlich gewesen war, waren immer alle beeindruckt gewesen. Wenn sie jetzt keinen guten Caterer fand, der in der Weihnachtszeit nicht schon komplett ausgebucht war, würde sie entweder die Weihnachtsfeier absagen oder die Kanapees selbst machen müssen. Was sollte sie ihren Kollegen sagen? Sie war Miss Superorganisatorin. Und nun wurden ihre schlimmsten Ängste wahr.

Doch fürs Erste würde sie versuchen, das bevorstehende Desaster ebenso wie das Superhotelprojekt aus ihren Gedanken zu verdrängen – nicht nur für ihren eigenen, wenn auch nur vorübergehenden Seelenfrieden, sondern auch wegen Hannah. Sie hatte beschlossen, sich auf etwas zu konzentrieren, was sie bewältigen konnte. Als Isla ihrer Schwester den Christbaum mit den weißen Federn gezeigt hatte, hatte Hannah einen begeisterten Schrei ausgestoßen, so laut und schrill wie eine Feuerwerksrakete, und erklärt, dass sie noch nie etwas so Schönes gesehen habe. Nun brachte Hannah in ihrem inzwischen sehr weihnachtlich gestalteten Wohnzimmer mit größter Sorgfalt alle Zweige in die richtige Position und schmückte sie. Isla schaute in den Spiegel über dem Kamin und fragte sich, ob sie sich eine neue Feuchtigkeitscreme zulegen sollte, denn ihre jetzige schien ihr Versprechen auf jugendliches Aussehen nicht zu halten.

»Habe ich schon gesagt, wie wunderschön der Baum ist?«, fragte Hannah und befestigte eine tropfenförmige Glasperle an einem der zarten Zweige.

»Ja, hast du«, bestätigte Isla.

»Er ist wirklich toll. Und es tut mir sehr leid, dass ich dir wegen des Baums so auf die Nerven gegangen bin. Ich weiß, wie beschäftigt du bist. Wahrscheinlich hast du einen riesigen Arbeitsberg mit dem CEO zu bewältigen, ganz zu schweigen von der Weihnachtsfeier.«

O Gott. Von der Weihnachtsfeier wollte sie im Moment nichts hören. Noch ein paar solcher Bemerkungen und das Schreckgespenst ihrer Probleme würde ihre Welt komplett vereinnahmen und sie zusammenbrechen lassen. Sie nickte und wechselte rasch das Thema. »Was wäre Weihnachten ohne Christbaum, richtig?«

»Ich nehme an, das könnte zwischen Raj und mir Probleme verursachen«, sagte Hannah.

»Wie meinst du das?«

»Er feiert Weihnachten nicht.« Hannah seufzte. »Und für mich ist es die schönste Zeit des Jahres.«

Isla wandte sich vom Spiegel ab und drehte sich zu ihrer Schwester um. »Na ja, wir sind keine begeisterten Kirchgängerinnen, richtig? Und ich war immer der Meinung, dass du vor allem großen Spaß beim Dekorieren und an den Leckereien hast.«

»Ich muss doch bitten!«, rief Hannah. »Natürlich freue ich mich auch auf die Wiederholungen von *Dirty Dancing* und *Annie*. Und auf den Ausverkauf bei Next.« Sie grinste. »Es ist schon erstaunlich, wie schnell man mit einem Rollstuhl an einer langen Schlange vorbeikommt, wenn man so laut stöhnt, als ob einem die Beine gleich abfallen würden.«

»Iqbal und Geeta feiern auch nicht Weihnachten und dekorieren trotzdem«, gab Isla zu bedenken. »Und du kannst Raj trotzdem etwas schenken – das ist eine nette Geste, die keinen religiösen Hintergrund haben muss.«

Bevor Hannah darauf antworten konnte, klingelte es an der Tür. »Juchhu, dein Begleiter ist hier!«, rief sie stattdessen.

Ihr Date. Darauf musste sie sich nun konzentrieren. Eine kleine Auszeit mit jemandem, der ein Prickeln in ihr verursachte, als hätte sie auf einer Weihnachtsfeier Sekt getrunken.

»Bist du aufgeregt?«, fragte Hannah.

Ja, sie war aufgeregt. Trotz allem. Sie wünschte sich nur, dieser riesige Berg an Problemen würde nicht im Hintergrund aufragen. Vor allem das Problem mit der Weihnachtsfeier sollte sie noch ein wenig tiefer vergraben. Zwei Meter unter der Erde. In einer verschlossenen Kiste.

»Was ist los?«, wollte Hannah wissen und wandte sich von ihrem neuen besten Freund, dem Christbaum, ab.

»Nichts.« Isla fuhr mit den Händen über das mitternachtsblaue Kleid, das sie bei der Breekers-Weihnachtsfeier mit dem Motto »James Bond« getragen hatte. Damals hatte sie gehofft, ein wenig auszusehen wie Jane Seymour als Solitaire, doch jetzt hoffte sie nur, dass alle Nähte hielten und keine Knöpfe fehlten.

»Entspann dich.« Hannah rollte zu ihrer Schwester hinüber. »Du wirst sicher einen schönen Abend haben. Wohin führt er dich aus?«

Isla schlug die Hände vor den Mund. »Ich weiß es nicht. Ich weiß gar nichts«, stöhnte sie. »Ich habe ihn nicht einmal gefragt, ob wir in ein Restaurant gehen und was ich tragen soll.« Plötzlich kam ihr ein Gedanke. »Wenn er mich nun zum Bowling mitnimmt? Oder so etwas in der Art?« Sie schaute an sich herunter. »Amerikaner lieben Bowling.« In diesem Kleid konnte sie auf keinen Fall bowlen. Auch wenn die Nähte halten sollten, konnte sie sich damit kaum bücken.

»Nur keine Panik«, beruhigte Hannah sie, »und mach endlich die Tür auf, sonst glaubt er noch, du hättest es dir anders überlegt.«

»Ja«, stieß Isla hervor. »Ja, du hast recht.« Sie atmete tief durch und hastete aus dem Zimmer.

Chase' Atem bildete eine kleine weiße Wolke vor seinem Mund, während er am oberen Ende der Rampe vor Islas und Hannahs Haus stand. An der Eingangstür hing ein beerenfarbener Kranz, der bei seinem letzten Besuch noch nicht dort gewesen war. Im Haus brannte Licht, und er hörte Stimmen. Meine Güte, er war nervös. Seit seiner Trennung von Leanna hatte er kein Date mehr gehabt. Er hatte nicht einmal daran gedacht. Ihm hatten sowohl die Zeit als auch das Interesse dafür gefehlt. Diese Beziehung zu Isla war etwas ganz anderes … unerwartet, aber etwas, was er auf jeden Fall weiterführen wollte.

Er steckte die Hände in die Taschen seiner neuen Hose, die er mit seinen Töchtern gekauft hatte, und scharrte mit den Füßen. Brooke schien ein gutes Auge für Mode zu haben; alles, was sie für ihn herausgesucht hatte, gefiel auch ihm, und es passte ausgezeichnet. Zu der grauen Hose trug er ein dunkles petrolfarbenes Hemd und einen braunen Gürtel, den Maddie ausgesucht hatte. Es entsprach nicht seinem üblichen Stil, aber er fühlte sich wohl darin, und den Mädchen hatte es großen Spaß gemacht, ihn auszustaffieren. Sie hatten im Team gearbeitet, etliche Kleidungsstücke von der Stange genommen und sie wieder zurückgehängt, wenn sie übereinstimmend den Kopf geschüttelt hatten.

Die Tür wurde geöffnet, und sein Adrenalinspiegel stieg noch mehr, als wäre er nicht auf diese Begegnung vorbereitet gewesen. Isla stand vor ihm und sah hinreißend aus.

»Hey«, brachte er mühsam hervor. Seine Kehle war wie zugeschnürt. Er durfte sich seine Begeisterung nicht allzu sehr anmerken lassen. »Hi …« Das klang auch nicht besser. »Guten Abend.«

»Hallo«, erwiderte Isla.

»Du siehst großartig aus«, sagte Chase.

»Dein Hemd gefällt mir«, bemerkte Isla. »Ist es neu?«

»Ja«, erwiderte er. »Brooke sagte, wenn ich es nicht kaufte, sei ich ›lahm‹, also habe ich mich wie ein guter Vater verhalten und nachgegeben.«

Isla lächelte. »Es ist wirklich sehr hübsch.«

»Seid ihr zwei immer noch hier?«

Chase winkte Hannah zu, die hinter Isla im Flur aufgetaucht war. »Hi, Hannah.«

»Hi«, erwiderte sie. »Also, wohin bringen Sie meine Schwester heute Abend?«

»Han!«, rief Isla. Ihre Wangen röteten sich.

»Wollen Sie das aus Sicherheitsgründen wissen?«, erkundigte sich Chase. »Habe ich nach unserem ersten Treffen nicht eindeutig bewiesen, dass ich kein Kinderschänder oder irgendein Monster bin, vor dem man sich fürchten müsste?«

»Sehr witzig«, sagte Hannah. »Nein … Isla macht sich Sorgen, dass Sie mit ihr zum Bowling gehen wollen. Und da sie heute Abend aussieht wie das Starmodel der London Fashion Week wäre das wohl keine so gute Idee.«

»Hannah! Bitte hör nicht auf meine Schwester«, sagte Isla rasch. »Ich gehe gern bowlen. Wenn du das vorhast, ist mir das recht.«

Chase lächelte und nickte. »Ich dachte an Bowling. Anschließend gehen wir in eine Imbissbude und essen Hotdogs, frittierte Hähnchenflügel und Brötchen mit Soße. Und natürlich Maisbrei – du hast mir doch erzählt, dass du eine Vorliebe dafür hast.«

Er sah die beiden Schwestern an, aber keine von ihnen sagte etwas.

»Das war nur ein Scherz«, fuhr er fort. »Kein Bowling und kein amerikanisches Essen.«

»Gut«, meinte Hannah. »Verschwindet jetzt endlich und lasst mich meinen wunderbaren Freund mit den Federn weiterschmücken.«

Chase hatte keine Ahnung, wovon sie sprach.

»Es geht um unseren Christbaum«, erklärte Isla. »Also gut, hast du alles, was du brauchst, Hannah?«

»Ja. Verzieht euch.«

»Ich bringe sie bis Mitternacht wieder nach Hause, versprochen«, sagte Chase.

»Das will ich nicht hoffen«, entgegnete Hannah.

Chase lächelte Isla an und sah ihr in die Augen. »Gehen wir?« Er deutete auf den wartenden Wagen und bot ihr seinen Arm an.

»Ja.«

KAPITEL SECHSUNDSECHZIG

London Eye, Westminster Bridge Road

»Du darfst das Hannah nicht übelnehmen. Ich hätte nichts gegen Bowling einzuwenden gehabt – es hätte sicher Spaß gemacht«, sagte Isla, als der Wagen an einer Ampel hielt. »Ich hätte mir vielleicht etwas anderes anziehen müssen, aber …«

»Miss Winters, ich habe Bowling nie in Betracht gezogen«, sagte Chase. Er konnte den Blick nicht von ihr abwenden. Wie schon bei ihrer Fahrt zum Electric Cinema hatte sie ihn wieder auf mehrere Sehenswürdigkeiten aufmerksam gemacht und ihm außerdem ein paar Geschichten zu Orten erzählt, die nicht im Reiseführer standen und die ihn nun plötzlich sehr interessierten. Anscheinend gab es ein Pub in Soho, das einer altmodischen Kneipe ähnelte, und einen dunklen, geheimnisvollen Club mit dem Namen *The Nightjar* in Blackfriars, in dem man sich bis drei Uhr morgens live Jack und Swing anhören konnte. Er hätte jetzt große Lust, dorthin zu gehen.

»Hast du nicht?«, fragte Isla.

»Nein. Ich habe heute Nachmittag nicht nur meine Töchter ausgeführt, sondern auch diesen Abend geplant«, erklärte er.

»Ach ja?«

Er nickte. »Und ich habe eine E-Mail an Breekers New York geschickt.« Er holte tief Luft. »Isla, ich möchte das jetzt loswerden, damit wir dann für heute Abend die Arbeit hinter uns lassen können.«

Chase sah, dass ein Ausdruck der Besorgnis, beinahe der Angst über ihr Gesicht huschte.

»Okay«, sagte sie vorsichtig.

»Ich habe dem Vorstand geschrieben und ihm meine Meinung über alles mitgeteilt, was ich hier gehört und gesehen habe und worüber ich mir während meines Aufenthalts eine Meinung bilden konnte.« Er hielt kurz inne. »Ich habe geschildert, was Verity und John uns berichtet haben und was Ffion und Richard uns gezeigt haben … Ich habe dem Vorstand gesagt, dass ich Notting Hill nicht für den richtigen Standort für das Superhotel halte, und ihm erklärt, dass meiner Meinung nach das Grundstück in Enfield wesentlich besser geeignet wäre.«

Islas Magen schien zu tanzen, nein er tanzte tatsächlich wie Aljaž Škorjanec bei einem Jive im Ballsaal des Blackpool Tower. Sie konnte kaum glauben, was sie soeben gehört hatte. Anscheinend hatte ihn das, was sie ihm über all ihre Lieblingsplätze und ihr Zuhause erzählt hatte, tatsächlich umgestimmt.

»Isla, ich kann dir nicht versprechen, dass sie meinem Vorschlag dieses Mal folgen werden. Schließlich war ich derjenige, der Notting Hill für gut befunden hatte. Ich habe nur …«

»Aber du hast es versucht«, sagte Isla leise. »Du hast dich weit aus dem Fenster gelehnt, und dafür bin ich dir sehr dankbar.«

»Du hast mir die Augen geöffnet, und das war nötig«, gab er zu. »Ich war so sehr darauf versessen, das Projekt so aufsehenerregend wie möglich zu machen, dass ich Scheuklappen getragen und nur die Endphase gesehen habe.« Er seufzte. »Das Gemeinschaftsgefühl habe ich nicht berücksichtigt – ich glaube, ich habe mir vorgemacht, dass es so etwas gar nicht gibt. Und das war falsch.«

Er sah sie an; auf dem Rücksitz der Breekers-Limousine trennten sie nur wenige Zentimeter voneinander. Ihr Herz klopfte heftig, und ein überwältigendes Gefühl strömte durch ihren Körper – Begierde und vielleicht noch ein wenig mehr als das.

»Uns bleibt nichts anderes übrig, als zu warten«, meinte Chase. »Und zu hoffen, dass sie auf meinen Ratschlag hören.«

Isla schluckte. »Wie lange wird es dauern, bis eine Antwort von ihnen kommt?«

Er schüttelte den Kopf. »Ich weiß es nicht. Vielleicht melden sie sich sogar schon morgen, um mit mir darüber zu sprechen.«

Morgen. Notting Hill könnte bereits morgen gerettet werden. Sie würde ihrer Schwester nie erzählen müssen, dass alles, was sie so sehr liebte, beinahe dem Erdboden gleichgemacht worden wäre. Der Wagen hielt, und ihr Blick aus dem Fenster fiel auf das hellblau leuchtende London Eye. An den Bäumen am Straßenrand funkelten weiße Lichter, als hätte jemand die Zweige mit Diamanten bestreut. Es sah wunderschön aus, und endlich kehrte ihre alte Begeisterung für diese Jahreszeit zurück.

»Und das ist das Eisrad«, erklärte Chase.

»Was?«

»Das ist Maddies neuer Name dafür. Vielleicht wird er bald schon von Werbeexperten übernommen.«

Isla lächelte. »Coca Cola wäre sicher daran interessiert.«

Er griff nach ihrer Hand und verschränkte seine Finger

mit ihren. Ihre Vorfreude auf Weihnachten verwandelte sich plötzlich in ein noch viel schöneres Gefühl.

»Komm«, forderte Chase sie auf. »Ich habe eine Gondel für uns reserviert.«

KAPITEL SIEBENUNDSECHZIG

Das London Eye – oder Eisrad – sah an diesem Abend ganz anders aus. Isla war mit Hannah im Sommer und bei Tageslicht hier gewesen. Die Sonne hatte geschienen, und Touristen machten Fotos von allem, während sie in der Schlange standen. Jetzt spiegelten sich die Lichter des Riesenrads und der nahegelegenen Brücke in der Themse wider, der Gehsteig war mit Reif bedeckt, und alle Passanten hatten sich mit warmer Kleidung gegen die Kälte geschützt. Und sie mussten sich auch nicht in eine Warteschlange stellen. Sie wurden sofort nach vorne gebeten und durften eine der eiförmigen Glaskabinen betreten.

»Meine Güte!«, rief Isla. In der Gondel stand nicht nur die ovale Sitzbank, mit der sie gerechnet hatte, sondern ein für zwei Personen gedeckter Tisch mit einer brennenden Kerze in der Mitte.

»Kein Bowling.« Chase trat dicht hinter sie, und der Klang seiner Stimme jagte ihr einen Schauer über den Rücken.

»Das sehe ich.«

»Und die Gondeln neben uns sind leer«, fügte er hinzu.

Isla warf einen Blick durch die Glasscheibe. Tatsächlich. Sie waren praktisch ganz allein hier. Und dieser Gedanke war sehr erregend. Sie drehte sich zu ihm um. »Du hast dir sehr viel Mühe gemacht für ein Essen, das wir in dreißig Minuten verspeisen müssen, denn dann ist die Fahrt vorbei.«

»Nun, wir Amerikaner mögen das Fastfood erfunden haben, aber für heute Abend habe ich etwas anderes vorgesehen.«

»Ach ja?«

»Ja, Miss Winters. Wir haben den ganzen Abend Zeit, um den Anblick der Londoner Skyline zu genießen.«

Isla konnte es kaum glauben. Sie würden den ganzen Abend zusammen verbringen, gemeinsam essen und dabei … die wunderschöne Stadt bei Nacht betrachten können. Sie konnte ihre Begeisterung nicht verbergen.

»Wow«, sagte Chase verblüfft. »So wie du jetzt aussiehst, habe ich wohl die richtige Entscheidung getroffen.«

»Ja.« Sie nickte. »Das hast du wirklich.«

Während das Rad sich langsam und leise von seiner Position an der Einstiegsstelle nach oben bewegte, rückte Chase einen Stuhl zurecht. »Ma'am«, sagte er.

»Vielen Dank.« Isla ging zu ihm hinüber und setzte sich. Sie roch so gut. Sie roch *immer* so gut. Nach einer Mischung aus frischer, kühler Bergluft und etwas Prickelndem wie süßem Sprudel.

Verlangen stieg in ihm auf, als er ihr gegenüber Platz nahm und nach der Weinflasche auf dem Tisch griff.

Er schenkte etwas von der roten Flüssigkeit in Islas Glas und wartete, bis sich der Duft nach Beeren entfaltete. Dann sah er sie erwartungsvoll an – sicher würde sie gleich erkennen, was das war.

»Ist das …?«, fragte Isla. »Ist das etwa Colin Matthews' Glühwein?«

Er lächelte. »Ja. Ein alter Jahrgang. Von 2013, wie er mir gesagt hat.«

Sie schüttelte den Kopf. »Ich kann es kaum fassen, dass es dir gelungen ist, eine Flasche von seinem kostbaren Wein zu bekommen.«

»Nun, wir haben einige Gespräche über seine Projekte für bezahlbares Wohnen geführt. Wie du weißt, sucht Breekers neue Wege, um sein Profil zu erweitern.«

Wieder glitt ein Lächeln über ihr wunderschönes Gesicht. Als er hierhergekommen war, hatte er zu allem eine feste, unbeugsame Meinung gehabt. Sein wahres Selbst und seine Gefühle hatte er verdrängt. Jetzt schien alles anders zu sein – lockerer. Vielleicht sogar klarer. Er hatte sich schon lange nicht mehr so gefühlt wie jetzt.

Er beobachtete, wie sie einen Schluck Wein trank. Isla ließ sich alles, was sie mochte, auf der Zunge zergehen, das hatte er von Anfang an bemerkt. Alles wurde ausgiebig genossen. Sie nahm sich dafür Zeit und übereilte nichts. Eine Lebensart, die ihm seit seiner Kindheit verloren gegangen war … und das war falsch. Er bemerkte, dass sie ihn ansah, also trank er rasch einen Schluck. Meine Güte, dieser Wein schmeckte wirklich großartig.

Der Wein schien Gefühle in Isla zu verstärken, die ohnehin keine Ermutigung mehr brauchten. Chase hatte nur sehr wenig Zeit gehabt, um das alles zu organisieren. Es war sicher nicht leicht gewesen, eine private Gondel zu buchen, und darüber hinaus hatte er diesen besonderen Wein besorgt. Was würde wohl als Nächstes kommen? Sie würden sich gleich hoch oben in der Luft befinden, und Köche und Kellner fielen nicht vom Himmel wie Engel.

»Ich weiß, was du jetzt denkst«, sagte Chase.

Das schien sehr oft der Fall zu sein. Woher kannte er ihre Gedanken?

»Ach ja?«, fragte sie.

»Du überlegst dir, wie wir hier etwas zu essen bekommen sollen.«

»Na ja …« Vielleicht konnte er tatsächlich Gedanken lesen. Möglicherweise sollte sie seine Fähigkeiten als Mentalist und Berater doch ernst nehmen …

»Wie jeder gute Pfadfinder habe ich mich gründlich vorbereitet«, erklärte Chase.

Nun war sie wirklich neugierig. Sie ließ den Blick durch die Glasgondel schweifen und suchte nach etwas Essbarem. Und dann entdeckte sie in einer Ecke etwas – nun ja, Ecken gab es in dieser Kabine eigentlich nicht. Es war eine große Tüte, die wohl ohne Beanstandung des Sicherheitspersonals hierher gelangt war.

»Hast du Hunger?«, fragte Chase und stand wieder auf. »Warte, überlege dir deine Antwort gut, denn wenn du jetzt Nein sagst, freuen sich meine Töchter über die Reste.«

»Ich habe großen Hunger«, gab sie zu. Ihr Magen zog sich vor Vorfreude auf alles, was dieser Abend zu bieten hatte, zusammen.

»Mach die Augen zu«, flüsterte er.

Isla lief ein Schauer über den Rücken. »Versuchst du nicht, mich mit Argumenten über Luxus und Qualität zu überzeugen?«

»Das wird nicht nötig sein«, erklärte Chase zuversichtlich. »Dieses Essen wird dich auch ohne das begeistern, da bin ich mir sicher.«

Da sie die Augen geschlossen hatte, war Islas Geruchssinn stärker, und bereits nach wenigen Sekunden wusste sie, worum es sich handelte. Es war ein Gericht, das sie liebte und schon lange nicht mehr gegessen hatte. Der zarte Duft nach Butter und Knoblauch stieg ihr in die Nase, und ihre

Zunge bewegte sich unwillkürlich, als hätte sie bereits den weichen, nach Käse schmeckenden Teig im Mund.

»Woher weißt du das?«, flüsterte sie, ohne die Augen zu öffnen. Sie hörte, wie er ihren Teller füllte.

»Woher weiß ich was?«, fragte Chase. »Hast du es denn schon erkannt?« Sie hörte an seiner Stimme, dass er lächelte.

»Du warst bei Alberto's«, stellte Isla fest. »Das ist mein Lieblingsitaliener in Notting Hill, und … ich habe es dir nicht gezeigt.«

»Mach die Augen auf«, befahl Chase.

Sie gehorchte. Vor ihr stand eine Portion Gnocchi mit Albertos spezieller Soße und ein paar Rucolablättern. Es roch köstlich und war immer noch so heiß, dass der aufsteigende Dampf den herrlichen Duft noch verstärkte.

»Ich nehme an, Aaron hat es dir verraten«, sagte Isla. »Wir waren vor einiger Zeit dort, und er hat sich ein Risotto bestellt, dann aber von meinen Gnocchi gekostet und sich kaum mehr beruhigen können.« Das war noch untertrieben. Aaron hatte tief geseufzt und Laute von sich gegeben, als würde er eine sehr intensive Thai-Massage genießen.

»Es war nicht Aaron«, erklärte Chase und setzte sich wieder.

»Nicht?«

»Ich esse sehr gern italienisch und habe Alberto's selbst entdeckt. Als ich mir Bruschetta bestellen wollte, habe ich an der Wand hinter dem Tresen etwas entdeckt.«

Sie wusste, was er meinte, und legte eine Hand über die Augen, um zu zeigen, dass sie peinlich berührt war.

»Da hängt ein Foto von dir und … Ist das Lord Sugar?«

Isla schüttelte den Kopf. »Ich kann es nicht fassen, dass

Alberto dieses Bild immer noch an der Wand hängen hat.« Die Aufnahme, die bei ihr zu Hause auf dem Kaminsims stand, war sogar in der Presse veröffentlicht worden. Hannah hatte es voll Stolz überall herumgezeigt. Alberto hatte sie daraufhin als ortsansässige Berühmtheit betrachtet und einen Abzug des Fotos neben sein Selfie mit John Bishop gehängt.

»Nun, das war meine große Chance«, fuhr Chase fort. »Ich dachte mir, er kennt das Mädchen, das ich mit gutem Essen beeindrucken möchte, also weiß er auch, was sie besonders gern mag.«

»Und er hat dir erzählt, dass ich verrückt nach Gnocchi bin«, sagte Isla lächelnd.

»Er hat mir auch erzählt, dass er dich schon seit einer Weile nicht mehr gesehen habe«, berichtete Chase. »Und er hat mir seine sehr umfangreiche Speisekarte für die Weihnachtsfeiertage gezeigt.«

Sie lachte. »Das kann ich mir gut vorstellen. Es überrascht mich, dass er dich nicht den ganzen Nachmittag in Beschlag genommen hat.«

»Er hat darauf bestanden, dass ich das Halbgefrorene von seiner Großmutter probierte. Und es schmeckte großartig.«

»Danke«, sagte Isla. »Für all das.«

Chase lächelte. »Hey, lass uns essen, bevor alles kalt wird. Ich bin mir nicht sicher, wie zuverlässig diese Thermobeutel sind.

KAPITEL
ACHTUNDSECHZIG

Nach den Gnocchi gab es ein Hähnchengericht von Diwali, das sie noch nicht kannte. Chase war auch bei Geeta und Iqbal gewesen und hatte sich nach ihren Lieblingsspeisen erkundigt. Es schmeckte hervorragend – mehr nach Chili als nach Curry – und hatte alles, was Isla an asiatischem Essen liebte. Kreuzkümmel, ein Hauch Zitrone und eine warme Schärfe.

Dann folgte das Dessert … natürlich vom Sugar High. Es war eine andere Version der Weihnachtsmuffins, die alle nur erdenklichen Diätsünden in sich vereinte – ein herrlicher in Sirup getränkter Biskuitkuchen, überzogen von Zuckerglasur und gefüllt mit einer Schokoladenganache mit Rosinen. Einfach himmlisch. Und das traf auch auf ihre Unterhaltung zu – sie verlief ungezwungen und natürlich und war nie gestelzt oder peinlich. Das war das allererste Date, bei dem Isla sich so wohlfühlte. Dazu kam die herrliche Kulisse. Sie schwebten langsam hinauf in die Dunkelheit, und die wunderschöne Stadt breitete sich unter ihnen aus wie eine Decke aus schimmernden Lichtern. Ein- oder zweimal hatte sie eine Weile nach unten geschaut, um bekannte Sehenswürdigkeiten zu suchen, doch dann hatte sie ihre Aufmerksamkeit wieder auf Chase und dieses wunderbare Abendessen gerichtet. Sie hatte das Gefühl, sich selbst zwicken zu müssen, um das alles glauben zu können. Es war ein Abend, den sie mit Sicherheit nie vergessen würde.

»Wow.« Chase legte seine Gabel auf den Teller. »Ich kann nicht mehr.« Er streckte die Arme nach oben. »Mehr geht wirklich nicht.«

Isla tupfte sich die Lippen mit einer Serviette ab und nickte. »Mir geht es genauso. Mein Mund möchte zwar immer noch weiteressen, weil es so gut schmeckt, aber mein Magen sagt mir ganz deutlich, dass ich aufhören muss.«

»Aber es war gut, richtig?« Chase lächelte.

»Sehr gut«, bestätigte sie.

Er füllte ihre Gläser nach.

»Ich muss dir sagen, dass das für mich etwas ganz Wunderbares ist«, begann er.

»Was?«, fragte Isla. »Ein Abendessen im London Eye?«

»Ja, das natürlich auch.« Er räusperte sich. »Aber eigentlich meinte ich damit, dass ich es wunderbar finde, hier zu sein. Endlich wieder Zeit mit jemandem zu verbringen.« Er sah ihr in die Augen. »Mit dir.«

»Das empfinde ich auch so.« Sie senkte den Blick, schaute auf seine starken, sonnengebräunten Hände, die mit dem Dessertteller spielten, und wünschte sich, sie auf ihrer Haut spüren zu können. War sie mutig genug, den ersten Schritt zu machen?

»Isla«, sagte er leise. »Ich muss dir etwas sagen.« Er hielt inne, als wolle er seine Gedanken sammeln. »Etwas, was ich noch nie jemandem erzählt habe.« Er schwieg wieder einen Moment lang. »Und ich habe das Gefühl, dass ich dir etwas verheimliche, wenn ich es dir nicht sage, und das möchte ich nicht.«

Ihr wurde plötzlich angst und bange. Sie war sich nicht sicher, ob sie es hören wollte, und versuchte, ihre aufsteigende Panik zu unterdrücken. Sie wollte nicht, dass der Glanz dieses Abends zerstört wurde.

»Und ich muss in meinem Leben absolut ehrlich sein, wenn ich meine Zukunft selbst bestimmen möchte.« Er schüttelte den Kopf. »Es tut mir leid. Das klang jetzt wieder nach diesem Geschäftsjargon, den du nicht leiden kannst. Das wollte ich nicht.«

Sie ahnte, was jetzt kommen würde. Er wollte zu seiner Frau zurückkehren. Sie hatten sich versöhnt. Sie schüttelte den Kopf. Nein, das war lächerlich. Sie hatten so viel miteinander geteilt und genossen nun diesen wunderschönen Abend zu zweit. Sie versuchte, ihre Zweifel zu verdrängen, aber sie befürchtete, dass das, was er ihr zu sagen hatte, sie niederschmettern würde.

»Okay«, begann Chase. »Hier kommt meine Geschichte.«

Er konnte das. Er würde es schaffen. Er musste es tun. Das schuldete er Isla und auch sich selbst. Und er musste endlich aufhören, sich dafür zu schämen. Wenn man so etwas versteckte und zu leugnen versuchte, machte man alles nur noch schlimmer. Kopf hoch, der Angst ins Auge sehen. B-D-Z. Bestimme deine Zukunft. *Komm schon, Chase. Steh deinen Mann!*

»Vor ein paar Jahren … hatte ich einen Nervenzusammenbruch. Es passierte, nachdem ich herausgefunden hatte, dass Colt und Leanna immer noch eine Beziehung hatten.« Er atmete tief aus. »Nach meiner Hockeykarriere lief alles nicht so gut, auch im finanziellen Bereich, und ich habe völlig durchgedreht.« Er fuhr mit einem Finger über den Rand seines Weinglases. »Ich war in einem schrecklichen Zustand. Ich habe acht Wochen im Krankenhaus verbracht, und es hat Monate gedauert, bis ich mich wieder annähernd wie ein Mensch fühlte.«

Seine Worte hingen schwer in der Luft der Gondel, sodass er beinahe das Gefühl hatte, sie vor sich zu sehen. So ehrlich und offen war er damit noch nie umgegangen, und er war sich nicht sicher, welche Gefühle das in ihm auslöste. Es war beängstigend und gleichzeitig befreiend. Und noch mehr. Alles zur gleichen Zeit.

»Chase, ich …«

Er unterbrach sie rasch, weil er nicht sicher war, ob er es schaffen würde, nach einer Pause weiterzusprechen. »Als ich mich besser fühlte, habe ich einen Privatarzt gefunden; David Stretton hat mein Leben komplett verändert.« Er spürte, wie sein Selbstvertrauen wuchs, wenn er an seinen guten Freund und Vertrauten dachte. An den Mann, der ihm sein Mantra beigebracht hatte. »Bei ihm habe ich auch einiges über persönliche Weiterentwicklung gelernt und begriffen, dass ich anderen Menschen, die sich in einer ähnlichen Situation befinden wie ich, etwas vermitteln kann.«

Und das war ihm gelungen. Er hatte etwas gefunden, was ihm Spaß machte, was ihm half, sein Leben wieder aufzubauen, und ihm gleichzeitig ermöglichte, anderen Menschen zu helfen, sich privat und geschäftlich weiterzuentwickeln.

»Lange Zeit hatte ich ein Ziel vor Augen und war sehr erfolgreich. Ich hatte keine finanziellen Probleme mehr, Leanna und ich hatten beschlossen, es noch einmal miteinander zu versuchen, und die Mädchen entwickelten sich prächtig. Alles war schön und schien es für immer zu bleiben … Ich bestimmte meine Zukunft …« Er hielt inne, als sein Selbstbewusstsein schwand und von einem dunklen Gefühl verdrängt wurde.

»Was ist dann passiert?«, fragte Isla.

»Colt und Leanna – sie trafen sich wieder.« Er schüttelte den Kopf. »Ich weiß nicht, ob sie ihre Affäre jemals beendet hatten. Wahrscheinlich war ich blind oder dumm oder beides.« Er seufzte. »Und das war's. Das war das Ende meiner Ehe, und ich war abermals am Boden zerstört.«

Dieses Mal war er zwar nicht im Krankenhaus gelandet, aber seine Verzweiflung hatte alles überschattet.

»Ich konnte keinen Beruf ausüben, in dem ich anderen Leuten beibrachte, wie sie ihr Leben verbessern konnten, wenn ich selbst zu nichts fähig war«, gestand er. »Als es mir wieder ein wenig besser ging, beschloss ich, meine Fähigkeiten anderweitig zu nutzen. Ich musste etwas Neues machen. Deshalb habe ich den Job bei Breekers angenommen.« Er schenkte Isla ein Lächeln. »Sie wollten doch tatsächlich jemanden aus dem Sportbereich, der bereits ein eigenes Unternehmen geführt hatte. Außerdem war es ihnen wichtig, als Gesellschaft gesehen zu werden, die sich um ihre Angestellten kümmert. Sie waren der Meinung, ein Lebensberater und Spielwechsler würde sich in ihren Pressemitteilungen gut machen.«

»Wir haben diese Memos nicht bekommen«, erklärte Isla. »Ich habe nicht einmal erfahren, dass Big Bill die Firma verlassen hat.«

»Ihr habt euch anscheinend gut verstanden.«

Isla lächelte. »Wir sind uns leider nie persönlich begegnet, und das bedauere ich sehr.«

Chase erwiderte ihr Lächeln, hob seine Serviette auf und zerknüllte sie. »Aus all diesen Gründen konzentriere ich mich so stark auf meinen Job, denn wenn ich zu viel Zeit zum Nachdenken habe, bekomme ich Angst.«

So, nun war alles raus, und er empfand eine Mischung aus Erleichterung und gespannter Erwartung. Was auch immer

Isla davon halten mochte, wie sie nun über ihn denken würde, er war sicher, das Richtige getan zu haben. Das Einzige, was er hatte tun können.

»Meine Güte.« Er atmete tief aus. »Es tut mir leid. Das war viel zu emotional, und ich bin nicht sehr gut in solchen Dingen.«

Sein Herz klopfte heftig. Isla hatte sich noch nicht dazu geäußert. Doch dann spürte er, wie sich ihre Finger auf seine Hand legten und sie umfassten. Er war sich nicht sicher, wie er reagieren sollte. Am liebsten hätte er den Druck verstärkt, aber …

»Als du mir angekündigt hast, dass du mir etwas sagen müssest, habe ich mit etwas anderem gerechnet – mit etwas viel Schlimmerem«, gestand Isla.

»Tatsächlich?«, fragte Chase. »Gibt es denn noch etwas Schlimmeres?« Er seufzte.

»Chase, du warst ehrlich. Und offen. Und ich kann mir vorstellen, wie schwer das für dich war.«

»Das war es allerdings.«

»Du hast mir damit gezeigt, dass du auch nur ein Mensch bist. Fehlbar und verletzlich. Wie wir alle.«

»So siehst du das?«

»Was hast du denn erwartet? Dass ich von dir enttäuscht bin? Dass es mir vielleicht leidtut, dass ich mich in so kurzer Zeit und völlig unerwartet in einen Mann verliebt habe, der nicht ganz so perfekt ist, wie ich dachte?«

Verliebt? Konnte er seinen Ohren trauen? »Ich weiß es nicht. Ich glaube, ich wollte es dich einfach wissen lassen und versuchen, gut mit deiner Reaktion umzugehen, wie auch immer sie ausfallen würde.« Er holte tief Luft. »Die Sache zwischen Colt und Leanna läuft schon so lange, sie lief schon, bevor ich davon erfahren habe, und damit konnte ich mich nicht abfinden. Ich habe meinen Fokus verloren … und mich selbst … und das war für alle Beteiligten sehr erschreckend.«

»Das kann ich mir vorstellen.« Sie drückte seine Hand. »Aber kein Mensch ist aus Stahl. Für jeden gibt es einen Punkt, an dem er zusammenbricht.«

»Aber du hast mir erzählt, wie du damit fertiggeworden bist, dass du deine Eltern verloren hast und dich um deine behinderte Schwestern kümmern musstest. Einfach ruhig bleiben und weitermachen, hast du gesagt. Und ich habe mich wie ein schrecklicher Versager gefühlt, weil mir das nicht gelungen ist.«

»Doch, das ist dir gelungen! Du hast ein Unternehmen aufgebaut und dich dann noch ein zweites Mal aufgerappelt und einen Job als CEO in einer der größten Baufirmen der Welt ergattert. Und du hast einen Plan für einen Hotelkomplex mit Freizeitgestaltung entwickelt.«

»Hey, sag bloß nicht, dass dir das mittlerweile gefällt«, sagte Chase.

»Nein, ich will jetzt nicht so tun, als sei ich davon begeistert. Ich wollte dir damit nur sagen, dass man sich eben den Staub abklopfen und wieder aufs Pferd steigen muss …« Sie räusperte sich. »Manchmal ist das befriedigender, als wenn einem etwas bereits beim ersten Versuch gelingt. Denn man hat für etwas gearbeitet und gekämpft und es dann endlich geschafft. Und genau so war es bei dir.« Sie lächelte. »Und wenn du anders darüber denkst, bist du wirklich ein … Esel.«

»Warte mal! Das kannst du doch nicht zu mir sagen! Und noch dazu mit diesem britischen Akzent.«

»Warum nicht? Was soll ich denn sonst sagen?«, fragte Isla.

»Ich weiß es nicht. Vielleicht gibt es ein typisches britisches Wort dafür?«

»Dummkopf?«

»Auf keinen Fall.«

»Wie wäre es mit Trottel?«, schlug sie vor.

»Du machst wohl Witze.«

»Chase.« Ihre Stimme klang wieder ernst.

»Ja?«

»Ich mag den Mann, der beim Anblick der Kronjuwelen gelacht und sich bei Madame Tussauds für ein Foto neben Nelson Mandela gestellt hat.« Sie atmete tief ein und strich sanft über seine Hand. »Den Mann, der für mich einen Frosch geküsst hat.«

Er schluckte. »Den Mann, der hierhergekommen ist, um deine Stadt zu zerstören?«

Isla schüttelte den Kopf. »Ich glaube, dass dieser Mann, den ich kennengelernt habe, das nie wirklich vorhatte. Aber der Geschäftsmann in ihm hat ihm etwas anderes ins Ohr geflüstert.«

»Isla«, sagte Chase leise. »Ich möchte dich nicht enttäuschen.«

»Hör auf damit«, bat sie ihn. »Die Entscheidung über Notting Hill liegt nicht bei dir, das weiß ich. Und du solltest endlich begreifen, dass ein Mensch allein nicht die Bürde der ganzen Welt auf seinen Schultern tragen kann.« Sie lächelte. »Das gilt für das Leben an sich, nicht nur für die Welt der Bauunternehmer.«

Er erwiderte ihr Lächeln. »Ich kann es kaum glauben, dass du so darüber denkst, Miss Winters. Bist du nicht die selbstbewusste Problemlöserin in dieser Branche? Diejenige, die jedes Jahr ohne Hilfe die beste aller Weihnachtsfeiern organisiert?«

Sie war so wunderschön, hielt immer noch seine Hand und versuchte nicht, verzweifelt durch die Glastüren zu fliehen. Er wollte sie in seine Arme nehmen. Sie küssen. Aber er durfte sie auf keinen Fall bedrängen. »Und wie geht es nun weiter?«, fragte er schließlich zögernd.

Sie lächelte. »Ich wünsche mir, dass der verhinderte Astronaut in diesem Raum mir die Sterne zeigt.«

KAPITEL NEUNUNDSECHZIG

Chase stand hinter ihr, sehr dicht hinter ihr. Er hatte einen Arm um ihre Taille gelegt und deutete mit dem anderen auf den dunklen Nachthimmel.

»Nachts kann man nur wenige Planeten ohne Teleskop sehen«, flüsterte er ihr ins Ohr und jagte ihr mit seiner Stimme einen Schauer über den ganzen Körper.

»Man kann sie mit nacktem Auge nicht sehen?«

»Isla, bitte sag nicht noch einmal das Wort ›nackt‹ in diesem Tonfall. Wir konzentrieren uns jetzt auf die Planeten.«

»Auf die Planeten. Okay.«

»In der Nacht sieht man vor allem den Jupiter, aber der Saturn zeigt sich auch.« Chase' Stimme klang jetzt ernst. »Warte mal … ah ja, dort drüben, schau mal. Siehst du ihn?«

Er drückte einen Finger gegen die Glasscheibe, während sie über Big Ben und der Themse schwebten. Seine Aufregung war ansteckend. Sie fragte sich, wie enttäuscht er wohl gewesen sein musste, als ihm klar wurde, dass er nie Kapitän eines Raumschiffes werden würde. Er hatte Opfer gebracht, so wie sie es auch für Hannah getan hatte. Die Familie stand immer an erster Stelle. Sie war freudig überrascht von allem, was dieser Mann ihr nach und nach über sich verraten hatte. »Jetzt sehe ich ihn!«, rief sie begeistert. »Ich hätte nie gedacht, dass ich ihn wirklich sehen würde, aber jetzt kann ich ihn erkennen!«

»Sehr gut«, sagte Chase. »Wenn das Spaceshuttle London Eye wieder landet, wirst du eine richtige Astrophysikerin sein.«

»Oh, da bin ich mir nicht sicher«, erwiderte sie und drehte sich mit einer schnellen Bewegung zu ihm um.

»Warum nicht?«

Sie hatte ihn vom ersten Augenblick an sehr attraktiv gefunden, aber jetzt spürte sie noch viel mehr als nur reine körperliche Anziehung. In der kurzen Zeit, die er hier war, hatte sich eine Kombination aus vielen Dingen ergeben. Sie hatten gemeinsam gelacht, sich gestritten, all ihre Lieblingsspeisen geteilt. Hannah mochte ihn … und nun hatte er ihr etwas sehr Intimes anvertraut. Seine Ängste. Seine Verletzlichkeit. Seine Wahrheit.

»Nackt«, sagte sie trotzig.

»Miss Winters, ich habe dich gewarnt, dass …«

»Nackt«, wiederholte sie und rückte noch näher an ihn heran.

»Meine Güte, wenn du das noch einmal sagst, kann ich für nichts garantieren.«

»Nackt.«

Das Wort, das sie noch einmal ganz bewusst ausgesprochen hatte, war kaum mehr zu verstehen, denn er erstickte es mit einem Kuss. Noch nie hatte sie sich so schamlos gefühlt, so völlig außer Kontrolle, doch genau das wollte sie in diesem Moment sein. Das war nicht der richtige Zeitpunkt, um sich Gedanken über die Zukunft zu machen. Jetzt musste sie handeln, das Leben und die Liebe packen und alle möglichen Schwierigkeiten auf später verschieben.

Sie spürte, wie Chase ihr das Kleid von der Schulter schob und seine Lippen auf ihre bloße Haut legte. Jede seiner sanften Berührungen steigerte ihre Lust.

»Ist das in Ordnung für dich?«, flüsterte er.

»Ja, mehr als das«, erwiderte sie. »Hör nicht auf damit.«

Er küsste sie wieder auf den Mund, zog sie vom Fenster weg und mit sich auf den Boden. Sie streckte sich aus, sah ihm in die Augen und bewegte sich unruhig unter ihm. Sie konnte es kaum erwarten, ihm noch näher zu kommen.

Das bedeutete unfassbar viel für Chase. Allein die Tatsache, dass er in diesem Augenblick hier war … er hätte nie geglaubt, dass ihm so etwas noch einmal passieren könnte. Dass er jemanden finden würde, dem er in jeder Hinsicht so nahe sein wollte. Und Isla, diese britische Schönheit, die sich sonst eher sehr beherrscht verhielt, schmolz in seinen Armen wie Schnee. Sie hatten sich gegenseitig einiges anvertraut, was sie sonst noch niemandem erzählt hatten, und das hatte sie offensichtlich beide erregt.

Ohne zu zögern, knöpfte er sein Hemd auf und streifte es ab, bevor er seinen Gürtel und den Knopf seiner Hose öffnete. Ihre Hand legte sich auf seine, und sie streichelte seine Finger, während er den Reißverschluss aufzog. Er zog seine Hose aus, und sie fuhr mit den Händen über seine Bauchmuskeln, als wollte sie sich ihre Beschaffenheit genau einprägen.

Chase schob ihr Kleid nach unten, bis er es ihr abstreifen konnte, und der Anblick ihrer sexy schwarzen Unterwäsche stachelte seine Begierde noch mehr an.

»Oh, Isla, du bist wunderschön«, flüsterte er.

»Wunderschön klingt viel zu brav«, erwiderte sie heiser. »Und brav will ich heute Abend nicht sein.«

Sie brachte ihn schon jetzt fast um den Verstand.

»Ich möchte sexy sein.« Sie warf ihm unter ihren langen Wimpern einen verführerischen Blick zu.

»Du bist sexy, Isla. Verdammt sexy.«

Sein Atem ging schneller, als er ihren BH öffnete und ihn ihr vom Körper riss. Einen kurzen Moment bewunderte er den Anblick, doch dann konnte er sich nicht mehr zurückhalten und senkte den Kopf, um ihre Brüste zu küssen und mit den Lippen zu erforschen. Sie zog seinen Kopf nach oben, um ihn auf den Mund zu küssen, während ihre Hände nach unten wanderten, über seine Hüften strichen und dann in die Mitte glitten.

Er schloss die Augen und hielt den Atem an. »Isla, wenn du mich da berührst, dann …«

»Was ist dann?«, fragte sie mit vor Lust heiserer Stimme.

Ihre Fingerspitzen brachten ganz langsam und zart seine Nerven zum Vibrieren. Das konnte er nicht mehr lange ertragen. Es fühlte sich zu gut an. Er musste sie ablenken.

Er rückte ein wenig zur Seite, griff nach dem Bund ihres Slips und zog ihn ihr, ohne zu zögern, vom Körper. Sie seufzte tief.

Sie war bereits kurz vor dem Höhepunkt, und er hatte sie noch kaum berührt. Isla spürte, wie sich diese Spirale in ihr aufbaute, sich in ihrem Inneren drehte und nur auf den Moment wartete, in dem sie loslassen würde. Aber so weit war sie noch nicht. Sie wollte nicht ohne Chase den Gipfel erreichen.

Sie umklammerte seine Hüften, spornte ihn an und gab ihm zu verstehen, dass sie so weit war. Das war nicht der richtige Zeitpunkt für ein langes Vorspiel und Hinauszögern. Sie brauchte jetzt Körperkontakt, schnell, heftig, heiß und leidenschaftlich.

»Isla«, flüsterte er und wich ein Stück zurück.

»Sag jetzt nichts«, bat sie. »Zeig mir … zeig mir die Sterne.«

Sie schaute ihn an und beobachtete, wie sich verschiedene Gefühle auf seinem Gesicht abzeichneten. Ihr stockte der Atem, als er sie hochhob und zum Glasfenster trug, und als dann ihr bloßer Rücken den Metallrahmen berührte, rang sie nach Luft. Ihr Po landete auf dem gebogenen Geländer, und sie hielt sich an Chase' Schultern fest. Sie spürte die Kraft seines sportlichen Körpers und wollte ihm noch näher sein.

»Worauf wartest du?«, flüsterte sie.

Er küsste sie leidenschaftlich, und dann spürte sie ihn in sich. Sie öffnete unwillkürlich die Lippen bei diesem süßen, tiefen, heißen Gefühl und presste sich an seine Hüften, ermutigte ihn, trieb ihn an und forderte noch mehr. Das Gefühl war so wundervoll, so perfekt, dass ihr Tränen in die Augen stiegen. Sie klammerte sich an ihn, wünschte sich, dass es niemals aufhören würde, sehnte sich aber gleichzeitig nach dem freien Fall des Höhepunkts. Und dann hatte Isla das Gefühl, als würde sie ihren Körper verlassen. Chase packte ihre Hüften, sie schaute durch das Fenster auf die Skyline von London in dieser herrlichen Winternacht und auf die Sterne und die Planeten über ihnen. Sie schwebte durch die Nacht wie ein himmlisches Wesen, das sich zum ersten Mal verliebte. Und als Chase ihren Namen rief, flog ihr Herz noch höher.

KAPITEL SIEBZIG

Beaumont Square, Notting Hill

»Glaubst du, dass sie es wissen?« Isla kicherte, als sie mit Chase Hand in Hand zu ihrem Haus ging. Sie waren an der Portobello Road aus dem Firmenwagen gestiegen und mit offenen Augen und Ohren durch das Viertel geschlendert und hatten Ediths Bank einen Besuch abgestattet. Aus dem Froschmaul kam ohne Mund-zu-Mund-Beatmung eine eiskalte Wasserfontäne, also hatte Chase seine diesbezüglichen Fähigkeiten diesmal ihr zukommen lassen.

»Wen meinst du?«, fragte er.

»Die Leute vom London Eye.«

Er grinste. »Du fragst dich, ob sie wissen, dass wir Sex in der Gondel Nummer vierzehn hatten?«

Sie wurde rot und wusste nicht genau, warum. Es lag ja schon eine kleine Weile zurück. Und außerdem wollte sie gern das Mädchen bleiben, das sie vorhin wiederentdeckt hatte. Das Mädchen, das zwar einen Mann fürs Leben wollte, aber auch Gnocchi und Macchiato. Und sie wollte nicht irgendeinen Mann an ihrer Seite, sondern diesen Mann. Obwohl er Welten von ihr entfernt war … in vielerlei Hinsicht.

»Ich möchte auf keinen Fall dem unglaublichsten Sex meines Lebens den Glanz nehmen … als wir oben angelangt waren, hatten wir dreißig Minuten Zeit für eine Umdrehung … und du weißt, dass ich schon lange kein Date mehr hatte.«

Sie schlug ihm spielerisch gegen den Arm, und er lachte.

»Eines verspreche ich dir«, fuhr er fort und zog sie an sich. »Beim nächsten Mal wird es nicht um Minuten gehen.« Er küsste sie sanft auf den Mund. »Eher um Stunden … oder sogar vielleicht um Tage.«

Sie schlang die Arme um ihn und erwiderte den Kuss, während es wieder leicht zu schneien begann.

»Isla, meine Liebe, sie sind weg, und ich bin sicher, sie haben Purdy mitgenommen.«

Als Isla Mrs Edwards' Stimme hörte, löste sie sich von Chase. Die kleine alte Dame stand in einem Pokémon-Schlafanzug und Gummistiefeln vor ihnen.

»Meine Güte, Mrs Edwards«, rief Isla. »Was tun Sie denn hier mitten in der Nacht? Es ist eiskalt, und Sie haben keinen Mantel an.«

»Hallo, hübscher Mann.« Mrs Edwards richtete ihre Aufmerksamkeit auf Chase.

»Hallo«, entgegnete Chase und schenkte der alten Dame ein strahlendes Lächeln.

»Wer ist weg?«, erkundigte sich Isla.

»Verity und John«, erklärte Mrs Edwards. »Sie sind gegen neun Uhr mit einem Möbelwagen davongefahren. Ich weiß die Uhrzeit, weil gerade eine neue Krimiserie auf dem Sender ITV angefangen hat. Die Hauptdarstellerin ist sehr talentiert, aber ihre Frisur ist grauenhaft. Einfach schrecklich.«

Isla sah Chase fragend an. Was hatte das zu bedeuten? Waren das gute Nachrichten? Hatte die Firma Notting Hill als Standort verworfen? Oder hatten die beiden ihre

Aufgabe abgeschlossen? Hatten Ffion und Richard nicht gesagt, dass sie auch bald abreisen würden?

»Und seitdem kann ich Purdy nirgendwo finden. Sie isst um diese Uhrzeit immer gern ein Stück Bückling, und Sie wissen ja, wie stark er riecht. Wenn sie sich irgendwo auf dem Platz aufhalten würde, würde sie der Geruch anlocken.«

»Es ist schon sehr spät, Mrs Edwards. Wir begleiten Sie jetzt nach Hause, und morgen bei Tageslicht suchen wir nach Purdy.«

»Ich werde die hübsche Dame nach Hause bringen«, erbot sich Chase.

»Oh, wie schön!«, rief Mrs Edwards.

»Bist du sicher?«, fragte Isla.

»Aber ja. Geh du zu Hannah.« Er drückte ihre Hände.

Isla schluckte. Sie wollte nicht, dass diese Nacht zu Ende ging. Eigentlich hatte sie auf einen Gutenachtkuss auf der Türschwelle ihres Hauses gehofft, aber in dieser verrückten Gemeinde war eben nichts vorhersehbar. »Vielen Dank für diesen wundervollen Abend.«

»Es war mir ein Vergnügen, Miss Winters.« Er gab ihr einen Kuss und legte die Lippen auf ihr Ohr. »Du bist unglaublich.«

»Möchten Sie ein Stück Bückling, mein Lieber?«, fragte Mrs Edwards.

Chase lächelte Isla an. »Ich habe keine Ahnung, was ein Bückling ist«, gestand er ihr.

»Ich würde ihn an deiner Stelle nicht probieren«, riet sie ihm.

»Wir sehen uns morgen.«

»Bis dann.«

Chase drehte sich zu Mrs Edwards um und reichte ihr

seinen Arm. »Lassen Sie uns einmal um den Platz gehen und nach Purdy Ausschau halten. Dabei können Sie mir alles über diesen GI erzählen, in den Sie einmal verliebt waren.«

»Oh, das wäre wundervoll, mein Lieber«, erwiderte Mrs Edwards. »Können Sie singen? Ich sehne mich seit Jahren danach, mal wieder jemanden ›Chattanooga Choo Choo‹ singen zu hören.«

KAPITEL EINUNDSIEBZIG

Breekers London, Canary Wharf

»Okay, lasst uns kurz stehen bleiben, bevor wir hineingehen«, sagte Chase, als sie vor der Eingangstür anhielten. »Und nun atmet tief ein.« Er schloss die Augen und sog die kalte Luft durch die Nase ein. Es duftete leicht nach Zimtbagels, heißem schwarzem Kaffee und Fichtennadeln. Wurde er jetzt tatsächlich sentimental, weil Weihnachten vor der Tür stand?

»Meine Güte, du fängst jetzt aber nicht mit einem deiner Motivationsvorträge an, oder?«, maulte Brooke.

»Du hörst im Moment mir zu«, meinte Chase fröhlich. »Und nicht Cut to the Bone Man.«

»Dad! Du hast den Namen schon wieder falsch gesagt!«

»Ich rieche Schokolade«, warf Maddie ein.

Er musterte seine jüngere Tochter. Sie streckte mit geschlossenen Augen das Kinn in die Luft, treuherzig und unschuldig. Er wünschte sich, dass sie immer zumindest einen kleinen Teil dieser Naivität behalten würde.

»Ich finde, hier riecht es eindeutig nach Weihnachten«, stellte er fest.

»Das ist lahm«, erklärte Brooke. »Man kann Weihnachten nicht riechen.«

»Vielleicht ist es der Geruch des Weihnachtsmanns«, meinte Chase. »Oder der seiner Rentiere.«

Maddie lachte.

»Ihr seid beide verrückt«, sagte Brooke.

»Habt ihr euch schon überlegt, was ihr an Weihnachten machen wollt?«, fragte Chase.

»Dürfen wir uns das aussuchen?«, fragte Maddie und riss die Augen weit auf.

»Na ja, ich muss natürlich mit eurer Mom darüber sprechen, aber ich würde mich sehr freuen, wenn ihr zumindest einen Teil der Ferien bei mir verbringen könntet. Falls ihr das auch wollt …« Er wollte sie zu nichts zwingen, aber er würde auch nicht auf alles verzichten und Leanna ohne ein Gespräch darüber das Feld in dieser wichtigen Jahreszeit überlassen. Trotz der Entfernung würde es sicher eine Lösung dafür geben. Die beiden waren auch seine Kinder, und er vermisste sie. Und er fühlte sich jetzt wieder viel stärker – stark genug, um sich nicht beiseiteschieben zu lassen.

»Ja, Daddy!«, rief Maddie begeistert. »Können wir an Silvester im Roxy's Diner essen gehen? Und im Central Park Schlittschuh laufen? Und falls ich ein Hoverboard bekomme, darf ich es dann in den Park mitnehmen?«

»Dann willst du also nicht gleich alles auf einmal«, spottete Brooke.

»Brooke?«, fragte Chase und stupste seine Tochter an. »Möchtest du einen Teil der Ferien in New York verbringen?«

»Darf ich mich mit meinen Freunden treffen?«

»Kein Problem.«

»Können sie über Nacht bleiben? Dürfen wir Pizza und Brezeln essen?«

»Darüber lässt sich reden.«

Brooke zuckte die Schultern. »Dann wäre es okay.«

»Cool«, sagte Chase. »Ich werde eure Mom anrufen und etwas mit ihr vereinbaren.«

Sein Mobiltelefon in der Jackentasche klingelte, und er zog es rasch hervor. *Breekers International, Dan Germano.*

Chase schluckte. Das war keine E-Mail als Antwort auf seinen gestrigen Vorschlag, sondern ein Anruf. Und in New York war es im Augenblick erst vier Uhr morgens. Er wusste nicht, was er davon halten sollte.

»Hey, Dan, guten Morgen«, meldete er sich.

»Han, ich weiß nicht, warum wir das tun.« Isla schob den Rollstuhl über den schneebedeckten Gehsteig. Das Breekers-Gebäude lag direkt vor ihnen.

»Weil du mir ein wenig Freiraum geben möchtest. Und weil Lesley vom Gemeindezentrum hier gleich um die Ecke wohnt und mich in ihrem Wagen zur Party bringen wird.« Hannah holte tief Luft. »Du hast mir kaum etwas über dein Date mit Chase erzählt.«

Das stimmte. Sie hatten, wie es allmählich in ihrem Leben zur Norm wurde, keinen Moment Zeit übrig gehabt. Schon wieder waren sie sehr früh von Raj geweckt worden. Er hatte Purdy gefunden; die Katze maunzte kläglich, ihr Fell war zerzaust, und um ihren Schwanz hatte sich buntes Lametta gewickelt. Also hatten sie sie auf den Kaffeetisch gelegt und, beinahe wie beim Tierarzt, von der Dekoration befreit. Nachdem Isla sie zu Mrs Edwards zurückgebracht hatte, blieb gerade noch Zeit für eine kurze Dusche. Dann hatte sie sich fürs Büro zurechtgemacht, Hannah geholfen und war rasch mit ihr aufgebrochen.

»Du warst schon im Bett, als ich nach Hause gekommen bin«, erklärte Isla. »Und ich hätte dich beinahe aufgeweckt, weil ich wütend war, dass du dich ohne Hilfe von unten nach oben geschleppt und ins Bett gehievt hast.«

»Bla, bla, bla. Leg mal eine andere Platte auf.« Hannah

winkte ab und schob Ronnie mit einer Hand an. »Ich nehme an, bei eurem Date sind keine Pins gefallen.«

Zumindest nicht wie beim Bowling. Islas Wangen wurden trotz des eisigen Winds mit einem Mal sehr heiß. »Wir sind zum London Eye gefahren«, erzählte Isla. »Zum Abendessen.«

»O mein Gott«, rief Hannah. »Eine private Gondel.« Sie hielt ihren Rollstuhl kurz vor dem Randstein so abrupt an, dass sie beinahe auf die Straße gerutscht wäre, und schlug die Hände vors Gesicht.

»Vorsicht, Han!« Isla packte die Griffe des Rollstuhls.

»O mein Gott!«, wiederholte Hannah. »Du hast es getan, richtig?« Ihre Stimme klang plötzlich viel zu laut. »Du hast es im London Eye getan!«

»Hannah, bitte, man kann dich hören! Und ich arbeite dort drüben!«

»Isla, du bist eine Legende! Vergiss den Mile High Club – du hattest Sex in einer Höhe von 135 Metern, mitten über London, in der Glaskabine eines Riesenrads mit Ausblick auf die Themse … unter dem Sternenhimmel …« Hannah seufzte tief. »Dagegen verblasst mein Wunsch nach einem Weihnachtskuss in Notting Hill und wird praktisch bedeutungslos.«

»Red keinen Unsinn.« Isla wusste nicht, was sie sonst dazu sagen sollte. Die Worte, mit denen ihre Schwester den vergangenen Abend beschrieben hatte, hatten alle erregenden Erinnerungen wieder zurückgebracht.

»Ist er ohne seine Kleidung ebenso heiß, wie sein gut sitzender Anzug vermuten ließ?«, fragte Hannah grinsend. »Oder habt ihr euch nicht ausgezogen? Aber da du in diesem Kleid nicht hättest bowlen können, frage ich mich, wie du dann …«

»Ich muss zur Arbeit«, unterbrach Isla sie hastig und ging weiter.

»Und was geschieht nun?«, wollte Hannah wissen. »Seid ihr in einer Beziehung? Oder läuft es unter ›zu kompliziert‹?«

»Ich … ich bin mir nicht sicher.« Sie hatten nicht darüber gesprochen. Es hatte keinen Grund dafür gegeben. Doch heute war ein neuer Tag, und sie würden zusammen arbeiten müssen. Jetzt war Professionalität gefragt. Sie musste die Organisation der Weihnachtsfeier in den Griff bekommen – und natürlich wartete sie gespannt auf die Antwort aus New York zu Notting Hill. Aber wie sollte es weitergehen? Wollte sie eine Beziehung? Und lag das überhaupt im Bereich des Möglichen?

»Nun, ich mag ihn«, erklärte Hannah. »Aber glaub mir, wenn er dich nicht behandelt wie eine Prinzessin, kann sich das ändern. Sehr schnell sogar.«

Isla schenkte ihrer Schwester ein Lächeln. »Das weiß ich.«

»Dann bin ich also jetzt der einzige Single hier … abgesehen von Mrs Edwards, und sie hat zumindest eine zerzauste Katze zur Gesellschaft.«

»Keine weiteren Dates mit Raj?«

»Ich finde, dass er jetzt an der Reihe ist, mich darum zu bitten«, erklärte Hannah trotzig.

»Wann fängt die Party im Gemeindezentrum an?«

»Um halb eins. Aber vorher müssen wir noch den Raum schmücken.« Hannah seufzte. »So gut man das mit ein paar Papierketten, zwei der Heiligen Drei Könige und einem Gummihuhn machen kann.«

Islas Telefon in ihrer Handtasche klingelte. »Einen Moment, Han.« Sie kramte es hervor und warf einen Blick auf das Display. Es war das Warlock Centre, wo sie die wunderschön renovierte Kapelle für die Firmenweihnachtsfeier gebucht hatte.

»Hallo«, meldete sich Isla. »Ja, hier spricht Isla Winters. Ja, das ist richtig.« Was sie dann hörte, ließ das Lächeln auf ihrem Gesicht verschwinden. Am liebsten hätte sie sich auf den gefrorenen Boden geworfen. »Oh, ich … nun, ich weiß nicht, was ich sagen soll … Das ist schrecklich. Es tut mir sehr leid, und natürlich verstehe ich, dass …« Sie spürte, wie ihr Tränen in die Augen stiegen, und hätte beinahe laut zu schluchzen begonnen. »Danke für Ihren Anruf. Auf Wiederhören.« Sie beendete das Telefonat, warf das Handy zurück in ihre Tasche und zupfte frustriert an ihrem Haar.

»Wer war das?«, fragte Hannah. »Das klang ziemlich dramatisch.«

Isla nickte. »Das kann man wohl sagen.« Sie holte tief Luft. »Das waren die Leute von dem Ort, an dem die Breekers-Weihnachtsparty hätte stattfinden sollen. Ein Wasserrohr ist geplatzt, und alles ist komplett überschwemmt. Sie mussten meine Reservierung stornieren.«

KAPITEL ZWEIUNDSIEBZIG

»Aaron, ich brauche deine Hilfe«, erklärte Isla. Adrenalin war durch ihren Körper geströmt, während sie die Treppen hinaufgelaufen war, fest entschlossen, etwas zu unternehmen.

»Soll ich Chase Bryan die Kleidung vom Leib reißen? Ethel sagen, dass sie keine dieser verdammten Pompons mehr aufhängen soll, die von Tag zu Tag weiter nach unten schweben?« Er erhob sich von seinem Stuhl und zielte wie ein Fußballprofi mit dem Kopf nach einer der Kugeln. »Oder geht es um das … Superhotel?« Er setzte ein irres Grinsen auf. »Du brauchst Ideen für mehr Glitzer und Glamour, richtig?«

»Nein, ich möchte, dass du nachdenkst«, erwiderte Isla.

»So früh schon?« Aaron warf einen Blick auf seine Armbanduhr. »Schätzchen, ich kann keine Wunder vollbringen!«

»Das ist nicht lustig, Aaron.« Sie wollte nicht in Panik verfallen, aber sie konnte sich kaum mehr beherrschen. »Du musst mir helfen, einen Veranstaltungsort für den Abend des achtzehnten Dezember zu finden, in dem dreihundert Leute Platz haben.«

»Am achtzehnten Dezember?« Er sah sie fragend an. »Ist das nicht das Datum der Breekers-Weihnachtsfeier?«

Sie nickte so ruhig, wie sie nur konnte. Und hatte dabei das Gefühl, als würden Tausende Kakerlaken mit ihren winzigen Mäulern an ihren Eingeweiden nagen.

Aaron legte die Hände an die Wangen. »Oh, Scheibenhonig. Deine Reservierung wurde storniert, richtig?«

»Wir sollten uns jetzt nicht auf die negativen Dinge konzentrieren«, sagte Isla und zog ihr iPad aus der Tasche. »Wir brauchen eine Alternative.«

»Aber der Caterer …« Aaron war bestürzt. »Du hast doch bereits den Caterer verloren. Meine Nachricht hast du doch bekommen, oder?«

»Ja.«

»Was sollen wir denn jetzt tun? Kein Essen! Kein Veranstaltungsort! Das ist ein wahres Desaster!«

Isla lächelte, warf ihr Haar zurück und versuchte, das Ungeziefer zu vertreiben, das sich in ihrem Inneren breitgemacht hatte. »Ich habe ein Gesangstrio und eine Band – außer wenn der Schlagzeuger beim Auspacken seiner Geschenke einen Unfall erleidet oder die Sänger plötzlich keine Weihnachtslieder mehr vortragen wollen.«

»Wie kannst du nur so gelassen sein?« Aaron fuchtelte mit den Armen durch die Luft, stieß mit dem Kopf gegen einen der Pompons und setzte damit alle anderen wie ein Kugelstoßpendel aus Wolle in Bewegung. »Erst Notting Hill und dann die Weihnachtsfeier? Was kommt als Nächstes? Wird die Queen sich mit Gary Barlow zusammentun und ein Album mit Weihnachtsliedern aufnehmen?« Er hielt inne. »Das wäre eigentlich keine Katastrophe – es würde sich sicher gut verkaufen.«

»Aaron, konzentriere dich«, bat Isla. »Hilf mir, einen anderen Ort und einen anderen Caterer zu finden. Bitte.«

»Aber ja. Mir wird schon etwas einfallen.« Aaron lächelte plötzlich, als seien ihm tausend Lichter aufgegangen. »Bedeutet das, dass ich meinen nächsten Skype-Termin mit Hilda stornieren darf?«

»Nein«, erwiderte Isla. »Natürlich nicht.«

Islas Blick fiel auf die Türen des Aufzugs, die sich soeben öffneten. Chase, Brooke und Maddie stiegen aus. Sie hatte ihn nicht mehr gesehen, seit er mit Mrs Edwards auf dem Beaumont Square Walzer getanzt hatte. Sie hatte lachend in der Dunkelheit von ihrem Schlafzimmerfenster aus beobachtet, wie die beiden unter den Lichtern des Christbaums getanzt hatten, bis Chase die alte Dame schließlich nach Hause gebracht hatte. In ihm steckte viel mehr, als man beim ersten Anschein vermutete, und sie freute sich darauf, das alles zu entdecken.

Sie winkte den dreien lächelnd zu und ging rasch zu ihrem Schreibtisch zurück.

»Aha.« Aaron trat einen Schritt näher. »Du sitzt also wieder im Sattel.«

Sie drehte sich blitzschnell zu ihrem Freund um und grinste ihn an. »Allerdings. Und ich brauche keinen Hufschmied. Wer hätte das gedacht«, erwiderte sie. Sie wandte sich wieder Chase und seinen Töchtern zu. »Guten Morgen.«

Isla sah hervorragend aus. Ihr Haar war leicht vom Wind zerzaust, und sie trug einen knielangen Rock und eine dünne Bluse, die nicht durchsichtig war, aber einiges erahnen ließ. Wenn seine Kinder nicht bei ihm wären und er nicht für alle gut sichtbar in seinem Büro stünde, würde er sie jetzt sofort in den Konferenzraum zerren und alles wiederholen, was sie im Eisrad miteinander erlebt hatten. Aber weil ihn zudem die Verantwortung auf seinen Schultern bedrückte, verwarf er diesen Gedanken rasch.

»Hallo, Isla, wie geht es dir?« Maddie betonte ihre Worte sorgfältig und streckte die Hand aus.

»Deine britische Aussprache ist perfekt«, lobte Isla sie, schüttelte ihr die Hand und wandte sich dann an Brooke. »Und wie geht es dir, Brooke?«

»Supi«, erwiderte Brooke.

»Guten Morgen«, mischte sich Aaron ein. »Nehmt euch einen Pompon, wenn ihr wollt.« Er fuhr mit der Hand durch die Luft. »Besser als ein Christbaum … keine lästigen Nadeln, nur ein bisschen Glitter, den man später wegsaugen kann.«

»Hört nicht auf Aaron«, sagte Isla. »Er hat heute Morgen noch nicht genügend Kaffee getrunken.«

»Hey«, begrüßte Chase sie. »Können wir miteinander sprechen?«

»Natürlich«, erwiderte Isla. »Im Konferenzraum?«

»Gern.« Er wandte sich an seine Töchter. »Könnt ihr eine halbe Stunde hier auf mich warten?«

»Aaron, vielleicht zeigst du den Mädchen, mit welchen Spielen du dich beschäftigst, wenn alle glauben, dass du arbeitest?«, schlug Isla vor. »Aber keine Pokerspiele!«

»Ha, ha, sehr witzig!« Aaron zwinkerte Brooke und Maddie zu. »Ich spiele ohnehin nur Black Jack.«

Chase ging voran. Er holte tief Luft und schaffte es nicht, Isla in die Augen zu schauen. Er stieß die Tür zum Konferenzraum auf und ging zu dem von Milchglas geschützten Teil des Zimmers hinüber, sodass man sie nicht wie Goldfische im Glas beobachten konnte.

Er drehte sich um und beobachtete sie, wie sie die Tür hinter sich schloss. Sie sah so frisch und fröhlich aus, wie er sie nach ihrem Date zurückgelassen hatte.

»Komm her«, bat er.

»Wohin? Zu dir?«

»Ja, zu mir.«

Sie ging ein wenig zögernd auf ihn zu und blieb etwa fünfzehn Zentimeter vor ihm stehen. Er nahm sie in seine Arme, drückte sie an sich und legte seinen Kopf an ihren. Es war keine Geste der Leidenschaft – er wollte sie festhalten und trösten, wenn er ihr die unabwendbare Wahrheit sagen musste.

Es fiel ihm sehr schwer, aber es blieb ihm nichts anderes übrig. »Sie haben sich für Notting Hill entschieden, und der Beschluss ist endgültig.«

Er ließ sie nicht los und wartete auf ihre unvermeidliche Reaktion. Und sie kam sofort. Innerhalb einer Sekunde versteifte sie sich in seinen Armen, als hätte sie der Blitz getroffen, und dann, als ihr klar wurde, was er gesagt hatte, begann sie zu zittern.

Nach einer Weile sagte sie nur ein einziges Wort: »Nein.«

»Ich weiß«, erwiderte Chase. »Ich weiß, dass wir das nicht hören wollten. Ich kann es selbst kaum glauben, aber …«

»Nein«, wiederholte Isla. »Das können sie nicht tun.«

»Ich habe keinen Einfluss auf ihre Entscheidung, Isla. Ich habe draußen eine halbe Stunde lang mit jemandem verhandelt, der die ganze Nacht aufgeblieben und mit dem Vorstand die Pläne durchgegangen ist. Und nun ist es beschlossene Sache.« Er hielt sie immer noch fest. »Sie haben mich vollkommen herausgehalten – für sie ist meine Meinung in dieser Angelegenheit nicht entscheidend. Ich bin lediglich eine Repräsentationsfigur, angeheuert, um ihr Image zu verbessern. Ich habe geglaubt, ich hätte einen gewissen Einfluss, weil sie mein Konzept für die Zukunft von Breekers so bereitwillig angenommen haben, aber da habe ich mich wohl getäuscht.«

»Chase, das dürfen wir nicht zulassen. Es ergibt keinen Sinn.«

»Du weißt, dass sie damit Aufsehen erregen wollen.«

»Ja, aber Notting Hill hat Kultcharakter. Sie können es nicht abreißen. Ich glaube nicht, dass sie dafür eine Genehmigung bekommen.« Er hörte an ihrer Stimme, dass ihr Tränen in die Augen stiegen. »Alle diese Häuser, die Menschen und die Geschichte dahinter.«

»Du weißt, Geld regiert die Welt. Ich wette, sie werden versprechen, zum Ausgleich etwas in ärmere Regionen zu investieren. Das wird das Gewissen derjenigen beruhigen, die noch nicht ganz davon überzeugt sind.«

»Lass mich los«, bat Isla und versuchte, sich aus seinen Armen zu befreien. Ihre Furcht, ihre Verletzung und ihr Schmerz waren ihr anzumerken.

»Nein«, erwiderte er.

»Chase, lass mich los«, forderte sie.

»Das kann ich nicht. Noch nicht.«

Sie legte schluchzend den Kopf an seine Schulter, und er spürte, wie sich ein wenig von ihrer Anspannung löste.

»Das war es also dann«, brachte sie unter Tränen hervor. »Damit ist alles vorbei?«

»Nein«, beruhigte er sie. »Das ist es nicht.«

»Aber du hast gesagt …«

»Sie haben zwar ihre endgültige Entscheidung getroffen, aber noch ist nichts in Stein gemeißelt. Zumindest sehe ich das so.«

Chase lockerte seinen Griff und wartete eine Weile. Er wollte ihr keine falschen Hoffnungen machen, aber er wollte sie wissen lassen, dass er, solange er sich in London aufhielt, alles tun würde, um die Umsetzung dieses Beschlusses hinauszuzögern. Und vielleicht würde es ihm gelingen, in der Zwischenzeit eine Übergangslösung zu finden. Seine Existenz und die seiner Kinder hingen von diesem Job ab, und es wäre unsinnig, an Sabotage zu denken, aber für einen Kompromiss, der verhindern würde, dass Isla ihr geliebtes Stadtviertel verlor, würde er alles tun.

Isla hob langsam den Kopf, und er sah, dass in ihren Augen wieder ein Schimmer Hoffnung lag. »Was können wir tun?«

Er lächelte und gab ihr einen Kuss. »Ich habe einen Plan.«

KAPITEL DREIUNDSIEBZIG

Gemeindezentrum Lebenshilfe

Vor dem Gemeindezentrum saßen drei schäbig gekleidete Männer auf dem Boden, obwohl die Temperatur nur knapp über null Grad betrug. Sie hatten die Beine ausgestreckt und sich mit dem Rücken gegen die Hausmauer gelehnt, als wäre es Sommer, und tranken abwechselnd aus einer Wodkaflasche.

Isla warf einen Blick auf ihre Armbanduhr und hob den Kopf, als die Tür aufging. Lesley schob Hannah heraus; das Gesicht ihrer Schwester war komplett weiß geschminkt, und auf ihren Wangen glänzte Silber- und Goldflitter. Konnte Isla ihr wirklich nach einer Weihnachtsfeier, für die sie sich so kunstvoll zurechtgemacht hatte, von Breekers' Plänen in Notting Hill erzählen? Sie schluckte. Es blieb ihr nichts anderes übrig. Je eher sie ihr die Wahrheit sagte, umso schneller konnten sie sich überlegen, was sie dagegen unternehmen sollten.

»Was tust du denn hier?«, fragte Hannah ungehalten, nachdem Lesley Isla zugewinkt hatte und gegangen war.

»Das ist ja eine nette Begrüßung.«

»Hast du dir etwa Sorgen gemacht, ich würde den Heimweg allein nicht schaffen? Ich dachte, wir wären uns einig gewesen, dass ich ein bisschen mehr Freiraum brauche.«

Isla war damit zwar nicht einverstanden, aber sie sah ein,

dass sich Hannah mit zwanzig nach Unabhängigkeit sehnte. Ein Streit deswegen wäre sinnlos.

»Dein Make-up sieht toll aus«, lenkte sie rasch ab.

Hannah verzog das Gesicht. »Wir mussten für die Kinder von Pembridge Middle ein doofes Krippenspiel aufführen. Ich spielte den Erzengel Gabriel, aber die verdammte Gardine, die mein Engelsgewand darstellte, verfing sich in Ronnies Rädern.«

»Oje.« Isla unterdrückte ein Lachen.

»Das ist nicht witzig! Wie auch immer, warum bist du hier? Ich wollte beim Briefzentrum vorbeifahren und Raj besuchen.«

»Er ist nicht dort«, erklärte Isla.

»Was?«

»Wir treffen uns mit ihm bei uns zu Hause«, sagte Isla. »Und mit Mrs Edwards, Aaron, Chase, Maddie und Brooke.«

Ihre Schwester sah sie verblüfft an. »Feiern wir eine Party?«

Isla schüttelte den Kopf. »Nein. Aber wir werden trotzdem Getränke und ein paar Snacks brauchen. Wir kaufen auf dem Heimweg etwas ein.«

»Isla, was ist los?«, wollte Hannah wissen.

Nun musste sie wohl damit herausrücken. Ihr sagen, dass sie sie angelogen hatte. Dass Breekers Notting Hill ruinieren wollte. Dass es aber noch Hoffnung gab. Sie hatte bereits mit dem Gedanken gespielt, Rod Striker zu erpressen, damit er die Baugenehmigung nicht erteilte, auch wenn Breekers ihm wahrscheinlich bereits etwas Verlockendes in Aussicht gestellt hatte. Irgendetwas musste es geben, was sie gegen ihn verwenden konnte – sicher konnte ihr da jemand aus seinem Golfclub weiterhelfen. Normalerweise konnte sie Mauscheleien nicht leiden, aber es stand alles auf dem Spiel. Und es gab zu viel zu beschützen.

»Isla«, fuhr Hannah sie an. Ihr geschminktes Gesicht war so wütend, dass es eher einem Teufel als einem Engel glich.

»Die Pläne, die du aus dem Haus von Verity und John entwendet hast, waren echt«, begann Isla. Sie schluckte und fuhr rasch fort. »Breekers will ein Superhotel bauen, nun ja, eher ein großes Dorf mit einem Zirkus und Zoos und einem großen Bowlingcenter. Und zwar in Notting Hill.«

Isla hatte sich nicht vorstellen können, dass Hannah unter diesem Make-up noch blasser werden würde, aber sie schien unter der Schminke zu erbleichen und zu schrumpfen. Isla musste rasch weitersprechen und etwas Positives sagen.

»Aber du musst dir keine Sorgen machen.« Isla legte Hannah eine Hand auf den Arm. »Denn wir werden das nicht zulassen. Deshalb treffen wir uns alle. Wir wollen gemeinsam überlegen, aus welchen Gründen das nicht passieren darf und wie wir es verhindern können.«

Hannah sagte kein Wort. Sie sah mit einem Mal sehr klein und verletzlich aus. Und nicht wie zwanzig, sondern eher wie zwölf oder fünfzehn, so wie nach dem Unfall, als ihre Welt zusammengebrochen war.

»Hannah, es wird alles gut werden.«

Ihre Schwester zeigte endlich eine Reaktion. Eine Träne rollte über ihre Wange. Offensichtlich war sie völlig am Boden zerstört.

»Wir werden alles tun, um dagegen anzukämpfen, das verspreche ich dir, Hannah.«

»Oh, das versprichst du mir?«, knurrte Hannah. »So wie du mir auch versprochen hast, dass die Pläne nicht echt seien?«

Isla hatte gewusst, dass sie sich das würde anhören müssen, und sie hatte es nicht anders verdient. Sie hätte nicht lügen sollen, aber sie hatte Hannah nur schützen wollen. Aber nun war die endgültige Entscheidung gefallen, und sie konnte nicht anders darauf reagieren.

»Ich weiß«, sagte sie. »Und vielleicht hätte ich das nicht tun sollen. Aber als ich es erfahren habe, war ich sehr wütend auf Chase, und ich wollte das zuerst klären, bevor ich mich darauf konzentrieren konnte, etwas dagegen zu unternehmen. Und genau darum geht es jetzt. Denn noch habe ich die Hoffnung nicht verloren. Und du doch auch nicht, oder?«

Hannah schüttelte Islas Hand ab. »Ich habe geglaubt, dass meine Schwester mich nie anlügen würde.«

»Es tut mir leid, Hannah, es tut mir wirklich leid. Ich wollte dich nur nicht beunruhigen.«

»Wieso? Bin ich ein mitleiderregendes Baby? Ein Baby im Rollstuhl?«

»Red keinen Unsinn.«

»Na bitte! Das sagst du so, als ob ich nie etwas anderes tun würde!«

Isla trat einen Schritt zurück und richtete den Blick auf die Betrunkenen, die nun begannen »Fairytale of New York« zu grölen und an der Textstelle über die Ausnüchterungszelle hysterisch lachten. Hannah musste jetzt ihren Zorn und ihre Frustration loswerden, ob Isla das gefiel oder nicht.

»Dann hast du Verity und John also gekannt? Und es war nur ein Vorwand, sie zum Abendessen einzuladen.«

»Nein.« Isla schüttelte den Kopf. »Ich habe sie nicht gekannt. Sie wurden von Breekers International für dieses Projekt an Bord geholt.«

»Und Chase ist hier, um unser Zuhause abzureißen?«

»Ja«, bestätigte Isla. »Aber auch nein. Nicht mehr.«

»Nun, das klingt ja recht zuversichtlich. Hat er seine Meinung darüber geändert, weil du ihn rangelassen hast?« Hannah holte tief Luft, bevor sie wütend fortfuhr. »An deiner Stelle wäre ich vorsichtig. Wer weiß, was er tatsächlich vorhat. Ich hoffe, du hast ihm nicht allzu viele Informationen gegeben … wie die Anzahl der Quadratmeter vom Sugar High oder von unserem Haus.«

Und dann brach Hannah plötzlich in Tränen aus. Sie beugte sich vor, umklammerte ihre nutzlosen Knie und schlug schließlich schluchzend die Hände vors Gesicht.

Isla ging zu ihrer Schwester hinüber, bückte sich, streichelte ihr den Rücken und versuchte, sie zu trösten, so gut sie konnte. Sie wusste schon seit einer Weile darüber Bescheid, aber für Hannah war das alles ganz neu und natürlich ein großer Schock. Aber sie brauchte ihre Schwester jetzt – in all der Naturgewalt, die ihr so eigen war.

»Hannah, ich verspreche dir ganz ehrlich, dass wir alles tun werden, was in unserer Macht steht, um dieses Projekt zu verhindern.« Sie strich ihr über das kurz geschnittene Haar. »Chase setzt sich über alle Vorschriften hinweg, indem er Informationen über das Superhotel an Außenstehende weitergibt. Ihm ist ebenso wie mir daran gelegen, einen anderen Standort dafür zu finden.«

Hannah richtete sich langsam auf und schaute Isla in die Augen. Ihr Make-up war verschmiert, und ihre Lippen zitterten.

»Glaubst du, dass wir gegen eine internationale Firma eine Chance haben?«, fragte sie. »Gegen die Gesellschaft, für die du arbeitest?«

»Es wird sicher nicht leicht werden, aber das sind Geschäftsleute. Wir müssen sie davon überzeugen, dass ein anderes Gebiet viel besser geeignet ist als Notting Hill.«

»Und wie sollen wir das anstellen?«, schniefte Hannah.

»Das weiß ich noch nicht«, gab Isla zu. »Aber ich weiß, dass ich dazu deine Hilfe brauche.« Sie lächelte. »Du hattest schon immer die guten Ideen, und ich habe sie dann in die Tat umgesetzt.«

»Das stimmt.« Hannahs Stimme klang ein wenig entspannter.

»Also konzentrieren wir uns jetzt darauf, unser Stadtviertel zu retten.« Isla schlug ihre behandschuhten Hände zusammen.

»Einen Moment noch.« Hannah drehte ihren Rollstuhl zurück zur Tür des Zentrums. »Ich kann mich Raj auf keinen Fall zeigen, wenn ich aussehe wie Harley Quinns böser Zwilling.«

KAPITEL
VIERUNDSIEBZIG

Beaumont Square, Notting Hill

Islas und Hannahs Wohnzimmer hätte nicht festlicher aussehen können – der Christbaum mit den weißen Federn war geschmückt, an den Wänden und am Kamin hingen etliche Weihnachtskarten, und Hannah hatte überall im Blumenladen gebastelte Gestecke aus Tannenzapfen und Stechpalmenzweigen verteilt. Die Leute, die darin Platz genommen hatten, machten jedoch eher den Eindruck, als befänden sie sich auf einer Trauerfeier. Alle starrten auf die Karte, die Chase neben dem Eckfenster an der Wand befestigt hatte. Nur Maddie spielte fröhlich auf dem Boden mit Hannahs alten Barbiepuppen, die Isla in einer Truhe im Zimmer ihrer Schwester gefunden hatte.

»Ich verstehe das nicht.« Raj nippte an dem Pfefferminztee, den Isla ihm gemacht hatte. »Wie wollen sie all das in der Gegend um die Portobello Road bauen?«

»Raj, genau darum geht es doch!«, rief Hannah. »Es wird dann keine Portobello Road mehr geben. Und keinen Beaumont Square oder Larkspur Gardens. Sie wollen dieses Ding obendrauf bauen!« Sie atmete heftig, und Isla reichte ihr rasch ein Glas Wasser.

»Ein Zoo würde mir gefallen«, meinte Mrs Edwards. Sie streichelte Purdy, die sich auf ihrem Schoß zusammengerollt hatte und viel zufriedener aussah als am Morgen.

»Mir auch«, sagte Maddie. »Und Brooke sicher auch. Sie

hatte einmal eine Begegnung mit einem schlecht gelaunten Kamel.« Sie stupste ihre Schwester am Fuß an.

»Hey! Lass das!«, rief Brooke.

»Ratet mal, wer gewonnen hat!« Maddie kicherte.

»Ein Zoo würde uns sicher allen gefallen«, warf Chase ein. »Aber ich bin mittlerweile der Meinung, dass wir an einem anderen Ort bauen sollten.« Isla musterte ihn. Er stand neben der Karte, runzelte die Stirn und schwitzte leicht, obwohl die Heizung nur auf Sparflamme lief.

»Ich habe ja bereits Haringey vorgeschlagen«, meldete sich Aaron zu Wort. »Eine Firma namens Solloway Limited hat das große Grundstück gekauft und ist dann pleitegegangen. Man könnte den Grund sofort erschließen. Ich glaube, dass sie dort Häuser errichten wollten, also gibt es wohl bereits eine Baugenehmigung dafür. Vielleicht könnte man darüber verhandeln und vorschlagen, ein paar der benötigten Wohnhäuser und daneben das Hotel zu bauen.«

»Enfield wäre auch eine Möglichkeit«, sagte Chase. »Das Grundstück sah gut aus, richtig?« Er schaute Isla an.

»Ja«, stimmte sie ihm zu. »Enfield wäre eine gute Alternative. Aber das Gebiet hast du dem Vorstand bereits vorgeschlagen, und sie waren davon nicht begeistert.«

Sie schienen sich im Kreis zu drehen, und das war frustrierend und Furcht einflößend.

»Einer meiner Verehrer wohnte in Enfield«, warf Mrs Edwards ein. »Er hat mich immer ins Pally ausgeführt.«

Aaron hüstelte.

»Wohin?«, wollte Maddie wissen.

»Ins Palladium, mein Kind. Dort wurden alle großen Theaterstücke aufgeführt. Das hatte noch Klasse. Ich zog immer mein Sonntagskleid an, und nach der Vorstellung gingen wir tanzen.«

»Und wenn wir uns nun auf die Notwege berufen?«, sagte Chase plötzlich.

»Was? Ich dachte, das sei alles bereits gründlich überprüft worden«, erwiderte Isla.

»Ja, schon, aber … vielleicht sollten wir der Planungsabteilung sagen, dass das noch nicht geschehen sei.«

Chase sah Isla hilflos an. Ihm gingen allmählich die Ideen aus. Er hatte ihr gesagt, dass er einen Plan habe, aber er hatte dabei nur an Brainstorming gedacht. Daran, gemeinsam über alles nachzudenken, um etwas zu finden, womit sie dieses Projekt abschmettern könnten. Aber er brauchte mehr als das. Er musste ihr helfen und ihr Sicherheit und Zuversicht vermitteln. Aber konnte er eine Idee schlechtreden, die er selbst entwickelt hatte?

»Chase, wir können diesen Plan nicht komplett zunichtemachen. Schließlich stammt er von dir«, gab Isla zu bedenken. »Er mag zwar absurd sein und ganz und gar nicht nach meinem Geschmack, aber wenn er in geschäftlicher Hinsicht Sinn ergibt … wenn Breekers dieses Hotel betreiben will …«

»Ja.« Er seufzte und fuhr sich mit den Händen durch das Haar. »Du hast recht.«

»Ihr braucht eine Leiche.«

Alle drehten sich zu Brooke um. Selbst Purdy schien plötzlich interessiert zu sein und hob den Kopf.

»Was hast du gesagt?«, fragte Chase.

»Ich sagte, ihr braucht eine Leiche«, wiederholte Brooke. »Wenn man auf einem der Grundstücke eine Leiche findet, wird man sehr schnell das Bauvorhaben einstellen – aus Angst, dort die Sammlung eines Serienkillers zu finden. Aus Haut und Knochen.«

»Meine Güte, sie hat recht!«, rief Aaron. »Aber woher sollen wir eine Leiche nehmen?«

»Na ja, ich kenne da jemanden, der …«, begann Raj.

Hannah streckte den Arm aus und schlug ihm kopfschüttelnd gegen die Brust.

»Ich hatte einmal eine Freundin, die im Leichenschauhaus arbeitete«, warf Mrs Edwards ein. »Ein nettes Mädchen, aber nach einer Weile war sie ganz grau im Gesicht. Ich glaube, das ganze Elend hat sie zu sehr mitgenommen.«

»Das ist doch verrückt. Und das wisst ihr auch, oder?«, sagte Chase.

»Der Plan, die Feuerwege zu sabotieren, ist auch nicht besser«, erklärte Isla.

»Komm schon, das war eine bessere Idee, als eine Leiche zu verscharren«, entgegnete er und schüttelte den Kopf. »Und ich wundere mich darüber, welche Fernsehsendungen sich meine Tochter anschaut.« Das erinnerte ihn daran, dass er mit Colt noch über den nicht jugendfreien Film hatte sprechen wollen.

Mrs Edwards seufzte tief. »Und ich habe am Anfang gedacht, die Leute von *Time Team* würden uns besuchen.«

Chase beobachtete, wie Isla aufsprang, als hätte sie zu viel Kaffee getrunken. Sie legte die Hände an die Lippen und sah alle mit glänzenden Augen an, bevor sie sich an Chase wandte.

»Chase!«, rief sie. »Das ist es!«

Er war so klug wie zuvor, aber er wollte sie gern noch länger so strahlen sehen – beinahe so wie der Weihnachtsbaum am Trafalgar Square.

»Was meinst du?«, fragte Raj.

»Ich weiß es!« Hannah rollte zu ihrer Schwester hinüber. »Ich weiß genau, was sie meint.«

»Dann erklär es uns bitte, denn ich war bereits kurz davor, zum Friedhof zu gehen«, sagte Aaron und knabberte an seinen Fingernägeln.

»Antike Sachen«, sagte Isla.

»Relikte aus alten Zeiten«, fügte Hannah hinzu.

»Ich verstehe es immer noch nicht«, sagte Aaron. »Schlägst du etwa eine neue Folge von *Antiques Roadshow* vor?«

»Eine alte römische Leiche können wir nicht hervorzaubern, aber vielleicht etwas ähnlich Nützliches.« Isla lächelte.

»Mrs E«, wandte sich Hannah an die alte Dame. »Wie viele alte Münzen und Artefakte haben Sie aus Mr Es Sammlung behalten?«

»Oh, ich habe eine ganze Menge von dem Zeug«, begann Mrs Edwards. »Tonnenweise, im Schrank unter der Treppe. Hauptsächlich Münzen, aber auch Tongefäße und ein paar Äxte und Ambosse. Er hat in einem Museum gearbeitet, aber das ist mittlerweile geschlossen. Und niemand ist gekommen, um die Sachen abzuholen.«

Chase konnte es kaum glauben. Er war sprachlos. Das war etwas Konkretes, etwas, was klappen könnte. Ein triftiger Grund für die Verhinderung eines Bauprojekts. Die Briten liebten ihre Geschichte, und von einem solchen Fund – oder sogar mehreren Funden – würde die Presse sofort berichten. Und die Meldungen würden auch auf die andere Seite des großen Teichs gelangen. Wenn man entsprechende Experten überzeugen konnte.

»Das ist genial!«, rief Aaron. »Die meisten Bauunternehmer rennen meilenweit weg, wenn sie etwas von *mittelalterlich* oder *jungsteinzeitlich* hören.«

»Und Breekers will sicher nicht warten, bis eine archäologische Ausgrabung beendet ist. Zeit ist Geld, richtig?«, sagte Chase.

»Das ist die Lösung!«, rief Hannah aufgeregt. »Wenn wir alle zusammenhalten, können wir damit Notting Hill retten!«

»Ja, das glaube ich auch.« Isla warf Chase einen Blick zu, als wollte sie ihn um seine Bestätigung bitten.

Er nickte und wandte sich lächelnd an Mrs Edwards. »Dürfen wir uns anschauen, was Ihr Mann Ihnen hinterlassen hat, Mrs Edwards?«

Mrs Edwards hob Purdy hoch und stand auf. »Für Sie tue ich alles, junger Mann, das wissen Sie doch.«

KAPITEL
FÜNFUNDSIEBZIG

Die Sammlung bestand aus zwei Tontöpfen, drei Scherben, die wahrscheinlich von einem antiken Krug stammten, zwei Holzteilen, die einmal Löffel gewesen sein konnten, einer rostigen, behelfsmäßigen Axt und einem ganzen Sack voll mit alten Münzen. Einige von ihnen waren fast so dünn wie Papier, und manche trugen das Bild eines Mannes und hatten eine raue Zierleiste. Und auf einigen war sogar das Wort »Cäsar« aufgedruckt.

Diese Dinge waren genau das, was sie jetzt brauchten, und Isla war sich sicher, dass Mr Edwards, falls er auf sie herabschaute, nichts dagegen einzuwenden hatte, dass sein kostbarer Schatz dafür verwendet wurde, um das Heim seiner Frau und die Gegend, in der sie ihr gemeinsames Leben verbracht hatten, zu retten.

Isla atmete tief durch, betrachtete das Sammelsurium auf ihrem Esstisch und hoffte von Herzen, dass dieser Plan aufgehen würde.

Und dann spürte sie ein starkes Paar Arme um ihre Taille, entspannte sich ein wenig und ließ sich gegen Chase sinken.

»Ich habe mich den ganzen Tag danach gesehnt, dich in den Armen zu halten«, flüsterte er ihr ins Ohr.

»Wo sind die Kinder?«, fragte sie, während er mit ihrem Haar spielte.

»Sie versuchen, im Garten Raj bei *Mario Kart* zu schlagen«, berichtete Chase.

»Ist es ihnen dort draußen nicht zu kalt?«, fragte Isla.

»Nein, sie fühlen sich wohl.« Er drehte sie zu sich herum. »Und ich friere auch nicht.« Er küsste sie auf den Mund, und sie spürte sofort wieder, wie die Verantwortung von ihren Schultern abglitt und sie zu einer unbeschwerten Fünfundzwanzigjährigen wurde. »Tatsächlich befürchte ich, dass ich Fieber habe«, fügte er hinzu.

Sie errötete, als er mit seinen Lippen ihre Schulter liebkoste, bevor er sie wieder leidenschaftlich auf den Mund küsste. Isla schenkte ihm ein Lächeln und nahm dann eine der Münzen vom Tisch.

»Es kommt mir vor wie Ironie des Schicksals, dass die britische Geschichte, über die du dich nach deiner Ankunft lustig gemacht hast, uns nun hilft, Notting Hill zu retten.«

Er schüttelte den Kopf und lächelte schief. »Ich habe gewusst, dass mich das einholen würde. Aber im Augenblick stört mich das überhaupt nicht.«

»Glaubst du, dass es funktionieren wird?«, fragte Isla. »Oder werden wir vielleicht erwischt und gefeuert und machen alles nur noch schlimmer?«

»Ich weiß es nicht«, sagte Chase. »Aber ich bin sicher, dass wir alle unser Bestes geben.«

»Morgen Abend«, sagte Isla.

»Morgen Abend«, bestätigte er. »Getarnt mit den schwarzen Kapuzenpullovern, die Raj uns besorgt.«

Isla lächelte. »Wir sollten uns lieber nicht fragen, woher er sie bekommt. Raj ist ein netter Kerl, aber ich glaube, dass einige seiner Freunde aus zwielichtigen Kreisen stammen.«

»Hey, das ist bei meinem Bruder ganz genauso.« Sie sah, wie sich seine Augen für einen kurzen Augenblick verschleierten.

»Und du bist sicher, dass der Holland Park der richtige Ort ist?«, fragte Isla.

»Er liegt am Rand unseres Gebiets, und wie Raj gesagt hat, wird dort zurzeit ein neues Denkmal errichtet, also finden bereits Erdarbeiten statt. Wir müssen nur ein Stück Rasen aufgraben und die Sachen in die Erde legen. Es muss natürlich echt wirken.«

Isla nickte. »Ja.«

Beinahe alle ihre Ängste legten sich. Nur die Breekers-Weihnachtsfeier bereitete ihr noch große Sorgen. Aaron hatte bisher weder eine andere Cateringfirma noch einen Veranstaltungsort ausfindig machen können. Doch jetzt, wo das Problem mit dem Superhotel nicht mehr so schwer auf ihr lastete, würde sie all ihre Kraft wieder darauf verwenden.

»Was beschäftigt dich?«, wollte Chase wissen und griff nach ihrer Hand.

»Nichts.«

»Komm schon, Isla, ich sehe dir doch an, dass dich etwas quält.«

Sie schüttelte den Kopf. »Unsinn.«

»Was?«

»Du weißt doch, dass ich nicht an diesen Unfug über Telepathie glaube.«

»Hey, ich habe damit meinen Lebensunterhalt verdient, und es geht nicht um Telepathie, sondern darum, Menschen anzusehen, was in ihnen vorgeht.«

Isla verzog das Gesicht. »Bei mir funktioniert das nicht.«

»O doch«, widersprach Chase.

Sie versuchte, eine undurchdringliche Miene aufzusetzen. Schließlich hatte sie nach der Methode gegoogelt, um mehr über ihn herauszufinden. Doch dann musste sie wieder an die Schwierigkeiten mit der Weihnachtsfeier denken und konnte nur hoffen, dass sich das nicht auf ihrem Gesicht zeigte.

»Du machst dir Sorgen wegen etwas«, fuhr Chase fort. »Und es geht nicht darum, dass wir diese Artefakte im Holland Park vergraben wollen.«

Er ließ nicht locker. Vielleicht sollte sie sich ihm anvertrauen. Sie hatte noch nie jemanden gehabt, mit dem sie ihre Sorgen teilen konnte. Obwohl sie Hannah sehr nahestand, hatte sie immer versucht, sie vor Problemen zu schützen. Und diese Party war ihr Baby, eine Sache, mit der sie sonst immer Erfolg gehabt hatte, der Höhepunkt eines jeden Jahres.

»Es geht um die Weihnachtsfeier«, flüsterte sie kaum hörbar.

»Aha.« Chase strich ihr sanft über die Arme. »Das fantastische Fest, über das alle reden.« Er lächelte. »Gestern haben sich drei Frauen in der Büroküche so aufgeregt über Nagellack unterhalten, als wäre es eine Katastrophe, an diesem Abend die falsche Farbe zu tragen.«

Sie schloss die Augen und atmete zittrig aus.

»Isla, sag mir, was los ist«, forderte er sie auf. »Was immer es ist, es gibt für alles eine Lösung.« Er sah sie aus seinen warmen haselnussbraunen Augen an. »Schließlich sind wir gerade dabei, die internationale Firma, für die wir arbeiten, auszutricksen.«

»Ich habe keinen Veranstaltungsort«, erklärte sie so ruhig, als ginge sie das nichts an. »Es gab einen Wasserrohrbruch, und sie mussten absagen.«

»Wir werden etwas anderes finden.«

Sie ging nicht darauf ein und fuhr fort. »Ich habe keinen Caterer. Wie ich gehört habe, ist die Firma pleitegegangen und mit meiner Anzahlung untergetaucht.«

»Ich verstehe«, wiederholte Chase.

»Also kein Veranstaltungsort, kein Essen und keine Getränke … Ich habe eine Band engagiert und eine Menge Dekorationsmaterial bestellt. Nun weiß ich nicht, wohin mit den Sachen und der Band, und ich habe nur noch wenige Tage Zeit.« Allmählich verlor sie die Kontrolle über sich, und die Ängste, die sie in ihren Albträumen über die Weihnachtsfeier und das Problem mit Notting Hill geplagt hatten, brachen wieder hervor.

»Hey, warte«, befahl er und verstärkte den Druck seiner Hände an ihren Armen. Seine Kraft schien sie für einen Moment lang zu beruhigen. »Atme tief durch.«

Sie schüttelte den Kopf. »Auch das funktioniert bei mir nicht.«

»Es funktioniert bei jedem«, versicherte er ihr.

»Ich darf bei dieser Sache nicht versagen«, erklärte Isla. »Es ist nicht schlimm, wenn ich nicht mit jedem Kunden einen Vertrag zum Abschluss bringe oder nicht alle Probleme zu meiner Zufriedenheit lösen kann, aber die Weihnachtsfeier … muss perfekt ablaufen. Das war bisher immer so, und die Leute hier arbeiten so hart das ganze Jahr – sie verdienen eine tolle Party.«

Chase nickte. »Da bin ich ganz deiner Meinung. Und wo liegt nun das Problem?«

»Chase, ich weiß nicht, wie so etwas in New York läuft, aber hier muss man Veranstaltungsorte für die Weihnachtszeit bereits Monate, manchmal sogar Jahre im Voraus buchen. Ich werde also keinen Raum mehr auftreiben können, in dem alle Gäste Platz finden.« Sie seufzte tief. »Und das Gleiche gilt auch für das Catering. Alle Firmen sind schon lange ausgebucht.«

»Alle?«

»Alle, die ich kontaktiert habe. Ich habe bei denjenigen angefangen, die ich bereits einmal gebucht hatte, und mich dann durch die Gelben Seiten gearbeitet.«

»Okay«, sagte Chase. »Also ist das eine große Herausforderung.«

»Nein, ein Desaster!«

»Wie kannst du das sagen? Du bist meine persönliche Assistentin«, rief Chase ihr ins Gedächtnis. »Die Problemlöserin des Londoner Büros. Du schaffst alle, Miss Winters, davon bin ich überzeugt.«

Sie wusste, dass er ihr damit nur Mut machen wollte. Er hörte sich wieder an wie ein Businesscoach, aber er hatte in gewisser Weise recht. Wenn sie mit Problemen konfrontiert wurde, reagierte sie normalerweise immer ganz gelassen. Doch in diesem Fall ging ihr beides persönlich sehr nahe – Notting Hill und die Weihnachtsfeier. Auf einen Schlag schien alles vernichtet zu werden, was ihr am Herzen lag.

»Möchtest du, dass ich dir helfe?«, fragte Chase.

Wollte sie das? Eigentlich nicht. Das war allein ihre Angelegenheit. Sie hatte niemandem das Motto verraten und keine Hilfe in Anspruch genommen. Und üblicherweise konnte sie den Erfolg dann für sich alleine verbuchen. Aber wenn sie sich jetzt nicht helfen ließ, würde die Party nicht stattfinden. Es war zwar grotesk, dass ausgerechnet der CEO von Breekers International, den sie noch dazu schon nackt gesehen hatte, ihr seine Hilfe anbot, aber …

»Ja«, flüsterte sie schließlich. »Aber das Motto verrate ich dir nicht.«

»Tut mir leid, ich verstehe nicht, was du meinst.«

»Ich möchte das nicht wiederholen«, sagte sie.

Er beugte sich zu ihr vor und küsste sie. »Ich werde dir einen Veranstaltungsort besorgen«, versprach er.

KAPITEL SECHSUNDSIEBZIG

The Royale, Hyde Park

Chase starrte auf das MacBook, das vor ihm auf dem Frühstückstisch stand. Er las eine E-Mail von James, einem der Vorstandsmitglieder, über die weitere Planung des Superhotels. Es gab eine Liste mit Dingen, die er in Angriff nehmen sollte, solange er sich noch in England aufhielt. Er hatte nicht vor, auch nur eine dieser Aufgaben zu erledigen, aber er musste sich eine Antwort einfallen lassen. Wenn er einen ganzen Tag lang nichts von sich hören ließ, könnte das Misstrauen erregen, und das wollte er auf keinen Fall riskieren, bevor die alten Gegenstände vergraben waren. Was war nur mit seinem Leben geschehen, dass er sich über so etwas Gedanken machte?

»Kaufst du mir einen Nintendo Switch?« Brooke zerteilte ein Croissant und stopfte sich ein großes Stück in den Mund.

»Ich habe keine Ahnung, was das ist«, erwiderte Chase, ohne den Blick vom Bildschirm abzuwenden.

»Das ist das Ding, das Raj gestern mitgebracht hat«, erklärte Maddie. »Wir haben Mario Kart 8 gespielt, und ich habe davon eine Blase am Daumen bekommen.«

»Und deshalb soll ich auch so etwas kaufen? Damit ihr Hautprobleme bekommt?«

»Es macht großen Spaß«, sagte Brooke. »So ähnlich wie das Ding, das wir hatten, als ich acht war.«

Chase schaute von seinem Laptop auf. »Nun, Weihnachten steht vor der Tür.«

»Das heißt, dass man sicher nicht das bekommt, was man sich wünscht, und den Mund halten soll«, meinte Brooke.

»Das ist nicht wahr«, entgegnete Chase.

»Mom hat das auch gesagt, als ich mir letztes Jahr ein Hundebaby gewünscht habe«, warf Maddie ein.

»Ich nehme an, sie wusste da bereits, dass wir die Katze würden hergeben müssen, also war ein Hund ausgeschlossen«, sagte Brooke bissig.

Chase faltete die Arme vor der Brust und sah seine Tochter an. »Also, wie sehr wünschst du dir diesen Nintendo Switch?«

Er beobachtete, wie sie sich nach vorne beugte und ihr Croissant auf den Teller fallen ließ. Offensichtlich war sie sehr interessiert.

»Das riecht nach einem Bestechungsversuch«, stellte Brooke fest. »Das sollte bei Kindern nicht erlaubt sein.«

»So wie nicht jugendfreie Filme?«, fragte Chase.

Brookes Angriffslust schien zu verfliegen, und er fuhr rasch fort. »Okay, wenn wir im Büro sind, musst du etwas für mich erledigen.«

»Eine Geisel nehmen?«, fragte Brooke aufgeregt.

Er runzelte die Stirn. »Gestern Abend hast du von einer Leiche gesprochen, und jetzt erwähnst du Geiseln?«

»Sollen wir etwas klauen?«

»Nein, nichts dergleichen.« Nun ja, es lag nicht ganz im Rahmen des Gesetzes, aber es war für einen guten Zweck.

»Hat es etwas mit den römischen Münzen zu tun, Daddy?«, wollte Maddie wissen.

»Psst!« Chase legte einen Finger auf die Lippen und sah sich verstohlen in dem Hotelrestaurant um. Je weniger sie in der Öffentlichkeit über diese Raritäten sprachen, umso besser.

»Tut mir leid, Daddy.« Maddie wirkte schuldbewusst.

»Schon in Ordnung, Schätzchen«, flüsterte er. »Wir dürfen das nur nicht an die große Glocke hängen.«

»Sollen wir ein Auto klauen?«, fragte Brooke weiter.

»Hey, das reicht jetzt!«, rief Chase.

»Nun, was soll ich denn für dich tun?« Brooke klang immer noch erwartungsvoll.

»Ich wollte nur …« War das richtig? Durfte er seine Tochter damit beauftragen? Aaron hatte bereits aufgegeben und ihm das vor einer Stunde per SMS mitgeteilt.

»Meine Güte, Dad! Nun sag schon!«

»Kannst du dich in einen Laptop einhacken?«, stieß er hervor. »Eigentlich will ich das gar nicht wissen, aber ich muss dringend einen Blick in einen bestimmten Laptop werfen und habe keine Ahnung, wie ich das anstellen soll. Es ist für einen guten Zweck – ich will niemandem schaden.«

Brooke gähnte, streckte die Arme über den Kopf und ließ ihre Fingerknöchel knacken. »Wenn ich das für dich mache, kann ich mich dann an Weihnachten auf einen Nintendo Switch freuen?«

Chase atmete tief durch und nickte zögernd. »Ich werde mein Bestes geben, um dem Mann in dem roten Mantel eine Nachricht zukommen zu lassen.«

»Okay.« Brooke stand auf. »Dann sollten wir jetzt ins Büro fahren. Ich habe etwas zu erledigen.«

KAPITEL SIEBENUNDSIEBZIG

Breekers London, Canary Wharf

Isla saß an ihrem Schreibtisch und rieb sich die Augen. Zu Hause hatte sie eine SMS an Poppy verfasst, in der sie ihr mitteilen wollte, dass sie, falls sie wieder nicht erscheinen würde, um Hannah zur Arbeit zu bringen, bei ihr vorbeikommen und ihr die Box mit den DVDs von *Game of Thrones* wegnehmen würde. Doch dann hatte sie es sich anders überlegt und ihr stattdessen geschrieben, dass sie sich für ihre Hilfe bedanke, aber dass Hannah ab sofort allein zur Arbeit fahren würde. Es war ihr sehr schwergefallen, diese Nachricht abzuschicken. Sie konnte bei allem, was ihre Schwester betraf, nur schwer loslassen, aber sie musste mehr Vertrauen in sie haben. Und sie hatte Hannah versprochen, ihr mehr Freiheit zu lassen, wenn sie an dieser schrecklichen vierspurigen Kreuzung besonders vorsichtig war und ihr sofort eine SMS schickte, sobald sie den Blumenladen erreicht hatte. Und das hatte sie dann auch getan. Mit einer, wie Isla hoffte, nicht ganz ernst gemeinten Nachricht. *Hannah Winters hat ihren Parcours zur Arbeit gut überstanden.*

Seit Isla vor einer Stunde im Büro eingetroffen war, hatte sie etliche E-Mails verschickt und bei möglichen Cateringunternehmen angerufen, in der Hoffnung, dass ihr irgendjemand wenigstens irgendetwas würde liefern können. Im Oktober hatte sie noch Speisekarten studiert und dabei förmlich den Geschmack von Lachsröllchen mit Schnittlauch auf der Zunge gehabt. Und sie hatte sich im Internet Bilder von Kräckern mit Blauschimmelkäse und Oliven angesehen. Jetzt wäre sie schon zufrieden, wenn sie einen Hotdog-Wagen buchen könnte. Sie würde ihn dann irgendwie in ihr Motto einbauen müssen …

»Du musst mir helfen!« Aaron keuchte wie ein Hund, den man bei großer Hitze in einem Auto eingesperrt hatte. Er stieß mit dem Kopf an einen der Pompons, sodass dieser auf Islas Schreibtisch landete.

»Was ist los?«, fragte Isla.

»Es geht um Hilda. Sie wird mich noch umbringen!«, rief Aaron. Er stieß einen markerschütternden Schrei aus, griff sich an die Kehle, drehte sich um und landete beinahe auf Islas Schreibtisch.

»Sie ist doch nicht hier, oder?«, wollte Isla wissen.

»Sie ist immer hier.« Aaron richtete sich wieder auf. »Kannst du sie nicht spüren? Fühlen? Und riechen? Überall hängt der Geruch nach Maiglöckchen in der Luft.«

»Aaron, was soll ich für dich tun?«

»Kannst du das Gespräch per Skype übernehmen?« Er klimperte mit den Wimpern, als würde er bei Revlon für einen Werbespot vorsprechen. »Sie freut sich bestimmt, dich wiederzusehen.«

»Oh, Aaron, ich habe wirklich keine Zeit«, erwiderte Isla. Sie musste einen Caterer finden und sofort reagieren, sobald Antworten auf ihre E-Mails kamen.

»Isla, bitte! Ich würde dich nicht fragen, wenn ich nicht verzweifelt wäre. Martin Quigg kommt um elf Uhr hierher, und wenn Hilda mich wieder eine Ewigkeit aufhält, komme ich zu spät zu unserem Termin. Und du weißt doch, dass ich …«

»Dass du auf ihn stehst«, ergänzte Isla seinen Satz.

»Nun ja, er hat noch nicht auf meine nicht ganz so zarten Hinweise auf eine Verabredung zu einem Drink reagiert, aber ich glaube, er spielt nur mit mir.« Er holte tief Luft. »Manche Männer gehen eine solche Sache lieber langsam an.«

»Um welche Uhrzeit wird Hilda anrufen?«, fragte Isla.

»In zehn Minuten.« Aaron zog sein Jackett aus und hängte es über die Rückenlehne seines Stuhls.

»In zehn Minuten! Aaron!«

»Das war nicht meine Idee«, verteidigte er sich rasch. »Sie hat eine weitere Telefonkonferenz um zwölf mit dem Forstamt. Verstehst du jetzt mein Dilemma? Sie hat die Zeit von jetzt bis zwölf Uhr für mich reserviert!«

Isla klickte auf ihren Bildschirm und öffnete die Datei für das Ridgepoint-Hospital-Projekt. »Nun, dann bring mich ganz schnell auf den neuesten Stand der Dinge. Was hat sich getan, seit ich dir die Akte gegeben habe?«

»Oh, sehr viel.« Aaron setzte sich auf die Kante von Islas Schreibtisch. »Ich kenne inzwischen sogar das besondere Rezept ihrer Tante Amy für Knödel.«

»Los, kommt schnell!« Aaron fuchtelte mit den Armen wie ein aufgeregter französischer Verkehrspolizist. »Auf mich redet Hilda stundenlang ein, aber Isla ist sehr erfahren darin, knapp und präzise zu verhandeln. Mit ein wenig Glück haben wir dreißig Minuten Zeit.«

Chase, Brooke und Maddie stellten sich hinter Islas Schreibtisch, und Brooke ließ sich auf ihrem Stuhl nieder.

»Die Datei trägt den Namen …«, begann Aaron.

»… Breekers' Weihnachtsfeier 2017, richtig?«, unterbrach Brooke ihn.

»Nein!«, kreischte Aaron. »Das ist nur eine Scheindatei. Wir reden hier von einer großen Sache! Seit Islas erstem fantastischem Fest versuchen alle Mitarbeiter schon vorher etwas über die Weihnachtsfeier herauszufinden.« Er legte eine Hand an die Brust und schwelgte offensichtlich in Erinnerungen. »Alles war besser als *Der Zauberer von Oz* und *Disney on Ice* zusammen.«

»Meine Güte«, sagte Chase. »Nun mache ich mir Sorgen wegen meines Versprechens, ihr einen geeigneten Veranstaltungsort zu besorgen.«

»Ich hab's«, erklärte Brooke. »Boulder Cooper Parker 2017.« Sie nickte zufrieden. »Ein Fantasiename. Das ist die einzige Datei, die mit einem Passwort geschützt ist.« Brooke zog ihr Telefon aus der Handtasche und steckte es an den PC an. »Es dauert nur ein paar Minuten.«

»Das ist so aufregend.« Maddie kicherte fröhlich.

Chase freute sich nicht. Er hatte das Gefühl, eine Indiskretion zu begehen, und er wollte so sehr, dass Isla ihm vertraute. Aber er brauchte alle Informationen, die er bekommen konnte, um ihr bei der Party zu helfen. Er wollte ihr nichts aus der Hand nehmen, aber er wollte auch nicht, dass ihr sonst immer so perfekter Abend ruiniert wurde, weil er nach London gekommen war und ihr Leben auf den Kopf gestellt hatte.

»Geschafft, Dad.« Brooke schaute zwischen ihrem Telefon und dem PC-Bildschirm hin und her.

»Ist das binär?« Aaron beugte sich vor und starrte auf die auf Brookes Telefon aufblitzenden Symbole.

»Das habe ich von einem Freund«, erklärte Brooke und legte einen Finger an die Nase.

»Muss ich mir die Liste deiner Freunde demnächst einmal genauer anschauen?«, fragte Chase.

»Hey, ich versuche gerade, dir zu helfen«, protestierte Brooke.

»Kannst du mir das beibringen?«, fragte Maddie.

»Nein«, antworteten Brooke und Chase wie aus einem Mund.

Brookes Telefon piepste, und sie schaute triumphierend auf den Bildschirm. Mit einem Mausklick öffnete sie die Datei. »Okay, wir sind drin«, verkündete sie.

»Ach du meine Güte!«, rief Aaron, als das erste Dokument erschien.

»Ist das ein Jeep?«, wollte Chase wissen und rückte näher an den Bildschirm heran.

»Das ist ein sehr alter britischer Land Rover«, antwortete Aaron. Als Brooke ein weiteres Dokument öffnete, stieß er wieder einen Schrei aus. »Oh, schaut euch das an! Ist das nicht wundervoll? So romantisch!« Er lächelte Chase an. »Ein perfektes Motto.«

Maddie verdrehte den Kopf, um besser sehen zu können. Chase beobachtete, wie sie mehrmals blinzelte. »Ist das eine Gummimaske?«

»Okay.« Chase legte Brooke eine Hand auf die Schulter. »Schließ die Datei. Und bitte vergewissere dich, dass Isla unsere Spionage nicht bemerkt.«

»Also, nun wissen wir Bescheid«, meinte Aaron. »Und wie geht es jetzt weiter?«

»Nun, ich möchte, dass Sie einen alten britischen Jeep für uns auftreiben …«, begann Chase.

»Einen Land Rover«, korrigierte Aaron ihn.

»Richtig«, sagte Chase. »Und wir werden dem Blumenladen in der Portobello Road einen Besuch abstatten. Ich glaube, dort finden wir jemanden, der uns weiterhelfen kann.«

KAPITEL ACHTUNDSIEBZIG

Holland Park

Es war stockdunkel und eiskalt. Bei diesen Temperaturen unter dem Gefrierpunkt fühlte es sich so an, als würden einem alle Glieder einfrieren, wenn man sich nicht ständig bewegte. Außerdem war die Erde, die sie aufgraben mussten, eher mit einem harten Fels als mit einer Sandkiste für Kinder zu vergleichen.

Isla hatte die Truppe mit heißer Schokolade und warmem Gebäck gestärkt, bevor sie aufgebrochen waren. Sie trugen alle identische schwarze Kapuzenpullover mit dem beunruhigenden Logo einer rachsüchtig wirkenden Schlange auf der Brust. Niemand hatte Raj danach gefragt, was das zu bedeuten hatte oder woher er die Pullis hatte. Nicht einmal die wissbegierige Maddie.

Das große, kunstvoll verzierte Eingangstor war verschlossen, also blieb ihnen nichts anderes übrig, als darüberzuklettern. Für Hannah und Ronnie war das natürlich nicht möglich, also harrte sie mit Raj enttäuscht, aber den Tatsachen ins Auge sehend und um Wache zu schieben, aus, während die anderen vier – Chase, Isla, Brooke und Maddie – über das Tor stiegen. Sie gingen vorsichtig über den harten Schnee und versuchten, keinen Lärm zu machen.

»Verstoßen wir jetzt gegen das Gesetz?«, fragte Brooke ein wenig zu fröhlich.

»Ja«, erwiderte Chase. »Wir betreten unerlaubt ein Grundstück.«

»Cool«, sagte Brooke.

»Hör gut zu: Das ist nicht cool«, entgegnete Chase. »Was wir tun, ist falsch, und ich befürworte keinerlei Verstöße gegen das Gesetz.«

»Ich soll also tun, was du mir sagst, aber nicht machen, was du selbst tust? Nur damit ich das richtig verstehe«, meinte Brooke.

»So in etwa«, gab Chase zu.

»Am Tag ist das ein wunderschöner Ort«, flüsterte Isla und hielt die Tüte mit den Artefakten fest umklammert. »Es gibt hier zwei hübsche japanische Gärten und ein Wildgehege mit Pfauen und Eichhörnchen.«

»Tatsächlich? Glaubst du, wir können sie heute Nacht sehen?«, fragte Maddie.

»Psst!«, zischte Brooke. »Wir sind hier heimlich unterwegs.«

»Hast du eine Ahnung, wohin wir gehen müssen?«, fragte Chase Isla. »Mit einem Streichholz könnte ich mehr sehen als mit dieser Taschenlampe.« Er schwenkte sie durch die Luft, um es zu beweisen.

»Wir dürfen keine Aufmerksamkeit erregen«, rief Isla ihm ins Gedächtnis. »Wir sind gleich da.« Sie ging weiter nach Osten. Raj hatte ihr genau beschrieben, wo die Bauarbeiten stattfanden.

Sie konnte es immer noch nicht fassen, dass sie das tatsächlich taten. Was war aus ihrem so sorgfältig geordneten Leben geworden? Die Vorweihnachtszeit hatte sie sonst immer mit Vorbereitungen verbracht – ganz entspannt mit Partys, Prosecco, Geschenkekäufen. Und nicht damit, vormoderne Gefäße zu vergraben!

»Ich hoffe, unser Plan geht auf«, sagte Chase. Isla wandte sich ihm in der Dunkelheit zu. Er sah ganz anders aus – gekleidet in dem schwarzen Kapuzenpulli, einer Jeans und derben Schuhen –, aber attraktiv wie immer. Ihr Magen zog sich jedes Mal leicht zusammen, wenn sie ihn ansah.

»Hast du heute mit New York telefoniert?«, fragte sie.

»Ja«, erwiderte er. »Als Antwort auf ihre E-Mail. Ich habe mich aber nur vage geäußert, ganz locker und unverbindlich. Du weißt schon – auf inspirative Weise ausweichend.«

»Ich kann mir vorstellen, dass dir das ausgezeichnet gelungen ist«, meinte Isla.

»Das betrachte ich als Kompliment.«

»Wow!«, rief Maddie.

»Psst!«, befahl Brooke.

»Aber schaut doch!«

Vor ihnen, hinter einer Kurve, stand ein riesiger Christbaum mit weißen Lichtern und einem Stern an der Spitze. Die vielen Lämpchen erinnerten an einen gewaltigen Kronleuchter.

»Das ist ein herrlicher Christbaum«, stellte Chase bewundernd fest. Er nahm den Griff der Taschenlampe in den Mund, packte den schwarzen Sack mit den Axtblättern fester und legte Maddie eine Hand auf die Schulter.

»Hast du schon einen Baum, Daddy?«

»In meiner Wohnung in New York?«

Maddie nickte so heftig, dass ihr die Kapuze ins Gesicht rutschte.

»Nein, noch nicht«, gestand er. »Ich war hier beschäftigt, und …«

»Können wir zusammen einen kaufen?«, bat Maddie. »Wenn wir wieder zurück sind?«

»Natürlich, Schätzchen«, erwiderte er.

Isla schluckte. Weihnachten stand vor der Tür, und gleichgültig, wie es mit Notting Hill weitergehen würde – Chase würde nach Amerika zurückkehren. Das hatte sie von Anfang an gewusst. Allerdings hatte sie nicht damit gerechnet, sich in ihn zu verlieben. Sie brauchte mehr Zeit … um über alles nachzudenken.

»Wir sollten uns beeilen«, mahnte sie und ging schneller. Wenn sie den Termin mit der einzigen Cateringfirma, die sich am Nachmittag bei ihr gemeldet hatte, wahrnehmen wollte, konnte sie sich eine Verhaftung nicht leisten. Sie hatten zwar nur ein Dutzend Truthahngerichte im Angebot, aber Truthahn war in dieser Jahreszeit sehr beliebt. Und wenn sie ihren Kollegen Truthahncurry, Truthahnfleischbällchen und Truthahn mit Auberginen als Teil ihres Mottos verkaufte, müsste das genügen.

»Bringen wir es hinter uns«, sagte Chase.

»Das ist so cool«, bemerkte Brooke.

Chase schaute in die Grube vor ihm und wünschte sich etwas. *Er hatte sich tatsächlich etwas gewünscht.* Er, der daran glaubte, dass nur man selbst etwas an seinem Leben verändern konnte. Er konnte sich nicht daran erinnern, dass er sich in letzter Zeit etwas so sehr gewünscht hatte. Es stand so viel auf dem Spiel. Sein Job. Die Beziehung zu seinen Kindern. Dieses Gebiet von London. Isla. Sein Aufenthalt hier hatte ihn in kurzer Zeit in vielerlei Hinsicht verändert. Bei seiner Ankunft war er ein vollendeter Geschäftsmann gewesen. Er war der richtige Mann für die Rolle gewesen, die Breekers für ihn vorgesehen hatte. Und er hatte sein Leben neu aufnehmen wollen. Aber er hatte dabei den Menschen ignoriert, der er im Grunde seines Herzens war. Ein Mensch, der sich um andere kümmerte und davor in den letzten zwölf Monaten Angst gehabt hatte. Er musste einen Weg finden, um sein Gleichgewicht wiederherzustellen. Er wollte seine Gefühle wieder zulassen. Und er wollte Isla.

»Von hier aus kann ich nichts von dem römischen Zeug sehen«, stellte Brooke fest und starrte in das Loch. »Wenn ich es nicht sehen kann, obwohl ich weiß, dass es dort ist, wie sollen es dann morgen die Bauarbeiter finden?«

»Es darf nicht zu auffällig sein, Brooke«, erklärte Chase. »Deshalb haben wir nicht alles am selben Ort vergraben.«

»Aber wenn sie es nun nicht entdecken?«, fragte Maddie besorgt. »Wenn sie mit ihren großen Baggern kommen, alles ausgraben und auf den Müll befördern?«

»Deshalb kommt Mrs Edwards ins Spiel«, erwiderte Isla und rückte Maddies Kapuze zurecht, damit sie besser sehen konnte.

»Ach ja?«

»Sie wird morgen früh einen Spaziergang machen, über eine römische Münze ›stolpern‹ und ein Axtblatt aus der Erde ragen sehen«, erklärte Isla ihr.

»Und Raj wird auch hier sein und all die Presseleute informieren, von denen ich ihm die Telefonnummern gegeben habe«, fügte Chase hinzu.

Brooke grinste. »Das ist so cool.«

»Du findest deinen Dad cool?«, wollte Chase wissen.

»Ein bisschen«, gab Brooke zu. »Manchmal.«

»Wir sollten jetzt gehen.« Isla warf einen Blick auf ihre Armbanduhr. »Es wundert mich, dass Hannah mich noch nicht angerufen hat.«

»Ich kann es kaum erwarten«, sagte Brooke. »Ich wünschte, ich könnte morgen die Gesichter der Leute sehen, die die Sachen finden.«

»Ich weiß«, erwiderte Chase. »Aber wir dürfen uns hier nicht blicken lassen. Isla und ich sind zu sehr in die Sache verstrickt. Wir könnten Misstrauen erregen und den Plan in Gefahr bringen.« Er sah Brooke ernst an. »Und dann müssten wir vielleicht doch noch nach einer Leiche suchen.«

»Das reicht jetzt.« Isla legte einen Arm um Maddies Schulter.

»Gehen wir etwas essen?«, fragte Brooke, als sie sich auf den Rückweg zum Tor machten.

»Du hast tatsächlich noch Hunger, Brooke?« Chase war verblüfft.

»Das Diwali könnte noch geöffnet sein«, meinte Isla.

»O ja, Daddy, asiatisches Essen!«

»Ich glaube, ihr wollt mich verschaukeln«, sagte Chase.

»Bitte, Daddy!«, flehte Maddie.

»Okay, also gut!« Chase hob die Hände und gab sich geschlagen.

»Komm, Maddie«, sagte Brooke. »Wir laufen um die Wette zum Tor.«

Die beiden Mädchen rannten los; der gefrorene Schnee knirschte unter ihren Sohlen, als sie in der Dunkelheit verschwanden.

»Wie viele Verbrechen haben wir heute Abend begangen?« Chase trat einen Schritt auf Isla zu.

»Kriminologie ist nicht mein Fachgebiet, und ich habe nicht mitgezählt, aber es waren mit Sicherheit einige.« Sie warf ihm einen zögernden Blick zu. »Wahrscheinlich genug für den Rest meines Lebens.«

»Du benimmst dich, als hätte dir das alles keinen Spaß gemacht«, bemerkte er.

Sie atmete tief aus. »Ich hoffe nur, dass es klappt.«

»Ja, ich auch.« Er griff nach ihrer Hand. Er wollte sie spüren, festhalten. Als sie den Druck erwiderte, entspannte er sich ein wenig.

»Aber wenn es nicht funktionieren sollte, ist die Sache noch nicht zu Ende«, erklärte sie. »Zumindest nicht für mich, denn ich lebe hier und kann nicht einfach aufgeben.«

»Hey, das habe ich auch nicht vor. Vor allem jetzt, wo ich das alles gesehen habe …« Er holte tief Luft. »Und dich kennengelernt habe.« Er blieb stehen und sah ihr in die Augen. »Notting Hill ist nicht der richtige Ort für dieses Projekt, das weiß ich jetzt.« Er fuhr mit einer Hand unter den Rand ihrer Kapuze und strich ihr übers Haar. »Denn Notting Hill ist perfekt, so wie es jetzt ist.«

Und bei ihr verhielt es sich ebenso. Sie war auch perfekt. Aber er wollte sie nicht ängstigen, indem er zu früh zu viel sagte. Sie brauchten Zeit. Und Zeit war das, was sie nicht zu haben schienen, weil sie bald durch einen Ozean voneinander getrennt sein würden. Deshalb musste er nun doch noch etwas sagen.

»Isla …«

»Ja?«

»Was immer auch nach dieser Nacht passieren wird … Wirst du mich in New York besuchen?«

Er wollte, dass sie Ja sagte. Er wollte, dass sie ihre Arme um ihn legte und ihm einen langen Kuss schenkte.

Sie lächelte und drückte seine Hand, bevor sie sie losließ. »Wir sollten versuchen, Brooke und Maddie einzuholen.«

Das klang nicht besser als ein Nein. »Natürlich«, erwiderte er.

KAPITEL NEUNUNDSIEBZIG

Beaumont Square, Notting Hill

»Ich bin so satt … in mich passt so schnell nichts mehr hinein. Kann ich jetzt endlich diesen Pullover ausziehen?«

Isla sah, wie Hannah sich im Wohnzimmer abmühte, um sich den Kapuzenpullover über die Schultern und den Kopf zu ziehen. Rasch eilte sie zu ihr hinüber und half ihr dabei.

»Ich hätte nie gedacht, dass mir bei diesem Wetter jemals zu warm werden würde«, schnaufte Hannah. »Aber wer weiß, woraus diese Kapuzenpullis gemacht sind. Und welchem Zweck sie sonst dienen.«

»Darüber sollten wir am besten gar nicht nachdenken«, meinte Isla und ließ sich auf einen Sessel fallen.

»Richtig«, stimmte Hannah ihr zu. »Raj hat uns geeignete Tarnkleidung für unsere geheime Mission besorgt, und woher sie stammt, soll uns egal sein.«

»Ja.« Islas Gedanken wanderten zum kommenden Morgen, wenn Mrs Edwards im Holland Park die versteckten Gegenstände »entdecken« würde. Und zu dem, was Chase am Abend gesagt hatte. Er hatte sie gefragt, ob sie ihn in New York besuchen würde. Aber wie sollte das gehen? Sie musste sich um Hannah kümmern. Und Hannah liebte ihr Zuhause. Sie war einer der Gründe, warum diese Gegend unbedingt gerettet werden musste. Der Flug nach New York war lang und umständlich. Das ergab keinen Sinn. Sie schluckte. Aber ihre Gefühle sagten ihr etwas anderes.

Es kam ihr so vor, als würden sich durch Chase alle Teile ihres Lebens zusammenfügen, und das in einem Moment, wo sie geglaubt hatte, dass alles auseinanderbrechen würde.

»Im Diwali konnten wir nicht viel reden, weil Brooke und Maddie dauernd von den Papadams schwärmten. Ist bei euch alles gut gelaufen?«, wollte Hannah wissen.

Isla nickte. »Ja. Wir haben alles so gemacht wie vorher besprochen. Die Sachen sind nun unauffällig an verschiedenen Orten vergraben.«

»Dann können wir jetzt nur noch warten«, stellte Hannah fest. »Und darauf vertrauen, dass Mrs E eine gute Show abzieht.«

Isla grinste. »Ich glaube, für eine gute Show ist sie genau die richtige Person.«

Hannah lachte. »Als ich vorhin mit ihr gesprochen habe, wirkte sie beinahe schon zu engagiert.«

»Ich bin überzeugt davon, dass sie ihre Rolle großartig spielen wird«, erklärte Isla.

»Aber wird es funktionieren? Und wird es ausreichen?«, überlegte Hannah laut.

Isla musterte ihre Schwester. Die Lichter des Christbaums ließen ihr kurz geschnittenes Haar schimmern. Sie sah so jung aus. Und sie war immer noch zu verletzlich, um allein gelassen zu werden.

»Ich weiß es nicht«, gestand Isla. »Aber wir haben eine gute Chance.«

»Glaubst du wirklich?«

»Nun, ich wäre nicht über ein Tor geklettert und hätte ein paar alte zerbrochene Krüge durch die Gegend geschleppt, wenn ich nicht glaubte, dass es die Sache wert ist«, sagte Isla.

»Nein, wahrscheinlich nicht.«

»Wie läuft es mit Raj?«, fragte Isla. »Hat sich irgendetwas ereignet, während ihr Wache gehalten habt?«

Hannah schüttelte den Kopf. »Wir haben geredet. Über dies und jenes, und es war sehr nett … Aber ich weiß immer noch nicht, was er für mich empfindet.« Sie seufzte. »Manchmal habe ich das Gefühl, als würde sich etwas entwickeln, doch dann zieht er sich plötzlich wieder zurück.

»Du könntest ihn fragen«, schlug Isla vor. »Oder ihm sagen, wie du empfindest.«

»Ich weiß nicht«, erwiderte Hannah sofort. »Ich bin mir nicht sicher, ob ich den Mut dazu aufbringe.« Sie schaute Isla an. »Was ist mit dir und Chase?«

Isla zögerte. Was sollte sie ihr sagen? Dass sie noch nie für einen Mann so empfunden hatte, aber Angst davor hatte, das zu glauben? Dass sie Panik davor hatte, Liebe zu akzeptieren, weil sie vielleicht nicht so echt war, wie sie glaubte, oder möglicherweise bald wieder vorbei sein würde?

»Er hat mich gefragt, ob ich ihn in New York besuche«, stieß sie schließlich hervor.

»Wow!«, rief Hannah. »Tatsächlich?«

Isla nickte.

»Das ist fantastisch, Isla. Ich meine, das heißt doch, dass er dich … dass er dich irgendwie liebt.«

Bedeutete es das wirklich? War es dafür nicht viel zu früh? Seine Scheidung lag noch nicht lange zurück, und er musste sich um Brooke und Maddie kümmern. Sie schluckte. Sie liebte Kinder, hatte immer welche haben wollen. Und Brooke und Maddie waren bezaubernd. Brooke hatte im Augenblick offenbar ein paar Probleme, aber mit Sicherheit ein gutes Herz …

»Ich kann nicht weg, das ist doch klar«, sagte Isla.

»Was?«, fragte Hannah.

»Ich kann nicht nach New York fliegen.«

»Warum denn nicht?«

Hannah sah sie forschend an. Was sollte sie darauf erwidern?

»Nun, ich habe im Büro viel zu viel zu tun ...«

»Er ist dein Boss«, unterbrach Hannah sie. »Sicher kann er dir mögliche Schwierigkeiten aus dem Weg räumen, wenn er das möchte.«

»Na ja, und dann ist da auch noch unser Zuhause ...«

»Das möglicherweise demnächst abgerissen wird«, sagte Hannah.

»Sag nicht so etwas!«

»Warum kommen wir nicht zur Sache? Du glaubst, dass du wegen mir nicht nach New York fliegen kannst«, fauchte Hannah.

»Nein, natürlich nicht.« Isla hörte selbst, wie wenig überzeugend das klang.

Hannah schüttelte den Kopf. »Du musst endlich damit aufhören.«

»Womit?«

»Damit, dein Leben wegen mir nicht zu leben.«

Isla hielt den Atem an. Sie hatte nie gewollt, dass Hannah das glaubte. Sie hasste sich dafür, dass sie Hannah diesen Eindruck vermittelt hatte.

»Ich weiß genau, dass es so ist«, fuhr Hannah fort. »Direkt nach dem Tod von Mum und Dad hätte ich tatsächlich nicht ohne dich weiterleben können.« Sie hielt inne. »Du warst alles für mich – und bist es immer noch –, und ich kann mir nicht vorstellen, wie mein Leben ohne dich verlaufen wäre, ohne deine liebevolle Unterstützung, die du mir immer hast zuteilwerden lassen. Auch wenn ich manchmal eine richtige Zicke war.«

»Du warst keine …«, begann Isla.

»O doch«, entgegnete Hannah. »Und manchmal habe ich mich mit voller Absicht so verhalten.«

»Na ja, du hattest auch allen Grund dazu«, meinte Isla.

»Nein, eigentlich nicht.« Hannah schniefte ungehalten. »Ich war ein richtiger Kotzbrocken. Aber das habe ich hinter mir. Zumindest meistens. Und ich möchte nicht mehr, dass du bestimmte Dinge nicht tust und mich als Entschuldigung dafür vorschiebst.« Sie funkelte ihre Schwester an. »Denn genau das tust du. Immer wenn du Angst vor etwas hast, muss ich als Entschuldigung herhalten.«

Isla rückte unbehaglich auf ihrem Stuhl hin und her und starrte mit scheinbar großem Interesse auf die Weihnachtskarten an der Wand. Es stimmte nicht, dass sie absichtlich bestimmte Dinge zu tun vermied. Vielleicht hin und wieder, aber nur wenn es um etwas ging, was für Hannah zu viel oder zu schwierig sein könnte.

»Versuch nicht, es zu leugnen«, fügte Hannah hinzu. »Ich kann dir unzählige Beispiele dafür nennen, und ich bin daran nicht ganz unschuldig, weil ich das zugelassen habe. Aber jetzt will ich das nicht mehr.«

»Ich weiß nicht, wovon du sprichst«, begann Isla. »Ich …«

»Du musst endlich anfangen, dein Leben zu leben, Isla«, erklärte Hannah. »In erster Linie dein eigenes Leben und nicht das einer Schwester, die sich um eine arme Behinderte kümmern muss.«

»Aber das tue ich doch.«

»Nein, das tust du nicht«, widersprach Hannah. »Und das ist kein Thema, über das wir diskutieren oder uns sogar streiten müssen. Ich brauche dich nicht mehr pausenlos in meiner Nähe. Ich möchte, dass du glücklich bist. Such dir einen Partner. Nimm Chase«, befahl Hannah. »Du wirst ihm sagen, dass du zu ihm nach New York kommst. Um Himmels willen, Isla, schau dir diesen Mann doch an! Er ist so heiß wie Jamie Dornan … Tatsächlich finde ich, dass er einen noch heißeren Hintern hat.«

Isla schluckte. Chase hatte wirklich einen knackigen Po, das konnte sie bestätigen. *Konzentriere dich auf das, was deine Schwester dir sagt.* Würde das funktionieren? Konnte sie ein wenig loslassen? Es war eine Sache, Hannah allein zur Arbeit fahren zu lassen, aber eine ganz andere, ein paar Tage oder eine Woche in einem anderen Land zu verbringen.

»Ich besorge jemanden, der bei mir bleibt«, sagte Hannah rasch. »Ich bin sicher, Claudia oder vielleicht Valerie würden mir helfen, wenn ich sie darum bitte.« Sie schluckte. »Ich bin nicht verantwortungslos und auch nicht kurzsichtig. Mir ist klar, dass ich nicht alles allein schaffe, aber ich brauche nicht unbedingt *dich*«, erklärte Hannah. »Und auch wenn du dich jetzt vielleicht nicht mehr gebraucht fühlst, muss ich dir sagen, dass du als Betreuerin durchaus zu ersetzen bist.« Hannah lächelte. »Für dich als Schwester gibt es natürlich keinen Ersatz, aber wir können auf FaceTime in Kontakt bleiben … sogar wenn du dich auf dem Empire State Building befindest.«

»Ich weiß nicht so recht …«, sagte Isla leise.

»Doch«, beharrte Hannah. »Ich habe beobachtet, wie du ihn ansiehst. Und wie er dich anschaut. Ich weiß es! Und Aaron weiß es! Setz das nicht in den Sand!«, befahl Hannah. »Welcher andere Mann würde sich so um einen Veranstaltungsort für deine Weihnachtsfeier bemühen?« Hannah unterbrach sich und schlug die Hände vor den Mund. »Vergiss das. Ich habe nichts gesagt.«

»Hat Chase etwas gefunden?«, wollte Isla wissen.

»Dazu sage ich nichts mehr«, murmelte Hannah und presste die Lippen aufeinander.

»Hannah, bitte sag mir nur, ob er etwas gefunden hat. Ich mache mir große Sorgen – ich muss es einfach wissen!«

»Ich kann es dir nicht sagen – ich habe es versprochen.«

»Hannah, du bist meine Schwester!«

»Ach, nun spiel nicht die Familienkarte aus, das ist nicht fair! Außerdem wird er mein Schwager, wenn du ihn heiratest, und gehört dann auch zur Familie.«

»Hannah!«

»Ja, er hat einen Veranstaltungsort gefunden«, verriet Hannah schließlich. »Aber mehr sage ich dazu nicht.«

Isla lächelte. Wenn nun noch die Sache mit dem Caterer klappte, konnte die Weihnachtsfeier vielleicht doch stattfinden.

»Versprich mir, ihm nicht zu verraten, dass ich es dir gesagt habe«, forderte Hannah.

»Ich verspreche es dir.«

»Und versprich mit noch etwas.«

»Was?«

»Versprich mir, über New York nachzudenken.«

Isla sah ihre Schwester an. Mit diesem entschlossenen Gesichtsausdruck wirkte sie plötzlich nicht mehr so jung und verletzlich. Sie lächelte. »Versprochen.«

KAPITEL ACHTZIG

Sugar High, Portobello Road

»Sitz, Rolo«, befahl Mrs Smith ihrem Hund, der versuchte, auf Maddies Schoß zu springen.

So kurz vor Weihnachten hatte Vicky bei der Dekoration noch einmal nachgelegt. Von der Decke baumelten glitzernde Spiralen, Sterne und kleine leuchtende Plumpuddings. An den Fensterscheiben waren sich an den Händen haltende Lebkuchenmännchen aufgereiht, und aus der Küche strömte der Duft nach Kürbis, Zimt und Muskat. Die Kunden unterhielten sich darüber, was sie alles noch vor Weihnachten erledigen mussten, und im Hintergrund lief Musik von Bublé, Sinatra, Tony Bennett und Wham.

»Er ist so süß.« Maddie konnte kaum den Blick von Rolo abwenden. »Ich hätte so gern einen kleinen Hund wie diesen.«

»Dieser würde dir die Haare vom Kopf fressen«, meinte Vicky und stellte heiße Schokolade und Weihnachtsmuffins auf den Tisch. »Und dich dann wahrscheinlich komplett verspeisen.«

»Ich dachte, er müsse eine spezielle Diät einhalten.« Isla schob ihre Tasse zur Seite, um Platz zu machen.

»Das sollte er auch«, bestätigte Vicky. »Aber davon wird er offensichtlich nicht satt. Gestern habe ich ihn dabei erwischt, wie er sich Reste aus den Mülltonnen geholt hat.«

Isla warf einen Blick zu Chase hinüber. Seit sie sich an den Tisch gesetzt hatten, wippte er mit einem Bein auf und ab, umklammerte sein Telefon mit der Hand und wirkte sehr angespannt. Ihr Magen war in Aufruhr. Es stand so viel auf dem Spiel. Ihr ganzes Leben hing in der Luft und schien wie ein Ball von einem Dilettanten jongliert zu werden. Nur wegen Brooke und Maddie gelang es ihr, sich einigermaßen ruhig zu geben. Die beiden wussten nicht, wie wichtig das für ihren Dad und für sie war. Und das sollten sie auch nicht erfahren.

»Dürfen wir anfangen?«, fragte Maddie mit perfektem britischem Akzent.

»Ja«, erwiderte Isla. »Natürlich. Lasst es euch schmecken.« Sie lächelte. »Was hörst du dir an, Brooke?«

Brooke bewegte rhythmisch den Kopf auf und ab, und Isla war sich nicht sicher, ob sie sie gehört hatte.

»Das ist Rag'n'Bone Man«, antwortete Maddie. Sie ist ganz verrückt nach ihm.«

»Ja, das hat sie mir erzählt«, sagte Isla.

Chase' Telefon klingelte, und er starrte es an, als wisse er nicht, wie er das Gespräch annehmen sollte.

Es war Raj. Natürlich musste er diesen Anruf annehmen. Er schaute in die drei erwartungsvollen Gesichter vor ihm. Maddie hatte einen Klecks Vanillepudding an der Lippe, Brooke zog sich die Ohrstöpsel heraus, und Isla … Sie spielte mit ihren Fingern und bemühte sich offensichtlich, ruhig zu bleiben und die Kontrolle nicht zu verlieren, aber er wusste, wie es in ihrem Inneren aussah.

Er stand rasch auf, schob Rolo vorsichtig zur Seite und bahnte sich den Weg zwischen den Tischen zur Eingangstür.

»Chase!«, rief Isla ihm nach.

Chase trat auf die Straße hinaus; er hatte das Bedürfnis, sich mitten in Notting Hill zu befinden, wenn er nun Bescheid bekam. Wie immer dieser auch ausfallen mochte. War der Plan aufgegangen? Oder hatte man Mrs Edwards für verrückt erklärt und weggebracht?

»Hey, Raj«, meldete er sich.

»Chase, es läuft, Mann!«

»Es läuft?« Chase starrte auf die andere Straßenseite zu dem T-Shirt-Laden hinüber. An dem mit buntem Lametta geschmückten Geländer davor hingen Tops mit den Bildern von allen nur erdenklichen Rockbands.

»Die Polizei ist da. Und ein Kamerateam von ITV. Hier geht die Post ab, Mann.«

Chase runzelte die Stirn. »Läuft es nun gut oder nicht gut?«

»Schalte den Lautsprecher an.«

Isla stand plötzlich neben ihm, und ihre Anspannung war fühlbar. Diese Sache ging sie beide etwas an. Er hätte nicht auf die Straße laufen sollen. Rasch drückte er auf den entsprechenden Knopf.

»Mrs E hat ihre Rolle sehr gut gespielt«, fuhr Raj fort. »Zuerst haben sie ihr nicht zugehört … Ich glaube, sie haben sie für verrückt gehalten. Aber sie hat immer wieder auf die Erde gedeutet und wiederholt, dass sie etwas entdeckt habe. Schließlich hat sie sich so tief gebückt, dass ich Angst hatte, sie fällt in das Loch. Ich glaube, sie hat die Münze von gestern noch einmal durch den Matsch gezogen, damit sie richtig alt aussieht. Dann hat sie sie den Männern gezeigt und gesagt …« Raj räusperte sich. »›Das ist eine römische Münze. Hier könnte sich eine alte Grabstätte befinden. Sie müssen die Behörden benachrichtigen.‹

Und dann hat sie noch hinzugefügt: ›Und sie müssen das *Time Team* holen.‹«

Chase und Isla sahen sich an. Hoffnung stieg in ihnen auf und wuchs wie eine Blumenzwiebel im Frühling. Aber noch hatten sie keine Sicherheit.

»Raj, was passiert im Moment?«, fragte Isla.

»Eine Menge, Isla. Der Holland Park kommt mir vor wie das Zentrum des Universums. Alle Presseleute, die ich angerufen habe, sind auf dem Weg hierher. Die Leute machen Fotos, und es gibt schon Tweets im Netz. Und es wird nicht mehr gegraben.«

»Geht es Mrs Edwards gut?«, fragte Isla. Sie hatte den Blick immer noch auf Chase gerichtet, und langsam breitete sich ein Lächeln auf ihrem Gesicht aus.

»Ihr geht es super«, erwiderte Raj. »Alle tanzen um sie herum, und sie bekommt Tee und Kuchen umsonst.«

»Raj«, warf Chase ein. »Wir müssen jetzt los.«

»Alles klar, Mann.«

»Das hast du großartig gemacht, Raj«, lobte Chase.

»Ruf Hannah an«, sagte Isla. »Sie kann es kaum erwarten zu hören, wie es gelaufen ist.«

Es folgte Schweigen.

»Raj?«, fragte Isla. »Würdest du bitte Hannah anrufen? Sie wartet schon darauf, und …«

»Ich weiß, dass ich euch hätte zuerst anrufen sollen, aber …«

»Du hast es ihr also schon erzählt?« Isla lachte. »Bis dann, Raj.«

»Bis später.«

Chase legte auf und schob sein Telefon in die Hosentasche. Jetzt gab es nur eine Sache, die er tun wollte.

»Isla.«

Er wartete, bis sie sich ihm zuwandte, legte seine Hände auf ihre Taille, zog sie zu sich heran und küsste sie auf den Mund. Sie reagierte sofort auf das Spiel seiner Zunge und schien noch mehr zu fordern. Aus dem Augenwinkel sah er, dass Brooke und Maddie an der mit Reif bedeckten, dekorierten Fensterscheibe des Sugar High standen und ihn und Isla beobachteten. Maddie hüpfte offensichtlich begeistert auf ihrem Stuhl auf und ab, und Brooke schüttelte den Kopf, als sei ihr der Anblick peinlich, aber um ihre Lippen spielte ein leichtes Lächeln. Er wich einen Schritt zurück und strich mit einer Hand über Islas sexy rotbraune Locken.

»Du bist wunderschön«, flüsterte er. Bei seiner Ankunft in London hatte er sich nicht träumen lassen, dass er solche Gefühle entwickeln könnte. Dass er jemanden wie sie finden würde.

Islas dichte Wimpern senkten und hoben sich, und sie sah ihn aus ihren blauen Augen an. »Chase.«

»Ja?«

»Ich muss dir etwas gestehen.«

Er schluckte nervös. Was würde er jetzt zu hören bekommen?

»Ich war noch nie in Las Vegas«, stieß Isla hervor.

Er lächelte und strich ihr wieder über das Haar. »Das weiß ich. Ich habe es dir angesehen.«

»Ich wollte nicht lügen«, erklärte Isla. »Aber du hast dich im Konferenzzimmer so gebieterisch verhalten … Und ich wollte dich davon überzeugen, dass ich ein abenteuerlustiger Mensch bin.«

»Das kann ich nach unserem Ausflug im London Eye durchaus bestätigen«, erwiderte Chase.

Er sah, dass sich ihre Wangen leicht röteten, so wie immer, wenn ihr etwas peinlich war. Und das machte sie noch begehrenswerter.

»Aber ich würde sehr gern irgendwann nach New York kommen, falls das Angebot noch steht«, sagte sie.

Sein Herz begann triumphierend zu klopfen, und eine noch nie erlebte Freude durchströmte ihn. Er wollte sie noch einmal küssen und ihr sagen, dass er sie liebte, aber er wollte ihr keine Angst machen. Und es war alles noch so neu. Vielleicht zu neu, um sich bereits sicher zu sein?

»Aber falls du deine Meinung geändert hast, dann verstehe ich das und …«

Er küsste sie wieder, zuerst leidenschaftlich und dann sanfter, bis ihre Lippen sich dabei kaum mehr berührten. »Ich habe meine Meinung nicht geändert«, flüsterte er. »Mein Angebot gilt.«

»Okay«, sagte Isla.

»Okay«, wiederholte er. Er nahm ihre Hände in seine und drückte sie. »Und nun essen wir ein paar kalorienreiche Muffins und überbringen Breekers International die schlechten Nachrichten über den Fund der römischen Artefakte.«

»Ja«, erklärte Isla sich einverstanden. »Das sollten wir tun.«

KAPITEL
EINUNDACHTZIG

Beaumont Square

Isla stand mitten in ihrem und Hannahs Lieblingsviertel und saugte an dem klaren, wunderbaren Abend jede feine Nuance dieses Platzes auf. Die Straßenlaterne, die immer flackerte, gleichgültig wie oft sie repariert wurde, Mrs Webleys hässliche Engelsfigur, die jedes Jahr vor ihrer ebenso geschmacklosen Gardine stand, Mr Edwards' Rosenbusch … Isla atmete in der kalten Luft tief aus und trat näher an den kahlen Busch heran. Diesem sanftmütigen, bescheidenen Mann mit einer Vorliebe für Käse und Geschichte hatten sie es zu verdanken, dass auch die nächsten Generationen noch alles genießen konnten, was Notting Hill zu bieten hatte. Mit feuchten Augen betrachtete sie den Rosenbusch genauer. Was war das? Sprossen da tatsächlich neue Knospen? Im Dezember?

»Hier kommt es!«

Als Isla Hannahs Stimme hörte, drehte sie sich zu ihr um. Ihre Schwester rollte sehr schnell auf sie zu, auf ihrem Schoß einen Stapel Zeitungen. Raj, Chase, Brooke und Maddie folgten ihr und versuchten, mit ihr Schritt zu halten.

»Es steht auf der Titelseite des *Evening Standard*!«, rief Hannah außer Atem und bremste Ronnie vor Islas Füßen ab.

»Nein!« Isla schnappte nach Luft. »Tatsächlich?«

»Und das ist noch nicht alles«, warf Raj ein. »Ich habe alle meine Kumpel gebeten, Tweets zu schicken und Beiträge auf Instagram einzustellen. Es ist noch kein Virus, aber es verbreitet sich schnell.«

»Die New York Rangers haben es auch schon geteilt«, berichtete Chase.

»Ich habe Rag'n'Bone Man um ein Retweet gebeten«, sagte Brooke. »Ich weiß nicht, ob er das macht, aber …«

»Du hättest J. K. Rowling fragen sollen«, meinte Maddie. »Sie ist immer auf Twitter.«

»Hier.« Hannah warf Isla eine Zeitung zu. »Ein Experte hat bereits gesagt, dass …«

»Dass es sich um einen bedeutenden Fund handelt«, riefen die anderen im Chor.

Isla sah sich den Artikel an, las die Schlagzeile und überflog den Text auf der Titelseite. *Historisch. Bemerkenswerte Artefakte. Römisch. Ort eines alten Badehauses.* Mit einem Mal beschlichen sie Schuldgefühle. Sie hatten andere Menschen getäuscht, um ihr Ziel zu erreichen.

»Hey.« Chase griff nach ihrer Hand. »Hör auf damit.«

»Womit?« Isla versuchte rasch, sich zu beruhigen.

»Es wird alles gut«, sagte er.

»Tatsächlich?« Isla seufzte.

»Wir wollen niemanden auf Dauer hinters Licht führen«, fuhr Chase fort. »Aber das war das Einzige, was wir tun konnten, um Zeit zu gewinnen.«

»Ich weiß nicht so recht«, sagte Isla leise. »Irgendwie fühlt es sich nicht richtig an.«

»Pah!«, rief Hannah. »Niemand hat sich Gedanken über den moralischen Aspekt gemacht, als diese schrecklichen Pläne entworfen wurden.« Sie warf Chase einen Blick zu. »Nichts für ungut.«

»Ich bin mittlerweile der Meinung, dass diese Pläne überbewertet wurden«, erwiderte Chase.

»Bis auf den Zoo«, warf Maddie ein.

»Wir haben getan, was wir tun mussten«, versicherte Chase Isla. Er drückte ihre Hand. »Schau dich um«, forderte er sie auf. »Wir haben alle dazu beigetragen, Notting Hill zu retten.«

Isla sah sich wieder auf dem Platz um. Die Weihnachtslichter funkelten, der Mond leuchtete am klaren Himmel, sie war umgeben von allem, was sie liebte, und in Gesellschaft der Menschen, die ihr so sehr am Herzen lagen. Ihre Schuldgefühle ließen ein wenig nach. Was sie getan hatten, war für einen guten Zweck gewesen, und sobald ein neuer Standort für das Superhotel gefunden war, würde sie eine anonyme E-Mail an den Stadtrat schicken und ihm garantieren, dass es keine weiteren Funde dieser Art geben würde.

»Wir haben Notting Hill gerettet«, sagte sie schließlich und ließ sich von der Euphorie, die sie plötzlich empfand, mitreißen.

»Juchhu!«, jubelte Hannah. »Wir haben Notting Hill gerettet!«

»Notting Hill! Notting Hill!«, rief Maddie, drehte sich im Kreis und riss die Arme in die Höhe, sodass ihr die Mütze vom Kopf flog.

»O mein Gott.« Isla nahm Chase' Arm und begriff allmählich, was das bedeutete. »Wir haben tatsächlich Notting Hill gerettet!«

»So ist es richtig.« Chase nahm sie in die Arme. »Braves Mädchen.«

KAPITEL ZWEIUNDACHTZIG

Breekers London, Weihnachtsfeier, Gemeindezentrum Lebenshilfe

Die Luft in der kalten, klaren Nacht war so eisig, dass ihre Haut sich überall taub anfühlte, aber das störte Isla nicht. Nach den letzten Tagen voll Anspannung und Unsicherheit erfüllten sie jetzt Erleichterung und freudige Aufregung. Ihr stand einer ihrer liebsten Abende des Jahres bevor, und trotz vieler Schwierigkeiten hatte sich alles zum Guten gewendet.

Während sie mit Hannah durch die pastellfarben gestalteten Straßen von Notting Hill ging und die funkelnden Sterne am Nachthimmel bewunderte, zog sie Bilanz und empfand große Dankbarkeit. Dieser Bereich von Kensington stand immer noch, und das würde hoffentlich auch in hundert Jahren noch so sein. In wenigen Tagen war Weihnachten, und hinter fast allen Fenstern leuchteten geschmückte Bäume und Lichterketten; die Weihnachtsdekoration war ein Zeichen für Frieden und Wohlwollen. Überall lag Ruhe und Zufriedenheit in der Luft.

Isla zog lächelnd ihre Kopie der königsblauen Wren-Uniform zurecht. Zu dem knielangen Rock trug sie eine braune Strumpfhose und Mary-Jane-Schuhe. Die passende Jacke hatte glänzende Silberknöpfe und ein Ärmelabzeichen aus einem Streifen. Darunter hatte sie eine helle Bluse mit einer blauen Krawatte an, und auf ihrem Kopf saß ein merkwürdig geformter Hut – eine Mischung aus einer Melone und einem Stetson.

Als sie letzte Woche ihren Kollegen das Motto der Weihnachtsparty mitgeteilt hatte, war im Büro die übliche Aufregung ausgebrochen. Weihnachten zur Kriegszeit. Das war wieder eine wunderbare Gelegenheit, sich zu verkleiden. Alle waren begeistert gewesen, hatten Tipps über Kostümläden und Verkleidung ausgetauscht und sich gefragt, auf welches Unterhaltungsprogramm sie sich wohl freuen konnten. Und Isla hatte nur gehofft, dass sie die hohen Erwartungen würde erfüllen können, die auch sie selbst hatte.

»Okay, bleib mal kurz stehen«, bat Hannah.

»Warum?«, fragte Isla. »Geht es dir gut?«

»Ja, alles in Ordnung.«

»Nun, wir haben nicht mehr viel Zeit. Ich darf nicht zu spät kommen«, sagte Isla.

»Tu mir den Gefallen.« Hannah grinste. »Ich möchte dich auf das vorbereiten, was du gleich sehen wirst, wenn wir ankommen.«

Islas Magen geriet in Aufruhr. Was hatte das zu bedeuten? Sie hatte sich noch am Morgen vergewissert, dass alle Tische gedeckt waren – mit Bezugsscheinheften und Gasmasken als Requisiten und alten Tilley-Lampen für eine stimmungsvolle, authentische Beleuchtung. Die Leute der damit beauftragten Firma wussten genau, wo alles hingehörte. Es war lediglich möglich, dass sie die Pappfigur von Winston Churchill nicht richtig aufstellten und damit den Blick auf die Bühne versperrten.

Als Chase ihr gesagt hatte, dass er das Gemeindezentrum gebucht hatte, war sie zuerst verunsichert gewesen. Natürlich hatte es die richtige Größe, aber es war nicht zu vergleichen mit der hübschen Kapelle, die sie eigentlich für die Feier vorgesehen hatte. Aber in der Not fraß der Teufel Fliegen, und ihr war alles recht, solange sie das Fest nicht absagen musste.

»Was ist los, Hannah?«, wollte Isla wissen und sah ihre Schwester fragend an. Hannah war als Landmädchen verkleidet und trug eine beigefarbene Latzhose mit einem einfachen weißen T-Shirt und einem roten Kopftuch.

»Glaub mir«, sagte Hannah. »Es wird dir gefallen.«

Als sie um die Ecke bogen, stockte Isla der Atem. Vor dem Gemeindezentrum lungerten keine Jugendlichen mit Fahrrädern oder Betrunkene herum. Und es sah komplett anders aus. Das Gebäude war frisch gestrichen, die zerbrochene Fensterscheibe war ersetzt und der Müll entfernt worden. Auf dem Gehsteig stand ein alter Land Rover, umhüllt mit einem Tarnnetz, und an beiden Seiten des Eingangs brannten Fackeln wie Signalfeuer. Die frisch gemalerte Fassade war mit Lichterketten und Fähnchen mit der Nationalflagge geschmückt. Zwei attraktive Männer in GI-Uniform »bewachten« die Tür.

»Verdammt!«, entfuhr es Hannah. »Das sieht noch besser aus, als ich es mir vorgestellt habe.«

»Ich verstehe das nicht«, sagte Isla. »Wer hat …«

Eigentlich war diese Frage überflüssig. Sie wusste genau, wer dahintersteckte. Und schon stand er vor ihr …

Als sich ihre Blicke trafen, richtete sich Chase auf und salutierte. Isla überlief ein Schauer. Er trug die leichte Uniform eines amerikanischen Soldaten aus den 1940er-Jahren. Ein beigefarbenes Hemd mit Taschen und militärischen Abzeichen, dazu eine passende eng anliegende Hose und eine Schirmmütze. Er sah aus wie ein Model aus der Kriegszeit.

»Schau dir das an!« Hannah blieb der Mund offen stehen.

»Ich weiß«, flüsterte Isla.

»Ich meine nicht Chase«, sagte Hannah rasch. »Raj.«

Isla folgte dem Blick ihrer Schwester. Nur wenige Meter von ihnen entfernt stand ihr Postbote, hielt einen Cocktail in der Hand und sah völlig verändert aus. Raj trug die Uniform eines britischen Kampffliegers, einschließlich einer Lederjacke mit Fellbesatz, eines cremefarbenen Schals und einer Fliegerbrille auf dem Kopf.

»Ich glaube, dieses Motto ist bisher das beste«, seufzte Hannah.

»Daddy, sitzt meine Frisur noch?«

Chase musterte seine Tochter. Leanna hatte ihnen am Nachmittag per Skype einen Schnellkurs über Frisuren und Make-up der 1940er gegeben. Beide Mädchen hatten sich die Haare eingedreht und entsprechend frisiert. Maddie trug ein Kleid mit Blumenmuster und ein Kopftuch. Brooke hatte sich eine khakifarbene Latzhose ausgesucht und ihre Stiefel anbehalten.

»Du siehst sehr hübsch aus«, sagte Chase lächelnd und wandte sich dann an Brooke. »Und du genauso.«

Sie runzelte die Stirn. »Ich bin als tüchtiges Landmädchen verkleidet, das Lastwagen und Traktoren fährt.«

»Diese Mädchen sind auch sehr hübsch«, meinte Chase.

Chase richtete seine Aufmerksamkeit wieder auf Isla, und sofort empfand er eine Mischung aus Begierde und einem anderen Gefühl, das ihm einen Stich ins Herz versetzte. In dieser gut sitzenden Uniform und mit der militärischen Kopfbedeckung sah sie unglaublich aus. Die vergangene Woche hatte alles in seinem Leben verändert. Nachdem die britische Presse über den Fund der römischen Artefakte im Holland Park berichtet hatte, hatte Breekers entschieden, dass Notting Hill für den Bau des Superhotels zu heikel war. Bei Bauvorhaben musste man immer mit Schwierigkeiten rechnen, aber, wie sie alle gehofft hatten, erschien dem Unternehmen diese Hürde zu hoch. Und Chase war noch nie so glücklich darüber gewesen, dass eine seiner Ideen im Sande verlaufen war. Das gesamte Projekt war vorläufig auf Eis gelegt, aber er hoffte, dass Breekers – mit Islas Hilfe – den Plan, ins Hotelgewerbe einzusteigen, weiter verfolgen würde. Er lächelte, als sie auf ihn zukam.

»Guten Abend, Ma'am«, sagte Chase in dem Tonfall, den seine Rolle erforderte. »Erlauben Sie diesem GI, Sie zu der Feier des Jahres zu begleiten?«

Isla stieß einen Schrei aus, als sie die Kinder sah. Sie hob freudig überrascht eine Hand an den Mund. »Schau sich das einer an! Eure Frisuren! Ihr beide seht toll aus!«

»Mommy hat uns per Skype geholfen«, verriet Maddie.

»Eigentlich haben wir fast alles bei YouTube gefunden«, fügte Brooke hinzu.

»Nun, eure Mum und YouTube haben das ausgezeichnet gemacht«, erklärte Isla.

»Wo ist Hannah?«, fragte Maddie.

»Oh, sie unterhält sich dort drüben mit einem sehr attraktiven Kampfpiloten.«

Alle richteten den Blick auf Hannah und Raj, die ins Gespräch vertieft waren. Chase schüttelte den Kopf. »Tja, und ich habe gedacht, ich hätte das coolste Kostüm.«

Isla warf einen Blick auf ihre Armbanduhr. »Ich muss noch ein Dutzend Sachen überprüfen, bevor die anderen Gäste eintreffen.«

»Natürlich«, erwiderte Chase. »Gefällt dir der Jeep?« Er

sah ihn sich noch einmal an. Es war nicht leicht gewesen, ihn so kurzfristig aufzutreiben, aber er war echt und trug einiges zur Atmosphäre am Eingang bei.

»Es ist ein Land Rover«, korrigierte Isla ihn. »Und ja, er gefällt mir sehr gut.«

»Und die beiden Sicherheitsbeamten?« Chase deutete auf die Tür.

»Ein guter Einfall.«

»Prima«, sagte Chase. »Denn sie werden ab jetzt immer hier sein.«

»Was?«, fragte Isla.

»Hannah und ihre Freunde sollen hier nicht länger von Stadtstreichern, Verbrechern und solchem Pack belästigt werden. Sie haben es schon schwer genug.«

»Aber …«

»Betrachte das einfach als Öffentlichkeitsarbeit von Breekers«, erwiderte Chase.

Isla griff nach seinem Arm und drückte ihn. »Du bist anscheinend wirklich ein Lebensverbesserungsguru.«

KAPITEL DREIUNDACHTZIG

»Scheibenhonig, das ist die beste Party, die wir jemals hatten.« Aaron war als Winston Churchill verkleidet und hatte eine nicht brennende Zigarre zwischen den Lippen.

Die Truthahnhäppchen wurden herumgereicht, Getränke flossen in Strömen, und ein Sängerinnentrio – The Miller Sisters – begann das Musikprogramm mit »Boogie Woogie Bugle Boy«. An der Decke hing ein großer Fallschirm, die Lampen darunter erzeugten warmes, festliches Licht, und die Wände waren mit Postern aus der Kriegszeit geschmückt. *Your Country Needs You*, *Dig On for Victory*, *Man The Guns*, *Join The Navy*. Dazwischen hingen Kränze aus Stechpalmen, Efeu und Misteln.

»Aaron, das sagst du jedes Jahr«, rief Isla ihm ins Gedächtnis.

»Und ich meine es jedes Jahr ernst«, erklärte Aaron. »Das Problem dabei ist, dass du dich immer wieder selbst übertriffst.«

Isla lächelte. Noch vor einer Woche hatte sie sich wie eine Versagerin gefühlt. Alles in ihrem geordneten Leben war scheinbar aus den Fugen geraten. Aber trotz allem hatte sie es irgendwie geschafft. Aber nur weil sie Hilfe bekommen hatte. Alle, die ihr nahestanden, hatten ihren Teil dazu beigetragen, und dafür war sie dankbar. Und sehr stolz.

»Hey, Aaron. Darf ich Ihnen diese Marinesoldatin für eine Weile entführen?«

Isla spürte, wie sie von Kopf bis Fuß errötete, als Chase auf sie zukam. Er hatte den ganzen Abend mit allen geplaudert, war auf Fragen zu Breekers' zukünftigen Plänen eingegangen, hatte ebenso viele Getränke eingeschenkt wie die angeheuerten Kellnerinnen und die Mitarbeiter dazu ermutigt, sich zu amüsieren.

»Selbstverständlich«, erwiderte Aaron. »Ich habe vor, mir einen anderen rothaarigen Tanzpartner zu angeln. Er steht dort drüben bei der Munition.« Er winkte einem Mann auf der anderen Seite des Raums zu, den Isla nur unter dem Namen Milo kannte.

»Sollen wir?«, fragte Chase, als ein langsames Lied ertönte.

»Gern«, erwiderte Isla.

Chase nahm ihre Hand und führte sie in die Mitte des Raums, wo bereits einige Paare tanzten. Unter dem Fallschirm und umgeben von mit silberfarbenen und blauen Lämpchen geschmückten Christbäumen stieß Isla vor Vergnügen ein leises Seufzen aus. Das war tatsächlich die beste Weihnachtsfeier von allen, denn sie bedeutete ihr mehr als je zuvor.

»So«, sagte Chase und legte den Arm um sie.

»So«, wiederholte Isla lächelnd.

»Wir haben Notting Hill gerettet.«

»Ja. Mit ein wenig Hilfe von Mrs Edwards und ihrem liebenswerten verstorbenen Mann, der sich für Geschichte begeisterte.«

»Sie ist eine wunderbare Frau«, meinte Chase.

»Wenn ich ihr sagte, dass du so über sie denkst, würde sie sicher schwach werden.«

»Und wenn ich dir sagen würde, dass du eine wundervolle Frau bist?« Seine Stimme klang tief und sinnlich, und er sah ihr tief in die Augen.

»Ich glaube, dann würde ich nicht nur schwach werden«, erwiderte Isla.

»Tatsächlich?« Chase drückte sie fester an sich.

»Ja«, hauchte Isla. Ihr Herz klopfte wieder in diesem herrlichen Takt, den es immer annahm, wenn er ihr näher kam, aber bevor sie sich diesem Gefühl hingeben konnte, drückte er seinen Mund auf ihre Lippen und zeigte ihr damit ganz deutlich, was er noch vorhatte.

Sie liebte es, wie er schmeckte und wie ihre Lippen sich perfekt aneinanderschmiegten. Er wich ein Stück zurück und sah sie bewundernd an. »Eines Tages«, flüsterte er heiser. »Eines Tages werden wir uns ein Zimmer nehmen.«

Ihr Körper reagierte sofort, und ein Schauer der Begierde überlief sie. »Oder vielleicht noch einmal die Gondel Nummer vierzehn im London Eye.«

»Du machst mich verrückt, Isla.« Er senkte seine Lippen auf ihr Ohr. »Aber jetzt müssen wir über ein neues gemeinsames Projekt sprechen.«

»Ach ja?«

»Ja«, erwiderte Chase. »Ich habe gehört, dass Boutique-Hotels, die auf eine ruhige, friedliche und erholsame Atmosphäre setzen, gut ankommen. Anscheinend ist das den Leuten heutzutage wichtig.«

Etwas in ihr begann sie zu wärmen und steigerte sich zu einem heißen Glühen. Er hatte ihr tatsächlich zugehört!

Chase atmete tief aus. »Ich weiß nicht, wer ich war, als ich in London ankam, Isla, aber es war nicht der Mensch, der ich eigentlich bin.« Er lächelte. »Ich möchte wieder ich sein. Und dieses Mal wird mir das auch gelingen.« Er hielt kurz inne. »Ich habe Colt angerufen, und wir haben uns eine Weile unterhalten. Zumindest haben wir uns nicht angeschrien, das ist ein guter Anfang. Und ich weiß jetzt, dass er Brooke nicht erlaubt hat, sich Filme anzusehen, die nicht jugendfrei sind.« Er warf einen Blick hinüber zu Brooke und Maddie, die mit Aaron und Denise tanzten. »Von diesem Mädchen bekomme ich bald so graue Haare wie George Clooney.«

Isla lachte. »Sie braucht nur deine Liebe und Aufmerksamkeit … und etwas, worauf sie sich konzentrieren kann.« Sie beobachtete, wie Brooke mit dem Fuß den Takt der Musik mitklopfte, während Maddie um sie herumwirbelte. »Sie liebt Musik. Gibt es in ihrer Schule vielleicht einen entsprechenden Kurs? Oder sie könnte am Wochenende Stunden nehmen. Ich glaube, sie würde sich sehr engagieren, wenn es sich um das richtige Gebiet handelt.«

»Da hast du sicher recht. Vielen Dank«, sagte Chase. »Danke für alles, meine persönliche Assistentin.« Er nahm ihre Hand in seine und tanzte weiter mit ihr zu einem Weihnachtslied, das The Miller Sisters gefühlvoll vortrugen. »All die Veränderungen und die Chance, mich selbst wiederzufinden … das habe ich nur dir zu verdanken. Und diesem Ort.« Er ließ den Blick über die kostümierten Partygäste schweifen. »Und Notting Hill und allen seinen verrückten Bewohnern mit ihren Macken.«

»Du meintest sicher komplexe und einzigartige Persönlichkeiten«, sagte Isla.

»Selbstverständlich.«

In diesem Augenblick erregte irgendetwas Islas Aufmerksamkeit, und sie drehte den Kopf zum Fenster. Sie warf einen Blick nach draußen und hielt den Atem an. Durch die vereiste Scheibe sah sie ein Landmädchen und einen

Kampfflieger, die sich im Mondlicht und bei sanft vom Himmel fallenden Schneeflocken einander zuwandten.

Isla beobachtete, wie Raj sich vorbeugte, zärtlich Hannahs Gesicht in seine Hände nahm und ganz langsam, Zentimeter für Zentimeter, seine Lippen zu ihrem Mund hinabsenkte. Sie küssten sich, und Hannah hob beide Arme und legte sie um Rajs Nacken.

»Wow«, sagte Chase.

»Wow«, hauchte Isla. Ihr Herz schien vor Glück und Freude für ihre Schwester anzuschwellen. »Das hat sich Hannah seit Langem gewünscht.« Sie lächelte Chase an. »Einen Weihnachtskuss in Notting Hill.«

»Ist das wieder so ein alter britischer Brauch?«, fragte Chase.

»Nein«, erwiderte Isla. »Ein recht neuer.« Sie grinste. »Aber er wird sich mit Sicherheit durchsetzen. Und ich möchte auf jeden Fall noch mehr Übung darin bekommen.«

»Ach ja?«

»Falls du Zeit dafür hast«, fügte Isla hoffnungsvoll hinzu.

»Oh, ich kann dir garantieren, dass ich in Zukunft eine Menge Vergünstigungen als Vielflieger für meine Reisen nach London bekommen werde. Komm her.« Er zog sie an sich. »Ich möchte gern diesen Weihnachtskuss in Notting Hill perfektionieren.«

Isla lächelte. »Ich auch.«

EPILOG

Weihnachten, Beaumont Square, Notting Hill

Isla wischte sich die Stirn ab, während sie sich über den kochenden Rosenkohl beugte. Die Dunstabzugshaube lief auf vollen Touren, um den Geruch des grünen Gemüses aufzusaugen. Durch das ganze Haus zogen Weihnachtsdüfte – im Backofen briet ein Truthahn mit Rosmarinkartoffeln, auf dem Herd köchelte eine dicke braune Soße, und im Dampfkochtopf garte eine Mischung aus Karotten, Erbsen und Brokkoli.

»Hast du koffeinfreie Cola besorgt?«, fragte Hannah und kurvte in die Küche wie Richard Hammond bei einem verrückten Stunt.

»Ja, habe ich«, bestätigte Isla. »Sie ist im Kühlschrank.« Sie legte ein Röschen auf das Schneidebrett, um zu prüfen, ob es gar war. Glücklicherweise ließ es sich mit der Gabel leicht durchstechen.

»Ich weiß, dass ich dich schon fünfundzwanzig Mal gefragt habe, aber der Truthahn ist wirklich …«

»Der Truthahn ist halal, das schwöre ich«, antwortete Isla. »Ich habe den Metzger dreimal gefragt. Einmal, als ich den Truthahn bestellt habe, ein zweites Mal, als ich ihn abgeholt habe, und gestern Abend, als du mich aus der Dusche angebrüllt hast.«

»Tut mir leid«, sagte Hannah.

Isla nahm ihr das nicht übel. Raj kam zum Abendessen,

obwohl er Weihnachten nicht feierte. Er wusste aber, dass es für Hannah ein wichtiges Fest war, also hatten sie beschlossen, es zu einem Winterdinner für alle Glaubensrichtungen zu machen.

Ein Geräusch übertönte das Brummen der Dunstabzugshaube, und Isla verzog das Gesicht.

»Das ist Skype!«, rief sie. »Aber ich habe Chase gesagt, dass er nicht vor drei Uhr unserer Zeit anrufen soll.«

»Vielleicht hat er sich bei der Zeitdifferenz vertan«, meinte Hannah.

»Ich kann jetzt nicht mit ihm sprechen. Das Essen befindet sich in einer kritischen Phase.« Sie öffnete die Herdklappe, steckte ihren Kopf ein wenig zu weit nach vorne und hätte sich beinahe an der aufsteigenden Hitze verbrannt.

»Komm zu dir!«, mahnte Hannah. »Das ist Chase! Dein wunderbarer Chase!«

Islas Haut begann bei Hannahs Worten zu prickeln. Ja. Und nun war er bereits seit drei Tagen wieder in New York. Sie hatten sich jeden Abend per Skype oder FaceTime kontaktiert und sich viele SMS geschrieben. Sie hatte keine Ahnung, wie sie das Problem der großen räumlichen Entfernung lösen würden, aber im Augenblick schien es nicht unüberwindlich zu sein. Allerdings befanden sie sich noch in einem sehr frühen Stadium.

»Also gut, ich gehe ja schon.« Isla reichte Hannah die Topfhandschuhe und rannte ins Wohnzimmer, wo ihr Laptop laut piepste.

Beinahe wäre sie über eines der Päckchen gestolpert, die unter dem funkelnden weißen Christbaum lagen. Der Duft nach Winterwald von den Kerzen, die Hannah aufgestellt hatte, stieg ihr in die Nase. Rasch warf sie einen Blick in den Spiegel und ging dann zu ihrem Laptop. Sie lächelte, als sie Chase' Nummer sah, setzte sich auf das Sofa und drückte auf den Empfangsknopf. Aus dem Lautsprecher drang Bing Crosbys Stimme.

»Hallo.«

»Fröhliche Weihnachten!«, riefen drei Stimmen im Chor, und sie sah Chase, Brooke und Maddie dicht aneinandergedrängt auf ihrem Bildschirm.

»Fröhliche Weihnachten!« Isla rutschte aufgeregt ein Stück auf dem Sofa nach vorne, um sie alle besser sehen zu können.

»Isla, Dad hat mir ein Ticket für ein Konzert von Rag'n'Bone Man besorgt«, rief Brooke. »Das beste Geschenk, das ich jemals bekommen habe!«

»Wow! Das ist toll.«

»Und wenn ich wieder zur Schule gehe, nehme ich Klavierstunden«, berichtete Brooke weiter. »Ich habe schon Texte für ein paar Lieder geschrieben.«

»Fantastisch, Brooke«, erwiderte Isla.

»Ich habe einen Hund, Isla«, sprudelte Maddie hervor. Sie hielt etwas vor die Kamera.

Isla drehte den Kopf, um zu erkennen, worum es sich handelte.

»Er ist nicht echt«, erklärte Maddie. »Aber er bellt und macht sein Geschäft. Und das muss man dann wegmachen wie bei einem echten Hund.«

»Er ist goldig«, sagte Isla.

»Er heißt Reggie«, verkündete Maddie. »So wie ein Bruder von Hannahs Rollstuhl.«

»Ach du lieber Himmel.« Isla lachte.

»Hey, darf ich auch mal etwas sagen«, fragte Chase seine Töchter.

Da war er. Ihr wunderbarer Chase. Er trug die Lederjacke, die er bei ihrem ersten Treffen angehabt hatte.

»Wie geht es dir?«, fragte sie.

»Mir geht es sehr gut«, antwortete er mit betont britischem Akzent.

Isla kicherte.

»Tust du mir bitte einen Gefallen?«, fuhr er fort.

»Welchen?«

»Geh zur Tür«, sagte er, und vor seinem Mund bildete sich eine Wolke in der Luft. »Wir frieren hier draußen.«

Es dauerte eine Sekunde, bis sie verstanden hatte, was Chase gesagt hatte. Aber das war doch unmöglich! Isla sprang auf, drehte sich aber dann noch einmal zweifelnd zu ihrem Laptop um.

»Isla, mach die Tür auf«, forderte Chase. »Ich habe hier etwas für dich.«

Sie zögerte keinen Moment länger. Auf ihrem Weg zur Tür riss sie in ihrer Hast etwas von dem Weihnachtsschmuck von der Wand, bevor sie endlich die Tür öffnen konnte. Vor ihr auf der Schwelle standen Chase, Brooke und Maddie. Sie waren zurück in London. In Notting Hill. Bei ihr. Sie konnte es kaum fassen, und unwillkürlich traten ihr Tränen in die Augen. Sie schlug vor Freude überwältigt die Hände vor den Mund.

»Fröhliche Weihnachten«, sagten Brooke und Maddie noch einmal wie aus einem Mund.

»Das ist eine wunderbare Überraschung!«, rief Isla.

»Riecht es hier nach Truthahn?«, fragte Maddie.

»Ja«, erwiderte Isla. »Bitte lauf in die Küche und hilf Hannah bei der Bratensoße, bevor noch ein Unglück geschieht.«

»Ich liebe Bratensoße«, erklärte Maddie.

»Ich auch«, warf Brooke ein. Sie gab ihrer Schwester einen spielerischen Klaps und rannte hinter ihr her den Flur entlang.

Islas Atem beruhigte sich, als sie mit Chase allein war. Sie betrachtete ihn – hinter ihm lag der verschneite Beaumont Square, an der großen Fichte glitzerten Lämpchen, und entlang des Zauns funkelten Lichterketten wie vereiste Glühwürmchen.

»Du hast mir so sehr gefehlt.« Er trat einen Schritt vor und drückte seine Lippen auf ihre.

Isla schloss die Augen und genoss jede köstliche Sekunde, bis er sie schließlich losließ.

»Frohe Festtage!« Er zog ein Kuvert aus seiner Jackentasche und reichte es ihr.

»Oh, Chase, ich habe kein Geschenk für dich«, protestierte Isla. »Wir haben doch vereinbart, dass wir uns erst etwas schenken, wenn wir uns wiedersehen und … das ist wirklich eine große Überraschung.«

»Mach es auf«, befahl Chase. Er trat ins Haus, schloss die Tür und sperrte die Kälte und die winterliche Kulisse aus.

Isla war so aufgeregt, dass ihr ihre Finger nicht gehorchen wollten. Sie riss den Umschlag auf und zog ein Kartonetui heraus. »Was ist das?« Sie öffnete es.

»Tickets«, erklärte Chase. »Der Flug geht in drei Tagen.« Er holte tief Luft. »Isla, ich würde mich sehr freuen, wenn du Silvester mit uns in New York verbringen würdest.«

Sie schaute auf die Unterlagen und hatte plötzlich einen Kloß im Hals. Auch für Hannah war ein Ticket dabei. Das war das schönste Geschenk, das sie jemals bekommen hatte.

»Ich weiß, ich habe dich jetzt einfach überrumpelt, aber ich habe dich so sehr vermisst, und ich wollte mich mit dir in New York treffen, bevor ich darüber nachdenke, mich woanders niederzulassen.«

Woanders? Das jagte Isla ein wenig Angst ein, aber ihre Freude war stärker.

»Die Mädchen wohnen so weit von mir entfernt auf der anderen Seite der Vereinigten Staaten, also habe ich mir gedacht, dass es keinen großen Unterschied macht, bei meinen Reisen eine kleine Strecke mehr zurückzulegen.« Er räusperte sich. »Wenn Breekers beginnt, die Boutique-Hotels zu bauen, werden sie einen Mann vor Ort brauchen. In London.«

Isla konnte nicht mehr länger warten. Sie umarmte ihn und drückte ihn an sich. »Ja«, sagte sie entschlossen. »Ja zu New York. Ja zu allem!«

»Wer weiß?« Chase küsste sie wieder. »Vielleicht haben wir sogar irgendwann einmal Zeit für einen Ausflug nach Las Vegas.«

»Isla!«, rief Hannah aus der Küche. »Ich habe den Rosenkohl fallen lassen.«

»Ich komme!«, rief Isla zurück. Sie griff nach Chase' Hand. »Glaubst du, dass wir, wenn du eine Weile hier in England bleibst, Zeit haben, um alle hundert Möglichkeiten, einen Regenschirm zu benutzen, ausprobieren können?«

Er lächelte. »Ja, Miss Winters. Das kann ich dir garantieren. Ab jetzt werde ich mir Zeit für wichtige Dinge nehmen … öfter asiatisch essen gehen und Dobble spielen. Und ich hoffe auf viele Küsse in Notting Hill.« Er küsste sie zärtlich, aber leidenschaftlich …

Isla löste sich von ihm. »Wie wäre es jetzt mit Truthahn?«

Er küsste sie noch einmal. »Wie wäre es mit den Sternen?«